HAROLD ROBBINS

Die Spekulanten

Harold Robbins, 1916 in New York geboren, schrieb 1948 seinen ersten Roman. Heute gehört er zu den meistgelesenen Autoren der Welt. Seine Bücher erschienen in einer Gesamtauflage von über 200 Millionen Exemplaren und wurden in alle wichtigen Sprachen übersetzt.

Außer dem vorliegenden Band sind von Harold Robbins
als Goldmann-Taschenbücher erschienen:

Die Aufsteiger. Roman (6407)
Der Clan. Roman (9703)
Hollywood. Roman (9140)
Die Manager. Roman (9426)
Die Moralisten. Roman (9200)
Piranhas. Roman (42172)
Der Pirat. Roman (9247)
Die Playboys. Roman (9400)
Die Profis. Roman (9590)
Der Seelenfänger. Roman (6830)
Träume. Roman (9628)
Die Traumfabrik. Roman (9607)
Die Unersättlichen. Roman (9281)
Die Unsterblichen. Roman (8516)

Adieu, Janette / Der Seelenfänger.
Zwei Romane in einem Band (11975)

HAROLD ROBBINS

Die Spekulanten

Roman

Aus dem Amerikanischen
von Gerhard Beckmann

GOLDMANN

Ungekürzte Ausgabe

Titel der Originalausgabe: The Raiders
Originalverlag: Simon & Schuster, New York

Umwelthinweis:
Alle bedruckten Materialien dieses Taschenbuches
sind chlorfrei und umweltschonend.
Das Papier enthält Recycling-Anteile.

Der Goldmann Verlag
ist ein Unternehmen der Verlagsgruppe Bertelsmann

Genehmigte Taschenbuchausgabe 2/97

Umschlagentwurf: Design Team München
Umschlagfoto: Giorgio Balmelli, Zürich
Druck: Elsnerdruck, Berlin
Verlagsnummer: 43596
MV · Herstellung: Heidrun Nawrot
Made in Germany
ISBN 3-442-43596-X

3 5 7 9 10 8 6 4

Für Jann, meine Frau,
in Liebe.

Die Liebe deiner Mutter mußt du nicht verdienen.
Aber die deines Vaters. Er nimmt es genauer.

Robert Frost

Vor dem eigenen Kammerdiener ist kein Mann ein Held.

Madame Cornuel

Vor dem eigenen Vater auch nicht.

Jonas Cord

PROLOG

Es gibt Menschen, die immer wieder von den gleichen Träumen heimgesucht werden. So einer war auch Jonas Cord. Erinnerungen können einen Menschen beunruhigen. Träume, die Erinnerungen wecken, sind unangenehmer; im Traum werden Erfahrungen, an die man sich schwach erinnert, von neuem lebendig und zur Qual.

Am häufigsten wurde er von dem Traum heimgesucht, der mit den Worten begann: »Jonas . . . mein Sohn.« Jonas, mein Sohn: Das hatte sein Vater gemurmelt, bevor er nach einem blitzartig eingetretenen, schweren Schlaganfall dem Sohn tot in die Arme sank. Ein Augenblick nur, und Jonas senior, der starke Mann, der alles dominierte, war tot.

Er war gestorben, ohne seinem Sohn – und wenn es nur ein einziges Mal gewesen wäre – gesagt zu haben, daß er ihn liebte oder daß er stolz auf ihn war. Er war gestorben, ohne je gehört zu haben, daß sein Sohn ihn liebte. Sie hatten sich lieb, der Alte und der Junge, doch keiner von beiden brachte es über die Lippen; und keiner war sich der Liebe des andern je sicher gewesen. Jonas hatte sich fest vorgenommen, daß ihm so etwas mit seinem Sohn nicht passieren sollte – falls er je einen Sohn haben würde.

Es war Rina gewesen, die ihm als erste zu verstehen gegeben hatte, daß er seinem Vater etwas bedeutete. Die junge, sinnliche Rina. Ihretwegen hatte er seinen Vater beinahe gehaßt. Er hatte Rina heiraten wollen und Jonas senior von seinem Entschluß informiert. Der Vater hatte sich dieser Ehe widersetzt, mit der Begründung, der Junge wäre zum Heiraten zu jung; und er hatte die Ehe auf die wirksamste Weise verhindert – indem er Rina selbst heiratete.

Jonas hatte seinen Vater einen alten Narren geschimpft, der auf eine berechnende, geldgierige Erbschleicherin hereinfiel.

Nur wenige Stunden nach seinem Tod hatte Rina ihm klargemacht, daß der Alte mitnichten ein Narr gewesen war. Er hatte ihr vor der Ehe einen Vertrag abverlangt, in dem sie sich damit einverstanden erklärte, daß sie nie einen Anteil an den Cordschen Familienfirmen erben würde. Falls sie dem alten Mann ein Kind gebären sollte, so würde das Kind Anteile erben; in dem Fall hätte Jonas die Herrschaft über die Firmen teilen müssen. Der Alte hatte sich dann jedoch während des ganzen Jahres seiner Ehe mit dieser hinreißend sinnlichen Frau beherrscht, damit er sie ja nicht schwängerte – um ihm, Jonas Cord II., den Status des Alleinerben zu sichern.

Es gab noch einen zweiten Menschen, durch den Jonas seinen Vater verstehen gelernt hatte – Nevada Smith. Einen besseren, einen weiseren Freund hatte weder der Senior noch der Junior je gehabt. Der ungehobelte Nevada Smith, der stets sagte, was er dachte, war sechzehn Jahre vor dem Tod des Seniors eines schönen Tages auf der Ranch aufgetaucht – mit der Frage, ob es hier Arbeit für ihn gäbe. Gab es nicht. Doch Jonas senior, der Menschen blitzschnell einzuschätzen vermochte, stellte Nevada ein, damit er seinem kleinen Sohn das Reiten und Schießen beibrächte – also einen Mann aus ihm machte. Als Jonas senior starb, zog Nevada fort. Er baute eine Western Show auf, in der er selber als Hauptdarsteller auftrat; dann kamen die Kino-Western, und Nevada wurde ein Filmstar. Doch er blieb ein Freund; er kam Jonas oft besuchen. Dabei erfuhr Jonas Dinge, die er eigentlich vom Vater selbst hätte hören sollen.

Gesagt hat es Jonas niemandem, aber er schwor sich eines – falls er selber einmal einen Sohn hätte, dann sollte der Junge wissen, daß der Vater ihn liebte, sein ganzes Leben lang sollte er es wissen; er sollte es erfahren, bevor es zu spät wäre.

Es gab noch einen anderen Traum, der ihn oft verfolgte, eine Sache aus dem Jahr 1945, zwanzig Jahre nach dem Tod des Vaters. Da saß Jonas stolz und euphorisch im Cockpit des *Centurion*, des riesigen Flugboots mit Rumpf aus Fiberglas, in dessen Entwicklung er siebzehn Millionen Dollar aus der eigenen Tasche investiert hatte, aus

Vermögenswerten des »Cord-Imperiums«, wie das *Wall Street Journal* es inzwischen titulierte. So ein großes Flugzeug war bis dahin noch nie konstruiert worden. Es war als Truppen-Transporter gedacht, der eine Kompanie mit zwei leichten Panzern und der kompletten Ausrüstung fassen sollte, die zur Eroberung einer von den Japanern besetzten Insel notwendig war.

Nach der herrschenden Meinung hätte er das Ding nie und nimmer aus dem Wasser hochkriegen können. Er hatte es trotzdem geschafft. Er flog durch die Lüfte. Der *Centurion* zeigte wieder einmal, daß Jonas Cord – den inzwischen niemand mehr Jonas Cord junior nannte – auf die Meinung von »Fachleuten« verzichten konnte, eigenständig dachte und seine Vorstellungen in die Wirklichkeit umzusetzen verstand; daß alles genauso funktionierte, wie er es wollte.

Da war, beispielsweise, Jonas senior zum Zeitpunkt seines Todes gerade damit beschäftigt gewesen, in der Muttergesellschaft *Cord Explosives* die Herstellung einer ganz merkwürdigen Erfindung anlaufen zu lassen, die angeblich unbegrenzte neue Verwendungsmöglichkeiten für Industrie und Konsumgüter bot. Weil niemandem etwas Besseres einfiel, wurde die Sache »Plastik« genannt. Jonas hatte die Idee aufgegriffen und weiterentwickelt. Mittlerweile zählte *Cord Plastics* zu den namhaftesten Unternehmen der amerikanischen Industrie. Eine andere Firma Cords war Flugzeug-Hersteller; eine weitere eine Linienflug-Gesellschaft. *Cord Productions* hatte Filme produziert, bis Jonas nach ein paar Jahren beschloß, aus der Filmbranche auszusteigen und mit dem Verpachten der Studios Geld zu verdienen.

Ko-Pilot war auf dem Test-Flug des *Centurion* sein Schwiegervater Amos Winthrop gewesen, der die Konstruktion des Flugzeugs überwacht hatte. Die beiden hatten abgehoben, der riesige Transporter zog durch die Luft, doch plötzlich ging alles schief. Im Traum war es so, wie wenn das Flugzeug verkehrt herum organisiert wäre. Wenn Jonas das Gabelgelenk drehte, um den rechten Flügel zu senken, neigte sich der linke Flügel. Wenn er auf das Pedal des linken Seitenruders trat, drehte sich das Flugzeug nach rechts. Dann setzten die Motoren aus, einer nach dem andern...

Und genau in diesem Moment läutete jedesmal das Telefon. Es

läutete immer nur ein einziges Mal, aber es reichte, um ihn zu wecken, um den Traum abzubrechen und ihm ein neuerliches Durchleben dessen zu ersparen, was sich in der Wirklichkeit des Jahres 1945 ereignet hatte – als ein Motor nach dem andern ausfiel und das Flugboot ins Meer stürzte; als er aus dem verbogenen Rumpf mit den verklemmten Türen nur entkam, weil Amos ihn durch eine Öffnung drückte, Amos selbst aber zu korpulent war, um sich hindurchzwängen zu können; als der *Centurion* schließlich sank und den alten Mann mit sich in die Tiefe hinabzog.

Jonas lag im Krankenhaus, um sich von den Verletzungen zu erholen, die er beim Absturz erlitten hatte, als zwei Wochen später die Atombombe dem Krieg gegen Japan ein Ende machte. Jonas mußte die Pläne für einen *Centurion II* aufgeben. Glücklicherweise hatte die Firma *Cord Aircraft* der US Air Force gerade den ersten Düsenjäger geliefert – ein Glück für Jonas Cord, wie jemand bitter bemerkte.

Ein Sohn. Er würde nie einen Sohn haben. Er hatte zweimal geheiratet, zweimal die gleiche Frau. Monica Winthrop. Wegen eines bedauerlichen, dummen Irrtums war er zu dem Schluß gekommen, daß die Tochter Jo-Ann, die sie ihm geschenkt hatte, nicht *sein* Kind war. Er hatte Monica verlassen. Sie ließ sich von ihm scheiden. Vierzehn Jahre waren vergangen, bis er erfuhr, daß er unrecht gehabt hatte. Gott sei Dank war es noch nicht zu spät gewesen. Er heiratete Monica ein zweites Mal und erkannte Jo-Ann als seine Tochter an. Jo-Ann wünschte sich ein Brüderchen. Aber er hatte noch immer keinen Sohn, trotz aller Bemühungen seit fünf Jahren. Seine Schuld war es nicht – seine Sekretärin hatte 1948 ein Kind von ihm bekommen, eine Tochter, für die er ein Treuhandvermögen angelegt hatte. Es lag an Monica. Irgend etwas sei mit ihr nicht in Ordnung, erklärten die Ärzte. Monica war dreiundvierzig Jahre alt; unmöglich sei eine Schwangerschaft nicht, meinten die Ärzte, nur unwahrscheinlich; wenn sie sich wirklich noch ein Kind wünschten, sollten sie es weiter versuchen.

Er hatte ein Haus in Bel Air erworben. Jo-Ann besuchte ein College in Pepperdine. Monica hatte ihre Karriere nicht aufgegeben und war oft in New York, und auch er verbrachte viel Zeit auf

Reisen; sie waren aber oft und lange genug zusammen, um weiteren Nachwuchs möglich zu machen.

Jonas war glücklich. Er war überzeugt, ein glücklicher Mensch zu sein. Warum sollte er auch nicht glücklich sein? Er hatte *Cord Explosives*, sein Erbe, zu einem Mischkonzern ausgebaut, dessen Wert sich mittlerweile auf eine Milliarde Dollar belief; und der Konzern wuchs noch immer. Er war unglaublich erfolgreich. Er war Jonas Cord II. – der Mann, der in allem Glück hatte. Er war siebenundvierzig Jahre alt und hatte nahezu alles bekommen, was er sich im Leben je gewünscht hatte. Außer daß er seinem Vater nie gesagt hatte, daß er ihn liebte, und von seinem Vater nie erfahren hatte, daß er geliebt wurde. Und keine Chance sah, diese Sache irgendwie zu bereinigen, durch einen Sohn, an dem er es hätte wiedergutmachen können.

I

1951

1

Eine Eigenheit des Traums von *Centurion* war, daß das Telefon jedesmal genau siebenundvierzig Minuten nach einer vollen Stunde klingelte. Es konnte um 01.47, 02.47 oder 03.47 Uhr sein. Wenn er aufwachte und zur Uhr schaute, war es aber immer 47 nach.

Diesmal war alles ganz anders. Das Telefon schien aufdringlicher zu klingeln als sonst. Und als er die Augen öffnete und auf die Uhr schaute, war es 02.06 Uhr.

Bis er den Hörer abhob, hatte es etwa *sechsmal* geläutet. Er war völlig groggy. Er hatte reichlich gegessen, ein bißchen mehr getrunken als üblich und den Abend dann mit einer guten Runde Sex mit Monica beschlossen. Das Aufwachen fiel ihm gar nicht leicht.

»Ja?«

»Hallo, Jonas. Ich bin's, Phil.«

»Weißt du eigentlich, wie spät es ist?«

»Meinst du etwa, hier in Washington wäre nicht finstere Nacht? Hör zu. *Mich* hat auch gerade ein Freund geweckt. Der Name tut nichts zur Sache. Er rief an, um mir ein streng vertrauliches Stück Papier vorzulesen. Mach dich auf Besuch von einem US-Marshal gefaßt. Noch heute morgen, ganz früh. Er will dasein, bevor du aus dem Haus gehst.«

Jonas knipste die Nachttischlampe an und richtete sich auf. Er war splitternackt. Er trug nie Schlafanzüge, und es mußte schon eine verdammt kalte Nacht und das Schlafzimmer sehr schlecht geheizt sein, bevor er sich dazu bequemte, in der Unterwäsche zu schlafen.

»Phil, zum Teufel! Worum geht es denn?«

»Um die Fluglinien-Hearings des Kongresses natürlich! Man hat beschlossen, dich unter Strafandrohung vorzuladen. Man will dich in die Mangel nehmen, Jonas. Der Einladung, freiwillig zu kommen, bist du nicht gefolgt, und deshalb ...«

»Da will sich doch bloß eine Bande von unwichtigen Politikern einen Namen machen, indem sie Jonas Cord ins Kreuzverhör nehmen.«

»Mag ja sein. Aber sie sind nun einmal Senatoren der Vereinigten Staaten mit Vollmacht, dich unter Strafandrohung vorzuladen. Solltest du nicht erscheinen, machst du dich der Mißachtung des Kongresses schuldig. Für so etwas sind schon Leute im Kittchen gelandet.«

»Für den Kongreß habe ich sowieso nur Verachtung übrig.«

»Du hast nicht gerade die besten Karten, Jonas. Falls die Vergabe der Flugsteige in New York und in Chicago tatsächlich manipuliert worden sein sollte ...«

»Laß nur, Phil. Ich weiß, was man mir vorwirft. Ich will aber nicht darüber reden.«

»Ach nein? Wenn die Senatoren dich vorladen, wirst du aber reden müssen. Dir bleibt gar keine andere Wahl.«

»Außer einer«, sagte Jonas.

Nach kurzem Schweigen erklärte Phil: »Als dein Anwalt kann ich dir einen solchen Ausweg nicht empfehlen.«

»Und als Freund ...?«

»Deshalb rufe ich ja mitten in der Nacht an.«

»Ich bleibe mit dir in Verbindung, Phil. Ich sage dir nicht, wohin die Reise geht. Wenn sie dich fragen, weißt du es wirklich nicht. Ich werde aber Kontakt mit dir halten.«

Inzwischen war Monica wach geworden. Sie hatte sich im Bett aufgesetzt und beobachtete ihn neugierig. Sie war ebenfalls nackt. Jonas musterte sie mit einem anerkennenden Blick. Ihr Busen, der für ihn stets eine Augenweide und ein allerliebstes Streichelobjekt gewesen war, wirkte fülliger und runder, seit Monica gegen Ende dreißig ein bißchen zugenommen hatte. Sie hatte einen sehr süßen pummeligen Bauch, der sich wie eine weiche, kleine Melone anfühlte. Ihre Beine waren nach wie vor schlank und wohlgeformt. Im Nacken und unter dem Kinn hatte sie kein einziges Gramm zugelegt. Das dunkelbraune, jetzt vom Kopfkissen ganz zerzauste Haar umrahmte ein Gesicht, das so entschlossen wirkte wie eh und je, vielleicht sogar noch eine Idee entschlossener, weil mit den Jahren charaktervoller.

»Habe ich richtig gehört? Du verreist?« wollte sie wissen.

»Ich muß mich eine Zeitlang verdrücken«, erwiderte Jonas. »Ein Marshal ist unterwegs, um mir eine Vorladung zuzustellen. Da wollen mich ein paar Senatoren bei den Kongreß-Hearings über die Flugliniengeschichte in die Mangel nehmen. Ich will aber auf keinen Fall aussagen. Ich kann es mir nicht leisten.«

»Was hast du denn angestellt?« fragte sie.

»Nichts, was gegen das Gesetz wäre«, antwortete er sauer, weil es ihn schon ärgerte, daß sie ihm überhaupt nur zutraute, daß er etwas Unrechtmäßiges getan haben könnte. »Ich habe mich in allem von höchst kompetenten Juristen beraten lassen. Aber diese Schnüffler im Kongreß tun nichts lieber, als einen Geschäftsmann in ein schlechtes Licht zu rücken – besonders wenn es sich um einen Geschäftsmann handelt, der im Rampenlicht der Presse steht. Sie brächten es sogar fertig, auf das Justizministerium Druck auszuüben, damit gegen mich Anklage erhoben wird. Nun habe ich wirklich nichts Ungesetzliches getan und würde deshalb mit Sicherheit freigesprochen – aber die ganze Tortur würde mich erst einmal für zwei bis drei Jahre lahmlegen.«

»Aber was willst du machen?«

»Ich werde für eine Zeitlang unerreichbar sein.«

Monica seufzte. Ihr Blick glitt über das Schlafzimmer, über Möbel, die ihr noch immer irgendwie ungewohnt und fremd waren. »Das ist doch nicht zu fassen! Verdammt! Da wohnen wir gerade erst vier Monate in Bel Air, Jo-Ann hat sich kaum an Pepperdine gewöhnt.«

Jonas war aufgestanden und zog sich an. »Diese Angelegenheit hat überhaupt nichts damit zu tun, wo wir zu Hause sind und wo Jo-Ann zur Schule geht. Du bleibst hier. *Ihr* bleibt hier wohnen. Die Mistkerle mögen es vielleicht fertigbringen, daß ich untertauche, um ihrer Vorladung zu entgehen. Sie können uns aber nicht von unserem Zuhause oder Jo-Ann von ihrem College verjagen.«

Monica stand auf. Sie nahm ihren lavendelblauen Morgenmantel mit den weißen Spitzen, der nicht gerade durchsichtig, aber auch nicht ganz sittsam war, und zog ihn an.

»Und wie lange wird das dauern?« wollte sie wissen.

»Nicht sehr lange«, antwortete er. »Das kann ich in ein paar Wochen in Ordnung bringen. Zwei oder drei Monate vielleicht. Ich lasse mich durch meine Anwälte vertreten. Und dann habe ich selber ja auch ein paar politische Beziehungen.«

»Warum nimmst du die Vorladung nicht an und stehst die Sache durch?« fragte sie.

Sie nahm eine Schachtel Zigaretten von ihrem Nachttisch, schüttelte eine heraus und gab sich mit einem Papierstreichholz Feuer. »Wenn du nichts zu verbergen hast.«

»Daß ich nichts zu verbergen hätte, habe ich nicht behauptet. Ich sagte nur, daß ich nichts Gesetzwidriges getan habe. So ein Kongreß-Hearing oder möglicherweise gar ein Gerichtsverfahren könnte sich aber für den einen oder andern Aspekt meiner Unternehmungen geschäftsschädigend auswirken. Sehr sogar.«

»Mehr, als wenn du untertauchst?« fragte sie skeptisch und mit spöttischem Unterton.

Er zog den Reißverschluß seiner Hose zu und setzte ein trockenes Lächeln auf. »In Geschäftskreisen wird man mein Untertauchen clever finden.«

»Aber ...«

»Hör zu. Falls ich vor dem Kongreß aussagen muß, werde ich gezwungenermaßen erklären müssen, wie die Dinge laufen. Die Inter-Continental Airlines ist nicht rein zufällig groß geworden. Dazu gehört Schläue. Man muß die richtigen Mittel und Wege finden. Es gibt Geschäftsgeheimnisse, und die müssen gehütet werden. Verstehst du mich, Monica? Es geht ums Busineß.«

»Sind denn deine Erklärungen vor dem Ausschuß nicht in Ordnung gewesen, Jonas?«

»Die sind okay. Es sei denn, daß die klügsten Anwälte in der Wall Street etwas verpatzt hätten. Und was die Steuern betrifft, sind unsere Buchhalter äußerst penibel. So etwas wie Steuerhinterziehungen gibt es bei uns nicht.«

»Weswegen könnten sie dich dann anklagen? Du hast doch vorhin selber zugegeben, daß sie dich unter Anklage stellen könnten. Aber weswegen?«

»Die Inter-Continental Airlines hat für die großen Flughäfen beste An- und Abflugfrequenzen bekommen. Ein Flughafen kann aber nur eine bestimmte Zahl von Flugzeugen abfertigen. Die Zahl der Flugsteige ist ja begrenzt. Wir haben also ein paar andere Fluglinien verdrängt, die jetzt auf uns böse sind, und sie haben Andeutungen gemacht, daß wir die Vergabe der Flugsteig-Lizenzen manipulieren, daß wir Schmiergelder zahlen, und so weiter. Nachweisen kann uns das niemand. Wir tun es auch nicht, und das ist die reine Wahrheit. Aber wir verfügen natürlich über Mittel und Wege. Du weißt schon, was ich meine. Und dann würde man mir noch eine Frage stellen: Ob wir mit anderen Fluggesellschaften Absprachen treffen, welche die Antitrust-Gesetze verletzen. Die Antwort lautet wiederum: Nein. Aber man kann in diesen Dingen auch nicht alles offen auf den Tisch legen, das ist keine einfache Frage von Schwarz und Weiß. Man würde mich liebend gern ausquetschen. Da gibt es Leute, denen es ein großes Vergnügen wäre, mich für zwei oder drei Jahre in Schwulitäten zu bringen.«

»Verdammt, Jonas, das ist genau wie damals! Es ist die gleiche verflixte Geschichte, die ...«

Er fiel ihr ins Wort. »Hör zu. Der Marshal kann bereits vor Tagesanbruch hier sein, um mir die Vorladung zuzustellen. Ich muß jetzt wirklich rasch ein paar Sachen packen und mich aus dem Staub machen.«

»Wohin?« fragte sie. »Zum Teufel, wo willst du hin?«

»Genau das wird der Marshal von dir wissen wollen, und du wirst ihm ehrlich antworten können, daß du es nicht weißt. Ich weiß es selber noch nicht hundertprozentig. Sobald ich mich irgendwo niedergelassen habe, werde ich anrufen und es dir mitteilen.«

Sie folgte ihm aus dem Zimmer in sein kleines Büro, wo er einen großen Aktenkoffer auf dem Schreibtisch öffnete, in die er seine Papiere stopfte. Und eine Flasche Bourbon.

»Was soll ich Jo-Ann sagen?« wollte sie wissen. »Daß du mitten in der Nacht verschwunden bist, um vor einem Marshal das Weite zu suchen? Was soll das Kind von dir denken?«

»Sag ihr die Wahrheit. Sag ihr, was ich dir gesagt habe.«

»Daß ihr Vater vor dem Gesetz geflüchtet ist? *Das* soll ich ihr sagen?«

Jonas wandte ihr schroff den Kopf zu. *»So darfst du das nicht ausdrücken!«* rief er. »Nicht Jo-Ann gegenüber. Auch nicht vor dir selber. Busineß ist Busineß, Monica, da läßt es sich manchmal nicht vermeiden, daß man Dinge tut, die man eigentlich nicht tun möchte. Jo-Ann wird bald achtzehn. Sie ist alt und klug genug, um das zu begreifen.«

Monica drückte die Zigarette, die sie aus dem Schlafzimmer mitgebracht hatte, im Aschenbecher auf seinem Schreibtisch aus.

»Tut mit leid, Monica«, sagte er. Der lavendelblaue Morgenmantel, der ihren Körper weder richtig verhüllte noch wirklich zu erkennen gab, klebte ihr an den Hüften. Es erinnerte ihn daran, wie zart und doch so fest ihre Hinterbacken waren, die er noch vor wenigen Stunden liebkost hatte. »Ich würde mir ja wünschen, daß ich dich mitnehmen könnte. Ich verspreche es dir: Wir werden so rasch wie nur möglich wieder beisammen sein.«

»Klar doch«, murrte sie. »In unseren ersten Flitterwochen hast du mich sitzengelassen, nur weil Geschäfte riefen. Was hast du sonst noch alles verpaßt? Unseren Hochzeitstag. Geburtstage. Im vergangenen Jahr sogar das Weihnachtsfest. Wegen Geschäften.«

Er hatte sich bereits aus dem Gespräch zurückgezogen. Er nahm seine Aktentasche und ging aus dem Zimmer.

Sie folgte ihm nach unten zur Haustür. Sein Cadillac-Coupé stand auf der kreisförmigen Einfahrt vor dem Haus. Er öffnete die Wagentür und warf den Aktenkoffer hinein.

Dann kam er noch einmal zurück, um ihr einen Abschiedskuß zu geben.

»Du wirst nicht lange warten müssen, Baby«, versprach er. »Ich werd dich vermutlich schon morgen anrufen.«

Sie nahm seinen Kuß hin – »hinnehmen« war genau das richtige Wort. Ihr war nicht nach Küssen zumute. Als er sie in die Arme nahm, blieb sie steif. Er tätschelte ihre Schultern und ihren Rücken.

»Bis morgen. Wenn ich irgendwie kann, rufe ich morgen an.«

»Gewiß«, flüsterte sie resigniert.

»Monica, es tut mir *wirklich* leid. Verdammt, was soll ich denn noch sagen?«

»Nichts.«

Er machte sich los und ging zum Wagen.

2

Monica blieb eine Weile im Freien stehen. Sie schaute den roten Rücklichtern des Cadillac nach, dann hob sie den Blick zu den Sternen; der Himmel war ungewöhnlich klar. Sie wurde von so widersprüchlichen Gefühlen erfaßt, daß sie nicht wußte, ob sie nun weinen oder fluchen sollte. Oder beides.

Soll ihn der Teufel holen. Zum Teufel mit Jonas Cord! Er hatte sie in den Flitterwochen verlassen. Wegen einer geschäftlichen Krisensituation, hatte er behauptet. Dann hatte er es sich in den Kopf gesetzt, daß Jo-Ann nicht sein Kind war. Als er erfuhr, daß Jo-Ann doch seine Tochter war, hatte er sie angefleht, zu ihm zurückzukommen. Nach vierzehn Jahren! Und sie war so dumm gewesen und hatte ihn tatsächlich ein zweites Mal geheiratet. Weil sie ihn liebte. Und weil er behauptet hatte, daß er sie liebe. Er hatte ihr versprochen: Wir werden ein zweites Kind bekommen. Glücklicherweise hatte sie wenigstens kein Kind mehr bekommen.

Weil er sich nämlich überhaupt nicht verändert hatte. Er war der gleiche faszinierende, liebende… ichbezogene, gefühllose, untreue Mistkerl geblieben, der er schon immer gewesen war. Er war wie besessen von Geld und Macht. Am allermeisten von seiner Macht. Gegen Geld und Macht konnte sie nichts ins Feld führen. Jo-Ann auch nicht. Dagegen hatten sie beide nie eine Chance gehabt.

Sie begann zu zittern. Es wurde ihr klar, daß sie nicht etwa zitterte, weil die Nacht kalt war – es war gar nicht kalt –, sondern aus Enttäuschung und Wut. Sie ging wieder ins Haus und zur Bar. Sie schenkte sich einen tüchtigen Schuß Bourbon ein und trank hastig. Sie spürte den Alkohol, wie er durch ihren Körper lief – die Wärme, das Brennen. Das Zittern hörte auf.

Sie riß sich den Morgenmantel vom Leib und blieb nackt vor der Bar stehen, obwohl sie von der Auffahrt her hätte beobachtet werden können. Es war eine Geste trotziger Herausforderung, und sie *wollte* ihn auch herausfordern.

Es könnte ja tatsächlich Phil gewesen sein, der aus Washington telefoniert hatte. Einen Augenblick lang war sie versucht, ihn anzurufen, um die Wahrheit herauszufinden. Aber Phil würde selbstverständlich lügen, um Jonas zu decken. Es gab schließlich einen ganzen Haufen Menschen, die für Jonas lügen würden. Es war zwar durchaus möglich, daß er Jonas geraten hatte, sich angesichts einer Strafvorladung vom Kongreß zu verdrücken; er konnte aber genausogut angerufen und gesagt haben: »Wenn du vor Morgengrauen in Frisco bist, kannst du mit Marlene Dietrich ins Bett gehen.«

Aber sie brauchte ja nur abzuwarten, ob innerhalb der nächsten sechs bis acht Stunden ein US-Marshal vor der Haustür stand. Dann wußte sie sowieso die Wahrheit.

Andererseits auch wieder nicht. Nicht wirklich. Denn selbst wenn es stimmen sollte, daß er irgendwo untertauchte, bis gewisse Nachforschungen an Interesse verlören – er würde doch garantiert irgendein Mädchen mitnehmen. Eine »Sekretärin«. Er würde nie im Leben ohne ein Weibsbild verreisen, das für seine Bedürfnisse sorgte – so wie er es unter keinen Umständen vergessen hätte, die Flasche Bourbon in den Aktenkoffer zu stecken. Monica überlegte, welche es wohl diesmal wäre. Sie wußte von dreien. Er würde bei irgendeiner Telefonzelle anhalten und das Mädchen dann abholen.

Sie hob das Glas und kippte den restlichen Whiskey hinunter. Also, jetzt würde sie zunächst einmal wieder zu Bett gehen. Das heißt, zuallererst einmal duschen, um sich seinen Schweiß vom Körper zu spülen. Anschließend ab ins Bett. Aber nicht in das Bett, wo sie miteinander getollt und die feucht gewordenen Laken zerwühlt hatten. Sie würde sich im Gästezimmer hinlegen. Und ganz für sich allein sein – *wieder* allein.

»Leck mich am Arsch, Jonas Cord«, sagte sie mit lauter Stimme, als sie unter der Dusche stand und sich seinen Erguß von den Beinen wusch. »Leck mich doch am Arsch.« Die Tränen kamen ihr, während sie sich auf dem Weg ins Schlafzimmer abtrocknete.

Sie hatte die Nase voll von dieser Art Leben. Sie hatte von *ihm* die Nase voll. Sie hatte es überhaupt nicht nötig, sich das alles gefallen zu lassen; und sie ließ es sich auch nicht länger gefallen. Sie würde es ihm mit gleicher Münze heimzahlen. Sie schaute auf die Uhr, fand es jedoch zu früh, Alex in New York zu wecken. Sie konnte Alex später anrufen. Bei Gott – und wie sie es ihm zeigen würde!

»Du kannst mich mal, Jonas Cord! Und du kannst dich auf was gefaßt machen! Jetzt wirst du noch ganz andere Gerichtspapiere zugestellt bekommen. Monica läßt sich wieder von dir scheiden!«

II

1

Nevada Smith wurde wach. Wie sollte man da schlafen können, wenn ein Flugzeug herandröhnte? Flugzeug? Dröhnen? Du großer Gott! Das konnte nur Jonas sein. Wer sonst flog hier vor Morgengrauen an?

Er rollte sich behutsam aus dem Bett; seine Frau schlief ungestört weiter. Die ausgeblichenen Jeans lagen auf dem Boden, wo er sie am Abend zuvor hatte fallen lassen. Er zog sie sich über die langen, muskulösen Beine, die sein ganzes Leben lang dick und kräftig gewesen waren. Er schlüpfte in weiche Mokassins, warf einen letzten Blick auf Martha, um sich zu vergewissern, daß sie noch immer schlief, und schlich aus dem Zimmer durchs Haus bis zu dem grauen Stahlkasten mit dem Schalter für die Landebahn-Lichter. Er drückte den Schalter herunter.

Er hastete nach draußen, auf die Veranda. Die Landebahn war jetzt beleuchtet und über die ganzen dreihundert Meter im gelblichbraunen Licht der zwei parallelen Lampenreihen deutlich markiert. Der Windsack lag im Flutlicht der beiden Spotlights. Das Rollfeld war primitiv, keine Frage, aber für Jonas bisher noch nie ein Problem gewesen, nicht einmal bei schlechter Witterung. Und Nevada war häufig mit Jonas geflogen, bei Tag und bei Nacht, er hatte sich jedesmal über die Sicherheit gewundert, mit der Jonas die Ranch und den Landungsstreifen fand, und über seinen untrüglichen Blick, mit dem er Orientierungspunkte sah, die andere nicht erkannten. Dem alten Cord war das leidenschaftliche Interesse seines Sohnes am Fliegen überhaupt nicht recht gewesen – er hatte es sogar mißbilligt und als gefährliche Torheit betrachtet. Er war allerdings auch gestorben, bevor er sich ein Bild vom Fluggeschick des Sohnes machen konnte und die Vorteile des Fliegens persönlich schätzen lernte.

Die Landebahn war nicht asphaltiert. Nevada war aber erst tags zuvor mit einer Schaufel draußen gewesen, um etwaige Erdlöcher zu planieren, die Tiere verursachten; alles war ganz eben gewesen. Nur falls die Klapperschlange noch an der gleichen Stelle lag, wo sie ihn gestern mißlaunig angezischt hatte, erlebte sie mit den Rädern der ankommenden schweren Maschine eine böse Überraschung.

Nevada blieb auf der Veranda stehen. Sein Blick folgte den grünen und roten Lampen an den Flügeln des Flugzeugs, das unmittelbar vor der Landung kreiste. 1925 hatte Nevada Jonas zum erstenmal beim Fliegen beobachtet, als er in einer uralten Waco aus Holz und Draht, die er beim Würfelspiel gewonnen hatte, auf dem Firmengelände der *Cord Explosives* gelandet war. Damals hatte Nevada ihn noch »Junior« genannt; und der Junior hatte bewiesen, daß er als Flieger ein Naturtalent war. Mit dem Fliegen tat er sich wesentlich leichter als mit dem Reiten, das Nevada ihm beigebracht hatte. Fürs Schießen, das er ebenfalls von Nevada gelernt hatte, war er möglicherweise aber nicht weniger begabt.

Nevada war 1909 auf die Ranch der Cords gekommen, weil er Arbeit als Cowboy suchte. Der alte Jonas hatte ihn als Kindermädchen angestellt. Damit er dem Jungen das Reiten beibrächte. Der Alte machte nie viele Worte. »Dem Jungen das Reiten beibringen« hatte natürlich viel mehr bedeutet. Damit hatte er gemeint: Mach einen Mann aus ihm. Dafür hatte Nevada sechzehn Jahre Zeit gehabt, bis zu jenem Tag eben, als der Junior mit der Waco auf dem Werksgelände landete. Am gleichen Tag war der Alte gestorben. Nevada war sich über den Erfolg seiner Erziehung nie ganz sicher gewesen – bis er hörte, wie Jonas die Manager von *Cord Explosives* kühl informierte, daß er von diesem Moment an für niemand mehr Junior heiße.

Das Flugzeug befand sich eine Meile östlich der Landebahn, wendete, ging herunter und kam auf die staubige Piste zu. Bei fünfhundert Meter Entfernung und einer Höhe von dreihundert Metern schaltete Jonas die Landescheinwerfer ein, um sich zu vergewissern, daß sich kein größeres Tier auf der Bahn befand. Aber nur zwei Sekunden lang. Nevada verstand, warum. Jonas'

Augen hatten sich an das Dunkel gewöhnt; er konnte daher beim rasanten Näherkommen des Bodens kein grelles Scheinwerferlicht gebrauchen.

Die Reifen kreischten beim Aufsetzen. Das Flugzeug rollte bis fast ans Ende der Piste. Für eine *Cessna Skynight* mit Tonnen Gewicht und achtzig Stundenmeilen waren dreihundert Meter eine recht kurze Landestrecke.

Als Jonas das Flugzeug wendete und zum Haus rollte, schaltete er die Scheinwerfer an. Die Veranda wurde in Licht getaucht, und dort stand Nevada, und neben ihm Martha, die eben nach draußen gekommen war. Martha winkte fröhlich. Nevada winkte mit, doch es bedrückte ihn eine große Frage...

Warum? Aus welchem Anlaß?

2

Die Sonne war noch nicht aufgegangen, doch das hinderte Nevada nicht, sich mit einer Flasche Cognac zu Jonas auf die Veranda zu setzen. Er schenkte beiden reichlich ein. Martha bereitete in der Küche ein üppiges Frühstück vor.

»Jetzt weißt du Bescheid«, sagte Jonas. Er hatte Nevada von Phils Anruf aus Washington und von seiner Reaktion berichtet. »Ich dachte, daß ich mich hier eine Weile verstecke... das heißt, wenn es dir recht ist.«

Nevada war ins Schlafzimmer gegangen und hatte ein altes Wildlederhemd übergezogen. In Erwartung von Hitze und entsprechendem Schwitzen hatte er sich ein rotweißes Tuch um den Hals gebunden. Der Mann schien überhaupt nicht zu altern. Seine Schultern waren unverändert breit, die Haltung kerzengerade, der Brustkorb kraftvoll herausgestreckt, der Bauch ohne auch nur einen Ansatz von Fett oder Schlaffheit, die Arme muskulös, die Handbewegungen flink und geschickt. Sein Haar war weiß geworden. Es hieß, daß Indianer nie weißes Haar bekommen; aber das war offenbar dummes Gerede; Nevadas Haar *war* weiß geworden. Gut, er hatte auch blaue Augen. Er war eben nur zur Hälfte ein Kiowa.

Er mußte fast siebzig sein. Jonas führte Nevadas blendende Kondition darauf zurück, daß er das Großstadtleben gemieden hatte; auf ein Leben auf offenem Land, das Erbe seiner Kiowa-Mutter; auf ein selbstbewußtes Dasein in freier Natur. Jonas wußte nicht, daß Nevada das Stadtleben sehr wohl kannte. Der Nevada Smith der Western-Filme und der Nevada Smith der Shows vom Wilden Westen hatte in New Orleans und in Los Angeles gelebt.

Es gab da ein Geheimnis, das Nevada dem Jungen nie verraten hatte; und Jonas senior, der es zufällig entdeckte, hatte es für sich behalten und mit ins Grab genommen. Nevada Smith hieß gar nicht so, sondern in Wahrheit Max Sand; auf seinem alten Revolver standen die Initialen: *MS*. Aber er hatte die Mörder seiner Eltern ermordet, hatte sie aufgespürt und erbarmungslos umgebracht, und war aus dem Zuchthaus entkommen. Er hatte noch ein paar andere Dinge gemacht, die nach dem Gesetz nicht erlaubt waren. Er war, juristisch gesehen, vielleicht immer noch flüchtig, doch lebte er seit nunmehr über vierzig Jahren unter dem Namen Nevada Smith, und Nevada Smith war ein Held von Westernfilmen, der in aller Welt Achtung genoß. Für Jonas war er immer nur Held und Vorbild gewesen – und außerdem der beste Freund, den ein Mann sich wünschen konnte.

»Ich muß dir wohl nicht erst sagen«, meinte Nevada, »daß du hier willkommen bist. Solange du willst. Nix könnte mir größere Freude machen. Für Martha könnt' es gar nix Schönres geben. Außer wenn Monica und Jo-Ann auch hier wären. Es gibt da aber 'n Problem zu bedenken.«

»Ich glaube, ich weiß, was du meinst«, sagte Jonas.

»Stell dir nur mal vor, *ich* wäre bei der Justiz und so 'n US-Marshal«, fuhr Nevada fort, »und da komm ich nun zu deinem Haus und sehe, daß du abgehauen bist. Also – wo würde ich da wohl nach dir suchen, wenn ich so einer von der Justiz wäre?«

Jonas trank einen Schluck von Nevadas scharfem Cognac. Er warf einen Blick ostwärts zu den Bergen hin, wo der Himmel sich inzwischen verfärbte; bald würde die Sonne aufgehen. In dem rötlichen Licht von den dünnen Wolken über ihren Köpfen bemerkte er eine Klapperschlange, die unmittelbar neben der Landebahn zusammengerollt lag – eine Abwehrhaltung, die sie vermutlich wegen der ungewohnten Störung eingenommen hatte, die vor einer halben Stunde die Erde erschütterte. Ein dummes kleines Tier hoppelte vorbei, doch die Schlange war immer noch auf der Hut, so daß sie dem, was für sie normalerweise eine köstliche Mahlzeit gewesen wäre, gar keine Beachtung schenkte.

»Ich verstehe, worauf du hinauswillst.«

»Ich würde mich doch fragen: Wo könnte dieser Jonas Cord wohl untertauchen? Und ich würde mir sagen: Wetten, daß er bei Nevada Smith ist? Ich könnt dich natürlich verstecken. Ich wüßte auch, wo ich dich verstecken könnte. Das Flugzeug müßten wir irgendwie wegräumen, klar – kein Problem. Aber es gibt 'n andres Problem: Das Flugzeug ist bemerkt worden, wie du hier gelandet bist. Von den Männern, die hier arbeiten. Von Leuten in der Umgebung. Ein Flugzeug, das vor Morgengrauen auf meiner Landebahn runterkommt... Die Nachricht ist doch überall rum. Ja, wenn du mit dem Wagen gekommen wärst!«

»Sie würden mich trotzdem hier suchen«, sagte Jonas.

»Ich glaube schon«, bestätigte Nevada.

»Es ist gar nicht so einfach. Ich meine, vor dem Gesetz wegzulaufen.«

Nevada wandte sich Jonas zu. Auf seinem zerfurchten Gesicht zeigte sich ein leicht ironisches Lächeln. »Nein. Ist es nicht. Trotzdem, es läßt sich machen. Es gibt Menschen, die's ein ganzes Leben lang schaffen.«

»Ich habe nicht vor, mich mein Leben lang zu verstecken«, erklärte Jonas.

»*Wollen* tut das eigentlich keiner«, meinte Nevada. »Entscheidend ist nur eins: Was hast du schon alles gemacht? Zum Beispiel – weiß Monica, daß du hier bist?«

»Nein. Ich habe ihr nur gesagt, daß ich mit ihr in Kontakt bleiben würde.«

»Das Flugzeug drüben gehört dir. Man wird nach ihm forschen. Als erstes wird man's hier suchen. Wir haben... wieviel Zeit bleibt uns? Zwei, drei Stunden? Vor dem Weiterfliegen mußt du erst mal was essen. Dann müssen wir die Maschine volltanken. Ich hab 'n Faß Flugbenzin parat. Wie immer.«

»Wo soll ich denn hin? Nach Mexiko?« fragte Jonas.

»Nein. Falls du über die Grenze fliegst, sind sie gleich hinter dir her. Nein, du mußt woandershin.«

»So ein Flugzeug ist wohl eher ein Hindernis«, überlegte Jonas. »Egal wo – es hat die Registriernummer am Rumpf, die ist immer und überall erkennbar. Ein Wagen ließe sich einfach verstecken.«

»Genau.«

»Ich bin ihnen ein paar Stunden voraus.«

»Du hast Mist gebaut, Junior«, sagte Nevada. »Ein tüchtiger Geschäftsmann bist du geworden. Hast dich sogar als ganz unwahrscheinlich geschäftstüchtig entpuppt. Dein Daddy hat gar nicht geahnt, *wie* geschäftstüchtig du bist... und wie blöd du in persönlichen Dingen sein kannst. Ich habe keine Ahnung, ob es richtig war, der Vorladung auszuweichen. Das ist eine Sache, die ich nicht beurteilen kann. Ich weiß nur eines. Danach *mußt* du von der Bildfläche verschwinden. Du mußt jetzt echt verduften. Nur *diesmal* ein bißchen geschickter.«

»Kannst du mir helfen, Nevada?«

Jonas griff nach der Cognac-Flasche, doch Nevada streckte die Hand aus und stellte sie wieder auf den Tisch. »Du mußt gleich die Maschine fliegen. Da kannst du von diesem Zeug nicht noch mehr gebrauchen. Ich habe vorab ein paar Anrufe zu machen. Du gehst jetzt und ißt, was Martha für dich gekocht hat. Dann legst du dich hin – ruh dich ein bißchen aus, schlaf. In ein bis zwei Stunden mußt du weg. Bis dahin weiß ich vielleicht auch, wohin.«

3

In dem Raum, wo Jonas ruhte, war es dunkel und kühl. Er versuchte zu schlafen. Er kam ins Dösen. Seltsame, halb wahre Träume suchten ihn heim, in denen sein Vater noch am Leben war, und dann gerieten sie ganz fürchterlich aneinander. Wegen Rina. Die alten Ressentiments.

Als er sich in der Aufwachphase des Traums bewußt wurde, wer er war und wo er sich befand, tat es ihm leid, daß er seinem Vater nie verziehen hatte. Mehr noch, es tat ihm leid, daß sein Vater es nicht erlebt hatte, wie *er* die Firma weitergeführt und zu solcher Größe gebracht hatte, daß sie gelegentlich als »Cord-Imperium« bezeichnet wurde. Andererseits... wenn sein Vater am Leben geblieben wäre, hätte er, als Sohn, dazu nie die Chance bekommen.

Jonas war nicht religiös. Er glaubte nicht, daß sein Vater jetzt im Himmel oder in der Hölle oder sonstwo weilte und ihn von dort beobachtete. Aber er hätte es sich gewünscht. Großer Gott, und *wie* er sich das wünschte! Er hatte sich in allem, was er tat, immer nur an einem Maßstab gemessen und gefragt: Hätte es die Billigung seines Vaters gefunden? Er hatte sich das abzugewöhnen versucht. Er hatte versucht, sich nicht mehr zu fragen, wie ihn wohl sein Vater beurteilt hätte. Dennoch ertappte er sich ständig bei der Frage: »Habe ich es richtig gemacht, Alter?«

Es war ein hoher Maßstab, der es ihm nicht leicht machte. Was würde sein Vater sagen, wenn er wüßte, daß er sich der Vorladung entzog? Was würde der alte Herr davon halten?

Am Ende schlief er doch wieder ein. Er schlief noch, als Nevada ins Zimmer trat und ihn weckte.

Jonas richtete sich auf und setzte die Füße auf den Boden. Er hatte nicht lang genug geschlafen. Er fühlte sich wie bei einem Kater. Nevada reichte ihm einen Becher starken schwarzen Kaffee.

»Ich hab 'n Versteck für dich gefunden.«

»Wo?«

»In Las Vegas.«

»Las Vegas? Auf der ganzen Welt gibt es keine Stadt, wo man exponierter wäre. Im übrigen wimmelt es dort nur so von allen möglichen FBI-Agenten.«

»Sag nie, daß ein Vorschlag dumm ist, bis du ihn zu Ende gehört hast. Zum ersten: Wir müssen das auffällige Flugzeug verschwinden lassen. In Arizona gibt es einen Privatflugplatz. Die Leute dort sind bereit, die Maschine in einem Hangar abzustellen. Dann fahren wir weiter nach Vegas. Nach Anbruch der Dunkelheit. Heute nacht. Die ganze Sache wird was kosten. Hast du Geld dabei?«

»Nicht viel.«

»Dann werd ich dir Geld beschaffen.«

»Und wo soll ich wohnen, Nevada?«

»Hast du schon mal vom Casino-Hotel *The Seven Voyages* gehört?«

»Selbstverständlich.«

Nevada nickte kurz. »Dort wirst du wohnen. Du hast das oberste Stockwerk ganz für dich. Niemand erfährt, daß du da bist.«

»Und wie hast du *das* hingekriegt?«

»Im Lauf eines langen Lebens gewinnt man halt ein paar Freunde«, erwiderte Nevada.

4

Sie hatten den Flugsprit mit einer primitiven Handpumpe in die Flügeltanks der Cessna gepumpt. Jonas gab Gas, die Cessna brauste über die kurze Landebahn und hob gerade ab, als zwei schwarze Autos durch das Tor und zum Haus fuhren.

»Das war knapp«, meinte Nevada. »Wenn ich hier jetzt der Pilot wäre, würd ich so tun, als ob wir nach Osten fliegen. Bevor ich den richtigen Kurs nähme, würd ich erst mal aus dem Blickfeld von den Kerlen da unten sein wollen.«

Es war ein Rat, den Jonas befolgte. Er drehte erst nach Süden ab, als er die Staatsgrenze von Utah im Osten hatte; danach flog er über den Grand Canyon und anschließend westwärts. Er navigierte so, wie er es in der guten alten Zeit getan hatte, bevor die Techniker den Flugzeugen alle möglichen Funksteuergeräte eingebaut hatten. Er orientierte sich überhaupt nicht an den Flugkarten, sondern verglich, was er auf dem Boden unter sich sah, laufend mit den Fernstraßenkarten. Der kleine Privatflugplatz lag genau dort, wo Nevadas Freund angegeben hatte: achtzehn Meilen nordöstlich von Dolan Springs und eine Meile östlich einer schmalen Landstraße. Er flog einmal drüber hinweg, um einen prüfenden Blick auf Landebahn und Windsack zu werfen, dann drosselte er den Motor und setzte genau hinter dem Anfang der Landebahn auf, so daß er genügend Platz für die Maschine hatte und vor Ende des Streifens zum Stillstand kam.

Längs der Landebahn stand ein großer, rostiger, wackliger Wellblechschuppen. Kaum waren Jonas und Nevada aus der Cessna geklettert, als ein Traktor rückwärts heransetzte und die Cessna in den Hangar schleppte, wo er sie zwischen teuren zweimotorigen Privatflugzeugen abstellte. Die großen Hangartore wurden von starken Elektromotoren geschlossen.

Jonas und Nevada begaben sich in den Büroschuppen, wo Jonas den Mann vom Dienst bat, die Tanks der Cessna zu verdecken.

»Geht in Ordnung, Mr. Cord. Hübschen Flieger haben Sie da. Wir werden gut darauf aufpassen. Für Sie steht schon ein Wagen bereit. Wie ich hörte, wollen Sie nicht gleich weiterfahren? Sie können dort drüben in dem Haus am Ende der Rampe bleiben. Das steht den Flugzeugbesitzern und Piloten als Privatklub zur Verfügung.«

Jonas nickte. »Sehr schön. Machen wir.«

5

Sie wollten Las Vegas erst nach Sonnenuntergang erreichen; im Dunkeln liefen sie weniger Gefahr, zufällig erkannt zu werden. Sie waren in Las Vegas keine Fremden. Sie waren beide häufig dagewesen.

Jonas war dort sogar geschäftlich bekannt. Es stand mit Las Vegas in einer Beziehung, die sich aus der besonderen Geschichte des Staates Nevada und dieser Stadt ergeben hatte.

Der Staat Nevada hatte 1931 das Glücksspiel in Kasinos legalisiert, um das von der Weltwirtschaftskrise schwer getroffene Land wieder in Schwung zu bringen. Daraufhin eröffneten ein paar Hotels und Casino-Hotels; so recht in Gang kam es aber nicht. Las Vegas war zu abgelegen. Die nächste Stadt von Bedeutung, Los Angeles, war fast fünfhundert Kilometer weit weg. Das erforderte entweder eine Tagesreise durch die trostlose Wüstenhitze in Autos, die damals ja noch nicht klimatisiert waren, oder einen abenteuerlichen, unruhigen Zweistundenflug über Wüsten und Berge. Die Entfernung bis San Francisco betrug sogar über tausend Kilometer. Und die Ostküste gar schien so fern wie China.

Die Casino-Hotels wurden im Stil einer Ferienranch betrieben. Es ging recht burschikos zu, Unterbringung und Verpflegung waren einfach, und außer dem Glücksspiel gab es nichts. In Los Angeles aber gab es schicke Nachtklubs, die ein paar unternehmungslustige Geschäftsleute auf die Idee brachten, Las Vegas müßte eigentlich eine Kombination aus Spielcasinos, erstklassigen Hotels und Top-Entertainern anbieten.

Aber die Banken zögerten mit Krediten zum Bau von Casino-Hotels. Dieses Problem löste dann ein gewisser Benjamin Siegel – besser bekannt unter dem Namen Bugsy Siegel. Mit den Gewinnen aus seinen kalifornischen Wettbüros und zusätzlichem Kapital von Investoren wie Meyer Lansky und Moe Greenbaum baute er das *Flamingo*. Das *Flamingo* wurde am 26. Dezember 1946 mit Jimmy Durante und der Band von Xavier Cugat eröffnet.

Gewinn machte das *Flamingo* unter dem großspurigen Bugsy allerdings keinen. Außerdem war er von aufbrausendem Wesen, und es kam mehr als einmal vor, daß er – vor versammelter Casino-Kundschaft – Männer angriff und verletzte, weil sie ihn »Bugsy« nannten. Das Problem mit Bugsy fand am 20. Juli 1947 ein Ende. Er wurde von Unbekannten – der oder die Täter sind nie aufgespürt worden – mit einem Gewehr erschossen, als er sich in der Wohnung seiner Freundin Virginia Hill in Beverly Hills auf dem Wohnzimmer-Sofa räkelte. Daraufhin zeigten die Banken sich geneigter, Kredite zu geben, damit das *Flamingo* fertiggestellt und andere Hotel-Casinos gebaut werden konnten. Las Vegas begann aufzublühen. An der Straße, die als *The Strip* berühmt wurde, entstanden weitere neue Hotels.

Ein Hauptproblem war jedoch geblieben. Noch immer war Las Vegas schwer zu erreichen.

Und zur Lösung eben dieses Problems hatte Jonas Cord einen entscheidenden Beitrag geleistet. 1947 hatte er tägliche Flüge seiner Inter-Continental Airline von Los Angeles und San Fransciso nach Las Vegas eingerichtet. Daraus waren bald zwei Flüge pro Tag geworden. Seine Flugzeuge flogen höher, also ruhiger und in frischerer Luft, und schneller. Mit der Inter-Continental war Las Vegas von Los Angeles aus in nur neunzig Minuten zu erreichen. Somit konnten Glücksspieler am Nachmittag nach Las Vegas fliegen, die Nacht durchspielen und mit dem Morgenflug wieder in Los Angeles sein. Während des Flugs servierten die Hostessen Drinks.

Die Stewardessen waren ursprünglich allesamt Krankenschwestern gewesen, von denen man erwartete, daß sie sich fürsorglich der Passagiere annahmen und ihnen beim Durchstehen der ziemlich regelmäßigen Anfälle von Übelkeit halfen. Und die Stewardessen haben sich, auch als sie keine Krankenschwestern mehr waren, weiterhin zuckersüß um die Passagiere bemüht. Die Flüge nach Las Vegas sollten ein Vergnügen sein. Jonas verlangte von seinen Hostessen, daß sie Shorts trugen. Sie waren die ersten Hostessen überhaupt, die Shorts trugen. Dazu trugen sie T-Shirts mit der Aufschrift INTER-CONTINENTAL-LAS-VEGAS. Die meisten Flüge waren ganz oder beinahe ausgebucht, so daß auch andere Fluggesellschaften auf die profitable Strecke aufmerksam wurden. Seit 1948 konnte man auch aus so weit entfernten Städten wie Denver, Dallas und Chicago nach Las Vegas fliegen.

Insofern hatte Jonas Cord zum Erfolg von Las Vegas einen beträchtlichen Beitrag geleistet, und sein Name war dort wohlbekannt. Er hatte noch bei keinem seiner Besuche für sein Hotelzimmer, einen Drink oder eine Mahlzeit zahlen müssen.

Er selbst wäre nie auf die Idee gekommen, nach Las Vegas zu fahren und dort auszuharren, bis die Sache mit der Vorladung in Vergessenheit geriete. Es war Nevadas Vorschlag gewesen, und Jonas konnte sicher sein, daß Nevada für ihn gut vorgesorgt hatte.

6

Das kleine Holzhaus am Ende der Rampe war in der Tat ein Privatklub für Flugzeugeigentümer und Piloten. Man konnte dort essen, trinken, an einem der zahlreichen Automaten im Saal spielen oder mit einem der Mädchen an der Bar nach oben auf ein Zimmer gehen.

»Ich weiß nicht, wie's dir geht«, meinte Nevada, »aber *ich* könnte jetzt ein hübsches saftiges Steak vertragen.«

Sie nahmen an einem Fenstertisch mit Blick auf Landebahn und

Rampe Platz. Tisch und Stühle waren aus solidem Ahornholz, Tischdecken und Fenstervorhänge aus rotweiß kariertem Baumwollstoff. Irgendwer hatte eine Kerze so weit herunterbrennen lassen, daß der Hals einer Chiantiflasche im Korb vom Wachs überdeckt war. Die Servietten waren aus Papier.

Jonas orderte eine Flasche Bourbon und zwei große Steaks, *rare*, mit Kartoffeln.

»Wer vermietet mir die oberste Etage des *Seven Voyages*?« fragte Jonas.

»Der Besitzer«, antwortete Nevada. »Morris Chandler.«

»Ein Name mit einem gewissen Ruf.«

»Maurie ist ein alter Freund von mir.«

»Kennst du ihn etwa noch länger als uns Cords?«

»Viel länger.«

Jonas ließ das Thema fallen. Es gab eine Periode in Nevadas Leben, über die nicht gesprochen wurde. Sie war Jonas nur in groben Zügen bekannt, aber Nevada Smith fragte man nicht aus.

Von der Bar kam eines der Mädchen herüber. Eine kleine falsche Blondine mit viel zu dick aufgetragenem Lippenstift. Sie trug eine weiße Bauernbluse, die ihren prallen Busen unterstrich.

»Langweilt ihr Burschen euch?«

»Eigentlich nicht«, sagte Jonas. »Außerdem haben wir Geschäftliches zu besprechen.«

»Ach so. Na, falls die Geschäfte langweilig werden sollten – ich sitze an der Bar.«

Als sie außer Hörweite war, meinte Nevada: »Du solltest sie vielleicht beim Wort nehmen. Zur Beruhigung der Nerven.«

»Dafür sorgt schon der Bourbon. Aber vielleicht sollte ich Monica anrufen, damit sie weiß, wo ich bin.«

»Warte damit, bis du oben in der Suite bist«, riet Nevada. »Chandler hat die Telefone manipuliert, so daß die Leitungen über ein Büro in San Diego laufen. Auf die Weise kann niemand einen Anruf verfolgen und deinen Aufenthaltsort herausfinden. Und außerdem – was würdest du wetten, daß dein Anschluß zu Hause nicht bereits abgehört wird?«

»Wie kann ich dann mit meinem Büro sprechen?«

»Verlaß dich auf Chandler. Er wird dir auch in deine Apparate

Zerhacker einbauen. Hab ich schon mit ihm abgesprochen. Ich hab ihm erklärt, daß du mit den Leuten, die für dich arbeiten, Kontakt haben mußt. Du glaubst hoffentlich nicht, daß du der erste bist, der sich im obersten Stockwerk vom *Seven Voyages* versteckt.«

»Kann ich mich auf Chandler verlassen?«

»*Ich* verlaß mich auf ihn.«

Jonas beobachtete, wie der Traktor eine *Twin Beech* aus dem Hangar zog. Kurz darauf fuhren zwei schwarze Wagen auf die Rampe. Fünf Männer stiegen aus und kletterten in die *Beech*. Sie fuhr ans Ende der Rollbahn, wendete und kam donnernd zurück. Sie brauchte die gesamte Länge der Bahn für den Start. Sie hob genau dort ab, wo der Asphalt aufhörte.

»Wir bauen aber sehr auf diesen Morris Chandler.«

»Du brauchst dir keine Sorgen zu machen«, meinte Nevada. »Maurie ist ein ganz alter Freund von mir.«

III

1

Es war die Wüste im Hintergrund von Las Vegas, die manche Investoren angeregt hatte, ihren Hotels ausgefallene Namen aus *Tausendundeiner Nacht* zu geben – in Hollywood waren damals gerade ausgefallene Filme über *Tausendundeine Nacht* Mode. Der Name *The Seven Voyages* war eine Anspielung auf das Buch *Die Sieben Zauberreisen Sindbads des Seefahrers*. Das Hotel war im maurischen Stil erbaut worden – das heißt, Morris Chandlers Architekten hatten die Szenenaufbauten eines Dutzends einschlägiger Filme nachgeahmt. Es stand inmitten eines ausgedehnten, künstlich bewässerten Rasens, auf dem sich zwanzig üppige Palmen im Wüstenwind wiegten. Das fünfstöckige Hauptgebäude hatte angewinkelte, langgezogene, dreistöckige Flügel.

Wasser gab dem *Seven Voyages* seinen besonderen Charakter. Außen sprudelten vorne hohe Springbrunnen, auf der Rückseite dominierte ein Swimmingpool. Wie Jonas beim Eintreten feststellte, bildeten Brunnen und Wasserbecken auch ein beherrschendes Element der Innenausstattung.

Nachts war draußen alles beleuchtet. Der Swimmingpool funkelte von Unterwasserlichtern. Auf den Palmen erstrahlte weißes Licht. In den Springbrunnen spielten bunte Lichter. Die Hotelfassade wurde durch warmgelbes Flutlicht erhellt.

Jonas ließ den Wagen in dem Parkplatz hinter dem Hotel stehen und begleitete Nevada durch einen Hintereingang ins Hotel. Nevada, der sich hier bestens auskannte, führte Jonas direkt zu Chandlers Chefbüro im zweiten Stock.

Sie wurden von einem dunkelgesichtigen Mann im schwarzen Anzug kurz angehalten, aber wirklich nur ganz kurz, weil der

Mann Nevada erkannte. Er öffnete ihnen die Tür zum hinteren Raum des Büros und forderte sie auf, es sich bequem zu machen, während er Mr. Chandler suchen ging.

In diesem Zimmer war von *Tausendundeiner Nacht* nichts zu bemerken. Ganz im Gegenteil. Das Büro Chandlers erinnerte Jonas an das Büro seines Vaters in der Fabrik von *Cord Explosives*, das nun schon seit Jahren das seine war. Die Möbel waren aus schwerer, dunkler Eiche; die Stühle hatten schwarze Lederpolsterung mit Schmucknägeln. Vorhänge und Teppich waren grün; auf dem Schreibtisch stand eine Messinglampe mit grünem Schirm. Das Büro war altmodisch, zweckbestimmt und ohne allen Firlefanz.

Morris Chandler entsprach überhaupt nicht dem Typ, den Jonas erwartet hatte. Er war ungefähr siebzig – etwa gleichaltrig mit Nevada. Obwohl er sich aufrecht hielt und wohlgebaut wirkte, war er klein und hager – nur ein Männlein. Die schwarzen Haare waren mit silbergrauen Strähnen durchsetzt. Die Brauen wölbten sich hoch über müden braunen Augen. Die Nase mochte ursprünglich einmal lang und spitz gewesen sein, doch jetzt war sie flach; irgendwann in seinem Leben war sie zweifellos auch einmal gebrochen. Das Gesicht war asymmetrisch; die Augen paßten nicht recht zusammen; Jonas führte es auf einen früheren Wangenknochenbruch auf der rechten Seite zurück. Chandler hatte einen breiten Mund und eine schwere Unterlippe. Am Nasenrücken, unter den Augen und um den Mund zeigten sich tiefe Falten. Am Hals hing die Haut lose herab. Er trug einen klassischen Nadelstreifenanzug, einen perfekt geschnittenen dunkelblauen Zweireiher.

Als er ins Büro trat und die Hand zum Gruß reichte, nahm er mit der Linken eine dicke schwarze Zigarre aus dem Mund, von der ein scharfer, kräftiger Rauch hochwirbelte und Jonas in die Nase stach. Es war nicht bloß eine starke Zigarre; sie war außerdem billig.

»Mr. Cord«, sagte er und ergriff Jonas' Hand. »Es freut mich, Sie kennenzulernen.« Er drehte sich zu Nevada um. »Hallo, Nevada. Schön, dich wiederzusehen.«

»Hallo, Maurie«, sagte Nevada.

2

Nevada Smith und Morris Chandler kannten sich tatsächlich schon seit langer Zeit. Genau gesagt seit dem 21. September 1900. Sie hatten in einem Gefängnis des Staates Lousiana ganz in der Nähe von Plaquemine Bekanntschaft miteinander gemacht. Morris Chandler hieß damals Maurice Cohen und Nevada Max Sand.

Es war der schlimmste Tag in Chandlers Leben. Er war auf einem Gefangenenwagen, an der Rückwand angekettet, aus Baton Rouge eingetroffen. Er mußte sich vor den Blicken aller, die es sehen wollten, im Gefängnishof entkleiden und Sträflingsuniform anziehen: eine schwarz-weiß gestreifte Hose und ein Hemd, das ihm viel zu groß war. Anschließend mußte er sich auf eine Bank setzen, die Beine auf einen Amboß legen und voller Entsetzen mitansehen, wie ein Aufseher ihm Beinschellen um die Knöchel *nietete* – Stahlringe um jedes Bein, verbunden durch knapp halbmeterlange Ketten. Schuhe hatte er keine bekommen; und so torkelte er barfuß über den Hof zum Büro des Aufsichtsbeamten.

Der Gefängnisaufseher war ein bulliger Mensch mit rotem Gesicht. Er hatte eine runde Brille mit Stahlrand auf der Nase, die er absetzte, als er nach einem Blatt Papier schielte, das ihm ein Polizeibeamter brachte. Er las und schaute hoch. Das Gesicht wirkte nicht unfreundlich, nicht einmal streng. Er schüttelte den Kopf. »Du mußt ziemlich blöd sein. Man muß schon ziemlich blöd sein, um für so kleine Schiebereien hier ein Jahr abzusitzen.« Er schüttelte erneut den Kopf. »Dazu noch Jude und aus Nu-Jooork. Das wird dir auch nicht grade helfen, Junge.«

»Ein Affe ist das.« Der Polizist lachte. »So einen piekfeinen Anzug, wie der anhatte, hast du noch nicht gesehen. Und 'n Stehkragen aus Zelluloid. Und ein rosa Seidenschlips. Stiefelchen mit Knöpfen und Gamaschen. Das Haar hatte er mit Pomade vollgeschmiert; roch nach Geranien. Also, mir gefällt er viel besser in dem, was er jetzt anhat. Bei seinen eigenen Klamotten konnte einem richtigen Mann ja schlecht werden.«

Der Aufsichtsbeamte las laut von dem Blatt Papier vor. »Maurice Cohen. Schwerer Diebstahl mit Betrug. Mann, Junge, hättest eine

Bank ausrauben sollen. Da hättste Chancen gehabt, echt an Kies ranzukommen, dann hättste es hier besser. Vor Bankräubern haben die alten Jungs hier nämlich Respekt. Wirst es schwer haben bei uns, Maurice Cohen.«

Maurie zitterte. Er war den Tränen nahe. Er hatte Angst, daß ihm die Beine versagten und er hinfiel.

»Also gut«, sagte der Aufseher. »Mike, nimm ihn mit und verpaß ihm zehn mit der Peitsche. Danach kann er sein Abendessen haben.«

»Zehn *Peitschenhiebe*!« schrie Maurice. »Warum denn? Was habe ich denn getan, um ... *Sir, Sir*, wieso?« Er weinte. Die Worte brachen aus ihm heraus. »Oh, bitte ...«

»Nur zur Vorsicht«, sagte der Aufseher leise. »Wer gleich am ersten Tag zehn mit der Peitsche abkriegt, benimmt sich erfahrungsgemäß besser und denkt gar nicht erst an Flucht. Irgendwie macht die Erinnerung an den Schmerz sie zu besseren Menschen.«

Mike war ein hünenhafter Schwarzer. Er war Kalfaktor, ein privilegierter Sträfling. Als er Maurie durch den Vorbau und zu dem Auspeitschpfahl in der Mitte des Hofes führte, sagte er mit ruhiger Stimme: »Mußt keine Angst haben, Junge. Ich mache meine Sache gut. Tut nicht so weh, wie du denkst.«

Der schwarze Hüne befahl ihm, die Sträflingsuniform auszuziehen. Die Hose bekam er natürlich nicht völlig herunter; er konnte sie nur bis zu den Ketten fallenlassen. Als Mike ihn an den Pfahl band, war Maurie nackt. Eine ganze Stunde mußte er dort so stehen, bis die Trupps von der Strafarbeit zurückkamen und sich im Hof versammelten, um dem Auspeitschen zuzusehen.

Die Sträflinge fanden ihn komisch – so ein kleingewachsener, unscheinbarer Mann mit fast ganz weißer Haut. Und weil viele noch nie einen beschnittenen Mann gesehen hatten, gingen sie neugierig um ihn herum und gaben Kommentare ab.

»Jesusmaria! Dem haben sie ja den Pimmel gestutzt!«

»Mein Gott, muß das weh tun!«

»Das ist bei den Juden so Sitte. Kannst du in der Bibel nachlesen. Wenn du die Bibel gelesen hättest, dann wüßtest du, daß die das mit ihren neugeborenen Jungs machen.«

»Da krieg ich ja Gänsehaut.«

Während Maurie so angebunden stand, bemerkte er ganz in der Nähe einen Mann, dem es genauso übel erging wie ihm selbst: Er war ebenfalls nackt und in einen Käfig eingesperrt, der so klein war, daß der Mann weder aufstehen noch sich ausstrecken konnte. Er lag zusammengerollt wie ein Fötus und in den eigenen Exkrementen. Er schien nicht einmal die Fliegen zu bemerken, die ihm über den schweißbedeckten Körper krochen.

Als dann sämtliche Arbeitstrupps angekommen waren, stellten die fünfzig bis sechzig Männer sich in einem Kreis um den Pfahl auf, um der bevorstehenden Auspeitschung von Maurie Cohen zuzuschauen. Ihm sackten die Knie weg; er hing an dem Strick, mit dem er an den Handgelenken angebunden war. Der Schweiß lief ihm herab; mit jedem Windstoß begann er zu zittern. Er wußte, daß er sich die Verachtung der Männer holte, mit denen zusammen er ein Jahr lang eingesperrt sein würde. Das machte ihm Angst, doch er konnte nichts dagegen tun. Als der Aufseher aus der Tür trat, machte er sich die Hose naß – allgemeines Gelächter.

Dann kam Mike, der schwarze Hüne, von hinten heran. Maurie verdrehte sich den Hals nach ihm. Mike hatte die Schlange in der Hand, ein furchterregendes Folterwerkzeug.

Maurie blickte zum Aufsichtsbeamten hinüber. Der Aufseher nickte. Im gleichen Moment spürte Maurie den Hieb mit der Schlange auf seinen Schultern. Der Schmerz war so schlimm wie von einem Brenneisen und noch schlimmer, weil er fühlte, wie ihm die Peitsche ins Fleisch schnitt. Er riß den Mund auf, um zu schreien ...

Ein Schwall kalten Wassers klatschte ihm ins Gesicht. Ein geschmeidiger, kräftiger, schwarzhaariger Mensch mit einem leeren Eimer in der Hand musterte ihn neugierig. O mein Gott – er war ohnmächtig geworden, und sie hatten ihn wieder zu sich gebracht, damit er die restlichen neun Hiebe auch spürte! Der Mann mit dem Eimer hatte ein seltsames Lächeln im Gesicht. Maurie schaute sich um. Der Aufsichtsbeamte im Türeingang war verschwunden. Die Sträflinge standen in einer Warteschlange vor der Speisebaracke, um sich ihr Essen zu holen. Alle trugen die gleiche gestreifte Kleidung wie er. Die gleichen Beinschellen. Keiner von ihnen schenkte ihm mehr Beachtung; nur der Mann mit der Peitsche. Maurie stand immer noch am Pfahl festgebunden. Sein Rücken war … Was war das bloß? Es war, als ob der Rücken lichterloh brannte, aber gleichzeitig tat es furchtbar weh – ein tiefer, qualvoller Schmerz in schwellendem Fleisch.

»Hast nur den ersten gespürt, ja?« fragte der Mann. »Aber nicht die anderen. Wie Mike gesagt hat – er macht seine Sache gut. Der erste Schlag auf die Schultern, der hat dich voll getroffen. Aber der zweite ist nur kurz mit der Spitze auf den Hinterkopf geknallt und hat dich bewußtlos gemacht. Die letzten neun hast du abgekriegt, als du nix mehr fühlen konntest. Du hast nicht mal das Brennen des Wundmittels gespürt, das Mike dir auf die Haut goß, damit die Streifen nicht eitern. Diesmal hast du Glück gehabt. Beim nächsten Mal würdest du alle zehn Schläge voll spüren. Vergiß das nie.«

Maurie stöhnte.

»Es war nix Besonderes. Hatte gar nix damit zu tun, daß du Jude bist. Mit mir haben sie es am ersten Tag genauso gemacht. Ich bin Max Sand. Ich soll mich eine Weile um dich kümmern. Befehl vom Chef.«

Max löste ihm die Handfesseln. Maurie sank auf die Knie.

»So ist es recht, Junge. Zieh die Hose hoch und komm.«

Maurie folgte. Er dachte nicht einmal daran, sich das Hemd über den Rücken zu ziehen. Max führte ihn zu einer Baracke, wo ein Feldbett und ein Eimer standen, dazu ein massiver Betonklotz mit eingemauertem Ring und einer Kette, an die ihn Max mit einem Vorhängeschloß an den Beinschellen sperrte, bevor er ihn in der Baracke allein ließ.

Maurie setzte sich auf das Feldbett. Hinlegen konnte er sich nicht. Er saß da und weinte.

Bald darauf kehrte Max zurück. Er brachte ihm einen Blechbecher mit Kaffee und einen Blechteller mit Essen, die er wortlos auf den Boden stellte. Er verschwand wieder und schloß die Tür von außen zu.

Bohnen. Bohnen, die in ranzigem Fett gebraten waren – bestimmt *Schweine*fett. Die wenigen Fleischbrocken waren jedenfalls eindeutig Schweinefleisch. Das ihm verboten war. Aber er hatte im Gefängnis gelernt, daß auch nur ein vorsichtiger Hinweis, ihm kein Schweinefleisch vorzusetzen, bestenfalls Gelächter erntete, eher aber einen Schlag mit dem Handrücken über den Mund einbrachte. Er nahm den Löffel, das einzige Besteck, das er bekommen hatte, und aß ein wenig von dem unappetitlichen Zeug. Er wußte genau – wenn er hier nicht alles aufaß, was man ihm gab, verhungerte er. Verzeih mir, Gott, betete er, als er es sich in den Mund schob.

Dann begann er von neuem zu weinen.

3

Das war aber nur der Anfang vom Schrecken dieses Jahres im Gefängnis.

Fünf Tage hielt man ihn in dem Schuppen, lange genug, damit sein Rücken heilte oder jedenfalls zu heilen begann. Man ließ ihn erst heraus, als er seinen Koteimer zur Latrine trug und leerte. Max kam Maurie holen. Er brachte ihm sein Essen. Max war kein Kalfaktor wie Mike. Er trug Sträflingskleidung und Beinschellen wie die meisten andern; es fiel Maurie jedoch auf, daß Max niemals stolperte. Max hatte gelernt, mit Fußketten zu laufen.

Max ließ sich im Eingang zur Baracke nieder, um mit ihm zu reden. Er fragte, was Maurie Dummes angestellt hatte, daß er hier ein Jahr einsitzen mußte.

»Sie sagen, du hättest was Dummes gemacht. Wie dumm war es denn? Was war das für eine dumme Sache?«

Maurie seufzte schwer. »Ich habe Versicherungen verkauft«, gab er zur Antwort.

Max grinste. »Oh, verstehe. Aber die Versicherungsgesellschaft gab es nicht – stimmt's? Du hattest einen Drucker, der dir falsche Versicherungspolicen druckte.«

»Stimmt«, sagte Maurie.

»Das ist ziemlich dumm. Das *ist* dumm. *Deshalb* zu riskieren, im Loch zu landen. Echt dumm.«

»Und weshalb bist du hier, Max?«

»Zwei Jahre wegen unrechtmäßigem Gebrauch einer Feuerwaffe.«

»Was hast du denn Unrechtmäßiges mit ihr angestellt?«

»Einen Mann umgebracht.«

»Du bist aber bei keinem Arbeitstrupp.«

»Ab nächste Woche wieder. Eine Mokassinschlange hat mich gebissen. Ich bin noch beschränkt arbeitsfähig.«

Am Ende der fünf Tage Einzelhaft wurde Maurie aus der Hütte verlegt. Er bekam ein Feldbett in einer Baracke zugewiesen, in der nachts alle Häftlinge an eine einzige lange Kette gefesselt wurden. Auf diese Weise hatte man sie sicher. Die Wärter brauchten nicht einmal die Türen und Fenster zu schließen. So konnte wenigstens frische Luft hereinkommen. Von den Mücken ganz zu schweigen.

Der Aufseher war im Grunde ein eher wohlwollender Mensch. Als er bemerkte, daß Cohen körperlich nicht geeignet war, um den ganzen Tag auf den Feldern zu arbeiten, ließ er ihn der Küche zuteilen.

Vor Morgengrauen aus dem Bett herausgescheucht und von der langen Kette befreit, schlurfte Maurie in der Küche herum, um dem Kalfaktor-Koch beim Maisbrotbacken und Kaffeekochen zu helfen. Die Häftlinge bekamen für den Anfang des Tages einen Teller Maisbrot in Melasse, eine süßlich-klebrige Pampe, die den Bauch füllte, aber auch Zahnfäule verursachte. Es gelang Maurie, ein wenig Maisbrot ohne Melasse für sich auf die Seite zu tun. Der Koch merkte es, verriet ihn aber nicht. Maurie wiederum behielt ein Geheimnis des Kochs für sich – daß er an verschiedenen Orten Töpfe mit Wasser und Melasse versteckte, aus denen er nachmittags mit einem Destilliergerät einen feurigen, berauschenden Rum herstellte.

Mauries Rücken heilte. Er lernte, in dem langen Saal mit dem erdrückenden Gestank von ungewaschener Kleidung und ungewaschenen Männern zu schlafen, die von der permanenten Bohnennahrung Blähungen bekamen; und unter dem Geschnarche und Gefluche der Männer, die vom ständigen Rucken der Ketten zwischen ihren Füßen aggressiv waren. Er gewöhnte sich daran, ohne Bad und saubere Kleidung zu leben. Er lernte, nicht zu erbrechen, wenn er sich so schnell wie nur möglich im Latrinenschuppen über stinkenden Kloakenlöchern mit Fliegengeschmeiß erleichterte. Er lernte das Gehen mit Beinschellen. Er schöpfte Hoffnung, daß er sein Strafjahr doch überleben könnte.

Aber dann nahm Big John LeBeau ihn sich vor.

Das erstemal kam er abends. Zu dieser Zeit saßen die Sträflinge für eine Stunde im Gefängnishof herum und durften rauchen, bevor sie in die Baracken getrieben und wieder angekettet wurden. Maurie hatte seine Arbeit in der Küche noch nicht beendet und war mit dem Schrubben der Blechteller beschäftigt.

Big John war einer von jenen Kalfaktoren, die keine Beinschellen tragen mußten. Er war ein Fettkloß von einem Mann, dabei aber muskulös. Er rasierte sich nur einmal im Monat – obwohl es den Sträflingen erlaubt war, sich zweimal wöchentlich – unter Aufsicht – zu rasieren. Seine Arme waren mit Schlangen- und Drachentätowierungen übersät. Die Sträflinge redeten ihn mit »Boss« an.

Er stolzierte in den Küchenschuppen, packte Maurie am Kragen und schubste ihn in eine Vorratskammer mit Maismehlsäcken und Zwanzigliterdosen Schweineschmalz. Er machte die Tür von innen zu, knöpfte seine Hose auf und zog seinen großen Penis heraus.

»Hör zu, Itzig«, sagte er. »Judenjungs sollen die besten sein beim Schwanzlutschen. Außer Judenmädchen natürlich. Aber Judenmädchen gibt's hier nicht. Also, nu mal los. Laß sehen, was du kannst.«

Er legte die Hände auf Mauries Schulter und zwang ihn in die Knie.

Maurie begann zu wimmern. Big John drückte Maurie den Penis ins Gesicht. »Mach schon«, knurrte er.

Da ging die Tür auf. Maurie wurde fast ohnmächtig – er rechnete mit brutaler Bestrafung; er hatte zwar noch nichts getan, aber es mußte aussehen, als ob er es tat.

»Was machst du denn da, John?«

Maurie schaute auf, und durch die Tränen erkannte er Max Sand.

»Du kannst ran, wenn er mit mir fertig ist«, sagte Big John. »Ich hatte mir eigentlich vorgestellt, daß ich den Itzig für mich allein habe, aber gut, dann teilen wir ihn uns eben. Im Geist christlicher Nächstenliebe.«

Max schüttelte den Kopf. »Ich stell mir das nicht vor, John«, sagte er. »Ich stell mir vor, daß wir den Judenjungen in Ruhe lassen. Du und ich, wir sind stark genug, um mit den Verhältnissen hier im

Louisiana-Gefängnis fertig zu werden. Aber er nicht. Es gibt hier genug Männer, die gern mit dir machen, was du willst. Mach es mit ihnen und laß den armen kleinen Kerl da in Frieden!«

Big John trat von Maurie weg. Sein Penis war noch steif, als er Max Sand konfrontierte.

»Du willst *mir* sagen, wer in Ruhe gelassen wird und wer nicht?« fragte er und federte auf den Fußballen, als wollte er im nächsten Moment angreifen.

Max wartete nicht erst ab, was Big John vorhatte. Er versetzte Big John mit der Rechten einen Schlag auf den Steifen, und als Big John wie gelähmt und sogar leicht geschockt dastand, traf Max ihn mit der linken Faust voll im Bauch. Big John grunzte, taumelte, und bevor er sich erholen konnte, hämmerte Max mit beiden Fäusten auf seinen Bauch ein. Big John ging in die Knie, rang nach Luft und erbrach sich.

Max hatte es schlau gemacht. Hätte er dem Mann mit seinen Fäusten das Gesicht blutig geschlagen, so hätten die Wärter von dem Kampf erfahren, und dann wären sie beide ausgepeitscht und hinter Gitter gesteckt worden. So aber war Big John besiegt, ohne vom Kampf gezeichnet zu sein.

»Ich denke doch, daß ich es mir richtig vorstelle, nicht wahr, John?« meinte Max, während der Mann sich hochrappelte.

Big John nickte. »Wir sehen uns ein andermal, Max.«

Maurie konnte seine Dankbarkeit nicht zeigen. Nicht einmal ansatzweise hatte er dazu Gelegenheit. Max führte Big John zur Küche und pumpte ihm eine Blechtasse voll Wasser. Dann verließ er mit Maurie zusammen den Schuppen.

Fünf Monate später geschah dann etwas Furchtbares. Max Sand entfloh zusammen mit Mike, dem hünenhaften schwarzen Kalfaktor, und einem Gefängnisschieber namens Reeves. Angeblich war nie jemandem die Flucht gelungen; aber die drei hatten es geschafft. Daraufhin wurden die Sicherheitsmaßnahmen verschärft – ständige Nacktdurchsuchungen, häufigeres Auspeitschen und insgesamt ein härteres Leben für alle Sträflinge. Dann kehrte die alte Routine wieder zurück.

Das Leben wurde furchtbar für Maurie. Big John fing wieder damit an, wovon Max ihn abgehalten hatte. Während der restlichen Monate seiner Haftstrafe war Maurie gezwungen, Big John LeBeau zu Willen zu sein.

Big John war mit der Lagerroutine vertraut und obendrein ein Sträfling mit Privilegien, so daß er stets Zeit und Ort dafür fand, manchmal sogar zweimal am Tag. Maurie hatte gar keine Wahl. Es machte ihn jedesmal krank. Er haßte Big John, und in seinen Tagträumen brachte er ihn auf Dutzende Arten unzählige Male um.

Doch selbst wenn es Maurie möglich gewesen und er ungestraft davongekommen wäre, wäre es dumm gewesen, Big John zu töten. Er wäre nur von anderen gezwungen worden, es auch ihnen zu besorgen. Big John bezeichnete ihn als seine Frau und setzte durch, daß die anderen sich von ihm fernhielten. Maurie mußte sich eingestehen, daß es vielleicht besser war, von Big John als »Frau« angesehen zu werden. Nicht nur hatten die anderen nicht den Mut, sich in Big Johns Angelegenheiten einzumischen; sie wagten auch sonst nicht, den kleinen Juden, der unter seinem Schutz stand, zu mißhandeln.

Jedenfalls hatte Maurie auf diese Weise überlebt.

4

Die bekannten harten Gesichtszüge waren von einem dichten schwarzen Bart verdeckt, und er trug völlig andere Kleidung; statt des Nadelstreifenanzugs eine Lederjacke mit Fransen, Jeans, Cowboystiefel und einen hellen Strohhut mit modisch hohem Kopfteil und breiter Krempe; außerdem auch noch eine Pistole an der Hüfte. Er war ein großer, kräftiger Mann. Er trat selbstsicher an die Bar und bestellte einen Whisky.

Der Mann, der ihn begleitete, unterstrich den Eindruck, den er erweckte. Dieser Mann war unverändert, vielleicht weil er sich gar nicht verstellen konnte – es war Mike, der schwarze Hüne, der Maurie mit dem zweiten Schlag der Peitsche bewußtlos geschlagen hatte, damit er die restlichen neun Schläge nicht spürte. Er war jedoch auf die gleiche Art gekleidet und trug einen Revolver.

Wenn dieser Mann, und daran konnte überhaupt kein Zweifel

bestehen, Mike war, so mußte sein Begleiter Max sein. Aber sicher, es war Max Sand. Er war an seinen blauen Augen zu erkennen.

Maurie sammelte seine Chips ein, verabschiedete sich mit Kopfnicken von seinen Spielfreunden und ging zur Bar. So wie Max, war auch er nicht wiederzuerkennen. Max war schick und auffallend teuer angezogen, wie Maurie auch, doch in einem ganz anderen Stil, und es hatte ihn wenig gekostet. Mauries leichter grauer Anzug war eng geschnitten, das Jackett hatte vier Knöpfe und schmale Revers, die in Achselhöhe endeten Er trug ein weißes Hemd mit einem Kragen aus Zelluloid, eine rosa Satinkrawatte samt Krawattennadel mit einem echten Diamanten, hohe Schuhe und Gamaschen – ziemlich genau das, worüber der Gefängniswärter gelacht hatte, als er dem Aufseher Maurie Cohens Kleidung beschrieb.

»Max.«

Max Sand warf den Kopf herum. Es gefiel ihm offenbar gar nicht, erkannt worden zu sein.

Maurie spürte Gefahr und sagte rasch: »Ich bin Maurie Cohen.« Dann wandte er sich dem großen Schwarzen zu. »Hallo, Mike.«

Der feindselige Blick, mit dem Max ihn gemustert hatte, wurde freundlicher. »Maurie – tatsächlich! Hast du den nicht für tot gehalten, Mike?«

Mike schüttelte den Kopf. »Einer, der zehn von der Schlange überlebt, stirbt nicht mehr daran, daß er John den Schwanz lutschen muß!«

»Ja, aber viel fehlte nicht«, meinte Maurie bitter. »Darf ich den Herren einen Drink anbieten?«

»Warum nicht«, sagte Max.

»Eine Flasche vom Besten für meine Freunde«, sagte Maurie zum Barmann. »Und für mich das gleiche wie immer.«

Der Barmann schob Max eine Flasche Whisky über die Theke. Dann goß er ein kleines Glas halbvoll mit einer gelblichen Flüssigkeit, die sich nach dem Beimischen von etwas Wasser milchgrün verfärbte.

»Was zum Teufel ist *das*?« wollte Max wissen.

»Absinth«, erklärte Maurie. »Kommt aus Frankreich. Hab mich in New Orleans an das Zeug gewöhnt. Also, Prost. Wie viele Jahre ist das her? Acht?«

Max nickte.

»Glaubst du, daß in Louisiana immer noch nach dir gesucht wird?«

Max schüttelte den Kopf. »Maurie, ich bin meiner Lebtage nicht in Louisiana gewesen.«

Maurie wurde steif. »Ach so, ja. Richtig. Ich auch nicht.«

»Scheint dir gutzugehen«, meinte Max. »Hübscher Anzug, den du da anhast.«

Maurie zuckte lächelnd mit den Schultern. »Imitation«, sagte er. »Es geht mir aber ganz gut. Die Stadt hier hat Konjunktur. Jeden Tag kommt ein neues Bohrloch dazu. Die Gegend *schwimmt* in Öl.«

»Verkaufst du immer noch falsche Versicherungspolicen?« fragte Max.

»Ganz bestimmt *nicht*«, erwiderte Maurie. »Hier würde man für so was gehenkt. Hier in Texas verstehen sie keinen Spaß. Aber man kann hier mit ehrlichem Kartenspiel zu Geld kommen. Ich hab 'ne Methode entwickelt. Da behauptet wer: Du schwindelst, und ich sage: Dann durchsuch mich, Freund. Du wirst nichts finden, kein Messer, keinen Revolver, keine Extra-Karten. Und dann suchen sie wirklich und finden nichts. Dann sag ich ihnen: Verlangt ruhig neue Karten, Freunde – nur für den Fall, daß ihr etwa glaubt, ich hätte die Karten gezinkt. Und dann spielen wir weiter, und ich gewinne noch ein bißchen mehr. Und wenn ich merke, daß der Mann sich ruiniert hat, sage ich zu ihm: Mein Freund, das wäre mir nicht recht, daß jemand den Tisch verläßt und pleite ist, weil er mit mir Karten gespielt hat. Ich denke, ich habe hundertfünfzig gewonnen. Hier hast du fünfzig zurück. Wegen des Prinzips.«

»Und wie schaffst du das?« fragte Mike.

»Ich spiele Nonstop, und clever. Ich trinke beim Spielen nicht. Im übrigen ... ich bin bekannt. Es gilt als Herausforderung. Maurie Cohen zu schlagen gilt als Beweis dafür, daß man clever ist. Mir sind schon mal zweihundert Dollar gezahlt worden – nur damit ich mit einem Mann spiele und hundert Dollar an ihn verliere. Das bringt *ihm* Reputation ein. Was er davon hat, ist seine Sache. Doch was macht ihr hier in der Stadt?«

»Wir sind Viehtreiber in Mexiko«, antwortete Max. »Ab und zu kommen wir nach Texas, um unser Geld auf eine amerikanische Bank zu bringen.«

»Das ist clever«, sagte Maurie. »Würdet ihr gern was essen? Und ich wüßte auch, wo ich für euch beiden ein paar richtig hübsche junge Mädchen finden könnte.«

»Das finde ich aber nett von dir, Maurie«, sagte Max mit ernstem Gesicht. »Wir müssen bloß noch mit ein paar Leuten reden, dann kommen wir wieder.«

5

Ein Alptraum. Sie kamen, ohne zu klopfen, mitten in der Nacht und brachen die Zimmertür auf. Als er richtig wach geworden war, lagen ihm schon die schweren Handschellen um die Gelenke. Er wurde im Nachthemd aus seinem Zimmer geschleppt, völlig verwirrt, ohne zu wissen, warum.

»Meine Herren!« protestierte er. »Ich betrüge niemanden! Das können alle bestätigen, die mit mir gespielt haben.«

Ein Hilfs-Sheriff brachte ihn mit einem harten Schlag auf den Kiefer zum Schweigen. Er wurde mit blutendem Mund ins Büro des Sheriffs gezerrt.

Dort drückte man ihn auf einen Stuhl.

»Also gut, Cohen. Wer sind sie? Und wo sind sie?«

»Wer?«

Die Antwort war eine Ohrfeige vom Hilfs-Sheriff. »Du hast zwei Kerlen eine Flasche spendiert. Der eine war ein Nigger. Du hast ihre Essen bezahlt. Und zwei Nutten für sie. Wer sind sie?«

»Freunde«, antwortete Maurie. »Ganz alte Freunde. Ich hatte sie seit acht Jahren nicht mehr gesehen.«

»Sie haben es nicht geschafft, den Safe zu knacken, weißt du«, sagte der Sheriff, ein zerbrechlicher kleiner, alter Mann mit blassem Gesicht und einem enormen Hut, den er nie abnahm. »Sie haben einen umgelegt – aber der gehörte zu *ihnen*. Jetzt erklär du den Grund, Cohen. Warum haben sie diesen Mann umgebracht? *Und auf solche Art und Weise?* Was war da los, verdammt?«

»Ich weiß von gar nichts!«

»Ach, du weißt von gar nichts? Na schön, dann wollen wir dich mal ins Bild setzen. Sie haben die *Merchants and Mechanics Bank* ausrauben wollen. Aber der Mann, der gerade Dienst hatte, kannte die Kombination für den Stahltresor nicht. Sie haben gedroht, ihm die Augen mit einem Feuerhaken auszustechen – mit einem Feuerhaken, den sie auf dem Herd im Büro heiß machen wollten. Aber statt dessen hat dann der Große, der Gemeine, einem von *ihnen* die Augen ausgestochen. Hast du mich gehört? Mit dem rotglühenden Feuerhaken hat er seinen Partner geblendet, *dem* hat er den Feuerhaken in die Augen gestochen. Der Mann wird es wohl nicht überleben. Egal. Wir würden ihn sowieso an den Galgen bringen.«

»Davon weiß ich nichts!« schrie Maurie.

»Du weißt nichts? Der Kerl, den sie geblendet haben, hieß Ed. Und wie noch?«

»Ich weiß es nicht. Ich hab nie einen Ed gekannt.«

»Wer sind die beiden anderen? Wer sind die Männer, für die du Speis und Trank und Nutten spendiert hast?«

»Ich ...«

Der Hilfs-Sheriff traf ihn diesmal hart – so hart, daß Maurie Angst hatte, er habe ihm den Hals gebrochen.

»Ich will die Namen, verdammt noch mal!«

Maurie beugte sich vor und erbrach sich. »Max!« stotterte er. »Max und Mike! Der Nigger heißt Mike!«

»Und die Nachnamen?«

»Die weiß ich nicht!«

»Wo hast du die beiden kennengelernt?«

»In Louisiana.«

»Wo in Louisiana?«

»Ich war Sträfling in einer Gefängnisfarm. Die beiden sind auch dort gewesen. Mike hat mich geschlagen. Schauen Sie meinen Rükken an. Sie werden sehen, daß ich die Wahrheit sage.«

Der Hilfs-Sheriff hob Mauries Nachthemd. Er nickte dem Sheriff zu.

»Peitschennarben aus einem Louisiana-Gefängnis, wie ich noch keine gesehen habe.« Er betrachtete Maurie mit einer Art widerwilligem Respekt.

»Cohen – wo befinden sich die beiden Männer?« fragte der Sheriff.

»Wenn ich es wüßte, würde ich es Ihnen sagen«, erwiderte Maurie. »Ich bin denen nicht zu Dank verpflichtet.«

Der Sheriff runzelte die Stirn über den Hilfs-Sheriff. »Na schön.« Er dachte nach und schob den Hut auf seinem Kopf zurück, ohne ihn abzunehmen. »Von den fünfzigtausend, die sie aus dem Tresorraum der Bank geraubt haben, wirst du wohl deinen Teil abkriegen. Und aus diesem Grund werden wir dich wegen Bankraubs in Haft behalten. Und falls dieser Ed stirbt, auch wegen Mord. Das mag nach den Buchstaben des Gesetzes fraglich sein, aber es würde die Welt immerhin von einem raffinierten kleinen Gauner befreien. Bring ihn in eine Zelle, Brewster.«

6

Ein Alptraum. Sie nahmen ihm das Nachthemd weg und ließen ihn nackt hinter Gittern. Am Morgen würde man seine Sachen aus dem Hotel bringen, sagten sie ihm. Er hüllte sich in die armselige, zerschlissene graue Bettdecke und saß die ganze Nacht und den folgenden Tag über bibbernd da. Sie brachten ein paar Zeitungsreporter, um ihnen den Bankräuber zu zeigen – darunter sogar eine Frau, und er konnte sich in ihrer Gegenwart nicht einmal anständig bedecken. Sie schossen ein Foto nach dem anderen von ihm.

Es schauderte ihn. Sie meinten es ernst: Sie wollten ihn hängen.

Am zweiten Tag brachten sie ihm ein Frauenkleid und kugelten sich vor Lachen, als er es angezogen hatte. Immerhin aber war er bedeckt, und wärmer war es auch.

Welch böse Macht hatte sich seines Schicksals bemächtigt? Wie konnte er nur so viel Mißgeschick verdient haben? Gott hatte Hiob auf die Probe gestellt und festgestellt, daß es unnötig gewesen war. Er, Maurie, war in Louisiana auf die Probe gestellt worden, und es hatte sich erwiesen, daß es *nötig* gewesen war. Er hätte sich gegen Big John zur Wehr setzen *müssen*, und wenn es sein Leben gekostet hätte. Gott hatte es von ihm erwartet, aber er hatte versagt.

In der zweiten Nacht schlief er fest bis um vier Uhr morgens, als er das Geräusch eines Schlüssels im Schloß hörte. Hinrichtung durch den Strang bei Tagesanbruch. Hinrichtung durch Lynchen.

Aber nein, es war Max Sand. Er zog Maurie auf die Beine und schob ihn ins Büro des Sheriffs, wo der Hilfs-Sheriff, der Maurie gequält hatte, bäuchlings auf dem Boden lag.

Sie verließen die Stadt zu Pferde. Es kam ihnen niemand in die Quere. Die Bewohner von Houston waren es gewöhnt, Frauen im Herrensitz reiten zu sehen. Die komische Frau, die da mit dem bärtigen Mann ritt, war offenbar eine Nutte, die zu seinem Vergnügen mitritt. Auf diese Weise verdiente sie ihren Lebensunterhalt. Die Leute, welche die beiden sahen, zuckten mit den Achseln und schüttelten den Kopf. Und viele lachten.

7

Sie trieben die Pferde an; es konnte nicht lange dauern, bis man sie verfolgte. Max schien genau zu wissen, wohin er ritt; an einen Ort, den er kannte. Er mied alles, was ihre Flucht einfacher und die Rastpausen bequemer gemacht hätte: Wäldchen, Flüsse, Wiesen. Nach Sonnenaufgang hielten sie schließlich im Bett eines ausgetrockneten Baches an, wo bei ihrer Ankunft zwei Klapperschlangen das Weite suchten.

»Wie kann ich dir nur danken?«

»Kannst du nicht. Brauchst du auch gar nicht. Wenn du mich nicht begrüßt und mir nicht zu essen gegeben hättest, wärst du auch nicht verhaftet worden.«

»Wo ist Mike?«

»Er ist verletzt. Er hat mir befohlen, ihn allein zurückzulassen. So etwas Schlimmes habe ich noch nie getan. Bis jetzt. Weil ich mich verpflichtet fühlte, umzukehren und dir zu helfen.«

»Wieso hast du gewußt, daß sie mich geschnappt hatten?«

»Wir haben die Stadt nicht sofort verlassen. Wir wollten für Mike Hilfe suchen. Wir hielten es auch für richtiger, dich mitzunehmen. Ich habe selber gesehen, wie sie dich abholten.«

»Max, sie behaupten, du hättest einem Mann mit einem glühenden Schüreisen in die Augen gestoßen.«

»Hab ich.«

»O mein Gott!«

»Der Mann«, erklärte Max, »war der letzte der Bande, die meinen Vater und meine Mutter folterte und tötete. Zu dieser Bande gehörte einer, der meiner Mutter eine Brust vom lebendigen Körper abgeschnitten und sich einen Tabaksbeutel daraus gemacht hat. Er hat die Haut gegerbt.«

»O mein Gott!«

»Keiner von dieser Bande ist eines friedlichen Todes gestorben«, sagte Max. »Dem einen hab ich die Eier zertreten, der letzte hat einen glühenden Feuerhaken in die Augen gekriegt. Ich wünschte, sie wären noch alle am Leben, damit ich sie noch einmal umbringen könnte.«

»Und was willst du jetzt machen?«

»Mit dem ganzen alten Mist ist jetzt Schluß«, antwortete Max. »Ich hab etwas Geld in eine Ranch gesteckt. Ich werde meinen Namen ändern. Ich rasiere mir den Bart ab und führe ein ehrbares Leben. Und *du*, Maurie – was hast du vor?«

IV

1

Nach der Namensänderung hatte Maurie Max viele Jahre lang nicht wiedergesehen.

Auf einem Bahnhof in Missouri hatten sie sich getrennt und zum Abschied die Hand geschüttelt – zwei junge Männer im Alter von sechsundzwanzig Jahren. Max hatte Maurie hundert Dollar mitgegeben, aus dem Erlös von einem Banküberfall, der ein Jahr zurücklag, und war davongeritten. Maurie war mit dem Zug nach Kansas City gefahren, von wo aus er sich weiter nach Norden und Osten durcharbeitete.

Eine Weile lang blieb er Gauner; etwas anderes konnte er nicht. Zuerst in Missouri und Kansas, anschließend in Illinois und Indiana. Fünf Jahre lang hielt er sich als Schwindler über Wasser, unter Nutzung sämtlicher Tricks, die ihm einfielen. Er verkaufte wieder falsche Versicherungspolicen – diesmal war er klug genug abzuhauen, solange es noch möglich war zu verschwinden. In Kansas City, St. Louis und Chicago schlug er sich mit Kartenspiel durch. Weil die Spieler dort nicht so dumm waren wie in Texas, blieben seine Gewinne gering.

Er ließ Kataloge und Bestellformulare drucken und verkaufte alles, was sich verkaufen ließ, von Eisenbahnchronometern bis zu Basketbällen, wobei er im voraus nur zehn Prozent vom Preis als »Anzahlung« oder als »Bestellkosten« forderte. Er verkaufte hauptsächlich an Geschäfte und im Kleinhandel an der Haustür; wann immer er ein paar hundert Dollar eingenommen hatte, verschwand er aus der Pension und stieg in den nächsten Zug.

Am besten gelangen die Betrügereien mit Autos. Er kaufte für vierhundert Dollar einen neuen Chevrolet oder einen Ford, fuhr damit achtzig bis hundert Kilometer weit in eine andere Kleinstadt, setzte das Gerücht in Umlauf, daß er ein Fabrikvertreter sei, der Wagen mit vierzig Prozent Rabatt verkaufen konnte, und fand gegen zweihundertfünfzig Dollar einen glücklichen Käufer für seinen Wagen. Daraufhin erzählte er, daß er noch ein paar weitere verkaufen könnte. Natürlich immer nur gegen bar. Er mußte die Wagen schließlich im Werk kaufen. Als er etwa fünfhundert Dollar eingesammelt hatte, fuhr er zum achtzig bis hundert Kilometer entfernten Händler zurück, kaufte einen zweiten Wagen, und nachdem er ihn bei dem glücklichen Käufer abgeliefert hatte, war seine Ehrlichkeit aufs neue dokumentiert, so daß er auf diese Tour weitere Anzahlungen in bar einnehmen konnte. Und so ging das weiter. Er kassierte Geld, kaufte Autos, lieferte sie ab, und sammelte neue Barzahlungen ein, bis er schließlich den Zeitpunkt für gekommen hielt, seinen Reibach zu machen und das Weite zu suchen.

Diesem dunklen Geschäft wurde 1913 ein Ende gesetzt, als die Zeitungen verschiedener Kleinstädte zur gleichen Zeit einen Bericht veröffentlichten, der vor eben diesen Machenschaften warnte. Maurie fand die Zeit für seine Rückkehr nach Manhattan reif.

Es war ein merkwürdiges Erlebnis.

Er hatte das Haus als Sechzehnjähriger verlassen und kam fünfzehn Jahre älter und um fünfzig Jahre weiser wieder heim – mit Narben am Rücken und violetten Ringen an den Knöcheln, Souvenirs aus dem Gefängnis Plaquemine, die ihm für den Rest seines Lebens bleiben würden. Es war sehr komisch – als er zum erstenmal mit einer Frau ausging und sie die Narben sah, rief sie entsetzt: »Aber Maurie! Wo hast du denn *die* her? Du bist im Süden gewesen! Du hättest nie in den Süden gehen dürfen! Was hat man dort mit dir gemacht? Paß gut auf, daß deine Mutter das nicht sieht, verstanden?« Und weil er ein solch abenteuerlustiger Mann war und in den Süden gegangen war, liebte sie ihn anschließend mit aller Kraft und nach ihren besten Fähigkeiten.

Ein Gerücht breitete sich aus. Maurie Cohen war aus dem tiefen Süden zurückgekehrt, wahrscheinlich mit einem Vermögen, um das er die armen Leute in den Südstaaten erleichtert hatte. Nein? Aber raffiniert mußte er schon sein, immerhin war er zurückgekommen, und zwar in einem schönen Anzug – ein kluger Typ, ein Schlaumeier. So einer wie Maurie war hier gut zu gebrauchen.

Für die Arbeit eines Holzfällers kam ein kleiner Mensch wie er natürlich nicht in Frage. Doch er hatte Köpfchen. Er konnte gut rechnen. Er war ehrlich. Na ja ... man könnte ihm vertrauen. Er wurde zuerst der Laufbursche und schließlich Assistent eines großen Glücksspiel-Ganoven, und das brachte Geld ein. Er hatte alles, was ein Mann sich nur wünschen konnte: schöne Kleidung, eine bequeme Wohnung, ein Mädchen, wann immer er wollte ...

So erlebte er ein paar gute Jahre.

Bis dann ...

Er hatte unter Alpträumen gelitten. Doch schließlich erfüllte ihn ein Traum. Die neunmalklugen Christen mit ihren schönen Vorstellungen von Moral hatten den Alkoholgenuß im Lande verboten, aber das ganze Volk würde das Trinken doch nicht lassen. Und das bedeutete – ein total neuer Geschäftszweig! Die ganze Spielgaunerei war auf einmal nur noch Kleinkram. Maurie Cohen war so klug, das sofort zu erkennen.

Zuerst in kleinem Rahmen. Dann größer, raffinierter. Das Zeug mit Schiffen oder auf dem Landweg über die kanadische Grenze zu schmuggeln war Blödsinn. Man müßte es im eigenen Land erzeugen! Gin ließ sich mühelos herstellen; Bier zu brauen war noch leichter. Das konnte jeder. Natürlich – wenn großes Geld im Spiel war, mußte man immer mit Dieben rechnen, mit Typen, die aus den Einnahmen etwas für sich absahnten. Um sicherzustellen, daß Geld am Ende auch dort ankam, wo es ankommen sollte, brauchte man einen verläßlichen Mann, der die Bücher führte – und im Bedarfsfall auch frisierte.

Das war etwas für Maurie. Mit Zahlen konnte er umgehen.

Er begann in New York. Dort rissen sich jedoch bald die Italiener alles unter den Nagel. Sizilianer. Also sah Maurie sich um. Er war viel herumgekommen; er kannte die Vereinigten Staaten. Einen wie ihn konnten sie überall brauchen. 1922 kam er nach Detroit, um mit einem gewissen Firetop zu reden, der wegen seiner roten Haare so hieß. Die beiden wurden sich einig; Maurie Cohen wurde Mitglied der Purple Gang.

Das brachte ihm Prestige. Die Purple Gang kannte jeder. Wer für die Purple Gang die Buchhaltung besorgte, galt etwas in Detroit und Toledo. Vierzig Jahre war er geworden, und plötzlich wollten ihn alle kennenlernen. Ob Machos oder Nutten – alle waren scharf drauf, mit ihm bekannt zu sein.

Er wachte über Einnahmen und Ausgaben. Dafür bekam er einen Anteil wie die großen Bosse. Der Typ, der bisher die Finanzen verwaltet hatte, unterschlug Geld. Maurie informierte Firetop, und der Mann verschwand im Lake St. Clair.

Maurie kontrollierte Lieferungen und Geld. Was mit den Typen geschah, die betrogen, wußte er nicht – oder er tat so, als ob er es nicht wüßte. Er wußte nur, daß er sie danach nie wieder sah. Er selber kam nie in Versuchung, falsch abzurechnen. Er stand im Ruf absoluter Zuverlässigkeit. Er frisierte die Bücher, gewiß, aber er frisierte sie zum Schaden der Konkurrenz, niemals der Purple Gang.

Das Problem war nur, daß es ihm selbst nicht viel einbrachte. Er trug schicke Anzüge. Er trug Gamaschen über den glänzenden Lackschuhen. Seine Hüte waren aus Biberfilz. Seine Kragen waren nicht mehr aus Zelluloid, sondern aus Seide – fünfundzwanzig Cents kostete ihn das Stück. Er ließ sich allmorgendlich von einem Friseur rasieren. Er ließ sich zweimal wöchentlich die Haare schneiden. Er hatte eine gemütliche Wohnung und ein Sechs-Röhren-Schrankradio, das mit Strom aus der Steckdose betrieben wurde und keine Batterien brauchte. Er rauchte Zigarren zu zehn Cents das Stück und trank echten Scotch, der über Kanada ins Land geschmuggelt wurde. Er fuhr einen Chevrolet Baujahr 1926.

Alles nur Kleinkram. Aber ein Haus in einem Wohnviertel am Stadtrand zu kaufen, konnte er sich nicht leisten. Er konnte sich keinen neuen Cadillac oder Packard leisten, wie ihn die großen Nummern fuhren. Er machte keine Ferien in Florida oder Schiffsreisen nach Europa. Er kaufte sich Frauen, wenn er eine brauchte, war aber nicht der Meinung, daß er sich eine feste Freundin leisten konnte, jedenfalls keine mit Stil.

Am schlimmsten empfand er es, daß er nur ein Befehlsempfänger war, und er wußte genau, was ihm zustoßen würde, wenn er einen Fehler beging – schlimmstenfalls der Tod, im besten Fall ein

Hinauswurf, und er säße wieder auf der Straße. Man hatte ihn gern. Klar. Er war eben ein braver Bursche. Ein Laufbursche.

Sicher – sie waren durchaus bereit, ihn zum Teilhaber zu machen. Aber nur gegen Cash. Wenn es um ein Stück vom Kuchen ging, kam Ratenzahlung nicht in Frage.

1927 machten sie ihn zum Manager eines »Teppichladens« an der Straße von Detroit nach Toledo, gleich hinter der Grenze von Ohio; ein Rasthaus, *The Clock*, wo die Gäste trinken, spielen und Mädchen mit nach oben nehmen konnten. »Teppichladen« hieß das Haus, weil sogar der Fußboden mit Teppichen belegt war. Es zog erstklassige Kundschaft an, darunter selbst Harry Daugherty und Will Hays, der unter dem seligen Präsidenten Harding Justiz- und Postminister gewesen war. Sie kamen nicht zuletzt deshalb, weil sie den Geschäftsführer Maurie Cohen als absolut vertrauenswürdig kannten. Hays war inzwischen als oberster Zensor König der Filmbranche und verantwortlich für die Volksmoral. Seine eigenen sexuellen Neigungen waren dafür so ungewöhnlich, daß es Maurie nie gelang, ein Mädchen zu überreden, ein zweites Mal mit Hays nach oben zu gehen, ganz egal, wieviel er dafür bezahlte.

Als Manager des *Clock* verdiente Maurie nun sehr viel mehr. Er kaufte sich endlich seinen Packard. Aber immer noch war er nur Angestellter.

Im Zentrum von Toledo gab es ein schönes Varietétheater. Das machte Maurie Spaß. Auf dem Nachhauseweg kam er eines Abends an einem Kino vorbei, wo ein Western lief. Star des Films war ein gutaussehender Cowboy namens Nevada Smith. Das Gesicht auf dem Plakat kam Maurie bekannt vor.

Maurie ging hinein und sah sich den Film an. Der Star war Max Sand! Keine Frage! Nevada Smith war Max Sand!

Maurie schrieb ihm noch am gleichen Abend. Er schrieb sehr diskret, erwähnte den Namen Max Sand nicht, sondern nur, daß er gerne wüßte, ob Nevada Smith sich an seinen alten Freund Maurie Cohen erinnerte.

2

Max erinnerte sich. Drei bis vier Wochen später erhielt Maurie einen kurzen Brief mit der Nachricht, daß Max sich natürlich erinnerte und eines Tages, wenn er in der Gegend sei, bei ihm vorbeischauen würde.

Der Mann im Kamelhaarmantel mit dem weißen Homburg sah aus wie ein Gangster. Wegen der Kleidung. Damit hatte sich die Ähnlichkeit aber auch schon. Der große Mann war schlank und braungebrannt. Es war Max Sand.

Maurie stürzte durchs Zimmer auf ihn zu. »Max...« sagte er leise, als er ihm die Hand drückte. »Nevada Smith. Meinen Glückwunsch. Du hast es wirklich geschafft!«

Nevada warf einen Blick auf das Interieur. »Sieht ganz so aus, als ob du's auch geschafft hättest.«

Maurie zuckte die Achseln. »Na ja... Komm, ich spendiere dir einen Drink. Was möchtest du, und was kann ich sonst für dich tun?«

Wie sich dann allerdings zeigte, war die Frage nicht, was Maurie für Nevada tun könnte. Vor Tagesende hatte Maurie Nevada berichtet, wie schmerzlich unsicher seine Lage war, und seinem alten Freund klargemacht, daß er Geld brauchte, um eine Beteiligung am *Clock* zu kaufen.

»Mit anderen Worten, einen Kredit«, meinte Nevada trocken.

Maurie nickte.

»Was würde es kosten?«

Maurie zuckte mit den Achseln.

Zwanzigtausend Dollar – das war 1929 eine Menge Geld. Maurie schwor, er werde es auf Heller und Pfennig zurückzahlen. Es reichte, um *The Clock* zu kaufen. Komplett. Nicht bloß einen Anteil.

3

Maurie leistete Nevada jährliche Abzahlungen. Für die Rückerstattung der zwanzigtausend Dollar brauchte er fünfzehn Jahre. Den Freundschaftsdienst aber machte Maurie zwei Jahre nach der Anleihe wett – obwohl Max nie etwas davon erfuhr.

Nevada traf Maurie auf dem Bahnsteig. In Texas war Maurie schon gewesen, aber in Kalifornien noch nie; er empfand die Sonne als blendend und die Hitze als drückend. Nevada führte ihn zu einem prachtvollen Duesenberg Roadster. Mit abgenommenem Dach brannte ihnen die Sonne auf den Kopf, als sie hinten im Fond saßen; der Chauffeur fuhr sie durch Straßen, die von Palmen gesäumt waren, immer höher, bis auf dürre Hügel, die mit prachtvollen Villen bestückt waren.

Nevadas Haus war zwar nicht prätentiös, aber doch das Zuhause eines Kinostars.

Seine Frau war daheim, eine Frau, die von den Verhältnissen sichtlich überwältigt und darüber nicht wirklich glücklich war. Sie war fast so alt wie Nevada und klein und pummelig mit dunklem Teint und verwittertem Gesicht, das verriet, daß dieser Luxus für sie neu und unbehaglich war. Sie schien gar nicht zu wissen, daß es so etwas wie Badeanzüge gibt, und schwamm in voller Unschuld nackt im Swimmingpool hinter dem Haus, während Maurie und Nevada nebenan saßen und von den guten alten Zeiten sprachen.

Als die Frau nach dem Essen das Geschirr spülte und anschließend zu Bett ging, setzten Nevada und Maurie sich ins Wohnzimmer, rauchten Zigarren und tranken weiter Whisky. Nevada kam auf ein Problem zu sprechen, das ihm zu schaffen machte.

»Erinnerst du dich an Fatty Arbuckle und was ihm passiert ist?«

»Man hat ihm den Prozeß wegen Vergewaltigung gemacht.«

»Aber er war es gar nicht. Es hat ihn trotzdem die Karriere gekostet.«

»Sag nicht, daß dir...«

»Doch«, knurrte Nevada. »Und ich hab das Mädchen nicht mal *gesehen*. Ihre Mutter behauptet aber, sie ist schwanger und *ich* bin der Vater. Und das Schlimmste, sie ist gerade erst vierzehn. Verdammt, das reicht, um Nevada Smith zu ruinieren, selbst wenn man keine Beweise hat.«

»Klingt mir ganz nach Erpressung.«

»Genau. Sie wollen Geld.«

»Das ist eine Schande, verflucht. Wie heißt sie?«

»Emily. Emily White. Ihre Mutter ist Ruby White.«

Maurie schüttelte den Kopf. »Eine verfluchte Schande!« wiederholte er.

Am nächsten Morgen machte Maurie ein halbes Dutzend Anrufe und gab allgemein zu verstehen, daß der Buchhalter der Purple Gang sich in der Stadt aufhielt und gerne mit irgend jemandem über ein privates Problem reden möchte. Es gab in Los Angeles verschiedene Leute, die sich glücklich schätzten, einem Vertreter der Purple Gang einen Gefallen zu tun.

Als Maurie drei Tage später im Brown Derby mit Nevada zu Mittag aß, wurde er vom Tisch ans Telefon geholt. Der Anrufer berichtete ihm, die Vermutung habe sich bestätigt – Ruby White drohe mit Vaterschaftsklage oder eventuell sogar mit einem Prozeß wegen Vergewaltigung, um von Nevada Smith Geld zu erpressen. Auf gleiche Weise hätte sie auch schon Francis X. Bushman gedroht; der hatte gezahlt, nur um sie loszuwerden.

»Sollen wir uns darum kümmern?« fragte der Mann am anderen Ende der Leitung.

»Ich würde es zu schätzen wissen.«

»Betrachten Sie die Sache als erledigt.«

Am Morgen darauf berichteten die Zeitungen von einem tödlichen Verkehrsunfall. Ruby Smith hatte in angetrunkenem Zustand hinter dem Steuer gesessen und eine Kurve der Küstenstraße zu schnell genommen. Ihr Buick war durch eine Leitplanke gekracht und über einen Felshang nach unten bis in den Ozean gestürzt. Dabei war sie mit ihrer Tochter ums Leben gekommen.

Maurie erzählte Max nichts von dem, was er unternommen hatte. Und falls Max etwas ahnte, erwähnte er es jedenfalls nie. Was passiert war, war passiert, er konnte es nicht ändern, und es war nicht seine Art, sich über Dinge auszulassen, die nun einmal geschehen waren und sich nicht mehr ändern ließen.

4

Samstags herrschte im *Clock* Hochbetrieb. Die Gäste kamen früh und blieben lange. Ein Drittel des wöchentlichen Umsatzes an Whisky und Bier wurde am Samstagabend verkauft. Und auch die Mädchen verdienten ihr Geld vor allem samstagabends.

Am Samstag, den 21. November 1931, bahnten sich drei Männer gewaltsam den Weg zum Büro von Maurie.

»Du verlogener, betrügerischer jüdischer Faulpelz!« rief einer von ihnen.

Und schon fing die Schlägerei an. Maurie war zu klein, um gegen sie anzukämpfen. Als die Männer verschwanden, lag er bewußtlos auf dem Boden. Nase, Kiefer und ein Wangenknochen waren gebrochen, außerdem zwei Rippen.

Sechs Tage verstrichen, bis ihn die Detectives im Krankenhaus befragen konnten.

»Also gut, Cohen – wer sind die Täter?«

Maurie schüttelte den Kopf. »Weiß nicht«, murmelte er durch die Zähne. Sein Kiefer war verdrahtet.

»Natürlich nicht!«

Maurie schüttelte den Kopf wieder. »M-m.«

»*Omertà*, wie?« knurrte der Detective. Die Cops begannen mit italienischen Ausdrücken um sich zu werfen. Sie sprachen von der Schwarzen Hand und von der *omertà*, dem Mafiagesetz des Schweigens.

Maurie brachte ein Lächeln zustande. »*Ich? Omertà?*«

»Man kann ihre Tricks lernen«, meinte der Detective. »Hast du doch, oder?«

Natürlich kannte er die Typen, die ihn zusammengeschlagen hatten. Nur wußte er nicht, warum.

Den Grund erfuhr er, als Firetop ihn besuchte. Der rothaarige Hüne setzte sich an Mauries Bett und nahm seine Hand. »Es war ein Fehler«, sagte er. »Man hatte uns berichtet, du hättest Bier verkauft, das nicht von uns war. Stimmt nicht, wie wir inzwischen erfahren haben. Zu spät, aber immerhin wissen wir es jetzt. Wir machen das wieder gut, Maurie. Wir kümmern uns darum.«

Maurie nickte und lächelte voller Schmerzen. »Ist schon okay«, murmelte er.

»Außerdem hast du den Mund gehalten«, sagte Firetop. Er begann plötzlich zu grinsen und schüttelte den Kopf. »Ein unpassender Vergleich, tut mir leid. Ich meine, du hast nicht verraten, wer es war. Das werden wir dir nie vergessen, Maurie. So was vergessen wir nie. Es wird immer Kumpel geben, die sich erinnern. Wir werden immer für dich dasein.«

Firetop sagte die Wahrheit. Von da hatte Maurice Cohen eine Sonderstellung als jemand, der eine brutale Tracht Prügel bekommen hatte, die er nicht verdiente, und die Kerle, die sie ihm verpaßten, trotzdem nicht verpfiffen hatte. Firetop war bald danach fort, weil er eine lebenslängliche Freiheitsstrafe absitzen mußte. Die Purple Gang wurde aufgelöst. Aber es gab immer Kumpel, die sich an Mauries Verhalten erinnerten, Maurie konnte auf sie zählen.

5

Etwas konnten sie ihm allerdings nicht ersparen. Die Polizei-Detectives in Toledo hatten eine Stinkwut. Sie wußten genau, wer ihn zusammnengeschlagen hatte. Hinter diesen Schlägertypen waren sie schon lange her, konnten ihnen nur nie etwas nachweisen. Und nun gab es einen, den sie verprügelt hatten und der sie identifizieren konnte, aber nicht wollte.

An einem anderen Samstagabend, am 23. Januar 1932, führten Alkohol-Fahnder des Staates Ohio im *Clock* eine Razzia durch. Maurie wurde in Handschellen aus seinem Lokal ins Gefängnis abgeführt. Seit Jahren hatte es den »Teppichladen« nun schon gegeben, ohne daß es jemals eine Razzia gegeben hätte; die Detectives aus Toledo hatten sie verlangt. Immerhin bestand das Alkoholverbot noch immer, wenn es auch kaum noch durchgesetzt wurde, weil die Aufhebung der Prohibition demnächst zu erwarten war; aber noch immer erwies es sich als nützlich, wenn es irgendwem darum ging, einen Politiker in Schwierigkeiten zu bringen oder jemand wie Maurice Cohen zu strafen.

An einem eiskalten Februartag wurde Maurie – wiederum in Handschellen und vor Angst zitternd – in das hochummauerte und berüchtigte Strafgefängnis des Staates Ohio geführt. Als er nach Plaquemine gekommen war, war er achtzehn Jahre alt gewesen – jung und stark genug, um es zu überstehen. Jetzt aber war er fünfzig und wußte nicht, ob er die drei Jahre Haft bis zum Schluß durchhielt.

Wie in Plaquemine, war der erste Tag am schlimmsten. Der Gefängniswärter nannte die Aufnahmeprozedur einen Vorgang, der erwachsene Männer zum Weinen brachte. Sechs oder sieben Stunden lang, erinnerte sich Maurie, ließ man ihn nackt stehen. Die Ausgabe der Häftlingskleidung erfolgte erst ganz am Schluß. Die neuen Gefängnisinsassen wurden nackt von Station zu Station getrieben, vom Duschen zum Arzt, zum Zahnarzt, zur Abnahme der Fingerabdrücke, zum Fotografieren und zur Belehrung, und jedesmal mußten sie neuerlich warten. In der Häftlingskleidung wurden sie schließlich über den Hof in das verwirrende Labyrinth des riesigen Gefängniskomplexes geführt, bis zu dem Zellenblock, wo ihnen ihre Zelle zugewiesen wurde.

Maurie stellte Vergleiche mit dem Gefängnis in Louisiana vor über dreißig Jahren an. In manchen Dingen war seine jetzige Haft leichter, in anderen wiederum härter. Er trug hier keine Beinschellen, aber die Gefangenen waren in Kompanien gruppiert; als Kompanie mußten sie von ihrem Block zur Cafeteria, zur Arbeit, wieder zur Cafeteria und zurück zum Block marschieren. Allein durfte ein Gefangener nur zum Krankenrevier, zur Bücherei oder zur Kapelle über den Hof gehen, und auch das nur mit einem vom Wärter abgezeichneten Paß.

Angesichts seines Alters wollte keiner Maurie als »Frau«; er wurde daher nicht mißbraucht. Und in diesem Gefängnis war er auch nicht der einzige Jude; es gab ihrer vielmehr so viele, daß ein Rabbi samstagmorgens in der ökumenischen Gefängniskapelle Gottesdienst hielt. Arbeiten mußte Maurie in der lauten, kleinen Fabrik, wo die Häftlinge Autonummernschilder herstellten. Sechs Stunden saß er täglich auf einer Bank und steckte Autonummernschilder in braune Umschläge.

Ihre Hemden nannten die Sträflinge Hickory-Hemden. Sie waren aus so grobem Stoff, daß es Drillich für Matratzen sein mußte. Die Jeans waren Maurie viel zu groß, er mußte die Hosenbeine hochkrempeln; dazu trug er eine Mütze und schwarze Schuhe aus der eigenen Gefängnisherstellung. Das Hemd mußte nach den Vorschriften bis zum Hals zugeknöpft sein, die Mütze immer gerade auf dem Kopf sitzen; nur in der Zelle durfte sie abgenommen werden.

Maurie war in einer Zwei-Mann-Zelle untergebracht, die jedoch mit vier Mann belegt war. Sie mußten rund um die Uhr damit rechnen, von den Wärtern aus den Wachkabinen oder auf den Rundgängen durch die Gittertüren der Zellen beobachtet zu werden; im Unterschied zum Gefängnis in Louisiana, wo die Wärter zum Schlafen heimgingen, waren die Häftlinge hier auch nachts nie allein. Masturbieren war streng verboten; damit diese Vorschrift auch eingehalten wurde, mußten beim Schlafen die Hände über der Decke bleiben. Wenn ein Aufseher einen Häftling erwischte, der die Hände unter der Decke hatte, knallte er mit dem Stock an die Zellentür und befahl, die Hände nach oben zu legen. Als in Mauries Zelle ein Mann beim Masturbieren ertappt wurde, bekam er zehn Tage Einzelhaft.

Maurie war schon nach kurzer Zeit klar, daß er es wohl überstehen würde, aber er war sich nicht mehr sicher, ob er es auch überstehen wollte. Monoton, öde und unwiederbringlich verloren verstrichen die Wochen, verstrichen Monate seines Lebens. Er litt nicht unter systematischer Brutalität, sondern an der ständigen Unterdrückung durch Disziplin, unter dem totalen Verlust der Intimsphäre und einer dermaßen harten Strenge, daß selbst Männer, die nie viel Komfort oder Lebensqualität gekannt hatten, den Mut verloren.

Inzwischen war auch Firetop angekommen, der »lebenslänglich« zu verbüßen hatte. Maurie sah ihn zwar gelegentlich, fand aber nie Gelegenheit, mit ihm zu sprechen, da sie nicht im selben Zellenblock und auch nicht in der gleichen Arbeitskompanie waren.

Als er ein Jahr abgesessen hatte, stellte er sich der Kommission für vorzeitige Haftentlassung. Die Kommission ließ ihn jedoch »abblitzen« und verweigerte ihm die vorzeitige Entlassung auf Bewährung. Man betrachtete ihn als Gangster. Außerdem hatte sich die Polizei von Toledo für die volle Strafverbüßung ausgesprochen.

Er war deshalb sehr überrascht, als er 1934 doch auf Bewährung entlassen wurde, obwohl noch ein Strafjahr ausstand. Die Kommission führte diesmal zur Begründung an, es sei nicht angemessen, einen Menschen wegen Vergehens gegen ein inzwischen aufgehobenes Gesetz zu behalten.

Bei seinem Bewährungshelfer hat Maurice Cohen sich nie gemeldet. Er fuhr gleich nach Detroit. Die Purple Gang existierte nicht mehr, doch das bedeutete nicht, daß es gar keine Gang mehr gab. Zu Mauries Heimkehr gab es eine wilde Party, und bei dieser Gelegenheit wurde bekanntgegeben, er sei der neue Manager eines neuen »Teppichladens« in Flint. Er war eben Maurie, der Mann, der nicht gesungen hatte und sogar im Kittchen von Ohio gesessen hatte, weil er nicht singen wollte. So einer hatte eine Belohnung verdient.

Maurie hatte ebenfalls eine Neuigkeit bekanntzugeben. Sein Name, so teilte er seinen Freunden mit, laute von nun an Morris Chandler.

6

Er war immer froh, von Max zu hören. Diesmal freute er sich ganz besonders, weil er ihm einen Gefallen tun konnte.

Sie hatten sich von Zeit zu Zeit gesehen in den Jahren, als Chandler den »Teppichladen« in Flint führte und danach auch andere Lokale in verschiedenen Teilen des Landes. Acht Jahre lang leitete er während der Rennsaison ein Lokal in Saratoga Springs und während der Wintermonate ein anderes in Fort Lauderdale. Max besuchte ihn in beiden.

Alles, was die Gangs betrieben hatten, ging mehr und mehr an die Sizilianer über. Das machte Chandler nichts aus. Im Gegenteil, die neuen Bosse hatten Respekt vor einem, der den Mund gehalten hatte. Für sie war *omertà* Ehrensache und Grundvoraussetzung für alle, denen sie vertrauten und die sie akzeptierten; das Fundament ihrer Organisation. Zwar würde Morris Chandler nie einer der Ihren sein und nie in ihre Gesellschaft aufgenommen werden, aber sie akzeptierten ihn als Mann von Ehre und Mut, dem sie vertrauen konnten.

Er lernte viele von ihnen kennen. So auch den Größten von allen, Lucky Luciano. Frank Costello. Albert Anastasis. Joe Profacci. Carlo Gambino. Frank Nitti. Nicht alle waren Sizilianer. Da war etwa Murray the Camel Humphries in Chicago. Meyer Lansky. Bugsy Siegel.

Mit ihnen wollte Max nichts zu tun haben. Wenn er wußte, daß sich einer bei Maurie aufhielt, blieb er fern.

V

1

Morris Chandler versicherte Jonas, daß alles besorgt würde: die Zerhacker für die Telefonapparate, das Relais über San Diego, neue Türschlösser, einfach alles. Und er lud beide, Jonas und Nevada, zu der Show am Abend als seine Gäste ein.

Ihr Tisch stand in einer Loge mit Glastrennwand und Blick auf die Bühne. Die Glaswand stand leicht schräg, so daß sie vom Speisesaal oder von der Bühne aus durch die starke Lichtreflexion durchsichtig wurde. Weiße Damasttischdecke, schweres Silberbesteck, Kristallgläser. In der Mitte standen Bourbon und Scotch, im Eiskübel Champagner.

An Chandlers Platz stand eine Flasche ohne Etikett, aus der er sich ein wenig einschenkte und anschließend Wasser ins Glas nachgoß. Die klare Flüssigkeit wurde trüb. »Absinth«, erklärte er. »Ich muß ihn mir aus Asien beschaffen. Ich habe mich in New Orleans dran gewöhnt, bevor er verboten wurde. Ihr dürft gern mal kosten. Schadet angeblich dem Gehirn.«

»Ich kenne das Zeug«, sagte Jonas. »Aber ich probiere es noch mal. Meine Großmutter hat Anisplätzchen damit gebacken.«

»Schmeckt wie Lakritze«, sagte Chandler.

»Ohne mich«, sagte Nevada.

Die Loge war wie der Privatflugplatz, wo sie gelandet waren: ein Ort für Männer, die etwas von den Freuden von Las Vegas genießen wollten, ohne dabei gesehen zu werden.

Die erste Show begann wenige Minuten nachdem sie in der Loge Platz genommen hatten. Zum Auftakt boten zwanzig Revuetänzerinnen, die mit leuchtendbunten Federn bekleidet waren, einen lebhaften Tanz. Danach trat Gypsy Rose Lee auf, die sich während des Tanzes fast bis auf die Haut entblätterte und dabei das Publikum mit einer raschen Folge von Einzeilern traktierte. Als sie sich verbeugte und links von der Bühne abtrat, traf ein Scheinwerferlicht zur Rechten auf einen Mann mit gefalteten Armen und herunterhängendem Kinn. »Also dann!« sagte er. Es war Jack Benny, der die Bühne für einen halbstündigen Monolog beanspruchte. Zum Schluß leistete Gypsy ihm Gesellschaft.

»Ach, Miss Lee, ich möchte Sie etwas fragen. Fühlen Sie sich ... ich meine, *genieren* Sie sich eigentlich nicht, hier auf der Bühne zu stehen, vor den vielen Menschen ... ich meine, *so nackt?*«

»Nein, Jack. Sie etwa?«

Die Show endete mit einer weiteren Nummer der Revuetänzerinnen.

Das Essen wurde serviert. Da Jonas im Flughafen ein Steak verzehrt hatte, hatte er Fisch bestellt, zu dem er Champagner trank. Er aß wenig. Er fühlte sich erschöpft. Vom kurzen Schlaf bei Nevada abgesehen, war er seit zwanzig Stunden ununterbrochen unterwegs. Er war aber erst siebenundvierzig Jahre alt; in dem Alter durfte ein Mann seine Durchhaltekraft noch nicht so rasch verlieren.

»Eine schöne Show«, sagte Jonas zu Morris Chandler.

»Kostet ein Vermögen«, erwiderte Chandler. »Ich will Ihnen sagen, warum solche Lokale wie dies hier trotzdem mehr Geld bringen, als man sich bei den alten Spielhöllen im Western-Stil je erträumt hätte. Wenn wir Gäste herkriegen, bleiben sie für *Tage* da. Sie spielen. Sie gehen im Pool schwimmen. Sie spielen wieder. Sie essen und trinken. Sie spielen. Sie sehen sich eine Show an. Sie kommen wieder zum Glücksspiel. Und nach ein paar Stündchen Schlaf in einem wunderschönen Zimmer geht das Ganze wieder von vorne los. Das ist *Urlaub*. Und ich kann Ihnen versichern, von Leuten, die hier bei uns Urlaub machen, nehmen wir einen Haufen mehr Geld ein als von professionellen oder süchtigen Glücksspielern, die hier reinkommen und an den Spieltischen hocken bleiben. Solche Glücksspieler sind clever. Sie verstehen etwas vom Glücksspiel. Sie verlieren meistens nicht viel. Doch der Bauunternehmer aus Milwaukee kommt mit seiner kleinen Freundin und macht es sich mit ihr im *Seven Voyages* bequem, und sie nehmen alles mit, was wir zu bieten haben. Die Kleine spielt an den Automaten, er setzt sich an die Spieltische, und sie lassen beide ordentlich Geld da. Und wissen Sie, was? Sie reisen mit einem Gefühl der Zufriedenheit ab. Sie haben die Zeit hier bei uns richtig genossen.«

»Klingt gut«, meinte Jonas unverbindlich.

»Und dann sage ich Ihnen noch etwas«, fuhr Chandler fort. »Wenn der Bauunternehmer aus Milwaukee zuviel verliert, dann kann es sein, daß er zu mir kommt und um Kredit bittet. Er will einen Schuldschein unterschreiben. Und da fragen wir ihn, wieviel er denn verloren hat und was er sich an Verlust überhaupt leisten kann. Und in aller Regel stellt sich heraus, daß er mit allem Geld angereist kam, das er sich zu verlieren leisten konnte. Und deshalb lehnen wir ihm den Kredit ab. In manchen Fällen hab ich solchen Leuten ein paar Hunderter in die Hand gedrückt, damit sie mit ihrer kleinen Freundin wieder heimreisen konnten.«

»Und im nächsten Jahr wiederkommen«, sagte Jonas.

»Und ihren Freunden daheim erzählen, was für prima Burschen wir hier alle sind.«

Jonas lachte. »Ein Schnellkurs, wie man ein Spielkasino führt.«

Er entdeckte zu seiner eigenen Überraschung, daß ihm dieser Mann mit seiner merkwürdigen Mischung aus Geschick, Geschäftskalkül und genialem Enthusiasmus gefiel. Er fragte sich, wie und wo Chandler und Nevada sich kennengelernt und angefreundet haben mochten. Die Freundschaft mußte seit langem bestehen, lange bevor irgendein Mensch auf die Idee von einem Casino-Hotel wie das *Seven Voyages* gekommen war. Nevada Smith schloß nicht so leicht Freundschaften. Wenn er einem Mann vertraute, so mußte das einer sein, dem jeder vertrauen konnte.

»Jedes Gewerbe hat seine eigenen Tricks«, meinte Chandler.

»Wie können wir über das oberste Stockwerk handelseinig werden?«

»Ist mir eine Ehre, Sie zu beherbergen«, erwiderte Chandler. »Das oberste Stockwerk hat zwei Suiten, jede mit einem schönen großen Wohnraum und zwei Schlafzimmern mit anschließendem Bad und Kochnische. Mit den Aufzügen kann niemand nach oben fahren, der keinen Schlüssel hat. Außerdem bleibt die Tür zum Treppenhaus immer verschlossen. Für gewöhnlich vermieten wir die beiden Suiten nur an besonders prominente Gäste, aber gelegentlich helfen wir auch jemandem in einer Situation wie der Ihren aus.«

»Nevada sagt, daß Sie für das Telefon besondere Vorkehrungen treffen könnten.«

»Wir haben eine Telefon-Umschaltung, die Ihre Anrufe über San Diego leitet – das wird alle verdammt durcheinanderbringen, die Sie über Ihre Telefonate aufspüren wollen. Wir haben auch Zerhacker. Gut, da müßten Sie am anderen Ende der Leitung einen Enthacker installieren. Kurzum, wir sind imstande, jemandem, der ungestört sein will, ein abgeschirmtes Privatleben zu sichern.«

»Und der Preis?« wollte Jonas wissen.

»Sagen wir so«, antwortete Chandler. »Jede Suite kostet fünfzig Dollar die Nacht. Das heißt eintausendfünfhundert pro Monat. Beide zusammen also dreitausend. Wir haben Unkosten wegen der besonderen Telefoneinrichtung und wegen des Sicherheitspersonals, das wir uns halten, damit niemand erst versucht, bei Ihnen einzudringen. Offen gesagt, Mr. Jonas, wenn ich die beiden Suiten an einen Mann in Ihrer Situation vermiete, bekomme ich normalerweise neunhundert Dollar pro Woche oder dreitausendfünfhundert pro Monat.«

»Ich zahle Ihnen achttausend«, erklärte Jonas. »Und zwei Monate im voraus, obwohl ich vielleicht gar nicht zwei Monate bleiben werde. Es bleiben Ihnen die ganzen sechzehntausend, selbst wenn ich früher wieder ausziehen sollte.«

Morris Chandler lächelte und nickte. »Mr. Jonas, Sie sind ein Gentleman mit Menschenkenntnis.«

2

Es mußten gewisse Absprachen und Vorkehrungen getroffen werden. Jonas war klar, daß er Monica an diesem Abend nicht anrufen durfte. Was könnte er ihr auch sagen? Sie würde wissen wollen, wo er sich aufhielt und wann er wieder nach Hause zurückkäme. Außerdem hatte er ihr auch gar nicht versprochen, sie binnen vierundzwanzig Stunden anzurufen. Also ließ er es bleiben.

Die Suiten waren komfortabel und so phantasielos eingerichtet wie alle Hotelzimmer. Die Bar war gut bestückt. Das Panoramafenster des Wohnraums bot eine Aussicht auf den Swimmingpool; die Suite, die Jonas für sich gewählt hatte, war von einem Vorgänger mit Fernrohr und Stativ ausgestattet worden, vielleicht weil er die Frauen am Pool beobachten wollte, oder vielleicht auch, um zu kontrollieren, wer unten auf dem Parkplatz ankam.

Chandler hatte angeboten, ihm ein Mädchen nach oben zu schikken, doch fürs erste hatte Jonas abgelehnt. Er trank einen Schluck Bourbon und legte sich schlafen.

Am nächsten Morgen erschien Morris Chandler, kaum daß Jonas und Nevada das gemeinsame Frühstück beendet hatten. Sie hatten beide üppig gefrühstückt: Eier mit Schinken, Pommes frites, Toast mit Butter und Kaffee. Jonas schenkte Chandler eine Tasse Kaffee ein.

»Ich kann Ihnen gern mit ein paar Sachen aushelfen«, sagte Chandler. »Sie sind ja ohne Gepäck angekommen. Sagen Sie mir Ihre Größe, und ich lasse Ihnen heraufschicken, was Sie brauchen. Auch Rasierzeug und dergleichen. Gut, aber nun die wichtigeren Dinge. Ich schicke wöchentlich zweimal ein Flugzeug nach Mexico City, das uns Geldleute von dort für ein paar Tage Glücksspiel herbringt. Immer fliegt einer meiner Leute mit. Er kann dort Briefe einwerfen, Telegramme abschicken und derlei.«

Jonas nickte. »Ich möchte zwei Telegramme aufgeben.«

Das erste Telegramm aus Mexico City war für Monica bestimmt:

ALLES OK STOP WERDE IN DEN NÄCHSTEN TAGEN WIEDER KONTAKT AUFNEHMEN STOP DIR UND JO-ANN VON MIR ALLES LIEBE STOP

Das zweite ging an Rechtsanwalt Philip Wallace in Washington, D.C.

INFORMIEREN SIE LA UND NEVADA DASS NEW YORK BÜROS SOFORT AUF MEINEN PRIVATLEITUNGEN FOLGENDE DEKODIERER INSTALLIEREN STOP VERIKOM MODELL NUMMER EINS STRICH VIER ZWEI STOP DIESE LEITUNGEN MÜSSEN WÄHREND GESCHÄFTSZEITEN STÄNDIG ÜBERWACHT SEIN STOP INSTALLIEREN SIE GLEICHES

BEI IHNEN STOP MELDE MICH SPÄTESTENS FREITAG STOP BIS DAHIN MÜSSEN GERÄTE INSTALLIERT SEIN STOP

Ein Geschäft im Erdgeschoß lieferte Kleidung, die Morris Chandler ausgesucht hatte. Jonas schickte den Anzug, den er seit seiner Abreise von Bel Air getragen hatte, zur Reinigung. Die neuen Sachen waren Freizeitkleidung: helle Slacks und Golfhemden sowie ein paar Tage später, wegen der Änderungen, eine Jacke in Königsblau. Auch Nevada versorgte Chandler mit ähnlichen Sachen. Nevada akzeptierte sie, weil er natürlich wußte, daß er sich unten nicht gut in Jeans und Wildlederhemd zeigen konnte.

Am Freitag meldete Jonas ein Gespräch mit Phil Wallace in Washington an. Phil antwortete und konnte ihn verstehen – das Dekodiergerät war also montiert worden.

»Ich darf wohl raten, daß du nicht wirklich in Mexico City bist«, meinte Phil.

»Richtig geraten. Wie scharf sind sie auf mich?«

»Na ja, auf der Liste der zehn meistgesuchten Verbrecher stehst du nicht gerade. Wenn sie jedoch herausbekommen, wo du dich aufhältst, bekommst du die Vorladung sofort zugestellt. Ein paar Senatoren sind sehr verschnupft. Und der Anwalt des Komitees ist ebenfalls stocksauer.«

»Und auch die Konkurrenz, die mir an den Kragen will«, ergänzte Jonas. »Aber läßt mich kalt.«

»Und Monica ist stocksauer«, fuhr Phil fort. »Sie hat bei mir angerufen und verlangt, daß ich ihr sage, wo du steckst. *Verlangt.* Sie wüßte genau, sagte sie, daß du nicht in Mexico City bist.«

»Monica ist ja nicht dumm.«

»Für sie hast du aber kein Dekodierungsgerät bestellt.«

»Das hätte nur Sinn gehabt, wenn ich ihr mitteilen wollte, wo ich bin, und das habe ich nicht vor, zumindest vorläufig nicht. Ich bin mir nicht sicher, ob sie dichthalten würde, wenn man sie unter Druck setzte.«

»Es gibt da ein Problem. Monica ist nicht nur ein bißchen sauer. Sie ist *total* stocksauer. Sie will nach New York.«

»Meinetwegen, sie hat schließlich ihre Arbeit in New York.«

»Sie nimmt Jo-Ann mit.«

»Jo-Ann ist im Internat.«

»Sie nimmt sie von der Schule und läßt ihre Zensuren an eine Schule im Osten übertragen.«

»Ich werde mich um Monica kümmern. Mach dir keine Sorgen.«

»Mache ich mir gar nicht. Ich teile dir nur mit, was sie gesagt hat.«

»O.K. Möchtest du wissen, wo ich bin?«

»Nur wenn es unbedingt sein muß. Sonst möchte ich es nicht wissen. Ich habe gewissen Leuten erklärt, daß ich es nicht weiß. Und es ist mir lieber, es bleibt so.«

»Ein paar Instruktionen aber könntest du weitergeben.«

»Selbstverständlich.«

Jonas stand am Fenster und blickte zum Swimmingpool hinunter. Ganz sicher hatte sein Vorgänger das Fernrohr nur aus einem einzigen Grund in der Suite aufgestellt – weil er Mädchen beobachten wollte, von denen dort unten ein paar in modischen zweiteiligen Badeanzügen einfach toll aussahen. Der Anblick konnte einen Mann auch geil machen.

»O.k.«, sagte er zu Phil. »Ich hätte gern ein paar Menschen um mich. Zum Beispiel Sheila.« Sheila war seine Privatsekretärin in seinem Büro in Los Angeles. »Ich befürchte allerdings, daß sie – außer Monica – die einzige Person ist, der sie nachspüren könnten. Außerdem hat sie ein Kind, ich kann nicht von ihr erwarten, das Kind allein zu lassen.«

»Soll sie erfahren, wo du dich aufhältst?«

»Nein. Sie soll mit mir über dich in Kontakt bleiben. Als mein Rechtsanwalt stehst du mit mir in gesetzlich geschützter Verbindung. Nein. Hier brauche ich Buzz Dalton von Inter-Continental, Clint McClintock von Cord Electronics, Bill Shaw von Aircraft und Len Douglas von Cord Explosives.«

»Ist gut«, sagte Phil. »Von jeder Firma Leute aus der zweiten Reihe. Keinen von den Top-Managern.«

»Intelligente Karriere-Jungs«, nickte Jonas, »und vor allem ohne feste Bindung, die sie davon abhalten würde, länger bei mir hier zu bleiben. Und sie sollen alle aktuellen Unterlagen mitbringen. Sie wissen schon, worum es da geht.«

»Gut. Aber wohin sollen sie kommen?«

»Jeder soll für sich allein reisen, einer nach dem anderen. Dalton zuerst – dann Shaw, dann McClintock, dann Douglas. Dienstags und donnerstags geht aus Mexico City ein Flug an meinen jetzigen Aufenthaltsort. Nicht vom Internationalen Flughafen Benito Juarez. Sie müssen zum Flughafen Tlalpan. Dort kommt gegen Mittag eine De Havilland für sechzehn Passagiere an. Sie sollen sich bei dem Mann melden, der mit der de Havilland ankommt. Von da an können sie sich entspannen. Man wird sie zu mir bringen. Sie sollen leichte Sommerkleidung mitbringen. Sie werden nur einen Anzug brauchen. Und ich muß wohl nicht ausdrücklich erwähnen, daß sie mit niemandem darüber reden dürfen.«

»Das klingt ja ganz so, als ob du dich dort für längere Zeit einrichtest«, sagte Phil.

»Jedenfalls lange genug, um die Hurensöhne auszuspielen, die mich hereinzulegen versuchen«, sagte Jonas.

3

Jonas hatte das Leben in der Suite bald satt. Er konnte nur die Büros anrufen, in denen ein Dekoder installiert worden war. Tausend weitere Anrufe wären nötig gewesen. Er konnte nur Anweisungen geben, daß seine Leute telefonierten und meldeten, daß sie von ihm gehört hatten und ihre Mitteilungen auf seine Anweisung hin weitergaben. Es war nicht gerade eine befriedigende Geschäftsmethode.

Für den vierten Abend seines Aufenthalts in der Suite lud Morris Chandler zum Abendessen ein – vom Etagenservice.

»Was Sie jetzt brauchen, ist ein nettes Mädchen«, meinte er zu Jonas.

»Was ich jetzt brauche, ist eine Chefsekretärin«, erwiderte Jonas.

Chandler lachte. »Eine Sekretärin fürs Horizontale.«

»Nein, im Ernst – eine richtige. Meine eigene Chefsekretärin kann ich nicht herholen. Ich brauche aber eine kompetente Frau, der ich vertrauen kann.«

Chandler warf einen Blick auf Nevada und sagte achselzuckend: »Wenn Sie meinen.«

Es gab Langusten, die per Flugzeug in Eis geliefert und im Hotel in einem Becken lebendig gehalten wurden. Chandler und Nevada sprachen ein wenig über die alten gemeinsamen Zeiten in New Orleans. Jonas vermutete, daß sie sich dort wohl kennengelernt hatten, in einem der berühmten alten Bordelle von Storyville. Dort waren sie jedenfalls in den Jahren nach der Jahrhundertwende einmal gewesen. Sie erinnerten sich beide an eine Hure, die stets eine Maske aus schwarzem Satin mit Spitzen trug und ihre Kunden nackt ausgestreckt auf einem roten Plüschsofa empfangen hatte. Einem Gerücht zufolge war sie die Ehefrau eines prominenten Baumwollhändlers in New Orleans.

Sie erinnerten sich an Musiker, einen Pianisten namens Ned und den Trompeter Charley. Sie sprachen von etwas, das *herbe sainte* hieß und offenbar ein so vertracktes Gesöff war, daß es den Verstand nicht minder zerfraß wie der holzwurmfarbige Absinth der Franzosen, der mittlerweile in der ganzen Welt verboten war. Sie lachten über die Schwierigkeiten, in die sie durch die *herbe sainte* geraten waren.

Dann unterbrach Chandler ihre Erinnerungen abrupt und sagte zu Jonas: »Sie brauchen also eine Chefsekretärin? Zuverlässig und kompetent, sagten Sie? Was halten Sie von einer, die ehrlich, kompetent und zuverlässig ist... und sich wahrscheinlich auch freuen würde, mit Ihnen zu schlafen?«

»Solche gibt es nicht in Wirklichkeit«, antwortete Jonas.

»Wenn ich es Ihnen sage«, beharrte Chandler. »Morgen früh schicke ich sie Ihnen zum Bewerbungsgespräch herauf.«

Und tatsächlich – um halb neun war sie da und eine noch größere Überraschung als Morris Chandler.

»Mr. Cord? Ich bin Mrs. Wyatt. Mr. Chandler schickt mich. Sie suchen eine Chefsekretärin.«

Sie war eine der schönsten Frauen, denen Jonas je begegnet war, und er entschloß sich rasch, daß er mit ihr ins Bett wollte, sobald sich das nur machen ließ. Ihre vollkommenen Gesichtszüge waren von goldblondem Haar eingerahmt. Sie war absolut makellos. Er konnte an ihr auch nicht den kleinsten Makel entdecken, außer vielleicht, daß ihre Augenbrauen merklich dunkler waren als das Haar. Sie trug einen hellgrauen Pulli aus Leinen und einen knielangen, maßgeschnittenen dunkelgrauen Rock, weiße Schuhe mit dünnen hohen Absätzen und glatte Nylonstrümpfe über den langen schönen Beinen. Ein unerfahrenes, junges Mädchen war sie nicht – vielleicht 32 oder 33 Jahre alt. Ihr Gesicht hatte einen Ausdruck von Weltläufigkeit, ja sogar von Weltmüdigkeit, als ob sie eine ganze Menge erlebt und auch etliches zu bedauern hätte.

»Treten Sie ein, Mrs. Wyatt. Nehmen Sie Platz«, sagte er. »Ich habe den Frühstückstisch gerade zurückgeschickt. Ich kann aber gern noch eine Kanne Kaffee bestellen, wenn Sie möchten.«

»Nicht nötig«, sagte sie.

»Ich will sowieso noch Kaffee bestellen. Ich könnte selbst noch eine Tasse vertragen.«

Sie ließ sich graziös nieder, indem sie die Beine unterhalb der Knie kreuzte, so wie es Mädchen im Anstandsunterricht beigebracht wurde. Der Rock rutschte ein klein wenig hoch, aber sie behielt ihn unter Kontrolle und zeigte nicht mehr von ihren Beinen, als sie beabsichtigte.

Jonas nahm den Hörer ab und bestellte Kaffee. Er wußte bereits, daß der Kaffee sowieso mit etwas Feingebäck serviert würde.

»Ich frage Sie ganz offen heraus, Mrs. Wyatt. Warum hat Morris Chandler Sie mir empfohlen?«

»Er hat mir Ihre Anforderungen genannt«, erwiderte sie. »Und er war der Auffassung, daß ich ihnen genügen könnte. Der Meinung bin ich selbst auch.«

»Sie haben Berufserfahrung?« fragte er.

»Ich habe bei der Boise-Cascade Corporation als Sekretärin gearbeitet, die letzten vier Jahre als Chefsekretärin. Dann habe ich geheiratet, dann kam die Scheidung.«

»Haben Sie Kinder?«

»Nein. Nach der Scheidung war ich Chefsekretärin im Rechnungshof von Kalifornien. Ich habe elf Jahre Erfahrung als Sekretärin, sechs davon als Privatsekretärin eines Direktors.«

»Was machen Sie dann hier in Las Vegas?«

»Ich bin hier gestrandet.«

»Wieso?«

»Ich bin mit einem Freund hergekommen, auf einer Liebesreise. Er wollte es einmal mit dem Glücksspiel versuchen. Ich auch. Ich habe einen Schuldschein unterschrieben, um Chips zu kaufen. Er hat versprochen, mir alles zurückzuzahlen, sobald der Scheck eingelöst sei, den er dem Hotel ausgeschrieben hatte. Er verlor alles, was er hatte, geriet in Panik, verschwand und ließ mich mit dem Schuldschein sitzen. Ich arbeite ihn ab, als Bedienung.«

»Wieviel ist es denn?«

»Fünfhundert Dollar. Fünfundsechzig habe ich bereits abbezahlt.«

Jonas griff kopfschüttelnd zum Telefon. Er wählte die Nummer von Morris Chandler. »Jonas hier. Setzen Sie den Saldo von Mrs. Wyatts Schuldschein auf meine Rechnung.«

»Sie haben sie also angestellt?«

»Darüber reden wir später.«

Er legte auf und sah sie an. Sie saß da mit hochgerecktem Kinn und runzelte die Stirn.

»Das ist vermutlich Ihre Art, Probleme zu lösen«, sagte sie. »Ruckzuck, mit raschen Entscheidungen. Die Sache hat nur den Haken, daß ich jetzt *Ihnen* vierhundertfünfunddreißig Dollar schulde. Das ist meine Art, Probleme zu lösen.«

Jonas lächelte. »Dann *muß* ich Sie jetzt ja wohl anstellen. Sonst können Sie mir das Geld ja nicht zurückzahlen.«

»Nun ja ... Da Sie kein Kasino sind, halten Sie Leute nicht gleich gefangen, nehme ich an, bis sie ihre Schulden bezahlt haben. Oder? Und ich nehme auch nicht an, daß Sie Menschen die Knochen brechen lassen.«

»Glauben Sie, Chandler würde so etwas tun?«

Sie zuckte die Achseln. »Er ist *Ihr* Freund.«

»Wissen Sie, warum ich hier bin?«

Sie nickte. »Und ich weiß auch, daß ich von Glück reden könnte, wenn ich nur mit zwei gebrochenen Beinen enden würde, falls ich irgendwem verrate, daß Sie sich hier aufhalten.«

»Das entspricht nicht meiner Art, Mrs. Wyatt«, bemerkte Jonas kühl.

»Nein, das denke ich mir schon. Aber Chandler verhält sich so. Was meinen Sie – warum hat er mir wohl vertraut, als er mir sagte, wer Sie sind, und mich zu Ihnen heraufschickte?«

»Vielleicht bin ich zu naiv«, sagte er.

»Vielleicht. Sind Sie je in Las Vegas gewesen, als Bugsy Siegel das *Flamingo* führte?«

»Nein. Nicht ein einziges Mal, um die Wahrheit zu sagen.«

Sie nickte. »Aber ich. Ich bin immer gern gekommen. Mein Mann hat mich hergebracht und mich mit dem Glücksspiel bekannt gemacht. Bugsy war ein gefährlicher Mensch. Er hat Menschen umgebracht. Seit man Bugsy Siegel losgeworden ist, hat die Stadt sich verändert. Sie *mußten* ihn umlegen. Er hat den Geschäften geschadet. Aber nur, weil er allzu öffentlich vorging. Das Todesurteil hat ihn nicht getroffen, weil er Leute zusammenschlug und umbrachte – oder umbringen ließ. Sondern, weil er alles ganz offen machte. Wenn so etwas heute geschieht, erledigt man es im stillen.«

Jonas schüttelte den Kopf. »Ich kann mir nicht vorstellen, daß Morris Chandler…« Er schwieg. Tatsache war, er konnte sich einfach nicht vorstellen, daß ein Mensch, dem Nevada Smith vertraute, dem Bild entsprechen könnte, das sie angedeutet hatte.

»Er trifft hier nicht alle Entscheidungen«, erklärte sie. »Er ist Anteilseigner und nicht Alleineigentümer.« Sie seufzte. »Wie dumm von mir – Sie brauchen eine Sekretärin, die nicht alles ausplaudert, was sie weiß. Genau das tue ich aber jetzt.«

Er beruhigte sie. »Sie sind schließlich nicht Chandlers Privatsekretärin.«

»Ich will ganz offen sein. Ich wäre gerne *Ihre* Privatsekretärin. Ach ja… Chandler erwähnte, daß es da noch … andere Bedingungen gäbe.«

Jonas lächelte. »Sagen wir so: Was er erwähnt hat, ist keine Bedingung. Es wäre nur willkommen.«

Sie musterte ihn eine halbe Minute lang ungerührt und mit einem seltsamen Lächeln. Dann schob sie die Zunge zwischen die Lippen. »Soll ich hier bei Ihnen wohnen?«

»Ich habe zwei Schlafzimmer.«

»Ja, gewiß«, sagte sie, »Sie haben einen gewissen Ruf, Mr. Cord.«

»Sie haben den Job«, sagte er. »Ich wäre Ihnen dankbar, wenn Sie mich in Anwesenheit anderer Leute Mr. Cord nennen würden. Und wenn wir allein sind ... Jonas.«

»Ich heiße Angie«, sagte sie.

VI

1

Angie zog gleich am Nachmittag in die Suite um. In der ersten Nacht schlief sie im zweiten Schlafzimmer. In der nächsten Nacht schlief sie mit Jonas.

Für die vier jungen Manager, die in der gleichen Woche in Las Vegas eintrafen, war es keine Überraschung, daß die neue Chefsekretärin außergewöhnlich schön war und mit Mr. Cord in der Suite zusammenlebte. Wie Angie schon erwähnt hatte, stand Jonas in der Tat in einem gewissen Ruf.

Es dauerte eine Weile, bis alle Vorkehrungen getroffen waren, doch am Ende seiner zweiten Woche in Las Vegas hatte Jonas alles Geschäftliche im Griff. Er rief seine Firmen auf den Leitungen mit Zerhackern an. Die vier jungen Manager konnten als Kuriere jederzeit überallhin, indem sie mit der de Havilland nach Mexico City flogen und von dort weiter, wo immer Jonas sie hinschickte.

Das FBI hatte keine Großfahndung nach ihm eröffnet. Er war ja auch nur ein fehlender Zeuge zu einer Untersuchung, die im Kongreß oder in der Presse nur von wenigen als wirklich wichtig betrachtet wurde. Die Zeitungen, die über sein Verschwinden berichteten, behandelten die Angelegenheit als einen Scherz auf Kosten des Senats. Ein Blatt brachte die Geschichte auf der fünften Seite mit der Überschrift: CORD VERSETZT DIE SCHNÜFFLER DES SENATS.

Eine andere lautete: NOAH IN DER ARCHE – JONAS IM WALFISCH?

Und weil er nie eine Vorladung erhalten hatte, konnte er nicht einmal wegen Mißachtung des Kongresses verurteilt werden.

Die Zeitungsmeldung, daß Monica die Scheidung eingereicht hatte, bemerkte zuerst Angie.

Sie saß mit Jonas beim Frühstück. Er nahm, wie es seiner lebenslangen Gewohnheit entsprach, ein üppiges Frühstück zu sich; sie begnügte sich mit Fruchtsaft, Kaffee und einem Blätterteiggebäck. Aufreizende Nachthemden oder Négligés besaß sie nicht; die beiden schliefen nackt. Zum Frühstück war sie in weißen Nylonslips, er in Boxershorts erschienen. Er las die *New York Times,* sie die *Los Angeles Times*.

»O je. Jonas!«

»Was?«

Sie reichte ihm die Zeitung und deutete auf den Bericht:

SCHEIDUNG BEI DEN CORDS

Mrs. Jonas Cord reicht die Scheidung ein

Mrs. Jonas Cord, geborene Monica Winthrop, hat beim Obersten Gerichtshof in Los Angeles Scheidungsklage eingereicht. Mrs. Cord klagt wegen Ehebruch, Grausamkeit und böswilligem Verlassen und verlangt außer der Scheidung das Sorgerecht für das Kind, einen Anteil am Besitz in Kalifornien und Unterhaltszahlung.

Mr. Cords Aufenthaltsort ist unbekannt. Er hat sein Haus in Bel Air verlassen, kurz bevor ihm eine Vorladung vor den Unterausschuß des Senats zugestellt werden sollte, der die Geschäftstätigkeit von Fluggesellschaften untersucht, und ist seither nicht mehr gesehen worden. Es wird vermutet, daß er sich in der Umgebung von Mexico City aufhält. Wie Mrs. Cords Rechtsanwalt Jerry Geisler erklärte, stellt dies jedoch juristisch kein Problem dar, da Mr. Cord nach kalifornischem Recht auch durch öffentliche Bekanntgabe vor Gericht geladen werden kann.

Jonas zuckte mit den Schultern und reichte Angie die Zeitung wieder zurück. »Ehebruch, Grausamkeit und böswilliges Verlassen«, murmelte er. »Sie kann nichts von alledem beweisen.«

Angie legte ihre Hand auf die seine. »Ich sage unter Eid aus, daß wir nie miteinander geschlafen haben.«

Er lächelte schwach. »Das wird nicht nötig sein, Angie. Es ist sehr lieb von dir – und sehr loyal –, aber dazu wird es gar nicht kommen. Meine Rechtsanwälte werden einen Vergleich aushandeln. Monica weiß genau, daß sie nicht allzuviel fordern kann. Sie wird vernünftig sein.«

»Hast du sie geliebt? Früher?«

Jonas nickte. »Zweimal. Ich bin mit ihr zum zweitenmal verheiratet.«

Angie nickte nachdenklich mit einem Blick zur Zeitung. »Es geht mich ja nichts an, und ich sollte eigentlich keine Fragen stellen. Aber ein Punkt... das Sorgerecht für das Kind.«

»Es lohnt sich überhaupt nicht, wenn Monica das verlangt. Das Mädchen wird bald achtzehn sein. Und ich würde sowieso nicht verlangen, daß sie bei mir wohnt. Ich möchte nur, daß sie mich besucht. Das heißt, wenn sie es selbst wünscht, aber nur dann.«

Er warf noch einmal einen Blick auf die Zeitung, zog die Stirn in Falten und legte sie mit zusammengepreßten Lippen beiseite.

»Tut mir leid, Jonas«, murmelte Angie.

»Wenn es dir leid tut, daß meine Ehe zerbrochen ist, also bitte, dann soll es dir leid tun. Falls es dir aber meinetwegen leid tun sollte – das wäre völlig unnötig. Und falls ihretwegen, ebenfalls.«

Angie blinzelte. Tränen kamen ihr in die Augen. »Ich sollte dir keine persönlichen Fragen stellen«, sagte sie. »Ich bin glücklich mit dir. Alles andere ist völlig egal.«

Er stand auf, trat hinter sie, nahm ihre Brüste in beide Hände und strich ihr mit dem Gesicht über den Hals. »Du darfst mich fragen, was du willst. Wenn ich nicht antworten möchte, werde ich eben nicht antworten.«

Angie schaute zu ihm auf und lächelte. »Oder du wirst lügen.«

»Oder ich werde lügen«, räumte er mit einem zufriedenen Glucksen ein.

2

Gewiß. Lügen – das war eine Möglichkeit. Es war eine Alternative, derer er sich gelegentlich bediente. Er wollte nicht alles über Angie wissen. Er ließ ein paar Erkundigungen einziehen und erfuhr, daß die Geschichte ihres Lebens, so wie sie sie ihm erzählt hatte, nicht der Wahrheit entsprach. Er verurteilte sie deshalb nicht. Er konnte verstehen, warum sie nicht die Wahrheit sagen wollte. Er war überzeugt, daß er ihr vertrauen konnte. Nevada empfand genauso; und das bedeutete Jonas viel.

Edgar Burns war in Château-Thierry seinen Schrapnellverletzungen erlegen, am 6. Juni 1918, zwei Wochen nach der Geburt seiner Tochter Angela und sechsundzwanzig Jahre minus einem Tag, bevor deren erster Mann am Omaha Beach fiel. Angies junge Mutter heiratete ein zweitesmal. Sie war zwölf Jahre alt, als sie erfuhr, wer ihr richtiger Vater war. In der Schule hieß sie Angie Damone. Den Namen Burns hatte sie nie getragen.

Damone war Alkoholschmuggler in Yonkers. Er wurde von niemand Geringerem als Arnold Rothstein beschützt. Nach Rothsteins Ermordung kam Damone unter den Schutz eines Bosses des Castellamarese-Clans; bis zum Ende der Prohibition destillierte er Gin. Danach überließ ihm sein Boß einen Anteil an der Buchmacherei in Yonkers. Angie wuchs in dem Bewußtsein auf, daß ihre eigene Familie nicht schlechter lebte als die Familien des Rechtsanwalts, des Zahnarztes und des Maklers, die ihre Nachbarn in einer vornehmen, schattigen Straße in White Plains waren. Ihr Vater – ihr Stiefvater, wie sie also später erfuhr – war im Import und Export tätig. Wie sie glaubte. Und die Nachbarn.

Angie war siebzehn Jahre alt, als Damone verhaftet wurde und die Zeitungen die wahre Natur seiner Geschäfte aufdeckten. Die gerichtliche Anklage wurde fallengelassen, aber Angie kam sich dermaßen gedemütigt vor, daß sie nicht mehr zur Schule zurückkehrte. Sie bat Damone, ihr Arbeit bei einem Buchmacher zu verschaffen; was er unerbittlich ablehnte. Ein Jahr lang blieb sie untätig. Sie mied ihre alten Freundinnen und fand unter den arbeitslosen, unzufriedenen jungen Leuten von White Plains einen neuen Freundeskreis.

Dazu gehörte auch ein Junge namens Jerome Latham. Er sah gut aus, hatte ein längliches, eckiges Gesicht mit kräftigem Kinn, Augen mit schweren Lidern und glatte Haare, die er meistens unter einem Hut mit flatternder Krempe versteckte. Es fehlte ihm nie an Geld; woher er es hatte, wußte eigentlich niemand so genau, so daß ihn eine Aura von Geheimnis und Glamour umgab. Angie verliebte sich in ihn; und da sie bei weitem das schönste Mädchen war, das ihm je begegnet war... Sie hätte nicht behaupten können, daß Jerome Latham in sie verliebt war. Sie war für ihn eine Zierde oder Trophäe. Aber die beiden wurden ein Paar. Man sah sie überall zusammen. Er gab Geld für sie aus. Er kaufte ihr Kleider.

Angies Mutter und Stiefvater gefiel Jerry Latham ganz und gar nicht. Damone bezeichnete ihn als Ganoven; worauf Angie wütend erwiderte, es sei wirklich sonderbar, wenn ausgerechnet er einen anderen einen Ganoven nenne. Der Wortwechsel vergiftete die Beziehung zwischen Angie und ihrer Mutter ebenso wie ihr Verhältnis zum Stiefvater. Sie lief zu Jerry und erklärte ihm, daß sie mit ihm zusammenleben wollte.

Jerry nahm sie bei sich auf. Er hauste damals in nur einem Zimmer, mietete jedoch bald darauf eine kleine Wohnung und heiratete Angie im Juli 1937, als sie neunzehn Jahre alt geworden war.

Sie erfuhr, wie Jerome zu dem Geld kam, das ihm niemals ausging. Er brachte Falschgeld unter die Leute. Er kaufte sich das Geld bei einem Fälscher in New Rochelle, dem er acht Dollar für jeden Zwanzigdollarschein zahlte. Dann fuhr er nach New York und brachte das Falschgeld mit kleinen Einkäufen in Umlauf. Beispielsweise kaufte er etwas für fünf Dollar, bezahlte mit einem falschen Zwanzigdollarschein, bekam fünfzehn Dollar zurück und hatte also damit sieben Dollar Gewinn gemacht. In Paterson, New Jersey, gab er an einem Nachmittag ein halbes Dutzend Zwanzigdollarscheine weiter und kehrte mit fünfzig Dollar Reingewinn im Bus wieder heim. Wenn es ihm gelang, die gekauften Waren weiterzuverkaufen, verdiente er noch mehr. Vieles brachte er zu Pfandleihern, um es nie wieder einzulösen.

Er wurde nie gefaßt. Sein Erfolgsgeheimnis bestand darin, daß er Maß zu halten wußte. 1938 konnte eine Familie mit monatlich hundertfünfzig Dollar gut leben. Er ging nie öfter als einmal die Woche los und führte über alle Geschäfte, die er schon besucht hatte, genau Buch. Er kehrte nie ein zweitesmal zum gleichen Laden zurück; normalerweise sogar nicht einmal zum gleichen Block.

Angie war fasziniert von der Leichtigkeit, mit der ihr Mann zu Geld kam. Sie schlug ihm vor, es auch sie einmal versuchen zu lassen. Sie begleitete ihn einige Male, dann ging sie allein. Sie war ihm eine große Hilfe. Sie konnte Geschäfte aufsuchen, in denen er bereits gewesen war und in die er selbst nicht zurückkommen durfte, um dort ein zweites Mal abzusahnen.

Dann passierte im Februar 1940 etwas Schreckliches. Nach einer Razzia in der Druckerei in New Rochelle landete der Geldfälscher im Gefängnis.

Jerry mußte sich einen neuen Dreh ausdenken. Er begann Briefkästen zu plündern. Angie half ihm auch dabei. Sie leerten ganze Säcke mit Post daheim auf dem Küchentisch aus; manchmal fanden sie Bargeld, manchmal Schecks oder Zahlungsanweisungen, gelegentlich ein Aktienzertifikat oder eine Obligation. Jerry erwies sich auch selbst als begabter Fälscher. Fanden sie beispielsweise einen hohen Scheck, der auf Arthur Schultz ausgestellt war, so fälschte Jerry einen Führerschein mit dem Namen von Arthur Schultz, den er bei der Bank, wo er den Scheck einlöste, als Ausweis verwendete. War der Scheck auf eine weibliche Person ausgestellt, löste Angie ihn ein.

Am 10. September 1940 trat das Wehrpflichtgesetz in Kraft. Jerry Latham zählte zu den ersten, die einrücken mußten. Vor Jahresende befand er sich zur Ausbildung als Infanterist in Fort Dix.

Angie war verzweifelt. Sie hatte überhaupt keine Ahnung, wie sie ihren Lebensunterhalt verdienen sollte; sie kannte sich ja nur mit dem aus, was Jerry getrieben hatte. Am 11. März 1941 drangen Bundespolizisten in ihre Wohnung ein und beschlagnahmten über vierhundert Briefe. Angie wurde verhaftet. Auch unausgefüllte Führerscheine und sogar ein paar Zwanzigdollarblüten wurden gefunden. Am 20. Juni kam Angie in die nationale Besserungsanstalt für Frauen in Alderson, West Virginia.

Man brachte ihr das Telegramm in die Zelle. Sergeant Jerome Latham war am 6. Juni 1944 gefallen. Im September wurde sie auf Bewährung entlassen.

Und während der dreijährigen Gefängnisstrafe hatte sie Stenografie und Maschinenschreiben gelernt.

Sie hatte nie für die Boise-Cascade-Corporation oder beim kalifornischen Rechnungshof gearbeitet. Ihr Bewährungshelfer verschaffte ihr eine Stelle als Sekretärin beim Kriegsrationierungsamt in White Plains. Dort lernte sie bald darauf Ted Wyatt kennen, der ihr zweiter Ehemann werden sollte. Er war genau der gleiche Typ wie Jerry Latham – ein Gauner, der Lebensmittelmarken fälschte. In ihrer Stellung konnte sie vorher in Erfahrung bringen, wie die Marken für den folgenden Monat aussahen – eine äußerst wichtige Information für einen Mann, der wissen mußte, welche Lebensmittelmarken er fälschen mußte.

Ihre Bewährungszeit endete im September 1945. Sie heiratete Ted Wyatt, und die beiden begaben sich nach Kalifornien, wo sie den Ruf, in den sie in New York geraten waren, hinter sich zu lassen hofften. Ted führte Angie, wie sie Jonas erklärt hatte, ins Glücksspiel ein. Er brachte sie zuerst nach Reno, dann nach Las Vegas; als dort Kasinos wie das *Flamingo* und *The Seven Voyages* aufmachten, wurden sie in den Spielsälen zu vertrauten Erscheinungen.

Wyatt verlor Geld. Viel zuviel. Und verschwand. Angie wußte nicht, ob man ihn in die Wüste hinausgeschleppt und ermordet hatte oder ob er davongelaufen war. Er war jedenfalls fort. Sie ließ sich wegen böswilligen Verlassens von ihm scheiden.

Sie fand eine Stelle als Sekretärin bei einem Autohändler und wurde sogar Büroleiterin. An den Abenden verdiente sie sich ein Zubrot, indem sie in den Kasinos Männer zum Glücksspiel animierte. Ein Animiermädchen war sie dennoch nicht. Jede Woche boten ihr mindestens zehn Männer alles mögliche an, von Bargeld bis zum Urlaub in Europa; sie lehnte alles ab.

Aber als ihr Morris Chandler vor zwei Jahren eine Stellung als Sekretärin angeboten hatte, war sie von dem Autohändler weggegangen. Chandler hatte also einfach seine eigene Sekretärin zu Jonas hinaufgeschickt. Sie hatte bei ihm auch keine fünfhundert Dollar Spielschulden. Chandler war völlig überrascht gewesen, als Jonas anrief und ihn anwies, Mrs. Wyatts Schulden auf seine Rechnung zu setzen; er tat es nicht ohne eine gewisse Belustigung. Er hatte ihr nicht vorgeschlagen zu spionieren. Er hatte nur zögernd erwähnt, daß sie vielleicht etwas finden könnte, das für sie beide von Nutzen wäre.

Morris Chandler hatte ja nicht geahnt, daß Angie Wyatt in der Stelle bei Jonas Cord eine Chance sah – nicht nur, endlich etwas

Besseres mit ihrem Leben anzufangen, sondern eben dies obendrein an der Seite eines Mannes, um den sich jede Frau reißen würde.

3

Eines gefiel Jonas an Angie ganz besonders. Mit den Jahren hatte er es immer mehr gemocht, wenn Frauen es ihm mit dem Mund besorgten. Nicht nur, daß es ihm gefiel, sehr sogar; er hatte auch entdeckt, daß Frauen, die dazu bereit waren, nicht nur im Bett, sondern auch in ihrer ganzen Lebenseinstellung Temperament und Risikofreude an den Tag legten. Sie genossen daher auch seine besondere Achtung.

»Sag mal, Angie«, hatte er ihr eines Nachts während der zweiten Woche ihres Zusammenlebens ins Ohr geflüstert, »du bist wirklich großartig im Bett, aber...«

»Aber?«

»Nein, in dem Punkt gibt es kein Aber. Du bist wirklich großartig. Ich habe mich nur gefragt, ob du... weißt du, was oraler Sex ist?«

Sie stützte sich auf einen Ellenbogen. »Ja, schon... Aber ich habe so etwas noch nie gemacht.« Sie griff nach unten und nahm seinen Penis in die Hand. »Ich würde ihn nie ganz hineinkriegen. Ich würde ersticken.«

»Es geht doch nicht darum, daß du ihn ganz in den Mund kriegst.«

»Um was sonst? Wie soll ich es denn machen?«

»Wie mit einem Lutscher«, sagte er.

Sie lachte. »Wie bei einem Lutscher! Na ja... bedeutet es dir soviel?«

Er holte tief Luft. »Ich hätte es sehr gern. Aber das ist keine Forderung.«

Sie betrachtete ihn ein paar Sekunden lang. »Würdest du ihn dir vorher waschen?«

»Aber natürlich.«

»Also gut... Ich will's versuchen.«

Sie hatte die Wahrheit gesagt – sie hatte das bisher noch nie gemacht. Sie hatte davon gehört, und zwar immer nur mit schmutzigen Worten, und für die Frauen, die es machten, hatte es auch immer nur schlimme Namen gegeben. Trotzdem, er war die Mühe wert.

Als er aus dem Badezimmer zurückkam, roch er nach Seife und Rasierwasser, das er sich über den ganzen Oberkörper gesprenkelt hatte. Er bauschte die Kopfkissen auf und rückte sie gegen das Kopfende des Bettes, setzte sich hin, lehnte sich gegen die Kissen zurück ... und wartete.

Sie brauchte einen Augenblick, um allen Mut zu sammeln. Sie lächelte ihm zu, neigte dann das Gesicht, öffnete weit den Mund und saugte an seinem pochenden Penis. Sie hielt ihn fest, während sie mit der Zungenspitze an seiner faltigen Vorhaut spielte. Danach zog sie sich zurück, nahm den dicken Stamm in die linke Hand und fing an, ihn in langen Zügen von der Basis zur Spitze hin zu lecken. Er forderte sie flüsternd auf, auch weiter unten zu lecken: seinen dunklen, runzligen Hodensack von doppelter Faustgröße. Sie tat es und wiederholte es sogar, blieb aber hauptsächlich damit beschäftigt, abwechselnd den oberen Penisteil im Mund zu behalten, seine Vorhaut mit Zunge und Lippen zu massieren und den Penis, wenn sie ihn wieder herausgezogen hatte, in seiner vollen Länge abzuschlecken.

Er begann zu keuchen und stöhnen. Sie führte ihn zum Höhepunkt der Ekstase. Sie war überrascht; sie hatte nicht damit gerechnet, daß ein Mann bei solcher Behandlung den Zustand höchster Verzückung erleben würde. Nun ... dafür würde er sie lieben. Gut, Liebe war wohl nicht ganz das richtige Wort. Sie würde ihm dafür lieb und teuer sein. Sie hatte mitgehört, wie andere Frauen diesen Akt erniedrigend und beschämend fanden. Aber sahen sie eigentlich nicht, daß sie bei dieser Technik die Aktiven und Bestimmenden waren, während sie sonst immer nur passiv blieben, wenn sie den Mann über sich hatten, der in seiner Schlußphase wie wild in sie eindrang. Hier hatte sie selbst das Heft in der Hand; sie konnte nach Belieben antreiben oder verzögern und warten lassen. Sie fühlte sich nicht erniedrigt.

Sie fand daran auch gar nichts unangenehm, obwohl sie wegen

seines Samenergusses nervös war, weil sie nicht wußte, was sie damit machen sollte oder ob er einen üblen Geschmack hatte. Sie bemühte sich, ihn auszulösen: es dauerte jedoch mehrere Minuten. Als der Erguß kam, stellte sie fest, daß er fast ohne Geschmack war. Und er widerte sie auch nicht an. Der ganze Vorgang hieß gewöhnlich »Saugen«; sie folgerte daher, daß sie wohl saugen müßte, wenn er den Höhepunkt erreichte. Sie umfing seinen Penis mit ihren Lippen und saugte das Zeug aus ihm heraus. Etwas davon geriet ihr in den Hals. Sie schluckte. In ihrem Mund sammelte sich etwas an. Sie schluckte erneut.

»O mein *Gott.* Angie!«

Sie lächelte zärtlich. Ein Teil seines Samenergusses glänzte auf ihrem Kinn. »So hast du es gern, wie?« flüsterte sie.

Er streckte die Arme nach ihr aus.

4

Nevada und Angie blieb die Luft weg. Sie lachten, obwohl sie genau wußten, daß es ihm ernst war.

Auf einer Reise nach Los Angeles hatte Clint McClintock, wie befohlen, in Cluver City ein Kleidergeschäft aufgesucht und ein paar Sachen mitgebracht, wie Jonas ihm aufgeschrieben hatte. Dazu gehörten ein graues, fast weißhaariges Toupet und eine runde Brille mit Silbergestell und Scheingläsern, ferner eine Dose Wachs der Art, die Schauspieler mit der Hand zur gewünschten Form kneten und dann zwischen Zähnen und Backen im Mund einfügen, um die Backen runder zu machen, so daß das Gesicht fetter wirkte.

Jonas hatte zwei Stunden lang an seiner Veränderung herumexperimentiert und führte sie nun Angie und Nevada vor. Mit einer Zahnbürste hatte er aus einer Dose die Augenbrauen und das wenige Haar, das unter dem Toupet hervorschaute, grauweiß gefärbt. Er hatte eine Brille auf, und das Wachs im Mund blähte seine Wangen auf.

»Was soll das bedeuten, verdammt?« fragte Nevada, als er endlich fertiggelacht hatte.

»Ich will mir mal unten den Kasinobetrieb anschauen«, antwortete Jonas. »Dort unten wird eine Menge Geld umgesetzt. Ich will sehen, wie so etwas läuft.«

Er zog den Anzug an, den er auf seiner Flucht aus Bel Air getragen hatte, den grau-weiß gestreiften Zweireiher mit weißem Hemd und einer von den blumigen Krawatten, die in dem Jahr damals Mode waren.

»Ich komme mit«, sagte Angie.

Jonas dachte kurz nach und war schließlich einverstanden. Ihre Begleitung würde seine Verkleidung ergänzen, um so mehr, da ihr Gesicht im Kasino bekannt war.

Sie fuhren im Privatlift nach unten und betraten den Teil des *Seven Voyages*, den Jonas noch nicht gesehen hatte. Das Spielkasino war der Grund für die Existenz des Hotels. Es war Mittelpunkt des gesamten Unternehmens – die Profitquelle. Ohne die Einnahmen aus dem Spielsaal war das *Seven Voyages* ein Verlustgeschäft.

Jonas war aus anderen Kasinos mit dem Glücksspiel vertraut; er wußte auch über ihre Struktur und ihre Organisation Bescheid. Das Kasino offerierte nur schnell ablaufende Spiele: Roulette, Craps, Blackjack und dergleichen. Die Spieler standen oder saßen unter greller Beleuchtung an massiven, grün bezogenen Tischen. Jonas hatte in französischen Kasinos gespielt, wo man Abendkleidung trug. Hier konnte man sich anziehen, wie man wollte, wenn man davon absah, daß im *The Seven Voyages* keine Cowboys in Jeans eingelassen wurden. Das männliche Kasino-Personal trug weiße Hemden mit schwarzen Fliegen und schwarzen Hosen ohne Taschen. Mädchen in Miniröcken mit Rüschen und Netzstrümpfen trugen Tabletts von Tisch zu Tisch und boten freie Drinks an – wenn auch möglichst nur den Spielern, nicht den Gaffern. Die Luft war rauchgeschwängert.

Die Spieler fixierten angestrengt den Tisch oder ihre Karten; eine Unterhaltung fand kaum statt. Wenn sie überhaupt miteinander sprachen, dann leise. Bei Gewinnen jubelte, bei Verlusten stöhnte niemand.

Nach Morris Chandlers Wunschvorstellungen sollte das Kasino des *Seven Voyages*, soweit praktisch möglich, dem äußeren Erscheinungsbild des Kasinos in Monte Carlo entsprechen. Aber sehr viel war da nicht möglich; man konnte hier schlecht Abendkleidung verlangen. Die Croupiers an den Roulette-Tischen wahrten immerhin insofern eine Tradition, als sie zwei Ankündigungen auf französisch gaben. Sie forderten zum Setzen auf mit den Worten: »*Faites vos jeux*« und schlossen das Plazieren der Einsätze unmittelbar vor dem Werfen der Kugel mit: »*Rien ne va plus*«.

Jonas sah, daß hier ehrlich und korrekt gespielt wurde. Die Räder waren nicht ausgewuchtet, die Würfel nicht präpariert und die Karten nicht gezinkt. Das Kasino hatte es nicht nötig zu betrügen, um zu gewinnen. Es konnte gar nicht verlieren, weil es die Gewinnchancen selbst bestimmte.

Beim Roulette gab es eine Null und eine doppelte Null – eine amerikanische Neuerung; das europäische Roulette hatte nur die einfache Null. Fiel die Kugel auf Null oder Doppelnull, gewann das Haus. An den Blackjack-Tischen blieb das Geben – und der damit verbundene kleine Vorteil – immer beim Haus, selbst wenn der Spieler einen Blackjack hatte. Der einzelne Spieler konnte durchaus Gewinne erzielen – selbst hohe –, aber insgesamt gewann stets die Bank. Erfahrene Spieler wußten das; trotzdem glaubten sie mit dem chronischen Optimismus der Glücksspieler, die Bank ausspielen zu können. Süchtige Spieler mochten intelligent, vernünftig und emotionslos spielen, am Ende verloren sie doch – und nicht selten gewaltig.

In die Decken der Spielsäle waren Einwegspiegel eingelassen. In einem dunklen Raum darüber wanderten Aufseher über Laufstege und behielten alles Geschehen unten im Auge; sie achteten auch auf Situationen, die Spielgeber oder Croupiers nutzen könnten, um bei den Gewinnen abzusahnen. Das Hauspersonal konnte zwar die sperrigen Chips nicht in den engansitzenden, taschenlosen Anzügen verschwinden lassen; es kam jedoch vor, daß einem Komplizen unter den Spielern ein Stapel Chips zugeschoben wurde, obwohl dieser gar nicht gewonnen hatte.

Ihr besonderes Augenmerk aber galt natürlich den Falschspielern. Allerdings war Falschspiel fast unmöglich. Niemand konnte an die Roulettekessel heran. Die übergroßen Hauswürfel, eigens für das *Seven Voyages* hergestellt und mit dem Hausemblem versehen, machten das Austauschen gegen präparierte Spielerwürfel unmöglich. Das einzige ernsthafte Problem für die Spielbank waren die Kartenzähler an den Blackjack-Tischen. Kartenzähler hatten ein unglaubliches Erinnerungsvermögen. Sie konnten sich genau merken, was für Karten schon ausgegeben waren, und auf die Weise ihre Gewinnchancen erheblich verbessern. Um das zu verhindern, wurde stets mit zwei Kartendecks gespielt. Doch selbst zwei Kartenspiele schafften einige Berufsspieler. Sie wurden von den Kasinos auf einer schwarzen Liste geführt. Erkannte das Hauspersonal einen identifizierten Kartenzähler oder verdächtigte einen noch Unbekannten des Kartenzählens, wurde er am Arm genommen und unauffällig aus dem Kasino gewiesen. Illegal war das Kartenzählen eigentlich nicht, aber bei allen Spielbanken gefürchtet, und man versuchte, solche Leute von den Spieltischen fernzuhalten.

Jonas kaufte Chips im Wert von fünfhundert Dollar. Mit Angie an seiner Seite spielte er Blackjack, bei dem ein guter Spieler noch die besten Chancen hat, und gewann binnen einer Stunde hundertfünfundzwanzig Dollar. Das war nicht atemraubend, so daß der Kassier beim Einlösen keine weitere Notiz von ihm nahm.

Sie gingen auch durch den Automaten-Saal, wo die »einarmigen Banditen« reihenweise halbe und ganze Dollars schluckten, sich drehten und laut klingelnd und rasselnd stehenblieben, meistens ohne etwas auszuwerfen. Die Leute an den Automaten spielten mehr nach Gefühl als die Spieler an den Tischen. Wenn sie gewannen, jubelten und kreischten sie; es war immerhin geschäftsfördernd. Es gab Gewinne, die vergleichsweise beträchtlich waren; das kam jedoch selten vor. Fünfundzwanzig oder fünfzig Dollar wurden häufiger ausgespuckt – das hielt die Spieler bei Laune und an den Automaten, die reinen Profit bedeuteten. Es gab hier keinerlei Verlustrisiko für das Haus – nicht einmal zeitweilig.

»So ein Kasino ist eine Goldgrube«, murmelte Jonas, als er mit Angie ins oberste Stockwerk zurückkehrte.

VII

1

In seiner Verkleidung beim Blackjack mit Doppelkinn und grauen Haaren gab Jonas sich den Namen Al String – ein Wortspiel mit Cord. Er spielte eine ganze Woche lang Abend für Abend im *Seven Voyages* und verlor achtzehnhundert Dollar. Danach begab er sich ins *Flamingo*, wo er an vier Abenden dreihundert Dollar gewann, und suchte schließlich ein paar der älteren, einfacheren Spielhöllen auf, immer mit Angie; Nevada begleitete ihn nur in die billigen – mit einem champagnerfarbenen Stetson auf dem Kopf und in einem Anzug, wie er zu einem Texaner aus der Ölbranche gepaßt hätte.

»Langsam verstehe ich das System«, sagte Jonas eines späten Abends mit Nevada und Angie beim Essen in der Suite. »Das Schöne an Spielbanken ist, daß das durchlaufende Kapital hauptsächlich Bargeld bedeutet. *Das* ist es, was die smarten Typen anzieht, die in dieser Stadt den Ton angeben. Überlegt mal! Stellt euch nur mal die Möglichkeiten vor, die das bietet.«

»Zum Beispiel?« fragte Nevada – obwohl er keineswegs so naiv war, daß er nicht gewußt hätte, was Jonas meinte.

»Das Simpelste sind die Gelegenheiten zur Steuerhinterziehung«, erklärte Jonas. »Wieviel der Einnahmen wird offiziell deklariert? Die Hälfte? Fünfundsiebzig Prozent? In den hinteren Räumen drüben wird bare Münze gezählt. Wieviel davon wird wohl aus dem Hotel geschafft, ohne in der Buchhaltung aufzutauchen – was glaubt ihr?«

»Es ist noch nicht alles«, warf Angie ein. »Die Kasinos sind im Besitz von Teilhabern, die meisten sitzen an der Ostküste. Sie kommen mit dem Flugzeug her, deklarieren ihren Flug offiziell als Vergnügungsreise und setzen sich an die Spieltische. Nachher fliegen sie mit Koffern voll Geld wieder heim – mit Geld, das ihr Anteil aus ihrer Teilhaberschaft ist. Falls die Burschen vom Finanzamt das Bargeld entdecken, behaupten die Herrn, daß sie Glück gehabt und beim Spiel eine Menge Geld gewonnen hätten. Sie erklären nie, daß ihnen ein Teil des Kasinos gehört und daß sie regelmäßig einen Anteil vom Profit erhalten. Sie bekommen alles in Cash – das, was von den Einnahmen abends immer heimlich beiseite geschafft wird.«

Sie aßen Club-Sandwiches. Angie und Nevada tranken Bier, Jonas Bourbon. Er hatte das Toupet abgenommen und natürlich auch das Wachs aus dem Mund entfernt; es machte ihn seltsamerweise immer durstig.

»Viele Teilhaber könnten es sich gar nicht leisten, als Teilhaber bekanntzuwerden«, fügte Angie hinzu. »Weil sie vorbestraft sind und das Kasino die Lizenz verlöre, wenn herauskäme, daß Leute mit Vorstrafen Teilhaber sind. Deshalb kommen sie hier angereist, um zu spielen und mit ihren ›Gewinnen‹ wieder heimzureisen, ohne daß jemand dahinterkommt... glauben sie.«

»Es ist ziemlich dumm, solche Risiken bei Geschäften einzugehen, die auch ohne krumme Touren eine Menge Geld abwerfen könnten«, sagte Jonas.

»Es gibt Partner, die sie sich nicht hinauswerfen trauen«, erklärte Angie.

»Für eine bloße Sekretärin weißt du aber eine Menge«, meinte Nevada.

»Wenn man ein Weilchen hier ist und die Augen offenhält, kriegt man auch eine Menge zu sehen«, sagte sie.

Jonas sagte: »Ich muß mit Chandler reden.«

2

Am nächsten Tag kam Chandler zum Mittagessen in die Suite. Angie war nicht miteingeladen.

Chandler blieb eine Weile am Fenster stehen und blickte zum Swimmingpool hinunter. Dann blickte er durch das Fernrohr auf dem Stativ und schaute plötzlich angestrengt – wahrscheinlich auf ein ganz besonders freizügiges Mädchen. Anschließend richtete er das Fernrohr höher.

»Haben Sie's schon entdeckt?« fragte er Jonas.

»Ein paar von den Badeschönheiten habe ich mir angeguckt.«

Chandler wandte sich mit einem belustigten Grinsen zu ihm um. »Sie haben in die falsche Richtung geblickt. Schauen Sie jetzt mal.«

Jonas blickte durch, und nun sah er, was ihm Chandler so empfohlen hatte – nackte Mädchen.

Das Penthouse auf dem neuesten Hotel besaß eine Terrasse, wo die Damen durch einen Ring von Topfsträuchern vor Blicken von unten abgeschirmt waren. Im Umkreis von zwei Kilometern war nur der oberste Stock des *Seven Voyages* so hoch, daß man Einblick in die Terrasse hatte. Die beiden Hotels lagen mehrere hundert Meter auseinander; offenbar hielten die Eigentümer des Penthouse und auch die Mädchen diese Entfernung für ausreichend, um sich vor neugierigen Blicken sicher zu fühlen. Morris Chandler hatte das selbst für astronomische Zwecke brauchbare Fernrohr aufgestellt, um seinen Nabobs im fünften Stock für die teure Miete etwas Besonderes zu bieten.

»Die Mädchen dort arbeiten«, erläuterte Chandler. »Das *ist* ihre Arbeit – dort nackt herumzusitzen.«

»Branchentricks«, sagte Jonas und wandte sich wieder dem Tisch und dem Mittagessen zu. Er nahm Platz. »Sie haben mich an meinem ersten Abend in Las Vegas über ein paar elementare Aspekte des Kasinogeschäfts aufgeklärt. Wie Nevada mir sagt, wären Sie bereit, die Lektion fortzusetzen.«

»Was möchten Sie gern wissen?«

»Wieviel sahnen Sie ab?«

Chandlers Miene wurde steif. Er zögerte einen Augenblick, dann fragte er zurück: »Und wenn ich behaupte, daß wir es gar nicht tun?«

»Dann behaupten Sie's mal.«

Chandler warf einen Blick zu Nevada, der ihn ernst musterte und ganz offensichtlich gespannt war auf die Antwort. Chandler holte einmal tief Luft und stieß hervor: »Ich soll *Sie* belehren? Sie sollten mich belehren! Sie wissen bereits zu viel.«

»Aber, aber. Ich bin doch kein Spion der Regierung«, beruhigte Jonas. »Ich bin schließlich kein Spitzel.«

»Was vor hundert Jahren absolut illegal war, ist heutzutage völlig legal«, sagte Chandler. »Was vor fünfzig Jahren unmoralisch war, gilt heute als akzeptabel. Und umgekehrt sind ein paar Dinge, die früher legal und moralisch vertretbar waren, mittlerweile illegal und unmoralisch. Einige der großen Familien Amerikas haben ihr Vermögen auf eine Weise gemacht, die von den heutigen Hütern der Moral nie toleriert würde. Beispielsweise mit dem Import von Sklaven. Oder mit Bordellen. Es hängt immer von der Zeit ab. Die Dinge ändern sich ständig. Heute haben wir Scheißpolitiker wie Kefauver, die mit den verrücktesten Anschuldigungen um sich werfen, wenn es ihnen politisch Vorteile bringt.«

»Wem gehört das *Seven Voyages*, Morris?« unterbrach ihn Jonas.

»Ich persönlich besitze achtzehn Punkte«, sagte Chandler. »Offiziell gehören mir einundsechzig, aber bis auf diese achtzehn stehe ich damit nur für andere Leute ein, die nicht wünschen, daß man ihre Namen mit dem *Seven Voyages* in Verbindung bringt.«

»Für Leute, bei denen Sie es sich nicht leisten können, daß ihr Name im Zusammenhang mit diesem Betrieb auftaucht«, verbesserte ihn Jonas.

»Wenn Sie es so sehen wollen. Wenn ich Punkte sage, meine ich natürlich Prozent.«

»Gehören irgendwelche Punkte, direkt oder indirekt, Lucky Luciano?«

»Soll das ein *Witz* sein? Luciano? Ausgeschlossen.«

»Frank Costello? Jimmy Blue Eyes?«

Chandler schüttelte nachdrücklich den Kopf.

»Meyer Lansky?«

»Nein. Meyer besitzt keinen einzigen Punkt. Er ist uns aber vertraglich als Fachberater verbunden.«

»Und wofür ist er Fachberater?«

»Der Vertrag ist schriftlich fixiert und hat einer Untersuchung durch Schnüffler des Justizministeriums standgehalten. Er besagt, daß Meyer Lansky uns berät, wie die Buchhaltung geführt werden muß, damit das Kasino ein ehrliches Unternehmen bleibt. Es wird von niemandem bestritten, daß er davon eigentlich etwas verstehen müßte. Er hat früher einmal zahlreiche illegale Spielhöllen gemanagt. Das Justizministerium hat an dem Vertrag nichts vorschriftswidrig gefunden und keine Einwände dagegen erhoben, daß wir ihn als Fachberater beschäftigen. Ich weiß nicht, ob Sie sich mit solchen Dingen auskennen – aber Meyer Lansky war nie vorbestraft.«

»In Wirklichkeit«, bemerkte Nevada trocken, »weist er Sie an, wie der Rahm abzusahnen ist.«

»Offiziell«, hakte Jonas ein, »gehört das *Seven Voyages* einer Firmengesellschaft. Die Kasino-Lizenz gehört nämlich der *Seven Voyages Corporation*. Und deren Aktien gehören komplett Ihnen.«

»Sie haben sich erkundigt«, sagte Chandler. »In Ordnung. Offiziell, juristisch, gehört alles mir. In einem Punkt bin ich nämlich wie Meyer Lansky. Ich bin sauber. Ich habe keine Vorstrafen. Und damit bin ich ein perfekter Strohmann.«

Nevada grinste. »Wirklich, Maurie hat nicht mal eine Verkehrsstrafe abbekommen.«

»Ich will gar nicht wissen, wem die Punkte tatsächlich gehören«, sagte Jonas. »Mich interessiert aber etwas anderes. Was kostet es, in Las Vegas ein Kasino-Hotel zu errichten?«

Chandler nippte an seinem Wein. »Als wir hier anfingen, so um 1946, gab es eine Faustregel. Um ein einigermaßen großes Hotel mit Kasino zu bauen, brauchte es eine Million Dollar, höchstens, inklusive Grundstück. Als Spiegel und seine Partner das *Flamingo* in Betrieb nahmen, hatten sie bereits drei Millionen hineingesteckt. Und das *Seven Voyages* hat fünfeinhalb Millionen gekostet.«

»Was wäre, wenn Sie den Rahm nicht abschöpfen würden?«

Chandler schüttelte den Kopf. »Dann hätte man keine Investoren, denen man das Kapital zurückzahlt. Die Banken hätten niemals fünfeinhalb Millionen Dollar bereitgestellt, um in Las Vegas ein Kasino-Hotel zu bauen. Wir mußten Investoren finden.«

Jonas nickte. »Wenn Sie die fünfeinhalb Millionen *hätten*, müßten Sie keine Punkte verkaufen, und dann müßten Sie die Gewinne auch nicht abschöpfen. Sie könnten mit dem Kasino auf völlig legale Weise gute Profite erzielen.«

Chandler griente. »Denken Sie etwa daran, ein Kasino-Hotel zu erbauen?«

Jonas hob die Augenbrauen und zuckte die Achseln. »Nehmen wir nur einmal an, ich würde Pauschalreisen von LA und Frisco anbieten: Rückflugtickets nach Las Vegas mit Übernachtung in einem Cord Hotel und Mahlzeiten zu Fixpreisen.«

»Die Leute würden herfliegen, in Ihrem Pool schwimmen, Ihre Mahlzeiten essen, sich Ihre Shows anschauen, aber spielen würden sie nicht. Ha! Sie würden die Kinder mitbringen.«

»Zugegeben. Also: In dem Preis wäre ein Gutschein inbegriffen, der nur gegen Spielchips eingelöst werden kann. Sagen wir zum Wert von hundert Dollar. Auf diese Weise hätten die für das Glücksspiel vorausbezahlt.«

»Dann werden die Cleveren den Gutschein gegen Chips einlösen, ein Weilchen im Spielsaal herumspazieren und beim Hinausgehen die Chips in Bargeld umtauschen.«

»Schummlertypen, die so etwas tun würden, gibt es natürlich immer«, räumte Jonas ein. »Dagegen schützt man sich, indem man nach ihnen Ausschau hält. Ein zweitesmal würde man sie nicht zulassen. Aber die große Mehrheit wird die Chips für das Glücksspiel einsetzen, wird verlieren und weitere kaufen. Wer in einem Kasino einmal spielsüchtig gemacht worden ist, bleibt es. Die Schummler schreibt man als Investition ab.«

Chandler lachte. »Jetzt verstehe ich, warum Sie Multimillionär sind. Und warum Sie sich im *Seven Voyages* einsperren, um einer Vorladung aus dem Weg zu gehen.«

Morris Chandler verließ die Suite gleich nach dem Mittagessen. Angie kam, und dann erschienen auch die vier jungen Manager, die vorübergehend im Wohnzimmer von Nevadas Suite gearbeitet hatten.

Nevada begleitete Chandler zum Lift.

»Ein Wort für Ohren, die hören können, Max«, sagte Chandler leise. »Dein Junge ist unheimlich clever. Zu clever. Hoffentlich ist er so vernünftig, nicht mit anderen Leuten zu reden.«

»Jonas hat mehr Verstand, als er bisher gebraucht hat«, entgegnete Nevada.

»Gut. Dann sag ihm, er soll ihn gebrauchen. Der Mann gefällt mir. Ich möchte nicht, daß ihm etwas zustößt.«

3

Als die Sonne über der Wüste unterging und Jonas neben Angie und Nevada auf dem Sofa saß und Bourbon trank, läutete das Telefon. Angie nahm ab. »Morris Chandler, für dich«, sagte sie zu Jonas.

»Ein Problem«, sagte Chandler grimmig. »Raten Sie mal, wer gerade im Hotel eingecheckt hat? Mrs. Jonas Cord!«

»Verdammt«, murmelte Jonas.

»Sie hatte ein Zimmer reserviert. Meine Leute akzeptierten die Reservierung. Die wissen ja nicht, daß Sie hier wohnen. Ich konnte ihr die Unterbringung nicht verweigern. Sie hat ein Zimmer im vierten Stock, es liegt genau unter Ihrem. Wie, zum Teufel, hat sie herausfinden können, daß Sie hier sind?«

»Hat sie vielleicht gar nicht. Vielleicht weiß sie es ja nicht.«

»Trotzdem, Sie müssen davon ausgehen, daß sie beschattet worden ist. Wenn diese Spürhunde mit ihrer Strafvorladung wirklich hinter Ihnen her sind, sind sie Ihrer Frau bestimmt gefolgt. So wie die denken, halten sie die ganze Scheidungsgeschichte nur für ein Täuschungsmanöver.«

»In Ordnung. Wir müssen so vorsichtig sein wie eben möglich. Meine Leute werden auf ihren Zimmern bleiben müssen. Sie würde jeden von ihnen sofort erkennen.«

4

Monica zog sich aus und lief ins Bad. Alex ließ seine Sachen ebenfalls einfach auf den Boden fallen und rannte ihr nach. Im nächsten Moment stand er bei ihr unter der Dusche. Sie wuschen sich gegenseitig, die seifenglatten Hände glitten über die Körper, die beiden hielten es kaum mehr aus, sich zu Ende zu waschen und abzutrocknen, bevor die Sinnenlust sie überwältigte. Sie waren noch halbnaß, als sie ins Bett fielen. Er war sofort über ihr und bestieg sie. Sie dachte kurz: Alex ist genauso wie Jonas. Wenn er erregt ist, hat er es eilig. Doch er befriedigte sie jedesmal.

Anschließend steckten sie sich eine Zigarette an, während sie satt und erschöpft auf dem Bett liegenblieben – ohne zu ahnen, daß die Direktorin des Hotels, auf das Chandlers Fernrohr gerichtet war, das Kompliment erwidert hatte, so daß ein halbes Dutzend Männer und Frauen sich in der Luxus-Suite jenes Hotels großartig amüsierten, als sie Monica und Alex bei ihren wilden Anstrengungen durchs Fenster beobachteten – was Monica bei einem so hochgelegenen Fenster eines außerdem abseitigen Hotels niemals für möglich gehalten hätte.

»An uns wird das Kasino nicht viel gewinnen«, erklärte sie. »Ich glaube nicht, daß ich nach dem Essen auch nur fünf Minuten warten kann, wieder hochzukommen und alles noch mal zu machen.«

»Ein großartiges Hotel, nicht?« sagte Alex.

»Wie hast du davon erfahren?«

»Es genießt den Ruf eines Hotels, in dem Leute absteigen können, die Diskretion suchen.«

»Also, diskret sind wir ja gewesen. Die Reservierung ist unter meinem Namen gemacht worden. Das Zimmer ist auf meinem Namen. Deine Frau wird nie etwas erfahren.«

5

Das Telefon läutete von neuem. Wieder war es Morris Chandler. »Es hat vielleicht nichts zu bedeuten«, berichtete er Jonas, »aber sie hat einen Mann bei sich. Er muß nicht unbedingt fürs Bett sein, würde ich meinen. Aber gut sieht er aus.«

»Monica hat sie sich immer aussuchen können.«

»Wenn es Ihnen helfen würde, könnte ich in ihrem Zimmer Wanzen anbringen, während die beiden zu Abend essen. Sie sind gerade nach unten gegangen.«

»Sie meinen, daß ich mithören könnte, während sie...«

»Und wir könnten es auch auf Tonband aufnehmen. Das wäre womöglich äußerst nützlich, wenn Ihre Anwälte die Abfindung mit ihr diskutieren.«

»Tun Sie das, Morris. Bringen Sie Wanzen an, damit ich von hier oben mithören kann, und aufnehmen wollen wir es auch.«

Als Jonas auflegte, schüttelte Angie lächelnd den Kopf. »Du kannst ein richtiges Schwein sein, wie?«

»Es wird dir Spaß machen«, antwortete er.

Sie verzog den Mund. »Gewiß doch!«

6

Die Stimmen und Geräusche kamen so klar und deutlich durch, als ob das Liebesspiel im Zimmer nebenan stattfände. Nevada zog sich in die eigene Suite zurück, in offener Mißbilligung solchen Verhaltens. Chandler blieb, stirnrunzelnd und mit eingezogenen Backen. Angie hörte ungerührt zu, Jonas, der an seinem Glas Bourbon nippte, ebenfalls.

– »Vorsicht! Paß auf! Ja so... so ist es gut. Ja!«

– (Lachen) »Hattest du mir nicht gesagt, daß du noch Jungfrau bist?«

– »Was würdest du denn mit einer Jungfrau anfangen?«

– »Weiß nicht. Hab nie eine gehabt.«

– »*Verdammt*! Da ist jemand an der Tür!«

– »Einen Moment. Ich warte im Badezimmer.«

Der Türsummer war im Lautsprecher deutlich hörbar gewesen und bestimmt auf Band.

– »Wer ist da?«

– »US-Marshal, Mrs. Cord.«

– »Was wollen Sie?«

– »Wir suchen Mr. Cord!«

– »Er ist nicht da.«

– »Es würde alles sehr viel einfacher machen, wenn Sie uns hereinließen, damit wir uns vergewissern können.«

– »Aber nur kurz.«

Einen Augenblick lang war nichts zu hören; sie ging offenbar die Tür öffnen.

– »Sind Sie Mrs. Jonas Cord?«

– »Zur Zeit noch. Das Scheidungsverfahren läuft.«

– »Sie behaupten, daß Mr. Cord sich nicht bei Ihnen befindet?«

– »Nein, er befindet sich nicht bei mir.«

– »Es hält sich hier aber ein Mann auf. Das wollen Sie doch wohl nicht bestreiten, oder?«

– »Ich bestreite gar nichts.«

– »Wer ist dieser Mann?«

– »Das geht Sie nichts an. Er ist *nicht* Jonas Cord.«

– »Es würde alles sehr viel einfacher machen, wenn wir uns dessen vergewissern könnten.«

Schweigen. Dann die Stimme des Mannes:

– »In Ordnung, Leute. Ich bin nicht Jonas Cord, okay?«

– »Nein. Sie sind nicht Jonas Cord. Dürfen wir im Badezimmer nachschauen, ob sonst noch jemand dort ist?«

– »Schauen Sie meinetwegen im Kleiderschrank und unter dem Bett nach, wenn Sie schon dabei sind – was doch alles sehr viel einfacher machen würde –, und dann verschwinden Sie aus meinem Zimmer.«

– »Wissen Sie, wo Mr. Cord sich aufhält, Ma'am?«

– »Ich weiß nicht, wo er sich aufhält. Und im übrigen ist mir das auch völlig egal.«

Ein längeres Schweigen, das nur vom Zuknallen einer Tür unterbrochen wird.

– »Mist! Deine Erektion ist weg!«

7

Während Monica und Alex am folgenden Morgen endlich schliefen, saßen Jonas und Angie am Frühstückstisch, lasen Zeitung und machten alberne Witze über das, was sie abends zuvor mitgehört hatten.

Nach dem Frühstück rief Jonas Bill Shaw herein, den er mit dem Morgenflug über Mexico City als Kurier nach Los Angeles schickte – mit dem Tonband. Shaw sollte es bei seinem Scheidungsanwalt abliefern. Er legte folgende Nachricht bei:

Verwenden Sie dies, wie Sie es für richtig halten; aber nur, wenn erforderlich. Beachten Sie: Das Gespräch unmittelbar nach dem Türsummer beseitigt alle Zweifel zur Identität der Person, die wir sprechen hören.

8

Zehn Tage danach ließ Jonas Morris Chandler zu sich in die Suite bitten.

Es war drei Tage her, daß Chandler sich bei Nevada erkundigt hatte, wie lange Jonas das gesamte oberste Stockwerk im *Seven Voyages* bewohnen wollte. Die Miete, die Jonas ihm dafür bezahle, sei zwar sehr großzügig, habe sich aber, so behauptete Chandler, trotzdem als schlechtes Geschäft erwiesen. Die Mieten von den Geldleuten, die die Suite sonst bewohnten, hätten zusammen mit ihren Verlusten an den Spieltischen doch erheblich mehr ausgemacht als die zugegeben großzügigen monatlichen achttausend Dollar von Jonas. Verschiedene seiner Stammkunden für die Suite hätten sich auch schon beschwert, daß ihnen die gewohnten Luxusräume versagt blieben.

Als Chandler eintrat, fand er Jonas in Gesellschaft von Nevada, Angie und Len Douglas vor, alle in Golfhemd und Freizeithose – Nevada wirkte darin ausgesprochen fremd und komisch.

»Sie sind ja bereits mit allen bekannt, Morris«, sagte Jonas. »Kaffee?«

»Ja, gern.« Morris Chandler trug statt des üblichen dunklen Anzugs ein beige-braun kariertes Jackett und eine dunkelbraune Freizeithose. Er wirkte sichtlich nervös, wie wenn er ahnte, daß die Einladung zu diesem Gespräch eine Bedrohung darstellte.

»Werfen Sie mal einen Blick durchs Fernrohr«, sagte Jonas. »Als ich vor fünf Minuten nachschaute, waren alle dort oben.«

Chandler ließ sich nieder und setzte seine Tasse Kaffee auf dem Tisch ab.

»Nevada hat mir berichtet, daß ich Sie mehr koste, als ich Ihnen zahle«, sagte Jonas.

Chandler nickte. »So ist es, Jonas – rein geschäftlich betrachtet. Es war nicht persönlich gemeint. Sie haben sich mir gegenüber fair verhalten. Sie haben bestimmt nicht geahnt, daß ich dabei ein Minus machen würde – davon bin ich überzeugt. Ich habe es ja selbst nicht gewußt.«

»Wir werden das schon irgendwie bereinigen«, versicherte Jonas. »Aber jetzt müssen wir über etwas anderes reden.«

»Haben Sie immer noch vor, ein eigenes Hotel zu bauen?«

»Viel besser«, entgegnete Jonas. »Ich denke daran, *dieses* Hotel zu kaufen.«

Chandlers Kopf fuhr ruckartig hoch. »Es ist nicht zu verkaufen.«

»Vielleicht ja doch«, widersprach Jonas. »Das richtige Angebot könnte die jetzigen Punkte-Eigner durchaus interessieren.«

»Sie wissen ja nicht einmal ihre Namen.«

»Die meisten schon.«

»Wie denn? Wie sollten Sie etwas erfahren können, was nicht einmal das FBI schafft und die Behörden von Nevada erst recht nicht?«

Jonas wechselte einen amüsierten Blick mit Nevada. »Ich habe einen Berater engagiert. Er weiß zwar nicht, für wen er arbeitet, aber das Honorar gefällt ihm.«

»Wer ist das? Wer sollte Ihnen diese Art Informationen geben?«

»Meyer Lansky«, sagte Jonas.

Morris Chandler stand auf und ging zum Fernrohr. Er beugte sich zum Okular vor und schwieg, etwa eine halbe Minute lang, während er so tat, als ob er die Penthouse-Mädchen drüben beobachtete, tatsächlich aber versuchte, seine Fassung wiederzugewinnen und sich über die Konsequenzen dessen klarzuwerden, was ihm Jonas Cord da soeben eröffnet hatte.

»Angeblich ist Meyer Vorstandsvorsitzender«, erläuterte Jonas. »Aber das Geld bleibt nicht bei ihm. Man gewinnt den Eindruck, daß es ihm irgendwie davonläuft. Er ist überhaupt nicht reich – trotz aller Beziehungen und aller Cleverness. Er hat sich zwar nicht auf mein Angebot gestürzt. Dafür ist er viel zu klug. Aber angenommen hat er es.«

Chandler nahm wieder Platz. Er starrte seinen Kaffee an, trank aber nicht. »Soll das heißen, Sie wissen wirklich ...?«

»... wer die Punkte besitzt, meinen Sie? Richtig. Mit wenigen Ausnahmen jedenfalls. Und ich weiß auch, wer seine Anteile zu verkaufen bereit ist. Für entsprechendes Geld kann ich schon morgen zweiundsiebzig Punkte aufkaufen. Mein Berater wird mir dabei behilflich sein. Und *Ihnen* gehören achtzehn Punkte, die Sie mir ebenfalls verkaufen werden. Fehlen also nur noch zehn Punkte. Und ich bin überzeugt, Sie wissen, wer *die* hält.«

Chandler lief rot an. Seine Stimme klang seltsam dünn. »Ich soll Ihnen meine Punkte verkaufen? Sie glauben doch nicht im Ernst, daß ich Ihnen meine Punkte verkaufe. Wie kommen Sie denn auf die Idee?«

»Es springt etwas für dich raus, Maurie«, erklärte Nevada. »Ich hab zu Jonas gesagt: Dabei muß aber für Maurie was rausspringen. Du behältst deinen Job. Du bleibst der Direktor. Du kriegst einen Anteil. *Aktien.* Keine Punkte. Punkte wird es nicht mehr geben.«

»Für mich arbeitet es sich leichter als für die Leute, denen jetzt die Punkte gehören«, versicherte Jonas.

Chandler beruhigte sich ein wenig. »Und wieviel wird Sie Ihrer Meinung nach ein Punkt kosten?« fragte er.

»Das rechnet mir mein Buchhalter aus.«

»Buchhalter! Ein Buchhalter versteht doch nicht, wie so ein Betrieb funktioniert. Es gibt keinen Buchhalter, der den Wert eines Punktes berechnen könnte.«

»Aber der meine weiß es bereits«, sagte Jonas. »Meyer Lansky.«

»Sie scheinen verdammt viel Vertrauen zu Lansky zu haben.«

Jonas meinte achselzuckend: »Er ist nie mit dem Gesetz in Konflikt gekommen. Geld bedeutet ihm viel. Wenn es in Form eines Schecks kommt, den er beim Finanzamt offen deklarieren kann, ist es ihm lieber als Bares. Passen Sie auf, ich stelle mir die Sache folgendermaßen vor: Ich kaufe Ihnen die offiziellen Aktien der Firma *Seven Voyages* ab. Sie geben das Geld an die Punkte-Inhaber weiter. Da fallen für Sie zwar Kapitalertragssteuern an. Aber dafür komme ich auf, in Form einer Prämie für Sie als Hotelgeschäftsführer.«

»Es wird einige geben, die nicht verkaufen werden.«

»Sobald ich die Geschäfte übernehme, werde ich die Praxis des Absahnens abschaffen«, sagte Jonas. »Und ein großes Tamtam können sie sich ohnehin nicht leisten – als Steuerhinterzieher, um das mindeste zu sagen. Im übrigen zahle ich einen guten Preis.«

»Nicht alle lassen sich manipulieren«, warnte Chandler.

»Mit so einem hast du es gerade zu tun«, meinte Nevada mit einem Kopfnicken zu Jonas hin.

9

Vier Tage danach saß Jonas mit einem Berg Dossiers und Papiere, die Angie für ihn geordnet hatte, auf der Couch und führte ein langes Telefonat mit Phil Wallace in Washington.

Angie hörte staunend zu. Sie war überaus glücklich über das Vertrauen, daß Jonas in ihrer Gegenwart in solchen Details von seinen Geschäften sprach.

Das Telefon besaß eine Lautsprecherbox, so daß Angie beide Seiten der Unterredung mithören konnte.

»Ich werde Las Vegas verlassen. Wenn bekannt wird, daß wir hier ein Kasino-Hotel kaufen...«

»...werden sie dich dort überall suchen«, unterbrach ihn die metallische Stimme von Wallace. »Wohin willst du also? Nach Mexico City?«

»Nach Acapulco. Ins oberste Stockwerk eines Hotels. Shaw hat alles arrangiert.«

»Aha. Da wird dich interessieren, daß in Mexiko eine Freundin von dir wohnt. Tatsache ist, du hast in Mexiko eine Freundin, die regelmäßig nach Las Vegas fliegt auf Vergnügungsreise, ins *Seven Voyages*. Sie hält sich schon seit deiner Ankunft in diesem Hotel auf.«

»Von wem, zum Teufel, redest du, Phil?«

»Von Sonja Batista.«

Angie sah Jonas blaß werden. »Woher kennst du den Namen?«

»Er steht in den Akten, die ich von McAllister übernommen habe. Geht mich natürlich nichts an. Besteht auch keinerlei Anlaß. Es ist nur so, daß ihr Name am Dienstag in der *Washington Post* erwähnt wurde. Laut einem Gerücht aus Kuba könnte dort wieder ihr Onkel an die Macht kommen. Fulgencio Batista. Sagt dir der Name etwas?«

»Natürlich ist mir der Name bekannt.«

»Er hat Beziehungen – wenn du weißt, was ich meine. Er hat in den Vereinigten Staaten Freunde, die es gerne sähen, daß er das Ruder in Havanna übernimmt.«

»Ich weiß auch warum«, sagte Jonas. »Aber sag du es mir.«

»Er wird sein Land für die besagten Freunde und ihre Interessen zu einem Paradies machen. Mit Spielbanken und den besten Bordellen der Welt, und mit allem, was dazugehört.«

»Sonja...«, sinnierte Jonas.

»Escalante«, ergänzte Wallace. »Sie ist verheiratet, mit einem gewissen Virgilio Diaz Escalante. Der ist mit Öl reich geworden.«

»Sonja«, murmelte Jonas noch einmal. »Großer Gott! Phil. Besorg mir ihre Adresse und Telefonnummer. Aber unauffällig.«

10

Angie rollte sich auf den Rücken

»Und ich komme nicht mit nach Mexiko, stimmt's?« fragte sie. »Du läßt mich hier zurück. Was kann da nur so wichtig sein?«

»Für dich gibt es Wichtigeres zu tun«, sagte er.

Sie war den Tränen nahe. »Sag mir, was«, flüsterte sie.

»Wir gründen eine neue Firma: Cord Hotels. Eine Aktiengesellschaft. Die Hauptverwaltung der Firmengruppe wird sich vorläufig im fünften Stock des *Seven Voyages* befinden. Vorsitzender der neuen AG wird Nevada Smith. Er wird hierbleiben und alles im Auge behalten. Morris Chandler wird stellvertretender Vorsitzender. Es könnte sein, daß Nevada Morris zu sehr vertraut. Und deshalb möchte ich, daß du dableibst, alles beobachtest und mir Bericht erstattest. Ich werde veranlassen, daß wir immer in direkter Verbindung sind. Ich würde dich auch zur stellvertretenden Vorsitzenden machen. Doch das geht ja leider nicht, wie du weißt.«

Sie schloß die Augen und nickte. »Weil du damit die Lizenz aufs Spiel setzen würdest. Ich bin vorbestraft.«

»Richtig.«

»Seit wann weißt du das schon?«

»Fast von Anfang an.«

»Du hättest mich entlassen können.«

»Will ich aber gar nicht. Du kannst mir gute Dienste leisten. Außerdem mag ich dich. Ich zahle dir ein Jahresgehalt von zwanzigtausend Dollar.«

»*Jonas*!«

»Plus Sonderzulagen. Du wirst sie dir verdienen. Ich werde nicht allzu lange fort sein. Ich bin bald wieder da. Das Entscheidende ist, daß ich dir vertraue. Ganz instinktiv. Wie Nevada auch. Du weißt schon jetzt mehr über meine geschäftlichen Angelegenheiten, als Monica je wußte. Ich vertraue dir, Angie. Enttäusche mich nicht.«

Sie beugte den Kopf, lächelte, wurde aber sofort wieder ernst. »Ich würde dir überallhin folgen. Aber es geht ja nicht, ich weiß. Doch du kannst mir vertrauen, Boß. Und wenn es sonst keinen anderen Grund dafür gäbe, dann, weil ich dich liebe.«

VIII

1

Jonas hatte Bill Shaw vorausgeschickt, der die nötigen Vorbereitungen treffen sollte. Colonel William Shaw war 1946, gleich nach seiner Entlassung vom US Army Air Corps, bei Cord Aircraft eingestiegen. Es war äußerst nützlich, so jemanden wie ihn als Mitarbeiter zu haben. Er hatte sich als tüchtiger Organisator erwiesen, der vor Detailarbeit nicht zurückschreckte. Als ehemaliger Testpilot war er ein geschickter Flieger und Navigator. Er hatte in Los Angeles eine Beech Baron der Inter-Continental Airlines übernommen, um von dort nach Mexiko zu fliegen. Da ein Flug Colonel Shaws von Los Angeles nach Mexico City nicht ungewöhnlich war, hatten die Spürhunde aus Washington ihm keinerlei Aufmerksamkeit geschenkt.

Anders die Zeitungsberichte, die vermeldeten, daß eine neugegründete Firma namens Cord Hotels Incorporated das Kasino-Hotel *The Seven Voyages* in Las Vegas erworben hatte. Jonas hatte natürlich genau gewußt, daß bei Bekanntwerden dieser Neuigkeit die Marshals mit ihrer Vorladung sofort in Las Vegas aufkreuzen würden. Shaws Mission in Mexico City und Acapulco bestand also nicht etwa darin, für Jonas eine Vergnügungsreise zu organisieren, sondern ihm ein neues Versteck zu beschaffen.

Angie half Jonas, sich wieder in Al String zu verändern. Er wurde in einem Cadillac des Hotels zum Flughafen gefahren, zusammen mit mexikanischen Gästen, die im *Seven Voyages* bestimmt ein Vermögen zurückgelassen hatten.

2

Als die sechzehnsitzige de Havilland Reiseflughöhe erreicht hatte und ruhig und gleichmäßig dahinzog, begab Jonas sich zum WC nach hinten, wartete dort, bis er an die Reihe kam, und entledigte sich Al Strings. Perücke und Wachs landeten im Müll. Er rieb sich mit Papiertüchern das Silbergrau aus Haar und Brauen. Als er wieder zu seinem Sitz zurückkehrte, war er ein anderer Mensch – nämlich die Person, die zu dem Namen und Foto in seinem Reisepaß gehörte.

Auf dem Rückweg zum Sitz nahm er sich – von den lebhaft spanisch diskutierenden Vergnügungsreisenden kaum bemerkt – die Zeit, diese Mitpassagiere zu beobachten.

Franklin D. Roosevelt hatte *norteamericanos* eingeimpft, sich eines aufwendigen Lebensstils zu genieren; die Mexikaner aber genierten sich überhaupt nicht. Mexikanische Geschäftsleute trugen protzigen Goldschmuck: schwere Ringe mit Saphiren, funkelnden Diamanten, Smaragden sowie juwelenbesetzte goldene Armbanduhren, ja sogar goldene Kettchen, die unter dem offenen Kragen hervorschauten. Ihre Frauen trugen Pelzmäntel, Halsketten, Ringe und Armreife. Und sie trugen auch – man hatte es Jonas geschworen, wenngleich er es persönlich noch nie in Erfahrung gebracht hatte – exquisit mit Edelsteinen besetzte Keuschheitsgürtel, allerdings nur als Schmuck.

Die Mexikaner feierten im Flugzeug laut und großmäulig weiter. Zwei Hostessen in Miniröckchen servierten ihnen Champagner und Kaviar.

Es war Jonas unbegreiflich, daß Sonja eine von diesen leeren, geschwätzigen, mit Pelzen und Juwelen verwöhnten Frauen geworden sein sollte – daß sie einen von diesen öligen, leichtfertigen Mexikanern geheiratet haben könnte.

Er lehnte mit einer Kopfbewegung ab, als ihm Champagner angeboten wurde, bestellte statt dessen Bourbon und blickte durchs Fenster hinaus. Sie hatten die mexikanische Grenze bereits überflogen. Vor sich und zur Rechten konnte er in der Ferne die Sierra Madre erkennen.

3

Die de Havilland erreichte am frühen Nachmittag Tlalpan, einen Ausweichflughafen von Mexico City. Die mexikanischen Flughafenbeamten kannten die Maschine und die Art ihrer Passagiere; keiner von ihnen wäre auf die Idee gekommen, solche reichen, einflußreichen Bürger aufzufordern, sich beim Durchgang durch die Paßkontrollen auszuweisen oder eine Zollerklärung abzugeben. Diese offiziellen Maßnahmen fielen einfach aus; die Vergnügungsreisenden gingen unbehelligt gleich zum Flughafengebäude durch. Jonas, der in der Gruppe mitlief, wurde ignoriert.

Bill Shaw erwartete ihn und fuhr ihn zum La Plata Real, wo er ein paar Tage bleiben wollte, um dann in ein Hotel in Acapulco umzuziehen.

Jonas ließ sich im Wohnzimmer seiner Suite auf der Couch nieder. Die mexikanische Regierung mochte so tun, als ob sie über seine Anwesenheit im Lande nicht im Bilde wäre; das Hotel wußte jedenfalls genau, wer er war. Die Suite duftete von frischen Blumen, und die Bar war gefüllt – mit Champagner, Cognac und dem Whiskey, den Señor Cord dem Vernehmen nach am liebsten trank: Tennessee Bourbon.

»Die Verbindung ist nicht gerade wunschgemäß«, erklärte Shaw. »Aber in Acapulco ...«

»Kann ich Ortsgespräche führen?«

»Sicher. Was mir Sorge macht, sind die Telefonwanzen am anderen Ende, in den Staaten.«

»Gibt es hier ein Telefonbuch?« fragte Jonas.

Shaw nickte und holte eines aus der Schublade des Louis XIV-Schreibtisches, auf dem das Telefon stand.

»Vielen Dank, Bill. Wir sehen uns später.«

Jonas trank einen kleinen Schluck Whiskey und blätterte durch das dicke Telefonbuch von Mexico City. Er rechnete eigentlich eher damit, die Nummer, die er suchte, nicht zu finden, und daß er sie erst ausfindig machen lassen müsse.

Aber da stand sie tatsächlich. Escalante, Virgilio Diaz. Unter der Adresse, die ihm Phil Wallace telegraphiert hatte.

Er trat an den Schreibtisch und wählte die Nummer.

»*Quién habla*?«

»Sprechen Sie Englisch?«

»*Momento, Señor*.«

Der Moment zog sich ein wenig in die Länge, doch am Ende meldete sich eine andere Stimme: »Ich spreche Englisch.«

»Ich möchte gern mit Señora Sonja Escalante sprechen. Ich bin Jonas Cord, aus den Vereinigten Staaten.«

»Die Señora ist gerade nicht zu Hause. Wollen Sie Ihre Nummer hinterlassen?«

Er hinterließ seine Nummer und wagte dann nicht, wie er eigentlich vorgehabt hatte, sich zu duschen, weil er Angst hatte, daß sie anrufen und er das Klingeln des Telefons überhören würde. Er gönnte sich ein wenig mehr Whiskey. Er wanderte im Zimmer herum. Er blickte aus dem Fenster und auf die belebte Straße hinunter. Er bedauerte, sich nicht erkundigt zu haben, wann sie nach Hause zurückkehren und wann er mit ihrem Anruf rechnen könnte.

Gegen siebzehn Uhr läutete endlich das Telefon. »Señor Cord? *Momento*. Señora Escalante.«

»Jonas?« Eine schwache Stimme. Klang sie vertraut? Er war sich nicht sicher.

»Sonja? Erinnerst du dich an mich?«

»Ob ich mich an dich erinnere? Wie meinst du denn das, Jonas?«

Ihr Englisch war unverändert: mit einem nur ganz leichten Akzent. Ihr Bild war ihm auch nach all den Jahren in lebendiger, klarer Erinnerung geblieben. Er überlegte: Ob sie wohl noch so aussah?

»Ich bedauere es zutiefst.«

Die Stimme versagte ihm.

»Was bedauerst du, Jonas?«

»Daß so viele Jahre verstrichen sind. Daß ich nicht früher gekommen bin, um nach dir zu suchen.«

»Ich hätte dich nicht empfangen«, sagte sie in einem entschiedenen Ton, den er nur ganz selten gehört, aber nie vergessen hatte. »Ich habe immer gewußt, wo du warst. Es wäre dir vielleicht nicht ganz leichtgefallen, mich aufzuspüren, aber ich hätte nie Mühe gehabt, dich zu finden. Dein Name steht ja ständig in der Zeitung.«

»Ich würde dich gern wiedersehen, Sonja.«

»*Jetzt* kannst du es«, antwortete sie. »Du bist morgen abend zum Essen willkommen. Mein Mann weiß von dir und wird dich gerne kennenlernen.«

»Auch ich möchte deinen Mann kennenlernen, Sonja. Könnten wir uns trotzdem vorher treffen? Allein?«

»Wo?«

»Öffentlich. In einem Restaurant. Du bist hier zu Hause. Sag du, wo.«

»Harry's American Bar«, sagte sie. »Ich verkehre dort nur selten. Wenn du dort einen Tisch bestellen willst, für neun Uhr abends .«

»In Ordnung. Ich bin pünktlich da.«

4

Er war pünktlich. Sie war pünktlich. Sie erkannte ihn wieder. Er erkannte sie wieder. Er stand auf. Sie kam auf ihn zu, er küßte ihr die Hand, sie setzten sich.

Sie hatte sich nicht sehr verändert. Es war fünfundzwanzig Jahre her, doch sie war noch dieselbe Sonja Batista, an die er sich immer erinnert hatte. Sie lächelte. Sie hatte schon immer ein besonders schönes Lächeln gehabt. Ihre Gesichtszüge waren immer prägnant, gleichmäßig und wunderschön gewesen.

Veränderungen... Nun ja, ihr Gesicht war ein wenig voller geworden: dafür wirkten die Konturen der hohen Wangenknochen und das entschlossene Kinn etwas weicher. Um Mund- und Augenwinkel zeigten sich – nur dort, sonst nirgends – winzig kleine Falten. Die Brüste waren, soweit ihre Kleider es erkennen ließen, ein bißchen üppiger geworden. Sie waren aber immer üppig genug gewesen, um seine Aufmerksamkeit und Bewunderung zu erregen.

Unverändert das dunkle Haar, das ihr Gesicht einrahmte und auf die Schultern herabfiel, eine Spur wild, wie früher. Als er sie kennenlernte, war der Bubikopf Mode gewesen, sie aber hatte ihr Haar nie kurz getragen; dafür war sie darauf viel zu stolz. Der skeptische Blick ihrer braunen Augen forderte die Welt heraus, ganz wie in seiner Erinnerung. Und der Mut, den der Ausdruck ihres Gesichts widerspiegelte, die Unerschrockenheit, mit der sie sich den Realitäten stellte, war der gleiche wie damals.

»Fünfundzwanzig Jahre«, meinte er kopfschüttelnd. »Unglaublich.«

»Ich habe deinen Weg verfolgt«, sagte sie. »Du hast ja sehr in der Öffentlichkeit gestanden. Ich dagegen habe ein sehr stilles, zurückgezogenes Leben geführt – ein völlig anderes Leben als zu der Zeit, da du mich gekannt hast.«

»Ich hatte dich gebeten, mich anzurufen, falls du mich brauchst.«

Ihr warmes Lächeln wurde sarkastisch, ganz kurz nur, um sofort wieder Herzlichkeit und Offenheit auszustrahlen. »Ich habe nie etwas von dir gewollt, Jonas. Es hat nur ein einziges Mal gegeben, daß ich überlegte, ob ich dich anrufen sollte. Ich habe mich dann aber doch anders besonnen.«

Sein Blick fiel auf den großen Diamantring an ihrem Ringfinger. Und sie trug auch einen Ehering.

Sie bemerkte den Blick und sagte: »Ich bin seit vierundzwanzig Jahren verheiratet.«

5

Die Keuschheitsgürtel, von denen Jonas gehört hatte, trugen in Wirklichkeit nur wenige ultrakonservative, meist sehr reiche Mexikanerinnen. Aber auch Sonja trug einen.

Hätte sie es gewollt, dann wäre jedoch auch ein Keuschheitsgürtel kein Hindernis für sie gewesen, mit einem anderen als ihrem Ehemann ins Bett zu gehen. Sie trug ihn auch nur symbolisch, als Ehefrau von Virgilio Diaz Escalante y Sagaz; eher in der Art, wie islamische Damen im Mittelalter Seidenbänder mit eingesticktem Namen um die Taille trugen, nicht als eisernen Gürtel, den die fränkischen Frauen zwangsweise tragen mußten. Er war hervorragende Handwerksarbeit, sündhaft teuer, und ließ sich absolut bequem tragen. Um die Oberschenkel lagen zwei dünne, biegsame, diamantbesetzte Platinringe; ein weiterer um die Hüfte; diese drei Ringe hielten den symbolischen Schutzschild. Die Rückseite blieb ungeschützt. Das dünne Edelmetall wäre mühelos zu brechen und zu entfernen gewesen, ohne daß der Ehemann hätte Böses vermuten können. Doch auf jeden Fall war er nur durch Aufbrechen zu entfernen; sie war darin eingeschlossen. Wenn Virgilio mit ihr schlief oder sie ihn darum bat, nahm er ihn ab. Sie trug ihn seit über zwanzig Jahren, und es erfüllte sie mit Stolz, daß ihr Mann – im Unterschied zu den meisten Ehemännern, die ihre Frauen mit solchen Keuschheitsgürteln versahen – ihn während der ganzen Zeit nie hatte erweitern lassen müssen.

Jonas Cord hätte bestimmt nie begriffen, warum sie eingewilligt hatte, diesen Gürtel anzulegen. Derartiges ging über den Verstand eines *norteamericano*. Als Yankee fehlte ihm das warme, wohlwollende Verständnis, das in romanischen Völkern zwischen Mann und Frau herrschte. Damals hatte sie seinen gänzlich unsentimentalen, praktischen Yankee-Verstand bewundert – ein ganz klein wenig tat sie es ja vielleicht immer noch –, doch sie war froh, daß ihr Sohn in einer anderen Mentalität erzogen worden war.

Ihre und Cords Familie hätten verschiedener gar nicht sein können. Ihr Onkel war Oberst Fulgencio Batista y Zadivar, der frühere und wahrscheinlich auch künftige Präsident – Diktator – von Kuba. Was das bedeutete, konnte Jonas Cord nicht einmal ansatzweise ahnen. Als sie ihn damals kennenlernte, 1925, kurz vor dem Tod seines Vaters, war ihr Onkel – der jüngste Bruder ihres Vaters, er gehörte eher ihrer Generation an als der ihres Vaters – flüchtig gewesen, wie ihr Vater auch, und wenn es der damaligen kubanischen Regierung gelungen wäre, ihrer habhaft zu werden, hätte man sie mit Sicherheit beide ohne Umstände erschossen.

Möglicherweise auch sie. Wäre sie in Kuba gefaßt worden, hätte man sie jedenfalls zumindest... es wäre jedenfalls bitter und schmerzlich gewesen. Doch wegen des politischen Ehrgeizes ihres Onkels mußte sie die Schule verlassen und mit ihrer Familie ins Exil gehen, zunächst nach Florida, dann nach Texas und schließlich nach Kalifornien.

Als sie Jonas Cord kennenlernte, war sie neunzehn Jahre alt, er einundzwanzig. Sie war in einer Klosterschule erzogen worden und weltfremd und schüchtern, verwirrt ganz besonders von der seltsamen, dynamischen *yanqui*-Welt, in der sie sich plötzlich wiederfand. Sie war unerfahren und hatte keine Ahnung davon, daß Florida, Texas und Kalifornien für *norteamericanos* nicht zur Welt der Yankees zählten. Für sie war alles »Yankee« dort oben. Sie hatte bei den Nonnen Englisch gelernt – aber nicht das Englisch, das man dort sprach.

Sie hatte von den Nonnen gehört, die Menschen in Amerika seien groß und kräftig gebaut. Und die Frauen liefen angeblich in unschicklich kurzen Röcken mit enganliegendem Oberteil herum und waren herausfordernd frech. Sie malten ihre Gesichter an. Sie rauchten kleine »Zigarren«. (Von Zigaretten hatten die Nonnen noch nichts gehört.) Sie tranken Alkohol. Unverheiratete Mädchen gingen bei Tag und bei Nacht aus, ohne *dueñas*. Sie besuchten ohne männliche Begleitung Theateraufführungen und öffentliche Tanzveranstaltungen. Manche fuhren sogar Auto und wohnten mit anderen Mädchen zusammen in Wohnungen allein – ohne Aufsicht und Schutz durch Eltern oder Brüder. Die amerikanischen Männer, hatten die Nonnen ihnen erklärt, behandelten amerikanische Frauen daher auch völlig respektlos; jede Frau war ständig in ihrer Unschuld bedroht.

Das alles war, wie sie bei ihrer Ankunft in den Vereinigten Staaten entdeckte, im Kern durchaus richtig. Die Mädchen ihres Alters trugen wirklich Röcke, die nicht einmal bis an die Knie reichten, und das Haar so kurz, daß die Ohren freistanden. Sie rauchten und tranken wie Männer. Sie waren ohne jede Anmut; selbst elementarste Formen von Höflichkeit waren ihnen fremd. Das Schlimme war nur, daß sie in diesem Land nicht fremd waren; die Fremde war sie.

Ihr Vater und ihr Onkel waren oft unterwegs; wo, das wußte sie nicht; jedenfalls waren sie nicht viel zu Hause. Eine Familie, die irgendwie in die kubanischen Machtpläne ihres Onkels involviert war, bot Sonja und ihrer Mutter in ihrem Haus in Los Angeles Unterkunft. Dort blieben sie dann zwei Jahre lang.

Die Töchter dieser Familie waren längst voll amerikanisiert. Sie bedrängten Sonja, sich wie sie zu kleiden, sich eine Bubikopffrisur schneiden zu lassen und Zigaretten zu rauchen, bis unter diesem anhaltenden Anpassungsdruck ihr Widerstand nachließ. Nach nur wenigen Monaten war auch sie eine halbe Amerikanerin geworden. Die Haare wollte sie sich zwar nicht schneiden lassen, doch sie begann, kurze Kleider zu tragen, zu rauchen, und – zunächst äußerst vorsichtig – sich in die laute, enthemmte Gesellschaft der amerikanischen jungen Leute zu wagen. Sie war nicht mehr die schüchterne, strenge Konvent-Schülerin, die aus Kuba nach Los Angeles gekommen war, aber sie war keine kalte und überspannte Amerikanerin geworden. Sie interessierte sich zwar für amerikanische Sitten und war auch bereit, das eine oder andere davon anzunehmen; aber daß sie so unübersehbar anders war als die anderen, verwirrte und verunsicherte sie weiterhin.

Seltsamerweise maßen ihre Bekannten solcher Andersartigkeit keine große Bedeutung bei. Auf Fremdes freundlich und ohne Kritik zu reagieren, schien eine weitere amerikanische Eigenheit zu sein. Sie wurde einfach akzeptiert.

Jonas Cord war sie auf einer Jacht-Party begegnet. Auf diesen Abend war sie von Anfang an gespannt gewesen. Es war aufregend, an Bord einer Jacht zu sein, mit Leuten, die sich eine Jacht leisten konnten. Jonas war ein gutaussehender junger Mann; sie fand ihn sehr männlich. Das und sein Selbstbewußtsein hoben ihn von den anderen jungen Männern ab. Daß junge Amerikaner sich ihrer Männlichkeit oft nicht recht sicher waren, hatte sie schon verschiedentlich bemerkt, und an diesem Abend wirkten manche in ihrer fröhlichen Ausgelassenheit geradezu wie kichernde Mädchen. Vielen fehlte es an Selbstvertrauen – genauer gesagt, fehlte ihnen überhaupt jegliches Vertrauen.

Jonas dagegen schien gar nichts beweisen zu müssen. Er wußte, was er wollte. Er schaute sich unter den Partygästen auf dem Heck der Jacht um und ging direkt auf Sonja Batista zu. Er forderte sie zum Tanz auf und bot ihr einen Schluck aus seinem Flachmann an. Nach einer Stunde schlug er ihr vor, das Fest zu verlassen und eine Spazierfahrt zu machen.

Er erklärte ihr seinen Wagen. Es war ein dunkelgrüner, aus England importierter Bentley, mit dem Steuer auf der rechten Seite und einer Nickelplattierung über dem Kühler, den großen Scheinwerfern und den Radnaben. Die Windschutzscheibe ließ sich nach vorn aufklappen, so daß einem der Wind ins Gesicht blies. Das

Verdeck wurde von einem dicken Lederriemen festgehalten. Die Sitze hatten wunderschöne Lederpolster, die sogar nach Leder rochen.

Sonja stellte einen Fuß auf das Trittbrett und stieg ein. Der Sitz umfing sie wie ein U, genau wie die Karosserie selbst; das gab ihr bereits ein Gefühl von Sicherheit. Allerdings hatte dieses Auto keine Türen. Wenn man sich leicht vorbeugte, sah man die Straße unter sich wegrasen. Jonas holte einen Seidenschal aus dem Handschuhfach und band ihn ihr zum Schutz der Frisur um den Kopf. Dann reichte er ihr noch eine Schutzbrille.

Sie fuhren in die Berge nördlich von Los Angeles, eine Gegend, die sie noch nicht kannte. Die Aussicht auf die beleuchtete Stadt und den Pazifik war überwältigend.

»Ich will Fliegen lernen«, erklärte er, »damit ich alle Großstädte so von oben sehen kann.«

Es war wie ein Traum. »Ich würde mit Ihnen fliegen«, sagte sie. »Ich hätte gar keine Angst.«

Wovor hätte sie denn Angst? Vielleicht davor, daß er sie küßte? Hatte sie. Aber sie erlaubte es doch.

Aber nach diesem Kuß betrachtete Sonja sich nicht mehr als Jungfrau. Sie hielt sich nicht länger für rein. Nicht etwa, weil er sie »geschändet« habe – so naiv war sie nun auch nicht mehr. Aber dieser Kuß war auch ihrer eigenen Begierde entsprungen und hatte sie also »verdorben«; zumal sie noch weiter von ihm geküßt werden wollte.

Er streichelte ihre Brüste und Beine. Sie schüttelte abwehrend den Kopf. Sie hatte Angst. Er hielt inne, lächelte freundlich, zündete eine Zigarette an und reichte sie ihr.

Als sie zur Jacht zurückkehrten, war die Party immer noch im Gang. Es war so gut wie unbemerkt geblieben, daß sie fort gewesen waren.

Sonja *war* naiv. Sie war überzeugt, daß er sie wiedersehen wollte, daß er hinter ihr her sein würde – ihr den Hof machte, altmodisch ausgedrückt. Sie erwartete wohl, daß er ihr einen Heiratsantrag machte.

Doch Wochen vergingen, bis sie ihm überhaupt wieder begegnete, auf einem anderen Fest, diesmal im Innenhof eines Blocks kleiner Stuckhäuser. Sie stand gerade an einem Brunnen im Licht roter und blauer Scheinwerfer, als er auf sie zutrat.

»Sonja! Wie schön, Sie zu sehen!«

»Señor Cord!«

»Ich habe das Flugzeug, von dem wir sprachen«, sagte er. »Kommen Sie mit?«

»Ich weiß nicht«, sagte sie. »Vielleicht hab ich doch Angst.«

Jonas Cord war feinfühlig. Er spürte ihr Zaudern, auch wenn sie zuvor so aufgeschlossen war. Er verstand es. »Bei mir hat sich viel verändert, Sonja«, sagte. »Das ist auch der Grund, warum ich nicht angerufen habe. Wissen Sie, mein Vater ist ganz unerwartet gestorben.«

»Oh, Jonas!« (Sie sprach den Namen *Ho-nass* aus, so wie ihren eigenen Namen *Son-yah*). »Ich hatte ja keine Ahnung. Es tut mir so leid!«

»Ich danke Ihnen. Sie sind wunderbar, Sonja.«

Er hatte keine Hemmungen. Er sprach immer offen und direkt, nach *yanqui*-Art. Das wußte sie schon. Aber daß er so weit gehen würde wie mit dem Vorschlag, den er ihr am Ende des Abends machte, hätte sie doch nie und nimmer erwartet.

Sie saßen wieder in seinem Wagen. Er hatte sie geküßt, genau wie beim erstenmal. Es hatte sie erregt. Sie ließ es zu, daß er ihr das Kleid von den Schultern und bis zur Taille herunterstreifte. Sie ließ es zu, daß er ihren Büstenhalter öffnete. Er küßte sie auf die Brustwarzen und leckte und saugte an ihnen. Sie wußte, wenn er es verlangte, würde sie sich ihm auch ganz hingeben. Sie wollte es sogar selbst. Sie hatte keine Angst mehr davor.

Doch es kam ganz anders. »Hör zu, Sonja«, sagte Jonas. »Mein Vater hat mir sein Unternehmen vererbt. Kurz vor seinem Tod hat er für unser Unternehmen ein bedeutendes neues Projekt in Angriff genommen. Es heißt Kunststoff. Ich muß deswegen für zwei Monate nach Deutschland. Begleitest du mich?«

6

Sie kam mit. Ihre Mutter war entsetzt. Ihr Vater und ihr Onkel rieten ihr zu. Sie wußten, wer Jonas Cord war. Die Cords und die Batistas – eine solche Verbindung erschien ihnen geradezu ideal. Sonja fiel die traditionelle Frauenrolle dabei zu. Als Spielfigur. Mit ihrem Körper als Zement der Allianz.

1925 war ein bedeutsames Jahr für Jonas. Sein Vater starb. Seine Stiefmutter verkaufte ihm alle Ansprüche, so daß er fortan uneingeschränkt über den gesamten Cord-Besitz verfügte. Und sein bester Freund, ein gewisser Nevada Smith, zog fort, um eine Wild-West-Show zu leiten.

Calvin Coolidge blieb Präsident der Vereinigten Staaten – diesmal kraft eigener Wahlerfolge für eine volle Amtsperiode legitimiert. In Rußland kam ein untersetzer, pockennarbiger, offensichtlich brutaler Mensch an die Macht, der sich Josef Stalin nannte. In Deutschland wurde ein alter pensionierter Feldmarschall namens Paul von Hindenburg Reichspräsident. Clarence Birdseye fror Fischfilets so tief ein, daß sie hart wie kleine Bretter aus Eichenholz waren und unbegrenzt haltbar sein sollten – und immer noch schmackhaft, wenn man sie wieder auftaute. Jonas interessierte sich dafür, konnte sich dann aber doch nicht dazu durchringen, in diese neue Methode zu investieren. Und die amerikanische Bevölkerung interessierte in diesem Jahr vor allem ein aufsehenerregendes Gerichtsverfahren: Ein komischer kleiner Lehrer namens Scopes wurde zu einer Geldstrafe von hundert Dollar verurteilt, weil er die Kinder einer Schule in Tennessee mit der Evolutionslehre Darwins bekannt machte.

Die zwei Monate in Deutschland waren ein Traum. Jonas reiste Erster Klasse. Sie überquerten den Atlantik auf der *Aquitania*. Wie an Bord dieses Luxusdampfers mußte es sich einst in Versailles gelebt haben; so elegant wie die Kabinen, die Salons und der Speisesaal des Schiffes war in Kuba bestimmt kein einziger Palast. Von England nach Deutschland reisten sie mit einem Dornier-Flugboot, das auf der Themse abhob und im Hamburger Hafen landete. In Berlin wohnten sie im besten Hotel, dem *Adlon*.

Solcher Luxus hatte natürlich auch seinen Preis. Sonja wußte, daß von ihr erwartet wurde – nicht nur von Jonas selbst, sondern auch von ihrem Vater und ihrem Onkel –, voll und ganz für Jonas dazusein. Und sie befolgte es ohne jeden Vorbehalt. Sie erfüllte ihm jeden Wunsch und sagte nie nein – nicht ein einziges Mal. Sie fand diesen Preis auch nicht zu hoch. Die Ekstase, die sie dafür in der animalischsten Form menschlicher Beziehungen kennenlernte, überstieg alle ihre Erwartungen.

In Deutschland hielt man Jonas für einen Playboy. Doch das war eine starke Fehleinschätzung. Tatsächlich war er ein gewitzter und sogar gerissener Geschäftsmann.

Eines Abends wurde er einem eigenartigen kleinen Mann mit einem Klumpfuß und übertriebenem breiten Lächeln vorgestellt. Er redete viel von einem *Führer*, der das deutsche Volk wieder zu Ruhm und Ehre führen würde. Er hieß Dr. Josef Goebbels und arrangierte eine Woche später ein Zusammentreffen mit seinem *Führer*, einem ganz seltsam charismatischen Mann. Ein gewisser Adolf Hitler. Sie maßen beide dieser Begegnung keine große Bedeutung bei. Später allerdings sollten sie noch oft an sie zurückdenken.

Auf der Heimreise mit der *Berengaria* – dem früheren deutschen Linienschiff *Imperator* – entdeckten sie, daß sich unter den Passagieren auch der Prinz von Wales befand. Alle suchten seine Gesellschaft, nur Jonas nicht, und vielleicht war es gerade diese Weigerung, sich dem englischen Kronprinzen aufzudrängen, daß er am dritten Abend mit Sonja an seinen Tisch geladen wurde. Sie fanden den sympathischen und freundlichen Edward Albert Christian George Andrew Patrick David viel bemerkenswerter als die beiden sonderbaren Deutschen. Von dem Abend, an dem sie mit dem Prinzen von Wales gespeist hatte, erzählte Sonja noch Jahre danach gern.

Als die Reise sich ihrem Ende näherte, begann Sonja sich zu fragen, wann Jonas wohl seinen Heiratsantrag machen würde. Daß er es tun würde, stand für sie außer Frage. Sie hatten ja schon mehr als zwei Monate lang wie Eheleute zusammengelebt. Sie übersah nur völlig, daß es bei ihnen auch in einem anderen Punkt bereits wie bei Verheirateten war: Sie begann ihn bereits ein wenig zu langweilen.

Noch an Bord der *Berengaria* machte er ganz offen der Tochter eines Bankiers aus Massachusetts den Hof – genauer gesagt, er versuchte sie zu verführen. Sonja bemerkte es, begriff aber nicht. Es war nicht so ungewöhnlich, daß ein verheirateter Mann sich gelegentlich einen Seitensprung erlaubte. Dafür hatte man Verständnis, in Kuba wie im *yanqui*-Land. So etwas nahm man hin. Sonja war also zwar beunruhigt, aber nicht eigentlich alarmiert.

Nach der Ankunft in Los Angeles brachte er sie nach Hause. Er lieferte sie im Haus der mexikanischen Familie, wo ihre Mutter wohnte, ab und ließ sie dort zurück. Er müsse nach Nevada und anschließend nach San Francisco, sagte er; wenn er wieder zurück sei, werde er anrufen.

Als er sich nach drei Wochen wieder meldete, wußte Sonja bereits, daß sie schwanger war. Am Telefon wollte sie es ihm nicht sagen; sie bat ihn, vorbeizukommen. Doch er war nur auf der Durchreise, sagte er, und müsse in einer Stunde nach Texas weiterfliegen. Sie sah ihn erst elf Tage später wieder, als er aus Dallas zurückkam und sie zum Mittagessen einlud.

Er hatte nur die gemeinsamen Erlebnisse in Deutschland im Sinn. Sie konnte sein Geplauder kaum ertragen. Bis sie schließlich fragte: »Und was ist mit der Zukunft, Jonas?«

»Mit der Zukunft? Was für eine Zukunft?«

»Unsere Zukunft«, sagte sie.

Er runzelte die Stirn. »Ich weiß nicht... O mein Gott, du denkst doch wohl nicht an Heirat!«

»Wir haben zusammengelebt wie Mann und Frau.«

Jonas schüttelte den Kopf. »Du hast zwei Monate lang mit mir geschlafen. Das war großartig, und ich habe es zu schätzen gewußt. Ich habe dich nach Deutschland mitgenommen. Erster Klasse. Habe ich etwa von Heiraten gesprochen?«

»Nein.«

»Na also.«

Die Tränen traten ihr in die Augen. »Soll das heißen, die schöne Reise, die Luxusdampfer und das alles war als *Bezahlung* gedacht?«

Jonas lächelte. »So würde ich es auch wieder nicht nennen.«

»Der Lohn für die Dienste einer *puta*«, erklärte sie bitter.

»Sonja! Nicht doch!«

Sie stand auf und ging. Er folgte ihr nicht.

7

Vater und Onkel waren wütend. Ihr Vater sprach sogar davon, Jonas Cord auszupeitschen oder, besser noch, zu töten. Ihr Onkel verlangte, daß sie sofort verheiratet würde, unverzüglich, damit ihr Mann dann glaubte, das Kind, das sie unter dem Herzen trug, sei von ihm. Der Onkel wußte auch, wen sie heiraten könnte: den Sohn von Don Pedro Escalante. Die Familie Escalante war zwar nicht so reich wie die Cords, aber auch eine Verschwägerung zwischen den Escalantes und den Batistas konnte für beide Seiten Nutzen bringen. Fulgencio Batista reiste nach Mexico und arrangierte die Ehe.

Zwei Tage vor der Hochzeit verabredete Sonja sich mit Virgilio im Garten der Hacienda in der Nähe von Córdoba. Sie informierte ihn: Sie sei schwanger. Er hatte sich jedoch bereits in sie verliebt.

8

»Fünfundzwanzig Jahre!« murmelte Sonja. »Und auf einmal hast du einen Grund, anzurufen. Du hast es bestimmt nicht grundlos getan. Ich glaube nicht, daß du dich von Gefühlen leiten läßt.«

»Sonja, ich ...«

»Es steht dir gerade wieder eine Scheidung bevor«, meinte sie mit einem Lächeln. »Suchst du deshalb alte Freundinnen auf?«

Jonas schüttelte den Kopf.

»Falls du gerne Nierchen ißt«, sagte sie, »es gibt in ganz Mexiko keine besseren als hier. In der ganzen westlichen Welt nicht.« Sie schüttelte den Kopf. »Du trinkst immer noch am liebsten diesen gräßlichen *norteamericano* Whiskey, Bourbon. Whiskey mit Ahornsirup-Geschmack. Ist ja egal. Also, warum wolltest du mich sprechen?«

Jonas wich aus. »Das hat Zeit.«

»Du hast ein Kasino-Hotel gekauft«, sagte sie. »Und jetzt willst du in Havanna eines kaufen – oder bauen lassen. Richtig? Onkel Fulgencio . . .«

»Vielleicht«, unterbrach er. »Davon können wir ein andermal sprechen. Jetzt möchte ich gern etwas über dich wissen. Dein Mann soll sehr reich sein.«

»Nein. Aber er stammt aus einer sehr alten Familie. Die Escalantes sind Hidalgos, sofern es so etwas überhaupt noch gibt.«

»Und du wohnst in Mexico City? Ich meine, das ganze Jahr über?«

»Wir haben hier eine Wohnung, wo wir die meiste Zeit über leben. Unser Hauptwohnsitz ist eigentlich eine Hacienda in der Nähe von Córdoba.«

»Hast du Kinder, Sonja?«

Ihre Stirn umwölkte sich, als wenn die Frage sie betrübte. »Ja«, antwortete sie. »Ich habe Kinder – drei Söhne und zwei Töchter. Meine ältere Tochter ist verheiratet – ich bin bereits Großmutter.«

»Für eine Großmutter bist du noch sehr jung.«

»Es war wohl eher so, daß ich bei meiner ersten Schwangerschaft noch zu jung war, Mutter zu werden«, korrigierte sie und machte die Handtasche auf. »Hier – das ist die Visitenkarte meines Ältesten.«

Jonas nahm sie und las.

JONAS ENRIQUE RAUL CORD y BATISTA
Abogado y Jurisconsulto
GURZA y AROZA ABOGADOS
1525 Avenue Universidad.

Jonas stand der Mund offen. Er wurde bleich. Er starrte auf die Karte und dann auf Sonja.

»Unser Sohn«, sagte sie leise.

IX

1

»Aber warum? Mein Gott – warum hast du mir nichts gesagt?«

Sonja hob ihr Glas und nippte am Champagner. »Als du mich damals verlassen hast, hast du erklärt, die Affäre sei aus und vorbei. Du bist sehr deutlich gewesen.« Sie zuckte die Schultern. »Muß ich dich etwa erinnern, Jonas, daß ich dir gegenüber nicht eben freundschaftliche Gefühle hegte? Außerdem hatte ich meinen Stolz. Du solltest auf keinen Fall den Eindruck gewinnen, ich wollte Unterhalt von dir.«

»Unterhalt? Ich hätte doch gern Geld geschickt, und Geschenke. Und dich besucht.«

Sie blieb ganz kalt und sprach mit schonungsloser Offenheit. »Ich wollte auf keinen Fall, daß du dich in die Erziehung des Kindes einmischst.«

»Das heißt, du wolltest nicht, daß er so wird wie ich.«

»In dem Punkt habe ich mir auch nie Sorgen machen müssen. Er *ist* nicht wie du.«

»Weiß er es?«

»Er weiß, wer sein richtiger Vater ist«, antwortete sie. »Er hat alles gelesen, was in den Zeitungen über dich zu lesen war. Er war sich allerdings lange Zeit unschlüssig, ob er dich persönlich kennenlernen wollte. Aber er hat jetzt die Absicht, dir demnächst zu schreiben. Er wollte seinen beruflichen Weg gehen, bevor er mit dir in Kontakt tritt. Du solltest auf keinen Fall meinen, daß er etwas von dir wollte.«

»Um Gottes willen, er ist doch erst fünfundzwanzig Jahre alt!«

»Fast sechsundzwanzig. Er hat in Harvard Jura studiert – mit besonderer Auszeichnung. Er arbeitet in einer Anwaltskanzlei, die international tätig ist. Hier in Mexiko dürfen amerikanische Anwaltsfirmen zwar keine Filialen eröffnen. Seine Kanzlei unterhält aber enge Beziehungen zu einer führenden New Yorker Sozietät. Im Rahmen der Ausbildung tauscht man junge Anwälte für ein Jahr aus. Im nächsten Jahr geht Jonas nach New York. Da will er dich dann kennenlernen.«

»Erzähl mir mehr über ihn«, sagte Jonas.

»Mein Mann und ich haben dafür gesorgt, daß ihm nichts gefehlt hat – eine gute Erziehung und Ausbildung, Auslandsreisen, Vertrautheit mit den schöneren Dingen des Lebens. Er ist perfekt zweisprachig. Und spricht außerdem fließend Französisch und Deutsch. Nach der High School hat er 1943 ein Jahr in Harvard studiert, bevor er seinen Militärdienst in der US-Armee ableistete.«

»In der *US*-Armee?«

»Er ist dein Sohn, Jonas, und hat damit die amerikanische Staatsbürgerschaft. Er wurde Anfang 1944 einberufen und war beim Siebten Panzergrenadier-Bataillon, Kompanie A. Er ist am 7. März 1945 über die Brücke von Remagen marschiert – als einer der ersten hundert Amerikaner, die über den Rhein vordrangen.«

»Warum habe ich nie etwas von ihm gehört?«

»Er hat sich als Jonas Batista in Harvard immatrikuliert.«

»Wurde er im Krieg verwundet?«

»Ja. Zweimal – an der zweiten Verwundung wäre er fast gestorben. Er bekam das Verdienstkreuz und wurde vom Oberleutnant zum Hauptmann befördert.«

Jonas spürte einen brennenden Knoten im Magen. Ein Sohn ... Ein Kriegsheld. Rechtsanwalt in Mexiko. Er richtete den Blick auf Sonja und entdeckte auf ihren Zügen einen Ausdruck unverhohlener Zufriedenheit.

»Ich muß ihn kennenlernen, Sonja. Wann kann ich ihn sehen?«

Sie machte eine Bewegung mit dem Kopf zur Bar hin. »Dort sitzt er. Er hat mich begleitet. Er wollte unbedingt einen Blick auf dich werfen, ganz gleich, ob ich dir ihn heute abend vorstellen würde oder nicht.«

Sie winkte. Der junge Mann erhob sich und kam auf ihren Tisch zu.

Jonas stand auf, ein wenig wackelig. Ihm war zumute wie jemand, der, von einem gänzlich unerwarteten Faustschlag getroffen, sein Gleichgewicht wiederzufinden sucht, um sich für einen nächsten, härteren Schlag zu wappnen.

Da stand der junge Mann plötzlich vor ihm, reichte ihm die Hand und sagte nur: »Ich bin dein Sohn.«

Er war größer als sein Vater und hatte breite Schultern und kräftige Muskeln, so daß Jonas in ihm einen aktiven Sportler vermutete. Das eigentlich Beeindruckende an ihm war jedoch das Gesicht – länglich, stark, offen, mit scharfen, hellblauen Augen und einem breiten, ausdrucksvollen Mund. Er hatte blondes Haar. Er war weder dem Vater noch der Mutter ähnlich. Er entsprach dem Typus des jungen Mannes, wie man ihm unter Offizieren englischer Garderegimenter begegnet. Er hatte Jonas von der Bar aus lange genug beobachtet, um seine Neugierde zu befriedigen. Seine Miene verriet jetzt keinerlei Emotion.

Jonas hatte befürchtet, daß es ihm die Stimme verschlagen würde – nicht zu unrecht. Sie versagte ihm wirklich. Als er schließlich sprach, klang sie heiser und schwach. »Ich hätte mich längst mit dir in Verbindung gesetzt, wenn ich von dir gewußt hätte.«

Der Sohn lächelte, aber es war nur ein bemühtes, höfliches und förmliches Lächeln. »Es ist vielleicht sogar besser, daß wir uns nicht früher kennengelernt haben.«

Jonas fuhr sich mit der Hand über die Augen, um eine Träne wegzuwischen. »Jedenfalls bin ich froh...«

»Ich auch«, erwiderte der junge Jonas höflich.

2

Der junge Jonas hatte nie wirklich geglaubt, der Sohn von Virgilio Diaz Escalante zu sein. Seit er sich solcher Dinge bewußt war, hatte er begriffen, daß ein anderer Mann sein richtiger Vater sein mußte. Man verlangte von ihm, den Ehemann seiner Mutte *Padre* zu nennen, und das tat er auch; es war ihm jedoch völlig klar, was es bedeutete, daß sein jüngerer Bruder den Namen Virgilio Pedro

Escalante y Batista trug, wohingegen sein eigener lautete: Jonas Enrique Raul Cord y Batista.

Er wurde auf den Familiennamen Cord y Batista getauft. Die Familie hatte aus seiner Herkunft kein Hehl gemacht. Trotzdem wagte niemand, ihn *bastardo* zu nennen; das hätte Don Pedro Escalantes offenen Zorn herausgefordert, und den Zorn eines Hidalgo wie Don Pedro forderte man nicht mutwillig heraus. Daß Don Pedro außerehelich mehrere Kinder gezeugt hatte, war kein Geheimnis; daß aber eine Frau aus guter Familie ein uneheliches Kind zur Welt brachte und es auch noch anerkannte, war ungewöhnlich; allerdings war in diesem Fall der Kindsvater ein bedeutender, reicher Mann und sein Sohn in einer Erster-Klasse-Kabine auf einem Luxusdampfer oder im besten Hotel Berlins gezeugt worden, Umstände, die für Don Pedro alles akzeptabel machten. Seine Schwiegertochter hatte sich immerhin keinem billigen Abenteuer hingegeben, sondern einem Mann, der ihm und seinem Sohn Virgilio gleichrangig war. Und wenn Virgilio nichts dagegen hatte, warum sollte er?

Der Knabe war immer sehr neugierig auf den Mann gewesen, dem er die beiden Namen Jonas und Cord verdankte, und die *Madre* war da auch nie zurückhaltend gewesen. Sie hatte ihm offen erzählt, daß sein Vater Jonas Cord war, ein reicher amerikanischer Geschäftsmann, daß sie sich eine Zeitlang sehr geliebt hatten. Dann seien jedoch die Unterschiede zwischen ihnen leider zu groß geworden und das habe schließlich verhindert, daß sie geheiratet hätten.

Wichtig sei nur, hatte sie den jungen Jonas immer wieder wissen lassen, daß sie ihn liebte. Und was nicht weniger wichtig sei, daß ihn auch *Padre* und *Abuelo* – Vater und Großvater – liebten. Als die Familie Zuwachs bekam, blieb er der Älteste. Die Brüder und Schwestern merkten zwar, daß er anders war, wuchsen aber in dem Bewußtsein auf, daß dieser Unterschied ohne Bedeutung war.

Sie beobachteten ihn, wenn er sich durch die dicke Sonntagsausgabe der *New York Times* kämpfte, die donnerstags immer mit der Post kam, und in der seine Mutter manchmal Berichte anstrich, die er unbedingt lesen sollte – Berichte über Jonas Cord.

Padre war auf der Hacienda oft abwesend, auf Geschäftsreisen. *Abuelo* dagegen war immer zu Hause und sprach, seit Jonas sprechen gelernt hatte, mit ihm teils spanisch, teils englisch, wie die Mutter auch. Er sei ein *norteamericano*, erklärten ihm die beiden, und müsse die Sprache seines Vaters erlernen, so wie sie von den *yanquis* gesprochen würde. *Norteamericanos*, welche die Hacienda besuchten, wurden gebeten, sich mit dem Jungen zu unterhalten, damit er auch die richtige Aussprache lernte.

Abuelo wurde sein engster Freund. *Abuelo* erzählte ihm von Sonjas Familie. Für viele Mexikaner war Fulgencio Pedro Escalante bestenfalls ein neureicher Oberst. Don Pedro Escalante, der, obwohl ein Hidalgo, schon Pancho Villa heimlich finanziell unterstützt hatte, ließ nun dem Onkel seiner Schwiegertochter heimlich Geld zukommen.

Im politischen Sinne war Don Pedro katholisch orientiert, aber nicht im religiösen. Der kleine Jonas wurde zwar von einem Priester getauft, aber nicht als Katholik erzogen. Da der Vater nicht katholisch war, hielt der Großvater es für unpassend, einem nichtkatholischen Vater später einmal einen frommen katholischen Sohn zu präsentieren. Daß er den Sohn eines Tages seinem richtigen Vater präsentieren würde, daran bestand für Don Pedro kein Zweifel.

Der Großvater schickte den Jungen in Córdoba auf die Grundschule. Die Schulkameraden wußten, daß Jonas ein uneheliches Kind war, und nicht nur das, sondern auch der Sohn eines *yanqui*. Dem Enkelkind eines Hidalgo aber wagten sie nicht zu nahe zu treten. Einer, der es trotzdem versuchte, mußte dies mit einer gebrochenen Nase bezahlen.

Abuelo trug immer eine Pistole und brachte dem Enkel das Schießen bei. Zum achten Geburtstag schenkte er Jonas einen Revolver mit sieben Schuß. Jonas übte unter dem wachsamen Auge des alten Mannes und traf bald so genau, daß man ihm in zwanzig Metern Entfernung auf einem Sägebock gebrauchte Schrotflintenpatronen als Schießscheiben aufstellte.

Ein besonders stolzes Erlebnis hatte der Junge mit neun. Seine dreijährige Schwester Maria hatte von der Köchin ein Stück Obstkuchen bekommen und war dann durch die Hintertür aus der Küche nach draußen gegangen. Jonas las auf seinem Zimmer, als er das Schreien der Köchin hörte, griff nach seinem Revolver und rannte los, weil er instinktiv begriff, daß irgendwie Gefahr drohte und eine Waffe nützlich sein könnte.

Er lief in den Vorgarten, wo die Köchin, mit hochrotem Gesicht, zitternd und verängstigt, mit dem Finger auf die kleine Maria deutete, die völlig verschreckt zehn Meter hinter dem Zaun auf dem Boden saß. Kaum zwei Meter von ihr entfernt zischte drohend eine aufgerichtete Klapperschlange; sie befand sich in der Häutungsphase und daher in aggressiver Stimmung. Es konnte sein, daß sie angriff, wenn Maria sich bewegte; wenn jemand sich ihr näherte, würde sie mit ziemlicher Sicherheit jedoch zustoßen.

Jonas umschloß das rechte Handgelenk mit seiner Linken und legte ruhig an. Der Kopf der Klapperschlange war viermal so groß wie die Schrotflintenpatronen, die ihm gewöhnlich als Zielscheibe dienten. Trotzdem, ein einfacher Schuß war es nicht. Er hielt, was er beim Schießen normalerweise nie tat, die Luft an, und schoß. Die Kugel spaltete der Klapperschlange den Kopf, sie krümmte sich und schlug um sich, während der Junge auf seine kleine Schwester zustürzte und sie fortzog.

Er war ein Held. Es war großartig, ein Held zu sein. Das gefiel ihm sehr.

3

Im folgenden Jahr, 1936, kehrte er nicht zur Grundschule in Córdoba zurück. Er zog mit seiner Mutter nach Mexico City in eine Wohnung, die sich Virgilio Escalante für seine häufigen Besuche in der Hauptstadt hielt. Die Familie hatte ihren erheblichen politischen und wirtschaftlichen Einfluß geltend gemacht, um Jonas einen Platz auf der *Escuela Diplomatica* zu sichern, der internationalen Schule für Diplomatenkinder. Dort wurde er zusammen mit europäischen Jungen unterrichtet und konnte sein Englisch verbessern und Französisch und Deutsch lernen.

Er lernte auch noch andere Dinge: daß Mexiko keineswegs zu den großen Weltnationen zählte, weder nach Reichtum und militärischer Stärke noch aufgrund von kultureller Leistung oder Wirkung. Auf die Vereinigten Staaten von Amerika traf das alles zu; auf Mexiko nicht. Die Mexikaner waren ein achtbares Volk, aber keine Führungsmacht. Die Lehrer der Grundschule in Córdoba hatten das anders gelehrt.

Die Mutter lächelte, als er ihr dazu beunruhigt Fragen stellte. In ihrer Schulzeit hatten die Nonnen zwar nicht behauptet, daß Kuba zu den bedeutenden Ländern der Erde gehörte, aber sie hatten damals gelehrt, die größte Nation der Welt, mit der bedeutendsten Kultur, sei Spanien, das darum von aller Welt bewundert und beneidet werde. Und die armen dummen Nonnen hätten das auch geglaubt, sagte Sonja, und seine Lehrer in Córdoba seien sicherlich auch überzeugt von dem, was sie ihre Schüler lehrten.

In der *Escuela Diplomatica* war es völlig bedeutungslos, daß er der uneheliche Sohn von Jonas Cord und der Enkel von Don Pedro Escalante war, weil man dort von keinem der beiden je gehört hatte. Er war Jonas Enrique Raul Cord y Batista, und es zählte nur eines: daß seine Familie reich genug war, für die Schule zu bezahlen, und daß er intelligent genug war, den Erwartungen einer Schule mit besonders hohen Ansprüchen zu entsprechen.

Im ersten Jahr wohnte er noch bei der Mutter. Nach der Grundschulstufe kam er 1939 als Zwölfjähriger in das Schulinternat.

Die Jungen bewohnten zu zweit ein Zimmer. Sein Stubenkamerad hieß Maurice Raynal, war der Sohn eines französischen Marine-Attachés, ein Jahr älter und ihm daher als eine Art Mentor für das Leben im Internat zugedacht. Maurice war aber trotz seines Altersvorsprungs nicht größer als der hochgewachsene, muskelstarke Jonas, der bereits den Stimmbruch hinter sich hatte.

Maurice sprach Spanisch, Englisch und Deutsch, alles freilich mit starkem Akzent. Die Lehrer hatten es deshalb schwer mit ihm; sie baten Jonas, Maurice zu helfen, und schlugen den beiden Jungen vor, sich auf dem Zimmer nur auf englisch und spanisch zu unterhalten. Jonas war damit gern einverstanden und besonders glücklich, Englisch sprechen zu dürfen: je mehr Praxis, desto besser.

Maurice beschwerte sich, weil Jonas ein ganz anderes Englisch sprach als die Lehrer, bis bei ihm der Groschen fiel. *»Ah, Jonas, c'est de l'américain! Ce n'est pas de l'anglais! Vous parlez américain!«*

Jonas hätte glücklicher nicht sein können. Er war kein Engländer; sein Vater war kein Engländer. Jonas wollte die Sprache seines Vaters sprechen, und sein Vater sprach Amerikanisch.

Maurice machte ihn mit einem Problem vertraut – und mit einer Erfahrung. Er hatte die Angewohnheit, sich zu entkleiden, wenn sie – bei verriegelter Tür – im Zimmer allein waren. Er lief nackt herum. Jonas normalerweise nicht. Wenn Jonas doch einmal nackt war, bekam Maurice meist eine Erektion. Jonas war reif genug, den Grund zu verstehen.

Eines Abends nahm Maurice seinen Penis in die Hand und wollte wissen: *»Dites moi, mon ami. Est-ce que le votre est aussi grand?«*

Jonas warf einen Blick auf das steife Organ. »*Oui*«, antwortete er. »*Même plus grand.*«

»*Vraiment? Montrez-le moi.*«

Jonas dachte kurz nach, stand auf, knöpfte sich die Hose auf und zog seinen Penis heraus. »*Voilà*«, sagte er. »*Est-il assez grand?*«

Maurice grinste und nickte. »*Il est beau.*«

Jonas schob ihn wieder in die Hose, knöpfte sie zu und widmete sich seinen Geometrie-Aufgaben.

Er hatte angenommen, daß Maurice an einen Wettbewerb gedacht hatte. Aber Maurice hatte etwas völlig anderes im Sinn gehabt. Er erkundigte sich am Abend darauf, ob Jonas je feuchte Träume gehabt hätte. Jonas gab zu, solche Träume zu kennen.

Maurice begann, englisch zu sprechen. »Ein Genuß, nicht? Aber du brauchst nicht darauf zu warten. Du kannst ihn dir selber bereiten.«

Das war eine interessante Vorstellung, die Jonas zwar nicht völlig überraschte, aber ausprobiert hatte er es noch nie.

Maurice spürte sein Interesse. »Ich zeige dir, wie man es macht«, sagte er und masturbierte in ein Taschentuch. »Siehst du. Soll ich es dir machen?«

Jonas lehnte ab. »Ich mach's schon selber.«

»Dann tu's. Wollen mal sehen, wie lange du brauchst.«

Erregt folgte Jonas dem Beispiel von Maurice und ejakulierte in sein Taschentuch.

»Toll, nicht?« meinte Maurice. »Es ist aber noch viel schöner, wenn wir es uns gegenseitig machen; gleichzeitig.«

Am nächsten Abend erklärte Jonas sich bereit. Sie legten sich nackt auf Maurices enges Bett, streichelten sich gegenseitig den Penis, bis sie beide kurz vor dem Orgasmus waren, und als Maurice dann drängend schrie, umklammerten sie einander und führten es mit der Hand zu Ende.

Das Weitere war unvermeidlich. Jonas erfuhr schon bald darauf, daß es für Jungen, die taten, was er mit Maurice getan hatte, sehr häßliche Ausdrücke gab. Er wiederholte es nie wieder, hegte allerdings auch keine Abneigung gegen Maurice Raynal.

5

Im Sommer des Jahres 1939 riefen die Außenministerien vieler Länder ihr Botschaftspersonal zurück. Maurice Raynal unterrichtete Jonas in einem Brief aus Paris, daß er im Herbst nicht zur *Escuela* zurückkehren würde. Sein Vater war heimbeordert worden und diente inzwischen als Erster Offizier auf einem französischen Kreuzer.

Jonas schrieb zurück, daß auch er nicht ins Internat zurückkehrte. Mutter, Stiefvater und Großvater hätten vorhergesehen, daß die Schule drei Viertel ihrer europäischen Schüler verlieren werde und fortan nur noch Schüler aus lateinamerikanischen Ländern haben werde, die sie zuvor nicht aufnahm. Damit aber würde sie provinziell – genau das, was seine Familie nicht wünsche. Er sei deshalb bei einer Schule in den USA angemeldet worden, der Culver Military Academy in Indiana. Maurice solle ihm künftig dorthin schreiben.

Doch er hörte nie mehr etwas von Maurice oder über ihn.

Die Culver Military Academy war eine harte Schule. Sie gefiel ihm nicht. Er fühlte sich einsam dort. Es herrschte eine kalte Atmosphäre. Die *norteamericanos* waren menschlich kalt. Er hatte Mühe, neue Freunde zu finden. Er machte die Erfahrung, daß es besser war, sich nur Jonas Cord zu nennen, weil dieser Name *yanqui* klang und ihm die Verachtung ersparte, welche die meisten der Kadetten für Mexikaner empfanden. Einigen war der Name

Jonas Cord bekannt; daß er dessen unehelicher Sohn war, ahnten sie zum Glück nicht. Er trug eine Uniform und lernte das Strammstehen und Marschieren. Er war ein guter Schüler. Er wurde ein hervorragender Scharfschütze und gewann Medaillen auf dem Schießstand. Aber trotzdem mochte er Culver nicht. Die drei Jahre, die er dort verbrachte, machten ihm keine Freude.

Dennoch beeinflußte diese Schule sein Leben entscheidend. Sein Englisch wurde amerikanischer. Naturwissenschaften und Mathematik standen hier mehr im Vordergrund, Sprachen weniger, und dies füllte eine Lücke seiner bisherigen Bildung. Er entwickelte eine nachhaltige Abneigung gegen militärische Organisation und Disziplin; andererseits sollte ihm gerade diese Schulung später nutzen.

Er erfuhr, daß die Beziehung, die er mit Maurice gehabt hatte, von Amerikanern verhöhnt und verabscheut wurde, und daß sie darüber schmutzig redeten und böse Witze machten.

Er graduierte im Juni 1943. Seine Mutter und sein Großvater kamen zur Abschlußfeier aus Mexiko. Auf der Heimreise im Zug teilte ihm die Mutter freudestrahlend mit, wie seine nächste Zukunft aussah.

»Wir sind alle sehr stolz. Du bist in Harvard angenommen! Allerdings ...«, sie wurde etwas nachdenklicher, » ...allerdings erreichst du nächstes Jahr das Alter, in dem Amerikaner zum Militärdienst einberufen werden.«

5

Im Herbst des Jahres 1942 herrschte in Cambrigde, Massachusetts, eine strenge, spartanische Atmosphäre. Von den Studenten der oberen Jahrgänge waren nicht mehr viele da, meistens nur die nicht wehrdiensttauglichen. Jonas hatte zwar keine Vergleichsmöglichkeiten, doch war ihm klar, daß es in Harvard in diesem Jahr an zwei Dingen mangelte: nichts mehr war von jugendlichem Überschwang und Optimismus zu spüren, und nichts von dem Gefühl der Dauer und Beständigkeit, das hier sonst gewiß zur Tradition gehörte.

Statt dessen herrschte eine düstere, verhaltene Atmosphäre der

Unsicherheit und Vorläufigkeit. Man war zwar überzeugt, daß es Harvard auch weiterhin geben werde, wenn auch niemand wußte, wie; aber ob man selbst den Krieg überlebte, konnte man höchstens hoffen; alle bestimmt nicht.

Die Seminare waren nicht schwierig. Er hatte englische Literatur belegt, Infinitesimal-Rechnung, europäische Geschichte seit der Renaissance, Französisch für Fortgeschrittene und ein philosophisches Seminar, das im ersten Semester Platons *Republik* gewidmet war. Außer der Philosophie hatte er alles schon zuvor studiert. Nach der ersten Prüfung galt er in Harvard als Wunderkind.

Zu den Pflichtfächern gehörte auch Sport, und weil Jonas die seltsamen amerikanischen Spiele wie Football und Basketball lieber meiden wollte, konzentrierte er sich auf Schwimmen und Tennis. Die Trainer waren mit ihm zufrieden, wenn sie auch wußten, daß er ihnen nur ein Jahr zur Verfügung stand.

Der Schwimmtrainer hatte große Mühe, Schmetterlingsschwimmer zu finden. Jonas gewann die Harvard-Meisterschaft und anschließend die, wenn auch durch den Krieg eingeschränkte, der amerikanischen Universitäten. Er schickte seine blauen Siegerschleifen heim nach Córdoba.

Von der Mutter kam zweimal wöchentlich Post, vom Großvater einmal im Monat, gelegentlich auch ein Brief seines Stiefvaters oder ein meist gemeinsam verfaßtes Schreiben seiner Halbgeschwister. Der Mutter antwortete er auf englisch, den anderen auf spanisch. Daß er sich in zwei Sprachen gleich perfekt ausdrücken konnte, fand die Bewunderung seines Zimmergenossen. Aber Jonas hätte fast ebenso leicht französisch oder deutsch schreiben können.

6

Sein Zimmergenosse war Jerome Rabin, ein Jude aus Brooklyn – der erste Jude überhaupt, den er kennenlernte. Sie waren beide in der gleichen Lage. Anfang 1944 wurden sie beide musterungsreif.

Sie sprachen darüber. »Ich werde mich als Marineoffizier bewerben«, sagte Jerry. »Sie haben da dieses sogenannte Neunzig-Tage-Wunderprogramm. Nach drei Monaten bist du bereits Leutnant zur See! Aber wieso mußt du überhaupt dienen? Du bist doch Mexikaner.«

»Ich habe die amerikanische Staatsbürgerschaft«, korrigierte ihn Jonas kühl. »Mein Vater ist Amerikaner, folglich auch ich. Es ist für mich wichtig, meine Staatsbürgerschaft zu bewahren.«

»Die können sie dir nicht wegnehmen«, sagte Jerry.

»Ich will aber später nicht als jemand gebrandmarkt werden, der sich vor dem Militärdienst gedrückt hat. Das könnte mir schaden.«

»Du hast offensichtlich wirklich alles gründlich bedacht«, bemerkte Jerry trocken.

»Ich habe es mit meiner Mutter, meinem Stiefvater und meinem Großvater besprochen.«

»Und was ist mit deinem Vater?«

»Dem bin ich nie begegnet.«

»Tut mir leid«, sagte Jerry. »Ich hätte nicht fragen sollen. Ich wollte nicht neugierig sein.«

»Nein, nein, schon gut.«

»Reden wir von was anderem«, sagte Jerry. »Da wir beide nächstes Jahr fortmüssen, bleibt uns nur dies eine Jahr, um die Sichel zu putzen.«

»Ich ... ich verstehe nicht.«

Jerry Rabin grinste. Er war ein lustiger Junge, der Jonas später einmal gestand, er habe ihn beim ersten Kennenlernen als unglaublich seriös empfunden. Er war kleiner als Jonas und eher schmächtig, mit zarten Gesichtszügen. Die Mädchen beneideten ihn um seine schönen, dunklen Augen. Er hatte einen mediterranen Teint.

Er öffnete eine Schublade seines kleinen Schreibtischs und holte eine Flasche und zwei Gläschen heraus. »Rye«, erklärte er. »Der wird uns bei unseren Strategie-Planungen in Stimmung bringen.«

Jonas nippte vorsichtig. Es war das erstemal, daß er etwas Hochprozentiges trank. Er hatte zwar seit dem zehnten Lebensjahr Wein zum Abendessen getrunken; sein Stiefvater oder der Großvater hatten ihn jedoch nie eingeladen, nach dem Essen mit ihnen gemeinsam einen Cognac zu trinken – oder auch eine Zigarre mitzurauchen. Der Rye schmeckte fürchterlich. Er hatte große Mühe, ihn hinunterzuschlucken.

»Dein Englisch ist zwar perfekt«, meinte Jerry. »Anscheinend aber hat man vergessen, dir ein paar besondere Wörter beizubringen. Weißt du, was ›ficken‹ ist?«

Jonas nickte. »Ja.« Er konzentrierte sich ganz auf den Rest Rye in seinem Glas. Er wollte nicht zeigen, daß er ihm nichts abgewinnen konnte; Jerry sollte auch nicht ahnen, daß es sein erster Schluck Whiskey war.

»Hast du's schon mal gemacht?«

»Nein.«

»Ich auch nicht, ehrlich gesagt. Wäre das aber nicht eine Tragödie, wenn wir in den Krieg ziehen und vielleicht sogar fallen, ohne es wenigstens einmal gemacht zu haben? Also, wir müssen uns was ausdenken, wie wir Mädchen auf die Bude kriegen. Und, übrigens, ›die Sichel putzen‹, das ist eine dezente Umschreibung für ficken, verstehst du? Es gibt eine Menge Möglichkeiten, dies eine Wort zu vermeiden. Das Wort direkt darfst du nie benutzen. Damit schokkierst du die Leute nur. Wir sagen statt dessen« – seine Stimme stieg einen Ton höher, er sprach mit geschürzten Lippen – »wir sagen ›den Geschlechtsverkehr ausüben‹. Wir sagen ›Liebe machen‹, ›mit einer schlafen‹, oder ›der Stimme der Natur folgen‹. Verstehst du? Egal was. Wichtig ist nur, daß du nie ›ficken‹ sagst.«

Jonas grinste. »Da ist mir ja ein wesentliches Bildungselement vorenthalten worden.« Aber so ganz stimmte das nicht. In Culver war gerade über dieses Thema geredet worden. Er trank seinen Whiskey aus. »Ich bin dir für weitere Belehrungen zu großem Dank verpflichtet.«

Jerry füllte nach. »Gut, dann paß auf. Was wir zwischen den Beinen haben, ist ein Penis. Ein blödes Wort. Unter Männern heißt er aber ›Johannes‹, ›Schwanz‹ oder ›Schwengel‹. Die Mädchen haben eine Vagina – auch so ein klinisches Wort. Meistens sagt man einfach ›Möse‹ dazu. Aber sag um Gottes willen keins von diesen Wörtern zu einem Mädchen. Die fallen dir sonst in Ohnmacht. Überhaupt redet man über dies alles nicht. Außer wir Jungs untereinander.«

Jonas lachte. »Ein ganzer eigener Wortschatz, den man aber nicht verwenden darf.«

»Wir sind sowieso noch unschuldig. Ich weiß nicht, wie du das siehst, aber ich will dem Zustand so rasch wie möglich abhelfen.«

»Warum hast du ihm nicht schon abgeholfen?«

»Familie. Nachbarn. Und du?«

»Dasselbe, denke ich. Außerdem kenne ich nicht viele Mädchen.«

»Was für eine Religion hast du eigentlich angegeben?«

»Gar nichts. Die Spalte war freiwillig.«

Jerry schlug sich scheinbar entsetzt die Hand an die Stirn und rief: »Warum hast du denn nicht ›katholisch‹ geschrieben? Dann hätten dich die Pfarrei und der katholische Klub eingeladen, und da hättest du nicht nur Mädchen, sondern richtige *naive* Mädchen kennengelernt.«

Jonas blieb schulterzuckend die Antwort schuldig. Dafür ging ihm langsam auf, welche Wirkung Rye hatte.

»*Mädchen*, Jonas! Geile Weiber! Flippst du etwa nicht aus, wenn du sie mit ihren kleinen Ärschen wackeln siehst?«

»Nun ja, ich habe nie hingeschaut. Nicht so richtig.«

»Und worauf wartest du noch? Dann schau doch endlich mal hin! Schau dir sie alle an, die Ärsche und die Titten! Mann, wir müssen uns jetzt ganz auf unsere unmittelbare Aufgabe konzentrieren! Und die besteht darin, daß wir noch tüchtig die Sichel putzen, bevor wir einberufen werden.«

7

Jonas konnte über Weihnachten nicht heimreisen. Die Entfernung war zu groß und wegen der kriegsbeschränkten Verkehrsmittel auch kaum zu bewältigen. Da lud ihn Jerry zu sich nach Hause ein. Und so verlebte er zwei Wochen bei einer jüdischen Familie in Brooklyn. Es war eine bereichernde Erfahrung. Er lernte sogar ein paar Worte Jiddisch.

Aber weder er noch Jerry hatten inzwischen die »Sichel geputzt«.

Sie waren noch immer unberührt. Nach Jerrys aufmunternden Worten hatte Jonas allerdings damit begonnen, sich die Mädchen ein wenig genauer anzusehen: zielgerichteter gewissermaßen. Und sein erstes Studienobjekt war ausgerechnet Jerrys Schwester Susan. Ihr großer Busen fiel ihm auf. Und wie sie beim Gehen mit dem Hintern wackelte. Er sah so genau hin, daß er sich zurückhalten mußte, damit es nicht allzu auffällig wurde. Wenn er im Gästezimmer in seinem Bett lag, träumte er mit offenen Augen, daß es an die Tür klopfte, Susan hereinkam, sich entkleidete und zu ihm ins Bett schlüpfte. Tatsächlich hätte er sie niemals angerührt. Sie war doch die Schwester seines Freundes! Aber in der Phantasie fand er es ganz hinreißend.

8

Die Frühjahrsferien kamen, und sie waren noch immer nicht weitergekommen.

Jonas vermutete, sie machten es wahrscheinlich allzu offenkundig. Die Mädchen, mit denen sie sich verabredeten, wußten sofort, was sie von ihnen wollten. Aber das wollten die Mädchen nicht.

Im April schaffte es Jerry endlich, zwei Mädchen zu überreden, zu ihnen auf die Bude zu kommen. Weil dies natürlich nicht erlaubt war, mußten sie auf der Feuerleiter hochklettern, durch ein Fenster einsteigen und über den Flur bis zum Zimmer schleichen. Allein dies hatte schon mehrere Mädchen veranlaßt, sich schönstens für so eine Einladung zu bedanken.

Die beiden Mädchen stammten aus der Stadt selbst, genauer gesagt, sie wohnten in Cambridge. Die eine ging noch zur High-School, die andere hatte die Schule bereits hinter sich und arbeitete als Kellnerin. Beide wohnten bei den Eltern und mußten um elf zu Hause sein.

Besonders schön waren sie alle zwei nicht. Helen hatte dunkles Haar, braune Augen und war dicklich. Die blonde Ruth war zwar schlanker, hatte aber das Gesicht voller Pickel; neben den zwei blühenden dieses Abends waren auf ihren Wangen Narben früherer zu erkennen.

Der Sinn der Sache war allen vier Beteiligten klar. Offen waren nur zwei Fragen: wer mit wem, und die Bedingungen.

Die Mädchen verlangten, wie sich herausstellte, jede fünf Dollar. Jerry schüttelte entschieden den Kopf. Zwei vielleicht, meinte er.

Jonas packte Jerry am Ärmel seiner grauen Tweedjacke und schubste ihn zum Flur. »Hör zu, verdammt«, schimpfte er. »Hast du nie Mark Twains *Die Arglosen im Ausland* gelesen?«

»Was hat denn das damit zu tun?«

»Ihr ganzes Leben lang hatten die ›Pilger‹ von einer Bootsfahrt im Heiligen Land auf dem See Genezareth geträumt. Als die Fährleute acht Dollar verlangten, boten sie vier, und die Fährleute ruderten davon. Und so kamen sie nie zu ihrer Bootsfahrt. Wegen vier Dollar, die acht Männer unter sich geteilt hätten. Ich gebe jetzt jedenfalls den Mädchen fünf Dollar und putze dann meine Sichel. Ich kann dir nur raten, du machst es genauso.«

Jonas kehrte ins Zimmer zurück und überreichte der dunkelhaarigen, rundlichen Helen einen Fünf-Dollar-Schein. Seine Entschlossenheit hatte ihm auch die Wahl gelassen. Jerry würde sich später bestimmt bei ihm beschweren; nun blätterte er, wenn auch widerwillig, erst mal fünf Dollarscheine für Ruth hin.

Jonas, erneut schnell entschlossen, führte Helen zum braunen Plüschsofa in der Mitte des Wohnzimmers. Jerry zog sichtlich verärgert mit Ruth ins Schlafzimmer ab.

Helen zog sich aus, ohne Scheu und ohne Zögern; nackt half sie Jonas beim Entkleiden. »Ich wette«, sagte sie, »daß du es heute zum erstenmal machst.«

»Nicht ganz«, widersprach er.

Sie nahm seinen Penis in die Hand. »Na schön«, meinte sie. »Immerhin hast du, was man dazu braucht. Bist du soweit?«

»Klar.« Der Begriff des Vorspiels war ihm fremd, obwohl er geahnt hatte, daß man eigentlich nicht so ganz unvermittelt zur Sache kam. Er wollte ihr aber nicht zeigen, daß er nicht wußte, was tun. »Klar. Fangen wir an.«

Sie öffnete ihre Handtasche und holte eine Automatenpackung heraus, nahm die Folie ab, zog das Kondom heraus und spannte es mit den Fingern. »Aha, unbeschnitten«, stellte sie fest. »Wetten, dein Freund ist'n Beschnittener? Soll ich dir die Vorhaut zurückziehen?«

»Nein.«

Sie streifte ihm den Gummi über den steifen Penis, legte sich flach auf den Rücken und spreizte die Beine. »Komm.«

Es verlief rein mechanisch. Dennoch war die Befriedigung so komplett, daß sie ihn völlig entkräftete. Als er sich danach mit seinem ganzen Gewicht auf sie fallen ließ, zauste sie ihn in den Haaren und tätschelte ihm den Rücken – das erste Anzeichen von Zuneigung, das sie überhaupt von sich gab. Er merkte, daß sie beide schweißgebadet waren. Ihr Schweiß vermischte sich mit dem seinen, sein Körpergeruch mit dem ihren. Er war gar nicht auf den Gedanken gekommen, sie zu küssen, und sie hatte nicht das geringste getan, um von ihm geküßt zu werden, doch nun küßte er sie und spürte ihre Zunge, die sich zwischen seine Lippen drängte und in seinen Mund schlüpfte.

Als Jerry und Ruth aus dem Schlafzimmer kamen, lag Jonas auf dem Rücken, unter Helen, und sie stöhnte leise, während sie das Becken kreisen ließ. Er hatte die Augen geschlossen. Sie ebenfalls. Die beiden bemerkten das andere Paar überhaupt nicht, das wie angewurzelt stehenblieb und starrte.

»Mein lieber Freund!« sagte Ruth.

X

1

Im Herbst 1943 kehrte er nach Cambridge zurück. In Februar 1944 meldete er sich zur Einberufung; als feste Adresse gab er das Studentenwohnheim an, wo er im Jahr zuvor mit Jerry Rabin gewohnt hatte. Dann begann das Leben in der US-Armee.

Als erstes gab die Armee ihm einen neuen Namen. Für Namen hatte das Militär eine einfache Regel: Jeder Mann hatte einen Vornamen und einen Nachnamen und dazwischen eine Initiale. Der zuständige Sergeant entschied auf Jonas E. (für Enrique) Batista. Mit »Cord y« wußte er nichts anzufangen, also ließ er es weg. Soweit es die US Army betraf, war aus Jonas Enrique Raul Cord y Batista der gemeine Soldat Jonas E. Batista geworden.

Aber schon nach wenigen Tagen bekam er noch einen Namen. Den anderen seiner Einheit mißfiel Jonas. Das erinnere sie, erklärte einer, zu sehr an diesen Kerl im Alten Testament, den der Walfisch verschluckte. Oder auch an den Unheilstifter Judas. Außerdem sah er, sagten sie, nicht wie ein Jonas aus. Sie versuchten es mit Joe; aber Joes gab es wie Sand am Meer. Batista? Also gut: Bat. Und dieser Spitzname blieb an ihm hängen. Bat. Wenn auch die meisten, die ihn so anredeten, keine Ahnung hatten, daß Bat von Batista kam.

Er war gerade zwei Wochen in Fort Dix, als ihn Captain Barker rufen ließ.

»Wo kommen Sie her, Batista?«

»Cambridge, Massachusetts, Sir.«

»Absolvent der Culver Military Academy.«

»Ja, Sir.«

»Und Sie sprechen fließend Deutsch. Und Französisch.«

»Jawohl, Sir.«

»Mann, da gibt es doch für Sie in der Armee Besseres zu tun. Ich werde Sie versetzen. So etwas wie die dreimonatigen Wunder-Offizierskurse gibt es schließlich auch bei uns. Nicht nur bei der Marine.«

2

»Der Captain sucht nach Ihnen, Leutnant. Er sitzt im Bierlokal die Straße rauf.«

Oberleutnant Jonas E. Batista nickte und ging los. Er hatte soeben drei deutsche Zivilisten verhört, ohne etwas herauszubekommen, was für Captain Grimes von Interesse sein könnte. Es hatte den ganzen Morgen über genieselt, es war kalt und das Kopfsteinplaster glitschig.

»He, Bat.« Ein anderer Leutnant kam über die Straße auf ihn zu – Duffy. »Grimes ruft die Zugführer zu sich.«

»Ja, ja. Hab ich schon gehört.«

»Was ist los?«

»Neue Befehle«, sagte Bat.

»Woher willst du das wissen?«

»Die Befehle werden doch *dauernd* geändert, Mann.«

Duffy war der Ältere, fast dreißig. Er war sogar älter als Captain Grimes. Bat war der jüngste Zugführer der Kompanie und der jüngste Oberleutnant im Bataillon. Er hatte jetzt sechs Monate Fronterfahrung und in Belgien eine Fleischwunde an der linken Achselhöhle abbekommen. Dafür hatten sie ihn mit dem Verwundetenabzeichen dekoriert. Es war bei einem Kampf mit einem deutschen Soldaten passiert. Er hatte ihn getötet, im direkten Zweikampf, nicht etwa durch einen Feuerbefehl aus der Ferne. Er war Bat und hatte sich, obwohl noch keine zwanzig, den Ruf eines zähen und tüchtigen Infanterieoffiziers erworben.

Captain Grimes saß an einem der schweren Eichentische. Vor ihm auf dem Tisch standen vier große Bierkrüge – einer für ihn selbst, die restlichen für seine drei Zugführer. Auf dem Tisch war eine Landkarte ausgebreitet.

»Okay, Jungs«, sagte der Captain. »Eine völlig neue Lage.« Er legte einen Finger auf das Zeichen für eine kleine Stadt am Rhein. »*Das* da ist unser Ziel. Remagen. Die Deutschen haben die Ludendorff-Brücke noch nicht zerstört. Wir haben vielleicht eine Chance – nur eine Chance, mehr nicht –, diese Brücke zu nehmen, *bevor* sie in die Luft fliegt. Wir haben Befehl, im Eiltempo nach Remagen vorzudringen. Die Straßen sind miserabel, da sind wir schneller als die Panzer. Falls wir auf leichten Widerstand stoßen, umgehen wir ihn. Sofern möglich. Es sind auch noch andere Infanteriekompanien unterweg. Wer als erster die Brücke erreicht, bekommt die Ehre und den Ruhm.«

»Und ersäuft im Fluß, wenn die ganze Scheiße hochgeht«, kommentierte Sergeant Cline vom dritten Zug sarkastisch. Er besaß die größte Erfahrung, mehr als alle andern zusammen, und war ein Zyniker, der den Krieg satt hatte.

»Wird in die Geschichtsbücher eingehen, Sergeant!« verbesserte Captain Grimes ironisch. »Wie auch immer, so sieht's aus. Fahren Sie, so weit Sie können. Aber in die Stadt geht es zu Fuß. Alsdann!«

Bat trank einen großen Schluck Bier, dann trabte er die Straße hinunter zu seinen Leuten, die um ihre Fahrzeuge herumsaßen: eine Blockräderlafette und einen Halbkettenschützenpanzer. Er befahl aufzusitzen, und sie fuhren los. Eine halbe Stunde später saßen sie ab und rückten durch einen Weinberg vor. Sie erreichten ein Wäldchen, durchquerten es und hatten eine umwerfende Aussicht vor sich.

Unten floß der Rhein. Am westlichen Ufer verlief eine ebene, gepflasterte Landstraße. Unmittelbar unter ihnen lag die Stadt, beherrscht von einer wunderschönen, jahrhundertealten Kirche. Und drüben die Brücke. Sie stand noch. Ströme von Menschen und Fahrzeugen bewegten sich über sie hinweg.

Bat nahm einen Feldstecher und beobachtete die Brücke. »Deutsche«, erklärte er. »Auf dem Rückzug. Okay. Weiter. Los.«

Er führte seinen Zug hangabwärts. Er nahm sich nicht die Zeit, nach einer Straße oder einem Weg zu suchen. Sie liefen einfach durch die Weinberge nach unten. Er bemerkte andere Einheiten auf dem Vormarsch. Auf der Landstraße bewegten sich an die zwanzig

Schützenpanzer. Die Deutschen auf der Brücke begannen zu laufen. Einige wenige blieben stehen, um auf die Amerikaner zu schießen.

»Sie hauen ab!« schrie jemand. »Sie verteidigen die Brücke nicht!«

»Wenn du dich da nur nicht täuschst!« brummte der Sergeant.

Als Bats Zug den Fuß des Hügels und die ersten Häuser des Dorfes erreichte, schoß ein Heckenschütze aus einem Fenster einem Mann ins Bein, Corporal Prizio. Ein Bauernsohn aus dem Norden des Staates New York. Er schrie auf und fiel. Bat gab Befehl, die Häuser unter starken Beschuß zu nehmen, und kümmerte sich um den Corporal. Es war nicht lebensgefährlich. Aber wie gut Prizio in Zukunft gehen konnte, stand auf einem anderen Blatt.

Der Zug rückte vor. Die Schüsse ihrer Schnellfeuerwaffen, insbesondere der Browning-MGs, hatten die Fenster der nächstgelegenen Häuser zertrümmert und große Löcher im Putz der rückwärtigen Mauern geschlagen. Das Feuer der Heckenschützen war verstummt. Gruppe eins unter Sergeant Amory trat die Hintertür des ersten Hauses ein und stürmte hinein. Gruppe zwei nahm ein anderes Haus.

Bat gab zwei Soldaten Befehl, Prizio ins erste Haus zu tragen. Gruppe eins entdeckte im Keller des Hauses eine deutsche Familie.

»Heraus!« schrie Bat. *»Heraus! Schnell!«*

Die Deutschen kamen nach oben: eine ältere Frau und zwei minderjährige Mädchen. Bat sprach sie auf deutsch an. »Eine von euch hat auf meine Soldaten geschossen und einen verwundet. Ich könnte euch jetzt rechtmäßig alle erschießen. Falls ich mich dazu entschließen sollte, werde ich vorher meinen Männern noch gestatten, ihren Spaß mit euch zu haben. Ich gebe euch eine Überlebenschance: Kümmert euch um meinen verwundeten Soldaten. Ich komme wieder und hole ihn. Sollte er dann nicht mehr leben oder schlecht behandelt worden sein, werdet ihr sterben, und dieses Haus wird niedergebrannt.«

Die Frauen schworen, daß sie nicht geschossen hätten. Es sei ein *Volkssturm-Mann* gewesen, der weggelaufen sei, als die Amerikaner das Haus beschossen. Bat ließ Prizio mit Sulfonamiden, einem Karabiner und einer Granate zurück.

Der Zug sammelte sich und rückte zum Fluß und zur Brücke vor. Es waren noch andere Amerikaner unterwegs. Man hörte das Röhren von Panzermotoren.

Die Ludendorff-Brücke war eine Eisenbahn-Überführung, deren Geleise von den Deutschen abgedeckt waren, damit Panzer und Lastkraftwagen über den Rhein konnten. Auf der anderen Seite endete sie am Fuß eines Steilabbruchs. Niemand gelangte kampflos über die Brücke.

Captain Grimes kam. »Wir machen rüber«, befahl er.

Im nächsten Moment wurde die Brücke von einer Explosion erschüttert; die Luft füllte sich mit Rauch und Staub. Bat schüttelte den Kopf, dann zuckte er mit den Achseln. Na gut ... die Überquerung war hinfällig. *Die* Ehre war ihnen entgangen. Sie waren ein paar Minuten zu spät gekommen.

Doch als die Luft sich klärte, stand die Brücke noch immer. Die Explosion hatte einen Graben aufgerissen, der vorläufig die Panzer abblocken würde, aber sonst nichts weiter angerichtet; die Infanterie wurde lediglich von deutschem Gewehrfeuer behindert. Schon wagten sich andere US-Einheiten auf die Brücke. Aus steinernen Wachttürmen setzte deutsches Maschinengewehrfeuer ein, gegen das amerikanische Infanteristen vorrückten, die die Türme unter Beschuß nahmen. Pioniere suchten die Schienen ab, durchschnitten Leitungen und entschärften Sprengladungen.

Der kämpfende Soldat wird von Emotionen erfaßt, wie er sie im Leben sonst gar nicht kennt. Bat ging es nicht anders. Er war zwar erleichtert, nicht als erster über die Brücke zu müssen; andererseits verdroß ihn, daß andere Züge vorwärts stürmten, während er selbst abwartend dastand. Als er Captain Grimes kommen sah, wollte er nicht länger warten.

»Vorwärts, verdammt! Worauf wartet ihr noch? Bewegt euch! Los! Los!«

Er lief seinem Zug voran. Er brauchte sich gar nicht umzuschauen, ob ihm seine Leute folgten. Einige waren alt genug, um sein Vater zu sein, aber alle respektierten – oder fürchteten – ihn. Niemals hätten sie ihn allein über die Brücke gehen lassen. Schon weil sie panische

Angst hatten, was er mit einem Mann anstellen würde, der ihm aus Angst nicht folgte.

Aber vielleicht fürchteten sich auch noch mehr davor, was dann ihre Kameraden von ihnen halten würden.

Bat lief weiter. Er sprang über die Leichen von Amerikanern hinweg, die unter dem Feuer der Verteidiger gefallen waren, dann über die Leichen von Deutschen, die von dem plötzlichen Angriff überrascht wurden. Auf der Uferstraße hatten Panzer die Verteidigungstürme aufs Korn genommen. Die gesamte Ostseite der Brücke lag in dem weißen Rauch und dem roten Feuer von Phosphormunition. Bat konnte die entsetzlichen Schreie deutscher Soldaten hören, denen das Phosphor auf der Haut brannte.

Ringsum prallten Kugeln auf Stahl. Vor ihm ging ein Mann zu Boden. Der Nieselregen und der Schweiß in den Augen trübten seine Sicht. Die Luft war kalt, doch er schwitzte. Sein Zeitgefühl war ebenfalls undeutlich geworden. Er rannte noch keine Minute, doch ihm kam es so vor, als seien es schon zehn. Sein Blick war getrübt, und doch war ihm die Situation so klar, wie wenn alles auf leuchtendes Kristall eingraviert wäre: Die Gefahr kam von den Sprengsätzen unter der Brücke.

»He, Chef! Chef!«

Es galt *ihm*. Es kam von der Seite.

»He, Chef! Schauen Sie! Sehen Sie das Kabel? Können Sie es treffen?«

Bat erkannte, was der Mann meinte: ein Kabel, ungefähr halb so dick wie ein menschliches Handgelenk. Es kam aus östlicher Richtung und verlief unter der Brücke. Zu einem Sprengsatz, kein Zweifel.

»Schießen Sie das Mistding weg! Machen Sie's kaputt!«

Bat nickte. Sein Karabiner war nicht gerade die zielgenaueste Waffe. Er stützte sich auf dem Geländer ab. Der erste Schuß ging daneben. Ein wenig zu hoch. Mit dem zweiten schoß er das Kabel exakt durch. Es hing in Fetzen. Er schoß erneut. Und noch einmal. Die beiden Enden lösten sich und fielen auseinander.

»He, Chef!«

Er war zu lange wie erstarrt dagestanden. Er war zur Zielscheibe geworden. Er spürte den Schock auf einer unteren rechten Rippe, dann einen brennenden Schmerz. Er spürte noch, wie Sergeant Amory ihn unter einen schützenden Stahlträger zerrte, dann nichts mehr.

3

Weil am siebenten Tage des März 1945 Oberleutnant Jonas E. Batista in bester Führungstradition an der Spitze seines Zuges unter schwerem feindlichen Feuer über die Ludendorff-Brücke vorrückte, stehenblieb und, indem er sich selbst als Ziel darbot, mit zielgenauem Abfeuern seiner Waffe ein elektrisches Kabel zerstörte, das zu schweren Sprengsätzen des Feindes führte, und dadurch die Detonation dieser Sprengsätze verhinderte, sich selbst dadurch aber schweren und lebensgefährlichen Verwundungen aussetzte; und weil Oberleutnant Jonas E. Batista sich vor dem Feind mit außergewöhnlichem Mut und großer Tapferkeit in der besten Tradition der Streitkräfte der Vereinigten Staaten bewährte, wird angeordnet, daß Oberleutnant Jonas E. Batista das Verdienstkreuz verliehen und hiermit überreicht bekommt.

Außerdem wurde er zum Captain befördert. Er kam ins Lazarett, zunächst in Antwerpen, dann in Paris, und schließlich in das Walter-Reed-Militärlazarett in Washington. Das Weihnachtsfest verbrachte er daheim, auf der Hacienda außerhalb von Córdoba.

Der Großvater war während seiner Abwesenheit gestorben; ohne ihn wirkte die Hacienda leer. Jetzt lud Virgilio Escalante ihn nach dem Abendessen zu Zigarre und Brandy ein. Er nahm ihn mit in die Stadt und bot ihm die Dienste der schönsten jungen *puta*, die Córdoba zu bieten hatte. Bat nahm das Geschenk an. Er kam mehrmals zu dem Mädchen zurück. Sie unterwies ihn in der Liebe.

Nach Ende des Urlaubs begab er sich wieder in das Walter Reed Hospital. Der Krieg war vorbei. Mit der endgültigen Entlassung aus dem Krankenhaus bekam er auch den Abschied von der Armee. Er nahm sich die Zeit, um nach Corporal Prizio zu forschen. Der junge Mann hatte überlebt und lebte wieder zu Hause. Auf dem elterlichen Bauernhof nicht weit von Watkins Glen. Bat stellte auch über

Jerry Rabin Nachforschungen an. Fähnrich zur See Jerome Rabin hatte in der Schlacht im Korallenmeer sein Leben gelassen. Captain – inzwischen Major – Grimes befand sich in Japan; er war Berufssoldat geworden.

Bat bewarb sich um einen Platz in Harvard, um dort im Herbstsemester 1946 sein Studium wiederaufzunehmen.

Bis zum Herbstsemester blieben ihm noch sechs Monate Zeit, in denen er nichts zu tun hatte. Er kaufte sich ein Auto: einen Cadillac, Baujahr 1938. Er fuhr nach Watkins Glen und besuchte Corporal Prizio. Anschließend suchte er in Cambridge eine Unterkunft. Heimgekehrte GIs verspürten wenig Lust auf Schlafräume in Studentenwohnheimen; auch Bat nicht. Er wollte eine eigene Wohnung.

Er erinnerte sich, daß auch Sergeant Amory in Boston lebte. Er rief ihn an, und sie trafen sich zu Sandwiches und Bier in einem Pub in Cambridge.

Er wartete bis nach dem ersten Bier, ehe er das Thema anschnitt: »Du hast mir das Leben gerettet, Dave.«

»Ach Quatsch!« sagte Dave. »Mann, du warst doch sowieso schon erledigt. Die hätten keine einzige Patrone mehr für dich verschwendet.«

»Ja, aber auf dich sehr wohl. Du hast schließlich deinen Arsch riskiert, um mich reinzuholen.«

Dave schüttelte den Kopf. »Ach was, rennen hätte ich so oder so müssen. Die Alternative hieß, über die Brücke, also genau dahin, wo das Feuer noch viel schlimmer war. Vielleicht hat es *mir* das Leben gerettet, daß ich mir die Minute Zeit ließ, um dich hinter einen Stahlträger zu zerren.«

Dave Amory war genauso groß wie Bat, aber viel massiver, mit breiteren Schultern, kräftigeren Armen und Beinen. Für gewöhnlich war er ein eher ernster Typ, wenn er auch einen trockenen Humor hatte, der sich in ausgefallenen Bemerkungen über alles und jedes ausdrückte. Er war zwei Jahre älter als Bat; für ihn fing im Herbst sein letztes Studienjahr an. Er wollte Anwalt werden.

»Was machst du während des Sommers, Dave?«

»Gar nichts. Ich bin knapp bei Kasse. Ich hänge einfach im Kriegsveteranen-Klub herum und bechere. Ein bißchen Pause, bevor man sich wieder aufrappelt, steht unsereinem ja wohl zu, nicht?«

Bat dachte nach. »Lustlos?« fragte er.

Dave legte den Kopf zur Seite, zog die Unterlippe ein und meinte nach kurzem Zögern: »Ja, das wird es wohl sein. Du weißt ja selbst, wie einem zumute ist.«

»Sicher. Es war natürlich ein Alptraum, Dave, aber andererseits gibt es nichts, was einen so auf Trab bringt. Wahrscheinlich nie mehr. Das steht ja wohl fest. Gebe Gott, daß wir nie wieder so etwas durchmachen müssen. Nur, langweilig war es nicht, Dave. Ich frage mich oft, ob uns nicht vielleicht für den Rest des Lebens *alles* langweilig vorkommen wird; vergleichsweise.«

»Bist du dir absolut sicher, daß du nach Harvard zurückwillst?« wollte Dave wissen.

»Nein. Aber etwas *muß* ich doch tun. Und ich weiß einfach nicht, was ich sonst machen könnte. Ich möchte meine Mutter nicht enttäuschen.«

Dave gluckste. »Auch kein schlechter Grund. Jedenfalls nicht schlechter als alle andern. Wie alt bis du? Einundzwanzig?«

»Fast.«

»Und was machst *du* gegen die Langeweile? Weiber?«

»Daheim, vergangenen Winter, hat mir mein Stiefvater eine tolle junge Hure besorgt. Es hat viel Spaß gemacht, aber ...« Er brach ab.

Dave nickte.

»Damals, 42 auf 43 hier in Harvard, hatte ich einen Zimmergenossen, der konnte im ganzen ersten Semester an nichts anderes denken als ans Sichelputzen, wie er es nannte. Er hatte Angst, er könnte keusch sterben. Tja, und das ist er dann auch nicht. Ich meine, er ist gefallen, aber zuvor hat er noch seine Unschuld abgeliefert. Gott, waren wir scharf danach. Vom erstenmal waren wir ganz weg. Dabei war es gar nicht so besonders.«

»Nein, aber so schön wie beim erstenmal ist es nie wieder«, widersprach Dave.

»Ich hatte große Angst zu sterben«, sagte Bat. »Dann kam die Verwundung. Ich bin zweimal verwundet worden, weißt du. Nicht auszudenken, wenn ich als Krüppel heimgekommen wäre.«

»Das war ja wohl ein Lungenschuß, wie? Du hast aus dem Mund geblutet.«

»Die Lunge war voller Knochensplitter, von der Rippe«, sagte Bat. »Die Munition der Deutschen war gut. Die Kugeln schlugen sauber durch. Aber die Knochensplitter blieben stecken. Reden wir von etwas anderem.«

»Suchst du etwa einen, der die Wohnung mit dir teilt?« fragte Dave.

»Richtig.«

»Du hast einen Wagen. Ich auch. Wir könnten uns also auch etwas außerhalb suchen. In Lexington vielleicht. Da hätten wir mehr Platz, und die Miete wäre auch niedriger. Die Entfernung ist keine zehn Kilometer.«

»Abgemacht«, sagte Bat.

»Bevor wir zusammenziehen, mußt du mir aber eine Frage beantworten. Bei der Truppe draußen hieß es, du seist ein undurchsichtiger Bursche. Wir waren uns nicht mal sicher, wie du wirklich heißt.«

Bat lächelte belustigt. »Mein voller Name lautet Jonas Enrique Raul Cord y Batista.«

»*Cord?* Jonas? Jonas Cord!«

»Das ist mein Vater. Und Fulgencio Batista ist mein Großonkel.«

»Und du nennst dich Batista? Nicht Cord?«

»Zufall. Batista ist der letzte Name der Reihe, also nennen mich die Leute meist Batista.«

»Welcher Name wär dir denn lieber?«

»Ist mir völlig egal.«

»Und was sagt dein Vater dazu?«

»Den habe ich nie gesehen.«

»In Ordnung. Ich werde dir keine weiteren Fragen stellen.«

Sie verabredeten sich für den nächsten Tag und mieteten in Lexington das Obergeschoß eines großen alten weißen Holzhauses. Es war möbliert; aber sie wollten sich lieber neu einrichten. Sie kauften Möbel für ein Wohnzimmer, zwei Schlafzimmer, Küche und Bad und zogen ein.

4

Bat überlegte, ob er mit seinem Vater Verbindung aufnehmen sollte. Jonas Cord war ständig in den Nachrichten. Während der Lazarettzeit in Antwerpen hatten die Zeitungen berichtet, daß er mit einem riesigen Flugboot in der Umgebung von San Diego in den Pazifik abgestürzt war und damit sieben Millionen Dollar verloren hatte. Als Bat im Pariser Lazarett lag, gab es die Geschichte über die Zweitehe seines Vaters, der komischerweise seine Ex-Frau wiedergeheiratet hatte. Einer weiteren Meldung zufolge wollte er Fernseh-Apparate herstellen: Geräte, die auf die gleiche Weise Bilder empfangen, wie man mit dem Radioapparat Stimmen und Musik empfängt; und Jonas Cord hatte angeblich erklärt, daß in zehn Jahren Millionen amerikanischer Haushalte einen eigenen Fernseher besitzen würden. Ein vielbeschäftigter Mann, dieser Jonas Cord. Möglicherweise war er gar nicht drauf erpicht, einen Sohn kennenzulernen, von dessen Existenz er gar nichts wußte.

Aber solange Bat noch Student war, wollte er ihn sowieso nicht kennenlernen. Vielleicht, wenn er es zu etwas gebracht hatte – als Arzt, Rechtsanwalt oder Geschäftsmann. Wenn er es geschafft hatte. Wenn sein Vater nicht mehr annehmen konnte, er komme als Bittsteller. Kurzum, er wollte seinen Vater erst kennenlernen, wenn er in der Lage war, ihn, falls ihm danach zumute sein sollte, auch zum Teufel zu schicken.

XI

1

»TONI, TONI, TONI, TONI ... ICH LIEBE DICH, ANTONIA MAXIM. WÜRDEST DU MICH HEIRATEN?«

Antonia Maxim – sie betonte ihren Namen selbst auf dem i – blickte ihm spielerisch in die Augen. »Du brauchst überhaupt nicht zu fragen, Bat. Du weißt doch, daß ich dich heiraten würde. Du weißt ja, daß ich dich liebe. Habe ich es etwa nicht bewiesen? Es war eine Blitzromanze, aber du mußt einfach wissen, daß ich dich liebe.«

Es war ein schöner, sonniger Herbstnachmittag. Viele Harvard-Studenten und Radcliff-Studentinnen waren zum Football-Spiel gegangen. Auch Dave hatte sich ins Stadion begeben – mehr seinen Freunden zu Gefallen als aus echtem Interesse am Spiel –, so daß Bat und Toni im hellen, geräumigen, bequemen Wohnzimmer im Obergeschoß des Hauses in Lexington miteinander allein waren.

Er war nackt. Sie hatte mittlerweile gelernt, die häßliche purpurrote Narbe von seiner beinahe tödlichen Kriegsverwundung nach einem Rippendurchschuß einer deutschen Patrone *nicht* anzustarren – genausowenig wie die kleinere, weiße Narbe in seiner linken Achselhöhle. Sie wußte aber auch, wie gern er es hatte, wenn ihr Blick auf einem gewissen Organ ruhte. Bat war braungebrannt. Er hatte den Sommer zuvor – den Sommer des Jahres 1947 also – daheim in Mexiko verbracht, wo er sich beim Tennis-Spiel und beim Faulenzen am Swimmingpool viel in der Sonne aufgehalten hatte. Er war gut in Schuß – ein gepflegter, sportlicher Mann voll Selbstvertrauen.

Sie war – bis auf einen weißen Kunstseidensplip – ebenfalls nackt. Antonia war außergewöhnlich schön, mit dunkelbraunem

Haar, großen braunen Augen, einem schmalen Mund, obwohl die Lippen üppig waren, und einem Gesicht mit kräftigen Wangenknochen und einem festen Kinn. Antonia wog kein Gramm zuviel, außer vielleicht an den Brüsten, die üppig und fest waren mit großen, rosafarbenen Brustwarzen. Ihr Slip bedeckte den begierdenerweckenden rosaschimmernden Spalt, mit dem er nun schon so intim vertraut war.

Er hatte gemerkt, daß Toni ihm gern Beine und Hüften und Bauch und Busen enthüllte. Sie hatte es nie eilig, sie zu bedecken, aber ihr Dreieck unten zeigte sie ungern; den Slip zog sie nur aus, wenn es unbedingt sein mußte.

Was in diesem Augenblick nicht der Fall war.

Sie umzüngelte seinen Hodensack und dann den Penis den ganzen Schaft entlang. Er zog heftig den Atem ein und stöhnte. Sie lächelte zu ihm hinauf. »Das magst du, wie?«

Er drückte hingebungsvoll ihre Schulter. »Ja, aber ich mußte es dir erst beibringen.«

»Na ja, wenn mich noch vor zwei Monaten einer aufgefordert hätte, das zu tun, hätte ich wirklich zu ihm gesagt, was ihm wohl einfiele, und er müsse übergeschnappt sein, wenn er glaubte, ich machte so etwas.«

»Nun, genau das hast du ja auch tatsächlich zu mir gesagt, als ich den Wunsch zum erstenmal äußerte.«

Er hatte es damals eigentlich nur deshalb angeregt, weil sie zusammen schon im Bett waren, als sie entdeckten, daß keine Kondome da waren; die Packung war leer. Und sie hatte ganz ungläubig den Kopf geschüttelt: »Du willst doch nicht im Ernst sagen, du erwartest, daß ich dich ... lutsche? Wofür hältst du mich denn eigentlich, sag mal?« Trotzdem aber war sie bereit gewesen, wenigstens ein Stück hinunterzurutschen und nach einigem Zögern impulsiv und hastig den Penis kurz zu küssen. Und am nächsten Nachmittag dann, nachdem sie miteinander geschlafen hatten und sie ihm das Kondom abzog und ihn mit Kleenex säuberte, küßte sie ihn noch einmal – und schließlich, ganz zögernd, begann sie ein wenig zu lecken, auch an der Vorhaut, an der noch ein wenig feuchter Glibber war. Dabei hatte sie zu ihm hinaufgeblickt, stirnrunzelnd, fragend, überlegend, um dann entschlossen und rasch den Mund zu öffnen und ihn sich zur Hälfte einzuverleiben. So hielt sie dann zehn Sekunden lang still, ehe sie ihn mit einem Ruck wieder freigab und sagte: »Jetzt hast du also in Gottes Namen, was du immer wolltest. Deine Privatbläserin.«

Es verging noch eine ganze Woche, bis sie ihm zum erstenmal auch wirklich einen Orgasmus mit dem Mund verschaffte.

Und jetzt bearbeitete sie ihn einfühlsam und rhythmisch mit Zunge und Lippen, auf ganz eigene Art, zu der sie mit viel Übung gefunden hatte, nachdem sie es eine Woche zuvor, wegen fehlendem Kondom, überhaupt zum erstenmal mit dem Mund versucht hatte: Sanft, ohne den Kopf hin und her zu bewegen, ohne die Hände zu benützen, suchte sie seine empfindlichsten Stellen. »Halte dich zurück«, sagte sie. »Es ist noch zu früh.«

Ich bemühe mich, dir deinen Spaß nicht zu verderben«, entgegnete er.

Sie lachte ganz leise. »Es macht Spaß... irgendwie«, sagte sie. »Aber du ... du *magst* das, nicht wahr?«

Er legte beide Hände um ihren Kopf und streichelte sie liebevoll. »Dich mag ich«, erklärte er ernst.

Sie entzog ihm ihren Kopf. »Ich liebe dich auch, Bat. Du weißt doch, wie sehr.«

Sie studierte im letzten Studienjahr in Radcliff, er im vorletzten Jahr in Harvard. Sie hatten sich vor sechs Wochen auf einer Psychologie-Vorlesung kennengelernt. Sie war ebenso alt wie er, aber eine reife, überlegene Frau, die genau wußte, was ihr gefiel und was sie wollte.

2

Antonia konnte sich an keine Zeit ohne Boot erinnern. Ihre Erinnerungen aus den dreißiger Jahren galten sonnigen Tagen, die sie meist auf blauer See verbracht hatte. Von der großen Wirtschaftskrise war ihr nichts im Gedächtnis geblieben, aber sie wußte noch, daß hinter dem Elternhaus in Fort Lauderdale stets ein Boot aus den Davits hing oder im Dock auf einer Seite des Kanals festgemacht war. Das erste in ihrer Erinnerung war ein Fischerboot mit Benzinmotor. Sie hatte immer mitkommen wollen, nie wollte sie zurückgelassen werden. Doch dann war ihr immer langweilig und leicht übel geworden, und manchmal bekam sie auch Angst, während ihre beiden Eltern fischten. Und sie hatte nie die Schwimmweste ausziehen dürfen, kein einziges Mal. Sie erinnerte sich an das Gefühl der Erniedrigung, wenn sie sich zum Pipimachen über ein Glas hocken mußte, weil es kein WC auf dem Boot gab.

Sie erinnerte sich an den Tag, als der Alligator aus dem Kanal hinter dem Elternhaus herauswatschelte und ihren noch ganz jungen Cocker-Spaniel schnappte. Da war ihr Vater mit einem Baseball-Schläger – und einer Pistole – vom Haus herbeigelaufen; doch bis er die schreiende Toni erreichte, hatte der Alligator den Welpen schon ins Wasser gezerrt und ertränkt.

Sie wußte auch noch, wie ihre Eltern sie zur Reling am Bug scheuchten, als sie einen wild um sich schnappenden Haifisch auf das Schiffsheck zogen. Ihr Vater hatte unentwegt mit seinem Baseballschläger auf den Kopf des Hais eingeprügelt, der angeblich auch noch gefährlich war, als er endlich still dalag; und sie hatte sich vorn am Bug festgeklammert, starr vor Angst, der Hai könnte wieder lebendig werden.

Sie hatte schon mit drei Jahren schwimmen gelernt. In ihrem Garten war ein Swimmingpool, von dem manchmal erst die großen Vögel verjagt werden mußten, bevor man ihn benutzen konnte. Tonis Mutter kaufte Hühnerhälse, mit denen sie Reiher und Pelikane fütterte, was zur Folge hatte, daß es bei ihnen ungewöhnlich viele Reiher und Pelikane gab, und das wiederum machte sie bei den Nachbarn eher unbeliebt. Tonis nächster Hund wuchs und gedieh; der Vater hatte den Garten hinter dem Haus mit Maschendraht eingefriedet, damit keine Alligatoren mehr hereinkamen. Sie gab ihm den Namen Pupp'l, und den behielt er bis ins hohe Alter.

Das nächste Schiff war ein dreizehn Meter langer Kutter mit zwei Dieselmotoren und wurde *Maxim's* getauft. Auf ihm konnte man ein ganzes Wochenende verbringen. In dieses Boot war Toni richtig vernarrt. Es hatte eine Kombüse und ein WC, und wenn sie müde wurde, konnte sie in ihrer eigenen Koje ein Nickerchen machen. Die ganz großen Fische fing man im angeschraubten und drehbaren

Sessel. Dort kämpften die Männer manchmal über eine Stunde lang mit einem Fisch. Aufregend war das.

Sie nahm Pupp'l immer mit auf See. Aber sie mußte dafür auch seine Geschäftchen wegputzen.

Mit elf fing Toni ihren ersten großen Fisch, eine Makrele; sie war einen Meter zwanzig lang; und mit dreizehn ihren ersten Schwertfisch. Den Schwertfisch stellten sie im Wohnzimmer auf.

Ihr Vater, Dr. Jean Paul Maxim, war ein gutaussehender, sympathischer Psychiater. Toni merkte ziemlich früh, daß Psychiater eine Menge Geld verdienen und daß ihre Eltern selbst im Vergleich mit den Anrainern entlang der Kanäle in Fort Lauderdale offenbar sehr wohlhabend waren.

Blanche, ihre Mutter, war eine stattliche Frau, sonnengebräunt, die Haare sonnengebleicht. Aber ihre blaßblauen Augen waren kalt, und sie hatte ein Pferdegebiß.

Toni besuchte keine öffentliche Schule. Sie wurde auf die private Mädchenschule Seaview Academy geschickt, wo sie in den Oberklassen die Schulzeitschrift und das Jahrbuch redigierte. Sie gehörte auch dem Theaterclub an und leitete den *Cercle Français*. Außerdem spielte sie Basketball und Tennis.

In mindestens einer Hinsicht war sie eine Ausnahmeerscheinung in Seaview: Ihre Eltern blieben zusammen. Sie zählte zu den ganz wenigen Mädchen, die zu Hause noch Vater und Mutter hatten. Aber auch bei ihr löste diese Besonderheit sich schließlich in Luft auf. Obwohl sie daheim laute Streitereien mitbekommen hatte, war sie überrascht, als sie im Alter von vierzehn Jahren von einer freundlichen Dame mit blauen Haaren und dicker Brille ausgefragt wurde, ob sie bei der Mutter oder beim Vater bleiben wollte.

Was sie wirklich wollte ... Als sie darüber später, aus der Sicht größerer Reife, nachdachte, empfand sie ihre Reaktion als Kind zynisch brutal. Was sie damals wirklich wollte? Ihr eigenes Zimmer behalten, mit Pupp'l im eigenen Zimmer schlafen, im eigenen Swimmingpool schwimmen und auf der *Maxim's* auf See kreuzen. Das alles bedeutete aber, beim Vater zu sein. Und dafür entschied sie sich deshalb auch.

Damals hatte sie wegen dieser Wahl keine Schuldgefühle; und als welche hätten aufkommen können, später, begriff sie, daß ihre

Mutter im Grunde erleichtert gewesen war. Über zehn Monate hatte sie eine Affäre mit einem Rechtsanwalt aus Miami gehabt, bevor ihr Vater es entdeckte. Toni fand bei ihren Besuchen bei ihrer Mutter heraus, daß dieser Anwalt für Psychiatrie und Küstenfischen nur Verachtung übrig hatte. Er selbst fand dafür an Golf und Tennis Geschmack, und diese Vorlieben gab nun auch ihre Mutter als die ihrigen aus.

Ihr Vater heiratete binnen Jahresfrist wieder: eine andere große, sonnengebräunte Blondine mit sonnengebleichtem Haar. Sie hieß Morgana, bewunderte sein Boot und seine Tochter und gab vor, selbst noch den Hund der Tochter zu lieben. Und das schien nicht einmal gelogen zu sein. Sie scheute keine Mühe, um Antonia eine Freundin zu sein, und Toni akzeptierte sie. Nach dem anfänglichen Schock war der Mütterwechsel nicht sehr schmerzhaft gewesen.

3

Sie war fünfzehn, als die Jahre der Unschuld endeten. Das unkomplizierte Leben mit Pupp'l, am Swimmingpool, auf See, in der Schule in Seaview und des aufkeimenden ersten Interesses an Jungen, das keine größeren Probleme kannte als die unverständlichen Rätsel, endete abrupt am 7. Dezember 1941.

Sie hatte natürlich das Kriegsgeschehen in Europa auch schon vorher verfolgt. An ihrer Zimmerwand hing eine Europakarte von *National Geographic*. Darauf markierte sie das Vorrücken und die Rückzüge der Armeen mit roten und weißen Stecknadeln. Aber das alles war doch weit weg gewesen – Tausende Kilometer entfernt. Wenige Tage nach dem 7. Dezember wurde ihr Boot aus dem Wasser gehievt und in ein Lagerhaus abtransportiert, wo es für – sie sollte den Ausdruck bald hassen lernen – »die Dauer« bleiben müßte. Schlimmer noch – im Januar wurde sie eines Nachts durch ein fernes Grollen und ein stumpfes rotes Glühen am östlichen Horizont geweckt. Keine zwanzig Seemeilen vor der Küste war ein Tanker von einem deutschen U-Boot torpediert worden, in eben den Gewässern, wo sie jedes Jahr an zwanzig Wochenenden gefischt hatten. Der Krieg hatte sie erreicht und war fast bis zur eigenen Haustür vorgedrungen.

Die Badestrände waren geschlossen. Tag und Nacht patroullierte dort jetzt die National Guard. Sie spannten Stacheldraht und errichteten Barrikaden gegen Angriffe deutscher Spezialeinheiten. Fort Lauderdale, hieß es plötzlich überall, würde bestimmt bombardiert oder von Sondertrupps aus U-Booten angegriffen. Die Stadt mußte dafür gerüstet sein. Ihr Vater wurde in ein Krankenhaus dienstverpflichtet und in einer medizinischen Zivilschutzmannschaft für Notfälle ausgebildet. Ihre Stiefmutter betätigte sich als Telefonistin in der Zivilschutzzentrale. Dadurch war Antonia viel im Haus allein, also auch bei einem feindlichen Angriff. Sie saß allein hinter den schweren, zugezogenen Vorhängen und verdunkelten Fenstern und konnte nicht sehen, was draußen geschah. Sie knipste überall im Haus die Lampen aus und kletterte durch eine Klapptür aufs Dach, wo sie besorgt viele Nächte durchwachte. Sie sah noch zwei weitere Schiffsexplosionen in Küstennähe.

Für »die Dauer« befand sich alles in der Schwebe. Sie empfand deshalb keinen Groll. Sie war eine patriotische Amerikanerin. Dennoch – allmählich wurde ihr bewußt, daß ihr ein wichtiger Teil ihres Lebens verlorenging. Es war kein wirklich großes Opfer; aber doch spürbar. So hatte ihr etwa ihr Vater zum sechzehnten Geburtstag seinen alten Plymouth-Kombi versprochen; er wollte sich dann einen neuen Wagen kaufen. Doch das war inzwischen unmöglich. Es gab nicht einmal genug Benzin zum Ausfahren mit dem Plymouth.

Etwa zur gleichen Zeit, kurz vor ihrem siebzehnten Geburtstag, hatte sie ihr erstes Sex-Erlebnis. Irgendwie hatten zwei Jungen es geschafft, genug Benzin zusammenzubringen, um mit zwei Mädchen in einem großen alten blauen Packard in die Everglades zu fahren. Sie parkten, und die Pärchen wechselten sich mit Spazierengehen auf der Straße und dem Betrachten von Blumen und Pflanzen ab, um das andere Paar im Fond des Wagens allein zu lassen, jeweils für eine halbe Stunde. Tonis Partner war ein erfahrener junger Mann, und sie wurde dermaßen berauscht von der Erregung, die er in ihr weckte, daß sie weiterging, als sie eigentlich vorhatte.

Hinterher fand sie, daß er ihre Unerfahrenheit auf unfaire Weise ausgenützt hatte, und sie wollte ihn nie mehr wiedersehen. Sie entwickelte dafür eine Zuneigung zu einem anderen Jungen, mit dem sie ein paar Wochen lang auf der Wohnzimmercouch ihres Elternhauses intim wurde. Dank der sonst so verhaßten Verdunkelung waren sie vor neugierigen Blicken sicher. Sie machten es auch auf dem Dach, während Piper Cubs, die zu Verdunkelungskontrollen die atlantische Küstenzone abflogen, höchstens sechzig Meter über sie wegzogen.

4

Die Abschlußprüfung der Seaview Academy bestand sie im Mai 1944 als Klassenbeste.

Ihre Mutter war dafür, daß sie am Rollins College studierte, ihr Vater wollte die Emory-Universität, und ihre Stiefmutter das Radcliff College. Sie bewarb sich bei allen dreien und auch noch anderen, wurde bei allen angenommen und entschied sich für Radcliff.

Die Fotos, die sie ihren Bewerbungen beilegte, zeigten sie als außergewöhnlich schönes Mädchen. Das Gesicht hatte die kindliche Rundung verloren. Sie trug das Haar offen, so daß sie es nur kurz durchbürsten mußte. Sie war schön, ohne eine überdrehte Modepuppe zu sein.

Ihre Stiefmutter Morgana war in der Demokratischen Partei politisch aktiv und 1944 Delegierte beim Nationalparteitag der Demokraten. Sie sorgte dafür, daß Antonia möglichst viele prominente Demokraten kennenlernte, die Florida besuchten; auf die Weise wurde Antonia auch dem Senator Harry Truman vorgestellt, diesem bekannt jähzornigen kleinen Mann, der mit Präsident Roosevelt für die Vizepräsidentschaft kandidierte. Er hatte eine Tochter im gleichen Alter, sagte er – in Wirklichkeit war Margaret Truman zwei Jahre älter als Antonia Maxim –, und gab seiner Hoffnung Ausdruck, daß sie eine genauso treue Demokratin würde wie diese.

Im Herbst 1944 kam sie in Cambridge, Massachusetts, an und entwickelte bereits binnen eines Tages das unangenehme, ja erschreckende Gefühl, hoffnungslos engstirnig und provinziell, unerfahren, naiv und schlecht gebildet zu sein. Nach ungefähr einem Monat revidierte sie ihr erstes, pessimistisches Urteil und fand, daß sie zwar provinziell und unerfahren sei, aber keineswegs engstirnig, naiv oder schlecht gebildet. Noch vor dem Ende des Semesters wußte sie auch, daß sie provinziell ebenfalls nicht war, jedenfalls nicht mehr als alle anderen. Sie fand sogar die Mädchen aus New York und gleich danach die aus New England ganz besonders provinziell. Spielend konnte sie es mit denen aufnehmen, sagte sie sich. Allenfalls in einem Punkt hatten sie ihr etwas voraus, nämlich wenn es um Reisen ging. Sie war noch nie in Paris oder London gewesen, nicht einmal in Texas oder Kalifornien; die andern dagegen erzählten munter drauflos von dem oder jenem Hotel oder Restaurant in Europa, das den Krieg hoffentlich überstand. Wenn sie Geschichten erzählten und damit prahlten, wie sie ihre Jungfräulichkeit drangegeben hätten, vergaß Toni den Rücksitz des Packard und erzählte statt dessen, die ihre während eines Luftalarms auf dem Flachdach eines Wohnhauses verloren zu haben, als über ihr Maschinen im Tiefflug kreisten. Und das konnte dann keine mehr übertrumpfen.

Sie war eine hervorragende Studentin, mit Geschichte als Hauptfach und Politikwissenschaft und Sprachen als Nebenfächern. In einem Brief riet ihre Mutter, sich bei einer Kosmetikerin in Boston – die Empfehlung einer Freundin – einen Termin geben und perfekt schminken zu lassen. Antonia sei so schön, schrieb die Mutter, daß sie alle Möglichkeiten wahrnehmen und an eine Karriere als Model, vielleicht sogar als Schauspielerin denken sollte.

Unter den jungen Männern fand sie kaum Freunde. Die Jungen, die keinen Militärdienst geleistet hatten, waren ... nun ja, eben Jungen. Von den heimkehrenden GIs waren viele verheiratet, andere lustlos oder aggressiv. Mit zweien ging sie aus, mit einem davon auch ins Bett, aber in Ermangelung tieferer gegenseitiger Zuneigung wurde nichts weiter daraus.

In den Frühjahrsferien ihres vorletzten Studienjahrs verabredete sie sich in Washington mit ihrer Stiefmutter, die sie mit der Hauptstadt und mit Senatoren und Kongreßabgeordneten bekannt machen wollte. Sie nahm sie auch mit zur *Washington Post*, um sie dem Herausgeber und den Redakteuren vorzustellen. Im Hotel unterhielt sich Morgana mit Toni über ihre Zukunft nach dem Studium. Ob etwa eine Hochzeit in Sicht sei? Nein. Oder interessiere sie sich vielleicht für Politik? Ja. Gefiel ihr Washington? Ja. Nun, dann könnte sie doch vielleicht als Assistentin im Kongreß arbeiten? Morgana versprach, sich zu erkundigen.

5

Für das Herbstsemester des letzten Studienjahres immatrikulierte sie sich für eine Vorlesung über Psychopathologie – eigentlich nur zur Vervollständigung ihrer Bildung; weil sie meinte, darüber ein wenig wissen zu müssen. Die Vorlesung begann morgens um acht, die Studenten erschienen mit Kaffee in Papptassen und rauchten miteinander die erste Zigarette am Tag. Toni stellte ihren Kaffee auf ihrer Pultlehne ab und griff nach dem Feuerzeug, um sich eine Zigarette anzustecken. Sie trug die Blue Jeans hochgekrempelt und ein weißes Männerhemd mit offenem Kragen über der Hose, dazu weiße Baumwollsocken und weißbraune Mokassins, eine Uniform, die von den acht Mädchen ihres studentischen Jahrgangs nur zwei nicht trugen.

Der Professor gab zu Beginn bekannt, in seiner Vorlesung sei Rauchen nur erlaubt, solange das Wetter das Öffnen der Fenster gestatte.

»Warum nicht gleich generelles Rauchverbot?« fragte eine Stimme hinter Toni.

Sie drehte sich um und erblickte einen großgewachsenen, gutaussehenden Mann, der sie aus einschüchternden blaßblauen Augen musterte. Er trug ebenfalls ein weißes Hemd, das aber in Khaki-Kordhosen steckte. Sie hatte ihn mit herausforderndem Blick anschauen, ihm vielleicht sogar den Rauch ihrer Zigarette ins Gesicht blasen wollen, tat es dann aber nicht. Sie starrten sich unverwandt an. Er lächelte schwach – nur ganz leicht.

»Die Idee gefällt mir, Mr. –«

»Batista.«

»Natürlich. Mr. Batista. Ihre Idee gefällt mir zwar, aber ich meine doch, daß wir an meiner ursprünglichen Absicht zu rauchen festhalten sollten und Anfälle wegen Nikotinrauch auf später verschieben.«

Von Jonas Cord y Batista, genannt Bat, hatte Toni schon gehört. Er war in Cambridge nicht unbekannt. Man erzählte sich, er sei der uneheliche Sohn des raffgierigen Tycoons Jonas Cord und irgendwie auch mit dem ehemaligen und möglicherweise zukünftigen kubanischen Präsidenten Batista verwandt. Er war einer der heimgekehrten GIs. Es hieß außerdem, er sei im Krieg verwundet worden und hochdekoriert. Er war schon ein ganzes Jahr in Cambridge, doch sie begegnete ihm jetzt zum erstenmal.

Nach der Vorlesung blieb sie vor dem Hörsaal stehen und meinte: »Hoffentlich ist Ihnen mein Rauch nicht in die Nase gestiegen.«

»Hoffentlich hat mein Vorschlag Ihr Vergnügen nicht getrübt«, erwiderte er kühl.

Sie grinste. »Ich heiße Antonia Maxim, aber man nennt mich Toni.«

»Und mich nennt man Bat«, sagte er, »weil viele Leute mit meinem Namen Probleme haben – ich heiße nämlich Jonas. Hatten Sie schon Ihren Pausensnack?«

»Nein.«

»Ich auch nicht. Kommen Sie, holen wir uns ein paar Doughnuts.«

Zwei Abende später lud er sie zum Essen ins Restaurant und anschließend ins Kino ein.

Nach zwei Monaten war es bei allen ihren Freunden eine ausgemachte Sache, daß sie ein Liebespaar waren und heiraten wollten. Toni habe ja sogar seinetwegen das Rauchen aufgegeben und trage die Jeans auch nicht mehr mit offenen Hemdschößen.

Als Bats Mutter, Señora Sonja Escalante, Boston besuchte – sie kam insgesamt nur zweimal in die Staaten, um ihren Sohn in Harvard zu besuchen –, wohnte sie im Hotel Copley. Sie blieb fünf Nächte. An zwei Abenden war Toni Maxim beim Dinner ihr Gast.

6

Manche von Tonis Freunden vermochten sich überhaupt nicht vorzustellen, daß sie sich in jemanden wie Jonas Cord y Batista verlieben könnte. Gewiß, er sah gut aus und war offensichtlich reich; aber er war ein komischer Kauz. Er besuchte Vorlesungen und Seminare, die kein rechtes Ziel erkennen ließen. Sehr viel Geschichte und Politikwissenschaft, ein wenig Wirtschaftswissenschaften, Chemie, Physik, Psychologie, Philosophie, Literatur und Kunst. Man sah ihn tagsüber manchmal draußen und abends in der Bibliothek; er wohnte jedoch weitab, in Lexington, als ob er ganz bewußt nicht mehr als unbedingt nötig mit dem College zu tun haben wollte. Er schien an nichts groß interessiert, jedenfalls an nichts von dem, wofür die anderen sich interessierten. Er ging nicht zu Footballspielen. Er sah sich nicht am Fluß die Ruderwettkämpfe an. Er machte ganz den Eindruck, als wolle er mit allem Nachdruck zeigen, daß ihm das ehrwürdige Harvard nicht imponierte und er es keineswegs als eine besondere Ehre empfand, hier studieren zu dürfen.

Auf Bemerkungen dieser Art antwortete Toni nur mit Achselzukken. Na und? Viele aus dem Krieg zurückgekommene GIs waren so. Sie hatten zu viel gesehen, zu viel miterlebt, um im Footballstadion begeistert hurra zu schreien. Und was die Ehre betraf, in Harvard studieren zu dürfen – Bat war ein ausgezeichneter Student. Falls es für ihn eine Ehre sein sollte, in Harvard zu studieren, so war es auch für Harvard eine Ehre, fand sie, ihn als Studenten zu haben.

Sie hatte seine Mutter kennengelernt, aber nicht seinen Vater. Er gestand ihr schließlich, daß er selbst seinen Vater nicht persönlich kannte und gar nicht sicher sei, ob er ihn überhaupt kennenzulernen wünsche. Mexiko und Córdoba lagen zu weit entfernt, als daß er oft hätte nach Hause fahren können; und nachdem er erst im vergangenen Sommer dort gewesen war, schloß er für das bevorstehende Weihnachtsfest eine Heimreise aus. Als Tonis Eltern ihn einluden, Weihnachten bei ihnen in Florida zu verbringen, nahm er an.

Dr. Maxim war nicht sehr froh, seine Tochter von einer Heirat mit dem unehelichen Sohn Jonas Cords sprechen zu hören, fügte sich jedoch darein, nachdem er Bat beim Fang eines großen Tarpans beobachtet hatte. Der junge Mann hatte vor der Küste von Vera Cruz fischen gelernt; er bewies im Kampf mit großen Fischen viel Erfahrung und Geschick. Und im übrigen hatte er eine Prüfung bestanden, die Dr. Maxim ihm gestellt hatte – er steuerte *Maxim's* problemlos rückwärts in seine Schlippe, indem er sich mehr der Doppelschrauben als des Steuerruders bediente. Nach dieser Leistung war er bereit, ihn zu akzeptieren.

Morgana fand nach den Gesprächen mehrerer Abende, während und nach dem Essen, zunehmend Gefallen an Bat. Als er dann auch noch eine Wiederwahl von Präsident Truman für möglich hielt – und seine Meinung mit Gründen untermauerte –, fand sie ihn wirklich sehr sympathisch.

Die Maxims ließen keine Bemerkung fallen, als Toni und Bat mit der Bahn nach Boston zurückfuhren und ganz offenbar ein gemeinsames Schlafwagenabteil hatten. Sie reisten, wie die Etiketten der Gepäckstücke verrieten, als Mr. und Mrs. J. Batista. 1947 erlaubte es die Eisenbahn unverheirateten Paaren noch nicht, gemeinsam im Schlafwagen zu reisen.

»Sie mögen dich«, meinte Toni, als sie ihren Eltern durch das Fenster zuwinkte.

»Ich habe mir auch Mühe gegeben.«

»Nein, sie haben dich wirklich gern. Ehrlich. Sie haben den Gedanken, daß wir heiraten könnten, akzeptiert. Vielleicht nicht hundertprozentig, aber ... Es gibt keine Eltern, die die Ehe eines Sohnes oder einer Tochter mit einem Unbekannten, den sie selber nicht ausgesucht haben, *hundertprozentig* akzeptieren.«

»Wir sollten einfach heiraten«, sagte er. »Dann könnten wir fest zusammenleben.«

»Bald«, flüsterte sie, während sie aus dem anfahrenden Zug ihren Eltern auf dem Bahnsteig einen letzten Blick zuwarf. »Wir müssen ihnen die Chance geben, mir eine echte Hochzeit auszurichten.«

Offiziell einziehen konnte Toni nicht in seine Wohnung in Lexington, aber sie war dort mit ihm fast täglich viele Stunden zusammen. In ihrem College-Zimmer blieb sie so wenig wie möglich – nur von ein Uhr morgens bis Tagesanbruch, wie die Vorschriften es verlangten. Der größte Teil ihrer Garderobe und ihrer Bücher sowie ihre beiden Reiseschreibmaschinen befanden sich in Lexington.

Sie besaß zwei Reiseschreibmaschinen, weil eine griechische Lettern hatte. Diese brauchte sie für eine Seminararbeit zur Ethik des öffentlichen Lebens, die auf griechisch abzufassen war, mit dem Titel, übersetzt: »Demokratie geht über in Despotismus.«

Bat war stolz auf Toni, und noch mehr, als Dave ihre griechische Schreibmaschine und ihr griechisches Referat bewunderte. Dave riet Bat zum Jurastudium, und Toni pflichtete ihm bei: Es würde ihm eine gute berufliche Karriere sichern. Außerdem brauchte er ein festes Ziel. Und er hatte sowieso schon an Jura gedacht. Er bewarb sich für das Wintersemester 1948 an der Juristischen Fakultät und wurde angenommen.

Soweit es Bat betraf, war damit alles geregelt.

7

»Wir könnten uns ein Haus kaufen«, sagte er eines Nachmittags im Frühling zu Toni. »Oder uns in Boston eine Wohnung mieten.« Er grinste. »Wir können nicht noch länger mit Dave zusammen wohnen. Ich werde mich mit dem Jurastudium beeilen, den ganzen Sommer über durchstudieren und sechs Monate früher abschließen. Und dann ... New York. Oder möchtest du lieber in Connecticut wohnen?«

»Aber was ist mit meinen Aussichten in Washington, Bat? Ich hatte dir doch gesagt, daß ich fast mit Sicherheit die Stelle als Assistentin von Senator Spessard Holland bekomme.«

Er wurde sichtlich verschlossen. »Das heißt: »Du willst – auch wenn wir verheiratet sind –«

Sie nickte. »Selbstverständlich. Das habe ich mir immer gewünscht. Das ist mein ganzes Ziel, dafür habe ich studiert. In Washington kann man etwas bewegen und verändern.«

»Und was ist mit Kindern?« fragte er.

»Vorläufig möchte ich keine Kinder. Ich will sehen, was ich

erreichen kann. Danach ist immer noch Zeit. Ich bin doch erst zweiundzwanzig.«

»Das beste Alter, um Kinder zu bekommen«, sagte er.

»Ich habe ja nicht gesagt, daß ich damit zehn oder fünfzehn Jahre warten will. Aber ich habe doch nicht studiert, damit ich lerne, wie man eine gute Hausfrau wird, wie meine Mutter und meine Stiefmutter. Es gibt auf der Welt Wichtigeres als Lebensmittel einzukaufen, sich um die Wäsche zu kümmern und Golf zu spielen. Wir können uns da sicher einigen, Bat. Aber *ein* Fixpunkt dabei bleibt, daß ich in den nächsten Jahren noch keine Kinder haben will.«

»Und damit hat es sich«, sagte er sarkastisch. Er stand auf und begann herumzuwandern. »So und nicht anders, wie? Hast du entschieden!«

»Wir können über alles reden«, sagte Toni.

»Außer natürlich, daß unsere Ehe deiner ›Karriere‹ untergeordnet sein muß, nicht?«

»Ach so ist das? Nun, ist etwa die Ehe deines Vaters und sind seine Affären etwa nicht seinen Geschäftsinteressen untergeordnet?«

»Ach, was habe ich denn mit diesem erbärmlichen Arschloch von *norteamericano* zu tun?«

»So, so. Dann erkläre mir doch, wieso du anders bist.«

»Als mein sogenannter Vater – meinst du? Dieser Mann, mit dem ich allenfalls biologisch verwandt bin und sonst überhaupt nichts zu tun habe? Na gut. Nach allem, was ich von ihm weiß, hat er *alles* im Leben seiner Karriere untergeordnet – seine Liebe zu meiner Mutter, seine Liebe zu seiner Frau, sein Haus, seine Freundschaften... *alles*. Laut *Time*-Magazin hat er eine Tochter, die ihn mit vierzehn zum erstenmal gesehen hat. Und mich, seinen Sohn, hat er überhaupt noch nie gesehen. Meine Mutter wollte er nicht heiraten. Er hat eine andere geheiratet, er ließ sie sitzen, sie hat sich von ihm scheiden lassen, dann hat er sie noch einmal geheiratet. Aber ich liebe dich...«

»Und ich dich auch, Bat«, unterbrach sie ihn. »Aber ich bin auch ein eigenständiger Mensch. Wenn wir heiraten wollen, müssen wir uns eine Lösung einfallen lassen, die dies anerkennt und berücksichtigt.«

»Ich *erkenne* es doch an, wirklich.«

»Dann verlange aber auch nicht von mir, daß ich in ein Haus oder in eine Wohnung ziehe und Abend für Abend mit einem Braten im Backrohr auf dich warte. Ich *werde* in Washington arbeiten.«

Er seufzte. »Dann ist es wohl am besten, wenn wir die Hochzeit noch für eine Weile verschieben. Bis ich in Harvard fertig bin. Und bis du getan hast, was du glaubst, tun zu müssen.«

»Wenn ich dich nicht so lieben würde, würde ich dich jetzt zum Teufel schicken«, murmelte sie. »Das sollte ich wirklich. Wenn ich dich nicht liebte, würde ich es tun.«

»Ich liebe dich auch«, sagte er.

Toni nickte. »Und darum glaube ich auch, daß wir es vielleicht irgendwie doch schaffen. Hör zu, ich *muß* am 16. Juni in Washington sein. Ich bin dort ganz allein. Du wirst mir sehr fehlen. Komm doch am Wochenende zu mir. Versprich mir, daß du mich am Wochenende besuchen kommst.«

»Aber natürlich. Ich will es versuchen«, sagte er.

Sie verstand. Es hieß soviel wie daß er nicht kommen würde. Und er kam auch nicht.

XII

1

»Bat? Wieso Bat? Weil du als Familiennamen Batista angegeben hattest?«

Jonas saß in Bats Porsche 356 neben Bat, der ihm klargemacht hatte, daß eine Hoteletage in Acapulco keine gute Idee wäre – da wohne es sich für nur ein Fünftel des Preises viel besser in einem gemütlichen Haus in einer guten Gegend von Mexico City, und obendrein seien das private Leben und auch die Sicherheit und die Verkehrsverbindungen in der Stadt viel besser als in Acapulco.

Jonas hatte den Vorschlag angenommen, weil er sich bessere Chancen für ein gutes Verhältnis zu seinem neugefundenen Sohn erhoffte, wenn er dessen Vorschläge ernst nahm.

Bat hatte gute Verbindungen zum Immobilienmarkt und ein seiner Meinung nach genau passendes Haus gefunden. Dorthin waren sie nun zur Besichtigung unterwegs.

»Ich habe mir meine Namen nicht ausgesucht«, verteidigte sich Bat. »Hier in Mexiko betrachtet man mich als einen Cord. In den Staaten, wo man die spanische Tradition, beide Elternnamen zu benutzen, nicht kennt, hält man mich für einen Batista, weil Batista am Schluß der Namensreihe steht.«

Jonas saß in dem etwas engen kleinen Wagen so weit rechts wie möglich, damit er diesen ihm unbekannten jungen Mann, der doch sein Sohn war, besser beobachten konnte. Er fand ihn langweilig. Nein, das war so nicht richtig. Rätselhaft. Bat machte den Eindruck, als ob das Leben an ihm keinerlei Spuren hinterlassen hätte: Er hielt den Blick stur geradeaus auf die Straße und auf den Verkehr gerichtet, mit der Unschuld eines jungen Menschen, der noch überhaupt nichts erlebt hatte. Jonas forschte vergeblich nach einem

Anzeichen von Soldatentum und schwerer Kriegsverwundung. Nach einer Spur von Neugier, oder vielleicht auch von Ressentiment, einfach nach Gefühlen, die ein unehelicher Sohn für seinen Vater, der seine Mutter sitzengelassen hatte, doch wohl haben mußte. Umsonst.

»Du mußt mich verstehen. – Ich habe überhaupt nicht gewußt, daß deine Mutter schwanger war.«

Bat warf ihm einen kurzen Blick zu. »Hätte es etwas geändert?«

»Ja – *verdammt, jawohl! Alles* hätte es verändert. Selbstverständlich hätte es etwas verändert.«

»Freut mich zu hören«, antwortete Bat trocken. Das plötzliche Ansteigen der Stimme, dieses »*verdammt, jawohl*« hatten ihn betroffen gemacht. Er lenkte den kleinen Wagen in den dichten Verkehr.

Jonas wechselte das Thema. »Der Grund, warum ich in Mexiko bin, ist dir sicherlich bekannt.«

»Ja. Es stand in der Zeitung.«

»Ich bin nicht auf der Flucht vor Recht und Gerechtigkeit«, erklärte Jonas.

»Vielleicht vor Unrecht und Ungerechtigkeit«, schlug Bat vor.

»Es ist eine politische Sache.«

»So steht es in den Zeitungen«, sagte Bat.

Jonas nickte. »Du verstehst mich also?«

»Ich bin gewiß nicht völlig im Bilde, soweit ich aber informiert bin...«

»Ich bin wahrscheinlich nicht viel besser als mein Ruf«, unterbrach Jonas. »Aber ein Ganove bin ich nicht. Wirklich nicht.«

»Mich mußt du doch von nichts überzeugen«, bemerkte Bat trocken.

Fast eine Minute lang beobachtete Jonas angestrengt den Verkehr, dann bekannte er: »Ich habe deiner Mutter unrecht getan. Ich bin froh, nun zu wissen, daß sie glücklich geworden ist. Mit mir wäre sie es sicher nicht geworden. Du weißt wahrscheinlich genug von mir, um das zu verstehen.«

»Du brauchst nicht versuchen, dich zu rechtfertigen«, sagte Bat, ohne den Verkehr aus den Augen zu lassen. »Dazu besteht kein Grund. Und wenn, würde es auch nichts ändern. Sie hat längst ein klares Bild von dir. Du hast doch auch jetzt mit ihr nur Kontakt aufgenommen, weil du denkst, daß sie Einfluß auf ihren Onkel hat, der dir von Nutzen sein könnte. Oder?«

»Du hast dir feste Ansichten gebildet, wie ich sehe«, sagte Jonas. »Ich könnte mich auch vor dir gar nicht rechtfertigen. Es spielt keine Rolle, daß ich von deiner Existenz nichts wußte.«

Bat musterte seinen Vater kurz. »Richtig«, sagte er dann.

Jonas lehnte sich gegen die Tür des Wagens und musterte seinen Sohn mißtrauisch. Er hatte mehr von einem Cord, als er geahnt hatte.

»Wechseln wir mal das Thema«, sagte er. »Ich muß wirklich ... untertauchen.«

»Warum?« fragte Bat. »Offiziell weiß die mexikanische Regierung nicht, daß du im Lande bist. Inoffiziell wird sie es nicht zugeben. Das läßt sich für wenig Geld arrangieren. Ich habe außerdem irgendwie den Eindruck, daß die amerikanische Regierung es allmählich leid wird, dich zu jagen. Es hat gewisse Zeitungskommentare gegeben, die der Regierung vorhielten, daß sie eigentlich Besseres zu tun hätte. Was haben dich übrigens diese Artikel gekostet?«

»Jonas ... Bat. Du weißt verdammt viel.«

Nun lächelte Bat endlich. »Man kann auf dieser Welt durchkommen, wenn man *nichts* weiß, oder auch, wenn man *alles* zu wissen versucht. Die Frage ist, was besser ist.«

Jonas schaute seinen Sohn an und nickte. »Du weißt wirklich zu viel. Ich habe keine Zeitungsartikel bestellt. Ich habe den Zeitungen nur Informationen geliefert.«

»Es wäre nur direkter gewesen, wenn du sie gleich gekauft hättest«, sagte Bat.

»Zynisch bist du also auch.«

»Man könnte es auch realistisch nennen.«

Jonas grinste. »Du hast etwas von mir und von deinem Großvater geerbt. Würde es dir etwas ausmachen, den Namen Cord zu tragen?«

»Hier in Mexiko *bin* ich ein Cord. Nur in den Staaten kommen sie nicht mit meinem Namen zurecht.«

»Und hier wissen alle, daß du mein Sohn bist?«

»Alle.«

Jonas schloß kurz die Augen. »Alle bis auf mich. Ich bin der einzige, der keine Ahnung hatte, daß ich einen Sohn habe. Bist du – verheiratet?«

»Nein.«

»Hast du eine Freundin? Denkst du ans Heiraten?«

»Vielleicht. Aber nicht wirklich. Ich dachte, daß ich jemanden gefunden hätte. Es hat sich aber herausgestellt, daß sie eine Karrierefrau ist.«

»Das heißt?«

»Ich habe sie gebeten, meine Frau zu werden, und sie hat auch zugesagt. Dann ist sie Assistentin bei einem Senator geworden und nach Washington gezogen. Das war vor drei Jahren. Seither habe ich mich nur ein paarmal mit ihr getroffen.«

»Freut mich zu hören, daß es *etwas* gibt, wo du dich wie ein Volltrottel benommen hast.«

»Wieso?«

»Du warst entweder ein Trottel, sie überhaupt zu bitten, deine Frau zu werden, oder aber du bist ein Trottel gewesen, ihr übelzunehmen, daß sie eine eigene Karriere aufbauen wollte. Sag mir, was zutrifft.«

»Das ist meine Privatsache«, entgegnete Bat bedrückt.

»Sprechen Väter und Söhne nicht über ihre Privatangelegenheiten?«

»Damit kenne ich mich nicht aus.«

»Ich auch nicht«, sagte Jonas. »Mein Vater hat mit mir nie über persönliche Dinge gesprochen, außer wenn es Krach gab. Daß er mich liebte, habe ich erst nach seinem Tod erfahren. Von jemandem anderen.«

Bat blickte einen Moment lang zu ihm herüber und schüttelte dann stirnrunzelnd den Kopf.

»Wenn ich *gewußt* hätte, daß ich einen Sohn habe –«

»Du hast dich gar nicht darum bemüht, es zu erfahren.«

»Ich konnte es nicht raten.«

»Vielleicht ist es sogar besser so«, meinte Bat. »Ich bin mir nicht sicher, daß ich dir gewachsen gewesen wäre.«

»Aber mittlerweile bist du's?«

Bat lächelte. »Wird sich herausstellen.«

»Willst du die Sache mit der mexikanischen Regierung für mich in die Hand nehmen? Ich meine, damit ich im Lande bleiben kann und so weiter?«

»Ich bin ein noch ziemlich neuer Anwalt. Aber meine Kanzlei könnte sich darum kümmern.«

»Schön. Dann hast du deiner Kanzlei einen neuen Mandanten gebracht. Es wird allerlei juristische Probleme geben, die deine Kanzlei für mich erledigen kann. Eines muß dir allerdings klar sein. Alle *persönlichen* und vertraulichen Sachen mußt du selbst wahrnehmen. Schließlich betreffen sie auch dich, weißt du.«

»Wieso?«

»Du bist mein *Erbe*, du Esel, was denn sonst?«

»Dein *Erbe*?« fragte Bat und hob den Kopf. »Ich habe im Studium gelernt, daß man eine Erbschaft nicht ablehnen kann – man muß also die Erbschaftssteuer zahlen, selbst wenn man die Erbschaft gar nicht will. Man muß die Erbschaft annehmen und die Steuern bezahlen, bevor man sie loswerden kann. Verschone mich also bitte mit Gefälligkeiten, bis ich weiß, ob ich sie will.«

2

Mexico City war eine Stadt verblüffender Gegensätze. In der Innenstadt standen Bürohochhäuser an breiten Alleen, und gar nicht weit draußen hausten Menschen in den übelsten Slums der Welt. Die Villa am Stadtrand, die Bat für Jonas gefunden hatte, lag aber in der vornehmsten Wohngegend, die Jonas je zu Gesicht bekommen hatte.

Das Haus hatte rote Dachziegel und ockerfarbig verputzte Mauern. Nach dem Vorbild mediterraner Bauweise waren die Mauern zu den Nachbarn und zur Straße hin fensterlos. Das Haus hatte nur Fenster zum Innenhof, mit Blick auf ein grünes Wasserbassin, wo zwischen den Lilien träge große Goldfische schwammen, die so zahm waren, daß sie sich anfassen ließen. Unter den Büschen lauerten Chamäleons und hüteten sich vor den Vögeln, die sie von den

Ästen aus beobachteten und sich ab und zu blitzschnell eines schnappten. Die Zimmer waren groß, mit dunklen Parkettböden und weißen Stuckwänden, die Möbel schwer und meist ledergepolstert, im Ton von Schwarz bis Milchkaffeebraun. Jonas gefiel die Villa sehr.

Als Haushaltspersonal stand ein Ehepaar zur Verfügung, die Frau als Köchin, Zimmermädchen und Waschfrau, ihr Mann als Gärtner und Hausdiener. Sie wohnten im Hinterhaus.

Bill Shaw kam und wohnte in einem Zimmer an der Südseite. Er brachte den Zerhacker mit und schloß ihn an die Telefonleitung an. Jonas bat Angie zu kommen, und sie kam.

Bat besuchte ihn fast täglich; er erschien so oft, daß Jonas sich bald fragte, ob er wohl seinetwegen oder wegen Angie kam. In seiner Bewunderung für die Freundin seines Vaters verhielt sich der junge Mann nicht gerade diskret. Er fixierte ihre Beine – worauf Angie, die das amüsierte, ihren Rock ein wenig höher rutschen ließ. Wenn sie merkte, daß sein Blick auf ihrem Busen ruhte, straffte sie die Schultern und drückte ihn heraus. Jonas fand solche Spielchen zunächst lustig, dann verlor er das Interesse.

Bat schlug ihm den Besuch einer Corrida am Sonntagnachmittag vor. »Nicht gerade eines meiner Lieblingsspektakel, aber man sollte es einmal gesehen haben, nicht wegen des Tötens von Stieren, sondern wegen der Atmosphäre und des Lokalkolorits.«

Er besorgte Karten für gute, schattige Plätze, wo sie von fröhlichen *aficionados* umgeben waren. Auf der gegenüberliegenden Seite saßen die einfacheren Leute in der Sonne, die sich lauter und ungehemmter aufführten.

Angie – zwischen Jonas und Bat – zog Blicke unverhohlener Bewunderung auf sich. Sie trug ein weißes Kleid und einen weißen Hut mit breiter Krempe. Sie studierte das Programm, wandte sich Bat zu und sagte: »Ich hoffe auf ein Spielergebnis Matadore/Stiere von sieben zu eins. Meiner Meinung nach sollten die Stiere ab und an auch mal gewinnen dürfen.«

Nach dem ersten Kampf stand eine Gruppe amerikanischer Touristen auf und verschwand. Eine Frau war ohnmächtig geworden – oder tat so als ob –, als dem Stier das Blut aus dem Hals schoß. Einer der Männer – in Panamahut, hellblauem Anzug und weißen Schuhen – verkündete empört, Stierkämpfe seien kein Sport, sondern eine Brutalität zum Amüsement von Primitiven.

»*¿Qué quiere usted decir*?« fragte Bat unschuldig: Was heißt das? Er vermutete, daß Angie, Jonas und er selber auch ziemlich *norteamericano* wirkten – ein Eindruck, den er angesichts der aufgebrachten Mexikaner ringsum zerstreuen wollte. Der Tourist mit dem Panamahut warf ihm beim Vorbeihasten einen bösen Blick zu, woraufhin Bat sich den mexikanischen Nachbarn zuwandte, die Handteller nach oben drehte, den Mundwinkel nach unten zog und mit den Achseln zuckte. Die Mexikaner lachten.

Angies Wunsch ging beim zweiten Kampf in Erfüllung. Der Matador wurde von den Hörnern des Stiers erfaßt und weggeschleudert. Ab und zu gewann tatsächlich mal der Stier.

»Es ist kein Geheimnis mehr, daß ich in Mexico City bin«, sagte Jonas während des Wartens auf den dritten Stierkampf zu Bat. »Jemand hat mich aufgestöbert.«

»Wer?« fragte Bat.

»Ein gewisser Luis Basurto. Sagt dir der Name etwas?«

»Sicher«, antwortete Bat. »Was will er von dir?«

Ihre Unterhaltung wurde unterbrochen von den Rufen eines Jungen, der Kaugummi und Süßigkeiten verkaufte. »*Chicle! Chocolate*!«

»Er möchte mich dafür interessieren, in ein mexikanisches Hotel zu investieren.«

Bat schüttelte ablehnend den Kopf. »Basurto ist ein Betrüger.«

»So klar und einfach?«

»So klar und einfach. Hättest du denn Interesse an einem Hotel in Mexiko?«

»Nun, ich habe das *Seven Voyages* erworben«, erwiderte Jonas. »Und ich sorge dafür, daß es sich auszahlt. Ich halte nach mindestens einem weiteren Ausschau.«

»In Mexiko ist Glücksspiel nicht zugelassen.«

»Na schön, aber ...«

»*Chicle! Chocolate*!«

»... aber dieses Problem glaubt Basurto lösen zu können.«

»Das kann ich mir vorstellen«, meinte Bat trocken. »Doch die Sache ist äußerst riskant. Das Ganze würde sich folgendermaßen abspielen: Du kaufst das Hotel und zahlst ihm ein Honorar, damit er das Nötige tut, um die zuständigen Beamten wegschauen zu lassen; und mit der Zeit will er immer mehr haben, weil man auch von ihm angeblich immer mehr verlangt. Kurz, er will dann Prozente von dir. Und falls du nicht zahlst, was er fordert, bekommst du umgehend eine Razzia auf den Hals. Er läßt dir den Laden dichtmachen. *So* arbeitet dieser Kerl. Investiert selber gar nichts, aber holt sich seinen Teil.«

»Man würde bestimmt mit ihm handeln können«, sagte Jonas.

»Er würde deine Lage als Fremder im Land ausnutzen. Das hier ist *sein* Revier, verstehst du? Warum willst du unbedingt kaufen und Ärger kriegen?«

»Zugegeben. Ich bin aber gleich mit ihm verabredet. Was soll ich ihm sagen?«

»Sag ihm: Das hier ist mein Sohn Jonas Enrique Raul Cord y Batista. Er ist Anwalt in der Kanzlei Gurza y Aroza. Diese Kanzlei berät mich. Dann wird er dir mit Sicherheit keinen Vorschlag machen. Er wird einfach sagen, Guten Tag, hat mich sehr gefreut, leben Sie wohl.«

»*Chicle! Chocolate!*«

»Aber Basurto wird nicht der einzige sein«, sagte Bat. »Es werden sich auch andere bei dir melden. Auch mit ganz legitimen Sachen. Und dich zu Investitionen ermutigen.«

»Würdest du sie dann für mich prüfen?«

»Aber liebend gern.«

3

Nach einer Woche kehrte Angie nach Las Vegas zurück. Nach ihrer Abreise rief Sonja an und lud Jonas zum Wochenende auf die Hacienda bei Córdoba ein; Bat werde ihn hinbringen. Jonas nahm die Einladung an, und Bat holte ihn am Freitag nachmittag mit seinem Porsche ab. Er fuhr rasant – manchmal über 160 Stundenkilometer.

Die Hacienda lag östlich von Córdoba auf einem Berghang; an

klaren Tagen konnte man in der Ferne den Golf von Mexiko erkennen.

Auf der Hacienda war Sonja die Herrin über eine Großfamilie und ein Dutzend Leute Hauspersonal. Früher hatten die Escalantes hier eine Schaf- und Rinder-Ranch betrieben, das Land aber längst billig und zu guten Konditionen an Pächter und Landarbeiter verkauft; man hatte nur fünfzig Hektar in der Umgebung des Hauses und das Haus zum Wohnen für die Familie behalten; die für seine Unterhaltung nötigen Mittel kamen von Einkünften aus Öl- und sonstigen Anlagen.

Sonja zeigte Jonas die Dicke der Außenmauern – ein Meter oder mehr. Das Eßzimmer war früher eine Kapelle gewesen. Wo sich jetzt eine Vorratskammer befand, war einmal ein Arsenal. Der Swimmingpool war aus dem felsigen Boden ausgehoben worden, in einem Hof, dessen hohe Mauern niedergerissen worden waren; der Brunnen, der den Swimmingpool mit Wasser versorgte, war schon in dem alten Hof vorhanden gewesen.

»Das war einst als Festung gedacht«, erläuterte sie, »und ist auch tatsächlich einmal belagert worden, von den Zapatisten.« Sie lächelte. »Die Belagerten haben sich ergeben.«

Sie gab ihm die Schlafzimmer-Suite, die Fulgencio Batista bezog, wenn er gelegentlich zu Besuch kam. In diesem Zimmer hatte auch Emiliano Zapata zwei Nächte lang geschlafen.

Sie stellte Jonas einen Halbbruder und eine Halbschwester Bats vor; der andere ging in Frankreich zur Schule, und die zweite Halbschwester war schon verheiratet und lebte mit ihrem Mann in den Vereinigten Staaten.

»Du hast es wirklich schön hier«, meinte Jonas, als sie von einer Terrasse zum Meer in der Ferne schauten.

»Ich habe nicht lange hier gelebt«, sagte Bat. »Ich bin aufs Internat gegangen.«

Beim Abendessen musterte Jonas die Gastgeberin so häufig wie möglich, ohne daß es auffiel. Er sah sich bestätigt darin, was er zu Bat gesagt hatte: daß es ihr bei ihm nicht so gut gegangen wäre. Er wurde nachdenklich: Vielleicht wäre ja sein Leben ganz anders verlaufen, wenn er von ihrer Schwangerschaft gewußt und sie geheiratet hätte; aber es hätte ja auch sein können, daß er es ihr übelgenommen hätte. Männer sind oft voller Ressentiments, wenn sie Frauen heiraten, die sie unabsichtlich geschwängert haben.

Er erinnerte sich an ihr blankes Staunen während der zweimaligen Überquerung des Ozeans auf einem luxuriösen Linienschiff. An ihre Dankbarkeit. Und auch an den Schmerz, den er ihr zugefügt hatte, als er sie verließ. Er hatte einfach nicht glauben können, daß sie wirklich so unschuldig war.

Aber das war ein Zurechtrücken der Dinge zur eigenen Entlastung. Er *hatte* es doch gewußt.

Schön war sie immer noch, und nun obendrein gebildet, weltgewandt und würdevoll.

Den Jungen hatte sie wunderbar erzogen. Es würde eine Freude sein, ihn Nevada Smith zu präsentieren.

Nach der Tradition der Alten Welt ließen die Frauen nach dem Essen die Männer – Bat, Jonas und Virgilio Escalante – bei Kaffee und Zigarren allein.

»Der Ölpreis ist gefallen«, sagte Bat zu Virgilio.

»Er wird wieder steigen«, erwiderte Virgilio.

»Wenn der Ölpreis fällt«, erklärte Bat Jonas, »wird die Ölförderung reduziert. Das heißt, daß nicht nur weniger Geld pro Barrel erlöst wird, sondern auch der Absatz stagniert. Das führt zu irrsinnigen Einkommensschwankungen.«

»Ich habe nie im Ölgeschäft investiert«, sagte Jonas. »Ich hatte immer den Eindruck, Öl ist eine Branche, in der man im Nu sein Geld los ist.« Er korrigierte sich mit einem Kopfnicken zu Virgilio Escalante. »Ich meine, Señor, niemand sollte sich aufs Ölgeschäft einlassen, der sich nicht gut darin auskennt.«

Virgilio, ein grauhaariger, gedrungener Mann, der dem Aussehen nach aus den USA oder aus Europa stammen konnte, reagierte mit höflichem Lächeln. »Ich habe schon verstanden, was Sie meinen.«

»Ich habe auch nicht im Uran-Bergbau investiert«, fuhr Jonas fort. »Aus dem gleichen Grund. Es ist ein völlig akzeptabler Geschäftszweig. Manche Leute machen damit ein Vermögen. Aber die andern, die sich nicht auskennen ...« Er schüttelte den Kopf.

»*Du* hast im Glücksspielgeschäft investiert. Du hast einen Kasino-Hotel-Komplex gekauft.«

»Ich habe aber auch einen erfahrenen Berater angestellt, der davon eine Menge versteht.«

»Beim letzten Besuch in den Staaten«, sagte Bat, »sind mir in den Geschäften Cord-Fernseher aufgefallen.«

Jonas lächelte. »Wir sind in der Branche zwar nicht so erfolgreich wie RCA oder General Electrics, aber mit Philco, Zenith, Magnavox, duMont, Emerson, Sylvania und Konsorten können wir es meiner Meinung nach durchaus aufnehmen.«

»Ich hoffe, daß es in Mexiko bald Fernsehen gibt«, meinte Virgilio. »Ich fürchte nur, die Regierung wird das Programm kontrollieren, wie in fast allen Ländern.«

4

Es gab keinen Bourbon im Haus; also nahm Jonas eine kleine Flasche Brandy mit auf sein Zimmer. Er badete, streckte sich auf dem Bett aus und blätterte in einem englischen Buch, das er in der Bibliothek entdeckt hatte, *Main Street*, von Sinclair Lewis. Er hatte vor vielen Jahren davon gehört, es aber nie gelesen. Er hatte nie Zeit gehabt. Jetzt kam es ihm nicht sonderlich interessant vor, und er wollte es gerade weglegen, als es klopfte.

Konnte das Sonja sein? Doch wohl nicht.

Er öffnete. Es war Virgilio.

»Darf ich eintreten?«

»Selbstverständlich.«

Sie setzten sich auf die beiden Stühle am Kamin. Jonas hatte keinen Bademantel in seinem Reisegepäck und sich vor dem Öffnen rasch die Hose angezogen.

Virgilio trug noch seinen weißen Anzug, vom Abendessen. »Ich bitte um Entschuldigung wegen der Störung«, sagte er. »Und noch mehr wegen des Anlasses für diese Störung.«

Jonas winkte ab. »Wollen Sie etwas trinken?«

»Nein, danke. Sehen Sie, es ist mir sehr peinlich, davon zu sprechen. Es geschah auch nicht auf meine Veranlassung, daß Bat nach dem Essen den Ölpreis und seine enormen Schwankungen erwähnte. Er hat damit aber bereits erklärt, was ich Ihnen sonst ohnehin hätte erläutern müssen.«

Jonas wußte genau, was kommen würde. Virgilio wollte ein Darlehen von ihm.

»Es hätte selbst mit den reduzierten Einkünften der letzten Monate ausgereicht, nur ... Also, ich habe Dummheiten in Las Vegas gemacht. Ich bin schwer verschuldet bei den Kasinos, die natürlich erwarten, daß ich bezahle. Aber ich brauche Zeit. Wenn der Ölpreis wieder steigt – und er wird ganz bestimmt wieder steigen –, bin ich auch in der Lage, meine Schulden samt Zinsen zu bezahlen. Aber bis dahin ...« Er hob die leeren Handflächen.

»Wie hoch sind Ihre Schulden?« fragte Jonas.

»Über eine Viertelmillion Dollar. Dem *Flamingo* schulde ich hundertzehntausend, dem *Seven Voyages* hundertfünfundsechzigtausend. Sie können sich meine Überraschung und Verlegenheit ausmalen, als ich erfuhr, daß Sie der Eigentümer des *Seven Voyages* sind.«

»Sie sind ein schlechter Spieler«, sagte Jonas. »Haben Sie noch andere kostspielige Gewohnheiten?«

»Nein«, erwiderte Virgilio ergeben. »Ich bin meiner Frau treu – ich meine, so wie alle. Ich habe Seitensprünge gemacht, aber nie eine feste Mätresse gehabt. So wie jeder eben. Keine bedeutenden Summen.«

Es stimmte Jonas traurig, daß der Mann sich so entblößte. Daß er einem fast Unbekannten seine Pecadillos gestand, war entwürdigend. »Sie haben ein Liquiditätsproblem«, meinte er. »Cash-flow.«

»So heißt das wohl, ja.«

Jonas dachte rasch nach. Der Mann hatte seinen Sohn großgezogen – und zwar gut. Da gab es nichts zu überlegen.

»Hundertfünfundsechzig bei meinem Hotel, hundertzehn beim *Flamingo*, haben Sie gesagt. Machen Sie sich keine Sorgen, ich werde mich darum kümmern.«

»In Form eines Darlehens natürlich«, betonte Virgilio.

»Darüber reden wir später. Wenn der *Cash-flow* wieder stimmt. Bis dahin machen Sie sich nur keine Gedanken. Lassen Sie es meine Sorge sein.«

5

Am Dienstag telefonierte Jonas über seinen Zerhacker.

»Was steht unter Virgilio Escalante in den Büchern?« fragte er.

»Darüber wird nicht Buch geführt«, sagte Morris.

»Dann haben Sie es bestimmt im Kopf, Morris – bei solchen Summen.«

»Eins fünfundsechzig«, sagte Morris.

»Schreiben Sie sie ab.«

Morris Chandler blieb sekundenlang stumm. »Gut«, sagte er dann. »*Sie* sind der Eigentümer.«

»Schön. Nächster Punkt: Soviel ich weiß, schuldet Señor Escalante dem *Flamingo* hundertzehntausend. Rufen Sie dort an und bieten Sie fünfzig.«

»Das werden sie nicht annehmen.«

»Probieren Sie's.«

»Okay«, seufzte Morris, »*Sie* sind der Boß.«

»Ich möchte noch etwas wissen«, sagte Jonas. »Wie hoch stehen unsere mexikanischen Glücksritter bei uns in der Kreide? Insgesamt.«

»Oh. Eine weitere halbe Million, schätzungsweise. Noch mehr sogar.«

»Und wieviel bringen sie uns im Jahr ein?«

»So ganz unvorbereitet...«

»Immerhin so viel, daß es lohnt, zweimal wöchentlich ein Flugzeug hin und her zu schicken, stimmt's? Und genug, daß Hotelbetrieb, Restaurant und Bar für uns ein Geschäft sind, richtig? Also auch genug, um hundertsechzigtausend für einen dieser Burschen, die regelmäßig ihr Geld bei uns lassen, als Investition zu betrachten. Es geht ums *Geschäft*, mein Freund, nur ums Geschäft.«

6

Als Bat am Freitagabend zur Villa hinauskam, war Angie wieder da. Sie war mit der Donnerstagsmaschine gekommen und wollte am Dienstag nach Las Vegas zurückfliegen.

Daß Bat zornig war, merkte Jonas ihm schon an, als er hereinkam. Auch so mexikanisch wie in seinem grauen Anzug aus glänzendem Stoff mit schmaler schwarzer Krawatte hatte er Bat noch nie gesehen. Bat setzte sich auch nicht. Er wandte sich an Angie.

»Seien Sie mir nicht böse, Angie, aber ich wäre gern für ein paar Minuten mit meinem Vater allein.«

Angie nickte, erhob sich und ging.

»Wozu?« wollte Jonas wissen.

Bat kam zu ihm und zog ein Kuvert aus der Innentasche seiner Jacke. »Hier, da sind fünfundzwanzigtausend in bar. Mehr kann ich im Moment nicht auftreiben. Der Rest ist durch einen Schuldschein über zweihundertfünfzigtausend gedeckt. Ich löse ihn dir so bald wie möglich ein. Plus Zinsen.«

Jonas ließ das Kuvert ungeöffnet und hielt es Bat wieder hin, der aber zurückwich und es nicht annahm.

»Was soll das?«

Bat funkelte ihn an. »Virgilio ... *Padre* ... hat mit dir wegen seiner Glücksspielschulden in Las Vegas gesprochen. Wie kann man so etwas tun. Ich frage mich allerdings, ob du nicht etwas noch Schlimmeres getan hast. Du hast ihm das Geld gegeben.«

»Ich habe ihm ein *Darlehen* gewährt.«

»Und? Besitzt du einen Schuldschein?«

»Nein. Dafür brauche ich keinen Schuldschein. Das ist eine Abmachung unter Gentlemen.«

»Virgilio ist kein Gentleman«, sagte Bat. »Sein Vater, der Mann, den ich *abuelo* – Großvater – genannt habe, hätte ihm dafür, daß er dich um Geld gebeten hat, die Reitpeitsche übergezogen. Ausgerechnet *dich*! Und du hast es ihm tatsächlich gegeben! Abmachung mit einem Gentleman. Daß ich nicht lache!«

Jonas ging hoch. »Wer, zum Teufel, hat dir erlaubt, in diesem Ton mit mir zu reden!«

»Ich will eine klare Antwort auf eine klare Frage.«

»Na gut, also bitte«, knurrte Jonas mit zornrotem Gesicht. »Wie lautet die klare Frage?«

»Die Zweihundertfünfundsiebzigtausend haben doch zwischen dir und Virgilio eine offene Rechnung beglichen, oder? Damit sind alle Schulden erledigt. Er hat meine Mutter geheiratet, obwohl er wußte, daß sie von dir schwanger war. Er hat mich in seinem Haus großgezogen wie seinen eigenen Sohn. Er hat für meine Ausbildung gezahlt – also gut, zum Teil. Das meiste davon ist aus Batista-Konten bezahlt worden, und deren Quellen sind uns ja bekannt. Aber gut, was dich und Virgilio betrifft, ihr seid jetzt quitt, nicht wahr? Die klare Frage lautet also: »Kannst du mir versichern, daß es für dich anders war als so? Oder *hast* du die Zweihundertfünfundsiebzigtausend übernommen, damit du dich Virgilio Escalante gegenüber von jeglicher Verpflichtung frei fühlen kannst?«

Jonas schüttelte den Kopf. »Zunächst einmal«, sagte er, »verstehst du überhaupt nichts von Kasinos und Glücksspiel, wenn du meinst, daß Leute wie Virgilio ihre Schulden mit hundert Cents den Dollar bezahlen müssen. Ich habe ihm seine Schuldscheine für fünfzigtausend abgekauft. Morris Chandler hätte ihm seine Schulden bei meinem Hotel für hundertzehn oder hundertzwanzig erlassen. Der Schuldschein in deinem Kuvert ist einhunderttausend zu hoch.«

»Das ist *keine* klare Antwort auf meine klare Frage«, beharrte Bat ärgerlich. »Verdammt noch mal, es ist doch völlig egal, wieviel du dafür bezahlt hast! Du hast ihn jedenfalls ausbezahlt! *Oder* vielleicht nicht?«

»Wenn deine Meinung sowieso längst feststeht, wozu rede ich dann noch?«

Bat erstarrte. Sein Atem ging schwer, seine Stimme klang heiser. »Weil... Na gut. Wenn du mir dein Ehrenwort gibst, will ich dir glauben. Was bleibt mir anderes übrig.«

Jonas lächelte, fast unmerklich. Sieh an... sein Sohn! Gar nicht übel. Er hatte seinen Vater – nicht nur das: Jonas Cord – in die Enge getrieben.

Beinahe jedenfalls. »Gut, ich gebe dir mein Wort. Unter einer Bedingung.«

»Nämlich?«

»Daß du dieses Geld und diesen Schuldschein zurücknimmst. Virgilio wird mir alles zurückzahlen. Falls nicht, ist das mein Geschäftsrisiko. Das ich aus Gründen eingegangen bin, die meine Sache sind und mit dir nichts zu tun haben.«

Bat nickte. »Na gut.« Er streckte die Hand fordernd aus und nahm das Kuvert zurück.

Jonas schaute hoch. Ihre Blicke trafen sich. »Ich habe Virgilio Escalante das Geld nicht als Abschlag dafür gegeben, was er für deine Mutter, für dich oder für mich getan hat.«

»Was bleibt mir übrig als dir zu glauben. Ich dachte immer, ich wollte dir nicht begegnen, bis ich in der Lage wäre, dich zum Teufel wünschen zu können. Und genau in dieser Situation bin ich jetzt.«

»Soll das heißen, du schickst mich zum Teufel?« fragte Jonas.

»Wozu?« sagte Bat resigniert.

XIII

1

Einen Wilson oder York gab es in der Anwaltskanzlei Wilson, Clark & York nicht mehr, wohl aber einen Clark, den Urenkel von Depew Clark. Die Firmengründer waren seit langem tot; der letzte war 1930 gestorben. Die Gründernamen blieben, wie üblich, ganz oben am Briefkopf stehen, allerdings unter Angabe ihrer Lebensdaten, um Problemen vorzubeugen, falls jemand so naiv war und behaupten wollte, er sei juristisch von einem der Gründer vertreten worden.

Die neunundzwanzig aktiven Teilhaber der Sozietät, die Seniorpartner, waren in einer Spalte am linken Rand des Briefkopfes aufgeführt, die angestellten Anwälte am rechten Rand. Dort stand auch der Name Jonas E. Cord. Im Rahmen eines Austauschprogrammes für Junganwälte zwischen den Kanzleien Wilson, Clark & York und Gurza y Aroza in Mexico City absolvierte Jonas für ein Jahr ein Praktikum in New York.

Die Cocktailparty für die Neuankömmlinge fand traditionsgemäß im Harvard Club statt. Dort lernten sie alle Seniorpartner und leitenden Mitarbeiter kennen und wurden in der Kanzlei willkommen geheißen. Dabei behielten die Teilhaber die neuen Mitarbeiter aufmerksam im Auge, um zu sehen, wieviel sie tranken oder gar sich betranken, ein Test, der aber, was eigentlich alle wußten, nie funktionierte, weil es unter den älteren Mitarbeitern immer einen gab, der die Neuen vorher warnte, die deshalb dem Alkohol auch nur mäßig zusprachen. Für gewöhnlich waren die Seniorpartner diejenigen, die sich betranken.

An dieser Cocktailparty nahmen auch Anwälte aus anderen Kanzleien teil, die neugierig waren, wie erfolgreich Wilson, Clark

& York beim Anwerben neuer Mitarbeiter gewesen war. Sie waren willkommen.

Zu ihnen gehörte diesmal Dave Amory. »Bat!« rief er, als er über den abgetretenen Teppich kam (einem Wahrzeichen des altehrwürdigen Harvard Club). Er schüttelte ihm freudig die Hand. »Ich hatte schon gehört, daß dich diese Winkeladvokaten auf den Haken genommen haben. Sei mir willkommen in New York!«

»Bat?« fragte einer der Juniorpartner der Kanzlei.

»Na, Sie wollen ihn doch wohl nicht *Jonas* nennen«, sagte Dave. »Bat und ich sind alte Bekannte. Er ist im Krieg mein Zugführer gewesen.«

»Dave hat mir das Leben gerettet«, erklärte Bat ernst.

»Blödsinn«, sagte Dave. »Falls ich da überhaupt eine Rolle spielte, dann höchstens deshalb, weil er so wahnsinnig war, über die Ludendorff-Brücke zu spazieren, als wäre es die Brooklyn Bridge gewesen.«

»Ich war im Pazifik«, sagte der Juniorpartner. »Und gut zu wissen, daß der Bursche auch noch einen anderen Namen hat. Und daß wir mit ihm einen echten Helden in unserer Mitte haben!«

»Ach was, Held. Nur keine Übertreibungen!« wehrte Bat ab. »Du mit deiner großen Klappe, Dave.«

Als er kurz danach mit Dave allein am Fenster stand und auf die Straße hinunterschaute, sagte Dave: »Du solltest deine Zeit in New York dazu nützen, die amerikanische Anwaltsprüfung zu machen.«

»Habe ich bereits getan«, erwiderte Bat. »Gleich nach dem Studium, vor der Rückkehr nach Mexiko.«

»Na bestens. Noch etwas, übrigens. Es geht mich zwar nichts an, aber hast du inzwischen deinen Vater kennengelernt?«

Bat nickte. »Ob du's glaubst oder nicht – er hat genau hier im Waldorf ein Apartment. Aber wir haben uns in Mexiko kennengelernt. Er kommt nicht sehr oft nach New York. Beim letztenmal, vor etwa einer Woche, hat er mich zum Abendessen ins '21 eingeladen.«

»Und was ist mit dir und Toni?«

Bat seufzte. »Ich sollte wohl mal nach Washington fliegen und sie besuchen.«

»Wann hast du sie das letzte Mal gesehen?«

»Das ist bestimmt ein Jahr her.«

Dave schüttelte mißbilligend den Kopf. »Dann wäre es vielleicht doch besser, du würdest es sein lassen. Wenn ihr euch so lange nicht gesehen habt, hat sie sich wahrscheinlich mittlerweile anders orientiert.«

2

Toni hatte mitgeschrien und -gejubelt, bis ihr die Stimme heiser wurde. Als sie dann aber später mit einem Scotch und Soda in der Hand neben Nick Gargagliano Platz nahm, schüttelte sie resigniert den Kopf: »Wir haben keine Chance.«

Sie waren zu einer Wahlkampfveranstaltung für Adlai Stevenson von Washington nach Baltimore gefahren. Es gab keine Persönlichkeit des öffentlichen Lebens, für die sie mehr Bewunderung empfand. Aber es war ihr klar, daß er die Präsidentschaftswahlen nicht gewinnen würde.

»*So* schlecht stehen die Dinge nun auch wieder nicht«, sagte Nick, der sich immer optimistisch gab.

»Ach nein? Noch viel schlimmer. Der große Kriegsheld wird Präsident – und mit ihm auch dieser Schleimscheißer aus Kalifornien! Wir können nichts tun, um das zu verhindern!«

Nick hatte sich ein Gemüsegericht und einen Krug Bier bestellt. Toni hatte keinen Appetit; sie nippte an ihrem Whiskey und hielt Ausschau nach einem Kellner, der ihr ein zweites Glas bringen sollte. Sie atmete den dichten Rauch einer Chesterfield ein. Seit sie Bat nicht mehr sah, hatte sie wieder zu rauchen begonnen.

Sie saßen in einer abgeteilten Nische, deren rotlackiertes Holz voller Zigarettenbrand war. Sie waren allein und ungestört; Nick fummelte an ihrer linken Brust herum. Sie ließ sich das – und noch mehr – gefallen; obwohl sie mit ihm nie so weit gegangen war wie mit Bat.

Nicholas Gargagliano war im Arbeitsministerium Assistent des Leiters der Abteilung für Berufslehre und -ausbildung, ein außergewöhnlich gutaussehender Mann mit dunklem, gelocktem Haar. An seinem langen Kinn war immer ein Bartschatten zu erkennen. Er hatte lebhafte braune Augen und ein Koboldlächeln. Er war um die Vierzig und stammte aus einem Bezirk im Süden von Oklahoma, der als italienische Enklave bekannt war und wo zur großen Verwunderung ganz Oklahomas seltsamerweise ein wundervoller Rotwein gedieh.

»Ich glaube einfach nicht, daß die Wähler unser Land diesen beiden anvertrauen.«

»Meine Stiefmutter auch nicht«, sagte Toni. »Wir werden uns trotzdem damit abfinden müssen.«

»Falls das eintritt, Toni, verliere ich meine Stellung. Ich kann aber wahrscheinlich in Washington bleiben. Ich habe schon mit Reuther gesprochen. Ich glaube, ich kann einen Job bei der Automobilarbeitergewerkschaft bekommen. Eine feste Zusage habe ich zwar nicht, man hat sie mir aber indirekt in Aussicht gestellt. Nächste Woche fahre ich nach Oklahoma. In zwei Wochen bin ich wieder zurück. Ich würde dich gern mitnehmen und meinen Eltern vorstellen.«

Toni fixierte die Tischplatte, lächelte und schüttelte den Kopf. »Ich muß bis November sehr viel unterwegs sein. Schließlich hat mein Senator Neuwahlen in Florida.«

»Und im übrigen bin ich offenbar etwas voreilig, wie?«

»Das habe ich nicht gesagt, Nick. Ich habe nur darauf hingewiesen, daß ich Verpflichtungen habe.«

»Sicher. Sicher. Selbstverständlich. Verpflichtungen.«

Sie fuhren abends nicht bis nach Washington zurück. Sie übernachteten in einem Motel an der Fernstraße zwischen Baltimore und Washington. Da Toni sich für das Büro noch umziehen mußte, setzte Nick sie am Morgen in aller Frühe ab.

Sie betrat ihre Wohnung. Die zwei jungen Frauen, mit denen sie die Wohnung teilte, schliefen noch. Sie duschte, zog Slip und BH an und legte sich aufs Bett, um noch ein Weilchen zu ruhen. Sie wollte nicht einschlafen. Sie schlief trotzdem ein.

»Hallo, Schätzchen!«

Sie wachte auf und warf einen Blick auf die Uhr. Großer Gott, es war bereits nach acht Uhr! Höchste Zeit!

»Gestern abend war Besuch für dich da. Kennst du in New York einen gewissen Bat oder so ähnlich? Du möchtest ihn anrufen. Er hat seine Nummer hinterlassen, sie steht auf der Rückseite des Telefonbuchs – die dick umrandete, in einem Viereck. Okay?«

3

Der Anlaß für Bats Besuch war eine Einladung, die sein Vater bei einem gemeinsamen Abendessen in seinem Apartment in den Waldorf Towers ausgesprochen hatte.

»Ich habe dir noch gar nicht gratuliert, daß du es geschafft hast. – Die Senatsvorladung ist annulliert worden.«

»Schon vor Monaten.«

»Daß sie zurückgezogen ist, habe ich schon bei unserem letzten Abendessen gewußt. Aber nicht, *wie* du das bewerkstelligt hast.«

»Phil Wallace ist ein guter Anwalt«, sagte Jonas. »Aber bei aller Bescheidenheit, die *Idee*, wie wir uns die Politiker im Senat vom Halse schaffen konnten, stammt von *mir* selbst.«

»Eine Anti-Trust-Klage mit dreifacher Schadenersatz-Forderung.«

»Richtig. Ich habe von Anfang an vermutet, daß es den Senatoren gar nicht wirklich um die Vergabe von Flugsteig-Lizenzen für meine Inter-Continental Airlines ging. Das Problem bestand darin, daß gewisse Manager gewisser großer Fluggesellschaften gewisse Senatoren in der Tasche haben. Ich habe schließlich selber ein paar an der Leine, verdammt. Und deshalb habe ich Phil und seinen Kompagnon beauftragt, ein bißchen herumzuschnüffeln und nach Beweisen für geheime Absprachen dreier Fluglinien zu Lasten Dritter zu suchen – für illegale Mauscheleien also. Kollusion nennen die Juristen das. Sie haben hinreichend Material gefunden, daß wir einen Prozeß anstrengen könnten. Ob wir einen solchen Prozeß gewonnen hätten, weiß ich nicht, aber jedenfalls hätten sie für die nächsten drei, vier Jahre pausenlos mit Vorladungen und Durchsuchungen rechnen müssen. Dazu die Anwaltskosten . . .«

»Und die Honorarrechnungen deiner Anwälte?«

»Ich zahle keine Honorare«, antwortete Jonas. »Phil Wallace

und seine Partner bekommen von mir eine Jahrespauschale von einer Million Dollar, unabhängig davon, ob sie etwas für mich tun oder nicht – obwohl ich sie immer sehr beschäftigt halte. Es gibt andere Kanzleien, mit denen ich, bei kleineren Beträgen, die gleiche Regelung getroffen habe – mit Wilson, Clark & York und mit Gurza y Aroza, falls es dich interessiert. Außerdem habe ich noch ein Dutzend Juristen bei mir selbst angestellt. *Meine* juristischen Kosten wären durch einen Anti-Trust-Prozeß also gar nicht sehr gestiegen.«

»Jedenfalls hast du sie damit eingeschüchtert«, sagte Bat.

»Richtig. Jedenfalls habe ich sie damit eingeschüchtert. Sie haben die Senatoren gebeten, die Untersuchung fallenzulassen, und die waren nur zu gern bereit dazu.«

»Im Büro«, sagte Bat, »wird darüber mit einer gewissen ... sagen wir mal: Hochachtung gesprochen.«

»In einem gewissen Sinn hast du selbst irgendwie Glückwünsche verdient«, meinte Jonas. »Dein Großonkel ist wieder Präsident von Kuba.«

»Mir wäre es lieber, wenn er es durch demokratische Wahlen geworden wäre. Es war ein militärischer Staatsstreich. In Deutschland nennt man so etwas Putsch. Er wird das Land ausplündern.«

»So läuft das doch nun mal in Lateinamerika, nicht?«

»Leider allzuoft«, gab Bat zu.

Das Essen servierte der große, schlanke, schwarze Robair. Jonas hatte Bat bereits erläutert, daß er schon bei seinem Vater Hausdiener gewesen war, der Familie also bereits rund vierzig Jahre lang diente. Als Robair den Wein einschenkte, sagte Jonas, Robair wisse zweifellos mehr über die Cords als diese selbst.

»Vor dem eigenen Kammerdiener ist niemand ein Held«, zitierte Bat.

»Lord Chesterfield«, nickte Jonas.

»Verzeihen Sie, Mr. Jonas«, sagte Robair. »Aber dieser Satz stammt aus einem Brief der französischen Madame Cornuel. ›*Il n'y a point de héros pour les valets de chambre.*‹«

»Da hast du's! Mein *valet de chambre* ist gebildeter als ich.«

»Nicht doch, Mr. Jonas«, widersprach Robair mit einem leisen Lächeln. »Ich habe mich nur gründlich mit meinem Beruf befaßt.«

Sie blieben nach dem Essen noch sitzen. Jonas trank Bourbon, Bat Courvoisier.

»Es gibt da verschiedenes, über das ich mit dir reden muß«, sagte Jonas. »Das Einfachste zuerst: Warum ziehst du nicht in diese Wohnung ein? Ich nutze sie monatlich nur ein oder zweimal, manchmal sogar noch seltener. Sie steht dir zur Verfügung.«

»Ich könnte mir nicht einmal leisten, sie putzen zu lassen«, erwiderte Bat.

»Hör zu. Ich habe sie auf Wunsch von Monica gepachtet, die sich häufig in New York aufhielt. Bei unserer Scheidung hat sie die Wohnung beansprucht, aber nicht zugesprochen bekommen. Ich halte mir Hotelsuiten in Chicago und in Los Angeles, damit ich immer gleich alles wunschgemäß vorfinde. So sind zum Beispiel die Telefone dieser Suiten mit meinen Zerhackern ausgerüstet. Es gibt Safes mit meinen Unterlagen, und die Kombinationen weiß nur ich allein. Ich habe meine besondere Marke Bourbon. Meine Kleidung. Und du müßtest die Wohnung ja gar nicht sauberhalten. Sie *ist* immer sauber. Du könntest dir deine jetzigen Mietkosten sparen. Und außerdem« – er lächelte –, »denk mal darüber nach, welchen Eindruck du schinden könntest, wenn du eine bittest, zu dir zu ziehen, und sie *diese* deine Bleibe sieht.«

Bat überlegte es sich tatsächlich. Die Wohnung hatte kaum eine persönliche Note von Jonas oder Monica. Sie hatten die Einrichtung wahrscheinlich ihrerseits vom Vorgänger übernommen. Es war eine ganz unpersönlich schöne Wohnung.

»Nun?«

»Ich überlege es mir.«

»Deine Dankbarkeit ist schier überwältigend«, sagte Jonas.

»Ich... na gut, einverstanden. Und danke.« Er wollte seinem Vater weder verpflichtet sein noch sich in dessen Lebenskreis ziehen lassen, aber das Geld, das er auf diese Weise sparte, konnte er wirklich gut gebrauchen. Wilson, Clark & York zahlten ihm nicht viel, und von seiner Mutter wollte er sich kein Geld schicken lassen. »Ich weiß es wirklich sehr zu schätzen.«

Jonas hob sein Glas, betrachtete kurz den Rest des Bourbon, und stellte es wieder ab. »Damit zum nächsten Punkt, über den ich mit dir sprechen möchte. Fährst du über Weihnachten nach Córdoba?«

»Ich glaube nicht.«

»Dann mache ich dir einen Vorschlag. Komm auf unsere Ranch in Nevada. Du solltest die Gegend kennenlernen, aus der wir stammen. Ich möchte dich mit Nevada Smith bekannt machen. Sag mal, und dieses Mädchen ... Vielleicht kannst du sie überreden, mitzukommen?«

»Ich weiß nicht. Wohl kaum.«

»Bis dahin wird ihr Senator ja wiedergewählt sein. Sie hat geschuftet wie ein Pferd und Urlaub verdient. Außerdem hat sie sich sonst nicht gebunden.«

»Wieso weißt du so gut über sie Bescheid? Was, zum Teufel, hast du da wieder gedreht?«

»Langsam, langsam, Junge. Immer mit der Ruhe. Phil Wallace kennt Senator Holland. Um einen Lieblingsausdruck von dir zu verwenden – wir haben ganz klar gefragt und eine klare Antwort bekommen.«

»Ich kann mich nicht erinnern, daß ich dir überhaupt ihren Namen genannt habe. Das Mädchen geht dich gar nichts an.«

Jonas lächelte. »Ich bekenne mich schuldig, ein wenig geschnüffelt zu haben. Sie ist ein prächtiges Mädchen. Du könntest kaum eine bessere finden. Also ... Okay, es geht mich nichts an. Es würde mich aber freuen, wenn du ein paar Tage nach Nevada kommen würdest. Und wenn du sie mitbringen möchtest, ist auch Toni Maxim herzlich eingeladen.«

Bat zögerte kurz, bevor er sagte: »Gut, ich überlege es mir.«

»Alles?«

»Für mich selbst nehme ich die Einladung an. Aber ich werde mir überlegen, ob ich Toni mitbringe.«

4

Heiligabend. So viel geballte Energie hatte Toni noch zu keiner Festzeit erlebt. Diese Cords. Sie luden förmlich die Atmosphäre auf. Die Kraft dieser Leute und die Spannungen, die zwischen ihnen entstanden – absolut einmalig.

Sie stand im Wohnraum der Ranch und fragte sich, wo Jonas Cord eigentlich wirklich wohnte. Hier offenbar nicht. In dem Apartment in den Waldorf Towers war sie seit November zweimal gewesen, und daß er dort nicht wirklich wohnte, war ebenfalls klar. Es war alles viel zu sauber und zu gepflegt; wie Hotelsuiten. Seine Büros, eines in dem Apartment in den Waldorf Towers, eines hier, verrieten eine gewisse persönliche Note; aber in den Wohnräumen konnte sie nichts dergleichen entdecken.

Das Dekor war allzu betont im Westernstil gehalten und machte deutlich, daß hier kein Mensch aus der Wüste und von den Bergen zu Hause war, sondern daß es sich um ein simuliertes Ranchhaus handelte; die Einrichtung erweckte nur den Eindruck eines Ranchhauses.

Nur ein Stück wirkte echt. Auf dem Sims über dem riesigen rauchgeschwärzten Kamin stand ein kleines gerahmtes Foto, eher ein Schnappschuß, eines grimmig dreinblickenden, kräftigen Mannes um die Fünfzig oder Sechzig, der sich kein X für ein U vormachen ließ; sein mißbilligender Blick galt nicht dem Fotografen, sondern der Welt ganz allgemein. Er trug einen dunklen Anzug mit Weste, der weder besonders gut geschnitten noch sonderlich gepflegt war, und einen grauen Hut. Er saß vor einem Rollpult auf einem Drehstuhl aus Holz. Sofern man wußte, was man auf dem Foto suchte, oder eine Lupe benutzte, war auf dem Schreibtisch eine Flasche Bourbon zu erkennen. Auf einem Seitentisch standen zwei altmodische Telefone. Der Mann war Jonas Cord der Erste.

Toni nippte an ihrem Scotch und unterhielt sich mit Bat und seiner Halbschwester Jo-Ann. »Ich hatte mir euren Vater ganz anders vorgestellt.«

Sie kannte Fotos von Jonas Cord; seine äußere Erscheinung war für sie daher keine Überraschung gewesen. Was sie auf den Fotos in Zeitungen und Zeitschriften nicht erkannt hatte, war seine Großspurigkeit. Trotzdem – sie paßte zu ihm; sie wirkte nicht abstoßend. Und ein Mann, der so viel erreicht hatte, mußte ein gewinnendes Wesen haben; ein häßlicher, nur aggressiver Mann hätte den Erfolg, den Jonas erreicht hatte, niemals erreicht. Er hätte nicht alle die Frauen umgarnen können, die er angeblich umgarnt hatte. Er *war* aggressiv, da gab es gar keinen Zweifel, besaß darüber hinaus aber ein wie selbstverständliches natürliches Charisma.

»Unser Vater überrascht auch uns immer wieder«, sagte Jo-Ann bitter.

Seit ihrer Ankunft hatte Bat den Blick nicht von seiner Halbschwester wenden können. Toni konnte eifersüchtig werden, begriff jedoch, daß Bats Faszination einfach Neugier war und er sich mühte, Jo-Ann in ihrem Wesen zu verstehen. Jo-Ann hätte allen Grund gehabt, ihn abzulehnen, aber es waren ihr keine Ressentiments anzumerken.

Jo-Ann war achtzehn und ungewöhnlich schön. Sie studierte am Smith College. Ganz offensichtlich hatte sie die Sicherheit und das Selbstbewußtsein ihres Vaters geerbt. Was sie von der Mutter hatte, war schwer zu erraten, da Toni Monica Cord nie begegnet war. Sie tippte jedoch darauf, daß Jo-Ann ihrer Mutter das persönliche Stilgefühl verdankte: Sie trug ein kirschrotes Cocktailkleid mit gewagtem Dekolleté und einem ausgestellten Rock, dessen Kürze nicht dem Diktat der momentanen Mode folgte.

»Nur ein Beispiel«, sagte Jo-Ann auf Tonis Bemerkung, daß Jonas gar nicht ihren Erwartungen entsprach. »Seht euch doch die schnuckelige Kleine an, die er mitgebracht hat. Ich hätte nun wirklich nicht damit gerechnet, daß er seine neue Freundin hierher zu Weihnachten mitbringen würde. Also wirklich. Das ist schon stark. Gott! Seht sie euch nur an!«

Toni war allerdings der Überzeugung, Angie Wyatt, älter als sie und Jo-Ann, über dreißig, sei die Schönste auf dem Fest, und wenn das nicht, dann jedenfalls die Ausgeglichenste. Sie war spürbar mit sich und ihrem Leben auf dieser Welt zufrieden. Sie arbeitete für Jonas Cord und, wie Bat vertraulich berichtet hatte, ging auch mit ihm ins Bett. Sie war mit Geschmack gekleidet, von den Schuhen mit Pfennigabsätzen, die die Muskeln ihrer schlanken Beine strafften, bis zum engsitzenden Kleid aus cremefarbigem Seidenbrokat und dem Smaragdhalsband – vermutlich ein Geschenk von Jonas.

Jo-Ann sagte zu Bat: »Sieh zu, daß du Nevada Smith kennenlernst. Er weiß mehr über die Cords als wir selber. Falls er sich entschließt, dir zu vertrauen, wird er dir eine Menge Munition liefern, die dir nützen kann, mit unserem Vater umzugehen.«

»Munition?« fragte Bat erstaunt. »Werde ich die brauchen?«

»Wie ich die Sache sehe«, antwortete Jo-Ann, »hast du drei Möglichkeiten: Entweder du läßt ihn über dein Leben bestimmen, wie er über das Leben aller bestimmt. Oder du weichst ihm aus und gehst deinen eigenen Weg. Oder du kämpfst gegen ihn an. Nevada kennt seine schwachen Stellen. Wahrscheinlich wird er sie dir aber nicht verraten.«

Nevada Smith faszinierte Toni sogar noch mehr als Jonas. Als junges Mädchen hatte sie keinen seiner Filme versäumt. *Er* entsprach völlig ihren Vorstellungen: Um die Siebzig, ganz der hochgeschossene, hagere, sonnengegerbte Mann des Wilden Westens, gekleidet wie der Cowboy in seinen Filmen.

Smith wohnte ganz in der Nähe, auf seiner eigenen Ranch, und das Band zwischen ihm und den Cords war noch fester, als Toni vermutet hatte, obwohl es nicht konkret faßbar war. Auch Bat wußte nicht, worin es eigentlich bestand.

Bat hatte ihr Robairs Stellung im Haushalt erklärt. An diesem Abend war er Gast. Er war zwei Tage früher aus New York angereist und hatte das Haus für Weihnachten hergerichtet. Ein bis an die Decke ragender Baum war mit Popcorn, Dörrobst und einfachem Papierschmuck verziert; silberne Glaskugeln, bunte Lämpchen und dergleichen gab es nicht. Auf Komplimente erwiderte Robair bescheiden, Nevada habe mitgeholfen. Daß diese beiden alten Männer still und ernst Popcorn mit Schnüren zusammengebunden haben sollten, war eine leicht amüsierende Vorstellung.

Man nahm Platz zum Abendessen. Das Servieren besorgten – ungeschickt – zwei Rancharbeiter in weißen Jacken.

Als der Wein eingeschenkt war, erhob sich Jonas zu einem Toast. »Auf meine Tochter und auf meinen neuentdeckten Sohn.« Er deutete mit einem Nicken des Kopfes auf Nevada und Robair. »Auf alte Freunde und« – er wandte sich Toni und Angie zu – »neue. Ich freue mich, daß wir alle beisammen sind.«

Nach dem Essen wurde der Abend für Toni ein wenig peinlich. Sie hatte kleine Geschenke für Bat und seinen Vater mitgebracht, aber nur für sie, weil sie von den übrigen Gästen nichts gewußt hatte. Jo-Ann ging es zwar genauso, ebenso Angie, doch sie störte es anscheinend nicht weiter.

Es machte Toni verlegen, etwas von Leuten geschenkt zu bekommen, die sie eben erst kennengelernt hatte, und dann auch noch solche Geschenke. Von Nevada Smith bekam sie eine 30er Winchester mit dem Versprechen, ihr Schießunterricht zu geben. Die Naivität eines derartigen Geschenkes war irgendwie rührend und zugleich bedenklich, denn er gab damit ja auch seiner Erwartung Ausdruck, daß sie noch oft nach Nevada komme.

Robair schenkte ihr Reitkleidung: ein Paar engsitzende und nach unten zu enggeschnittene Blue Jeans und einen Stetson – ebenfalls Ausdruck der Erwartung, sie werde hier nicht für einen einmaligen Gast gehalten.

Jonas Cords Geschenke waren ein Paar handgefertigte Western-Schuhe aus Schlangenleder und ein Armband mit Rubinen und Diamanten. Im ersten Moment war sie versucht, das Geschenk zurückzuweisen. Das konnte sie doch wohl nicht gut annehmen!

Bat schenkte ihr einen Silberhalsschmuck mit Türkisen.

Ganz abgesehen davon, daß ihr Vater und ihre Stiefmutter in Florida es bedauerten, daß sie Weihnachten nicht bei ihnen verbrachte, hatten sie sie gewarnt: die Annahme dieser Einladung bedeute eine Zusage an Bat. Die Cords sahen es offenbar genauso. Sie behandelten Toni, als gehörte sie bereits zur Familie.

Bat bekam von Jonas einen Porsche geschenkt. Weil er ein so guter Fahrer sei, sollte er in den Staaten nicht darauf verzichten müssen. Jo-Ann erhielt ebenfalls einen, mit dem Hinweis, daß Bat sie das Porschefahren lehren würde. Den dritten schenkte er Angie. Es war dreimal das gleiche Modell, und die Wagen hatten Nummernschilder des Staates Nevada und die Kennzeichen CORD ONE, CORD TWO, CORD THREE.

Toni hatte ihr kleines Schwarzes mitgebracht, knielang, aus Seidensatin und mit Spaghetti-Trägern. Der schwere Silberhalsschmuck paßte überhaupt nicht dazu. Bat wünschte aber, daß sie ihn anlegte. Sein Vater bat darum, daß sie auch sein Geschenk, das juwelenbesetzte Armband, trug. Sie ging auf ihr Zimmer – das heißt, es war gar nicht *ihr* Zimmer, es war für sie beide, ein weiteres Indiz des Gedankens hinter der Einladung –, um ihre kleine Schnur mit Zuchtperlen abzunehmen und die extravaganten neuen Juwelen umzulegen.

Bat kam ihr nach.

»Du und dein Vater, Bat, ihr seid euch viel ähnlicher, als ich mir je hätte träumen lassen.«

»Wieso?«

»Ihr arrangiert einfach alles. Auf eine Weise, daß man nicht mehr zurückkann. Er manipuliert die Menschen. Und du auch.«

»Reden wir später darüber«, sagte er.

5

»Ich bin nicht deine Verlobte, Bat«, sagte sie, als sie kurz nach Mitternacht im Bett lagen. »Dein Vater setzt einfach Dinge voraus. Und du?«

»Nein. Ich weiß nur, wie sehr ich dich liebe.«

»Aber dein Vater geht davon aus, daß...«

»Ja, er geht davon aus, daß wir bald heiraten. Er hat mir sogar erklärt, daß ich ein Dummkopf bin, weil ich nicht akzeptiere, daß du eine eigene berufliche Karriere hast.«

»*Hat* er das? Und was sagst du dazu?«

»Ich bin in anderen Vorstellungen groß geworden«, sagte Bat. »Ich bin zwar Amerikaner, aber nicht in so elementaren Dingen wie Familie und so weiter. Aber ich lerne.«

Sie streichelte ihn. »Du hast mir gefehlt, Bat«, sagte sie sanft. »Wenn wir... Wirst du in New York arbeiten? Ich meine, in New York und in Mexiko?«

»Ich weiß nicht«, antwortete er. »Ich glaube, mein Vater will mich gegen eine feste Pauschale als Anwalt für irgendeinen Teil der Familienfirmen engagieren.«

»Um Gottes willen, tu das nicht!«

»Genau das habe ich auch gedacht. Aber sag mir *deine* Gründe.«

»Dein Vater ist ein feiner Kerl. Er ist nicht so, wie ich erwartet hatte. Aber er reißt alles an sich, was ihm nahe kommt. Wenn du für ihn arbeitest, gehörst du ihm.«

»Ich bin aber auch sein Sohn. Wenn wir miteinander auskommen, könnte es bedeuten, ich erbe...«

»Vergiß, was du einmal erben wirst! Denk nur daran, was du aus dir selber werden, mit eigenen Händen aufbauen kannst. Denk daran, was du deinen Kindern weitergeben kannst, und nicht, was du von ihm bekommst!«

»Toni, er ist nicht so, wie du denkst.«

»Okay, er ist ein großartiger Mann, warmherzig, großzügig, dynamisch, kraftvoll. Und er wird dich zerstören. Du hast viel Talent, Bat. Du bist nicht auf ihn angewiesen.«

»Vielleicht braucht er mich.«

»Natürlich braucht er dich. Die Frage ist allein: Brauchst du ihn?«

»Ich kann mit ihm fertig werden«, antwortete Bat grimmig. »Ich weiß mehr über ihn als du. Ich werde mit dem Mistkerl schon fertig, glaub mir.«

»Du solltest lieber einmal in die Vergangenheit blicken. Überall findest du sie, die Leichen, über die sie gingen, und die mit ihm und mit deinem Großvater ›fertig werden‹ zu können glaubten. Was für ein entsetzliches Klischee! Aber *etwas* Wahres ist an der Sache. Daß du *nicht* mit ihm fertig werden kannst. Weil das bisher noch keiner geschafft hat.«

»Vielleicht unterschätzt du mich.«

»Wenn du dich von ihm in seine Geschäfte hineinziehen läßt, wirst du dein Leben lang mit ihm kämpfen müssen«, warnte sie ihn. »Und du wirst den kürzeren ziehen.«

»Vielleicht auch nicht. Wenn du mir hilfst...«

»Ich helfe dir, Bat. Ich liebe dich.«

»Dann laß uns heiraten.«

»Noch nicht. Wenn man mit dir verheiratet ist, hat man für nichts anderes mehr Zeit, das ist mir klar. Und ich bin mit meiner anderen Arbeit noch nicht fertig.«

»Toni, verdammt noch mal...«

»Hab Geduld, Bat. Und wir wollen doch nicht diese gemeinsame Nacht vergeuden. Ich habe Besseres im Sinn.«

6

Lang war die Nacht nicht, die ihnen zur Verfügung stand. Um sechs Uhr morgens wurden sie durch ein Klopfen an der Tür geweckt. Robair teilte Bat mit, daß sein Vater ihn zu sprechen wünsche.

Im Eßzimmer war noch nicht gedeckt, doch im Büro von Jonas war auf einem kleinen Tisch ein Frühstück mit Würstchen, Rührei, Toast und Kaffee vorbereitet. Jonas – in dickem Rollkragenpullover und Jeans – hatte schon zu so früher Stunde eine Flasche Bourbon zur Hand.

»Bevor dein Mädchen aufsteht und die anderen auf den Beinen sind«, sagte er, »möchte ich mit dir allein sein.«

»Du hast mich von der Seite eines warmen Leibes aus einem warmen Bett geholt!« beklagte sich Bat.

»Es gibt Wichtigeres. Wir haben etwas zu bereden. Wie soll ich es nennen ... deine Zukunft. Ich höre, daß du ein guter Anwalt bist und eine vielversprechende Karriere vor dir hast. Andererseits bist du mein Erbe. Du wirst wahrscheinlich einmal die Hälfte meiner Hinterlassenschaft erben.«

»Mit so etwas habe ich nie gerechnet«, erklärte Bat. »Es überrascht mich auch, daß du gerade jetzt davon sprichst.«

»Wer soll es denn sonst bekommen? Was hältst du von deiner Halbschwester? Jo-Ann ist ein kluges Mädchen. Aber soweit ich es beurteilen kann, liegt ihr eher das Künstlerische. Ihre Mutter hat sie in dieser Richtung ermutigt. Die Firma kann sie jedenfalls nicht übernehmen, wenn ich einmal nicht mehr da bin oder zu alt.«

»Ich würde sie nicht unterschätzen«, meinte Bat.

»Ich war fünfundzwanzig, als plötzlich mein Vater starb und alles auf einmal mir gehörte. Ich war sorglos und jung und genoß das Leben in vollen Zügen, und auf einen Schlag war ich einer der reichsten jungen Männer in Amerika; aber auch mit einer schweren und komplizierten Bürde. Ich hätte alles verlieren können. Und das wäre beinahe auch passiert. Heute sind die Firmen des sogenannten Cord-Imperiums zehnmal mehr wert als beim Tod meines Vaters. Nach Meinung einiger Leute habe ich es geschafft, weil ich knallhart war, nicht etwa wegen meiner Klugheit.«

»Man sagt dir Härte *und* Klugheit nach«, widersprach Bat. »Das habe ich immer wieder über dich gehört.«

»Tatsächlich? Dann hast du aber auch gehört, daß ich ein rücksichtsloser, raffgieriger Mistkerl bin. Stimmt's?«

Bat nickte. »Ja, das habe ich ebenfalls gehört.«

»Okay. Nun, ich habe schließlich etwas geleistet. Ich habe etwas *aufgebaut*. Aber was wird aus all dem werden, wenn es mir am Ende so ergeht wie meinem Vater? Und selbstverständlich sterbe ich auch eines Tages. Was ich brauche, ist ein Sohn, der alles weiterführt, so wie ich alles weitergeführt habe.«

Bat runzelte die Stirn. »*O mein Gott*. Wovon redest du überhaupt?«

»Wovon wohl? Davon, daß du in die Firma eintrittst. Wenn *du* kein Interesse daran hast, fällt das alles einmal jemandem zu, der kein Cord ist und nichts von mir und von meinem Vater hat. Keine Cord-Gene. Anwälten, Buchhaltern ... Schreibtischhengsten.«

»Ich will vorher mindestens ein paar Jahre als Anwalt praktizieren. Lange genug, um zu beweisen, daß ich ein tüchtiger Anwalt bin.«

»Dagegen habe ich ja gar nichts. Aber vielleicht bleibt uns keine Ewigkeit mehr Zeit. Ich bin jetzt achtundvierzig. Ich komme in das ... wie sagt man doch so schön ... gefährliche Alter. Man gibt mir ständig zu verstehen, daß ich mich nicht genug um meine Gesundheit kümmere. Du könntest dich in Ruhe einarbeiten. Handelsrecht. Anti-Trust. Wertpapiere. Steuern.«

»Ich muß darüber nachdenken.«

»Das solltest du wirklich. Ich mache dir ein verdammt einmaliges Angebot, und du willst ›darüber nachdenken‹! Okay. Ein zweitesmal biete ich es dir nicht an. Aufzwingen tu ich es dir nicht. Aber du tätest gut daran, gründlich abzuwägen, *was* es da anzunehmen oder nicht anzunehmen gibt. Das solltest du dir aber *sehr* gründlich überlegen.«

»Ist gut«, sagte Bat.

Er fragte sich, was Toni wohl dazu sagen würde.

7

Unter dem Vorwand, daß er seinen neuen Porsche ausfahren wollte, sauste Bat in die Stadt und telefonierte vom Münzfernsprecher einer Tankstelle aus. Er hatte Toni über das Gespräch mit seinem Vater informiert, und Toni war, ganz wie erwartet, völlig entsetzt gewesen. Sie wartete ungeduldig im Wagen. Sie wußte, wen er anrief: seine Mutter in Mexiko.

Die beiden sprachen Spanisch, damit der Tankwart nichts verstehen konnte. Virgilio hörte an einem anderen Apparat mit. Bat berichtete seiner Mutter von Jonas' Angebot.

»Daß du deine Karriere aufgeben und mit deinem Vater zusammenarbeiten würdest, das habe ich seit dem Tag eurer ersten Begegnung gewußt«, meinte Sonja ernst.

»Eine phantastische Chance«, sagte Virgilio Escalante. »Du könntest zu einem der reichsten und mächtigsten Männer des Kontinents werden.«

»Aber du mußt deinen Vater realistisch sehen«, riet Sonja. »Er ist ein unbescheidener Mensch. Er ist nicht ehrlich. Vergiß nie, daß er einen konkreten Grund hatte, mich damals anzurufen. Er suchte mit Onkel Fulgencio in Kontakt zu kommen.«

»Die Schwächen meines Vaters sind mir klar genug«, sagte Bat. »Er ist, unter anderem, nicht besonders gebildet und hat eine ziemlich enge Sicht der Dinge.«

»Unterschätze ihn nicht, und vergiß vor allem nie, daß er imstande ist zu lügen«, sagte sie.

»Das bin ich auch«, antwortete Bat.

»Gewiß, aber du mußt wissen, wann er lügt und wann nicht. Ich frage dich jetzt etwas: Empfindest du überhaupt etwas für ihn? Bedeutet er dir *persönlich* etwas?«

Bat holte tief Luft. »Ich denke schon«, antwortete er ohne Überzeugung. »Ich kann doch meine Abstammung nicht verleugnen, oder? Nicht völlig. Nein. Ich habe Eigenschaften von ihm geerbt. Das heißt – ich werde Jonas mit seinen eigenen Mitteln schlagen.«

»Glaubst du wirklich, daß du das schaffst?«

»Warum denn nicht?«

XIV

1

Jo-Ann empfand Zorn und Verbitterung. Das Leben hatte ihr übel mitgespielt. Vierzehn Jahre lang hatte ihr Vater sich geweigert, sie überhaupt als Tochter anzuerkennen. Nachdem er sie endlich doch akzeptiert hatte, folgten ein paar halbwegs schöne Jahre. Dann hatte er sie und ihre Mutter verlassen, weil er sich vor einer Vorladung des Senats drücken wollte, und als sie das nächste Mal von ihm hörten, hatte er einen erwachsenen Sohn entdeckt.

Sie war in der Weihnachtsnacht allein. Im angrenzenden Raum schlief ihr neugefundener Bruder mit seiner Freundin; Jo-Ann bekam mit, wie sie sich paarten – ›bespringen‹ wäre zutreffender, dachte sie. Und im Elternschlafzimmer machte ihr Vater mit *seiner* Freundin wahrscheinlich dasselbe.

Jo-Ann konnte ja verstehen, daß diese Angie so anziehend auf ihren Vater wirkte. Die Frau war natürlich viel jünger als ihre Mutter, und sie besaß einen oberflächlichen Charme, unter dem eine Härte spürbar war, die Jo-Ann signalisierte: Nutte. Und falls sie keine Nutte im engeren Sinn war, dann etwas Ähnliches. Jo-Ann konnte es an ihrem Gesicht ablesen.

Sie nahm es dem Vater nicht übel, daß er sich von ihrer Mutter hatte scheiden lassen und nichts dagegen unternommen hatte, als beim zweitenmal sie sich von ihm scheiden ließ; oder daß er mit Angie ins Bett ging. Monica hatte es nie ohne Männer ausgehalten. Jonas war keine zwei Tage vom Haus in Bel Air fort gewesen, als Monica bereits mit einem andern – wie hieß er doch gleich? ach ja, Alex – im Bett lag.

Ihre Mutter hatte nicht einmal das Ende des Studienjahres abgewartet; sie hatte sie sofort aus dem Peppercorn College geholt, um mit ihr nach New York zu ziehen, damit sie ihrer Arbeit näher war und den Männern, die sie seit Jahren kannte und die nun von neuem ihr Schlafzimmer bevölkerten. Für sie selbst hatte der Übertritt in das Smith College Probleme gebracht, weil ihre bisherigen Leistungen dort nicht voll anerkannt wurden; sie wußte jetzt überhaupt nicht, wann sie ihr Abschlußexamen ablegen könnte.

Monica hatte vorgehabt, sich im Cord-Apartment in den Waldorf Towers niederzulassen; doch bereits nach einer Woche erklärten ihr die Anwälte, daß sie wieder ausziehen mußte. Die Wohnung war nicht von Jonas persönlich angemietet, sondern von seiner Firma Cord Explosives und gehörte daher nicht zur Scheidungsmasse. Es stehe Mrs. Cord frei, erfuhr sie, wegen des Wegfalls der Wohnung ihre Abfindungsansprüche zu erhöhen; aber bleiben könne sie nicht. Im übrigen hätten Mr. Cords Anwälte unangenehmes Beweismaterial aufgetischt. Schon wieder ein Umzug. Sie mieteten eine möblierte Wohnung an der 59. Straße East.

Das war das eine Problem – die vielen Umzüge. Manchmal waren sie dem Großvater Winthrop nachgezogen. Sie konnte sich noch an den alten Mann erinnern: ein ekelhafter Alkoholiker. Er hatte in seinem ganzen Leben nur eine einzige gute Tat getan – er war ums Leben gekommen, als er ihrem Vater das Leben rettete. Die gute Tat bestand darin, daß er gestorben war; daß er ihrem Vater das Leben rettete, war Zugabe.

Der Bruder. Der neuentdeckte Bruder. Ihr Vater war außer sich über das Glück, den dritten Jonas gefunden zu haben – auch wenn er sich Bat nannte. Er war, was sie nicht war und nie sein konnte: ein männliches Wesen. Der Vater machte gar kein Geheimnis aus seiner Absicht: Dieser Sohn, der ihm vom Himmel gefallen war, sollte Haupterbe und das nächste Familienoberhaupt werden.

Sie hatte nie erwartet, selber einmal Familienoberhaupt zu werden. Ihre Mutter hatte ihr klargemacht, daß sie wahrscheinlich den Hauptanteil der Cord-Aktien erben würde; die Stimmrechte werde ihr Vater jedoch vermutlich einer Stiftung übertragen, so daß Jo-Ann nie die Firmenleitung übernehmen oder auch nur größeren Einfluß ausüben könnte.

In ihrer Naivität hatte sie sich Gedanken gemacht, wie der Vater wohl im Falle einer vernünftigen Heirat ihrerseits reagieren würde –

das heißt, auf einen bewiesenermaßen intelligenten Schwiegersohn mit eventuell einem akademischen Titel von Harvard. Würde er *ihn* in die Firma aufnehmen, *ihm* vertrauen? Sie hatte ihre Freunde immer nach der Überlegung ausgesucht, welchen Eindruck sie wohl auf den Vater machen würden. Na schön ... in diesem Punkt mußte sie jetzt keine Rücksichten mehr nehmen. Jetzt brauchte sie nur noch an ihr eigenes Vergnügen zu denken. Einen strammen Kerl fürs Bett und das Leben in vollen Zügen genießen, fertig.

Sie wollte nicht länger allein schlafen. Kein Mensch schlief allein! In dieser Nacht befand sie sich sogar in einem gottverdammten Hurenhaus! Sie preßte sich die Finger ins Fleisch und suchte sich ein wenig Erleichterung zu verschaffen, und war froh, daß sie, wann immer möglich, dem Scotch und dem Brandy zugesprochen hatte. Der Griff nach der Flasche war für sie momentan verdammt wichtig. Da konnte sie wenigstens schlafen. Wenigstens schlafen ...

2

Nevada hatte Verständnis für sie; vielleicht war er der einzige, der Verständnis hatte. Er verstand überhaupt mehr als die meisten, ganz bestimmt mehr als ihr Vater und ihre Mutter. Sie war froh, daß sie mit Nevada hatte sprechen können. Ja, echt froh – und doch auch nicht, aber aus einem andern Grund.

Die Familie war nicht einmal gemeinsam angereist. Jo-Ann selber war in San Francisco gelandet, wo Nevada sie vom Flughafen abgeholt hatte und mit ihr in einer Firmenmaschine der Inter-Continental Airlines – einer Beech Baron – zum Landestreifen der Ranch weitergeflogen war. Sie war als erste eingetroffen. Die Beech Baron war umgekehrt, um ihren neuen Bruder mit seiner Freundin zu holen, und sie war mit Nevada auf der Ranch allein gewesen.

Sie hatten die Pferde satteln lassen und waren in die sandige, felsige Landschaft hinausgeritten.

»Du bist im Sattel ein Naturtalent. Schade, daß dich deine Eltern nach Kalifornien verpflanzt haben.«

»Ich glaube, hier hätte ich glücklich sein können.«

»Bist du denn in New York nicht glücklich?«

»Könnte ich vielleicht werden. Aber wer weiß, wie lange ich dort bleibe, bis ich wieder anderswohin verfrachtet werde? In meinem Leben ist nichts von Dauer, Nevada.«

»Klingt ganz, als wärst du ohne rechte Wurzeln«, meinte er.

Jo-Ann zuckte mit den Schultern. Ein Kojote schleppte sich vor den Pferden vorbei, er war anscheinend von einer Klapperschlange gebissen und starb. Nevada zog seine Winchester aus der Satteltasche, legte an und erlöste das arme Tier.

»Ich werde immer nur herumgeschubst«, sagte Jo-Ann. »Ich besitze ja auch selbst nichts. Ich bin so verdammt *abhängig*!«

»Wer ist das in deinem Alter nicht? Gut, bei mir war das anders. Ich mußte früh aus dem Haus. Aber das waren andere Zeiten und andere Verhältnisse. Du bist die Tochter von Jonas und Monica. Du mußt studieren, du mußt klug und gebildet werden. Aber wer ist in deinem Alter schon unabhängig?«

»Glaubst du, daß der Mann, den Vater in Mexiko entdeckt hat, wirklich sein Sohn ist?«

»Das nehme ich doch an«, meinte Nevada. »Ich kann mich gut an das Mädchen erinnern, an diese Sonja Batista. Plötzlich ist er Universalerbe, und was macht er? Er muß unbedingt zuallererst nach Deutschland und sehen, wie man dort Kunststoff macht, weil sein Daddy sich da eingekauft hatte. Sonja Batista hat er mitgenommen. Ich war schon erstaunt, daß er sie dann doch nicht heiratete. Sie war ein hübsches Mädchen. Aber das war lange, bevor er deine Mutter kennenlernte.«

»Es wär sowieso egal gewesen. Die beiden haben sich nie wirklich geliebt. Sie war für ihn nur eine Möse, und er für sie ein Schwanz. Wirklich. Mehr wollten sie gar nie voneinander.«

»Junge Dame«, mahnte Nevada streng, »solche Wörter solltest du nicht in den Mund nehmen. Außerdem irrst du dich. Was hinterher passiert ist, weiß ich nicht, aber sie *haben* sich geliebt. Mindestens zweimal. Einmal, als sie dich zeugten. Und einmal, als sie wieder zusammengefunden haben. Das erstemal habe ich selber nicht miterlebt. Beim zweitenmal war ich dabei. Ein wenig hast du aber recht, wenn du damit sagen willst, daß die beiden nicht zu der romantischen Sorte Mensch gehören. Du darfst trotzdem nicht schlecht von ihnen denken, Jo-Ann. Liebe hält nicht immer das ganze Leben.«

Sie ritten durch eine Landschaft etwa acht Kilometer von der Ranch, die Jo-Ann besonders gern mochte. Es roch gut: frisch und trocken. Gelegentlich scheuten die Pferde. Es raschelte zu beiden Seiten von Lebewesen in den Büschen. Sie stießen auf die Spur einer *Sidewinder*-Schlange. Vor denen scheute jedes Pferd. Die Berge, die sich am Horizont abzeichneten, lockten aus der Ferne; in unmittelbarer Nähe waren sie weniger schön.

»Nevada...«

»Ja?«

»Ich bin noch Jungfrau.«

»Nun, das möchte ich doch hoffen. In deinem Alter.«

Jo-Ann schüttelte den Kopf. »Meine Mutter war es in meinem Alter aber nicht mehr. Und mein Vater –«

»Mit achtzehn wahrscheinlich doch noch. In diesen Dingen hat dein Großvater keinen Spaß verstanden. Sicher, dein Vater hat dann schnell nachgeholt. Fällt mir gerade wieder ein: Als er mit Autofahren anfing...«

»Es geht mir nicht gut, Nevada...«

Der hagere Alte schüttelte den Kopf. »Du weißt doch gar nicht, wie das ist, wenn es einem schlechtgeht.«

»Ich möchte jemanden, dem ich vertrauen kann, und das könntest du sein.«

»Mädchen! Sag so was nie wieder! Herr im Himmel! So etwas will ich nie wieder von dir hören. Ich will deinem Vater nichts davon sagen, aber –«

Jo-Ann schluchzte. »Aber du kannst mich doch verstehen, oder?«

Er schüttelte den Kopf. »Ich verstehe überhaupt nichts.«

»Ein Mann, dem ich vertraue. Darum geht es doch.«

»Kind, ich könnte dein Großvater sein! Was heißt Großvater, dein *Urgroßvater* könnte ich sein.«

»Verzeihst du mir?«

»Aber ja. Doch hör mir jetzt mal gut zu, kleines Fräulein. Wenn man achtzehn ist, meint man, es wäre das Schönste auf Erden. Ist es nicht. Es ist schön, aber bestimmt nicht das Schönste auf Erden. Man muß damit umgehen lernen. Wie mit allem.«

»Ich habe einmal gehört, wie mein Vater sagte, keiner sei klüger als du, wenn es um Lebensweisheit geht.«

»Ach Gott«, sagte Nevada, »das liegt höchstens daran, daß er auf dem Gebiet ein paar Dummheiten gemacht hat. Könnte sein, daß seinen Daddy eben das umgebracht hat. Weil er herausfand, daß sein Junior wieder mal etwas angestellt hatte und er Schweigegeld zahlen mußte, damit es nicht ans Licht kam.«

»Erpressung?«

»Was weiß ich. Wie man es eben nennt. Aber nein, *daran* ist er sicher nicht gestorben. Den hat eher der Bourbon und sein Temperament umgebracht, und vielleicht noch, daß er mit der jungen Frau mithalten wollte, die er geheiratet hatte, damit dein Vater sie nicht heiraten konnte.«

»Rina?«

»Aha, du hast von ihr gehört. Dein Vater wollte sie heiraten, das hatte er sich in den Kopf gesetzt. Doch dann hat sie dein Großvater geheiratet und in die Flitterwochen nach Europa entführt.«

»Was für eine Familie! Kein Wunder, daß ich so verrückt bin.«

»Du bist nicht verrückt, Schätzchen.« Er kicherte. »Wahrscheinlich bist du einfach nur eine Cord.«

Jo-Ann zügelte ihr Pferd und sagte abrupt: »Sex will ich, Sex! Wenn du es mir nicht zeigen willst, dann erzähl mir was darüber. Es macht die Menschen kaputt.«

Nevada wendete das Pferd und verhielt vor ihr. Sie war ein schönes Mädchen mit ihrem dunklen Haar und in den engen Blue Jeans und dem Wollhemd. »Jetzt sage ich dir was«, sagte er. »Paß mal auf. Mein Vater war ein Büffeljäger und meine Mutter eine Kiowa-Indianerin. Die Kiowa waren ein edles Volk, das sich mit dem Leben auskannte. Kein Kiowa hat je davon geträumt, wie man lebt. Das hatte er nicht nötig; er lebte einfach, fertig. Und auch keine Kiowa-Frau hat sich je Gedanken über all das gemacht. Brauchte sie nicht; sie lebte einfach, fertig. Kein Kiowa hätte je etwas für *Filme* über das Leben übrig gehabt. Wozu sollte das gut sein? Sie hätten auch keine Bücher über das Leben gelesen. Was sollte das bringen? Sie haben keine Geschichten über das Leben erfunden oder besondere Gesetze gemacht oder gemeint, es hätte den Großen Unerforschlichen gekümmert, wann und wie sie es machten. Wenn ein Kind auf die Welt kam und keiner richtig wußte, zu wem es gehörte, dann hat das überhaupt nichts ausgemacht – Kinder gehörten dem Stamm, und deshalb haben alle für die Kinder gesorgt. Verstehst du?«

»Sie haben es gemacht, mit wem sie wollten?«

»Ganz so war es nicht. Aber mit dem, der Verantwortung übernimmt, wie der Stamm. Verantwortung. Ein häßliches Wort in den Ohren des weißen Mannes. Und vergiß das ganze Getue. Das, wovon wir jetzt reden, geht jeden allein an, nur mich, dich, ihn und sie allein. Und sonst niemand. Und es lohnt überhaupt nicht, darüber zu seufzen, zu jammern, zu sorgen und sich weh zu tun. Du mußt einfach leben, kleines Mädchen! Pissen, wann du mußt, und ficken, wann dir danach ist. Aber du würdest doch nie öffentlich auf die Straße pissen. Und deshalb laß das Ficken sein, wo und wann es nicht recht ist – und mach es auch nie mit dem Falschen. Mehr Regeln gibt es da nicht.«

Jo-Ann lächelte und lenkte ihr Pferd zurück zum Haus. »Ich danke dir, Nevada«, sagte sie. »In einem hat mein Vater doch recht. Wenn es um die Dinge des Lebens geht, kennen wir niemand sonst, der so klug ist wie du.«

3

Am gestrigen Nachmittag hatte sie gewußt, daß sie allein im Haus sein würden – abgesehen von Robair und den Männern von der Ranch, die im Haushalt arbeiteten. Das Flugzeug mit ihrem neuen Halbbruder und seiner Freundin sollte nicht vor Mitternacht ankommen.

Sie hatte sich noch immer gewünscht, daß Nevada zu ihr ins Bett käme, aber auch gewußt, daß er es nicht tun würde; und sie war klug genug, nicht mehr über die Sache zu sprechen.

Hundert Meter vor dem Haus hielt sie ihr Pferd noch einmal an. Sie gähnte. »Würdest du glauben, daß ich heute früh in New York aufgestanden bin?« sagte sie. »Ißt du mit mir zu Abend, Nevada?«

»Das hatte ich eigentlich nicht vor. Aber du bist allein, ja? Ein frühes Abendessen?«

Sie nickte. »Da wird Robair aber staunen.«

»Den überrascht so leicht nichts. Aber sag ihm, er soll für zwei decken.«

Zum Essen wurde tatsächlich serviert, was sie sich gewünscht hatte. Aber sie wußte natürlich auch, was für die Ranch-Küche problemlos war, und hatte außerdem nicht die Vorräte plündern wollen, die für das Weihnachtsfestessen bestimmt waren. Es gab Steaks mit Kartoffeln, dazu Salat und Rotwein. Sie saß Nevada am Tisch gegenüber. Sie hatten sich nach dem Reitausflug nicht umgezogen. Nevada trug echtes Büffelleder; Jo-Ann wünschte insgeheim, daß er das auch am Heiligen Abend trüge, wußte aber genau, daß er es nicht tun würde. Sie selbst hätte sich zum Fest am liebsten in Jeans und Wollhemd präsentiert – und wußte ebenfalls genau, daß sie es doch nicht tat.

»Wenn ich Vater bitten würde«, sagte sie, »ließe er mich sicher hier wohnen. Meine Mutter würde sich allerdings sehr aufregen.«

»Du wärst einsam hier draußen«, sagte Nevada. »Morgen ist das Haus voller Menschen. Die meiste Zeit ist das Leben hier aber ganz anders.«

»Du würdest mich doch besuchen? Es ist doch keine lange Fahrt. Und ich könnte dich auch besuchen.«

»Mit mir darfst du nicht rechnen«, sagte er.

»Wieso? Wir haben doch immer mit dir rechnen können.«

»Nicht mehr lange«, sagte Nevada.

»*Nevada ...?*«

Er lächelte. »Kein Mensch lebt ewig, weißt du. Ich bin schon siebzig Jahre alt.«

»Die Männer der Kiowa werden neunzig!«

Er schüttelte den Kopf. »Aber nicht der Kiowa, der hier vor dir sitzt. Ich erzähle dir das nur, weil du gesagt hast, daß du mit mir altem Mann rechnest, so wie immer alle Cords mit mir gerechnet haben. Wenn du deinem Vater weitererzählst, was ich dir jetzt sage, dann ist es mit unserer Freundschaft sowieso vorbei. Siehst du, der Große Unergründliche beginnt, mich zu rufen. Max, ruft er. So heiße ich in Wirklichkeit. Max Sand. Wenn ich auf der Veranda sitze und hinaus ins Land schaue, ruft es mich. Ich höre seine Stimme im Wind.«

»Was sagst du da, Nevada?« fragte sie beunruhigt.

»Du mußt mir versprechen, daß du es für dich behältst.«

»Ich verspreche es.«

Nevada starrte einen Moment auf sein Steak. »Das schmeckt gut. Es gibt überhaupt nichts Besseres als ein gutes Stück Rindfleisch. So etwas hat es bei uns in der guten alten Zeit nicht gegeben, weißt du. Dies Fleisch stammt von einem fetten Rind, solche Tiere hätten auf offenem Weideland gar nicht leben können. Wir –«

»Nevada. Du schweifst ab.«

Er seufzte vernehmbar. »Kein Mensch weiß, wieviel Zeit ihm noch bleibt. Aber es gibt Anzeichen. Die meinen sehen nicht gut aus.«

Jo-Ann legte Messer und Gabel weg. »Man kann doch Leben und Tod nicht aus Eulenfedern herauslesen«, sagte sie. »Oder sonstwie vorhersagen.«

»Sei dir da nicht so sicher. Aber das spielt auch gar keine Rolle. Mit solchen Sachen gebe ich mich nicht ab. Ich faule von innen her ab. Ich kann es spüren, und ich kann es riechen. Wenn ein Mensch nicht mehr gut riecht –«

»Nevada! Bist du schon beim Arzt gewesen?«

Er nickte. »Krebs.«

»O Gott! Aber das *mußt* du meinem Vater sagen. Es gibt hervorragende Krankenhäuser, wo –«

»Du hast mir dein Wort gegeben, daß du es ihm nicht sagst.«

4

Sie verlangte von Robair ausdrücklich, sie bei der Ankunft ihres neuen Halbbruders zu wecken, und er tat es. Aber sie hatte überhaupt nicht richtig geschlafen. Was Nevada ihr über seine Krankheit erzählt hatte, hatte sich in das Eindösen gedrängt und sie immer wieder aufgeweckt. Es war fast ein Uhr. Sie zog die engen Blue Jeans und das blauweiße Wollhemd an, die sie nachmittags und zum Abendessen getragen hatte. Sie bürstete sich das Haar und legte ein wenig Lippenstift auf.

Sie warteten im Wohnzimmer am Kamin. Robair hatte dafür gesorgt, daß das Kaminfeuer noch brannte.

Jonas der Dritte kam ihr mit breitem Lächeln auf dem Gesicht entgegen und ergriff ihre Hand. »Jo-Ann! Ich freue mich sehr, dich endlich kennenzulernen. Ich bedaure nur, daß es nicht früher dazu gekommen ist. Darf ich dir Antonia Maxim vorstellen.«

So hatte sie sich ihn überhaupt nicht vorgestellt. Als sie erfuhr, daß er in Mexiko geboren und groß geworden war, hatte sie mit einem dunkelhäutigen, schwarzhaarigen Mann gerechnet, der Englisch mit spanischem Akzent sprach. Dieser hochgeschossene, hübsche junge Mann war aber blond, und er sprach ein perfektes amerikanisches Englisch. Aber er war trotzdem ganz anders als ihr Vater. Sie konnte überhaupt keine Ähnlichkeit entdecken.

Die Frau, die er mitgebracht hatte, war eine Schönheit. »Nennen Sie mich Toni«, sagte sie und griff nach ihren beiden Händen.

Jo-Ann verhielt sich höflich, aber ihre Blicke galten allein Bat. Sie hatte ihn ablehnen wollen und im voraus beschlossen, ihn nicht zu mögen. Aber wie konnte man jemanden unsympathisch finden, dessen lachende Augen einen lockten und einluden, an allem teilzuhaben, was sie so fröhlich stimmte? Ihr Halbbruder besaß auf eine ganz natürliche, begnadete Weise eine noch größere Anziehungskraft als ihr Vater.

»Wir haben dich mitten in der Nacht aufgeweckt«, sagte Jonas der Dritte. »Und wir selber sind seit dem Morgengrauen auf den Beinen. Wann treffen wir uns zum Frühstück, Jo-Ann?«

»Nicht zu früh! Wenn Vater da ist, sitzt er spätestens um halb sieben am Frühstückstisch, mit Eiern und Schinken und Kartoffeln und allem, was dazugehört. Das Fest am Heiligabend beginnt um sieben und dauert bis weit nach Mitternacht. Du mußt aber trotzdem damit rechnen, daß du am ersten Weihnachtstag mit der Dämmerung wieder aus den Federn mußt. Ich brauche dir wohl nicht erst zu sagen, daß unser Tagesplan sich nach dem seinen richtet.«

5

Am Nachmittag nahm Nevada Toni mit hinaus, um ihr zu zeigen, wie man mit der Winchester schießt. Bat und Jo-Ann kamen mit.

Das Wetter war rauh, der Himmel blaß, es sah ganz nach Schnee aus. Außer Nevada trugen alle winddichte Lammfellmäntel.

Nach allem, was der alte Mann ihr zwei Tage vorher mitgeteilt hatte, fiel Jo-Ann das Zuschauen schwer. Daß Nevada Smith auch nur ein sterblicher Mensch war, war ihr vorher nie in den Sinn gekommen. Und nun schritt er forsch daher und sprach wie jemand, der noch seinen hundertsten Geburtstag zu feiern gedachte. Er stellte Wein- und Schnapsflaschen auf Zaunpfähle, unterhielt sich leise mit Toni, sagte ihr, wie sie das Gewehr halten und wie sie zielen mußte, und trat dann zurück und ließ es sie versuchen.

Ihre ersten drei Schüsse zersplitterten drei Flaschen. Beim viertenmal traf sie daneben.

»Wissen Sie, weshalb?« fragte Nevada.

Toni schüttelte den Kopf.

»Sie haben den Ellenbogen verspannt. Locker lassen, Miss Toni. Keine Anspannung. Ganz leicht... leicht...«

Sie traf alle Flaschen, die er aufgestellt hatte, bis auf zwei. Anschließend ließ er sie mit nur halb so großen Bierdosen probieren. Sie brauchte acht Schüsse, um fünf Dosen zu treffen.

»Sie sind eine Naturbegabung«, sagte er. »Und jetzt kommt Jo-Ann an die Reihe.«

Jo-Ann war etwa genauso gut wie Toni.

»Was ist mit Ihnen, Bat?«

»Ich komme besser mit einer Pistole zurecht«, sagte Bat. »Zufällig habe ich eine bei mir. Ich schieße am liebsten auf leere Patronenhülsen, nur konnte ich im Haus keine finden. Ich habe aber eine ganze Menge Flaschenkorken entdeckt.«

Nevada zuckte mit den Schultern, als Bat vortrat und Weinkorken auf die Zaunpfähle stellte.

Er schoß fünf Korken mit sechs Schüssen weg.

Nevada grinste. »Falls Ihr Anwaltsberuf Sie mal langweilen sollte – ich beschaffe Ihnen jederzeit einen Job in einer Western-Show.«

Jo-Ann versuchte ihre Gefühle zu verbergen. Ihr neuer Halbbruder war einfach zu verdammt gut! Der schaffte wahrscheinlich auch die Quadratur des Kreises, wenn man ihm eine Tafel und Kreide gab!

6

Einmal noch konnte sie Nevada allein sprechen. Sie wußte nicht, daß es das letztemal war. Sie ritten gemeinsam aus.

»Was hältst du von meinem neuen Bruder?« fragte sie.

»Dein Vater hat Glück, daß er ihn gefunden hat.«

»Quatsch. Wie findest du ihn?«

»Er wird ihm zu schaffen machen«, sagte Nevada, bevor er seinen Blick von den Bergen und ihr zu wandte. »Weißt du was? Er ist ein echter Cord. Dein Vater hat es schon gemerkt. Ich glaube nicht, daß es ihm sehr gefällt.«

Jo-Ann nickte mit einem Lächeln. »Er hätte gern einen Sohn gehabt, den er –«

»Wie *sein* Vater auch. Einen, den er herumkommandieren kann. Tja, so einen Sohn haben sie nun beide nicht bekommen. Dieser Junge hier hat etwas von seinem Großvater. Jonas spürt das. Er hat Mühe, es zu akzeptieren. Könnte sein, daß dieser Junge vom Alten die Härte und die Klugheit deines Vaters hat. Könnte wohl sein.«

»Das schließt mich wohl total aus, wie?«

»So würde ich das nicht sagen. Ich an deiner Stelle würde mit dem Neuen Frieden schließen. Er kommt mir wie ein ehrlicher Bursche vor. Er wird sich mit deinem Dad sicher nicht gleich auf der Stelle anlegen, aber die beiden geraten bestimmt aneinander. Und für mich ist noch gar nicht raus, wer dabei gewinnt.«

7

Jo-Ann brach das Versprechen, das sie Nevada gegeben hatte. Drei Wochen später wurde er ins Sloan-Kettering-Krankenhaus in New York City eingeliefert.

Jonas blieb während der zehntägigen Untersuchungen tagsüber im Krankenhaus bei ihm und kehrte nur zum Schlafen in die Waldorf Towers zurück. Auch Monica kam Nevada besuchen, ebenso wie Robair, Morris Chandler, Angie, Bat, der Nevada nur so kurz gekannt, ihn aber positiv beeindruckt hatte, und Jo-Ann, der er ihren Wortbruch verzieh.

Die Prognose war nicht ermutigend. Die Ärzte sprachen von Bestrahlungen und Chemotherapie – und von sechs Monaten Lebensdauer, höchstens.

Nevada lehnte alles ab. »Man kann nicht gegen die Natur ankämpfen«, nannte er es. »Warum auch? Wer weiß, was danach kommt? Man bezwingt die Krankheit und schiebt damit vielleicht nur etwas mächtig Schönes auf. Ich habe in meinem Leben nur einen Schriftsteller geschätzt, Mark Twain. Er hat gesagt, er habe keine Angst davor, wohin er ginge. Er sei schon einmal dort gewesen, und es hätte nicht weh getan.«

Eine Cord-Firmenmaschine flog Nevada heim zu seiner Ranch. Er saß in seinem alten Schaukelstuhl auf der Veranda, in seinem Büffelleder, mit dem Lammfellmantel und einem speckigen alten Hut, und schaute über die Wüste hin auf die Berge. Er schickte Jonas weg: er solle sich um seine Geschäfte kümmern. Er versprach, ihn zu rufen, wenn das Ende nahe war. Bis dahin wollte er einfach dort sitzen und warten. Er wartete ruhig und gelassen.

Jonas wußte, daß Nevada nicht anrufen würde. Er versprach, ihn wieder zu besuchen, verließ ihn jedoch in dem Bewußtsein, ihn nie mehr wiederzusehen.

8

Als Nevada starb, rief Jonas bei Jo-Ann an.

Am selben Nachmittag fuhr sie in dem Porsche, den er ihr zu Weihnachten mit dem Nevada-Nummernschild CORD THREE geschenkt hatte, aus Northampton los und erreichte New York in drei Stunden. Als sie angekommen war, wußte sie nicht mehr, warum und was sie hier sollte. Sie war ohne Ziel und Gedanken losgefahren, in der Annahme wahrscheinlich, die Wohnung in der 59. Straße aufzusuchen. Dann aber fiel ihr ein, daß ihre Mutter vermutlich nur verärgert fragen würde, warum sie nicht in Northampton sei. Oder sie war so mit ihrem momentanen Mann beschäftigt, daß sie die Gegenwart ihrer Tochter kaum wahrnahm. Jo-Ann fuhr an der Wohnung vorbei.

Sie parkte in einer Garage an der 57. Straße und aß in einem ungarischen Restaurant, das sie früher immer gern besucht hatte. Als sie den Porsche wieder abholte, war es zehn Uhr vorbei, und es war klar, daß sie an diesem Abend nicht mehr nach Northampton zurückfahren, aber auch nicht viel länger in ihrem teuren Wagen durch Manhattan kreuzen konnte. Sie hatte eine ganze Flasche starken ungarischen Rotwein getrunken. Eine leichte Panik überfiel sie.

Sie fuhr in die Tiefgarage der Waldorf Towers.

»Ja, Miß?«

Sie zeigte dem Parkwächter ihren Schlüssel zum Cord-Apartment. Sie wußte nicht, was ihre Mutter mit ihrem Schlüssel gemacht hatte; sie selber hatte den ihren behalten. Der Mann warf einen Blick auf das Nummernschild des Wagens und öffnete die Tür. Sie stieg aus; er parkte den Wagen für sie.

Der Schlüssel verschaffte ihr auch Zutritt zum Fahrstuhl. Sie fuhr nach oben. Sie drückte den Klingelknopf, bevor sie den Schlüssel in die Tür schob. Keine Antwort. Also schloß sie auf und trat ein.

Als Bat kurz vor Mitternacht heimkam, fand er Jo-Ann zigaretterauchend auf der Wohnzimmer-Couch sitzend, ohne Kleid, Strümpfe, Strumpfgürtel und Schuhe, nur im weißen Unterrock.

»Das Apartment gehört der Familie«, sagte sie.

Er nickte. »Selbstverständlich. Der Parkwächter hat mich informiert, daß du da bist. Ich freue mich, dich zu sehen.«

Vor ihr auf dem Tisch stand eine Flasche Scotch. Das Eis im Glas war längst geschmolzen. Sie trank den Chivas Regal pur. Sie sagte: »Nevada ist gestorben.«

»Ich weiß. Vater hat mich aus Kalifornien angerufen. Ich habe Nevada nicht so gut gekannt wie du, aber gut genug, um zu begreifen, welch ein großer Verlust sein Tod für uns alle ist.«

Jo-Ann trank den letzten lauwarmen Rest aus ihrem Glas. »Mir ist, als ob ich einen Vater verloren hätte.«

»Ja, ich verstehe«, sagte Bat. Er setzte sich zu ihr auf die Couch, aber am anderen Ende.

»Das glaube ich nicht«, sagte sie. »Aber es ist schon in Ordnung.«

»Ich weiß nur wenig über die Familiengeschichte.«

»Du bist selbst in einer merkwürdigen familiären Situation aufgewachsen. Hat es für dich je einen Menschen gegeben, mit dem du dich aussprechen konntest?«

»Meine Mutter«, sagte er. »Und meinen Großvater.«

»Du Glückspilz«, sagte sie deprimiert. Sie drückte die Zigarette aus. »Jonas ist nie ein richtiger Vater gewesen.«

»Er ist ein bedeutender Mann.«

Sie musterte ihn mit zusammengekniffenen Augen. »Glaubst du das wirklich? Oder spricht da der Angestellte der Firma Cord? Übrigens, Glückwunsch zu deinem neuen Job.«

Er stand auf und ging zur Bar hinüber, um sich ein Glas zu holen. »Noch Scotch?« fragte er.

»Nur wenig.«

Er brachte zwei Gläser mit, beide mit Eis. Er sah sie beim Einschenken an und sagte: »Ich wünschte, wir hätten uns eher kennengelernt. Ich habe noch zwei andere jüngere Schwestern, Rafaela und Mercedes. In der Zeit, als sie heranwuchsen, war ich meist aus dem Haus.«

»Liebst du sie?« wollte Jo-Ann wissen.

»Natürlich.«

Jo-Ann rutschte über die Couch, um neben ihm zu sitzen. Sie griff nach seiner Hand. »Du und ich – wir hätten uns lieben können.«

»Ja.«

»Können wir noch immer«, sagte sie.

Er drückte ihre Hand. »Natürlich.«

»Nevada hat mir einen Rat gegeben«, sagte sie leise. »Er hat mir gesagt, daß ich meine Liebe einem Mann schenken muß, dem ich vertraue. Einem Mann, der die Verantwortung für die Konsequenzen übernimmt.«

»Ein guter Rat.«

Sie hob seine Hand, küßte sie. »Die Liebe, von der Nevada und ich gesprochen haben, war nicht die Art von Liebe, an die du denkst.«

»Jo-Ann...?«

»Einem Mann, dem ich vertrauen kann«, sagte sie schlicht und direkt. Dann wurde ihre Stimme laut. Sie sagte: »Ich bin noch *Jungfrau*, verdammt!«

Bat runzelte die Stirn. »Du hast zu viel getrunken.«

Jo-Ann ergriff das Glas und kippte ihren Whisky hinunter. »Betrunken? Du hältst mich für betrunken? Nein. Ich will dir sagen, was ich bin. Ich bin die Tochter von Jonas Cord. Ich bin die Enkelin von einem weiteren Jonas Cord. Als ich von dir hörte, habe ich mich gefragt, ob du überhaupt ein Cord bist – oder nur ein Schwindler. Es hat noch nie einen Cord gegeben, der einen Whisky oder eine jungfräuliche Möse zurückgewiesen hat!«

Sie griff nach dem Saum ihres Unterrocks und zog ihn sich über den Kopf. Sie trug einen Slip, aber keinen BH.

»Jo-Ann!«

»Nun komm schon, großer Bruder. Du *bist* doch ein Cord, oder?«

»Meine Schwester –«

»Mein Bruder. Was soll der Quatsch? Du bist der Mann, dem ich vertrauen kann. Falls du den Mumm dazu hast. Bruder und Schwester. Wir werden uns lieben – als Bruder und Schwester werden wir uns das ganze Leben lang lieben. Wenn ich meinem Bruder nicht vertrauen kann, wem dann? Ich brauche deine Hilfe, großer Bruder. Außer dem Ficken, das brauche ich gleich jetzt, brauche ich einfach einen Maßstab, an dem ich andere Männer messen kann.«

»Unser Vater –«

»Der würde lachen, wenn er es herausbekäme, aber das muß ja nicht unbedingt sein. Wenn er jetzt hier bei mir wäre, würde er es selber machen. Dem würde ich nie trauen. He, Bruder! Sieh mich an! Hat Toni etwa einen schöneren Busen als den hier?«

Bat schloß die Augen. »Nicht doch«, stöhnte er.

»Du weißt das vielleicht nicht, aber Nevada Smith war ein großer Mann«, sagte Jo-Ann. »In manchen Dingen bedeutender als unser Vater und auch unser Großvater. Er hat mir etwas gesagt – ich habe es mir anschließend auf meinem Zimmer notiert, ich glaube, ich weiß es noch wortwörtlich. Die Sache, sagte er, von der wir jetzt sprechen, geht nur jeden für sich allein an. Mich. Dich. Ihn. Sie. Sonst geht sie niemanden etwas an. Und es lohnt sich nicht, ihretwegen zu seufzen, zu jammern und sich zu sorgen und verrückt zu machen. Du mußt einfach leben, Mädchen! Pisse, wann du pissen mußt, und ficke, wenn du ficken willst. Das hat er gesagt. Verdammt, und jetzt will ich ficken, du Bastard!«

»Bastard, wie? Da hast du das falsche Wort erwischt, kleine Schwester. In Ordnung, ich werde dich ficken, bis sich dir der Kopf dreht.«

Jo-Ann grinste. »Versprochen? Versprich mir, daß alles in Erfüllung geht, was ich darüber gehört habe.«

9

Alles, was sie darüber gehört hatte.

Jo-Ann hatte Fotos gesehen, aber ein männliches Organ selbst noch nie. Er führte ihre Hand und gestattete ihr, es mit den Fingern abzutasten, bevor er ihr näherkam. Er befriedigte ihre Neugier. Sie hatte gehört, daß es hart sei. Es war aber gar nicht hart, es war nur steif. Sie hatte gehört, daß es kalt sei. Und sie hatte gehört, es sei heiß. Es war weder das eine noch das andere. Sie umfaßte es mit der Hand und drückte leicht. Ein Tropfen glitzernder Feuchtigkeit trat aus der Nille hervor. Sie verrieb den Tropfen zwischen Daumen und Zeigefinger. Er war glitschig.

»Leben«, sagte sie leise.

Sie legten sich aufs Bett. Sie wollte, bevor er in sie kam, noch mehr geküßt werden. Sie rollte sich dazu auf die Seite und drückte ihm ihre Lippen auf den Mund. Er reagierte heftig. Sie küßten sich so vehement, daß sie auf ihren Lippen Blut schmeckte. Dann wurde er zärtlich und schob seine Zunge in ihren Mund. Davon hatte sie schon gehört; aber so wunderbar hatte sie sich das träge Entzücken, das es hervorrief, nie ausgemalt. Sie lagen lange nebeneinander, sie hielt seinen Penis in ihrer Hand, und er massierte ihren »geheimen Ort« mit dem Finger.

Bis seine Geduld erschöpft war und er sie auf den Rücken legte und sich erhob, um über sie zu kommen. Einen Augenblick lang hatte sie Angst. Für einen Augenblick tat es ihr leid, sich in diese Situation begeben zu haben. Dann war es schon zu spät – zu spät für die Angst, zu spät für alles Bedauern.

Er war wild und sanft zugleich, zärtlich und grob. Er tat ihr weh und besänftigte sie. Er unterdrückte sie und hob sie in lichte Höhen. Sie schrie und wand sich unter seinen heftigen, tiefen Stößen – vor Lust wie vor Schmerz, die so ineinander übergingen, daß sie sie nicht mehr zu unterscheiden vermochte. Und als er fertig war und sich aus ihr zurückzog, da tat ihr alles weh. Sie war erschöpft und schweißgebadet und schwebte in Wärme und Staunen.

Sie konnte nicht mehr ohne dies leben, soviel stand fest.

»Großer Bruder«, flüsterte sie, indem sie sich wie ein kleines Kind gab.

»Ja?«

»Wie bald können wir das noch einmal machen?«

»Schon in wenigen Minuten«, sagte er. »Und nach heute nie wieder!«

XV

1

Vier Monate nach dem Tod von Nevada Smith, im Sommer 1953, flog Bat in Vertretung seines Vaters nach Havanna. Es war das erstemal, daß er allein arbeiten sollte, ohne unmittelbare Beaufsichtigung durch den Vater.

Fulgencio hatte Jonas mit einer persönlichen Botschaft vom kubanischen Generalkonsul in New York zu diesem Besuch eingeladen. Batista hegte die Hoffnung, daß Mr. Cord in Kuba investierte, vor allem durch die Errichtung eines Kasino-Hotels. Jonas ließ ausrichten, leider sei ihm ein persönlicher Besuch vorläufig nicht möglich, er werde aber seinen Sohn Jonas Enrique Raul Cord y Batista schicken.

Sie nahmen im Präsidentenpalast zum Abendessen Platz. Man sprach spanisch. Batista erklärte sich überglücklich, endlich die Bekanntschaft des Sohnes seiner Nichte machen zu dürfen.

»Natürlich sind wir uns schon begegnet«, fuhr er fort. »Als ich in Córdoba zu Besuch weilte. Damals waren Sie jedoch noch ein Kind.«

»Ich kann mich an Sie erinnern«, sagte Bat.

»Ich bin später wiedergekommen. Da waren Sie allerdings im Krieg in Europa.«

Fulgencio war mittlerweile 52 Jahre alt, ein gedrungener Mann mit der Haltung eines Armee-Offiziers; er war auch ursprünglich Berufssoldat gewesen. Er schien spanisch-indianischer Herkunft zu sein; dunkle Hautfarbe, dunkle Augen und zurückgekämmtes Haar, das durch ein duftendes Öl in Façon blieb. Er trug einen cremefarbenen Anzug mit perlgrauem Hemd und kühn gemusterter Krawatte. An seiner linken Hand blitzte ein schwerer Goldring.

Man plauderte eine Zeitlang. Dann kam Batista auf den Grund für die Einladung zu sprechen.

»Es ist wirklich schade, daß weder Sie noch Ihr Vater Kuba kennen«, begann er. »Es ist ein armes, aber wunderschönes Land. Das Klima ist besser als in Miami. Es gibt außergewöhnlich attraktive Strände und hervorragende Möglichkeiten zum Fischen. Und dabei liegt Kuba nur eine kurze Flugstrecke entfernt. Die Kubaner sind ein gastfreundliches Volk. Und kein Volk auf der Welt hat schönere – oder willigere – Frauen zu bieten. Ich habe beschlossen, die Wirtschaft unseres Landes durch die Entwicklung des Tourismus anzukurbeln. Jeder Investor, der nur zweihunderttausend Dollar in einem Hotel oder Motel anlegt, kann eine Glücksspiel-Lizenz erhalten. Meines Wissens plant Cord Hotels Incorporated den Bau eines weiteren Kasino-Hotels in Las Vegas. Warum nicht hier?«

»Der Bericht in der *Saturday Evening Post* –«, setzte Bat an. Der Artikel hatte im Frühjahr betrügerische Machenschaften in kubanischen Kasinos enthüllt.

»Aber Sie wissen ja nicht, was wir daraufhin veranlaßt haben«, unterbrach ihn Batista. »Ich habe die Armee gegen die Falschspieler eingesetzt. Der Militärische Geheimdienst wurde angewiesen, die Übeltäter ausfindig zu machen. Viele von ihnen waren Amerikaner, die wir inhaftiert und deportiert haben. Die Kubaner wurden mit der Warnung aus dem Gefängnis entlassen, daß sie erneut hinter Gitter kommen, und zwar auf Dauer, falls sie sich je wieder einem Kasino nähern. Inzwischen wird bei uns nach neuen Regeln gespielt. Wir sind uns völlig darüber im klaren, daß wir die gewünschte Kundschaft nicht anlocken können, wenn wir betrügerisches Spielen zulassen.«

»Das läßt sich aber schwer kontrollieren«, meinte Bat.

»Ich habe einen ausgewiesenen Fachmann damit beauftragt«, erklärte Batista. »Sie kennen ihn. Meyer Lansky.«

»Ich bin ihm nie begegnet«, sagte Bat. »Mein Vater kennt ihn.«

»Ein wirklich profitables Glücksspiel«, sagte Batista, »kann überhaupt nur funktionieren, wenn die Spieler der Bank vertrauen. Und genau das ist Meyer Lanskys Spezialität: Er weiß, wie die Regeln beschaffen sein müssen und wie man dafür sorgt, daß sie auch eingehalten werden. *Strengstens.*«

»Genauso arbeiten wir in Las Vegas«, sagte Bat. »Ganz korrekt. Einschließlich der Steuergesetze.«

»Ich möchte Kuba zum Monte Carlo der Karibik machen«, sagte Batista. »Die meisten Amerikaner wollen sich nicht die Zeit nehmen oder scheuen die Kosten, ans Mittelmeer zu fliegen. Hier finden sie – bei minimaler Flugdistanz – alles, was auch Monte Carlo zu bieten hat. Und mehr.«

2

Bat akzeptierte das Angebot eines »wirklich erstklassigen Mädchens« von Großonkel Fulgencio und war danach hungrig und erschöpft, als das Telefon läutete und die Hotelzentrale ihm mitteilte, daß ihn ein gewisser Mr. Lansky zu sprechen wünsche. Fünf Minuten danach stand Meyer Lansky an der Tür. Bat, noch im weißen Frottee-Bademantel, ließ ihn herein.

Meyer Lansky stand in dem Ruf eines kleinen Mannes, und in der Tat: Er war klein; ein ernster und, wie es Bat schien, vorzeitig gealterter Mann. Er hatte graue Schläfen. Das Gesicht war von Leberflecken gezeichnet, der Blick müde. Seine Nase war ungewöhnlich groß; und sichtlich war er ein starker Raucher. Er trug einen dunkelblauen Anzug, der ein wenig zu groß wirkte, mit weißem Hemd und Fliege.

»Ich habe Sie nicht erwartet«, sagte Bat.

»Ich kann gern ein andermal wiederkommen.«

»Nein, nein. Nehmen Sie Platz. Ich muß nur um Nachsicht bitten. Da ist noch eine Frau im Badezimmer, das Frühstück ist gerade unterwegs. In fünf Minuten wird sie weg sein. Das Frühstück ist für zwei Personen. Haben Sie schon gefrühstückt?«

»Nur Kaffee«, sagte Lansky.

»Morgendlicher Hunger ist ein besonderes Familienmerkmal der Cords, soweit ich unterrichtet bin«, sagte Bat. »Ich komme allerdings erst allmählich dahinter, worin die Cordschen Familienmerkmale bestehen. Übrigens – ich bin froh, daß Sie da sind. Wir haben da ein paar Dinge zu besprechen.«

Lansky setzte sich in den Ledersessel gegenüber der Couch, wo Bat am Kaffeetisch sein Frühstück einnehmen wollte. »Der Präsident hat Sie wegen der Errichtung eines Kasino-Hotels angesprochen«, sagte Lansky.

»Das stimmt.«

»Wenn es ihm gelingt wahrzumachen, wovon er spricht, läßt sich hier eine Menge Geld verdienen.«

»Dem Land fehlt die politische Stabilität«, sagte Bat.

»Wenn erst einmal bedeutendes amerikanisches Kapital hereinfließt, gibt es schon Leute, die für Stabilität sorgen.«

Bat schüttelte den Kopf. »Diesen Punkt hätten Sie besser nicht erwähnt.«

»Ich persönlich werde damit nichts zu tun haben«, erklärte Lansky. »Genausowenig wie Sie. Es wird aber trotzdem so kommen, und der Präsident wird nehmen, was er an Unterstützung nur kriegen kann.«

»Mitgehangen, mitgefangen.«

»Würden Sie etwa«, fragte Lansky, »Gewinne aus dem Ölgeschäft zurückweisen, nur weil John D. Rockefeller ein Raubritter war?«

Bat sagte: »Sie beraten Präsident Batista. Sie beraten uns. Gibt es da möglicherweise einen Interessenkonflikt?«

»Wie denn? Der Präsident hat mich beauftragt, dafür zu sorgen, daß das Glücksspiel in Kuba profitabel wird – indem ich es ehrlich mache. Also genau die gleiche Aufgabe, mit der Ihr Vater mich beim *Seven Voyages* betraute. Das, und der Verfolgung durch die Steuerbehörden ein Ende zu setzen, indem ich dem Absahnen ein Ende machte. In Kuba ist Profit zu machen. Ich wünschte nur, ich wäre reich genug, um selber ein Kasino zu bauen.«

»*Ich*«, sagte Bat, »würde mich bei langfristigen Investitionen in Kuba zurückhalten. Und ich weiß auch, daß mein Vater zögern würde. Die Amortisierung der Kosten für ein Kasino dauert zehn Jahre. So lange hält sich kein Regime in Kuba. Sie mögen der Durchhaltekraft meines Onkels vielleicht vertrauen. Ich bin da eher skeptisch.«

Lansky verzog die Lippen. Er steckte sich eine neue Zigarette an. »Man muß ja kein Hotel errichten, um ein Kasino zu bekommen.«

»Ich weiß. Wenn man zweihunderttausend Dollar investiert, bekommt man eine Glücksspiel-Lizenz. Und Sie verfügen doch bestimmt über zweihunderttausend Dollar, Mr. Lansky.«

»Mein eigenes Kapital«, sagte Lansky, »ist im Montmartre Club gebunden. Sie können gern Erkundigungen einziehen.«

»Das habe ich bereits getan«, sagte Bat. »Er zieht Geldleute an, weil sie wissen, daß der Montmartre Club nach Meyer-Lansky-Standard betrieben wird. Seriöse Glücksspieler achten Sie und Ihren Club.«

»Ja, aber dann verlassen sie meine Spieltische, um woanders zu essen, sich eine Show anzusehen, ein erotisches Abenteuer zu suchen. Ich habe das Geld nicht, um einen großen Swimmingpool zu bauen, an dem die Ehefrauen sich sonnen, während die Männer spielen. Hören Sie, Mr. Cord...«

»Sagen Sie Bat.«

»Dann nennen Sie mich Meyer. Wissen Sie, woher der Name Meyer kommt? Er soll sich von einem gewissen Rabbi Mei-or ableiten und soviel wie ›Lichtbringer‹ bedeuten. Geboren bin ich als Meier Suchowljanski. Bei unserer Ankunft in New York, das liegt vierzig Jahre zurück, hat mein Vater meinen Namen von Meier auf Meyer abgeändert und unseren Familiennamen auf Lansky verkürzt.«

Bat lächelte. »Und ich heiße eigentlich Jonas Enrique Raul Cord y Batista.«

»Okay, Bat. Ich habe eine Idee. Ich möchte in einem Hotel wie dem *Floresta* ein Kasino einrichten – also in einem *richtigen* Hotel, mit Swimming-Pool und Geschäften und allem Drumherum. Dort kann man die seriösen Spieler anziehen, so wie im Montmartre. Und dazu die Touristen, weil sie wissen, daß bei mir korrekt und ehrlich gespielt wird.«

»Wie in Las Vegas.«

»Genau. Ben Siegel hatte das begriffen. Der Unterschied ist nur, daß Havanna ein Tropenparadies ist und keine staubige Wüstenstadt. Und noch wichtiger: von Chicago und all den großen Städten im Osten ist es viel näher nach Havanna als nach Las Vegas.«

»Ist das ein Angebot, Meyer?«

»Mit einer Million läßt sich im *Floresta* ein Spielsaal und ein

Show-Theater aufziehen«, erklärte Lansky. »Das ist zwar noch ein eher bescheidenes Unternehmen, aber die Investitionen würden sich dafür auch schon in vier Jahren oder sogar noch schneller amortisieren.«

»Der Präsident möchte, daß Cord Hotels Incorporated einen Kasino-Hotel-Komplex errichtet.«

»Dann erzählen Sie ihm doch, daß Sie mit dem *Floresta* einen ersten Versuch starten möchten«, schlug Lansky vor, »und bei zufriedenstellenden Ergebnissen danach größer einsteigen. Ich kann Ihnen versichern, daß er auch die Investition nur einer Million begrüßen würde.«

»Ich möchte mir das *Floresta* zunächst einmal ansehen«, erklärte Bat. »Und mit Präsident Batista sprechen.«

3

»Hast du dich sehr festgelegt?« erkundigte sich Jonas.

Sie aßen im *Four Seasons*, wo Bat seinen Vater über die Gespräche mit Fulgencio Batista und Meyer Lansky unterrichtete.

»Überhaupt nicht«, sagte Bat. »Du hast mich zu keinen festen Zusagen ermächtigt.«

»Aber du meinst, es wäre vielleicht kein schlechtes Geschäft?«

»Könnte sein. Das *Floresta* hat ruhige, luxuriöse Zimmer, eine gute Küche und einen reizvollen Swimming-Pool inmitten echten Felsgesteins und umgeben von blühenden Sträuchern und Palmen. So etwas lieben Amerikaner. Als Erholung nach einer Nacht in den grellen, lauten Lokalen. Nach Lanskys Plänen soll es auch so bleiben. Kasino und Shows sollen in einem eigenen Flügel untergebracht werden. Er will teurere Shows bieten als in den Clubs von Havanna üblich. Und ganz korrektes Glücksspiel.«

»Traust du ihm?«

Jonas hob sein Glas und nahm einen Schluck Jack Daniel's. Bat fand es merkwürdig, dergleichen zu den berühmten Krabbenkuchen des *Four Seasons* zu trinken; aber sein Vater hatte schließlich eine ganze Reihe merkwürdiger Gewohnheiten.

»Nein. Und Großonkel Fulgencio genausowenig. Aber was Meyer Lansky angeht... Hier gilt er als Gangster. Ende. Du weißt – ›der Vorsitzende des Aufsichtsrates‹. Er –«

»Eine Übertreibung«, sagte Jonas.

»Als die Regierung 1942 Lucky Luciano zur Mitarbeit bewegen wollte, hat sie als Vermittler Lansky benutzt.«

»Da habe ich meine Zweifel.«

»Du kannst dich ja informieren. Ich *habe* mich informiert.«

»Hast deine Hausaufgaben gemacht, wie?«

»In den Staaten«, fuhr Bat fort, »betrachtet man Lansky als Gangster, in Kuba als Geschäftsmann. Und das gilt keineswegs nur für Fulgencio Batista.«

»In Nevada hat er zwar keine Spielbank-Lizenz bekommen«, sagte Jonas, »aber er ist trotz seines Rufs ohne Vorstrafen. Er war in seinem ganzen Leben nur drei Monate im Gefängnis.«

»Fürs *Floresta* könnte er aber nicht als stiller Teilhaber fungieren«, sagte Bat. »Es ist *sein* guter Ruf, der dort die Geldleute anlocken würde.«

»Demnach dürften wir das Hotel also nicht kaufen«, meinte Jonas.

»Nein. Wir würden den Flügel für das Kasino und die Säle für die Shows bauen. Die Besitzer des Hotels würden uns den Flügel fest vermieten. Die ersten fünfzig Monate würden wir jedoch keine Miete zahlen. Bis wir unser Kapital zurückhaben.«

»Wem gehört das *Floresta*?« fragte Jonas.

»Einer Immobiliengruppe in Havanna. Wenn die Sache klappt, werden allerdings zehn Prozent meinem Großonkel Fulgencio gehören.«

»Als Versicherung?« fragte Jonas.

»Nenne es, wie du willst. Ich bin jedenfalls froh, daß ich in Kuba war. Allein die Begegnung mit Lansky hat die Reise gelohnt. Er hat mir etwas erzählt, über das wir unbedingt nachdenken sollten.«

»Was?«

»Unser Freund Morris Chandler ist mit ein paar recht rauhen Burschen im Gespräch. Nur ein Name: Jimmy Hoffa hat sich mit ihm in Las Vegas getroffen.«

»Ich weiß«, sagte Jonas. »Angie hat ihn erkannt und mich sofort verständigt.«

»Das ist noch längst nicht alles«, sagte Bat. »Laut Lansky steht er in Kontakt mit Männern wie Murry the Camel in Chicago und Anthony Provenzano in New Jersey. Warum nimmt er wohl mit solchen Leuten Verbindung auf, wenn er doch für uns arbeitet?«

»Weil Nevada Smith tot ist«, sagte Jonas. Er nahm einen Schluck Whiskey. »Deshalb.«

»Wie soll ich das verstehen?«

»Er war eng mit Nevada befreundet. Außerdem hat Nevada ihn mit irgend etwas in der Hand gehabt. Und ohne Nevada ... Chandler hat es nicht gefallen, als ich das *Seven Voyages* übernahm. Er mag die Art Management nicht, zu der ich ihn zwinge. Vermutlich will er uns hinausboxen.«

»Uns auskaufen?«

Jonas schüttelte den Kopf. »Hinausboxen. Deine Aufgabe liegt in Las Vegas. Du übernimmst das Hotel dort. Kuba ist nur ein Nebenschauplatz. Ich brauche dich in Las Vegas.«

Bat aß eine Gabel Krabbenkuchen. »Las Vegas? Was genau soll ich dort tun?«

»Mit Wirkung von heute bist du Vizepräsident von Cord Hotels Incorporated«, erklärte Jonas. »Die Verwaltungsbüros befinden sich im fünften Stock des *Seven Voyages*.«

Bat schüttelte den Kopf. »Moment mal. Unsere Abmachung war, daß ich mich einarbeite – im Konzerngeschäft, nicht nur im Hotelmanagement. In New York oder Los Angeles.«

»Ich habe die Konzernleitung monatelang vom fünften Stock des Seven Voyages aus geführt«, sagte Jonas.

»Aber –«

»Was stellst du dir eigentlich vor? Daß ich dich ins Exil schicke? Wir werden täglich in Verbindung sein.«

»Wegen des Hotelgeschäfts.«

»Für den Augenblick, jawohl, hauptsächlich wegen der Hotels. Mein Gott, irgendwo mußt du doch anfangen! Und zur Zeit ist das der Platz, wo ich dich brauche. Du bist mein Sohn, und ich möchte dich natürlich ganz in meiner Nähe haben. Aber du mußt dorthin, wo ich dich brauche. Dich einarbeiten? Gut, dann arbeitest du dich zuerst im Hotelgeschäft ein. Anschließend ... Doch ein Schritt nach dem andern.«

Bat schüttelte noch einmal den Kopf. »So war das zwischen uns nicht abgemacht. Las Vegas – um Himmels willen!«

»Als Vizepräsident beziehst du hunderttausend Dollar Gehalt jährlich«, erklärte Jonas, während er sich das Glas Bourbon an die Lippen setzte.

»Du kannst sehr überzeugend sein«, sagte Bat. »Anders gesagt: Du findest immer Methoden, damit die Leute genau das tun, was du willst.«

4

Bat traf mit einer Firmen-Beech der Inter-Continental aus Los Angeles in Las Vegas ein und war vom ersten Moment an nicht besonders angetan. Es entsprach genau der Beschreibung Meyer Lanskys – eine staubige Wüstenstadt. Nur hatte Lansky einen Punkt vergessen: Es war eine aufgemotzte staubige Wüstenstadt. Ohne die Gesetze von Nevada, die Spielkasinos erlaubten, wäre sie völlig bedeutungslos.

Er hatte es zwar niemandem gesagt, aber schon die Cord-Ranch hatte ihm nicht gefallen; die umliegende Landschaft dort ebensowenig. Wie jemand in der Armee bemerkt hatte: »Hast du erst mal ein Provinznest gesehen, kennst du alle ...«

Das Wohnhaus der Ranch bildete einen ausgesprochenen Kontrast zur Hacienda bei Córdoba. Das Haus der Hacienda war stilvoll; das Haus der Ranch nur modisch. Las Vegas war weder das eine noch das andere. Das *Seven Voyages* war eine Kunststoffdeponie.

»Ich beziehe das oberste Geschoß als Büros«, erklärte er Chandler gleich nach seiner Ankunft. »Den *gesamten* obersten Stock.«

»Wie ich schon Ihrem Vater gegenüber bemerkte«, wandte Chandler ein, »wird uns das einiges kosten.«

»Vermutlich«, verkündete Bat lapidar, »brauche ich noch einen Teil vom vierten Stock.«

Chandler zuckte die Schultern. »Bitte«, sagte Chandler achselzuckend, »Sie sind der Boß.«

»Nennen Sie mich bloß nicht Boß.«

»Wie soll ich Sie denn anreden?«

»Bis wir uns ein klein wenig besser kennengelernt haben, können Sie ruhig Mr. Cord sagen«, meinte Bat. Er klopfte Chandler lächelnd auf die Schulter. »In einer Viertelstunde, schätze ich, haben wir uns kennengelernt. Dann können Sie mich Bat nennen.«

Als Chandler im Privataufzug verschwunden war, seufzte Bat: »Mir ist heiß. Ich möchte schwimmen gehen. Hast du einen Badeanzug parat?«

»Badeanzug?« sagte Angie. »Gewiß.«

»Treffen wir uns in zehn Minuten am Pool«, sagte Bat.

Sie erschien in weißen Schuhen mit hohen Absätzen in einem weißen zweiteiligen Badeanzug. Badeanzüge, die den Nabel und noch ein wenig mehr vom Bauch freiließen, sogenannte Bikinis, waren eben erst aufgekommen, so daß Angie eine Menge Blicke auf sich zog, als sie über den Steg kam und sich neben Bat niederließ.

»Du bist eine rassige Frau«, sagte Bat. »Wenn du nicht mit meinem Vater liiert wärst –«

»Wenn ich nicht mit deinem Vater liiert wäre, kämst du gern für eine Affäre in Frage«, erklärte sie ihm ganz sachlich. »Aber damit wir uns nicht mißverstehen, wie die Dinge liegen: Ich liebe deinen Vater. Ich nehme nicht an, daß er mich auch liebt, jedenfalls nicht in der gleichen Art wie ich ihn, aber ich liebe ihn trotzdem. Es ist nicht so, daß ich nur mit ihm schlafe.«

Er legte ihr die Hand auf den Arm. »Ich habe dich auch nur hierhergebeten, weil es ein paar Regeln abzusprechen gibt. Ich habe eine Firma in Los Angeles damit beauftragt, alle Zimmer nach Wanzen und solchen Sachen abzusuchen. Bis das abgeschlossen ist, bitte keinerlei geschäftliche Gespräche in den Büros oder auf den Zimmern. Im übrigen auch nicht über Telefon, bis geklärt ist, daß die Leitungen sauber sind.«

»Jemand hat gesagt, daß du viel härter bist als dein Vater.«

»Überhaupt nicht. Mit Härte hat das nichts zu tun. Nur mit Realismus. Als du meinen Vater angerufen hast, um ihn über Hoffas Besuch bei Chandler zu informieren, war er dir sehr dankbar.

Ich muß mich aber jetzt vergewissern, ob Chandler von deinem Anruf weiß.«

»Und wenn ja?«

»Dann kommst du auf seine schwarze Liste«, sagte Bat.

»Da stehe ich doch sowieso schon drauf.«

»Sieh mal, hier geht es nicht nur um Persönliches. Las Vegas besitzt eine außerordentliche Anziehungskraft für das organisierte Verbrechen. Immer mehr Gangster machen sich hier breit. Früher machten diese Typen ihren Reibach, indem sie die Gewinne absahnten. Heute geht es um viel mehr. Weißt du, was Geldwäsche ist?«

»Ich habe davon gehört«, sagte Angie.

»In Las Vegas wird eine Menge Schwarzgeld aus den unterschiedlichsten Schiebergeschäften weißgewaschen; inzwischen auch in Kuba. Mit der Geldwäsche werden Kasinos für illegale Geschäftemacher immer wichtiger.«

Angie nickte. »Du weißt vermutlich schon, daß ich mal ein Weilchen im Knast war?«

»Das ist mir bekannt, Angie. Wenn das meinen Vater nicht stört – und es sieht nicht so aus –, stört es auch mich nicht. Soweit es mich betrifft, brauchst du dir deswegen keine Gedanken zu machen.«

»Ich danke dir, Bat«, sagte sie leise. »Ich wollte damit nur sagen, daß ich über solche Dinge mehr erfahren habe, als mir lieb ist.«

»Jedenfalls wollen wir die Augen offenhalten.«

»Bat…«, sagte sie ernst, »diese Leute sind gefährlich.«

5

Bats Wanzensucher entdeckten im vierten und fünften Stockwerk des *Seven Voyages* tatsächlich verborgene Mikrofone. Einige waren in Telefonapparaten versteckt, andere hinter Bildern, an Lampensockeln, unter Stuhlpolstern und Bettmatratzen. Die Telefonleitungen *wurden* abgehört, ganz wie erwartet. Alles wurde entfernt und Geräte installiert, die neue Wanzen meldeten. Bat veranlaßte künftige Kontrollen in regelmäßigen Abständen.

Chandler sagte er nichts von den Wanzen und Abhöranlagen; Chandler hatte ja von sich aus ebenfalls nichts gesagt. Es bestand eine allerdings nur entfernte Möglichkeit, daß Chandler gar nichts davon wußte. Bat überlegte, Chandlers Büro durchsuchen zu lassen, unternahm dann jedoch nichts.

Er richtete sich in der Suite des fünften Stockwerks ein, in der zwei Jahre zuvor sein Vater gewohnt hatte. Toni kam aus Washington und blieb eine Woche bei ihm. Sie konnte Las Vegas genausowenig ausstehen wie er.

»So etwas *Billiges* wie diese Stadt habe ich noch nie gesehen«, meinte sie.

»Ehrlich gesagt, kenne ich kaum eine andere Stadt, die so *teuer* ist.«

»Wie lange wirst du hier bleiben, Bat?«

»So lange wie unbedingt nötig.«

Er sah Morris Chandler täglich. Trotzdem bat Chandler ihn im Oktober um einen Termin und kam zu ihm nach oben.

»Es kommen ein paar Leute von der Ostküste herüber und möchten Sie gern sprechen.«

»Bitte«, sagte Bat. »Ich rede mit jedem. Wer sind die Leute?«

»Männer, die investieren möchten.«

»Namen?«

»Mr. David Beck und Mr. James Hoffa«, sagte Chandler.

»Beck, Vorsitzender der Teamsters-Gewerkschaft. Jimmy Hoffa, sein Kofferträger. Ja, die Gentlemen sind mir bekannt.«

»In den Pensionsfonds der Gewerkschaft liegen Hunderte Millionen Dollar«, erklärte Chandler. »Die Gewerkschaft sucht nach Investitionsmöglichkeiten. Und da Sie und Ihr Vater bekanntlich ein weiteres Kasino-Hotel in Las Vegas errichten wollen –«

»– möchten die Gentlemen Teilhaber werden. Kann ich mir denken. Kommt nicht in Frage. Ich rede gern mit ihnen. Aber Teilhaber – ausgeschlossen.«

Bat rief in New York an. Vier Tage später traf Jonas ein. Tags darauf erschienen Beck und Hoffa und wurden in den fünften Stock geleitet.

Bat durchschaute Hoffa sofort; das wäre nicht schwer gewesen, auch wenn er noch nie etwas über ihn gehört hätte. Er kannte diesen

Typ aus der Armee: rauflustige, großspurige kleine Straßenganoven waren das. Manche hatten aber durchaus Grips. Dieser Hoffa zum Beispeil. Er *war* ein Straßenschlägertyp, rasch erregbar und schnell mit den Fäusten zur Hand, aber auch schlau und gerissen. Da war Dave Beck ganz anders: ein fetter Gauner, ein watschelnder Fettsack mit Strohhut.

Morris Chandler behandelte sie mit öligem Respekt. Er stellte sie Bat vor und ahnte im voraus, in welchen Sesseln sie Platz nehmen wollten. Er hatte auch bereits Alkohol geordert.

Mit Konversation hielt man sich nicht erst lang auf. Beck kam gleich zur Sache.

»Ihre Firma betreibt das wahrscheinlich profitabelste Kasino der Stadt«, sagte er, indem er sich direkt Jonas zuwandte. »Unseres Wissens wollen Sie ein zweites und eventuell noch ein drittes Kasino bauen. Sie haben das nötige Fachwissen und die Beziehungen für die Lizenzen, wir haben das Kapital. Der Central States Pension Fund sucht nach sicheren Investitionsmöglichkeiten mit überdurchschnittlich hohen Renditen. Ein Teil Ihres Kapitals... plus ein Teil des unsrigen, Ihre Dynamik vereint mit der unseren...«

»Meine Firmen bleiben in meiner Hand«, sagte Jonas.

»Und ich habe meine Gewerkschaft in der Hand«, antwortete Beck. »Deshalb haben Sie beispielsweise bisher auch nie Schwierigkeiten mit Fahrern gehabt, die sich weigern, ihre LKWs an die Laderampen zu setzen, weil sie nicht den Sicherheitsvorschriften entsprechen. Es gibt da bei Inter-Continental Airlines wirklich ein paar Probleme mit unvorschriftsmäßigen Laderampen, aber wir haben nie ein Problem daraus gemacht. Verstehen Sie, was ich meine? Eine Hand wäscht die andere.«

»Richtig«, nickte Jonas kühl. »Aber bevor wir miteinander Geschäfte machen, müßten Sie sich Ihre Hände waschen.«

Hoffa fuhr kerzengerade hoch. »Was soll das heißen?«

»Fangen wir mit Tony Pro an«, sagte Jonas.

»Worauf wollen Sie denn damit hinaus?«

»Tony Provenzano«, sagte Jonas, »mag ja ein feiner Kerl sein, aber ich mache keine Geschäfte mit ihm. Und es gibt noch einige andere, für die das gleiche gilt.«

»Wollen Sie mir etwa vorschreiben, mit wem ich mich zusammentun darf?« fragte Beck zornig.

»Nicht im geringsten. Ich will Ihnen nur klarmachen, mit wem *ich* mich zusammentue.«

Beck schaute Chandler an. »Mir scheint, Mr. Cord hat nicht richtig zugehört.«

»Warum sollte er auch?« fragte Bat.

Sie standen auf. Hoffa kam auf Bat zu. »Und wer sind Sie, *Jüngchen*?« fragte er und hatte Speichel in den Mundwinkeln.

»Ich werde Ihnen sagen, was ich *nicht* bin«, erwiderte Bat.»Ich bin kein billiger kleiner Straßenkläffer. Genau das bin *ich* nicht.«

Hoffa tänzelte wie ein Boxer und schlug zu. Der Schlag streifte Bats linke Backe, brannte zwar, war aber harmlos. Hoffa tänzelte erneut, mit erhobenen Fäusten, von neuem angriffsbereit. Bat lächelte müde und versetzte ihm einen Tritt gegen das Schienbein. Hoffa brüllte laut und war gerade lange genug abgelenkt, daß Bat ihm einen kräftigen Schlag in die Magengrube versetzen konnte. Hoffa ließ die Fäuste sinken, woraufhin Bats Linke einen Volltreffer auf seiner Nase landete, um ihm gleich darauf mit einem rechten Haken in die Zähne zu schlagen.

»Machen Sie die Tür auf, Chandler!« rief er. Als Chandler zögerte, brüllte er ihn an.

Chandler machte die Tür auf. Bat packte den taumelnden Hoffa an Kragen und Hosenboden und warf ihn hinaus in den Flur. Hoffa rollte über den Boden und stieß gegen die Tür des Aufzugs.

Dave Beck, rot im Gesicht, schrie Jonas an. »Das wirst du bereuen. Bis an dein Lebensende!«

Jonas gab ihm eins auf die Nase, daß das Blut spritzte. »Das ist nur eine kleine Anzahlung, damit Sie wissen, was Ihnen blüht, falls Sie gegen mich zum Streik aufrufen sollten, Sie schleimiger Fettsack«, sagte er. »Machen Sie, daß Sie wegkommen. Ich will Sie nie wieder sehen.«

XVI

1

Manchmal vergaß Toni den Zeitunterschied zwischen Washington und Las Vegas und rief Bat morgens gleich nach der Ankunft vom Büro aus an. Dann weckten ihre Anrufe ihn auf.

»Kannst du ein Geheimnis für dich behalten?« wollte sie wissen. Es war Viertel nach sechs morgens.

»Ja doch, sicher. Worum geht es denn, Schatz?«

»Ist deine Leitung sicher?«

»Ganz sicher. Also?«

»Eine Geschworenen-Jury am Bundesgericht hat ihr Urteil verkündet. *Geheim.* Am Nachmittag wird es bekanntgegeben. Die Jury hat Dave Beck in so vielen Punkten für schuldig befunden, daß es reicht, ihn für den Rest seines Lebens hinter Gitter zu bringen.«

»Und Hoffa?«

»Hoffa nicht. Aber die ganze verdammte Gang wird nur noch damit beschäftigt sein, wie sie ihren Boß vor dem Gefängnis bewahren kann. Derentwegen wirst du dir vorläufig keine Kopfschmerzen machen müssen, denke ich. Jedenfalls nicht, bis Beck weg ist und Hoffa die Führung übernimmt.«

»Vielen Dank, Toni. Man kann sich wahrscheinlich gar nichts Besseres wünschen, als eine Freundin im Senat sitzen zu haben.«

»Das ist ein weiterer Punkt, Bat. Im kommenden Frühling bin ich vier volle Jahre Senatsassistentin. Ich höre auf. Ich habe dem Senator bereits meine Kündigung übergeben.«

»*Und ...?*«

»Ich werde für die *Washington Post* arbeiten. In der politischen Redaktion. Als Reporterin.«

»So.«

»Nur eine Zeitlang, Bat. Vorläufig.«

»Ist schon gut.«

»Bat, ich –«

»Ich kann nicht von dir erwarten«, sagte er, »daß du mit mir in Vegas lebst. Du haßt diese Stadt ja noch mehr als ich.«

»Bat... Wir sind noch keine dreißig Jahre alt! Wir haben doch *Zeit*!«

»Schon gut, Baby. Wann sehe ich dich wieder?«

»Falls du nächsten Monat nicht herüberkommst, besuche ich dich. Abgemacht?«

»Abgemacht«, brummte er, drehte sich um und schlief wieder ein.

2

Im Frühjahr 1954 flog Jo-Ann in den Semesterferien nach Las Vegas. Sie hatte mit dem Porsche fahren wollen, sie hatte erklärt, sie wolle nicht zum Smith College zurückkehren, doch Jonas, Monica und Bat brachten sie davon ab und bestanden darauf, daß sie flog.

»Hallo, Bastard!« sagte sie und hielt sich sogleich die Hand vor den Mund. »Tut mir leid, Bat. Entschuldigung. Ich meine, du... Aber das klingt auch nicht besser. Wieso bringst du mich in einer Suite im zweiten Stock unter, wenn du...«

Sie standen im Wohnzimmer der Suite, die er als Büro nutzte, umarmten und küßten sich. »Schwesterchen«, sagte er. »Merk dir das ein für allemal, wir werden nicht miteinander schlafen.« Er ließ seine Hand durch ihr seidiges schwarzes Haar und über ihre Wange gleiten. »Ich sage ja nicht, daß ich es nicht gern täte. Ich habe es dir aber damals gleich gesagt: Das war eine einmalige Ausnahme. Und muß es bleiben. Du bist meine Schwester, *verdammt*!«

»Feigling!«

»Jo-Ann... Du trinkst zuviel.«

»Ich bin die Tochter von Jonas und Monica. Wenn das nicht ausreicht, um einen zum Trinken zu bringen, was dann?«

Er seufzte. »Darüber unterhalten wir uns später. Ich erwarte

Besuch von einem Agenten und seiner Tänzerin, zum Vortanzen. Warum setzt du dich nicht hin und schaust es dir mit an?«

»Vortanzen?«

»Für die Show. Ich habe die Personalentscheidungen für die Shows unten selbst in die Hand genommen. Du weißt ja, wie das ist. Eigentlich war abgemacht, daß ich als Firmenjurist arbeiten sollte. Statt dessen muß ich nun ein Hotel managen.«

»Was ist mit Chandler?«

»Chandler tut seine Arbeit. Die Talentsuche gehört nicht dazu. Die habe ich ihm abgenommen. Nun entspann dich doch. Setz dich hin und trink etwas. Der Agent führt mir eine Tänzerin vor. Das Mädchen will zeigen, was sie kann.«

Sam Stein, der Agent, war ein kleingewachsener Mann in makellosem Maßanzug. Er hatte eine Glatze, ein volles Gesicht und sah ganz so aus wie von einem geschickten Karikaturisten gezeichnet.

Die Tänzerin hieß Margit Little und war genau, was er versprochen hatte: einfach süß. Die großen blauen Augen strahlten Unschuld aus. Das hellbraune Haar lag in einer sauberen Frisur. Sie war vermutlich neunzehn Jahre alt, vielleicht auch erst achtzehn.

»Margit ist eine hochbegabte Künstlerin«, erklärte Stein. »Ich will sie auf keinen Fall als bloße Revuetänzerin unterbringen. Sie soll als Solonummer auftreten, mit ihrem Namen. Ein bißchen singen kann sie auch, wenn auch nichts Umwerfendes. Sie hat ihre Musik mitgebracht. Haben Sie einen Plattenspieler?«

Bat legte die Schallplatte auf, die das Mädchen ihm reichte. Sie entledigte sich ihres Rocks und ihrer Schuhe und tanzte im schwarzen Trikot, als erstes eine klassische Nummer, fast schon ballettartig. Anschließend bat sie Bat, die Platte umzudrehen, zu der sie dann eine schnelle, rhythmische Jazz-Nummer tanzte.

Als sie geendet hatte und sich bückte, um Rock und Schuhe vom Boden aufzuheben, rieb Stein sich die Hände. »Sie hat Talent, nicht wahr?«

»Das hat sie, ja«, stimmte Bat zu.

»Seit wann kannst du Talent fachmännisch beurteilen, großer Bruder?« fragte Jo-Ann.

Bat lächelte der Tänzerin freundlich zu und erklärte: »Man muß kein Fachmann sein, um ein offensichtliches Talent erkennen zu können.« Er wandte sich zu Stein um. »Ich würde sie gern in die Show nehmen, Mr. Stein. Nur weiß ich nicht, wo ich sie da unterbringen könnte. In der Bar kann sie nicht tanzen. Dort lassen wir nur Sängerinnen auftreten. Im Show-Saal läuft eine Revue. Aber ich glaube nicht, daß es dort für sie einen Platz gibt.«

»Dann mache ich Ihnen einen viel besseren Vorschlag, Mr. Cord«, sagte Stein. »Ihre Revue läuft schon ziemlich lange. Irgendwann brauchen Sie ein neues Programm.«

»Schlagen Sie mir etwas vor«, sagte Bat.

»Glenda Grayson«, sagte Stein. »Zusammen mit Margit. Das wäre eine Show!«

3

Im *Roman Circus* in Los Angeles saßen Bat und Jo-Ann mit Sam Stein zusammen an einem Tisch und schauten der lauten und abwechslungsreichen Show auf der großen Bühne zu. Eine üppige, freche Blondine im mit Bergkristallen besetzten rosaroten Kleid sang tanzend ein Lied. Das war die berühmte Glenda Grayson.

»Jonas wird sie nicht mögen«, erklärte Jo-Ann rundheraus. »Sie tut zu wild. Hüpft viel zuviel herum.«

»Er hat mir die Vollmacht gegeben –«

»– die er dir im nächsten Augenblick wieder entziehen wird«, sagte sie, »wenn ihm danach zumute ist. Glaub nur nicht, daß er dir freie Hand läßt. Es gibt Dutzende am Boden Zerstörte, die geglaubt haben, daß unser Vater ihnen freie Hand ließe.«

Bat schwieg. Er richtete seine Aufmerksamkeit ganz auf Glenda Grayson.

Als die Show vorbei war und die Lichter wieder angingen, griff Bat nach der Flasche Johnny Walker und schenkte Jo-Ann und sich ein. Es war die einzige Gewohnheit, die er mit seinem Vater gemein hatte: Er schenkte anderen ein, ohne vorher zu fragen.

Sam Stein hatte den Wortwechsel zwischen den Geschwistern mitgehört. »Ich vertrete übrigens auch Doug Howel«, sagte er. »Er ist auf der Suche nach einem Produzenten für eine Western-Serie von einer Stunde Dauer pro Folge. Realistisch, nicht mit Gesang und Gitarre, ganz ohne humoristisches Beiwerk und ohne gestickte Hemden. Er denkt an die Tradition der alten Nevada-Smith-Filme.«

»Das Fernsehen zeigt bereits genug Western«, sagte Bat.

»Ja, aber das amerikanische Publikum wird von ihnen nie genug kriegen«, versicherte ihm Stein. »Western sind das archetypische amerikanische Mysterienspiel.«

Bat schüttelte stirnrunzelnd den Kopf. »Sie mögen ja recht haben. Aber ich persönlich möchte keine Western produzieren.«

»So?«

»Mein Hauptinteresse an der Wiederaufnahme der Filmproduktion – das heißt, von Video-Produktionen – besteht in der Nutzung der vorhandenen Einrichtungen. Der Cord Studios. Wir haben dort Tonfilmstudio-Anlagen, die wir an andere Filmgesellschaften verpachtet haben. Ich möchte sie aber selbst nutzen.«

Jo-Ann war völlig verblüfft. Bat redete nicht davon, was sein Vater vielleicht wünschen könnte – oder »wir« –, sondern er sprach mit der größten Selbstverständlichkeit von seinen eigenen Vorstellungen. Ob ihr Vater das wußte? Da ging der große Bruder wirklich ein großes Risiko ein! Weiß der Himmel, wie der Vater reagierte, wenn er davon erfuhr.

»Das kann ich verstehen, Mr. Cord«, sagte Stein. »Aber –«

Bat ließ ihn nicht ausreden. »Falls ich Western produzieren würde, müßte man viel mit Außenaufnahmen arbeiten, mit anderen Worten, auf die Nutzung eines gegebenen Vorteils verzichten. Nein, Mr. Stein, ich denke doch, daß unsere ersten Gehversuche mit TV-Produktionen auf dem Gebiet von Sit-coms oder Varieté-Shows laufen sollten, mit Produktionen, die wir in unseren Studios filmen können – ohne ins Freie zu müssen. Das ist auch der Grund, warum ich mir Glenda Grayson anschauen wollte.«

Stein holte einmal tief Luft. »Und wie hat Ihnen Glenda gefallen, Mr. Cord? Ich bedaure sehr, daß sie Ihnen nicht zugesagt hat, Miss Cord.«

»Ich möchte sie persönlich kennenlernen«, sagte Bat.

»Sie muß noch einmal auftreten«, sagte Stein. »Danach wird sie wohl total erschöpft sein. Ich gehe mal hinter die Bühne und rede mit ihr. Vielleicht kann sie heute abend noch fünf Minuten für Sie erübrigen. Oder morgen die Zeit für ein Mittagessen.«

4

Sam irrte. Glenda kam nach ihrer zweiten Show zu ihnen an den Tisch, ließ sich nieder und sich von Bat einen Scotch bestellen. Zu einer Unterhatlung kam es dann allerdings nicht. Besucher des Nachtklubs schauten an ihrem Tisch vorbei, um Glenda mitzuteilen, wie sehr sie ihren Auftritt genossen hatten, oder um ein Autogramm zu bitten.

»Gehen wir doch in meine Suite nach oben zu einem Drink«, schlug sie vor. »Da sind wir ungestört.«

»Bist du denn nicht müde?« fragte Sam.

»Ich möchte mit Mr. Jonas reden«, sagte Glenda. »Er ist immerhin meinetwegen extra von Los Angeles herübergekommen. Wir sehen uns dann morgen mittag, Sam.«

Jo-Ann war einsichtig genug zu begreifen, daß auch sie entlassen war.

In ihrer Suite schenkte Glenda Bat einen Scotch ein und sich selbst einen Schuß Wodka in ein großes Glas mit Orangensaft. Sie hatte ihre Bühnenkleidung abgelegt und trug eine einfache weiße Bluse zum schwarzen Rock.

»Sind Sie nicht sehr müde?« fragte Bat.

»Doch. Sie werden es vielleicht nicht glauben, aber ich nehme jeden Abend zwei bis drei Pfund ab, die ich am nächsten Tag dann wieder zulege. Es ist der Flüssigkeitsverlust. Ich *schwitze* fürchterlich. Nach der Aufführung trinke ich immer einen halben Liter Orangensaft.«

Sie war eine schlanke Blondine mit guter Figur und ungewöhnlich ausdrucksstarkem Gesicht. Jo-Ann hatte ihre Vorstellung als zu wild bezeichnet. Das war gar nicht so falsch gewesen. Diese Frau verausgabte sich total. Jetzt, mit ihr allein, merkte er, daß sie unfähig war, sich zu entspannen. Sie stand auch jetzt noch wie unter Strom. Wahrscheinlich entspannte sie sich überhaupt nur im

Schlaf. Man konnte sich kaum vorstellen, daß Glenda Grayson sich je bequem zurücksinken ließ.

Ihre Auftritte auf der Bühne des Nachtklubs, das Tanzen, Singen und das Schnellfeuer ihrer Pointen, hatten eine ungeheure Dynamik. Und wenn sie zu ihrem berühmten Standardsatz ansetzte – »Ihr werdet's mir ja nicht *glauben*« –, begannen die Zuschauer frenetisch zu lachen, noch ehe sie sagte, was sie denn nicht glauben würden.

Ein Teil ihres Ruhms war ihre derbe Sprache. Nicht unanständig oder unappetitlich, aber doch mit einem kräftigen Schuß Erotik dicht unter der scheinbar harmlosen Oberfläche, sorgsam dosiert für höchste Wirkung bei vordergründiger Subtilität. Darauf verstand sie sich. Sie wechselte an jedem Abend zweimal das Kostüm. Am Schluß trug sie immer ein hautenges rotes Kleid, das hinten mit einem Reißband zusammengehalten wurde und mit einer einzigen Bewegung vom Leib gerissen werden konnte. Danach tanzte sie in einem roten Korselett mit schwarzen Strumpfhaltern weiter. Wer sie zum erstenmal sah, erwartete, daß sie sich auch dies noch herunterreißen und anschließend nackt dastehen würde, allenfalls noch mit dem striktesten Minimum. Doch eben dies geschah nicht.

Sie war zweiunddreißig und trat bereits seit dreizehn Jahren in Nachtklubs auf. Sie war Dutzende Male im Fernsehen erschienen, aber immer nur als Gast in Varieté- oder Talk-Shows von Kollegen. Sie hatte sich eine eigene Sendung gewünscht und nie bekommen. Sie wollte Hauptdarstellerin eines Films sein und war es nie geworden. Ihr Name war allgemein bekannt, aber nur unterhalb des Niveaus von Superstars. Sie mochte zu den fünfzig Topstars des amerikanischen Showbusiness gehören, aber mit Sicherheit nicht zu den Top-Ten.

»Gefällt Ihnen meine Show?« fragte sie. Sie war es zwar nicht gewöhnt, solche Fragen zu stellen. Aber er hatte sich nicht geäußert.

»Ja, sicher. Sie haben eine Menge Talent. Ich habe gerade darüber nachgedacht, wie man es wohl in eine Fernseh-Serie verpacken könnte – sofern das überhaupt möglich ist.«

»Im Cord-Fernsehen?«

»Nein. Für Cord Productions.«

»Woran denken Sie da genau?«

»An eine wöchentliche Show. *Die Glenda-Grayson-Show.* Nur,

wie könnte man das machen? Sie können ja Ihren Auftritt nicht jede Woche nur wiederholen. Selbst wenn Sie den Streß aushielten, würden wir kaum genügend Stoff finden, mit dem Sie einmal wöchentlich fünfundvierzig Minuten lang auftreten könnten. Ihre Nummer hier ist gut, aber man kann sie nicht endlos Woche für Woche wiederholen.«

Sie nickte. »Wissen Sie, ich wechsle nicht eigentlich mein Programm in gewissen Abständen. Ich entwickle es vielmehr ständig weiter. Wenn Sie es in einem Monat wiedersehen, ist es bereits etwas anderes. Und noch einen Monat später hat es sich noch mehr verändert. Und wenn ich in der nächsten Saison wieder im *Roman Circus* auftrete, ist es völlig anders. Andere Songs, andere Tänze, neue Kostüme. Laufende ständige Weiterentwicklung, das ist *meine* Arbeitsweise. Es kann durchaus sein, daß ich morgen abend etwas ganz Neues ausprobiere, um zu sehen, wie es ankommt. Wird es ein Reinfall, verbessere ich es oder lasse es fallen. Das ist der große Vorteil der Bühnenauftritte. Man kann ändern und ausprobieren. Beim Fernsehen geht man auf Sendung, und wenn die Nummer durchfällt, ist man selbst auch durchgefallen. Keine Chance, etwas zu reparieren. Das Fernsehen ist ein verdammt hartes Medium.«

Sie goß sich Orangensaft nach, diesmal ohne Wodka.

»Trifft Sam die Entscheidungen für Sie?« fragte Bat.

»Sam findet Möglichkeiten«, erwiderte sie. »Ich wähle aus. Meine beruflichen Entscheidungen treffe ich selbst.«

»Wären Sie daran interessiert, etwas Neues auszuprobieren?« fragte er. »Eine wöchentliche Serie. *Die Glenda-Grayson-Show*?«

»Selbstverständlich.«

»Gut, dann arbeiten wir also zusammen. Oder mit Sam?«

»Mit mir und mit Sam. Er ist ein toller Bursche, und ohne ihn kommt nichts in Frage. Er kümmert sich aber nur ums Geschäftliche. Die grundsätzliche Entscheidung treffen Sie und ich, er arbeitet den Vertrag aus.«

Bat griff über den Tisch und nahm ihre Hand. »Wir können zusammen etwas wirklich Großes zustande bringen, wir beide«, sagte er leise.

Glenda griff sich mit der anderen Hand an die Augen und wischte mit einem Finger eine Träne weg. »He«, flüsterte sie. »Vorsicht. Ich stehe auf gutaussehende *Schkotzim*. Ich habe mich schon mehr als einmal zum Narren machen lassen.«

»*Schkotzim?*« fragte er.

Sie umspannte grinsend seine Hand. »Nichtjuden. Gojs.«

»Glenda...«

Er stand auf und ging um den kleinen Tisch, um sich hinter sie zu stellen. Er legte ihr eine Hand aufs Blondhaar; es war steif; er berührte Hairspray. Wegen dieses Spraylacks behielt also ihr Haar während des ganzen wilden Auftritts seine Form.

»Ein anderes Wort«, sagte sie, »lautet *Schickse*. Das bedeutet nun aber nicht, wie Sie vielleicht meinen werden: eine nicht-jüdische Frau. Nein, meine Eltern nennen mich *Schickse* – es ist die Bezeichnung für ein jüdisches Mädchen, das sich wie ein Heidenmädchen aufführt.«

»Glenda...« Seine Hand glitt an ihrer Wange entlang.

Sie hob den Kopf und lächelte ihn voller Tränen an. »Mein richtiger Name lautet Golda Graustein. Aber warum erzähle ich Ihnen das? Sie haben mich schließlich nicht um einen Einführungskurs in meine familiären Besonderheiten gebeten. Tut mir leid, Bat.«

Er bückte sich und gab ihr einen Kuß auf die Stirn. »Wenn es hilft, wenn es dir auf irgendeine Weise hilft, dann *mußt du* es mir sogar erzählen.«

»Bleibst du heut nacht bei mir?« fragte sie abrupt.

Bat nickte. Es war völlig unerwartet, aber er wollte die Gelegenheit nicht vorübergehen lassen.

»Du weißt nicht, auf was du dich da einläßt«, warnte sie. »Glenda verliebt sich. Glenda macht sich zum Narren.«

»Wie ich auch«, sagte er.

Sie stand auf. Es dauerte keine Minute, bis sie sich nackt ausgezogen hatte. Sie hatte einen schönen Körper; er war seltsam weiß, wie wenn sie ihn nie der Sonne aussetzte. Nicht einmal Spuren von einem Badeanzug.

»Komm schon, Baby«, sagte sie. »Ich will dich auch sehen.«

Glenda wurde sichtlich erregt, während Bat sich auszog. Sie glitt zu Boden, rollte sich auf den Rücken und machte die Beine breit. Sie legte dieselbe Energie und Wildheit in das Liebesspiel wie in ihren Bühnenauftritt und erreichte Höhen, wie er sie noch bei keiner anderen Frau erlebt hatte. Sie machten es auf dem Boden, zweimal, bevor sie ihn freigab und er sie ins Schlafzimmer tragen und auf das Bett niederlegen konnte. Bislang hatte noch keine Frau ihn total erschöpft; doch als Glenda Grayson endlich matt und schwer und ihre Stimme weich wurde, war er froh.

»Könnten wir die Klausel in den Vertrag aufnehmen, daß du mir wöchentlich mindestens drei solcher Nächte schenkst?« fragte sie.

»Ich bin mir nicht sicher, ob ich das schaffen würde«, meinte er.

»Welch ein Geständnis!« Sie lachte. Es waren ihre letzten Worte. Gleich darauf war sie eingeschlafen.

5

Eine Woche später traf Jonas in Las Vegas ein, auf dem Firmenflughafen der Cord Explosives.

»Was soll der Blödsinn mit dieser Fernseh-Show?« fragte Jonas, sobald sie die Straße erreicht hatten.

»Ich habe da eine gute Idee«, sagte Bat.

»Ach ja? Wann, bitte, habe ich dir mitgeteilt, daß ich eine Fernseh-Show produzieren will? Ich nehme doch an, daß du dazu mein Kapital brauchst?«

»Es ist ein geschäftlich interessantes Projekt«, sagte Bat. »Ein lohnendes Projekt. Und ein notwendiges.«

»Notwendig?«

»Mit der Produktion von Fernseh-Geräten kommen wir langsam in die Verlustzone«, erklärte Bat. »Die kleinen Hersteller werden vom Markt verdrängt. Und aus dem Grund meine ich, daß wir TV-*Programme* produzieren sollten.«

»Warum sollten wir denn verdrängt werden?« fragte Jonas. »Die Cordschen TV-Geräte sind gute Qualität.«

»Die immensen Kosten für Forschung und Entwicklung steigen ununterbrochen weiter«, sagte Bat. »Weißt du von diesem Transistorgerät, das die Bell Laboratories entwickelt haben? In ein paar

Jahren wird die Bildröhre die einzige Röhre in einem Fernseher sein.«

»Und wozu soll das gut sein?« fragte Jonas. »Sicher, sie produzieren Taschenradios. Alles ganz gut und schön. Aber ein Fernsehapparat muß wegen der Bildröhre immer eine gewisse Größe haben.«

»Wie oft muß ein Cord-TV-Gerät fachmännisch betreut werden? Der Service für TV-Geräte entwickelt sich zu einer wichtigen Nebenindustrie. Ob Tag oder Nacht, immer kommt jemand in einem kleinen Lieferwagen, um den Fernseher zu reparieren. Und was wird repariert? Röhren. Neunundneunzig Prozent aller Reparaturanrufe haben damit zu tun, daß Röhren ersetzt werden müssen. Röhren gehen kaputt.«

»Transistor-Radios etwa nicht?«

»Manchmal. Aber nicht regelmäßig, wie Röhren. Außerdem sind sie billiger. Ich habe Fachliteratur zu diesem Thema studiert. In nur wenigen Jahren werden Röhrengeräte nicht mehr wettbewerbsfähig sein. Nicht nur das – die Geräte der Zukunft werden Farbbilder empfangen. Darüber hinaus drängen die Japaner bei uns auf den Markt. Schon mal was von einer Firma namens Sony gehört?«

»Ja, natürlich. Für jemanden, der gerade erst die Zehen ins Wasser steckt, malst du ein verdammt düsteres Bild von der Zukunft.«

»Gar nicht düster. Es wird immer mehr Fernsehen geben – und deshalb bin ich dafür, daß wir in die Programmproduktion einsteigen – und vielleicht sogar die Geräteherstellung aufgeben.«

»Da hast du dir also dieses Weib entdeckt, das du zum TV-Star machen willst. Was kann sie uns deiner Meinung nach liefern?«

»Eine neue Mischung aus Sit-com und Varieté-Show«, sagte Bat. »Sie ist mehr Performer als Schauspielerin: Sängerin, Tänzerin und Komikerin. Sie kann aber auch schauspielern. Komödiantisch ist sie sehr stark. Wöchentlich eine einstündige TV-Varieté-Show, mit ihr als Hauptperson. Die Glenda-Grayson-Show. Wir zeigen sie aber auch zu Hause, mit Ehemann und Kindern, und in komischen Sketchen die Schwierigkeiten, die sie erlebt, um die Rolle einer Ehefrau, einer Mutter und einer Varieté-Künstlerin unter einen Hut zu bringen.«

»Das ist doch bloß ein Klischee«, sagte Jonas.

»Nenne mir auch nur eine einzige erfolgreiche Fernseh-Show, die kein Klischee ist. Sie sind alle miteinander voller Klischees, alle vorhersehbar. Im Fernsehen ist Originalität tödliches Gift. Sagen wir mal, wir eröffnen jede wöchentliche Show damit, daß Glenda ein Lied singt. Dann kommt ein Sketch, und am Ende steht die vorproduzierte Serienfolge. So etwas läßt sich machen.«

»Es ließe sich machen, falls jemand, nämlich ich, einen verdammt großen Topf Geld hineinsteckt.«

»So viel kostet es nicht. Wir können das Apartment in New York in ein Tonfilmstudio umwandeln und das Theater, wo sie ihre Varieté-Show gibt, zu einem zweiten. Wir brauchen keine Außenaufnahmen. Die künstlerischen Entwicklungskosten sind hoch, aber vertretbar. Es gibt da eine junge Tänzerin, die ich ebenfalls für die Show einsetzen möchte. Sie ist neu, und daher billig. Sie heißt Margit Little. Eines Tages wird sie ein Star, dann haben wir sie bereits unter Vertrag.«

Jonas seufzte tief. »Du hast sie doch nicht alle! Habe ich einen Ton davon gesagt, daß ich einen neuen Geschäftszweig aufmachen will?«

»Wenn du nicht mehr von mir willst, als daß ich der Laufbursche bin für Geschäftszweige, die du ohnehin bereits betreibst, dann kannst du meine Kündigung haben«, sagte Bat. »Dein Vater segnete das Zeitliche, da konntest du alles nach deinen eigenen Vorstellungen machen. Du hast Cord Explosives auf Gebiete expandiert, die er nie und nimmer gebilligt hätte. Flugzeuge. Kinofilme. Oder vielleicht hätte er sie gebilligt, wenn er gemerkt hätte, was sich dabei verdienen ließ. Ich glaube aber nicht, daß du bei ihm geblieben wärst, wenn er dich nur hätte Dynamit herstellen lassen. Du –«

»Du stellst da eine Menge Mutmaßungen an«, fuhr ihn Jonas an.

»Okay, dann vergiß, was ich über dich und Großvater an Mutmaßungen angestellt habe. Aber ich sage dir nur eines: Ich werde nicht in der Firma bleiben, wenn ich bei jeder neuen Idee abgeschossen werde. Nicht einmal du kannst aus mir einen Botenjungen machen. *Capisce?*«

Jonas reckte das Kinn vor. »Ich hätte mehr Vertrauen in dein Urteil, wenn du nicht mit dieser Frau, aus der du unbedingt einen Star machen willst, ins Bett gehen würdest.«

»Willst du eine Jungfrau als Star?«

»Junge, Junge!« meinte Jonas gedehnt. »Ist sie wenigstens gut?«

»Sie ist hervorragend.«

»Vielleicht sollte ich sie selbst mal ausprobieren?«

Bat schüttelte den Kopf. »Sie ist keine Hure, die wir uns gegenseitig zuschieben können.«

»Würde sie uns nackt vortanzen?«

»Sie ist ein Star«, sagte Bat. »Jetzt schon. Auch ohne uns.«

»Mist.«

6

Glenda drückte Bats Hand, als er die Tür öffnete und sie in die Suite einließ. Sonst gab sie seinem Vater durch keinerlei Geste zu erkennen, wie sie zu Bat stand.

Sie hatte sich für die Begegnung mit dem berühmten Jonas Cord etwas Besonderes angezogen: ein enganliegendes schwarzes Strickkleid, das dezent wirkte, aber doch geradezu atemberaubend ihre Figur unterstrich.

»Bat hat mir erzählt, was er für eine Art Show für Sie vorhat«, begann Jonas.

»Ich gehe davon aus, daß Sie wissen, was Sie tun, Miss Grayson. Bat wird Leute einstellen, die wissen, was *sie* zu tun haben. Nur will mir scheinen, daß Sie sich eine verdammt harte Bürde auferlegen, indem Sie jede Woche eine Show bringen wollen – das heißt, in einer Saison neununddreißigmal. Bat hat keinerlei Erfahrung im Show-Geschäft. Ich dagegen schon, und ich bin der Ansicht, das ist einfach zuviel. Falls ich das finanziere, will ich Sie höchstens alle zwei Wochen haben; zwanzig Shows pro Saison, keine neununddreißig. Abgesehen davon, daß es Sie davor bewahrt, sich total zu verausgaben, wird es auf die Weise auch möglich, in jeder Folge etwas mehr Qualität zu bieten.«

»Ich finde das einen guten Vorschlag, Mr. Cord«, sagte Glenda.

»Noch habe ich nicht akzeptiert, verstehen Sie«, schränkte Jonas ein. »Bat muß mich erst noch überzeugen.«

»Das verstehe ich«, sagte sie.

»Ich habe außerdem eine Frage«, sagte Jonas. »Ist diese Show etwas, das Sie unbedingt wollen? Stehen Sie voll und ganz dahinter?«

»Mr. Cord«, sagte sie. »Ich habe mein halbes Leben lang getanzt und gesungen. Das ist alles, was ich will. Meine Eltern sind davon noch immer nicht begeistert, aber es ist alles, was *ich* mir wünsche. Es gäbe nichts, was ich dafür nicht in die Waagschale werfen würde. Meine eigene Fernseh-Show zu haben, unter meinem eigenen Namen – das ist der Höhepunkt überhaupt. Davon habe ich immer nur geträumt. Sie *muß* einfach ein Erfolg werden. Dafür gebe ich alles, Mr. Cord.«

»Nun... dann wollen wir mal sehen, ob Sie alles geben. Ich möchte Sie um eine Probevorstellung bitten. *Nackt.* Eine Probe ganz ohne. Was sagen Sie dazu?«

Glenda wandte sich Bat zu, erschrocken, mit aufgerissenen Augen.

»Kommt nicht in Frage«, sagte Bat kalt. »Ausgeschlossen. Laß den Scheiß, Jonas.«

Jonas lief rot an. Seine Halsadern traten hervor. Aber er sagte kein Wort. Er entließ Bat und Glenda mit einer Handbewegung.

7

»Na, das war's dann wohl«, meinte Glenda, während sie auf den Fahrstuhl warteten. »Vielleicht hätte ich es ja doch tun sollen.«

»Nein. Und wir *werden* die Show produzieren.«

»Woher willst du wissen, daß er mitmacht?«

»Er kennt die Konsequenzen, wenn er sich weigert – daß er dann nämlich einen seiner Vizepräsidenten los ist.«

»Und einen Sohn dazu?« fragte sie. »Nein, vielleicht hätte ich es doch tun sollen. Vielleicht sollte ich in die Suite zurückgehen und es tun.«

»Nein«, sagte Bat bestimmt.

»Nimmst du jetzt Rücksicht auf meine Empfindungen oder auf

meinen Stolz und meine Würde?« fragte sie. »Dann sage ich dir besser gleich, daß Würde und Stolz bei mir nicht sonderlich hoch entwickelt sind. Golda Graustein hat schon ein paar recht unwürdige Dinge getan, um Glenda Grayson zu werden.«

XVII

1

»Schickse!«

Als sie dieses Wort zum erstenmal hörte, ausge*spuckt* war es worden, da galt es nicht ihr, sondern ihrer Tante Lela, der jüngeren Schwester ihrer Mutter. Das mußte gewesen sein – ach, sieben oder acht Jahre war sie damals alt gewesen, und Tante Lela sechs- oder siebenundzwanzig.

Der Anlaß war, daß Tante Lela an jenem Morgen das Sabbatgebot gebrochen hatte. Während die Männer des Hauses in der Synagoge beteten, stellte Lela fest, daß jemand vergessen hatte, den zusätzlichen Sack ungesalzener Hefebrötchen zu kaufen, der wegen der vier Gäste benötigt wurde. Also war sie aus dem Haus geschlichen, nachdem sie ordentlich ihr Haupt mit einem Schal verhüllt hatte, wie es sich für ein anständiges jüdisches Mädchen vor dem Ausgehen geziemte. Sie war acht Blocks weit gelaufen, bis zu dem Markt der Gojim im Ozone Park an der 87. Straße, und dort hatte sie *eingekauft!* Sie hatte am Sabbat Geld angefaßt! Und jemand hatte sie beobachtet und es Rabbi Mordechai Graustein gemeldet.

»Schickse!«

Es war nicht das erstemal, daß Lela die Gebote übertreten hatte. Am meisten warfen ihre Eltern ihr jedoch etwas anderes vor: daß sie mit sechs- und siebenundzwanzig Jahren noch immer nicht verheiratet war.

Auch ihre letzte Missetat war es nicht. Mit achtundzwanzig Jahren heiratete sie dann nämlich einen jungen Mann aus New Jersey und zog zu ihm. Er gehörte aber einer Reform-Synagoge an, und die beiden zogen ihre drei Söhne im reformierten Judaismus auf. Rabbi Graustein verbot seiner Frau jeglichen Kontakt zu diesen Kindern, und sie durfte auch nie wieder mit ihrer Schwester sprechen. (Sie traf sich trotzdem mit ihnen, was Rabbi Graustein wahrscheinlich auch vermutete; doch sie gingen einer Auseinandersetzung aus dem Wege, indem beide so taten, als ob die Frau sich an das Verbot hielte.)

Rabbi Mordechai Graustein war Golda Grausteins – Glenda Graysons – Vater und ein ehrfurchtgebietender Mann. Wenn die kleine Golda nicht genau gewußt hätte, daß er sie liebte, hätte sie sich vor ihm gefürchtet. Er war größer als die meisten Menschen, mit breit ausladenden Schultern und einem massigen Körper, der seine langen, schwarzen Mäntel ausfüllte. Er trug gestärkte weiße Hemden, zugeknöpft bis an den Hals, stets ohne Tuch; aber der Hals war ohnehin gewöhnlich von seinem Bart verdeckt. Den Hut trug er gerade und fest auf dem Kopf. Er war in der ganzen Umgebung von Queens ein geachteter Mann und galt vielen sogar als heilig. Seine Weisheit und sein Wissen waren gesucht. Die Leute kamen zu ihm ins Haus, um seine Auslegungen des Gesetzes zu hören. Es kamen auch beunruhigte Männer, um seine Meinung über die entsetzlichen Dinge zu erfahren, die in Mitteleuropa geschahen.

Gelegentlich lauschte Golda ehrerbietig. So hörte sie ihn eines Tages erläutern: Weil das Gebot das Feuermachen am Sabbat untersagte, dürfe an diesem Tage auch kein elektrisches Licht angemacht werden. Denn, so argumentierte er, das Anknipsen eines Schalters verursache das Auftreten von Feuer in einer Glühbirne, und daher müßten die Schalter vor dem Sabbat eingeschaltet und dürften bis zum Sabbatende nicht mehr berührt werden. Ein *Yeshiva*-Schüler gab ernst, aber demütig Zweifel zu bedenken, doch Rabbi Graustein wies ihn mit Zitaten aus den Schriften zurecht.

Golda lernte Hebräisch und Jiddisch. Für ihre Brüder war dies eine Pflicht und Notwendigkeit, aber nicht für sie als Mädchen. Weil sie sich trotzdem die Mühe machte, erntete sie ein Maß an Achtung und Anerkennung, das ihren Schwestern versagt blieb. Sie lernte auch noch vieles andere: leise zu sprechen und sich anständig aufzuführen, die Sabbat-Kerzen zur rechten Stunde anzuzünden, bei den Familiengebeten ihrem Vater die richtigen Antworten zu geben, das Fleischgeschirr vom Milchgeschirr getrennt zu halten und nicht einmal zusammen abzuwaschen.

»Stets war ihr bewußt – sie konnte sich an keine Zeit in ihrem Leben erinnern, wann nicht –, daß ihre Familie sich von den meisten Nachbarn kaum unterschied, von einigen dagegen sehr. Die Männer, die zu ihrem Vater kamen, waren genauso gekleidet wie er, trugen die gleiche Barttracht und den Kopf bedeckt, wenn nicht mit einem Hut, dann mit einer *Yarmulka*. Die Frauen waren ebenfalls gleich angezogen, immer sehr sittsam und mit bedecktem Kopf, wenn sie das Haus verließen. Sie kauften nur in ausgesuchten Geschäften, die besondere, nur für sie bestimmte Lebensmittel und Waren führten. Sie waren alle verbunden durch besondere Kenntnisse und Traditionen, die unentrinnbar schienen.

Trotzdem wußte Glenda von frühauf, daß nicht alle Menschen so lebten wie sie. Und sie merkte sehr früh, daß es Menschen gab, die ihr Volk haßten. Eines Tages kam ihr neunjähriger Bruder Elihu blutig und verschrammt von der Schule zurück. Er war von anderen Jungen angegriffen und geschlagen worden. »Iren«, brummte der Vater. »Italiener. Katholische. Sturmabteilungen.« Der Vorfall wiederholte sich nie, wenngleich Golda die Jungen ihrem Bruder gelegentlich »Judenbengel!« nachrufen hörte.

Sie glaubte zu begreifen, warum die Jungen ihren Bruder haßten: Sie waren neidisch auf ihn, weil er klüger war und eine bessere Zukunft vor sich hatte. Er konnte ein Rabbi werden wie sein Vater oder Diamantenhändler wie Onkel Isaak, während auf sie schwere Fließbandarbeit in Fabriken oder Schmutzarbeit in Autoreparaturwerkstätten zukam.

Sofern sie überhaupt Arbeit fanden. Die große Weltwirtschaftskrise, von der man bei den Grausteins wenig spürte, stürzte viele Familien in Armut und Elend. Die von Gott Ungeliebten haßten die, die Gott liebte. Es war nie anders gewesen in der Menschheitsgeschichte, sagte ihr Vater.

2

Als sie sieben Jahre alt war, nahmen ihre Eltern sie zu einem Straßenfest mit, und dort sah sie zum erstenmal tanzende Menschen. *Tanzen!* Sie bewegten den Körper, vor allem die Beine, im Rhythmus der Musik, lachten und jauchzten fröhlich. Zuerst tanzten die Männer, danach die Frauen. Golda war sofort begeistert und versuchte mitzutanzen, wurde aber von ihrer Mutter zurückgehalten. Den Tanz der Männer zu imitieren, wäre unschicklich gewesen. Als aber die Frauen tanzten, ließ sie sie gewähren.

Sie durfte tanzen! Bevor ihr erstes Erlebnis mit dem Tanzen vorbei war, hatte sie etwas noch viel Aufregenderes entdeckt als das Tanzen selbst: daß sie dadurch zum Mittelpunkt der Aufmerksamkeit wurde. Die Umstehenden wandten die Blicke von den tanzenden Frauen dem tanzenden kleinen Mädchen zu. Und als sie auf diese erste Erfahrung, Mittelpunkt zu sein, mit Grinsen und Augenrollen reagierte, merkte sie, daß den Leuten auch das noch gefiel.

Tanzen war keine Gebotsübertretung. Es sollte geziemend geschehen, mit gebührendem Abstand, aber es war keine Sünde, sich daran zu erfreuen und es sogar bewußt zu genießen. Es gab keine Stelle in den Geboten, räumte ihr Vater ein, die es den Menschen untersagte, sich zu freuen. Er hatte nicht einmal Einwände, als ihre Mutter sie Ballettstunden nehmen ließ. Das einzige dabei war, daß der Vater Tutus als nicht sittsam empfand und verlangte, daß sie in einem knielangen Rock tanze. Er hatte jedoch keine Tanzstunden besucht. Daß Golda dort Tutus trüge, war nur seine Annahme. Daß sie tatsächlich sogar nur in Strumpfhosen und Trikots tanzte, kam ihm gar nicht erst in den Sinn.

In jener Zeit begannen sich ihr allerlei Fragen aufzudrängen. Warum ihr Vater sich so ungewöhnlich kleidete. Warum sie außerhalb des Hauses den Kopf bedecken mußte. Warum zu Hause so penibel darauf geachtet wurde, Fleisch- und Milcherzeugnisse streng getrennt aufzubewahren. Warum sie und die mit ihnen befreundeten Familien des Bezirks so ganz anders waren als alle übrigen Menschen, die sie im Bus auf dem Weg zum Ballettunterricht beobachtete. Sie nahm sich ein Herz und fragte ihre Mutter.

Den Vater zu fragen, wagte sie denn doch nicht. Sie folgten damit dem Willen G-ttes, sagte die Mutter, indem sie sein Gesetz achteten und die überlieferten Sitten fortführten.

G-tt befiehlt uns, G-tt sagt uns, daß ... Das Gebot, den Namen Gottes nicht auszuschreiben, übertraten sie niemals; in Goldas Bewußtsein war Gott deshalb immer nur »G-tt«. Der Wille G-ttes schien Rechtfertigung für alles zu sein.

In dem Bus zum Ballettunterricht fuhr eine andere Schülerin mit, die zwar auch – sagte sie – an Gott glaubte, aber ganz anders.

»Wie kommt das«, fragte Golda dieses Mädchen eines Tages, »daß Gott euch dies befiehlt und uns etwas anderes?«

Das Mädchen zuckte mit den Schultern. »Der Herr geht seltsame Wege, um seine Wunder zu wirken«, erklärte sie. »Wir sind Kinder Gottes. Gelobt sei der Name des Herrn.«

Mit vierzehn war Golda eine entschiedene Skeptikerin.

3

Mit fünfzehn wurde sie dem jungen Mann vorgestellt, den Rabbi Graustein ihr zum Mann bestimmt hatte. Er hieß Nathan und war achtzehn – ein *Yeshiva*-Schüler, ein zukünftiger Rabbi.

Dieser Nathan war ein schmächtiger junger Mann, furchtsam in Gegenwart des beherrschenden Rabbi Mordechai Graustein und ehrerbietig gegenüber dessen Tochter. Er war nur etwa fünf Zentimeter größer als Golda und wog wahrscheinlich kaum zwanzig Pfund mehr. Golda mißfielen seine vollen roten Lippen und seine vereinzelten, unordentlichen Haarbüschel, die ihm stellenweise auf Backe und Kinn wuchsen. Er sollte sich rasieren, dachte sie, solange er keinen richtigen Männerbart hat. Auch seine einfache Brille mit dem runden Silbergestell paßte ihr nicht. Er trug eine bis an die Oberschenkel reichende schwarze Jacke und sein weißes Hemd zugeknöpft und ohne Halstuch, dazu den Hut streng gerade auf dem Kopf, alles genau wie ihr Vater, nur mit dem einen Unterschied, daß ihm das alles keine Würde verlieh. Am dämlichsten überhaupt aber fand sie seine fade Aufrichtigkeit.

Golda sprach er erst bei seinem fünften Besuch im Hause der Grausteins an. Er erklärte ihr leise und mit nüchterner Sachlichkeit: »Unsere Väter haben uns füreinander bestimmt.«

»Kann schon sein«, entgegnete sie unverbindlich. »Aber das ist noch lange hin.«

»Ja«, sagte er. »Ich muß auch erst zu Ende studieren.«

Zu ihrem ersten öffentlichen Tanzauftritt kamen weder Vater noch Mutter. Mrs. Shapiro, ihre Tanzlehrerin, hatte mit ihr sechs Monate lang eine Nummer einstudiert. Ihre Mutter wußte nichts davon; und falls sie es gewußt hätte, hätte sie Rabbi Graustein wahrscheinlich nichts davon gesagt.

Die Veranstaltung fand im Freizeitsaal einer Synagoge in Hempstead auf Long Island statt. Als Golda dies erwähnte, legte der Rabbi zwar die Stirn in Falten, fragte dann aber doch nicht, was das denn für ein Gotteshaus sei, das einen Freizeitsaal besaß. Für die Familie Graustein war Hempstead ein weit entlegener Ort, der bestimmt nicht ohne Mühe zu erreichen war. Ihre Eltern gaben sich also mit der Versicherung zufrieden, daß die jungen Tanzschülerinnen mit einem Bus hingefahren und bis neun Uhr abends wieder zurückgebracht würden. Dieser Punkt löste hinterher auch das einzige negative Echo bei ihnen auf die Vorstellung aus – weil der Bus erst um 21.46 Uhr zurückkehrte.

Sie hatten die Aufführung also nicht gesehen, bei der einige Schülerinnen ihr Können auch im Stepp-Tanz zeigten. Golda, mittlerweile sechzehn, langbeinig und mit voll entwickeltem Busen schon ganz junge Frau, tanzte sogar eine Solo-Nummer, zu der sie in einem knallroten Trikot mit Flitter erschien und mit rotem Zylinder, Netzstrümpfen und einem Spazierstock. Sie tanzte und sang, und an einer Stelle schob sie auf eigene Faust einen kurzen Sprechtext ein, der nicht abgesprochen war. Sie schnitt Grimassen und rollte mit den Augen. Ihre Begeisterung wirkte ansteckend. Das Publikum bedankte sich mit einer stehenden Ovation und holte sie dreimal auf die Bühne zurück.

»Ich will Tänzerin werden, Entertainerin«, erklärte sie ihrer Mutter am Abend in der Stille ihres Zimmers.

»Dein Vater hat einen Ehemann für dich ausgesucht.«

Golda aber sagte schlicht und einfach: »Nein.«

Das war das erstemal, daß der Vater ihr das Wort *Schickse* an den Kopf warf.

Er wollte nicht länger für den Unterricht bei Mrs. Shapiro zahlen. Mrs. Shapiro unterrichtete sie trotzdem weiter. Da gab er ihr auch nicht mehr das Geld für den Bus. Sie ging zu Fuß – bis Mrs. Shapiro es herausfand und ihr das Busgeld schenkte.

Naomi Shapiro hatte in den 20er und frühen 30er Jahren am Broadway getanzt, wenn auch ohne große Erfolge, und als sie Gewicht ansetzte, war es sowieso vorbei.

»Sie werden dir das Herz brechen, Darling«, warnte sie Golda. »Überlege es dir gut. Du mußt es dir wirklich sehr gut überlegen.«

Da war Golda schon achtzehn. »Wenn ich mir die Alternative vorstelle – die Ehe mit einem blassen, pickligen ... völlig unmännlichen ...«

»Ich kann dir ein Vortanzen arrangieren. Da wirst du merken, gegen welche Konkurrenz du anzutreten hast. Es wird dir bestimmt die Augen öffnen.«

4

Noch vor dem Probetanzen verlor Golda ihre Jungfräulichkeit. Genauer gesagt, verlor sie sie nicht, sondern entledigte sich ihrer, weil sie sie nicht länger als kostbares Gut betrachtete. Sie verschenkte sie in einem verdunkelten Übungsraum im Studio von Mrs. Shapiro an einen zwei Jahre älteren Tänzer, einen kräftig gebauten, ansehnlich maskulinen Jungen, der das genaue Gegenteil von Nathan war.

Und sie beging ihren ersten großen Fehler in der Liebe. In ihrer Unschuld begriff sie nicht, daß das, was da geschah, nicht unbedingt aus Liebe geschehen mußte, jedenfalls nicht aus jener großer romantischen Liebe, von der sie noch träumte und wie sie in den Liedern auf Schallplatten und im Radio besungen wurde. Wie denn sonst, meinte sie, hätte er sich mit ihr gemeinsam durch das ganze Ritual der Leidenschaft kämpfen können? Also mußte sie ihm doch etwas bedeuten?

Aber offenbar doch nicht. Er stieß sein großes, dickes Organ in sie hinein, verursachte Schmerz und Lust, und hinterher behandelte er sie wie eine lästige Sache, mit der er nichts mehr zu tun haben wollte.

Eine Woche später begleitete Mrs. Shapiro sie zu ihrem ersten Vortanztermin, und der öffnete ihr wirklich die Augen. Golda mußte entdecken, daß sie nur eine von Tausenden – oder Zehntausenden? – von Mädchen war, die passioniert tanzten und von einem Platz als Revuetänzerin am Broadway träumten. Sie hatte ihren Termin überhaupt nur bekommen, weil irgend jemand Naomi Shapiro noch einen Gefallen zu schulden schien.

Sie kam nicht einmal in die engere Wahl.

Als sie vor dem Theater im Regen auf der Straße standen und nach einem Taxi bis zur U-Bahn Ausschau hielten – Golda total deprimiert, mit einem Schal über dem Kopf, im viel zu kurzen Regenmantel, mit Halbschuhen und Mädchensocken, alles ganz unmodisch –, kam ein Mann auf sie zu.

»Hallo, Naomi«, sagte er. »Enttäuscht?«

»Ich nicht«, erwiderte Mrs. Shapiro. »Aber Golda sicherlich. Obwohl ich sie vorher gewarnt hatte. Darf ich euch miteinander bekannt machen. Golda Graustein. Ernie Levin.«

Golda musterte den Mann mit dem braunen Regenhut und dem schwarzen Regenmantel. Er mochte an die fünfzig Jahre alt sein. Er war kleiner als sie. Sein Gesicht wirkte zusammengedrückt, als zwängten ihm die Backen eines Visiers Schädel und Kinn ein; doch um Augen und Lippen spielte ein selbstbewußtes Lächeln.

»Sehr erfreut, Miss Graustein. Zuallererst müssen Sie diesen Namen loswerden. Als nächstes – was sind Sie? Hassidisch? –, als nächstes werfen Sie das Kopftuch weg. Lassen Sie sich die Brauen zupfen und das Haar kurz schneiden. Und Sie müssen sich schminken lernen.«

»Ernie ist Bühnenagent«, bemerkte Mrs. Shapiro nicht gerade begeistert.

»Ich war auch im Saal«, erklärte Ernie Levin. »Ich habe dich gesehen, Kleine. Ich kann dir Arbeit besorgen.« Er wandte sich an Mrs. Shapiro. »Für den Sommer könnte ich ihr ein Engagement in den Catskills beschaffen, Naomi. Und im Herbst dann eventuell etwas Off-Broadway. Vergiß die Chorus Line, Golda. Du hast was. Deshalb paßt du auch in keine Chorus Line. Da würdest du viel zuviel Aufmerksamkeit auf dich lenken. Chorus girls müssen unauffällig und uniform sein. Ist sowieso Elendsarbeit. Wie alt bist du, sag?«

Und das nächste war der Bruch mit ihrer Familie.

»Ausgeschlossen. Kommt nicht in Frage. Du heiratest Nathan. Noch diesen Sommer. Und führst ein ordentliches und anständiges Leben.«

»Nein, Papa. Ich werde Nathan nicht heiraten. Ich will ihn nicht. Ich liebe ihn nicht.«

»Nathan ist ein ordentlicher junger Mann mit Zukunft. Er wird Rabbi. Und du die Frau eines Rabbi. Andere Mädchen würden sich die Finger danach ablecken. Alle Achtung und Ehre, die ihm zuteil wird, fällt auch auf dich. Außerdem ist alles fest abgemacht, Golda. Ich habe dich ihm versprochen. Und ich dulde keinen Widerspruch.«

»Ich kenne die Gebote auch ein wenig, Papa. Du kannst mich nicht zwingen, Nathan zu heiraten. Außerdem bin ich siebzehn Jahre alt und bald achtzehn. Ich kann ausziehen.«

»SCHICKSE!«

5

In jenem Sommer – dem letzten, in dem noch Frieden in der Welt herrschte – trat sie in zwei Hotels im Umland auf, wo vorwiegend eine russisch-stämmige Bevölkerung wohnte. Sie war entsetzt, als sie entdeckte, daß man von ihr dort außer zwei Bühnenauftritten abends auch erwartete, daß sie mittags im Restaurant bediente. Ernie Levin beruhigte sie. Keine Sorge, das sei nur der Einstieg, so fange es immer an, man sammle Erfahrungen, das sei wichtig. Und er wies sie mit Nachdruck auf die Vorteile hin, die sie den andern gegenüber hatte – daß sie solo auftreten und dazu auch noch tanzen *und* singen *und* Witze reißen durfte; daß sie vor allem aber ihr Handwerk lernte.

In allen Shows war der Komiker der Star. In fünf Shows dieses

Sommers fungierte sie als Assistenz der Komiker-Nummer. Es gab überall noch weitere Sängerinnen und Tänzerinnen, doch Levin behielt recht. Sie bekam in jeder Show die beste Nebenrolle und konnte an ihrer Nummer feilen.

Sie trat in Trikot und Netzstrümpfen auf, manchmal auch mit einem Zylinder und gelegentlich einem Spazierstock. Levin forderte sie auf, ihr Publikum zu studieren und genau zu beobachten, wie es auf Details reagierte. »Das Wichtigste ist«, sagte er, »daß du eine Beziehung zu deinen Zuschauern aufbaust. Du darfst nicht einfach ein fix und fertiges *Schtick* anbieten. Ein Künstler ist kein Händler, dem der Kunde seine Ware abkauft oder eben nicht.« Nein, sie müsse die Reaktionen des Publikums in ihre Nummer einbeziehen. »Und zwar gleich. Es darf sich nicht erst am nächsten Abend in Änderungen niederschlagen. Auf der Stelle mußt du sie berücksichtigen, sobald du merkst, daß dein Publikum nicht mitgeht.« Für einen Künstler, sagte er, gibt es keinen schlimmeren Fehler, als Ressentiments gegen Zuschauer zu empfinden, die einen nicht akzeptieren, nichts Schlimmeres, als dem Publikum zu trotzen. Der Kunde, sagte Ernie, hat immer recht.

Ihrer Mutter schrieb sie, sie schlafe im Kellnerinnen-Schlafsaal und äße koscher. Und am Sabbat, schrieb sie, fänden keine Aufführungen statt. Sie schrieb jedoch nicht, daß sie ihren Kopf in der Öffentlichkeit nicht mehr bedeckte. Und nicht, daß sie sich einem der Komiker hingegeben hatte. Oder daß sie wieder einmal das Phänomen männlicher Aufmerksamkeit mißverstanden und sich verliebt hatte.

Als sie nach New York zurückkehrte, war sie schwanger.

Der findige Ernie Levin brachte sie in der Wohnung einer anderen Klientin unter und arrangierte eine Abtreibung, nicht bei einem Hinterhof-Quacksalber, sondern bei einer Gynäkologin in White Plains, einer kompetenten, mitfühlenden Ärztin. Die Operation war dennoch schmerzlich und hinterließ bei Golda das Gefühl, eine unverzeihliche Sünde begangen zu haben.

»Es stehen dir zwei Möglichkeiten offen, Kindchen«, sagte Ernie. »Entweder du gehst nach Hause zu deinen Eltern zurück. Wenn du das Kind bekommst, brauchst du für das Kind und dich selber ein Zuhause. Oder du läßt abtreiben. Ich habe Arbeit für dich. Ich kann dich in Klubs unterbringen. Gott behüte, daß ich je eine Frau zu einer Abtreibung dränge. Aber du mußt wissen, welche Möglichkeiten du hast.«

»Ich habe doch überhaupt keine«, sagte Golda unter Tränen.

»Ein guter Rat, Golda«, sagte Ernie. »Bau nicht so sehr auf die jungen Männer. Du bist noch zu naiv. Sei etwas weniger vertrauensselig.«

Die Gynäkologin klärte sie über Verhütungsmittel auf.

Ernie gab Golda für einundzwanzig aus und verschaffte ihr einen Termin zum Vortanzen in einem winzigen Komiker-Klub in Lower Manhattan. Der Eigentümer wollte aber eine andere Nummer von ihr. Sie könne tanzen – okay und singen – okay. Aber die Nummer hatte ihm zu wenig Witz. Er betrieb schließlich einen Komiker-Klub. Und dann ihre Songs: die mußten anzüglicher werden. Und dann keinen BH unter dem Trikot, okay? »Die Leute mögen es, wenn es schaukelt!«

Ernie studierte mit ihr Witze ein. Einige kaufte er, andere klauten sie einfach. Manche waren sehr schlüpfrig, andere nicht.

Golda brachte sie alle und kam damit an. Ernie besorgte die Rechte einiger Party-Songs. Für »Bounce your boobies«, laß sie beide hüpfen, erntete sie frenetischen Beifall.

Es war Knochenarbeit. Der Klub öffnete abends nicht vor neun und schloß um drei Uhr früh – bis dahin hatte Glenda stets vier Shows hinter sich. Der Eigentümer verlängerte ihren Vertrag dreimal; sie blieb einen ganzen Monat.

An ihrem letzten Abend rief eine Stimme aus dem Publikum: »He, Golda! Wo trittst du anschließend auf?«

»Im *Yellow Calf*«, rief sie zurück. Ernie hatte bereits ein weiteres Engagement für sie gefunden.

»Auf Wiedersehen dort!« rief der Mann.

6

Die Klubs annoncierten neue Shows in der Boulevard-Presse, und ehe der Winter um war, hieß Golda in diesen Anzeigen »die hinreißende Tänzerin und Komikerin Golda Graustein«.

Sie arbeitete an ihrer Nummer. Das Publikum der Klubs war anspruchsvoller als die Zuschauer der Hotels in Catskill. Es war erbarmungslos. Die Leute hier betrachteten sie nicht als ehrgeizige Kleine, die gefallen wollte, sondern als Bestandteil einer Show, für die sie mit gutem Geld Eintritt bezahlt hatten. Sie verlangten derben Humor mit sexuellen Anzüglichkeiten. Manchmal reichten Zweideutigkeiten nicht mehr. Sie wollten gleich richtige Zoten. Golda hatte noch viel zu lernen, und ihr Lehrer war Ernie. Er begann Vortragsrechte bewährter Witze für sie zu kaufen. Ein junger Schriftsteller lieferte ihr neues Material – für zehn Dollar pro Zeile. Eines Abends bekam sie Riesenapplaus für eine Parodie des Songs »I'm Forever Blowing Bubbles« mit der Zeile »I suck like an Electrolux«, und als sie dann die Bedeutung des Textes erfuhr, lief sie puterrot an.

Ihren ursprünglichen Vorstellungen vom Tanzen und Singen entsprach das alles nicht. Aber es half nichts.

Sie war jetzt achtzehn und mußte ihren Lebensunterhalt verdienen. Sie konnte ihre Familie in Queens zwar besuchen, aber nie mehr daheim essen oder über Nacht bleiben. Ihr Vater verließ das Haus, wenn er wußte, daß sie kam. Sie beschmutze den Namen der Familie, ließ er ihr bestellen, und er wäre ihr dankbar, wenn sie sich einen anderen Namen suchte.

Mit einem anderen Namen, meinte daraufhin Ernie Levin, würde sie wahrscheinlich sowieso mehr Erfolg haben. Und so wurde sie Glenda Grayson.

XVIII

1

Und dann war Ernie tot.

Glenda weinte, als sie sich über die bleiche Gestalt in dem Holzsarg beugte. Ernie Levin war an der Ecke 48. Straße und Broadway auf dem Bürgersteig zusammengebrochen und mit dem Gesicht auf die regennasse Straße geschlagen. Der runde, niedrige Filzhut, sein Markenzeichen, war auf die Fahrbahn gerollt und unter die Räder eines Taxis gekommen. Ernie war einem Abschluß nachgejagt, er war in Eile gewesen, wie immer, und sein Herz war stehengeblieben. Einfach stehengeblieben. Er war fünfundfünfzig Jahre alt geworden.

»Was soll ich nur ohne ihn machen?« fragte sie leise, ohne daß die Frage an jemanden Bestimmten gerichtet gewesen wäre.

Gib Dugan legte sanft den Arm um sie. »Wir Iren kommen mit solchen Situationen besser zurecht«, sagte er.

»Und wie?«

»Wir halten eine Totenwache auf irische Art«, sagte er. »Wir könnten uns miteinander betrinken.«

»Das würde ich gerne«, sagte sie, »aber ich muß heute abend auftreten. Du übrigens auch.«

Dank Ernie war sie in den vergangenen zwei Jahren in jeder Hinsicht vorangekommen. Sie trat bei *Dingo's* auf, einem Klub in der Bronx, wo sie an einem vollen Abendprogramm beteiligt war, einer Show mit Live-Musik, einer Gruppe von sechs Tänzerinnen und Tänzern, einem Komiker und mit ihr selbst als Hauptattraktion. Ihr Name prangte draußen auf den Plakaten.

Ihre Nummer war komplexer geworden, reifer. Sie tanzte. Sie hockte sich auf ein Piano und legte ihre schönen Beine übereinander, um zu singen. Ihre Komik-Einlagen bestanden nicht mehr bloß aus Einzeilern, sie waren um einen längeren Monolog bereichert worden, es war ein bewegender Text, der die Verachtung ausdrückte, mit der sie von ihren Eltern gestraft worden war:

»He, erinnern Sie sich noch an Jack Benny und seine tolle Geschichte? Er sollte ein Rabbi werden, so wollte es sein Vater – Jacks Vater wollte doch keinen Sohn haben, der Komiker sei. Aber am Ende sagte der Vater zu Jack: Also dann mach, was du willst, Benjamin, aber deinen Namen mußt du behalten. Und was habe ich dagegen hören müssen von meinem Vater, dem Rabbi? Nimm Rücksicht auf deine Eltern, Golda, leg dir einen anderen Namen zu! Bitte!«

Gib Dugan war einer der drei Tänzer in der Gruppe, mit anderen Worten war er nicht gut genug für den Broadway. Aber er war ein kräftiger, gutaussehender junger Mann und besaß – wie Glenda es drastisch ausdrückte – »einen Schwengel wie ein Gaul«. Er befriedigte sie. Sie hatte inzwischen, wie sie sich selbst immer wieder sagte, genug Verstand, um einen Mann ranzulassen, aber noch immer nicht genug, um einen – und gar einen Goj – in ihr Herz zu lassen. Gib bedeutete ihr immerhin so viel, daß sie ihn nicht gern verloren hätte. Das gestand sie sich auch offen ein.

»Ein oder zwei Gläschen können wirklich nicht schaden«, sagte er. »Komm. Ernie war ja wirklich ein prima Kerl, aber –«

»Kein Wenn und Aber, Gib. Wir müssen heute abend auftreten. Und das werden wir auch.« Sie warf einen letzten Blick auf den toten Ernie, der sie entdeckt und gemacht hatte. »Ach, Ernie. – Wie soll ich bloß ohne ihn Engagements finden?«

Sie hatten zwei Shows pro Abend. Als sie an diesem Tag in ihre Wohnung in Brooklyn zurückkehrten, war Glenda erneut den Tränen nahe. Sie war nach ihren Auftritten immer total erschöpft. Gib machte ihr einen großen Scotch on the Rocks und reichte ihn ihr in die Dusche; sie trank, während das Wasser auf ihren Körper regnete. Es half zur Entspannung.

Anschließend setzte sie sich ins Wohnzimmer, nackt bis auf das Badetuch, das auch bald wegrutschte; und es dauerte nicht lange, und das Glas war leer. Gib gab zwei neue Eiswürfel hinein und goß Scotch nach.

»Ernie«, flüsterte sie unter Tränen.

»Auch Ernie hatte seine Grenzen, Golda«, sagte Gib. »Du kannst noch viel weiterkommen als mit ihm.«

»So. Und wie?«

»Du mußt von New York weg, Baby. Hier hast du erreicht, was zu erreichen war. Sieh mal, die Dinge ändern sich. Die Hotels haben umgestellt auf ruhige Restaurants. Sie brauchen Mädchen, die Klavier spielen und singen – aber nicht so laut, daß es die Geschäftsgespräche an den Tischen stört. Die Klubs werden von Jahr zu Jahr weniger, und die übriggebliebenen setzen auf Striptease. Willst du etwa zusammen mit Stripperinnen auftreten? Oder dich gleich selber auf der Bühne ausziehen?«

»Und was soll ich deiner Meinung nach machen?«

»Du mußt aus der Stadt hier raus«, sagte Gib. »Nach Miami Beach. Texas. L. A.«

Glenda kippte den Scotch hinunter. »Ja, ja. So wie diese Angebote, Platten mit Zoten aufzunehmen.«

»Auf keinen Fall«, sagte Gib fest und bestimmt.

»Was soll das heißen, auf keinen Fall?«

»Das würde nur deinem Ruf schaden. Du hast inzwischen einen Namen als Club-Entertainerin.«

Sie legte ihm die Hand zwischen die Beine. »Laß die Ratschläge«, sagte sie. »Ich weiß was Besseres, was du mir geben kannst.«

»Gut. Gleich. Aber mal ganz ernst, Glenda. Du brauchst einen neuen Agenten. Warum läßt du *mich* nicht mal ein paar Anrufe für dich machen? Ich kenne auch ein paar Leute. Wer weiß, vielleicht ergibt sich was.«

2

»Vielleicht war es G-ttes Wille«, sagte ihre Mutter.

»Gottes Wille? Der Mann war mein *Wohltäter*.«

»Hast du dir gedacht. Und was ist mit dem *Schegetz*, mit dem du jetzt ausgehst? Meint der es etwa auch gut mit dir? Dieser Katholische?«

»Ja, er meint es gut mit mir.«

Es war ein Donnerstag, Mutter und Tochter saßen im Wohnzimmer des Elternhauses. Rabbi Mordechai Graustein war abwesend – wie immer, wenn seine Tochter auf Besuch kam. Glenda betrachtete die bestickten Sesselschoner, die ihr als kleines Mädchen so selbstverständlich, ja so unbedingt notwendig vorgekommen waren und die ihr nun ganz furchtbar altmodisch erschienen. Sie war mit einem Taxi gekommen, mit unbedecktem Kopf. Sie hatte nicht einmal ein Kopftuch mitgenommen. In jenem Jahr waren kurze Röcke in Mode – es war die patriotische Pflicht junger Mädchen, mit Stoffen zu sparen; beim Sitzen rutschte Glenda der Rock bis über die Knie hoch. Sie fühlte sich in ihrem Elternhaus gar nicht mehr wohl.

»Es ist für dich noch nicht zu spät, Golda«, sagte ihre Mutter. »Es ist nie zu spät zu hoffen, und zum Aufgeben ist es immer zu früh.«

»Was soll das heißen, Mutter?«

»Du hast Nathan nicht geheiratet. Du hättest ihn heiraten sollen. Er ist ein feiner, gebildeter Rabbi, und eines Tages wird er einen Ruf haben, der sich mit dem deines Vaters messen kann. Inzwischen hat er ein Mädchen geheiratet, das ihn zu schätzen weiß. Aber es gibt einen anderen. Dieser junge Mann hat sich erst spät entschlossen, Rabbi zu werden, doch er lernt mit großer Frömmigkeit. Er ist reich! Zweihunderttausend Dollar hat er geerbt beim Tod seines Vaters. Da hat er sein Geschäft aufgeben können und beschlossen, Rabbi zu werden. Nur eine fromme Frau fehlt ihm noch. Dein Vater ist überzeugt, daß er ihn für dich gewinnen könnte.«

»Ich habe aber kein Interesse daran, ihn zu gewinnen«, sagte Glenda.

Ihre Mutter ließ den Kopf sinken. »Wir versuchen doch nur, dich zu retten, Golda. Und wenn dein Vater dich auch nicht sehen will, er betet unablässig für dich.«

»Damit ich was werde?« fragte Glenda kalt.

»Tu mir einen Gefallen. Beantworte mir nur eine Frage. Bist du glücklich?«

Glenda atmete einmal tief durch. »Ich kann nicht behaupten, daß ich glücklich bin, Mutter. Es ist auch nicht so, daß ich unglücklich wäre, nur –«

»Also. Wenn du dich nicht um die Achtung dieses feinen jungen

Mannes bemühen willst, dann tu mir bitte einen anderen Gefallen. Du erinnerst dich an Mrs. Grünwald – an die Familie Grünwald, die das Delikatessengeschäft an der –«

»Ich erinnere mich an sie, Mutter.«

»Der Sohn von Mrs. Grünwald heißt Saul. Er ist Arzt. Er hilft Menschen, die unglücklich sind. Geh mal zu ihm, Golda. Er ist einer von diesen sogenannten Psychiatern.«

3

»Das haben sie dir gemacht, als du dich noch nicht dagegen wehren konntest«, sagte Glenda zu Dr. Saul Grünwald. Sie hielt seinen schlaffen Penis in der Hand. »Mir persönlich sind allerdings unbeschnittene lieber. Gib zum Beispiel ist nicht beschnitten.«

»Was ist denn besser an ihnen?« fragte der Psychiater. Eine gewisse Indignation war nicht zu überhören.

»Warum sollte ich dir das sagen, wenn es doch nicht zu ändern ist?« Sie grinste ein wenig.

»Liebst du diesen *Schegetz* etwa?«

»Ach, weißt du, ich werde kaum jemals einen lieben, der andere Schegetz nennt. Oder Nigger. Oder Itzig.«

Dr. Saul Grünwald, mit seinen fünfunddreißig Jahren fast schon ein Glatzkopf, bekam ganz schmale Augen. Er hatte selbst über und in ihr nichts von seiner Feierlichkeit verloren. »Vergib mir«, sagte er. »Alte Gewohnheiten sterben schwer.«

»Sie sterben sogar überhaupt nicht«, sagte sie verächtlich.

Dr. Grünwald hatte sich bereits während dieser Unterhaltung wieder anzukleiden begonnen. Er runzelte die Stirn und ließ den Blick durch das Zimmer gleiten. »Die Frage, die sich uns stellt«, sagte er, »lautet: Bist du glücklich, oder bist du es nicht?«

»Im Augenblick ja«, sagte sie. »Weil du mich eben ordentlich gefickt hast. Aber weiß ich, wie ich mich um Mitternacht fühle?«

»Da kannst du nicht mit mir rechnen.«

»Etwa nur gelegentlich zur Therapiesitzung? Für die ich dann auch noch zahlen muß?«

»Golda, du bist ein Opfer deiner eigenen Ressentiments. Beginnend mit den Ressentiments gegen deinen Vater –«

»Habe ich etwa kein Recht auf Ressentiments? Ich denke doch.«

»Ich an deiner Stelle würde mich von dem Goj trennen und alles daransetzen, mit meinem Vater Frieden zu schließen.«

»Wer spricht da aus dir?« fragte sie. »Freud oder Moses? Rätst du mir etwa auch, daß ich einen werdenden Rabbi heiraten und dann ein stilles Leben als Hausfrau und Mutter führe?«

»Wenn du glücklich wärst«, sagte er, »wärst du überhaupt nicht zu mir gekommen. Wenn du mit dir selbst und deinem Leben zufrieden wärst, hättest du keinen Psychiater aufgesucht. Ich weiß schon, deine Mutter hat dich zu mir geschickt. Aber ohne das Bewußtsein, daß du Hilfe brauchst, wärst du in Wirklichkeit nie gekommen.«

»Mit meinem Vater Frieden schließen. – Das wäre nur möglich, wenn ich seine Bedingungen akzeptierte.«

»Was willst du eigentlich, Golda? Was wünschst du dir mehr als alles andere auf der Welt?«

»Das will ich dir sagen. Ich wünsche mir einen Fünf-Wochen-Vertrag in einem erstklassigen Klub außerhalb von New York.«

4

Im Dezember 1942 – sie war eben zwanzig Jahre alt – trat Glenda zum erstenmal in einem Strip-Club auf, in Miami. Den Vertrag hatte trotz seiner anfänglich abschätzigen Äußerung über Stripperinnen Gib Dugan für sie vorbereitet. Er hatte sie auch dazu überredet anzunehmen. Der Vertrag galt für zwei Wochen, mit fünfhundert Dollar pro Woche. So viel hatte sie noch nie bekommen.

Gib hatte dem Clubbesitzer Mel Schmidt versichert, daß Glendas ostjüdischer Humor die Juden begeistern werde, die trotz der kriegsbedingten Reiseerschwernisse noch immer im Dezember nach Miami kamen. Und die GIs auf Heimaturlaub würden genauso begeistert sein.

Schmidt glaubte es und bestand nur unerbittlich auf der Bedingung, daß Glenda in clubadäquater Bekleidung aufzutreten habe – und das hieß etwa soviel wie unbekleidet. Die Klausel, die sie im Vertrag unterschrieben hatte, besagte wörtlich, sie werde auftreten in »reduzierter Kostümierung, so wie sie von den übrigen Künstlern in der *Casa Pantera* getragen wird«. Gib hatte Schmidt wie auch Glenda gegenüber damit argumentiert, daß eine Sängerin/Komikerin aus New Yorker ostjüdischem Milieu im Nachtklub-Deshabillé »eine Dynamit-Attraktion« sein würde. Davon war Schmidt so überzeugt, daß er mit Glenda Grayson in den Zeitungen für seinen Club Reklame machte.

Auf der Eisenbahnreise nach Florida mußten sie die meiste Zeit über stehen. Sie war bis dahin nie über Catskills hinausgekommen und nahm die vorüberfliegende Landschaft fasziniert in sich auf. Und obwohl sie darauf eingestellt gewesen war, war sie von der sommerlichen Dezember-Temperatur beim Aussteigen in Miami überrascht. Sie kamen am frühen Morgen an und nahmen sich ein Hotelzimmer, um vor der Fahrt zum Klub ein wenig Schlaf zu bekommen.

Die *Casa Pantera* war, wie sich herausstellte, ein rechteckiger Betonklotz am Biscayne Boulevard. Ein grelles Plakat annoncierte Striptease und versprach VOLLBUSIGE BLONDINEN! BOMBASTISCHE BRÜNETTE! HERRLICHE MÄDCHEN SO WIE IHR SIE SEHEN WOLLT!

In der Eingangslobby hingen eingeglaste Plakate, dazu Fotos der namentlich genannten Künstlerinnen – Eve Eden, Chesty Boone, Rusty Beaver und Hope Diamond, allesamt nackt bis auf Mini-BH und perlenbesetztes »striktes Minimum«. Glenda verschlug es die Sprache. Sie hatte wirklich nicht damit gerechnet, daß die »reduzierte Kostümierung«, zu der sie sich vertraglich verpflichtet hatte, derart reduziert sein würde.

Gib hatte Schmidt ein Foto von Glenda in Trikot und Netzstrümpfen geschickt. Das Plakat verkündete: Direkt aus New York und von den Catskills, die sensationell tanzende und singende Komödiantin Glenda Grayson! Seht euch Glendy Grayson an, wie sie bisher noch nie zu sehen war.«

Ihre bisherige Bühnengarderobe bestand hauptsächlich aus Trikots. Das Korselett, das sie gelegentlich trug, war ein BH mit

Strumpfgürtel in einem Stück. Bei der Ankunft im Club ging ihr plötzlich auf, daß sie überhaupt nichts Passendes dabeihatte. Es war das erstemal, daß sie für einen Auftritt nicht vorbereitet war.

»Ach was«, sagte Schmidt. »Kein Problem. Lange schwarze Strümpfe, schwarzes Strumpfband, schwarzes Dreieck, fertig. Das tut's immer. Kommt immer prima an. Das ist sexy. Wissen Sie, das ist so. Unsere Mädchen dürfen immer nur so viel ausziehen, wie die hiesige Polizei im Augenblick gerade erlaubt. Momentan muß das Dreieck alles Haar bedecken. Sie dürfen das Ding also auch nicht fallen lassen und alles herzeigen. Aber Titten sind erlaubt. Also müssen Sie zum Schluß Ihrer Nummer Ihre Titten zeigen. Sonst buhen die Kerle im Saal Sie aus.«

Er rief die Stripperin Chesty Boone herein – eine Frau Mitte Dreißig mit sensationeller Figur – und bat sie, Glenda beim Kaufen der nötigen Garderobe behilflich zu sein. Ein wenig stadteinwärts, erwiderte Chesty, gebe es ein entsprechendes Geschäft, *Stage Undies*, sie würde Glenda gern begleiten, falls erwünscht.

»Machen Sie das«, sagte Schmidt. »Zeigen Sie ihr, was sie braucht.«

Abends in ihrem Garderoberaum hatte Glenda gegen Tränen anzukämpfen, als sie sich ein Paar Netzstrümpfe über die Beine zog und am schwarzen Strumpfband einhakte. Das Schamhaar wurde von einem winzigen Dreieck aus schwarzem Satin verdeckt – sie hatte es allerdings vorher mit Rasiermesser und Schere zurückschneiden müssen, damit nichts hervorstand. Sie trug zwei BHs, einen gewöhnlichen schwarzen Büstenhalter und darunter ein Nichts aus reiner schwarzer Seide und dünnen schwarzen Trägern, das ihre Brüste umspannte, aber nicht verhüllte. Darüber trug sie ein schwarzes, spitzenbesetztes kurzes Unterhemdchen.

In einem Herrengeschäft hatte sie außerdem einen schwarzen Fedora-Hut erstanden, den sie sich schräg nach vorn aufsetzte, damit ein Schatten über ihr Gesicht fiel.

Mel war entzückt, als er wenige Minuten vor ihrem Auftritt bei ihr hereinschaute. »Also, das nenn ich Klasse. Sie haben wirklich Klasse. Echt.«

Als er wieder fort war, lehnte Glenda mit geschlossenen Augen an der Tür. »Es bleibt nichts anderes übrig, nicht wahr?« sagte sie zu Gib. »Ohne die tausend Mäuse, die wir von Mel kriegen, hätten wir nicht einmal genug für die Rückreise nach New York.«

»Ans Heimfahren darfst du überhaupt nicht denken«, sagte Gib. »Du hast ja keine Ahnung, wie toll du aussiehst. Stell dir nur mal vor, wie du da erst auf der Bühne wirkst.«

»Nackt werde ich wirken – nur nackt.«

Die Show begann um 21 Uhr. Der Clubbesitzer machte selbst den Conferencier; er feixte sich durch ein vulgäres Geplauder, das weder originell noch sehr komisch war. Er präsentierte vier Stripperinnen, anschließend Glenda und zum Schluß die namentlich angekündigte Stripperin. Für die musikalische Begleitung sorgten ein Pianist, ein Gitarrist und ein Schlagzeuger – samt Verstärker.

Die halbe Stunde auf der Bühne war für Glenda eine Tortur. Sie gefiel dem Publikum zwar, aber sie war noch keine fünf Minuten da, als auch schon Rufe laut wurden: »Ausziehen! Ausziehen!« Sie legte das Hemdchen ab – Beifall und Pfiffe. Als sie ihre Witze und ihre Songs vortrug, wurde es im Saal ein wenig ruhiger. Die Unterbrechungen, die durch das Ablegen bedingt waren, störten jedoch ihr Timing; und der Horror bei dem Gedanken daran, daß sie sich diesen Leuten mit nackten Brüsten darbieten sollte, raubte ihr die natürliche Überschwenglichkeit, die für sie immer schon ein wesentlicher Bestandteil ihrer Nummer war. Sie fühlte sich doppelt elend, weil sie so auch den Maßstäben nicht gerecht werden konnte, die sie sich selbst für die eigene Arbeit setzte.

Das Publikum merkte davon anscheinend nichts. Bei dem Satz »Golda, nimm Rücksicht auf deine Eltern – *such' dir einen andern Namen! Bitte!*« sprangen etliche Zuschauer auf und applaudierten. Glenda hatte gar nicht daran gedacht, daß ihre schamlose Nacktheit dieser Stelle zusätzlichen Pfeffer verlieh.

Trotzdem brüllten sie, sie solle den BH ausziehen und, danach, auch das kleine hauchdünne Nichts darunter – was sie bis zum letzten Moment hinauszögerte. Wegen des heftigen Beifalls mußte sie dann jedoch dreimal auf die Bühne zurück und sich nacktbusig vor dem Publikum verbeugen.

Für die Show um Mitternacht sparte sie den Knüller »Such dir einen anderen Namen« bis zum Schluß auf und bekam beim Abtritt von der Bühne eine stehende Ovation.

Mel war begeistert. Er bot ihr eine Vertragsverlängerung von vier Wochen an, und sie blieb bis Ende Januar.

»Gestatten Sie mir einen persönlichen Rat«, bemerkte er während des Essens an ihrem letzten Abend in der *Casa Pantera.* »Sie sind eine große Attraktion. Sie haben Stil. Aber Sie sollten an Ihrer Nummer arbeiten, damit sie nicht ganz so... *New Yorkisch* ist, wenn Sie wissen, was ich meine. Sie haben doch Grips im Köpfchen. Entwickeln Sie eine neue Nummer, und ich verspreche Ihnen für den nächsten Winter einen Sechswochen-Vertrag.«

Als Glenda mit der neuen Nummer nach Florida zurückkehrte, war sie für die *Casa Pantera* bereits zu teuer geworden. 1943 trat sie in einem Landklub bei Camden in New Jersey auf, anschließend in Stadtklubs in Newark, Philadelphia und Boston. Von Boston ging es weiter nach Raleigh, North Carolina; von dort nach Covington in Kentucky, wo sie im Sommer 1944 – sechs Wochen lang, es war das einzige Mal in ihrer ganzen Karriere – zum Schluß ihrer Nummer selbst den G-String, das »letzte Dreieck«, fallen ließ und sich ganz ohne zeigte. Anschließend reiste sie nach Chicago, und dort begann ein neuer Abschnitt ihrer Karriere.

Sie trat mit einer Jazz-Band auf und trug einen BH oder einen Halter aus hauchdünnem schwarzen Stoff, der ihre Brüste zwar auch nicht völlig versteckte, aber immerhin die ganze Show über an seinem Platz blieb. Den G-String der Stripperinnen ersetzte sie durch hauchdünne schwarze Höschen mit undurchsichtigem Schritt. Strümpfe und Strapse brachten ihre wohlgeformten Beine zur Geltung, und der weiche Kontrast von hauchdünner schwarzer Wäsche und weißer Haut war höchst wirkungsvoll, nicht minder wie der Kontrast ihres lang herabwallenden blonden Haares zum schwarzen Hut. Dieser starke Doppelkontrast wurde ihr Markenzeichen.

Ihre Nummer wurde allmählich immer weniger *New Yorkisch.* Sie wußte genau, was Mel meinte. Er hatte es nicht gerade durch die Blume angedeutet. Selbst in New York würden die Leute, die Glenda Grayson auf der Bühne sehen wollten, jüdischen Humor von ihr nicht akzeptieren. Von männlichen Komikern nahmen sie ihn noch hin; von weiblichen bereits ungern; von einer sparsam bekleideten, sprühenden Tänzerin und Sängerin ganz und gar nicht.

Sie versuchte es vor den Auftritten zunächst mit einem, dann bis zu drei Drinks. Es wirkte sich nicht nachteilig aus – meinte sie jedenfalls.

Gib hatte Fotos von ihr gemacht. Sie weigerte sich aber, barbusig zu posieren. Die kleinformatigen Schwarzweißbilder, die er verschickte, zeigten sie in einem ihrer dezenteren Kostüme – in undurchsichtiger Wäsche. Gelegentlich stand etwas über sie in den Zeitungen. Er kopierte das und verschickte es zusammen mit den Fotos.

1945 verzichtete sie in Chicago auf das Hemdchen und bereicherte ihre Garderobe um ein schwarzes Nadelstreifenjackett. An nacktem Busen zeigte sie überhaupt nur mehr soviel, wie beim Aufknöpfen des Jacketts sichtbar wurde. Ein Gesellschaftsjournalist in Chicago lobte sie: »Eine freche, interessante junge Bühnenkünstlerin, die es wirklich nicht nötig hat, sich auszuziehen, um bei ihrem Publikum Begeisterung und Zuneigung zu wecken. Kommen Sie wieder, Glenda Grayson!«

Sie zeigte ihre Brüste danach nie wieder. Mehr noch: Sie hatte erkannt, daß das Ensemble von Strapsen, Strümpfen und Hut unelegant und billig war und sie zu sehr festlegte.

»Aber deinen Titten hast du doch die guten Engagements zu verdanken, Baby«, widersprach Gib. »Sei dir bloß nicht so verdammt sicher, daß du es dir leisten kannst, sie wegzustecken. Ohne die Titten würdest du vielleicht heute noch in den Catskills am Mittagstisch bedienen und dich mit fünf Prozent Service begnügen müssen. Außerdem hatte der Typ von der *Casa Pantera* ganz recht wegen der Straps-Kostümierung. Bei deinem Körper *ist* sie einfach sensationell.«

Am Abend des 20. September 1946 klopfte ein Mann an ihre Garderobentür. Sie öffnete.

»Mein Name ist Sam Stein«, stellte er sich vor. »Hier ist meine Visitenkarte.«

SAMUEL L. STEIN
Talent-Agentur
Los Angeles New York London

Sie verabredete sich mit ihm zum Mittagessen. Gib Dugan kam mit.

Der kleine Mann mit der Glatze und dem winzigen Gesicht war geradeheraus. Er wurde auch sofort konkret. »Ich kann Ihnen ein Engagement in einen Klub in Dallas beschaffen«, erklärte er. »Garantiert. Für drei Wochen. Tausend die Woche. Danach käme etwas in Houston in Frage. Anschließend in New Orleans. Mit der Erfahrung, die Sie durch Ihre Auftritte in diesen drei Clubs sammeln, sollten Sie es dann in Los Angeles schaffen können. Möbeln Sie Ihre Nummer noch etwas auf, und ich kann Sie in praktisch jedem Klub im ganzen Land unterbringen.«

»Was *müßte* denn aufgemöbelt werden?« fragte Gib.

»Zuallererst ziehen wir ihr mal was an«, erklärte Sam Stein. »Ein Mädchen mit ihrem Talent hat es nicht nötig, halbnackt herumzulaufen. Das wäre der erste Punkt.«

»Und der zweite?« fragte Gib.

»Ihre komischen Sachen sind zu seicht. Ohne Biß. Von Zeit zu Zeit ist ja ein Funke da – aber man spürt, daß sie sich zu sehr zurückhält. Das ist zuviel Hollywood. Laut Biographie, Glenda, sind Sie in den Komiker-Klubs von New York aufgetreten. Aber doch bestimmt nicht mit solchem Zeug.«

»Damals hatte ich einen bissigen kleinen Monolog im Programm«, sagte Glenda.

»Den würde ich gern mal hören«, sagte Sam. »Gehen wir nach oben zu mir?«

»Mit dem alten Programm war es aber schwer, ihr Engagements zu beschaffen«, sagte Gib.

»Sind Sie ihr Agent?«

»Nicht offiziell. Ich habe ihr nur geholfen.«

»Dann überlassen Sie ruhig mir die Sorge, wo und mit welcher Art Programm ich sie plazieren kann.«

In dem Klub in Dallas, zwei Monate danach, trat Glenda in einem enganliegenden, glitzernden weißen Kleid auf. Ihr Textvortrag war knapp und scharf. Bei ihren Gesangsnummern ging sie mit dem Mikrofon in der Hand durch den Saal. Sie sang »I Got Rhythm« aus *Crazy Girl*, »I Got Plenty o' Nuttin'« aus *Porgy und Bess*, »The Lady Is a Tramp« aus *Babes in Arms*. »Can't Help

Lovin' Dat Man« aus *Show Boat*. Und aus *Anything Goes* »Blow, Gabriel, Blow« und das Titel-Lied.

Sie warf dem Mann am Klavier – der es meistens geschickt auffing – das Mikrofon zu, riß sich das Kleid vom Leib, das sie über das Klavier legte, und zeigte sich darunter in einem glitzernden roten Trikot; so sang sie »Slaughter on Tenth Avenue« aus dem Musical *On Your Toes*. Inzwischen voll in Fahrt, stieg sie auf einen Hocker und brachte ihren Standard-Monolog, inzwischen mit der abgewandelten Schlußzeile: »Golda, tu's für deine Eltern – *such dir einen anderen Namen. Bitte!*« – um dann mit einer furiosen, energiegeladenen Wiederholung von »Anything Goes« zu enden.

Sam Stein hatte die erforderlichen Vortragsrechte besorgt. Er kaufte ihr Schallplatten, damit sie hörte, wie die Originalstars der Musical-Aufführungen die Lieder interpretiert hatten. Ihr Premierenpublikum war entzückt. Die Club-Eigentümer waren von ihr begeistert. Am nächsten Morgen aber rief Sam Stein sie in seine Suite, und sie machten sich an die Arbeit. Er nahm einen Song aus dem Programm und ersetzte ihn durch einen anderen. Er kritisierte einzelne Elemente ihres Monologs und machte Verbesserungsvorschläge.

Er veränderte ihr Bühnenkostüm. Als sie am nächsten Abend den Reißverschluß öffnete und aus dem Kleid heraustrat, trug sie ein schlichtes schwarzes Ballett-Trikot und hauchdünne schwarze Strümpfe, die von einem blutroten Strumpfband gehalten wurden. Ihre Oberschenkel waren bloß, so daß wieder der auffallende Kontrast zwischen ihrer weißen Haut und dem Schwarz ihres Bühnenkostüms zur Geltung kommen konnte. Sam holte auch den Zylinder wieder aus der Versenkung. Sie nahm ihn vom Klavier und setzte ihn sich auf das blonde Haar.

Der Klub hätte den Vertrag um weitere drei Wochen verlängert, doch Houston wartete bereits, wo sie drei Wochen gastierte und dann nach New Orleans weiterzog, ganz wie Sam es ihr versprochen hatte.

»Nur noch ein Problem, Glenda«, sagte er während eines Mittagessens in New Orleans und deutete mit einer Handbewegung das Hochkippen einer Flasche an und mit dem Klicken der Zunge das Gluckern des Drinks.

»Ich habe Lampenfieber, Sam«, sagte sie.

»Wäre schlimm, wenn nicht. Was du leistest, kann man überhaupt nur mit Lampenfieber leisten. Wann wirst du keines mehr haben, was meinst du? Wenn du die Spitze erreicht hast, Star Nummer Eins bist? Nein. Ich sage es dir. Das Lampenfieber verliert man nie. Es gehört zum Beruf.«

»Am letzten Mittwochabend in Houston bist du nicht in Bestform gewesen«, warf Gib ein. »Um ehrlich zu sein – du warst ziemlich tief unter deinem Niveau.«

»Ach, scher dich zum Teufel!« schimpfte Glenda. »Was soll ich denn machen?« wandte sie sich an Sam. »Abstinenzlerin werden?«

Sam schüttelte den Kopf. »Die Piloten haben eine alte Regel«, sagte er. »Wenn ich mich recht erinnere, lautet sie so: ›Acht Stunden vor Abflug ist Schluß.‹ Einigen wir uns auf vier. Oder fünf. Und hinterher genug, damit du nach der Show wieder zur Ruhe kommst. Gönn dir einen Drink oder zwei zum Mittagessen. Nur –«

»Also gut«, unterbrach sie ihn. »Ich werde mich an die Regeln halten. Damit ihr Kerls euch an mir finanziell gesundstoßen könnt.«

5

»Sam?«

»Ja, Glenda?«

»Komm und hilf mir, Sam. Du bist der einzige Freund, den ich habe. Gib ist abgehauen. Und nicht nur das ... Er hat mir meinen Glückshut gestohlen!«

Sam begleitete sie zu ihren Eltern.

»Nun denn, Rabbi Graustein«, sagte er zu ihrem Vater. »Sie sind ein heiliger Mann. Weiser als Gott vielleicht?«

»Sie sind ein *Schegetz*«, schimpfte Rabbi Mordechai Graustein.

Sam zuckte mit den Schultern. »Und Sie sind ein *Klotz*. Niemand ist vollkommen.«

»Ich befolge nur die Gebote«, erwiderte der Rabbi steif.

»Und wo steht geschrieben, daß Sie Ihre Tochter wegwerfen

sollen?« wollte Sam wissen. »Warum sollte eine Tochter ihren Vater ehren, wenn ihr Vater sie nicht ehrt? Golda ist eine feine junge Frau. Auf jeden Menschen, der von Ihnen gehört hat – ob Mann, Frau oder Kind –, kommen tausend, die von ihr gehört haben. Und bald werden es noch viel mehr sein.«

»Hat das etwa einen Wert?« fragte Rabbi Graustein. »Daß man weithin bekannt ist?«

»Ich wünschte mir, sie wäre *meine* Tochter«, sagte Sam.

Glenda lächelte scheu. »Dafür bist du nicht alt genug, Sam.«

Rabbi Mordechai Graustein fixierte ingrimmig seine Tochter. Sie hatte das Gespräch durch ihr leises Lächeln, durch ihren kleinen Scherz banalisiert, sie hatte *ihn* trivialisiert. »Genug«, sagte er kurz angebunden und stand auf.

»Uriel Acosta«, sagte Glenda zu ihrem Vater, »mußte sich auf der Türschwelle der Synagoge in Amsterdam hinlegen, und alle Männer der Gemeinde stiegen beim Verlassen der Synagoge über ihn hinweg. Wenn du glaubst, daß du das mit mir machen kannst, dann hat Sam recht – du bist ein *Klotz*.«

XIX

1

Bat ließ seine Probleme mit dem Produzieren der ersten Glenda-Grayson-Show hinter sich, um nach Northampton, Massachusetts zu fliegen und an Jo-Anns Abschlußfeier teilzunehmen.

Dort begegnete er erstmals Monica Cord, die in Begleitung des Cartoonisten Bill Toller erschien, dessen politische Karikaturen von über hundert Zeitungen gedruckt wurden. Durch seine gelegentlichen Selbstporträts hatte er ein ganz bestimmtes Image von sich geschaffen, die Vorstellung von einem breitschultrigen, untersetzten Mann, der pfeiferauchend im Pullover am Zeichentisch sitzt und mit einem komischen Ausdruck von Frust auf ein leeres Blatt stiert. In der Realität sah er wesentlich besser aus als in seiner Selbstkarikatur. Aber Pfeifenraucher war er tatsächlich; als er bei der Abschlußfeier neben Monica Platz nahm, hatte er in der Jackentasche eine Pfeife bei sich.

Da Jonas mit Bill Tollers Erscheinen gerechnet hatte und seiner Ex-Frau nebst männlicher Begleitung nicht allein gegenübertreten wollte, war er selbst zusammen mit Angie, die wie üblich alle Blicke auf sich zog, gekommen.

Bat rief Toni Maxim in Washington an und bat sie, nach Northampton zu kommen – sein Vater hatte sie gern, und Jo-Ann ebenfalls, wie er glaubte. Wenn er in Northampton mit Glenda Grayson erschienen wäre, hätte er nur Spannungen und einen Skandal verursacht. Außerdem wollte er seine Beziehung mit Toni wahren, und die Einladung zu einem wichtigen Familienereignis würde ein halbes Dutzend Versäumnisse, wann er sich hätte mit ihr treffen können und es doch nicht getan hatte, wieder wettmachen. Für dieses Wochenende war Toni absolut die richtige Wahl.

Jonas nahm Notiz. »Aha. Wieder zurück zu dieser. Und welche zählt nun wirklich?«

»Monogamie gehört nicht zur Familientradition der Cords«, entgegnete Bat.

Das Wochenende und das Fest am Montag entwickelten sich zu einer einzigen Konfrontation.

Monica schien an diesem plötzlich aufgetauchten Sohn von Jonas nur eines zu interessieren: Ob er wirklich eine TV-Serie ausgerechnet mit dieser Glenda Grayson als Star produzieren wolle? Das war für sie als Zeitschriften-Redakteurin höchst aktuell. Im übrigen ging es ihr darum, Jonas lächerlich zu machen; sie konnte es nicht verhehlen.

Bill Toller war sichtlich überflüssig und verlegen. Er suchte die ganze Zeit über nach jemandem, mit dem er sich unterhalten könnte, und entschied sich am Ende für Toni. Mit ihr konnte er über Politik reden; und so wurde sie seine Zuflucht.

Monica war verärgert, weil Jonas Angie eingeladen hatte. Jonas genoß Monicas Verärgerung. Angie amüsierte sich über die beiden.

2

Am Tag der Abschlußfeier bestellte Jonas Bat um 6.30 Uhr zum Frühstück in seine Suite.

»Wir werden zweimal frühstücken«, erklärte Jonas, als Bat an dem Rolltisch Platz nahm, der von Eiern, gebratenem Speck, Pfannkuchen und Obst geradezu überquoll. Außer dem Kaffee stand da auch noch eine Flasche Bourbon, dem Jonas allerdings eher zurückhaltend zusprach. »Die komplette Belegschaft versammelt sich dann um acht.«

Bat nickte. Er fand es ungewöhnlich, daß Angie sich nicht zu ihnen gesellte.

»Erstklassiges Mädchen, das du da mitgebracht hast«, sagte Jonas. »In allem, soweit ich sehen kann. Und vermutlich auch in Dingen, über die allein du Bescheid wissen kannst.«

»Toni ist etwas ganz Besonderes«, bestätigte Bat.

»Wann wirst du sie also heiraten?«

»Das geht dich im Grunde gar nichts an. Aber was würdest du sagen, wenn ich dir erkläre, daß sie nicht sicher ist, ob sie einen Sohn von Jonas Cord heiraten will?«

»Sie mag mich nicht?«

»Ach wo, sie hat dich gern«, sagte Bat. »Sie weiß bloß nicht, ob sie mit einem Mann verheiratet sein will, dessen Leben vom Vater dominiert wird.«

»Ich dominiere dein Leben? Ich dachte, du hättest deine Unabhängigkeit deutlich gemacht? Hör zu. Willst du aussteigen? Willst du wieder als Anwalt praktizieren? Warum nicht? Du bist ja angeblich ein sehr tüchtiger Anwalt.«

Bat nickte. »Es ist mir schon durch den Kopf gegangen.«

»Vergiß eines nicht«, sagte Jonas. »Du hast dir die Lebensart eines Jonas Cord verdammt schnell angewöhnt, und sie scheint dir zu bekommen. Mal ganz abgesehen von ein paar gewissen Spesenabrechnungen – glaubst du etwa, ein junger Anwalt könnte es sich leisten, einen großen TV-Star zu besteigen, auf Firmenkosten wohlgemerkt, und außerdem nebenher, denn er hat ja ein Mädchen, das er eigentlich heiraten will?«

»Ich habe Toni kein Eheversprechen gegeben. Sie mir übrigens auch nicht.«

»Äußerst bedauerlich. Sei's drum. Aber diese TV-Show. Da beißt offenbar keiner an. Es gibt keinen Sponsor. Stimmt's?«

»Das wissen wir noch nicht.«

»Aha – und wann werden wir's wissen?«

»Ich arbeite dran.«

»Bist jetzt hast du keinen einzigen Sponsor gefunden. Ob es vielleicht daran liegen könnte, daß du einen Dreck davon verstehst, wie man eine erfolgreiche TV-Show macht? Ich habe bereits über eine Million Dollar verloren durch dies...«

»Du hast 1946 vor San Diego siebzehn Millionen Dollar im Pazifischen Ozean verloren«, bemerkte Bat. »Ob es vielleicht daran gelegen haben könnte, daß du einen Dreck davon verstanden hast, wie man ein Flugzeug baut?«

Jonas' Miene verfinsterte sich; er lief rot an. Aber dann entspannte er sich wieder. Er lächelte. »Du kleiner Mistkerl, du! Im

Ernst, ich habe wirklich nur den Wunsch, daß alles, was du anpackst, ein Erfolg wird. Glaubst du das etwa nicht?«

Bat zögerte, bevor er zurückfragte: »Glaubst du etwa, es ist leicht, der Sohn von Jonas Cord zu sein?«

»Nein. Vergiß nie, daß ich selber der Sohn vom alten Cord war. Vielleicht beginne ich meinen Vater inzwischen ein bißchen besser zu verstehen. Es ist auch nicht leicht, der Vater von einem Jonas Cord zu sein.«

»Zugegeben«, sagte Bat. »Aber gute Dinge sind nie leicht zu realisieren.«

Jonas trank einen Schluck Bourbon. »Genau. Aber glaube mir eines. Du sagst, diese Glenda ist keine Hure. Aber sehr weit entfernt ist sie davon nicht. Sei auf der Hut, Mister. Nimm dich vor ihr in acht.«

»Damit ich sie dann zu dir schicke?«

3

Während des weiteren Aufenthalts in Northampton widmete Bat seine Aufmerksamkeit ganz der jüngeren Schwester. Es sollte *ihr* Fest sein, doch in dem Wirrwarr der Feindseligkeiten in ihrem familiären Umkreis wirkte sie ganz verloren. Bat beobachtete, wie sie trank. Es hätte für sie ein glücklicher Tag sein sollen, aber sie war nicht glücklich; sie betäubte sich mit Alkohol.

»Und wohin geht's nach dem College-Abschluß?« fragte er.

»Monica erwartet, daß ich zu ihr nach New York ziehe.«

»Unsere Wohnung in den Waldorf Towers steht dir zur Verfügung«, sagte Bat. »Vater kommt nur etwa alle zwei Wochen auf eine Nacht. Ich selber bin kaum mehr dort.«

»Du hast dir in Kalifornien ein hübsches Strandhaus gemietet, wie ich höre«, sagte Jo-Ann. »Könnte ich nicht für ein Weilchen zu dir ziehen? Ich werde auch vernünftig sein. Ich verspreche es dir.«

Bat sah vorsichtig zu Toni hinüber. »Wie gut kannst du ein Geheimnis für dich behalten?« fragte er leise. »Du wirst auch vernünftig sein müssen. Ich bin dort nämlich nicht allein.«

4

Das Strandhaus gefiel Glenda sehr. Aber Strände konnte sie partout nicht leiden. Ihre weiße Haut bräunte nicht, sie bekam sofort einen Sonnenbrand, wurde knallrot und schälte sich. Glenda wollte gar nicht braun werden. Die weiße Haut gehörte zu ihrem Image. Sie ging nicht einmal auf die Terrasse, wenn's dort heiß war. Und wenn sie drinnen im Hause einen Bikini trug, dann auch nur deshalb, weil Bat sie gern im Bikini sah.

Eines Sonntagabends saßen sie auf der Terrasse im schwach werdenden purpurnen und orangefarbenen Schein der Sonne, die am Horizont im Pazifik unterging. Sie tranken Scotch und aßen Käsegebäck.

»Ich muß morgen wieder nach Las Vegas«, sagte Bat.

»Schon wieder?«

»Geschäftliche Gründe, weißt du. Das *Seven Voyages*.«

»Dein Geschäft besteht eigentlich darin, unsere TV-Show zu produzieren«, sagte Glenda. »Sam hat Probleme, sie unterzubringen. Vielleicht sollten wir sie teilweise neu filmen.«

»Ich bin auch noch Präsident der Cord Hotels«, sagte Bat. »Wir haben südlich der Flamingo Road ein Baugrundstück erworben. Mein Vater fliegt morgen ein. Wir haben eine Besprechung mit dem Architekten.«

»Ein zweites Cord-Hotel«, dachte sie laut. »Wie soll es heißen?«

»Nun ja, unsere Fluglinie ist die Inter-Continental, da werden wir es vielleicht InterContinental nennen – mit einem großen C in der Mitte.«

»Und dann habt ihr noch das Hotel in Kuba.«

»Nicht wirklich. Der Spielsaal und die Show-Räume im *Floresta* sind nur gemietet. Mit dem Hotelbetrieb haben wir nichts zu tun.«

»Bat«, sagte sie. Sie schaute hinaus aufs Meer, schüttelte plötzlich den Kopf und sprach den Satz nicht zu Ende.

»Was ist, Baby?«

Sie wandte ihm ihr Gesicht zu. »Paß auf dich auf, Bat. In Las Vegas laufen ein paar gefährliche Typen herum.«

»Das ist ein weiterer Grund, warum ich hinfliegen muß. Unser

Mann Chandler hat unter diesen gefährlichen Typen anscheinend zu viele Freunde.«

»Warum trennt ihr euch dann nicht von ihm?« fragte sie.

»Wir sorgen dafür, daß er viel zu tun hat. Dann bleibt ihm weniger Zeit, Unfug anzuzetteln. Wenn wir ihn vor die Tür setzten, könnte er uns sehr viel Ärger machen.«

5

Sie hörten, wie die Tür aufging, und gleich darauf Jo-Anns Stimme. Sie klang *zu* aufgedreht. Sie sprach ihre Wörter nicht mehr klar und sauber aus.

»Wo seid ihr? Auf der Terrasse?«

Glenda zog sich ein Frottee-Strandtuch über den Badeanzug. Bat drehte sich um und pochte an die Glastür, zum Zeichen, daß sie tatsächlich auf der Terrasse waren.

Jo-Ann kam nicht allein. Sie war in Begleitung von Ben Parrish. Bat bereute den Tag, an dem er sie mit ihm bekannt gemacht hatte. Er hatte einfach nicht vermutet, daß sie diesem Kerl Hals über Kopf hörig werden könnte. Er hatte die beiden miteinander bekannt gemacht, weil Ben ein erwachsener Mann war, der sich in Los Angeles und Hollywood mit den Dingen auskannte, für die Jo-Ann sich möglicherweise interessierte. Er hatte erwartet, daß Ben sie ein paar Leuten aus der Filmbranche vorstellen und für Unterhaltung sorgen würde.

Glenda hatte sofort Besorgnis geäußert. »Mein Gott, Bat! Du weißt offenbar gar nicht, wer dieser Mensch ist. Er ist ein typischer Hollywood-Parasit und Schürzenjäger.«

»Ich habe ihn für einen Agenten gehalten. In dem Zusammenhang bin ich ihm begegnet. Er hat mich für eine Quiz-Show zu gewinnen versucht. An der ich übrigens wirklich Interesse habe.«

»Er genießt aber auch den Ruf, den größten Schwengel von ganz Kalifornien zu haben. Die Mädchen sind zu allem bereit, damit sie ihn bloß mal sehen dürfen.«

»Hast du ihn gesehen?«

Glenda grinste. »Nein, Geliebter, habe ich nicht. Aber hinreichend davon gehört.«

Daß der Mann einen gewissen Charme besaß, war nicht zu leugnen. Ben war kräftig gebaut, mit breiten Schultern und einem großen, soliden Kopf mit hellblauen Augen auf dem kurzen Hals. Er war tiefgebräunt und begann schon zu ergrauen, wenngleich er vermutlich bloß ein Jahr älter war als Bat – wobei er dem natürlichen Prozeß augenscheinlich mit chemischen Mitteln nachgeholfen hatte; denn sein Haar war beinahe weiß und perfekt glatt und schön. Sein aufrichtiges Gesicht verriet nichts von der Dubiosität, die ihm Glenda nachsagte. Ganz im Gegenteil, er machte den Eindruck eines Menschen, der überhaupt keiner Lüge fähig war.

Ben und Jo-Ann hatten den Nachmittag gemeinsam auf einer Swimmingpool-Party verbracht. Jo-Ann trug einen weißen Frottee-Strandmantel, wie Glenda, offen; darunter war ein weißer Bikini zu sehen. Jo-Ann war betrunken. Ben hatte eine kastanienbraune Badehose und ein weißes Polohemd an.

Sie hatten kaum die Terrasse erreicht, als Ben für sich und Jo-Ann auch schon eine Zigarette anzündete. Die beiden rauchten nur auf der Terrasse. Das war eine Konzession gegenüber Bat, der den Rauch von Zigaretten verabscheute.

Es war sonnenklar, daß Ben über Nacht bleiben würde, wie bereits des öfteren.

»Wir wollten uns gerade Essen bringen lassen«, sagte Bat. »Eßt ihr mit uns?«

»Unter einer Bedingung«, sagte Ben. »Ich bezahle. Was hättet ihr denn gern? Etwas Mexikanisches? Chinesisches?«

»Schineesisch«, sagte Jo-Ann. »Dazu geblatene eingeregte ... Kakelrake.«

»Einverstanden«, sagte Ben. »Und wie wäre es dazu mit einer guten Flasche Champagner?«

»Da muß ich bloß aufstoßen«, sagte Jo-Ann. »Warum nicht einfach eine normale Flasche Weißwein?«

Ben nickte. »Ich geh telefonieren und bestellen.«

»Ich komme mit«, sagte Jo-Ann.

»Du bleibst hier«, befahl Bat. »Ich habe mit dir zu reden.«

Als Ben hörte, wie Bat seine Schwester herumkommandierte,

wurde er rot, drehte sich dann aber rasch um und verschwand wortlos im Haus. Glenda folgte ihm.

»Du bist betrunken, kleine Schwester«, sagte Bat. »Ich bin nicht dein Vater, um –«

»Gut. Dann ist ja alles klar«, sagte Jo-Ann. »Ich habe nämlich keinen Vater. Versuch du bloß nicht, den Vater zu spielen.«

Sie griff nach der Whiskey-Flasche, doch er nahm sie ihr aus der Hand. »Unser Vater ist gar nicht so übel«, sagte er. »Vielleicht liegt dein Problem nur darin, daß dir eine Vergleichsmöglichkeit fehlt.« Jo-Ann wandte sich ab und schaute angestrengt in den Sonnenuntergang auf dem Meer. Er fuhr fort: »Als ich dich mit Ben bekannt machte, hatte ich nicht erwartet, daß du mit ihm schläfst.«

»Du solltest ihm dankbar sein«, sagte sie dumpf. »Vorhin hast du mir die Flasche weggenommen. Vergangene Nacht hat er mich geohrfeigt und meinen Drink in die Toilette geschüttet.«

»Er hat dich geohrfeigt? In meinem Haus? Letzte Nacht?«

Sie nickte und warf ihm einen Blick zu. »Ich hatte es nicht anders verdient.«

»Das wage ich zu bezweifeln«, sagte Bat.

»Misch dich nicht ein, großer Bruder. Er hat es nur getan, weil ich ihm nicht gleichgültig bin.«

»Sagt er.«

Sie schüttelte den Kopf. »Gesagt hat er's *nicht*. Aber warum hätte er es sonst getan? Was würde es ihm dann schon ausmachen, wenn ich blau bin?«

»Denkst du etwa, daß du niemandem etwas bedeutest?«

»Nevada habe ich etwas bedeutet«, sagte sie. »Dir vermutlich auch, auf deine Art. Aber Jonas? Monica?« Sie schüttelte den Kopf.

»Du hast zuviel Mitleid mit dir selbst«, sagte Bat. »Du bist einundzwanzig. Unser Vater hat dir eine großzügige Jahrespauschale bewilligt.«

»Großzügig? Wirklich?«

»Sie ist immerhin so hoch wie mein Jahresgehalt«, sagte er. »Keinen Cent weniger.«

»Na gut, großer Bruder. Dann sag mir mal eins. Würdest du

von Jonas eine Jahrespauschale akzeptieren? Er hat dich zum Vizepräsidenten der Cord Hotels gemacht, dann zum Präsidenten. Du *verdienst* dir dein Geld. Würdest du es sonst annehmen?«

Bat fixierte sie verständnislos. Dann fiel bei ihm der Groschen. »In Ordnung. Nein, würde ich nicht.«

»Aber ich soll es akzeptieren? Mich ernennt er nicht zum Präsidenten von irgendwas. Und deshalb muß ich von ihm Almosen annehmen.«

»Er ist ein großzügiger Mensch. Und er liebt dich.«

»Wenn du es so siehst. Aber ich meine, daß er dazu nicht einmal fähig ist. Weder zur Großzügigkeit noch zur Liebe.«

»Du irrst. Jedenfalls ... Du möchtest einen Job? Geht es darum?«

»Ich möchte, daß mir jemand zutraut, daß ich einen Job ausfüllen könnte.«

»Ich werde sehen, was ich für dich tun kann. Doch nun zu etwas anderem. Ben Parrish –«

»Warum hast du ihn mir dann vorgestellt?« fragte Jo-Ann.

»Ich dachte –«

»Wenn ich ihn heirate, könnt ihr euch beide zum Teufel scheren – Vater und du!«

6

Drei Stunden später lagen Bat und Glenda nebeneinander im Bett. Ihr Haar war ohne Spray; es fiel ihm weich über seine Schulter. Sie befand sich in schläfrig träumerischem Zustand.

»Jo-Ann ... und Ben Parrish«, sagte sie leise. »Ich kann es einfach nicht glauben.«

»Das kann nur der Scotch gewesen sein«, meinte er. »Sie wird ihn doch wohl nicht heiraten wollen.«

»Hinterher hat sie noch mehr getrunken. Wein und Scotch durcheinander. Und *er* war beim Zubettgehen auch nicht gerade in Bestform.«

»Hoffentlich kommen sie nicht auf die Idee, im Morgengrauen im Ozean schwimmen zu gehen. Und ertrinken.«

»Zum Ertrinken ist das Wasser zu kalt«, bemerkte Glenda. »Wenn er weit genug hinauswatet und das Wasser ihm an die Eier geht, läuft er sofort zurück zum Strand.«

Als es im Zimmer dunkel war, drückte Bat den Knopf, der die Vorhänge zurückzog. So konnten sie vom Bett aufs Meer hinausschauen. Unter dem ungewöhnlich hellen, sternklaren Nachthimmel war das gelegentliche Aufschimmern der Brandung zu erkennen.

Glenda seufzte. »Der Ozean ist so wundervoll«, sagte sie, »aber ich kann mich erinnern, daß ich mich vor ihm gefürchtet habe. Als ich zwanzig war, habe ich mit einer Freundin eine Wohnung geteilt, in Bensonhurst, an der 19. Avenue. Ich bin dort in Clubs aufgetreten, da kam ich nachts spät heim und konnte das Meer sehen, es war gar nicht weit. Und dort draußen... Konnte man sicher sein? Vielleicht nur eine Meile entfernt, nur zwanzig oder dreißig Meter unter der Wasseroberfläche war womöglich ein Nazi-U-Boot. Vielleicht ein ganzes Rudel U-Boote. Waffenstarrend, Leute, die uns umbringen wollten. Vermutlich war ja nichts dran. Aber andererseits waren eben die Nazis so weit nicht weg, verstehst du. Und wenn man Jude war...«

Bat unterbrach sie mit einem Kuß... »Schätzchen«, flüsterte er. »Falls ein Nazi ans Ufer steigen sollte – ich habe eine Pistole im Nachttisch.«

Sie seufzte von neuem, diesmal laut, ein erleichtertes Ausatmen. »Wirst du Golda beschützen?« fragte sie mit kindlicher Stimme.

Er strich ihr blondes weiches Haar zurück und gab ihr noch einen Kuß. »Natürlich beschütze ich dich, mein Schatz.«

»Hmmm... Aber Golda möchtest du mich nicht nennen, wie?«

»Für mich bist du Glenda.«

»Golda Graustein. Und Golda Graustein liebt Bat Cord. Das kann gar nicht gutgehen. Golda Graustein, die Tochter des Rabbi Mordechai Graustein, hat sich verliebt in den Sohn von Jonas Cord und Enkel von Jonas Cord. Bei mir hat die Liebe immer nur dazu geführt, daß ich... Ich habe kein Glück in der Liebe. Es hat mir nie etwas anderes gebracht als Leid und Weh. Ich sage es ungern, aus Angst, daß ich dich damit forttreiben könnte.«

»Golda –«

»Nein. Du mußt mich anders nennen. Auch nicht Glenda. Ich bin jemand anders. Nenn mich *Christy!* Was könnte christlicher sein?«

»Wer verlangt denn von dir, daß du christlich bist?«

»Aber –«

»Nein, Golda. Ich verlange von dir nicht mehr, als daß du bist, wer du bist. Verflixt, ich bin doch auch so, wie ich nun mal bin, und manche Leute finden das gar nicht großartig. Golda ... Golda ... weißt du was, Golda? Ich liebe dich. Du liebst mich, also liebe ich dich auch. Komm zu mir, Christy!«

7

Sponsoren und das Unterbringen in einem Sender – das waren die Hauptprobleme mit der *Glenda Grayson Show*. Im März 1955 drehten die Cord Productions in den Cord-Tonbild-Studios einen ersten Pilot-Film in dem Format und mit der Handlung, die Bat seinem Vater beim ersten Projektgespräch vorgeschlagen hatte.

Die Handlung: In einem Broadway-Studio wird für eine Glenda-Grayson-Show geprobt. Gast-Star soll Danny Kaye sein. Drei Tage vor Sendung wird er aber mit einem Blinddarm-Durchbruch zur Notoperation ins Krankenhaus eingeliefert. Glendas Nachtklub-Kollege Liberace erfährt von dem Problem und eilt ihr zur Hilfe. Im Alltag daheim wird Glenda mit einer Krise im Leben ihrer Tochter Tess (Margit Little) konfrontiert. Der Junge, mit dem Tess ins Konzert gehen wollte, steht angeblich unter Hausarrest, weil er eine Stoßstange am Wagen seines Vaters kaputtgefahren hat. Glendas Anruf beim wütenden Vater hilft auch nicht weiter. Glenda tröstet Tess, indem sie ihr einen uralten Wunsch erfüllt – einmal in einer *Glenda Grayson Show* auftreten zu dürfen. Tess tanzt eine Solonummer zur Musik von Liberace und mit ihrer Mutter zusammen im Finale. Der Freund ruft an: Sein Vater sei so begeistert von dem Gedanken, daß der Sohn mit einem Fernsehstar ins Konzert geht, daß er weichgeworden ist.

»Geradezu ein Katalog von ehrwürdigen Showbiz-Klischees«, knurrte Jonas. »Wird wahrscheinlich ein Riesenerfolg.«

Glenda trat in einer Abänderung ihres Erkennungskostüms auf, das heißt in einem schwarzen Bodystocking unter dem schwarzen Korselett mit Spitzensaum; und mit dem schwarzen Fedora-Hut schräg auf dem Kopf. Ihren Hit *»Such dir einen anderen Namen, Golda. Bitte!«* verwendete sie in dieser Show zum letztenmal. Er hatte sich abgenutzt.

Mit einer Filmkopie der Show fuhr Sam Stein nach New York und bot sie einer Reihe möglicher Sponsoren an. Es gefiel ihnen, aber – die Mischung von Situationskomödie und Varieté-Show war eine kühne Neuerung, da war man nicht überzeugt, daß sie beim Publikum ankam. Glenda Grayson war zu ... also, für ein TV-Publikum war sie doch zu raffiniert und anspruchsvoll. (»Wissen Sie, das wird in die Wohnzimmer der Menschen ausgestrahlt!«) Und ihr Bühnenkostüm sah angeblich zu sehr nach Unterwäsche aus, auch wenn der Bodystocking natürlich alles verhüllte. Und im Bodystocking sei überhaupt noch nie eine Frau auf dem Bildschirm erschienen. Margit Littles Trikot saß zu hoch auf den Hüften; und eine Textstelle ließ den Schluß zu, daß sie mit ihrem Freund intim geworden war. Bei Glenda wurden verschiedene Stellen als zweideutig betrachtet. Und gab es nicht sowieso schon zu viele Serien, die in New York spielten? Würde man von jemandem wie Glenda Grayson einen Kühlschrank kaufen? »Die amerikanischen Hausfrauen können sich mit Glenda Grayson nicht identifizieren.«

Und was noch alles.

Ohne Sponsoren aber wollte kein Fernsehsender sich auf einen Ausstrahlungstermin für die Serie festlegen. Und als Bat von Northampton nach Kalifornien zurückkehrte, hatte auch Sam noch immer keinen Sponsor gefunden.

8

Sie saßen im Verwaltungsgebäude von *Cord Explosives.* Jonas holte eine Flasche Bourbon vom Rollschreibtisch seines Büros – dem Büro seines Vaters – und schenkte sich ein Glas ein, um die Flasche mit einem zweiten Glas dann an Bat weiterzureichen. Bat goß sich nur einen winzigen Schluck ein; die Leidenschaft seines Vaters und seines Großvaters für Bourbon war ihm unverständlich.

»Wir könnten einen Rückzieher machen, die Verluste abschreiben und die ganze Sache vergessen«, sagte Jonas. Er überflog die Seiten mit den Zahlenreihen, die Bat mitgebracht hatte. »Ich habe schon mehr Geld für blöde Ideen verloren.«

»Es *ist* aber keine blöde Idee«, widersprach Bat.

»Das kommt auf die Definition an. Wenn eine Idee dazu gedacht ist, Geld einzubringen, und es klappt nicht, dann ist es eine blöde Idee, jedenfalls im Sinne dieser Definition. Oder, anders betrachtet, die Idee ist einfach zu verdammt gut, für den Markt viel *zu gut*. Ich weiß nicht, was in diesem Fall zutrifft, Bat. Vielleicht hast du ja die Sache marktmäßig falsch eingeschätzt. Daß du mit deinem Star ins Bett gehst, hat dein Urteil doch nicht etwa beeinflußt, oder?«

»Absolut nicht.«

»Na gut, wenn du es sagst. Aber paß auf, daß es so bleibt.«

»Was immer du sonst von Liberace halten magst – er ist ein erfahrener, guter Showman, und er findet die Idee ebenfalls gut.«

»Gewiß. Aber er hat für sein Mitmachen etwas *bekommen*. Er hat nichts hineingesteckt.«

»Danny Kaye hat zugestimmt, daß sein Name im Zusammenhang mit der ersten Show erwähnt wird«, sagte Bat. »Und er ist auch bereit, in einer späteren Show aufzutreten – sofern es eine spätere Show gibt.«

»Wieder einer, der nichts investiert hat«, sagte Jonas. »Also, was willst du jetzt machen?«

Bat schüttelte den Kopf. »Ich weiß nicht.«

»In Ordnung. Aber ich. Dein alter Herr, der siebzehn Millionen Dollar in den Pazifik setzte, wie du so freundlich bemerkt hast, wird dir aus der Patsche helfen.«

»Ich kann nicht verlangen, daß du weiterhin Geld in die Sache steckst!«

»Kannst du nicht? Zum Teufel damit. Wenn du an das Projekt glaubst, kannst du auch mehr Geld fordern. Wenn du nicht länger dran glaubst, dann, bei Gott, glaube ich auch nicht mehr dran. Was ist nun?«

Bat versteinerte. »Ich glaube daran«, sagte er. »Aber ich weiß nicht, was wir tun sollen.«

»Aber *ich* weiß es«, sagte Jonas.

9

Die erste Sendung lief im August 1955 bei ABC: *Cord Television präsentiert: Die Glenda Grayson Show,* in einem sommerlichen Sonderprogramm, um einen Programmplatz zu füllen, der ab Herbst für eine gut eingeführte Varieté-Show gebucht war.

Das Presse-Echo war ermutigend.

– »Miss Graysons überschäumende Revue bedeutet eine willkommene Abkehr von den faden TV-Shows.« *The New York Times.*

– »Die junge Besetzung, angeführt von Glenda Grayson persönlich, setzte alles daran, eine Stunde anregender Unterhaltung zu bieten.« *Newsweek.*

– »Es gibt nichts, was die sogenannten TV-Sitcoms mit ihren abgenutzten, überzogenen Klischees retten kann, und diese unmögliche Aufgabe hat auch die *Glenda Grayson Show* nicht lösen können. Anders steht es allerdings mit dem Varieté-Element ihrer Show. Das TV-Varieté wird vielleicht nie mehr dasselbe sein können. Der Sacharin ist out! Anspruch und Niveau sind in! So dürfen wir jedenfalls hoffen!«

Die zweite Show wurde vierzehn Tage später ausgestrahlt – mit Danny Kaye als Gast. Die Einschaltquote betrug stolze zweiundzwanzig Prozent.

Eine Kirchengemeinde in Mississippi aber veröffentlichte eine Protest-Resolution und beschwerte sich über das unanständige Auftreten der Glenda Grayson – eine Gefahr für die moralische Gesundheit des Volkes. »Wozu wird es führen, wenn unsere Jugend sieht, wie Glenda Grayson auf dem Bildschirm in einer Bekleidung herumturnt, die von Frauen sonst nur als *Unter*wäsche getragen wird?« Der Angriff wurde von einigen Leitartiklern ins Lächerliche gezogen. Es brachte noch mehr Zuschauer.

Eine dritte Show wurde im November im Sonderprogramm gesendet. Im Frühjahr 1956 folgten zwei weitere Sonderprogramme. Die Zuschauerquoten waren nicht berauschend; sie waren aber auch nicht katastrophal. Die Fernsehanstalt entschied sich für eine feste Sendezeit im Programm.

ABC brachte die Show während der Saison 1956/57 im vierzehntägigen Abstand um neun Uhr mittwochabends. Man gewann einen zweiten Sponsor – den Autohersteller American Motors. Und damit lief die Show nicht mehr unter dem Signum ›Cord Television präsentiert‹, sondern einfach nur als *Die Glenda Grayson Show.*

10

Im Winter ging die Sonne spät auf, so daß erst ein schwaches graues Tageslicht in das Schlafzimmer fiel, als das Telefon schrillte. Glenda wachte auf. Sie starrte an die Decke, als Bat den Hörer abnahm.

Es war Angie, die aus der Wohnung in den Waldorf Towers in New York anrief.

»Dein Vater ist ins Krankenhaus eingeliefert worden. Ich weiß nicht, ob es ein Infarkt ist oder ein Schlaganfall. Er war bewußtlos, als die Ambulanz ihn abholte. Ich fahre jetzt zu ihm. Ich habe Jo-Ann nicht erreichen können. Kannst du das besorgen, Bat? Anschließend kommst du wohl am besten gleich her.«

Um Jo-Ann zu erreichen, brauchte Bat nur an ihrer Schlafzimmertüre anzuklopfen. Anderthalb Stunden später befanden sich beide an Bord einer Maschine nach New York.

Jonas lag auf einer Intensivstation im Columbia Presbyterian Hospital. Jo-Ann und Bat durften für zwei Minuten zu ihm; er stand jedoch unter so starken Beruhigungsmitteln, daß er nicht sprechen konnte. Angie wartete im Solarium. Der Arzt möchte sie sprechen, teilte ihnen Angie mit. Er gesellte sich in einer Cafeteria zu ihnen.

»Er wird durchkommen«, erklärte der Arzt. »Allerdings – ein

Drittel seiner Herzkapazität hat er verloren. In Zukunft wird er sich schonen müssen.«

Bat lächelte. »Und für wie groß halten Sie die Chance, daß er sich schonen wird?«

Angie schüttelte den Kopf. »Er hat einen Brief an dich diktiert, als er die Symptome spürte, gleich nachdem ich die Ambulanz angerufen hatte. Ich habe mir hier im Krankenhaus eine Schreibmaschine ausgeliehen und ihn abgetippt. Die Unterschrift fehlt zwar, aber der Brief entspricht seinem Willen. Meines Erachtens bist du berechtigt, in seinem Sinn zu handeln.«

Der Brief lautete:

Es wird wahrscheinlich eine Zeitlang dauern, bis ich mich von dieser Grippe erhole. Du wirst für eine Weile zusätzlich Verantwortung übernehmen müssen. Aus diesem Grunde erhöhe ich Deine Bezüge auf $ 125 000. Belaste *Cord Explosives* damit.

Ich autorisiere Dich hiermit, in allen Konzernangelegenheiten in Vertretung für mich zu handeln, solange dies notwendig sein mag. Du solltest *Cord Explosives* oder *Cord Plastics* nicht übersehen. Sie sind sicherere Einnahmequellen als die Fluggesellschaft, die Hotels oder die TV-Produktion.

Du wirst möglicherweise Unterstützung brauchen. Sieh zu, daß Dein Freund David Amory seine Kanzlei verläßt und als juristischer Berater voll für uns tätig wird – das heißt, wenn Du ihn haben willst. Es ist sehr wichtig, einen Anwalt zu haben, dem Du vertraust.

Du wirst dich wohl länger um die Geschäfte kümmern müssen. Ziehe deshalb in Erwägung, in New York zu wohnen. Ich würde Dir aber raten, allein zu kommen. Du weißt, was ich meine.

Erstatte mir vollständig Bericht, sooft Du kannst, wann ich in der Lage bin, ihn anzuhören.

Während der Lektüre sank Bat der Kopf auf die Brust. Seine Augen füllten sich mit Tränen.

11

Die nächsten zwei Tage hatte Jonas große Mühe, klar und deutlich zu sprechen. Er lächelte Jo-Ann und Angie zu, dankte ihnen für ihre Anteilnahme und erklärte dann, er möchte gern mit Bat allein über geschäftliche Dinge sprechen.

Bat zog sich einen Stuhl ans Bett. »Es tut mir sehr leid«, sagte er. »Aber den Ärzten zufolge wirst du wieder gesund.«

»Laß den Quatsch. Hör mir zu«, sagte Jonas. »Beuge dich zu mir herunter, damit ich nicht so schreien muß. Morris ist mit Leuten im Gespräch, mit denen er gar nichts zu tun haben sollte. Carlo Vulcano, Pietro Gibellina und John Stefano.«

»Woher weißt du das?«

»Als ich in Las Vegas damals im fünften Stock wohnte, hat Chandler mich in seine private Telefonleitung hereingenommen. Ich habe ihm aber nicht getraut und meine Leute beauftragt, das gesamte Telefonsystem dort neu anzulegen, ohne daß er etwas merkte. Er legt seine Anrufe über eine Telefonstelle in San Diego um, damit das FBI, das ja die Telefone dieser Typen abhört, nicht herausbekommt, daß sie mit einem Hotel in Las Vegas sprechen. Sie verwenden Codenamen. Chandlers Codename lautet Maurie. So hat ihn Nevada genannt. Es muß also etwas zu bedeuten haben.«

»Was haben sie vor? Was meinst du?«

»Sie wollen verhindern, daß wir das InterContinental in Las Vegas bauen. Sie wollen keine Konkurrenz von uns. Sie wollen die Kasinos auf ihre Art und Weise betreiben. Wir stören sie dabei.«

»Und was werden sie nun tun?«

»Uns Schwierigkeiten bei den Baubewilligungen machen. Es mit Streiks gegen uns probieren. Wer weiß? Ich glaube eigentlich nicht, daß sie zu Gewalt greifen werden. Bist du bewaffnet?«

Bat schüttelte den Kopf.

»Ich bin es schon seit Jahren. Von Zeit zu Zeit. Ich schlage vor, daß du dir darüber mal Gedanken machst.«

XX

1

Zwei Wochen nach Jonas' Infarkt nahm Sonja eine Maschine nach New York, wo Bat sie am Kennedy Airport abholte und zum Apartment in den Waldorf Towers mitnahm. Am nächsten Tag besuchte sie Jonas im Columbia Presbyterian Hospital.

Bat bot ihr an, sie hinzubringen; sie wollte jedoch unbedingt mit dem Taxi fahren, anschließend auch noch ein paar Einkäufe machen und Bat um Viertel nach eins im *21 Club* zum Lunch treffen. Der Taxifahrer, ein Puertorikaner, bekundete Anteilnahme, als sie ihn spanisch ansprach, und gab ihr den dringenden Rat, ihren Diamantring und den Smaragdarmreif abzunehmen und in ihrer Handtasche zu verstecken. Sie befolgte seinen Rat mit einem freundlichen Dank. Er konnte ja nicht ahnen, daß sie einen juwelenbesetzten Platingürtel trug, der mehr wert war als Ring, Armreif und sein Taxi zusammen.

Jonas war für ihr Kommen dankbar. Er konnte bereits im Bett aufsitzen, gestützt von Kissen und dem Hebemechanismus des Bettes. Er hatte stark abgenommen und wirkte leicht gebrechlich. Doch seine Hautfarbe war gesünder, vermutlich, weil er erstmals seit dem Absturz der *Centurion* zwölf Tage lang keinen Alkohol getrunken hatte.

Er war zu einem ernsten Gespräch bereit, was zweifellos auf das Erlebnis der eigenen Sterblichkeit zurückzuführen war. »Du ahnst nicht, wie dankbar ich dir bin, daß du einen ganzen Mann aus unserem Sohn gemacht hast. Gerade jetzt, wo ich hier liege, außer Gefecht. Er ist ein Geschenk des Himmels für mich. Wem sollte ich sonst vertrauen? Wem sonst die ganze Verantwortung übergeben?«

»Du hast doch loyale Mitarbeiter«, sagte sie.

»Aber keiner ist ein Cord«, stellte er mit Entschiedenheit fest.

»Daß *er* ein Cord ist«, sagte sie, »sehe ich.«

»Nur, Sonja... Er mag mich nicht. Warum nicht?«

»Weil ihr aus dem gleichen Holz geschnitzt seid«, erklärte sie scharf. »Darüber solltet ihr euch beide endlich klarwerden.«

»Herrgott, ich habe ihm *alles* geboten! Ich habe ihm...« Er brach resigniert ab.

Sonja sagte nichts. Sie versuchte den Schock und die Veränderung zu ermessen, die dieser Mann durch seine Erkrankung erlitten hatte. Ihre ersten Erinnerungen an ihn waren der 21jährige Stutzer, den sie auf seiner Europareise begleitet hatte: gutaussehend, sportlich, voller Optimismus und Begeisterung. Als sie ihn vor jetzt vier Jahren wiedergesehen hatte, war er ganz der reife, selbstsichere Unternehmer gewesen. Er war inzwischen 52 Jahre alt, für einen Infarkt reichlich jung – und er schien sich dessen bewußt zu sein. Er hatte sich bestimmt noch mindestens weitere zwanzig Jahre in voller Manneskraft ausgerechnet. Jetzt mußte er seinen Lebensplan revidieren.

»Ich möchte dich um einen Gefallen bitten«, sagte er.

»Gern«, sagte Sonja.

»Dein Onkel Fulgencio kennt meinen Namen. Auf Bats Empfehlung habe ich Geld in ein Kasino in Havanna gesteckt. Ich bin voll und ganz auf einen Mann angewiesen, damit der Betrieb ordentlich und korrekt geführt wird. Dein Onkel kennt ihn übrigens auch.«

»Meyer Lansky«, sagte sie.

»Du weißt also Bescheid... Nun, es läge im Interesse aller – Fulgencios, Bats und mir selbst –, daß dein Onkel den Antrag Meyer Lanskys zur Errichtung eines Kasino-Hotels in Havanna wohlwollend aufnimmt. Meyer Lansky wird sich an die üblichen Gepflogenheiten halten, wenn du mich verstehst.«

»Du meinst«, stellte sie trocken fest, »er wird meinem Onkel die in solchen Fällen üblichen Bestechungsgelder zahlen.«

»Das Übliche eben«, sagte Jonas.

»Beteiligst du dich finanziell?«

»Das soll Bat entscheiden.«

»Nanu? Du läßt Bat Entscheidungen treffen? Das ist ja etwas ganz Neues.«

Jonas zuckte schwach mit den Schultern. »Was bleibt mir anderes übrig? Intelligent ist er ja. Er ist schließlich ein Cord ... und ein Batista natürlich auch.«

»Darf ich dir einen Rat geben?« fragte Sonja.

»Nur zu.«

»Warum investierst du nicht mehr in deine Beziehung zu deinem Sohn? Das würde dir eine höhere Rendite bringen als alle anderen Investitionen deines Lebens.«

»Aber das *tue* ich doch längst! Ich habe ihm seinen Willen bei der TV-Serie gelassen. Ich habe Kapital investiert, wo ich es im Grunde nicht hätte tun dürfen. Wir werden verdammt von Glück reden können, wenn wir da ohne Verluste herauskommen.«

»Ich rede nicht von Geld, Jonas. Kapital hast du dein Leben lang investiert, das ist geschäftlich, davon verstehst du etwas. Aber du hast nie etwas von dir selbst investiert. Du engagierst dich nicht menschlich. Liebst du unseren Sohn?«

»Selbstverständlich.«

»Warum sagst du es ihm dann nicht?«

»Weil er mir so etwas ...« Er stockte, und Sonja befürchtete schon, er verspüre ein schmerzhaftes Zucken in der Brust. »... er hat es selbst noch nie zu mir gesagt.« Seine Stimme versickerte, Sonja wurde besorgt.

»Jonas?«

»Das ist nicht so leicht. Mein Vater ist gestorben, ohne daß ich je von ihm gehört hätte, daß er mich liebe. Und er hat es auch von mir nie gehört. Er ist gestorben, und wir ... haben es uns nie gesagt. Das war ein großer Fehler, ich weiß. Mein Gott, begehe ich den gleichen Fehler etwa ein zweites Mal?«

»Du mit deinem Stolz, Jonas! Und Bat genauso. Wenn ihr euch nur nicht so ähnlich wärt!«

2

Bat war überrascht, als Sonja im *21 Club* Steak Tartare bestellte. »Hier wissen sie, wie man Steaks macht«, erklärte sie.

»Du bist also nicht zum erstenmal hier?«

»Hast du etwa geglaubt, ich sei noch nie in New York gewesen?«

Natürlich kannte sie New York. Wie hatte er das nur vergessen können? Und sie kannte Europa, und nicht nur von der Reise mit seinem Vater. Sie kannte Kuba und die meisten Länder Südamerikas. Sie hatte zwei Räume auf der Hacienda bei Córdoba mit vorkolumbianischen Kunstobjekten aus Peru ausgestattet. Statt des Kruzifixes, das üblicherweise die Schlafzimmer pflichtbewußter Ehefrauen zierte, hingen bei ihr ein Druck von Picasso und ein Mobile von Calder. Sie war längst nicht mehr das unerfahrene Mädchen, das sein Vater gekannt hatte. Aber auch nicht mehr die stille, geduldige Mutter seiner Kindheit. Er hätte schon viel früher stolz auf sie sein sollen.

Mit ihren fünfzig Jahren war sie eine bemerkenswerte Frau, nach der sich die Männer an den Nachbartischen noch immer umdrehten. Sein Vater hatte wirklich ein Gespür für Frauen, die nach der Schönheit der Jugend in Anmut älter wurden. Er hatte zwar Mühe, Monica sympathisch zu finden, aber er konnte gut verstehen, warum sein Vater sie ein zweitesmal geheiratet hatte. Und auch Angie war eine würdige Nachfolgerin beider Frauen.

Als *Hors d'oeuvre* hatte seine Mutter Kaviar bestellt, dazu einen Stolichnaya Wodka, der so tiefgekühlt war, daß er schon nicht mehr flüssig war, sondern in einen festeren Zustand übergegangen zu sein schien. Bat bestellte dasselbe. Er war überrascht, wie gut es schmeckte.

»Dein Vater sagt mir, du hast eine Affäre mit Glenda Grayson?«

»Richtig.«

»Sie ist älter als du.«

»Sie ist eine großartige Frau. Sie hat es im Leben nicht leicht gehabt.«

Sonja schüttelte den Kopf. »Kein besonders guter Grund, sich in jemanden zu verlieben.«

»Sie ist sehr offen und liebevoll.«

»Noch schlechter«, meinte Sonja, um ihn gleich darauf anzulächeln. »Ich dachte, du wolltest das Mädchen aus Florida heiraten.«

»Sie hat sich für eine berufliche Karriere entschieden.«

»Glenda Grayson etwa nicht? Falls du beschließen solltest, sie zu heiraten – was Gott verhüten möge –: Glaubst du vielleicht, daß *sie* ihre Karriere aufgeben würde?«

»Soweit sind wir noch nicht.«

Sonja sah sich um, als wollte sie sich vergewissern, daß niemand mithört. »Ich muß über etwas mit dir sprechen. Wieviel Kapital habt ihr, dein Vater und du, in Kuba angelegt?«

Bat ließ den Blick ebenfalls vorsichtig durch den Raum schweifen, bevor er antwortete. »Etwas über eine Million. Ins Kasino des Hotels *Floresta*.«

»Und was ist mit dem Hotel, das Meyer Lansky momentan baut? Seid ihr daran beteiligt?«

»Bisher nicht. Lansky hat das anderweitig finanziert. Er sähe es allerdings gern, wenn wir einen seiner bisherigen Geschäftspartner auskauften. Es würde die ganze Sache honoriger machen.«

»Dein Vater hat mich gebeten, mich bei unserem Onkel Fulgencio für die Genehmigungen und Lizenzen einzusetzen.«

»Das könnte in der Tat hilfreich sein«, nickte Bat. »Lansky hat zwar ein gutes Verhältnis mit Onkel Fulgencio, aber ich bin mir nicht ganz sicher, daß das dafür ausreicht.«

Sonja nahm einen kleinen Schluck von ihrem geeisten Wodka. »Ich fliege über Havanna nach Mexiko zurück. Hör zu. Ich will für euren Freund Lansky ein gutes Wort einlegen. Trotzdem gebe ich euch den guten Rat, kein weiteres Geld in Kuba anzulegen.«

»Warum nicht?«

»Ihr würdet es verlieren.«

Bat legte sich einen Finger an die Lippen. »Gibst du denn etwas auf diese –?«

Sie nickte. »Das Ganze ist ein Kartenhaus. Es kann sein, daß unser Onkel in einem Jahr tot ist. Wenn er Glück hat, schafft er es ins Exil. Er handelt nicht klug. Er stiehlt *zu viel*. Kuba macht zwar den Eindruck großen Wohlstands, aber das trügt. Nur ein paar Kilometer hinter den schönen neuen Kasino-Hotels haust die Bevölkerung in Elendsquartieren. Die Rebellen in den Bergen werden immer stärker. Und sie werden immer mehr. Sie erhalten Waffen von der Sowjetunion. Das Regime unseres Onkels –« Sie zuckte mit den Schultern. »Er ist schon mal aus dem Amt verjagt worden. Das könnte wieder geschehen. Es wird sogar geschehen.«

»Meyer Lansky hat sein ganzes Vermögen in dieses Hotel gesteckt.«

»Dann wird er alles verlieren.«

»Das neue Regime wird wirtschaftlich genauso auf die Kasino-Hotels angewiesen sein wie das jetzige«, sagte Bat. »Und auf die Leute, die diese Kasinos managen. Das schaffen die Kubaner nicht allein.«

»Die Briten haben auch gemeint, die Ägypter seien nicht in der Lage, den Suez-Kanal zu betreiben«, sagte Sonja. »Das neue Kuba wird die Kasinos sowieso schließen. Die Rebellen in den Bergen sind Kommunisten. Mit Tourismus haben sie nichts im Sinn.«

»Du malst ein düsteres Bild«, meinte Bat.

»Es ist düster«, erwiderte Sonja.

Bat beobachtete den Kellner, der rohe Eier und Kräuter unter das rohe, gehackte Rindfleisch mischte. Er bedauerte, daß er sich kein Steak Tartare bestellt hatte.

»Erzähl mir von deinem Vater«, sagte sie.

Bat seufzte. »Das ist nicht so leicht. Heute ist er der rücksichtslos selbstbesessene Tyrann, der alles verächtlich abtut, was ich vorbringe. Und tags darauf überträgt er mir neue Aufgaben und erhöht meine Bezüge. Du kennst ihn doch – er ist verdammt schlau. Ganz peu à peu hat er mich hineingezogen. Er spielt mit mir. Wenn er mich so weit getriezt hat, daß ich schon drauf und dran bin, ihm alles hinzuschmeißen, gibt er nach. Aber sonst kommt er mir nie entgegen. Und je länger ich bleibe, desto schwieriger wird es für mich, ihn zum Teufel zu schicken und zu verschwinden.«

»Empfindest du keine persönlichen Gefühle für ihn?«

»Ach... Nun ja, er kann – er ist ein echter *Mann*. Falls du verstehst, was ich damit meine.«

»Glaubst du, daß er etwas für dich empfindet?«

Bat machte eine unbestimmte Bewegung. »Doch. Schon. Ich weiß sogar genau, daß er etwas für mich übrig hat. Aber nur, weil er

Angst hat. Nicht vor dem Sterben. Vor dem Sterben fürchtet er sich nicht mehr als andere auch. Nein, er hat Angst davor, daß nach seinem Tod alles, was er aufgebaut hat, Fremden zufallen könnte. Er ist wie ein König, der den Fortbestand seines Reichs sichern will – in den Händen eines Sohnes.«

»Und du glaubst, das ist alles?«

»Ich weiß es nicht.«

»In *dem* Punkt magst du recht haben«, sagte sie. »Ich an deiner Stelle würde mal über etwas nachdenken. Du bist ihm in vielem sehr ähnlich. Du bist sehr großzügig – außer wenn es dich persönlich betrifft. Von dir selber, als Mensch, gibst du gar nichts. Du hast Angst, dich festzulegen. Darin bist du ein Cord durch und durch. Das hast du wirklich von ihm geerbt. Dazu mußt du nicht auf seinen Tod warten.«

3

Jonas und Bat erhielten Einladungen zur Gala-Eröffnung von Meyer Lanskys *Riviera Hotel*. Jonas war noch nicht so weit wiederhergestellt, daß er den Flug von New York nach Havanna hätte riskieren können. Bat flog von Los Angeles aus, in Begleitung Glendas, weil – wie er neugierigen Reportern erklärte und über sie auch Toni zu verstehen gab – sein Star zwischen den TV-Shows möglicherweise im *Riviera* auftreten werde.

Das *Riviera* war das Nonplusultra des modernen Kasino-Hotels – ein türkisfarbenes Hochhaus in Form eines geschwungenen Ypsilons, in dem alle Zimmer einen Ausblick zum Meer boten. Die Inneneinrichtung war eher bunt als geschmackvoll und geradezu erdrückend; die Gäste wurden in ein helles modernistisches Dekor getaucht. Der Spielsaal befand sich in einem goldenen Kuppelgebäude außerhalb des Hotels.

Meyer Lansky begrüßte sie persönlich und begleitete sie zu ihrer Suite, wo er ihnen die Karten zur Gala-Eröffnungs-Show im Copa-Saal überreichte: als seine Tischgäste.

Sie zogen sich für den Abend um: Bat trug einen Smoking,

Glenda ein schwarzes Kleid mit Goldpailletten. Sie begaben sich frühzeitig nach unten, um sich vor Beginn der Show noch ein wenig umzusehen, wobei Bat vor allem das Ambiente des Kasinos interessierte. Es gefiel ihm sehr. Es herrschte Kleiderzwang. Die Hälfte der Spieler trug Smoking. Abgesehen von den halblauten Ansagen der Croupiers und Kartengeber herrschte Stille im Saal. An den Spieltischen ging es offensichtlich um hohe Summen.

Hinterher hielten sie sich noch kurz im Freien auf, um die milde, tropische Luft zu atmen. Sie war schwer von Feuchtigkeit und den Blütendüften tropischer Pflanzen. Von einem nahegelegenen Klub trieb laut der Beat kakophonischer lateinamerikanischer Musik herüber. Dann zerriß plötzlich das scharfe Knallen von Gewehrfeuer die unbeschwerte Atmosphäre des Abends. Das Knattern einer Maschinenpistole folgte. Der Schußwechsel dauerte vielleicht zehn Sekunden, dann herrschte wieder Stille – wenn man von der Musik absah, die weiterspielte, als sei nichts gewesen.

»Was war das denn?« fragte Glenda.

»Die *Policía* ist schießfreudig«, erwiderte Bat. »Sie ist nervös.«

Sie begaben sich in den Copa-Saal. Meyer Lansky hatte bereits an seinem Tisch Platz genommen. Er machte Glenda und Bat mit ihrem Tischnachbarn bekannt: Vincent »Jimmy Blue Eyes« Alo, der, wie Bat wußte, Teilhaber des *Riviera* war – aber nicht derjenige, den die Cords nach Meyer Lanskys Wünschen auskaufen sollten.

Lansky vertrat die Auffassung, daß zu einem guten Kasino unbedingt ein gutes Restaurant gehöre. Er hatte sich im Hotel auch offiziell zum Direktor der Restauration gemacht. Und wenn es auch nur Fassade sein mochte, so kümmerte er sich doch persönlich um die Küche, die Warenbeschaffung und den Service.

Präsident Fulgencio Batista traf ein. Er blieb stehen, um Meyer Lansky zu begrüßen. Als er Bat erkannte, kam er mit ausgestreckten Armen herüber. *»¡Sobrino!«* rief er – Neffe.

»¡Jonas Enrique Saul! ¡Bienvenida!«

»¿Puedo presentar a la Señorita Glenda Grayson?« sagte Bat.

»Ein schönes Mädchen«, sagte Batista. »Es una muchacha bonita.« Er lächelte zweideutig und fragte, ob sie seine Tochter sei? *»¿Es ella su hija?«*

Glenda verstand kein Wort und war leicht verwirrt.

»Ich bin entzückt, Ihre Bekanntschaft zu machen, Miss Grayson«, sagte Batista auf englisch. »Ihr Name ist mir bekannt. Wir empfangen hier in Havanna das amerikanische Fernsehen. Meyer Lansky, warum engagieren Sie Miss Grayson nicht als Star für eine Show im *Riviera*?«

»Genau darüber möchte ich mit ihr im Laufe des Abends sprechen.«

Star dieses Abends war Ginger Rogers. Lansky erwähnte, auch Abbott und Costello träten demnächst bald im Copa-Saal auf. Und mit weiteren Stars werde verhandelt. Ein Engagement Miss Graysons läge ihm wirklich sehr am Herzen.

Glenda erklärte nach der Show, sie werde gern ihren Agenten zu Meyer Lansky schicken. Einen so luxuriös und teuer eingerichteten Nachtklub hätte sie bisher noch nie gesehen.

4

Lansky war überschwenglich, als er Bat und Glenda nach der Show zu ihrer Suite begleitete, gefolgt von Kellnern, die Champagner, Kaviar, Hummersalat, Kaffee und Gebäck auf Teewagen durch die Flure schoben. »Jimmy Blue Eyes« Alo, der von Glenda fasziniert war, kam ebenfalls mit – wohl wissend, daß er ihr nicht nahezukommen wagte.

»Sehen Sie?« meinte Lansky zu Bat. »*So* muß ein Kasino geführt werden.«

Bat nickte. »Und nun hätten Sie gerne, daß wir mit von der Partie wären, nicht wahr?«

Lansky grinste. »Aber wirklich nur, wenn Sie davon überzeugt sind, was für große Gewinnchancen Sie hier haben. Sie sollen einen Einstieg als vernünftige Investition betrachten, nicht als bloße Spekulation.«

»Können wir mal unter vier Augen sprechen? Draußen auf dem Balkon vielleicht?« sagte Bat.

Vom Balkon aus, zwanzig Stockwerke über der Straße, hatten sie einen Blick auf die Bucht von Florida. »Man kann fast bis ans andere Ende blicken«, sagte Lansky. Und unter ihnen lag Havanna. Die Stadt war voller Leben. Präsident Batista hatte mit dem Versprechen endlosen Vergnügens alle Welt nach Havanna eingeladen. Die korrektesten Kasinos der Welt. Die luxuriösesten Hotels der Tropen. Die schönsten Shows, das beste Essen, die jüngsten und sinnlichsten Huren, Musik, Tanz, alles, um das Leben in vollen Zügen zu genießen! Die Vitalität des Nachtlebens in Havanna war in der ganzen Luft spürbar, in dem belebten Verkehr und in der Musik, die die warme, duftschwangere Luft durchzitterte. Von ferne klang Gelächter herüber.

»Hören Sie zu, Meyer –« sagte Bat.

In genau diesem Augenblick knatterte wieder Gewehrfeuer.

»Was ist da los, Meyer?«

»Die Polizei läßt sich zu leicht provozieren«, sagte Lansky. »Sie schießt aber meistens nur in die Luft.«

Bat schüttelte den Kopf. »O nein«, sagte er ernst. »Das klingt mir nach Krieg. Nach Bürgerkrieg. Da schießen die Rebellen in den Bergen. Davon werden Sie noch viel zu hören kriegen.«

Lansky blickte über die Stadt hin. »Damit wird Batista schon fertig. Wenn er erst die Armee einsetzt –«

»Er hat sie bereits eingesetzt. Und sie wird nicht fertig mit den Rebellen.«

Lansky hielt den Atem an. »Soll das etwa heißen, daß Sie hier nicht investieren wollen?«

»Mehr noch«, sagte Bat. »Ich gebe Ihnen einen guten Rat: Retten Sie, was zu retten ist, und machen Sie sich davon.«

»Sie müssen verrückt sein. Ich habe mein gesamtes Vermögen ins *Riviera* gesteckt. Sehen Sie doch! Das beste Kasino-Hotel auf der ganzen Welt... *das weltbeste*!«

»Meyer«, sagte Bat, »ich weiß, ich kann Ihnen vertrauen. Also muß ich Ihnen doch nicht ausdrücklich sagen, woher ich meine Informationen habe. Sie sollten sich wirklich absetzen, solange noch Zeit ist.«

»Aber nein«, sagte Lansky. »Nicht doch. Nein.« Er sah ihn an. »Sehen Sie, ich bin Spieler von Beruf. Ich hätte es besser wissen müssen, zugegeben. Ich hätte nicht alles auf eine Karte setzen dürfen, gut. Nun habe ich es aber getan. Ich *muß* glauben, daß Sie sich irren.«

»Schon gut«, sagte Bat. »Ich hoffe es ja auch.«

»Sie haben mir den Abend ruiniert«, sagte Lansky.

5

Sobald Meyer Lansky und »Jimmy Blue Eyes« Alo die Suite verlassen hatten, schaltete Bat das Licht aus und schob die Vorhänge beiseite. Der Mondschein auf dem Meer und der warme Widerschein über der Stadt machten den Raum hell genug, sofern man nicht gerade lesen wollte.

Am Fenster spürte er plötzlich, wie Glenda sich von hinten an ihn preßte. Er griff mit den Armen nach ihr und war, als er ihren Körper berührte, keineswegs überrascht, daß sie schon nackt war. Er drehte sich um. Sie hielt ihm mit vielsagendem Lächeln zwei rauhe Hanfseile hin.

»Wo hast du denn die her?« fragte er lachend.

»Aus dem Koffer natürlich. Mitgebracht.«

»Na gut. Dreh dich um.«

Sie drehte sich um und legte die Hände auf dem Rücken zusammen. Er fesselte ihr mit straffen Knoten die Handgelenke. Das zweite Seil zog er ihr um die Brust fest, gleich unterhalb des Busens, um die Arme festzubinden. Sie rannte ins Schlafzimmer und setzte sich aufs Bett. »Beeil dich«, murmelte sie, als er sich auszuziehen begann.

Die Sache mit dem Seil war ihre Idee gewesen. Er hatte sich anfangs gesträubt, sie zu fesseln, vor allem aber, die Knoten so fest zuzuziehen, daß sie sich unmöglich freimachen konnte. Aber sie bestand darauf, daß er sie nicht nur symbolisch fesselte, sondern rigoros festschnürte. Die Wirkung war, wie er immer wieder feststellen konnte, für sie beide höchst erotisierend und erregend. Mit den gefesselten Händen konnte sie sich nicht hinlegen. Aber sie hatte es ohnehin so lieber, wie sie es nun machten: sie auf ihm reitend mit vibrierenden Hüften. Sie liebte das so, auch ungefesselt.

Es ließ ihn tiefer in sie eindringen als in jeder anderen Stellung und ermöglichte ihr selbst größere Bewegungsfreiheit. Zweimal verlor sie dabei die Balance und fiel von ihm herunter. Mit den gefesselten Händen konnte sie nichts dagegen machen. Aber da er dies inzwischen kannte, fing er sie rechtzeitig auf und half ihr wieder hoch. Sie lachte jedesmal vergnügt.

Sie bewegte sich mit geschlossenen Augen und einem zufriedenen abwesenden Lächeln auf ihm. Sie keuchte und stöhnte dazu und gab ihm zu verstehen, daß sie kam. Auch noch ein zweites und vielleicht sogar ein drittes Mal, da war er sich nicht so sicher. »Bist du soweit?« fragte sie ihn dann.

»Jederzeit«, antwortete er halblaut.

Er faßte sie an den Hüften, um sie festzuhalten, und ihre stoßenden Bewegungen wurden heftiger. Sie drängte ihn tiefer und tiefer in sie und drückte ihn, daß es fast schmerzte. Er kam heftig und atemlos.

Dann löste sie sich von ihm, stand auf und ging hinaus in den Wohnraum. Er blieb befriedigt und außer Atem auf dem Bett zurück. Er sah zu, wie sie die Glas-Schiebetür mit dem Ellenbogen öffnete und auf den Balkon hinaustrat. Sie blickte nachdenklich auf das offene Meer hinunter, bis sie sich, vielleicht bei dem Gedanken, daß sie von unten gesehen werden könnte, plötzlich abrupt umdrehte und ins Zimmer zurückkam.

»Bat?«

»Ja?«

Sie blieb in der Schlafzimmertür stehen. »Wie soll das mit uns weitergehen?«

»Weitergehen? Denkst du an etwas Bestimmtes?«

»Mein Gott, wenn ich dir das erst noch erklären muß...«

Er stand vom Bett auf und kam zu ihr, um ihre Fesseln zu lösen. »Sieh mal«, sagte er.

Sie wich zur offenstehenden Schiebetür zurück. »Nichts ist mit uns beiden, wie? Auf die Dauer.« Sie starrte hinaus auf das mondscheinglitzernde Meer. »Nichts von Dauer, wie? Wir gehen ins Bett miteinander. Da sind wir ganz gut. Aber das ist auch alles. Stimmt's? Wir versichern uns zwar, daß wir uns lieben, aber –«

»Glenda –«

»Du würdest doch kein Kind von mir wollen, oder?«

»Was denn, willst du mir beibringen, daß du schwanger bist?«

»Aber nein. Ich bin noch nie schwanger gewesen. Ich will es auch nicht werden. Ich könnte mir gar keine Schwangerschaft leisten. Ich will kein uneheliches Kind. Ich will keinen *Bastard*.«

»*Meine* Mutter *hat* einen Bastard zur Welt gebracht.«

»Tut mir leid, so war es nicht gemeint. Entschuldige bitte.«

Er begann, ihr die Knoten zu lösen.

»Im Grunde«, sagte sie leise, »haben wir doch immer gewußt, daß es keine Zukunft für uns gibt. Hauptsächlich schon wegen deines Vaters.«

»Mein Vater hat damit nichts zu tun.«

»Ach nein? Dein Vater mag mich nicht. Oh, als Milchkuh für seine TV-Firma bin ich ihm natürlich willkommen. Aber nicht als Schwiegertochter.«

»Mein Vater bestimmt nicht über mein Privatleben!«

»Und ob er das tut!«

6

Der Rauch einer Zigarre weckte sie. Bat wurde zuerst wach. Noch bevor er ein Wort sagen konnte, war auch Glenda wach geworden. Zigarrenrauch. War der durch den Schacht der Klima-Anlage ins Zimmer gedrungen? Nein. Es war frischer Zigarrenrauch. Beißend. Da war jemand.

Im Schlafzimmer. Bat erkannte das Glühen der Zigarrenspitze, danach den Mann, zuerst nur als Schatten, dann, als der Blick sich konzentrierte, ganz deutlich.

Bat litt selten unter Alpträumen, er kannte überhaupt nur zwei. Im ersten rannte er über die Ludendorff-Brücke in Remagen und wurde von einer Kugel getroffen, im andern wachte er auf und sah sich einem Eindringling gegenüber. Also war es dieser Alptraum.

Doch es war nicht sein Alptraum.

Der Mann saß auf einem Stuhl vor dem Bett. Er trug ein offenes weißes Hemd und ganz gewöhnliche Hosen. Im Halfter am breiten

Gürtel hing eine MP. Der Mann wirkte nicht eben einnehmend mit seinem struppigen schwarzen Bart. Er paffte nachdenklich an seiner viel zu großen Zigarre.

»Seien Sie unbesorgt, *Señor, Señorita*«, sagte er. »Sie haben nichts von mir zu befürchten.« Er sprach Englisch mit spanischem Akzent.

»Wozu sind Sie dann hier?« fragte Bat und setzte sich im Bett auf. Er fragte auf spanisch. »Wer sind Sie überhaupt?«

»Ich bin niemand, *Señor*. Das ist ja der springende Punkt. Deshalb bin ich hier.«

»Das müssen Sie mir schon erklären.«

»Sie sind Señor Jonas Enrique Raul Cord y Batista«, sagte der Mann. »Die Señorita ist Glenda Grayson, der berühmte amerikanische Fernseh-Star. ›Cord y Bastista‹. Sie sind der Großneffe unseres Diktators. Sie sind nach Havanna gekommen, um Informationen zu sammeln, damit Sie Ihrem Vater berichten können, ob Ihre Familie weiteres Geld in Havanna und in das Regime Batista investieren soll oder nicht.«

»Sie wissen ja sehr gut Bescheid«, sagte Bat.

Der Mann nickte. »Wissen ist alles«, sagte er. »So werden Kriege gewonnen.«

»So, so.«

Der Mann hob die Hand. »Der Zweck meines Besuches ist, Ihnen zu erläutern, wie schwach das Regime Batista ist. Sie haben vielleicht davon gehört, daß wir einen berühmten amerikanischen Rennfahrer gekidnappt haben?«

»Ja.«

»Und wir haben ihn unbeschadet wieder freigelassen. Wir wollten der Welt nur demonstrieren, daß dieses korrupte Regime unfähig ist, amerikanische Besucher in Kuba zu beschützen.«

»Soll das heißen, daß wir jetzt auch gekidnappt sind?«

»Nein, nein. Es war uns nur wichtig, Ihnen zu beweisen, daß die vielgelobte Geheimpolizei Batistas nicht einmal Sie in einer Luxussuite im *Riviera Hotel* beschützen kann. Uns liegt gar nichts daran, Ihnen etwas zu tun, schon gar nicht, Ihnen nach dem Leben zu trachten. Ich hätte es allerdings durchaus tun können, wie Sie sehen.«

»Sie geben uns also ... den dringenden Rat, sagen wir mal, nicht in dieses Hotel zu investieren?«

»Wir empfehlen es, Señor Cord. Falls Sie es doch tun, bedeutet es für Sie keine persönliche Gefahr. Aber Sie würden Ihr Geld verlieren.«

»Angenommen, Sie gewinnen die Herrschaft über dieses Land«, sagte Bat. »Dann wird dieses Hotel aber ein wichtiger positiver Wirtschaftsfaktor bleiben.«

»Batista hat alles getan, Kuba in das Hurenhaus für die gesamte westliche Welt zu verwandeln«, sagte der Mann. Er wurde jetzt lauter. »In Havanna ist jeder Ganove willkommen. Dafür opfert man die Würde des Landes und seiner Bevölkerung. Aber wir stellen unsere nationale Ehre wieder her, auch um das Opfer des Geldes, das Häuser wie dieses hier einbringen.«

»Ihr seid Marxisten«, sagte Bat.

»Unser Kampf ist der Kampf des Volkes«, sagte der Mann.

»Also gut – Sie haben Ihre Botschaft überbracht. Und nun?«

Der Mann erhob sich von seinem Stuhl. Er zuckte mit den Schultern. »Sie haben recht. Ich gehe wieder. Aber noch eines. Sie können gern den Sicherheitsdienst des Hotels rufen, sobald ich durch die Tür bin. Aber keiner wird mich fangen. Das ist noch ein Beweis dafür, was ich Ihnen sagte.«

Bat schüttelte den Kopf. »Sie sind ja ein durchaus interessanter Mann, Señor ...?«

»Guevara«, sagte der Mann. »Ernesto Guevara. Besser bekannt als Che Guevara.«

XXI

1

Als Jonas aus dem Krankenhaus entlassen wurde, blieb er zunächst in der Wohnung in den Waldorf Towers. Zwei Wochen später ließ er sich mit einer Inter-Continental-Maschine auf seine Ranch in Nevada fliegen, wo er sich eine Woche lang aufhielt, um anschließend wieder in die Suite im fünften Stock des *Seven Voyages* zu ziehen. Angie war immer bei ihm.

Als Bat eintraf, saß Jonas mit Clint McClintock und Bill Shaw von Aktenbergen umgeben im Wohnzimmer der Suite. Shaw war früher Testpilot der US Air Force gewesen und hatte ihn mit dem Flugzeug von New York abgeholt. Er hielt stets eine Beech Baron auf dem Flughafen startbereit, so daß Jonas jederzeit überall hingeflogen werden konnte.

»Gut siehst du aus«, sagte Bat zu seinem Vater. »Du scheinst dich rasch zu erholen.«

Jonas trug ein dunkelblaues Polo-Hemd und Khaki-Hosen und wirkte entspannt. »Sie lassen mich schon wieder einen Schluck trinken. Und ein bißchen vögeln darf ich auch schon wieder. Aber sie wollen mich an der kurzen Leine halten.« Er schüttelte den Kopf. »Da kann ich gleich in die Grube fahren.«

»Es gibt bessere Alternativen«, sagte Bat.

»Kann schon sein. Nun setz dich mal erst. Was hast du Lansky gesagt?«

»Ich habe abgelehnt. Meine Mutter hat beim Präsidenten ein gutes Wort für ihn eingelegt, damit er die nötigen Lizenzen bekommt. Ich weiß nicht, ob er solche Unterstützung wirklich nötig hatte; geschadet hat es aber sicher nicht. Nur für weitere Investitionen von uns in Kuba habe ich abgewinkt. Mutter ist überzeugt, daß ihr Onkel nicht mehr lang im Sattel sitzt, und was ich so beobachtet habe, kann ich ihr nur recht geben.«

»Lansky hat versucht, mich telefonisch zu erreichen. Ich habe deshalb schon vermutet, daß du ihm die kalte Schulter gezeigt hast.«

»Du sollst meine Entscheidung rückgängig machen?«

Jonas nickte. »Diesmal hast du deinen Kopf wirklich auf den Block gelegt, mein Junge. Da könntest du eine ziemlich profitable Sache ausgeschlagen haben. Aber ich werde dich nicht überstimmen.«

»Und wieso nicht, wenn du es doch eigentlich möchtest?«

Jonas ging nicht darauf ein. »Alles in allem«, sagte er, »gefallen mir die Pläne des Architekten für das InterContinental Las Vegas Hotel. Ich meine allerdings, du hast die Spielautomaten-Passage nicht richtig plaziert. Die Spieler an den Automaten sind kleine Fische. Sie sollen nicht im Kasino herumwandern, nur um zu glotzen. Das kann nicht in unserem Interesse sein. Versetze die Passage in die Nähe eines Außeneingangs, damit die Automatenspieler das übrige Hotel gar nicht erst betreten. Nach deinen Plänen soll die Passage Fenster bekommen. Nicht doch, Junge. Das Kasino hat keine, da kriegt die Passage erst recht keine. Spieler müssen die Zeit vergessen. Das können sie nicht, wenn sie den Wechsel der Tageszeit draußen bemerken.«

»Meinetwegen«, sagte Bat.

»Ich habe mir eine Menge Papiere angesehen«, fuhr Jonas fort. »Und ich sehe, daß du den Laden nicht umstrukturiert hast. Ich habe mich manchmal gefragt, ob bei meiner Rückkehr vielleicht sogar mein eigener Name von den Briefbögen verschwunden ist.«

»Ach, komm«, sagte Bat.

»Bist du wirklich so fest überzeugt davon, daß wir keine Fernsehgeräte mehr produzieren sollten? Da läßt du wohl nie locker, wie?«

»Ich habe dir meine Gründe genannt.«

»Gewiß doch. Schön, also hast du mich am Wickel. In Ordnung. Laß sie auslaufen. *Deine* Entscheidung. Aber mach es wenigstens langsam, damit es nicht so aussieht, als ob wir damit eingegangen seien. Und außerdem bist du also auch der Meinung, wir sollten uns vom Flugzeugbau verabschieden.«

»Du bist doch selbst Pilot«, sagte Bat. »Würdest *du* eine Cord 50 fliegen?«

»Das ist eine ganz ordentliche kleine Maschine. Für Anfänger.«

»Das ist eine Piper auch«, sagte Bat. »Und eine Cessna. Und die Beech Baron. Sieh dir doch mal die Verkaufszahlen an.«

»Was willst du eigentlich von mir? Soll ich etwa auch die Inter-Continental Airlines aufgeben?«

»Überhaupt nicht. Die Inter-Continental ist ja wettbewerbsfähig. Die hält brav ihren Marktanteil, auf allen Routen. Außerdem ist sie ein Prestige-Objekt. Eines Tages vielleicht verkaufen wir sie. Wir kriegen eine Menge Bargeld für sie – oder ein ordentliches Aktienpaket der Fluggesellschaft, die sie kauft.«

»Warum sollten wir sie je verkaufen wollen, zum Donnerwetter? Bleibt mir denn überhaupt *irgend etwas*?«

»In der Luftfahrt geht es genauso wie bei den Automobilherstellern«, sagte Bat. »Der Trend führt zu immer weniger Firmen. Nur die ganz Großen überleben. Gut, das ist noch Jahre hin.«

»Ich höre die Rädchen in deinem Hirn sich richtig drehen«, sagte Jonas. »Schön. In Ordnung. Also keine Cord-Fernsehgeräte und keine Cord-Flugzeuge mehr. Aber mach langsam, hörst du. Nicht zu schnell. Wir wollen doch wirklich nicht den Eindruck erwecken, wir ziehen den Schwanz ein und geben auf und lassen uns vom Markt verdrängen. Was noch?«

»Wir sollten *Cord Explosives* und *Cord Plastics* konsolidieren. Sie gehören zur gleichen Branche: Chemiestoffe. Ich sehe nicht ein, warum wir uns da *zwei* Haufen von Managern, *zwei* Haufen von Buchhaltern, *zwei* Haufen von Anwälten halten müssen, für teures Geld.«

»Damit willst du mir wohl klarmachen, daß ich die Geschäfte nicht effizient geführt habe, oder was?«

»Ich doch nicht«, widersprach Bat. »Darüber kannst nur du selber befinden. Ich habe aber noch etwas vorzubringen. Es betrifft Cord Explosives. Es könnte sich nachteilig auswirken, die Muttergesellschaft aller unserer Firmen mit dem Begriff ›Sprengstoff‹ zu belegen. Das weckt negative Assoziationen. Wir sollten das umbenennen, sagen wir: Die Abteilung *Cord Explosives* von *Cord Enterprises*. Im gleichen Zuge würden *Cord Plastics, Cord Productions* und *Cord Hotels* zu gleichrangigen Unternehmen der Gruppe *Cord Enterprises*.«

»Du hast zwar nicht umstrukturiert«, klagte Jonas, »aber, weiß Gott, du hast daran gedacht.«

»Ferner«, fuhr Bat ungerührt fort, »empfehle ich, *Cord Enterprises* den Namen *CE* und ein prägnantes Firmenlogo zu geben. Der Konzern *General Electric* nennt sich heute auch *GE, International Business Machines* firmiert als *IBM, Transworld Airlines* als *TWA* und so weiter.«

»Mein Vater würde sich im Grabe umdrehen«, sagte Jonas.

»Im Gegenteil, er würde genau dies tun, wenn er noch am Leben wäre«, widersprach Bat.

»Er wäre im Altersheim, wenn er noch lebte«, sagte Jonas.

»Es handelt sich doch nicht um schwerwiegende Veränderungen. Dein Regiment wird überhaupt nicht in Frage gestellt.«

»Also schön«, sagte Jonas. »Dann tu, was du nicht lassen kannst. Ich ernenne dich zum Vizepräsidenten und Direktor von dieser *CE*, die als Muttergesellschaft fungiert, wie du sagst. Aber ich verlange regelmäßige und detaillierte Berichterstattung. Ich bleibe in Las Vegas und leite persönlich die Cord Hotels. Und ich baue das InterContinental Vegas. Und mit diesem Mistkerl Chandler fahre ich Schlitten. Er wird mir ein wenig *zu* unabhängig.«

»Er bewegt sich in schlechten Kreisen«, sagte Bat.

»Was du nicht sagst. Übrigens, wie ist das, kommt dein Freund Amory nun zu uns oder nicht? Wir brauchen dringend einen Industrie-Anwalt, der all diese Änderungen durchzieht.«

»Warum nicht Phil Wallace?«

»Auch wenn Phil Wallace viele Firmenangelegenheiten erledigt, ist er doch in erster Linie mein persönlicher Anwalt. Dave Amory kann der Firmenanwalt für Cord Enterprises werden. Falls du ihn für gut genug hältst.«

»Er ist gut genug.«

»Dann ist das also beschlossen. Er sollte nach New York ziehen, wie du übrigens auch. Warum hast du deinen Fernseh-Star eigentlich nach Havanna mitgenommen? Ist sie *so* gut im Bett?«

»Sie und ich –«

»Gewiß doch. Nur wenn sie zuviel in deiner Nähe ist, wenn sich etwas tut, weiß sie am Ende zuviel über unsere geschäftlichen Dinge. Ich gebe dir jetzt einen guten Rat aus meiner langen Lebenserfahrung, Junge. Busineß und Sex gehen nicht zusammen. Okay?«

»Ich heirate sie vielleicht.«

»Dann bist du bescheuert«, sagte Jonas kalt. »Wie deine Schwester auch. Die erklärt mir, daß sie diesen Nichtsnutz von Ben Parrish heiraten will. Ich habe alles getan, um sie zu überzeugen, daß sie eine Entziehungskur machen muß, aber sie will nicht. Mann, ich kann mich doch nicht um jeden Dreck kümmern. Warum nützt du deinen Kopf, den du im Geschäftsleben hast, nicht auch für dein Privatleben?«

»Was Jo-Ann braucht«, erklärte Bat, »ist Arbeit, einen Job. Sie möchte nicht von Taschengeld leben. Sie braucht Verantwortung und ein Ziel im Leben. Ich überlege mir, ihr eine Stellung bei Cord Productions zu geben. In der Werbung. Oder in der Abteilung für Öffentlichkeitsarbeit.«

»Kommt nicht in Frage«, sagte Jonas. »Nicht, wenn sie diesen Parrish heiratet. Nicht, bis sie trocken hinter den Ohren ist.«

»Bitte. Du bist der Boß«, sagte Bat achselzuckend.

Jonas schaute einen Moment lang weg und zum Fenster, wo noch immer das Fernrohr auf dem Stativ stand. »Du darfst nicht einmal im Traum daran denken«, sagte er, »dieses Luder zu heiraten. Du willst nicht, daß ich mich in dein Privatleben einmische. Aber das persönliche Urteilsvermögen eines Menschen beeinflußt seine geschäftliche Urteilskraft. Oder bist du dieser Glenda Grayson hörig, oder was?«

»Du wolltest mal wissen, ob sie gut im Bett ist. Sie ist verdammt gut im Bett, kann ich dir sagen.«

»Dann will ich *dir* mal was sagen«, entgegnete Jonas. »Ich habe in meinem Leben eine Menge Weiber im Bett gehabt, das kannst du mir glauben. Aber nur von zweien habe ich Kinder. Nur von zweien. Und ich versichere dir: Ich habe mich keiner dieser beiden schämen müssen. Deine Mutter ist großartig. Monica auch, auf ihre Art. Bevor du diese Glenda Grayson heiratest oder zur Mutter deiner Kinder machst, bedenke eines: Früher oder später würdest du dich ihretwegen schämen. Es würde dir peinlich sein, sie Geschäftspartnern oder persönlichen Freunden vorzustellen. Sie war eine Stripperin, verdammt! Bat! Das ist ein billiges Weib!«

»Okay, okay. Jetzt hast du's gesagt.« Bat war verdrossen.

»Und wie kannst du das nur diesem klugen, schönen Mädchen in Washington antun? Gebrauche doch deinen Verstand, Junge!«

2

»Weißt du, was er zu mir gesagt hat? ›Du bist der Boß.‹ Da macht man den Jungen zum Vizepräsidenten des ganzen Ladens, aber wenn man auch nur in einem Punkt anderer Meinung ist, zuckt er einfach mit den Schultern und sagt dir: ›Du bist der Boß.‹«

»Wieso findest du das eigentlich beleidigend?« fragte Angie.

Nachmittags sollte Jonas eine Stunde ruhen, und das hieß, wie der Arzt erklärt hatte, daß er sich auszog und zu Bett legte. Meistens leistete ihm Angie dabei Gesellschaft. Sie konnte ihn gewöhnlich von den Gedanken in seinem Kopf ablenken, die ihm die so dringend nötige innere Ruhe raubten. So lag sie auch jetzt an seiner Seite und massierte ihn zärtlich in der Hoffnung, daß er sich entspannen und vielleicht sogar ein wenig schlafen würde.

»Ich weiß es nicht«, sagte er. Er war bereits dabei, sich davon zu lösen. »Zum Teufel noch mal, ich hätte nicht gedacht, daß er gleich böse würde, wenn ich ihn in einem Punkt überstimmte. Lieber Gott, ich habe doch allen großen Veränderungen zugestimmt, die er sich wünschte! Und dann lehne ich ihm eine Sache ab, nur eine winzig kleine verdammte Sache, und er zuckt mit den Schultern und sagt zu mir: ›Du bist der Boß.‹ Natürlich bin ich der Boß. Was hat er denn gedacht?«

»Wahrscheinlich lag es daran, daß es etwas Privates betraf. Seine neugefundene Schwester.«

»Ich will doch selbst, daß der Junge Erfolg hat! Er soll ja einmal soweit sein, alles zu übernehmen, wenn der Zeitpunkt gekommen ist.«

»Und wie groß darf der Erfolg sein, den du ihm gönnst?« fragte Angie.

»Was willst du damit sagen?«

»Ich will dir sagen, wie groß er sein darf«, sagte sie. »Groß – aber nicht so groß wie dein eigener. Habe ich recht?«

Jonas blieb eine Weile still. »Du bist wie Bat«, sagte er dann. »Du bist schlauer, als gut für dich ist.«

3

»Ich war ja gewarnt«, sagte Bat zu Glenda. »Man hat mir ja vorausgesagt, daß ich doch nur sein Laufbursche sein würde.«

»Aber ein verdammt gutbezahlter, immerhin«, bemerkte Glenda.

Sie lagen im Strandhaus im Bett.

»Ich komme mir vor wie ein Hund an der Leine. Ich kann ein gewisses Stück weit laufen, und wenn es ihm paßt, reißt er mich zurück. Übrigens, ich bin nicht mehr der Produzent deiner Show. Darüber hat er mich heute nachmittag informiert.«

»Was? Und wer dann?«

»Das weiß ich noch nicht. Ich weiß auch nicht, ob das in meinem oder in seinem Entscheidungsbereich liegt. Ich werde Geschäftsführender Produzent. Damit bin ich aber nicht mehr für die laufenden Tagesarbeiten zuständig. Ich muß in Zukunft sehr viel mehr in New York sein.«

»Mit anderen Worten, ich werd dich nicht mehr so oft sehn.«

»Ich komme so oft wie möglich nach L.A. Du könntest ja auch nach New York kommen.«

»Nicht bevor alle Folgen für eine komplette Spielzeit abgedreht sind«, sagte sie.

»Gut, dann komme ich eben. Oft. Wir werden nur nicht mehr jeden Tag zusammensein.«

»Jede *Nacht*«, verbesserte sie ihn leise. »Das Strandhaus wirst du nicht länger benötigen.«

»Natürlich brauche ich es. *Wir* brauchen es.«

»Der alte Herr hat also am Ende seinen Willen durchgesetzt«, sagte sie resigniert.

»Wie kommst du denn darauf?«

»Du mußt nach New York ziehen. Ich muß in Kalifornien bleiben. Er organisiert die Dinge so, daß wir voneinander getrennt werden.«

»Ich bin mein eigener Herr«, sagte Bat verbissen.

»Gewiß doch«, spottete sie.

4

Das *Wall Street Journal* berichtete über die Reorganisation des ›Cord-Imperiums‹:

NEUER CHEF DES CORD IMPERIUMS

Jonas E. R. Cord, Sohn von Jonas Cord II, ist im Rahmen der Umstrukturierung des Mischkonzerns Cord mit weitreichenden Verantwortlichkeiten ausgestattet werden.

Während der 31jährige Jonas Cord III offenbar auf die Nachfolge seines bemerkenswerten Vaters und Großvaters als Haupt des Cord-Imperiums vorbereitet wird, bleibt die eigentliche Macht in den Händen des 53jährigen Vaters, der seine Position als Aufsichtsratsvorsitzender und als Vorstandsvorsitzender des künftig *CE* benannten Konzerns beibehält – zusätzlich zu seiner Rolle als Mehrheitsaktionär.

Für die Berichterstattung in der *Washington Post* zeichnete Toni Maxim verantwortlich, obwohl sie eigentlich für innenpolitische Themen zuständig war. Sie schrieb unter anderem:

Der dritte Jonas Cord – Jonas Enrique Raul Cord y Batista – ist alles andere als der Typ des normalen amerikanischen jungen Mannes. Er ist der uneheliche Sohn seines Vaters, geboren und großgeworden in Mexiko, absolvierte seine akademische Bildung allerdings in den USA auf der Culver Military Academy, der Harvard University und der Harvard Law School. Seine Studienzeit wurde durch den Militärdienst in der US Army unterbrochen; er wurde mit dem Verdienstkreuz und zweimal mit dem Verwundetenabzeichen ausgezeichnet.

Er setzt auch eine vom Vater und Großvater begründete Familientradition als Frauenheld fort. Er ist häufig in Begleitung des Nachtklub- und Fernsehstars Glenda Grayson zu sehen; sie begleitete ihn kürzlich auch bei einem Besuch in Kuba, wo er eine Cord-Beteiligung an einem Spielkasino inspizierte und die Bekanntschaft mit seinem Großonkel, dem kubanischen Diktator Fulgencio Batista, erneuerte.

Als Toni ihn in New York besuchte, zeigte Bat ihr das Telegramm seines Vaters:

ICH HATTE ANGENOMMEN DIESES MÄDCHEN SEI UNSER FREUND. SIE WEISS ZUVIEL UND PLAUDERT ZUVIEL AUS. DENKE AN MEINE WARNUNG ÜBER FRAUEN UND GESCHÄFT.

Sie saß ihm in seinem Büro im Chrysler Building gegenüber. Er saß an einem riesigen Schreibtisch, hinter dem statt einem Sideboard zwei Rollschreibtische standen. Es war seine Art, auf seinem Schreibtisch ein dauerndes Durcheinander zu haben, das Chaos aber durch das Herunterlassen der Rolladen zu verstecken. Der Fernschreiber, über den sein Vater ihm aus Las Vegas Nachrichten zukommen ließ, stand in einer Ecke; er ratterte gerade; irgendeine Anfrage oder Beschwerde von Jonas. Bat schien es gar nicht zu bemerken. Er erhob sich auch nicht, um nachzusehen, als der Durchlauf zu Ende war.

Toni war mit ihren einunddreißig Jahren schöner denn je und eher noch eine Spur schlanker geworden. Ihre schweren Brüste zeichneten sich unter der weißen Seidenbluse provokant ab. Er hatte sie lange Zeit nicht mehr berührt. Schon der Gedanke verschlug ihm fast den Atem.

»Ich habe deinen Vater nicht beleidigen wollen«, sagte Toni. Sie sagte es mit einem hinterhältigen kleinen Lächeln, das ganz im Widerspruch zu ihren Worten stand.

»Nach seinem Infarkt ist er noch bärbeißiger geworden«, sagte Bat. »Der Arzt hat das als Möglichkeit vorausgesehen.«

»Die Berührung mit dem Tod«, kommentierte Toni.

»Schlimmer. Es hat etwas mit der Blutzufuhr zum Gehirn zu tun.«

Toni wechselte das Thema. »Ich bin nicht gekommen, um mit dir über deinen Vater zu reden. Ich mache am Nachmittag ein Interview mit dem Bürgermeister von New York und wollte dich fragen, ob du am Abend mit mir zum Essen ausgehen möchtest.«

»Aber sicher«, sagte Bat. Er blätterte im Kalender. »Ich werde ein paar Termine stornieren.«

»Fein. Wo soll ich dich treffen?«

»Wo wohnst du?«

»Im Algonquin.«

»Das Algonquin-Hotel hat ein sehr gutes Restaurant. Wieso wohnst du in einem Hotel? Du weißt doch, daß ich die Wohnung in den Waldorf Towers habe.«

»Und was würde Glenda dazu sagen, wenn ich bei dir übernachte?«

»Das geht sie nichts an.«

»Genau. So wie es mich nichts angeht, daß du mit ihr schläfst. Ich meine, wenn wir uns nur alle paar Monate sehen, kann ich wohl nicht erwarten, daß du in der Zwischenzeit keusch bleibst. Was du umgekehrt auch nicht von mir erwarten darfst.«

»Da ich jetzt hier wohne, könnten wir uns doch häufiger treffen«, meinte er.

Toni nickte. »Das wäre mir sehr recht. Du bedeutest mir immer noch etwas, weißt du.«

»Nun, du mir auch. Wir –«

»Wir sollten jetzt keine tiefsinnigen Gespräche anfangen«, unterbrach sie ihn. »Ich ziehe also in dein Apartment. Wann bist du zu Hause?«

Er öffnete die mittlere Schublade eines seiner Rollschreibtische und reichte ihr einen Schlüssel. »Komm, sobald du kannst«, sagte er. »Falls ich noch nicht dasein sollte, kannst du selbst hinein. Behalt den Schlüssel. Du bist in New York immer willkommen.«

5

Es war wieder wie früher, als sie überhaupt nicht geschlafen hatten, wenn sie längere Zeit nicht zusammengewesen waren. Er ließ erschöpft von ihr ab, erholte sich rasch unter ihrer liebenden Hand und wandte sich ihr wieder mit neuer Lust zu. Sie versagten einander gegenseitig nichts. Zweimal gingen sie zusammen ins Badezimmer, wo sie gemeinsam duschten, um den Körperschweiß abzuspülen. Anschließend gingen sie zurück ins Schlafzimmer, glätteten die Bettlaken und widmeten sich einander von neuem.

Um vier Uhr früh klingelte das Telefon. Bat zögerte, hob dann aber doch ab, als ihm klar wurde, daß ein Anruf unter seiner Geheimnummer zu solch nächtlicher Stunde nur etwas Dringendes bedeuten konnte.

»Herr im Himmel!« murmelte Toni.

»Es ist mein Vater«, flüsterte Bat. »Er ruft aus Las Vegas an.«

»Hast du von deiner Schwester gehört?« fragte sein Vater.

»Nein. Sollte ich?«

»Du wirst nicht erraten, wo sie sich befindet!«

Jonas war hörbar aufgeregt. Viel zu aufgeregt. »Wo ist sie?« fragte Bat. Er versuchte, Ruhe auszustrahlen.

»Sie sitzt im Gefängnis, verdammt!«

»Wo? Warum?«

»In Los Angeles. Trunkenheit am Steuer. Sie war in einen kleinen Unfall verwickelt. Ohne Personenschaden. Gott sei Dank. Aber die Polizei hat sie aufs Revier mitgenommen. Sie mußte einen Alkoholtest machen. Sie war voll bis obenhin.«

»Was soll ich tun?«

»Ich weiß es nicht. Flieg nach Los Angeles. Tu, was du für sie tun kannst.«

»Ich rufe dich aus Los Angeles an.«

6

Jo-Ann saß mit hochrotem Gesicht und verweinten Augen hinter dem Drahtgitter, das sie vom Besucherraum trennte. Sie trug die graue Baumwolluniform des Sybil Brand Institute – des Frauengefängnisses von Los Angeles.

»Du hast nur drei Tage bekommen«, sagte Bat. »Das ist die gesetzliche Mindeststrafe für Trunkenheit am Steuer. Dagegen war nichts zu machen. Also... Donnerstag, Freitag und Samstag.«

»Es ist so schrecklich *erniedrigend*«, schluchzte sie.

»Wir haben dir eine Sondergenehmigung verschafft, damit du fahren kannst, obwohl dir eigentlich der Führerschein für ein Jahr entzogen ist. Du weißt gar nicht, was für ein Glück du gehabt hast. Du hättest dich um dein Leben bringen können. Oder jemanden andern.«

»Scheißleben.«

»Laß das.«

»Hast du mit Ben gesprochen?« fragte sie.

»Ja.«

»Er hat mich nicht besucht.«

»Kann er gar nicht. Du darfst nur mit Familienangehörigen und Anwälten sprechen und sonst mit niemand. Wir könnten eine Ausnahmeregelung für dich erwirken, aber bis wir die durchhaben, bist du längst wieder frei.«

»Ich will sowieso nicht, daß Ben mich hier sieht.«

»Hör zu. Ich muß dir noch etwas mitteilen. Ich habe dich in die Sunset Hills Clinic eingebucht. Ich hole dich am Samstag hier ab und bringe dich hin.«

»Eine Entziehungsanstalt!« sagte Jo-Ann niedergeschlagen. »Das will ich nicht. Da wäre ich genauso eingesperrt wie hier.«

»Wenn du es nicht machst, streicht Vater dir deinen Unterhalt.«

Sie schluchzte. »Verdammter Unterhalt! Immer dieser verfluchte Unterhalt! Ich muß tun, was er will, egal was, nur damit ich nicht diesen verdammten Unterhalt verliere! Und *du* mußt alles tun, was er von dir will, damit du nicht deinen gottverdammten Job verlierst. Du glaubst doch wohl nicht, du wärst von ihm unabhängig? Genausowenig wie ich, großer Bruder. Von Jonas ist niemand unabhängig. Wie lange muß ich in dieser Klinik bleiben?«

»Nach einem Monat wird man dich begutachten.«

Sie stieß einen lauten Seufzer aus. »*Du* trinkst. *Er* trinkt. Wieso muß *ich* in eine Klapsmühle geparkt werden, weil ich trinke?«

»Du weißt ganz genau, warum.«

»Und wieso wird alles anders, wenn ich wieder herauskomme?«

»Sobald du herauskommst, verschaffe ich dir eine Stelle bei Cord Productions.«

»Er wird es dir nicht erlauben.«

»Doch, doch, du kriegst die Stelle. Ob es ihm paßt oder nicht.«

7

In dem Zimmer, das Ben Parrish im *Golden Evenings Motel* gemietet hatte, ließ Glenda Grayson sich aufs Bett sinken. Sie hatte das Studio erst vor einer halben Stunde verlassen und war noch völlig angespannt und verschwitzt.

»Dann laß mich mal dein berüchtigtes Werkzeug bewundern«, sagte sie.

Ben zog den Reißverschluß auf und zog seinen Penis heraus.

»*Oi!*« rief sie. »Der ist ja wirklich der größte in ganz Kalifornien, wie?«

Ben lächelte. Er machte keine Anstalten, seinen Gevatter wieder wegzustecken. »Na ja, ich habe schließlich nicht alle anderen gesehen. Du etwa?«

»Nein. Nur etwa die Hälfte.«

»Hast du je einen erlebt, der es mit meinem aufnehmen könnte?«

»Du bist wirklich stolz auf ihn, was?«

Er holte ihn noch weiter heraus. »Die Mädels wollen ihn immer alle sehen, auch wenn sie gar nichts von ihm wollen«, sagte er.

»Zeigst du ihn denn?«

»Manchmal.«

Glenda begann sich zu entkleiden. »Das ist doch grotesk«, sagte sie.

Er zog sich ebenfalls aus. »Wenn er etwas nicht leiden kann, dann Arbeitslosigkeit.«

»Und deine Freundin sitzt in einer Psychiatrischen Klinik.«

»Sie hat gewissermaßen um eheliche Besuchserlaubnis für mich ersucht. Es ist abgelehnt worden. Sie ist zornig und enttäuscht, aber sie hat sich schließlich selber hineinbegeben, und nun kann sie eben nicht raus. Bat hat sich um Jo-Ann gekümmert. Um dich scheint er sich ja nicht zu kümmern.«

»Er hat bei mir angerufen, als er da war, um für sie alles zu arrangieren. Für ein Treffen mit mir hatte er keine Zeit.«

Inzwischen waren sie beide nackt. Er stand ihr gegenüber. Sie berührte seinen riesigen Penis und machte eine Bewegung mit dem Kopf, daß er sich neben sie setzen solle. Er nahm Platz und begann ihre Brüste zu streicheln.

»Wir werden viel Spaß haben miteinander«, sagte Glenda leise. »Wir beide sind nicht auf die Cords angewiesen. Wir werden uns schon amüsieren miteinander!«

»Und ob!« sagte er. »Ganz mächtig. Wir sind beide von den Cords verarscht worden – in mehr als einer Hinsicht.«

Er küßte sie auf den Hals und ließ die Hände über ihren Körper gleiten. »Na, dann komm«, sagte sie. »Damit alle Mädels von Kalifornien mich beneiden können.« Er nickte. »Okay.«

Glenda rutschte über das Bett, legte sich auf den Rücken und spreizte die Beine. Er kam auf sie. Sie stöhnte und wimmerte leise, bis er mit seinem gewaltigen Kameraden in ihr war. Er war notgedrungen sanft, und er brauchte auch nicht lange. Als es ihr zu schmerzhaft wurde, war er schon fertig.

»Mein lieber Freund!« Sie legte sich beide Hände in den Schoß. Sie glänzte vor Schweiß. »Mit dir weiß man, was man drin hatte.«

»Dich haben sie doch immer nur dran«, sagte Ben. Er war in Gedanken noch immer bei dem Thema, das ihn zuvor beschäftigt hatte. »Ich sag dir was, Mädchen. Die Cord Productions, das bist *du*. Du machst doch die einzige erfolgreiche Show, die sie haben. Wenn es soweit ist, daß eine Vertragsverlängerung ansteht, mußt du *sie* mal drannehmen.«

»Daran dachte ich auch schon«, sagte sie.

»Die Show war ein Experiment, ein Glücksspiel«, sagte Ben.

»Inzwischen bist du eine heiße Ware. Und du weißt ja selbst, wie unbeständig das Showgeschäft ist. Du mußt jeden nur möglichen Cent für dich herausholen, solange du kannst!«

XXII

1

Der Flughafen im Süden von Las Vegas, direkt hinter der Grenze von Arizona, wo Jonas 1951 auf der Flucht vor den Strafandrohungen des Senats gelandet war, war noch immer in Betrieb und diente unverändert den gleichen Zwecken. Dort landete um die Mittagszeit eine schnittige Privatmaschine.

Als erster kletterte Carlo Vulcano heraus – der Capo des Vulcano-Clans, der die East Side von Cleveland in seiner Hand hatte. Runzlig und weißhaarig, wirkte er trotz mittlerer Größe klein, weil er beim Gehen die Schultern zusammenzog und den Kopf vorstreckte. Die Hosenträger zogen ihm die Hosen bis fast unter die Achselhöhlen hoch. In der Linken hielt er ein Taschentuch, das er sich von Zeit zu Zeit an den Mund drückte, weil er sabberte.

Der nächste war John Stefano, der zweite Boß des Cosenza-Clans in Detroit, ein dunkelhäutiger, schwarzhaariger Mann um die Fünfzig mit unruhigen braunen Augen. Er blieb kurz hinter der Maschine stehen, um sich eine Zigarre anzuzünden.

Auf dem Rollfeld wartete Morris Chandler. Er setzte sich in Bewegung, um Vulcano und Stefano zu begrüßen. Jimmy Hoffa – gutgelaunt, großspurig – überholte ihn mit einem breiten Grinsen im ganzen Gesicht. Er erreichte Vulcano als erster.

Die vier Männer schritten zum Privatklub in dem Gebäude am Ende der Rampe. Sie nahmen auf soliden Stühlen aus Ahornholz an einem Tisch mit einer rotweiß karierten Decke Platz. Stefano erneuerte das Feuer seiner Zigarre, indem er sie in die Flamme der Kerze im Hals einer Chianti-Flasche hielt.

»Gar nicht übel, das Lokal«, sagte Vulcano und ließ den Blick durch den Speisesaal wandern. »Die Mädchen hinten sind Nutten?«

»Sicher«, sagte Chandler.

»Ah, sehr gut.«

»Ein Privatklub«, meinte Stefano sarkastisch. »Du hoffst, daß Cord deine Zusammenkunft mit uns nicht spitzkriegt, wie?«

»Genau«, gab Chandler zu.

»Beschäftigt er Privatschnüffler?«

»Das muß er gar nicht. Dafür hat er eigene Leute. Ihm bleibt kaum etwas verborgen.«

»Tja, also... Die Sache mit Dave Beck tut uns leid«, sagte Stefano zu Hoffa. »Er war leider jemand, der nicht hören wollte.«

»Auf niemand«, bekräftigte Hoffa. »Die Anwälte sind nicht sehr optimistisch, daß die Berufung Erfolg hat. Er wird wohl im Bau sterben müssen.« Er schüttelte traurig den Kopf. »Er hat auf niemand hören wollen.«

»Also. Da werden jetzt Sie die Leitung der Teamsters Union übernehmen«, sagte Vulcano. »Gibt es da ein Problem?«

Hoffa zuckte mit den Schultern. »Was für ein Problem?«

»Brauchen Sie vielleicht Unterstützung?«

»Es gibt keinen, der nicht mal etwas Unterstützung brauchen könnte und nicht dankbar dafür wäre«, sagte Hoffa. »Ich habe aber alles ganz gut auf der Reihe.«

»In Ordnung«, sagte Stefano. »Aber deswegen sind wir nicht hier. Es gibt anderes zu bereden.«

»Die Cords«, sagte Hoffa. »Dieser Mistkerl – dem drehe ich noch den Hals um.«

Carlo Vulcano lehnte sich über den Tisch gebeugt zu Hoffa hinüber. »*Busineß*, mein Freund«, murmelte er, und der Speichel rann ihm aus dem Mundwinkel. »Mord schadet dem Busineß. Wenn du mit uns zusammenarbeiten willst, mußt du lernen, deine schlechte Laune und deinen Ärger zu zähmen. Du darfst nicht mal an um die Ecke bringen *denken*.«

Hoffa zeigte lächelnd seine Zähne. »War nur eine Redensart, Don Carlo.«

Vulcano akzeptierte es durch Kopfnicken. »Wir können natürlich nicht für alle sprechen«, erklärte er Chandler. »Doch viele Ehrenmänner teilen unsere Überzeugung, daß ein weiteres Vordringen der Cords in Las Vegas unseren Interessen schadet.«

»Ganz offen gesprochen«, sagte Stefano, »um die Einnahmen aus den Hotels geht es uns erst in zweiter Linie. Wir brauchen die Kasinos vor allem für Geldwäsche und ähnliche Zwecke.«

»Mit Kuba können Sie da eventuell nicht mehr lange rechnen«, bemerkte Chandler. »Meyer Lansky hat die Cords nicht dafür gewinnen können, im *Riviera* zu investieren, und ich hätte mir gar kein hübscheres Geschäft vorstellen können – bei Lanskys Beziehungen und Sachkenntnis. Ich kann nur annehmen, daß die Cords etwas wissen, was selbst Lansky nicht weiß.«

»Und was könnte das sein?«

»Bats Mutter ist die Nichte von Batista. Vielleicht hat er Insider-Informationen«, erwiderte Chandler.

»Näh«, machte Stefano.

»Es ist absolut wichtig«, sagte Vulcano, »daß uns nicht nur ein Weg offensteht. Ich achte immer darauf, daß wir ein Mittel zum Zweck finden und ein anderes in der Hinterhand haben.« Er war es offenbar gewöhnt, daß ihm bei seinem Dozieren alle aufmerksam zuhörten. »Die Cords stellen für unsere Interessen eine Gefahr dar. Wie werden wir am besten mit ihnen fertig?«

»Ein Jammer, daß es nicht mehr auf die alte Art und Weise möglich ist«, bedauerte Chandler.

»Schlag dir das ganz aus dem Sinn«, sagte Vulcano. »Die Frage lautet: Gibt es eine Möglichkeit, Druck auf die Leute auszuüben?«

»Jonas Cord hat eine Tochter, die sich momentan in einer Entziehungs-Klinik befindet«, sagte Chandler. »Sie hat sich mit einem halbseidenen Hollywood-Typen eingelassen, einem gewissen Ben Parrish. Und sein unehelicher Sohn Jonas der Dritte, genannt Bat, schläft mit Glenda Grayson. Jonas der Zweite selbst hält sich Angela Wyatt als persönliche Sekretärin und – Bettgenossin. Sie hat ein Vorstrafenregister.« Chandler hob die Schultern. »Vielleicht ließe sich das eine oder andere nutzen.«

»Wir könnten Streiks gegen sie in Gang setzen«, sagte Hoffa. »Sie können ihr InterContinental Vegas gar nicht bauen, wenn –«

»Den Gedanken wollen wir vorerst in der Hinterhand halten, Jimmy«, meinte Vulcano. »Was Morris erwähnt hat, könnte einen besseren Ansatz bieten. Grobe Taktiken sind inakzeptabel, wenn das gleiche Ziel mit Schlauheit zu erreichen ist.«

»Wir sollten ein Mittel zum Zweck finden und uns ein zweites in der Hinterhand halten, Don Carlo«, sagte Hoffa und griff Vulcanos Formulierung auf. »Wir nehmen einen von Mauries Vorschlägen und meinen Vorschlag als Reserve.«

»Nennen Sie mich nicht Maurie«, sagte Chandler eisig.

Hoffa grinste. »Keine Sorge, mein Freund. Ich kenne niemand, der bessere Beziehungen hat als Sie, egal wie wir Sie nennen.«

»Gentlemen«, sagte Vulcano. »Wir sind uns einig. Bevor wir uns aber wieder an Bord dieser unbequemen kleinen Maschine begeben, möchte ich ein hübsches Steak, eine hübsche Flasche Wein und eines von den hübschen Mädchen, die dauernd zu uns herüberschauen und schon auf eine Einladung warten.«

2

»Verdammt noch mal, ich habe nein gesagt. Ich hab es dir klar und deutlich gesagt: Ich will nicht, daß Jo-Ann bei uns in der Firma arbeitet –«

»Solange sie nicht trocken hinter den Ohren ist, hast du gesagt«, unterbrach ihn Bat. »Und das ist sie jetzt. Ich habe sie zu einer Entziehungskur vergattert. Sie war einen ganzen Monat in der Klinik.«

»Und was bringt dich zu der Annahme, daß sie nicht wieder in die alte Tour verfällt?« fragte Jonas.

»Genau das könnte eintreten, falls ihr niemand eine Chance gibt«, sagte Bat.

»Das hättest du vorher mit mir absprechen müssen.«

»Wozu bin ich eigentlich hier die Nummer Zwei, wenn ich nicht einmal ein Mädchen für die Öffentlichkeitsarbeit einstellen darf?«

»Hier geht es nicht um berufliche Dinge«, sagte Jonas. »Das sind Privatsachen – eine Familienangelegenheit.«

»Also, ich soll mich aus Familienangelegenheiten heraushalten?«

»Sie ist meine *Tochter*!«

»Und meine Schwester.«

»Halbschwester.«

Bat nickte. »Na und. Reicht das nicht?«

Jonas stand auf und trat ans Fenster. Es war ein Trick, den er von Morris Chandler übernommen hatte – durch das Fernrohr zu schauen, um die Beherrschung zurückzugewinnen und seine Gedanken zu ordnen.

Reicht das nicht? Was sollte die Frage? Er wußte leider nur zu gut, was die Frage sollte. Er war sich völlig im klaren darüber, was sein Sohn mit der Frage andeuten wollte. Aber was erwartete er eigentlich von ihm? Sollte er sich womöglich noch entschuldigen? Er wechselte das Thema.

»Ich habe dir etwas mitzuteilen«, sagte er, als er sich vom Fernrohr abwandte und zur Couch zurückkehrte. »Dein Fernseh-Star hat es im Strandhaus mit jemand getrieben.«

»Woher willst du das wissen?«

»Es gehört zu meinen Pflichten, so etwas zu wissen. Auch zu deinen übrigens. Sie arbeitet für uns. Ich habe sie beobachten lassen. Du etwa nicht? Du *weißt* nicht, daß sie in *deinem* Haus herumschläft?«

»Das ist ihre Privatangelegenheit.«

»Nein, ist es *nicht*. Es betrifft uns. Sie arbeitet für uns. Wir haben in sie investiert, sie ist unser Kapital. Ich war außerdem der Ansicht, du seist ihr persönlich verbunden.«

Bat schüttelte den Kopf.

»Na schön. Es wäre mir ja auch egal, mit wem sie pennt. Nur – rate mal, wer es ist?«

»Wer?«

»Jo-Anns Freund Ben Parrish.«

»Wie bitte? Das gibt es doch nicht! Dieser Mistkerl!«

»Du sagst es. Der Kerl, der Glenda Grayson bumst, bumst auch Jo-Ann, und dich macht er zum Bumskopp.«

»Dieser Mistkerl!«

»Sollte mich gar nicht überraschen, wenn da noch mehr dahintersteckt«, sagte Jonas. »Parrish ist bekannt für seine unsauberen Tricks. Wetten, daß er versucht, sie sich für seine Agentur als Klientin unter den Nagel zu reißen? Oder etwas Ähnliches?«

»Und was können wir dagegen unternehmen?« fragte Bat.

»Ich habe bereits etwas unternommen«, erwiderte Jonas.

3

Die Büros der TV-Firma Cord Productions befanden sich auf dem Gelände der Cord-Tonbildstudios in West Hollywood. Jo-Ann arbeitete dort in einem kleinen Büro mit Blick auf den Parkplatz. Arthur Mawson, der Produzent der *Glenda Grayson Show*, hatte seine Öffentlichkeitsarbeit eigentlich immer selbst wahrgenommen; er hatte sich jedoch dem Wunsch des jungen Cord gefügt und überließ Jo-Ann soviel Verantwortung wie eben möglich. Sie war hauptsächlich mit dem Entgegennehmen von Anrufen und der Beantwortung von Fan-Briefen beschäftigt.

Für Glenda Grayson, ihre Interviews und Briefe aber war allein ihr Agent Sam Stein mit seiner PR-Mannschaft zuständig. Die Gast-Stars hatten ebenfalls ihr eigenes Personal dafür. In Jo-Anns Verantwortungsbereich lagen somit nur Anfragen und Briefe, die an die Produktionsfirma selbst gerichtet waren. Es war nicht gerade ein herausfordernder Job: Sie suchte ständig nach Möglichkeiten, ihm mehr Gewicht und sich selbst eine aktivere Rolle in der Firma zu geben.

Aber ob sie nun ihren Arbeitsbereich und ihre Position tatsächlich aufbesserte oder nicht, Jo-Ann fühlte sich jedenfalls wohl. Es war das erstemal seit ihrer Schulzeit, daß sie einen Grund hatte, morgens aufzustehen, sich zu waschen, zu schminken und anzuziehen. Und sie hatte Gewicht verloren. In der Klinik hatten die Ärzte auf eine kalorienarme Diät geachtet und darauf bestanden, daß sie regelmäßig Tennis spielte und schwimmen ging.

Der Scotch schmeckte ihr immer noch; sie kannte jedoch ihre Grenzen; sie wußte, wann sie aufzuhören hatte. »Solange man im richtigen Moment aufhören kann, ist man kein Alkoholiker«, sagte sie sich. Da tat sie sich doch nicht den Tort an und begnügte sich mit Orangensaft, wenn alle anderen Drinks bestellten. Das hätte sie als unzumutbare Demütigung empfunden. Zu den Anonymen Alkoholikern wollte sie trotz des Drängens der Klinikärzte auch nicht. Eine Sitzung dort hatte ihr gereicht; das lehnte sie ab. Für sie war das »Religion«.

Ihr Vater hatte sie noch nicht zu Gesicht bekommen. Sie hatte sich eine neue Aufmachung verpaßt, neue Kleider gekauft, die sie schlank machten, und sich eine neue Frisur zugelegt; kürzeres Haar, das sich unter den Ohren lockte. An diesem Morgen trug sie einen cremefarbigen ausgestellten Leinenrock mit enganliegendem hellblauen Kaschmir-Pullover. Es war eine Kombination, die Ben gefiel; sie trug sie deshalb häufig; vor allem, wenn sie tagsüber mit ihm verabredet war.

Das Telefon läutete. Die Telefonistin meldete eine junge Frau an, die sie sprechen wollte; angemeldet war sie nicht: eine gewisse Cynthia Rawls, die sich als Reporterin der Hollywood-Zeitschrift *Sketch* ausgab. Jo-Ann freute sich über den Anruf einer Reporterin und ließ sie kommen.

Cynthia Rawls war eine gummikauende, bebrillte junge Dame, die offenbar der Meinung war, zu einer Reporterin gehöre ein Bleistift im Haar über dem Ohr und ein Stenoblock in der Hand.

Sie reichte Jo-Ann eine Visitenkarte. »Kennen Sie unser Blatt?« fragte sie.

Jo-Ann nickte. Der *Sketch* war eine Boulevardzeitung, die in den Supermärkten verkauft wurde. »Ja«, sagte sie. »Aber ich lese es nicht regelmäßig.«

Cynthia Rawls nickte. Falls sie den abschätzigen Ton in Jo-Anns Stimme heraushörte, ließ sie es sich jedenfalls nicht anmerken. »Wir legen großen Wert darauf, unsere Fakten genau zu überprüfen«, erklärte sie. »Ob Sie es glauben oder nicht – aber wir nehmen es damit genauer als die meisten Zeitungen. Auf unserem Gebiet kann man es sich nicht leisten, etwas zu drucken, was nicht genau nachrecherchiert worden ist.«

»Kann ich verstehen«, sagte Jo-Ann.

»Schön. Ich habe versucht, Mr. Stein darauf anzusprechen, aber er will sich nicht äußern. Es betrifft Glenda Grayson. Ihren Star.«

»Und wie kommen Sie zu der Annahme, daß ich Ihnen etwas sagen kann – oder will –, was Sam Stein Ihnen nicht sagen will?«

»Vielleicht können Sie ja nicht – oder Sie wollen vielleicht auch nicht«, gab Cynthia Rawls zu. »Ich halte es aber für meine Pflicht, Sie persönlich zu befragen.« Sie überreichte Jo-Ann zwei Schreibmaschinenseiten. »Falls Sie das in Abrede stellen, müßten wir weitere Nachforschungen anstellen.«

Intim, intim, intiiim! Es ist wirklich *sehr* intim geworden zwischen TV-Superstar Glenda Grayson und Hollywood-Bubi Benjamin Parrish, sonst bekannt als Agent, gelegentlicher Mini-Produzent und Tausendsassa.

Nix mehr mit »fixen Stunden« auf heißen Motel-Bettlaken für die frühere Stripperin und ihren neuen Mann. Neuerdings begrüßt sie Benny-Boy in dem Haus an der Küste, das sie vorher mit dem Goldjungen Jonas »Bat« Cord teilte.

Soweit uns bekannt, hat Mr. Cord dagegen nicht Einspruch erhoben. Wie sein notorischer Vater Jonas Cord II. hat auch »Bat« mehrere Eisen im Feuer. Monogamie liegt den Cords nicht.

Nach unseren Quellen steht die Geschichte außer Zweifel. Unsere Reporterin hat sie hieb- und stichfest überprüft.

»Tut mir leid, daß ich den Namen Ihrer Familie da hineinziehen muß«, sagte Cynthia Rawls. »Es kann aber eigentlich keine große Überraschung sein, nicht wahr?«

Jo-Ann starrte die junge Frau aus kalten Augen an, fast eine Minute lang, bevor sie sagte: »Ich will den Namen Ihres Informanten wissen.«

»Oh, den kann ich Ihnen nicht nennen, das müssen Sie schon verstehen.«

»Muß ich gar nicht. Sie haben zwei Möglichkeiten, Miss Rawls. Sie werden vermutlich wissen, daß es nicht gerade ratsam ist, sich mit den Cords anzulegen. Wenn mein Vater Sie nicht mit einer Verleumdungsklage kriegen kann, kauft er vielleicht einfach Ihre Zeitung auf. Es wäre nicht das erstemal, wissen Sie. Es würden auch keine Fragen von Pressefreiheit aufkommen. Mein Vater könnte dann beschließen, den Hollywood-*Sketch* zum Wochenblatt für die Milchwirtschaft umzustellen. Verstehen Sie etwas von Kühen, Miss Rawls?«

Zuerst versuchte Cynthia Rawls, die mutige Reporterin zu spielen. Sie zuckte mit den Schultern, als könne sie das überhaupt nicht berühren, und feixte. Dann wurde sie jedoch nachdenklich, fuhr sich mit der Zunge über die Lippen, und gab auf. »Und die Alternative?«

»Sie nennen mir Ihre Quelle«, sagte Jo-Ann, »und wir könnten zusammenkommen. Was Sie da jetzt haben, ist eine kleine Geschichte. Es könnte aber eine Riesenstory werden.«

Die Reporterin überlegte, und Jo-Ann beglückwünschte sich. Bei Gott, sie hatte sich verhalten wie eine Cord! So ging man vor, wenn man eine Cord war. Das sollte Ben Parrish Kopf und Kragen kosten! Denn sie zweifelte nicht daran, daß der Bericht der Reporterin auf Tatsachen beruhte.

»Miss... Miss Cord, ich –«

»*Ihre Quelle!*«

»Miss Cord... Sie bringen mich da in Teufels Küche!«

Jo-Ann reckte selbstgewiß das Kinn. »Wenn Sie erst ein paar Jahre Berufserfahrung haben, werden Sie sich daran gewöhnen. Diesmal ist es gar nicht schwer. Sie haben immerhin die Wahl zwischen zwei Möglichkeiten. Das haben die wenigsten.«

»Die Sache ist schwieriger, als Sie meinen. Der Informant hat meinen Chefredakteur angerufen. Der hat den Anruf auf Band aufgenommen, wie er das in solchen Fällen immer macht, und mir das Band vorgespielt. Sie würden mir doch nicht glauben, wer es war.«

»Versuchen Sie's doch mal«, bemerkte Jo-Ann eisig.

»Miss Cord... Es war Ihr Vater!«

Jo-Ann war unfähig, sich zu verstellen. Die Reporterin merkte, wie sie errötete und sich verkrampfte. »Ach«, sagte Jo-Ann. »Mein Vater. Sie glauben, daß am anderen Ende der Leitung mein Vater gesprochen hat.«

»Wollen Sie es bestreiten?«

Über die Möglichkeit dachte Jo-Ann einen Moment lang nach; dann schüttelte sie den Kopf. Natürlich wollte sie es nicht bestreiten; es ergab ja Sinn, in mehr als nur einer Hinsicht. »Ich stelle es gar nicht in Frage. Ich kann Ihnen sogar versichern, daß es in allen Punkten der Wahrheit entspricht. Ich kann Ihnen darüber hinaus noch mehr sagen. Ben Parrish hat einen gewissen – nun ja, *Ruf*. Sie wissen wohl, was ich meine.«

»Daß er einen Schwengel wie ein Gaul hat, meinen Sie, wie die Redensart geht?«

»Er könnte einen Hengst mit Neid erfüllen. Wollen Sie wissen, wieso ich das bezeugen kann?«

»Ich würde nicht wagen zu fragen«, sagte Cynthia Rawls.

»Dann können Sie es ja raten. Ich bin eigentlich froh, daß Sie mich heute aufgesucht haben. Ich hatte vermutet, daß jemand etwas ausplaudern würde. Ich war mir nur nicht sicher, wer.«

»Aber Ihr Vater hat es gewußt. Wieso haben *Sie* es dann nicht gewußt?«

»Ich habe Ihnen doch schon gesagt, es ist immer ein Fehler, Jonas Cord in die Quere zu kommen. Er kriegt alles heraus, was er herauskriegen will. Warum er mir nichts gesagt hat? Aus einem ganz einfachen Grund. Weil ich es *aus der Zeitung* erfahren soll.«

»Und wie wird er reagieren, wenn er liest, was ich jetzt zusätzlich schreibe?«

»Deshalb würde er die Zeitung bestimmt nicht aufkaufen.«

»Also, dann vielen Dank auch, Miss Cord. Hat mich sehr gefreut, Sie kennenzulernen.«

4

»Er hat ihr erzählt, daß er sie *liebt*. Sie hat ihm *geglaubt*.«

Jo-Ann blieb dabei. Sie wollte Ben zum Lunch treffen, nur in einem öffentlichen Lokal, damit es keine Szene zwischen ihnen geben konnte. In gewisser Weise war es dann aber doch eine Szene. Sie wurden von Menschen angegafft, von manchen auch belacht. Dabei hätte sie geschworen, daß die Klientel dieses Restaurants kein Sensationsblatt aus dem Supermarkt in die Hand nähme. Doch jetzt starrten die Leute zu Ben Parrish und ihr herüber, weil sie sie erkannt hatten – zwei von der Titelseite im *Sketch* dieser Woche.

Die Geschichte war der Aufmacher gewesen, mit Fotos, die alles andere als schmeichelhaft waren. Das Bild von Glenda Grayson war das Foto, das Gib Dugan vor vierzehn Jahren verschickt hatte – nur mit Zylinder, BH und Höschen. Jo-Anns Foto war ein Schnappschuß von ihrer Festnahme, wie sie aufs Polizeirevier abgeführt wurde, in Handschellen. Bens Konterfei zeigte ihn am Swimmingpool: Der Bauch schwappte ihm über die Badehose, in einer Hand hielt er eine Zigarette, in der andern einen Martini.

Die Reporterin war cleverer gewesen, als Jo-Ann geahnt hatte; war sie auch gegen Ende des Interviews höflich und entgegenkommend gewesen, so war davon in ihre Story jedenfalls nichts eingeflossen. Sie hatte keinen von ihnen freundlich behandelt. Glenda Grayson hatte sie »als frühere Stripperin« bezeichnet, Ben als »Hollywood-Bubi«, Jo-Ann als »vergnügungssüchtige reiche Tochter« und alle drei zusammen als »libidinöses Trio«. Libidinös war überhaupt ein Lieblingsausdruck des *Sketch*.

»Und ich habe *dir* geglaubt«, sagte Jo-Ann mit mühsam beherrschter Stimme. Sie hatte mehr Scotch getrunken, als ihr erlaubt war, hatte sich aber noch voll unter Kontrolle. »Ich muß bescheuert gewesen sein. Ich könnte mich ohrfeigen. Man kann den Cords ja eine Menge nachsagen – aber Dummheit hat man ihnen noch nie nachgesagt.«

»Bat hat Glenda erzählt, daß er sie liebt und sie heiraten will«, sagte Ben ebenso leise. »Aber dann ist er nach New York gezogen und hat immer neue Vorwände gefunden, um auch an den Wochenenden nicht bei ihr zu sein. Sie hat schließlich entdeckt, daß er wieder mit Toni ausgeht – daß Toni sogar zum lebenden Inventar der Wohnung in den Waldorf Towers gehört. Glenda war tief getroffen. Und ich hatte auch Probleme. Du warst im Gefängnis.«

»Ja, ja. Kann ich für einen ruhigen Kurzurlaub nur empfehlen. Hundertmal besser als die Entziehungsanstalt. Zellengenossinnen spielen sich wenigstens nicht moralisch auf. Meine war aus dem gleichen Grund dort wie ich und hat mich jedenfalls nicht von oben herab behandelt.«

»Du und ich – wir sind in der gleichen Situation«, sagte Ben.

»Soll das etwa heißen, daß ich vergessen und vergeben soll?« fragte Jo-Ann.

»Wir gleichen uns. Uns machen die gleichen Sachen Spaß.«

»Und was sagst du Glenda?«

»Gar nichts. Sie nimmt meine Anrufe nicht entgegen. Sie wohnt nicht mehr im Strandhaus, weißt du. Sam Stein ist furchtbar sauer. Und dein Vater vermutlich noch viel mehr.«

Jo-Ann lächelte milde. »Nicht im geringsten.« Sie hatte beschlossen, Ben nicht zu verraten, wer die Story im *Sketch* lanciert hatte. »Ich wüßte aber, wie man ihn ärgern kann.«

»He! Mit dem legt man sich besser nicht an.«

»Was kann er *mir* denn tun? Mir den monatlichen Scheck sperren? Dafür sorgen, daß Bat mich feuert? Was würdest du dann sagen – daß wir in der gleichen Situation sind?« Sie hob das Glas und stürzte den Scotch hinunter. »Genau so ist es. Und ich lasse mich von ihm nicht dauernd herumschubsen. Ich werde mit dir fertig, Fickerboy, und mit ihm auch.«

»Der Vertrag mit Consolidated ist gestern geplatzt«, sagte Ben.

»Was hast du gedacht. Da hat Jonas dran gedreht. Aber es gibt auch eine Möglichkeit, daß wir *ihm* eins überbraten.«

»Schätzchen, mit so einem Mann –«

»Wir fliegen nach Reno«, erklärte sie. »Noch heute abend. Da wollen wir mal sehn, was er *dazu* sagt.«

5

Jonas wanderte in seiner Suite im *Seven Voyages* unruhig auf und ab. Er sprach schnell und im Zorn. Bat, der mit ausgestreckten Beinen auf der Couch saß, beobachtete ihn und hörte schweigend zu. Sein Vater begann ihm Sorgen zu machen. Jonas hatte sich zwar, soweit das möglich war, von seinem Herzanfall voll erholt, isolierte sich jedoch zunehmend und verließ kaum mehr das Hotel. In den zehn Monaten seit dem Infarkt war er nur ein einziges Mal in New York gewesen und ganze zwei Mal nach Los Angeles geflogen. Er leitete seine Firmen von der Suite aus, mit Hilfe eines halben Dutzends Telefonleitungen. In der Suite auf der anderen Seite des Korridors, die mittlerweile seinen Angestellten als Büro diente, ratterte unablässig der Fernschreiber, mit Ein- und Ausgängen. Auf dem langen Tisch, den Jonas als Schreibtisch benutzte, stapelten sich die Papierberge.

Ein paar Wochen lang hatte er sich den Bart wachsen lassen, aber wieder abrasiert, weil sein Bart grauer war als sein Kopfhaar. Er trug keine Straßenanzüge mehr, nicht einmal Kombinationen, nur noch zerknitterte Khakihosen mit Golfhemd oder Pullovern.

Er schimpfte. »Wie soll sich einer auf geschäftliche Dinge konzentrieren, wenn er sich mit solchem Quatsch herumschlagen muß?«

Vor ihm lag ein knapper Bericht der *Los Angeles Times* über Jo-Anns Heirat mit Ben Parrish. Die Geschichte im *Sketch* hatte er wahrscheinlich gar nicht gesehen. Die war mit einem Foto der Neuvermählten garniert, das die beiden händchenhaltend am Strand zeigte, er in kurzen Boxerhosen, sie in einem skandalösen Mini-Bikini, und der Strand war natürlich genau das Stück unterhalb von Bats Haus an der Küste, das Bat nach Glendas Auszug Jo-Ann überlassen hatte.

»Was soll ich machen?« sagte er. »Als nächstes kommt dann wohl die Nachricht, daß sie ein Kind kriegt.«

Bat sagte: »So etwas kommt vor. Die Menschen leben nun mal ihr eigenes Leben. Ich mag Ben Parrish auch nicht. Aber wir müssen ihn akzeptieren, er ist jetzt Jo-Anns Mann. Und wir dürfen Jo-Ann auf keinen Fall als schwachsinnig abschreiben. Ich weiß nicht, was sie sich dabei gedacht hat, Ben Parrish zu heiraten. Aber sie hat es nun mal getan.«

»Sie hat es aus Trotz getan. Gegen mich. Und dich.«

»Na und? Kann ja sein. Und warum auch nicht?«

»Auf wessen Seite stehst du eigentlich?« fragte Jonas.

»Gibt es da zwei Seiten? Muß es immer feindliche Seiten geben?«

»Das ist eine idiotische Situation. Für dich übrigens genauso.«

»Du hättest die Geschichte ja auch nicht dem *Sketch* stecken müssen.«

»Wer sagt denn, daß ich das getan habe?«

»Streitest du es etwa ab?«

Jonas schoß empört in die Höhe. »Ich habe es nicht nötig, auf solche Unterstellungen zu antworten. Seit wann hast du das Recht, mir Dinge vorzuwerfen, die ich dann abstreiten muß?«

Bat zuckte mit den Schultern. »Ist ja gut. Erkläre mir, inwiefern du dich in einer idiotischen Situation befindest.«

»Ich war dagegen, daß sie in der Firma arbeitet, egal in welcher Abteilung!« sagte Jonas. »Und nun ist sie mit diesem Nichtsnutz und Tagedieb verheiratet. Alles, was sie erfährt, weiß er im Handumdrehen auch. Schlafzimmergerede. Sie muß raus aus der Firma.«

»Warum, glaubst du, hat sie ihn geheiratet?«

»Um mir eins auszuwischen.«

Bat grinste. »Warum sollte sie so etwas tun wollen?«

»Ja, warum wohl?« fuhr ihn Jonas an. »Weißt du, daß Parrish einen großen Deal mit Consolidated plante? Da ist ihm aber der Schnabel sauber geblieben. Ich habe Goldfish wissen lassen, daß ich es als unfreundlichen Akt betrachten würde, wenn Consolidated Parrish auch nur den kleinen Finger reichte. Aber wie stehe ich nun da? Das Schwein ist mein Schwiegersohn!«

»Es wird sich finden«, sagte Bat. »Ich habe ein viel schlimmeres Problem.«

»Noch schlimmer?«

»Wir haben nur eine erfolgreiche TV-Produktion«, sagte Bat. »Die *Glenda Grayson Show*. Sie wirft endlich Gewinne ab, unsere Investition zahlt sich aus. Nur habe ich jetzt einen Star, der mit uns ernsthaft unglücklich ist.«

»Du hast sie gevögelt. Ein dummer Hund, der ins eigene Bett scheißt.«

»Verzeih mir«, sagte Bat scheinheilig. »Ich bin erblich vorbelastet.«

»Wieviel wird's kosten?«

Bat nickte. »Laß es durchrechnen.«

»Ein guter Rat«, sagte Jonas. »Glenda Grayson ist fünfunddreißig Jahre alt und langsam ein bißchen verbraucht. Sorge dafür, daß deine Drehbuch-Autoren Margit Littles Rolle erweitern. Baut Margit Little auf. Dann können wir eines Tages auf Glenda Grayson verzichten.«

»Große Geister haben immer die gleichen Ideen«, sagte Bat. »Wenn du mir das Klischee verzeihst.«

Jonas hatte mit dem unruhigen Herumlaufen aufgehört und sich wieder gesetzt. »Ich zeige dir etwas«, sagte er. Er hob einen Hörer und wählte eine Nummer. »Angie, schick mir das Modell herüber.« Er wandte sich Bat zu. »Das neue Hotel.«

Angie trat ein. Zwei junge Männer schoben ein maßstabgerechtes Architekten-Modell des neuen Hotel-Kasinos herein. »Das Cord InterContinental Vegas«, erklärte Jonas stolz.

Bat besah es sich. Seit er zuletzt persönlich mit den Plänen für das neue Hotel zu tun gehabt hatte, hatte sein Vater eine beachtliche

Vergrößerung gebilligt. Er hatte offensichtlich noch anderes Bauland erworben; auf dem ursprünglich dafür vorgesehenen Grundstück hatte dieses Hotel auf keinen Fall Platz.

»Na?« fragte Jonas.

»Sehr schön«, sagte Bat. Jeder andere Kommentar wäre sinnlos gewesen. Außer – »Sieht aber so aus, als würde es einen Haufen Geld kosten«. Bei sich dachte er: Ein Spielzeug für ihn. Aber ihm das zu sagen, wäre ein großer Fehler gewesen.

»Sechzehn Stockwerke«, sagte Jonas, als ob ihm Bats Gedanken verborgen geblieben wären. »Unsere Chefbüros im obersten Stock, so wie hier im *Seven Voyages*, nur viermal so groß. Eine Bühne, die auch für die sensationellsten Nachtklub-Shows groß genug ist. Ich habe mit den Folies-Bergère in Paris Kontakt aufgenommen. Wir werden in Las Vegas möglicherweise mit einer echten Folies-Bergère-Revue aufwarten können.«

»Und keine Probleme?« fragte Bat.

»Aber natürlich. Jede Menge Probleme, die sich zu zeigen beginnen. Zufälle, für die es keine Erklärung gibt. Doch, doch, Probleme werden wir genug bekommen.«

XXIII

1

Zu Weihnachten sammelte Jonas auf der Ranch gern die Menschen um sich, die ihm etwas bedeuteten. Das war allerdings nicht immer möglich. Im Todesjahr von Nevada und im Jahr darauf war ihm nicht danach zumute gewesen; ohne Nevada konnte er sich Weihnachten dort einfach nicht vorstellen. Im Jahr darauf hatte er Jo-Ann eingeladen und Angie mitgebracht, doch Bat hatte sich verpflichtet gefühlt, Weihnachten bei seiner Mutter in Mexiko zu verbringen, und so hatten sie dann nur zu viert am Tisch gesessen – Jonas, Jo-Ann, Angie und Robair. Irgendwie war ihm das alles zu wenig, und er hatte sogar kurz überlegt, noch Monica einzuladen, damit das Haus voll wurde. Im vergangenen Jahr schließlich war er gerade erst aus dem Krankenhaus entlassen worden, weshalb man über die Feiertage in der Wohnung in den Waldorf Towers geblieben war – die gleichen vier, plus Bat. Und in diesem Jahr nun wollte er zu Weihnachten wieder mehr Menschen auf der Ranch haben. Nur Robair konnte nicht mehr kommen. Er war im August gestorben.

Aber Bat war angesagt, wieder mit Toni. Und Jonas hatte Jo-Ann sogar gebeten, Ben Parrish mitzubringen. Irgendwann mußte er sich dem Burschen ja doch einmal stellen, ebenso wie Monica. Und genau deshalb hatte er Monica also auch eingeladen, samt ihrem Freund Bill Toller, sofern sie ihn dazu bitten wollte – oder eben ihren sonstigen momentanen Bettgenossen.

Seit seinem Herzinfarkt hatte Jonas seinen Pilotenschein nicht mehr erneuert. Er hatte sich der alle zwei Jahre fälligen Untersuchung nicht gestellt, weil er bezweifelte, daß er sie bestehen würde. Offiziell hatte Bill Shaw die Beechcraft Bonanza von Las Vegas zur

Ranch geflogen; im Pilotensitz saß aber doch Jonas. Er hatte nichts von seinem Flair verloren und freute sich wie ein Schneekönig, wieder einmal einen Steuerknüppel in der Hand zu haben.

Er landete zuerst auf dem Firmengelände von *Cord Explosives* und begab sich kurz in das Büro, in dem sein Vater gestorben war und das der Werksdirektor hier nicht benutzte. Es stand stets den Cords selbst zur Verfügung, wann immer einer von ihnen kam. Jonas ging durch das Werk und schüttelte allen Arbeitern, denen er begegnete, meist Mexikanern, die Hand. Der Grundstock des ganzen Cord-Imperiums war noch immer ein sehr profitables Unternehmen. Man hatte ihn hier lange nicht mehr gesehen; auch Bat zeigte sich ja nicht eben häufig in diesem Werk. Der Besuch war nützlich für die Arbeitsmoral.

Später auf der Ranch trug ihm Bill Shaw das Gepäck ins Wohnhaus und flog weiter; er verbrachte Weihnachten bei seiner Familie in Los Angeles. Angie versuchte Robairs Rolle zu übernehmen, indem sie das Haus festlich schmückte und die Mahlzeiten organisierte. Sie machte sich nützlich und tat, was sie konnte, aber mit Robair konnte sie sich nicht messen; mit Nevada noch viel weniger, wie Jonas nicht entging. Er faßte abrupt den Entschluß, die Ranch zu verkaufen. Es sollte das letzte gemeinsame Weihnachtsfest hier sein.

2

Toni erschrak darüber, wie Jonas aussah. Sie konnte zwar wirklich nicht behaupten, daß sie ihn sehr mochte, schon weil sein Einfluß auf Bat ihr nicht behagte. Aber die Veränderung, die mit ihm vorgegangen war, traf sie doch wie ein Schlag. Sie erinnerte sich an Bats Worte beim Weihnachtsfest vor fünf Jahren, daß der ganze Haushalt sich nach seinem Tageslauf richtete, daß er, bewußt oder auch unbewußt, alles total dominierte und sich zum absoluten Mittelpunkt von allem machte. Das war immer noch so, wenn auch nun auf ganz andere Art. Noch immer drängten sich alle um ihn und richteten sich nach ihm, aber jetzt aus einem anderen Grund;

weil sie den sterbenden Löwen in ihm sahen. Das Schlimmste war, daß er es wahrscheinlich selbst spürte und diese neue Rolle annahm. Es war schlimm. Schließlich war er erst dreiundfünfzig!

Weihnachten 1952, damals war ihr die immense Energie dieser Familie aufgefallen. Diesmal erkannte sie, daß niemand von ihnen Jonas mochte, und er sie alle genausowenig. Der Gedanke war ihr beunruhigend, daß diese ganze Familie wahrscheinlich überhaupt zu keinen Empfindungen wie Liebe fähig sei. Sie demonstrierten zwar einen gewissen Familiensinn und starke gegenseitige Loyalität. Doch mit Liebe hatte das nichts zu tun. Es war etwas völlig anderes; eine Art defensive Familientreue, mit der sie auf alles losgingen, was ihre Domäne bedrohte. Es war offensichtlich die einzige Verpflichtung, zu der sie sich verstanden: das Terrain zu verteidigen. Sie eilten einander zu Hilfe nicht etwa, weil einer dem andern lieb und teuer war, sondern zur Verteidigung ihres Reviers.

Monica plauderte am Kamin mit ihrem Freund Bill Toller, der mit sanftem Nachdruck behandelt worden war, sich zu diesem Abend zu bequemen. Monica konnte die Cords alle miteinander nicht ausstehen, einschließlich ihrer eigenen Tochter. Sie durchschaute den Grund für die Einladung. Sie sollte sehen, was ihre Tochter sich da angelacht hatte. Jonas wollte sie für eine weit zurückliegende Angelegenheit bestrafen; und es gelang ihm auch. Sie gab sich nicht die leiseste Mühe, ihre Antipathie für diesen Hollywood-Stutzer zu verbergen, den ihre Tochter da geheiratet hatte; oder die Gleichgültigkeit, die sie für Jonas' spätentdeckten Sohn empfand.

Toni hatte ihrerseits ein paar Nachforschungen über Benjamin Parrish angestellt und das richtige Wort für ihn gefunden: ölig. Er war so ölig, wie sie erwartet hatte, übergewichtig, zehn Jahre älter als Jo-Ann und lächerlich, wie er ihren Beschützer spielte. Jonas und Bat gegenüber benahm er sich schleimig und devot und rauchte beispielsweise nur am Kamin, wo der Rauch vom Zug abgesaugt wurde.

Jo-Ann war reifer geworden seit dem letztenmal, als Toni sie vor zwei Jahren bei der College-Abschlußfeier gesehen hatte. Nein, nicht reifer; elender. Sie war dreiundzwanzig und schon verlebt, eine Ruine vom Trinken und Kettenrauchen. Damals, Weihnachten

1952, war sie noch ein lediglich unglückliches Mädchen gewesen, bei ihrem Studienabschluß schon verbittert und zynisch und nun nur noch ein Schatten ihrer selbst.

Und es war ihrer aller Schuld hier, verdammt. Außer Bats vielleicht. Jonas hatte Erwartungen an sie gestellt, aber sie auch spüren lassen, daß sie sie nie erfüllen konnte. Monica wollte nicht anerkennen, daß sie eine Tochter hatte, die fast so alt aussah wie die Mutter. Beide waren sie nicht stolz auf ihre Tochter und zeigten es auch unverhohlen. Was hatten sie eigentlich von ihr erwartet?

Daß Angie nur für Jonas da war, war unübersehbar; es war fast schon mitleiderregend. Und es machte den Eindruck, daß Jonas Angies Ergebenheit auf die gleiche Weise hinnahm wie bei seinen Angestellten: Sie wurde dafür entschädigt. Und sie schien es auch als ganz selbstverständlich zu akzeptieren. Sie war eben wohl eine Realistin. Vermutlich litt sie nicht einmal darunter.

Und Bat? Natürlich interessierte er sie am meisten. Sie hatte mitangesehen, wie er sich verändert hatte. Er war immer schon ein Cord gewesen, das hatte sie inzwischen begriffen. Die unermüdliche Dynamik, die zielstrebige, ausdauernde Konzentration, die gelassene Selbstsicherheit, die unersättliche erotische Gier – es war ihr alles rätselhaft vorgekommen, bis sie Jonas kennengelernt und erkannt hatte, wie sehr sie sich doch glichen. Vater und Sohn. Die Gene der Mutter mochten es bei Bat abgemildert haben. Aber der nun stetige Einfluß des Vaters machte eben doch immer mehr einen Cord aus ihm und schwächte den ausgleichenden Sinn der Mutter ab. Es galt als gefährlich, Jonas in die Quere zu kommen; er war für seine erbarmungslosen Reaktionen berüchtigt. Sie fragte sich, ob Bat auch diesen Cordschen Charakterzug schon angenommen habe.

Bat hatte eine leichte Kurzsichtigkeit entwickelt und trug in der Jackentasche eine dunkle Hornbrille bei sich, die er von Zeit zu Zeit hervorholte und aufsetzte. Er bekam dann ein Eulengesicht, aber es ging in seinem schnellen, stets paraten Lächeln gewöhnlich unter. Er achtete mehr auf gute Kleidung als sein Vater. Er ließ sich seine Anzüge in New York maßschneidern. Ihn hatte die Zeit nicht verwüstet wie Jo-Ann; im Gegenteil, er sah besser aus als je zuvor.

Sie waren mittlerweile beide einunddreißig. Wenn sie heiraten und Kinder haben wollte, wurde es allmählich Zeit. Aber sie bezweifelte, daß sie das noch schaffte. Sie wußte nicht einmal genau, ob sie es sich überhaupt noch wünschte. Sein Ideal hatte sich in den neun Jahren, seit er es ihr damals in Lexington geschildert hatte, nicht verändert. Er wollte eine Frau, die für Heim und Kinder da war. Eine Zierde für ihn. Er hatte zwar behauptet, es mittlerweile besser zu wissen. Aber sie glaubte nicht daran.

Sie hatte ihm ihre Bereitschaft erklärt, all das zu sein – zu gegebener Zeit. Ihre berufliche Karriere aufzugeben. Zum gegebenen Zeitpunkt. Und sie war bisher auch keinem Mann begegnet, der sich mit Bat Cord vergleichen konnte. Aber er hatte zuviel von Jonas Cord. Das wurde immer klarer.

3

Jo-Ann saß auf der Couch neben ihrem Vater und trank Scotch. Sie war sehr mit sich zufrieden. Ihre Eltern waren beide betrunken. Sie hatte den Mann mit dem größten Schwanz von ganz Kalifornien geheiratet und ihm klar und deutlich zu verstehen gegeben, er täte gut daran, sich im Sinne des biblischen Ehegebots zu verhalten, oder, bei Gott, sie würde ihm sein Prachtstück abschneiden. Sie war eine Cord. Das mußte er begreifen. Es mochte Jonas nicht passen, daß sie eine Cord war, aber sie war es nun mal. Sie war genauso ein Schwein wie er, und damit mußte er eben leben.

Jonas zählte die Gläser, die sie leerte. Monica auch. Bat ebenfalls. Zum Teufel mit ihnen allen.

Sie war eine Cord. Aber sie konnte auf die Cords verzichten. Scheiß-Cords. Sie besaß die gleichen Qualitäten wie sie, und sie hatte den blödesten Blender der Welt zum Mann. Das sollte er erst mal schlucken, dieses Schwein von Vater. Natürlich wollte er Ben am liebsten kaputtmachen; er war sich nur nicht sicher, ob er auch den Mann seiner Tochter kaputtmachen konnte. Außerdem, Jonas Cord war vielleicht Vater, aber doch nicht Gottvater.

4

Bat spürte nur selten Nachwirkungen seiner Verwundung auf der Ludendorff-Brücke, doch es kam vor. Dann machten sich auf seiner rechten Seite starke Krämpfe und anschließend ein Pochen bemerkbar. Der Schmerz trat in unregelmäßigen Abständen auf, im allgemeinen aber nicht öfter als einmal in vierzehn Tagen. In dieser Nacht spürte er ihn. Es mußte von dem schweren Koffer kommen, den er nach der Landung auf der Ranch mit dem rechten Arm getragen hatte.

Er ging zum Kamin hinüber, wo er mit Bill Toller und Ben Parrish plauderte, während er die andern im Raum mit der gleichen Intensität musterte, mit der sie ihn und sich gegenseitig beobachteten.

Seinen Vater sah er häufig, mindestens alle zwei Wochen einmal, und er hatte ihn im schlimmsten Zustand angetroffen, niedergeschlagen und in Angst. Er hatte ihn erlebt, wie er fast panikartig eine Nitroglyzerin-Tablette aus dem Fläschchen schüttelte und sich in den Mund stopfte. In letzter Zeit schien es ihm jedoch wieder sehr viel besser zu gehen. Er hatte ein Drittel seiner Herzkapazität verloren, sagten die Ärzte. Er mußte sich einschränken und weniger arbeiten. Er hatte ihn genau beobachtet und schließlich verstanden, was ihn bewegte: er testete sich selbst. Er wußte, was ihm wichtig war und was für ihn zählte; und wieviel er bereit war aufzugeben, um weiterzuleben. Für ihn war ein Leben ohne Bourbon, Steak, Sex und die Befriedigung von Herausforderungen, Kämpfen und Siegen nichts wert.

Er hatte ihn autorisiert, durchzuführen, was er zur Reorganisation des Unternehmens für nötig hielt, aber natürlich brachte er es nicht fertig, es sein zu lassen, sich ständig weiter einzumischen. Selbst wenn er in Ordnung fand, was er tat, war es doch nie uneingeschränktes Lob. An irgend etwas hatte er immer herumzumäkeln.

Wie zum Beispiel ...

»Du hast eine Chance verpaßt. Nur gut, daß ich es noch rechtzeitig bemerkt habe.«

»Was bemerkt?«

»Cord Aircraft.«

»Was denn? Du hast zugestimmt, daß wir die Flugzeugproduktion langsam auslaufen lassen. Ich habe für das Werk mit allen Maschinen achteinhalb Millionen ausgehandelt, obwohl das meiste davon technisch überholt war. Ich habe die ganze Klitsche an *Phoenix Aircraft* losgeschlagen. Und ich kenne niemanden, der das nicht für ein verdammt gutes Geschäft hält. Wir sind das Flugzeug-Geschäft los und dazu um achteinhalb Millionen reicher.«

Jonas schüttelte den Kopf. »Du verstehst nichts von Flugzeugen. Willst du wissen, was ich mit den achteinhalb Millionen gemacht habe?«

»Ich frage lieber nicht.«

»Ich habe fünfundzwanzig Prozent von *Phoenix* erworben.«

»Und was soll das? Wir wollten uns doch vom Flugzeugbau verabschieden. Du hattest zugestimmt –«

»Ich habe die Leute von *Phoenix* gebeten, mal vorbeizukommen und mir ihre Zukunftspläne zu zeigen. Und ich habe entdeckt, daß ein paar Flugzeug-Genies vor mir saßen. Sie wollen einen schnittigen kleinen Zweisitzer bauen, einen Tiefdecker, der statt mit einem Joch mit einem Steuerknüppel geflogen wird. Das wird garantiert ein Verkaufsschlager! Ich habe ihnen die achteinhalb Millionen gegen 25 Prozent plus Sitz im Direktorium wieder angeboten. Was glaubst du, wie glücklich die waren!«

»Und also sollen wir auch glücklich darüber sein? Da sitzen wir also glücklich wieder bei den Flugzeugen, die uns nur Verluste eingebracht haben!«

»Mein Gott, Junge, erkennst du denn keine risikolose Chance, wenn du eine siehst? Wir haben in diese Maschine nur das Kapital investiert, das sie uns für unsere alten Anlagen zahlen. Wenn dieses vielversprechende kleine Flugzeug ein Erfolg wird, sind wir am Gewinn beteiligt. Wenn nicht, haben wir nichts verloren als ein altes Fabrikgebäude mit technisch überholten Maschinen. Und so eine Chance willst du dir entgehen lassen? Die sich nicht alle Tage bietet?«

Also noch ein Spielzeug für den alten Mann. Noch eine Liebhaberei, die nur Geld kostet. Wieder so ein Fall, in dem es aber ein großer Fehler wäre, das offen auszusprechen.

Als das *Wall Street Journal* und andere Blätter über die Stillegung der Cord-Fernseher-Produktion berichteten, brach für die Geräte schlagartig der Markt weg. Die Einzelhändler schlugen ihre Vorräte zu Diskont-Preisen los und bestellten nicht mehr nach. Jonas ärgerte sich furchtbar und äußerte den Verdacht, die Nachricht sei bewußt vorzeitig lanciert worden, um ihnen zu schaden. Er gab Bat die Schuld: er hatte das falsch angepackt; er hatte die Sache nicht im Griff gehabt.

»Man hat uns hereingelegt, Bat. Jemand vom eigenen Personal! Damit muß man immer rechnen. Du bist zu vertrauensselig. Du mußt dich umsehen – wer schuldet uns etwas, wem haben wir aus Schwierigkeiten geholfen? Du meinst, damit gewinnen wir seine Loyalität? Nicht doch. Genau umgekehrt ist es. Er haßt uns. Ich würde eher einem trauen, den wir über den Tisch gezogen haben, als einem, den wir vor Schaden bewahrten.«

5

Jonas saß am Kopfende des Tisches, Bat am anderen Ende. Der große Truthahn war – nicht mehr wie früher üblich beaufsichtigt durch Robair – von der Köchin vorgelegt und von einem Aushilfsbutler mit weißem Jackett auf einem Silbertablett hereingetragen worden. Servierteller und Schüsseln wurden mit Dressing, Kartoffeln, Gemüse, Cranberry-Sauce, Sellerie, Radieschen, Oliven und warmem Brot gefüllt; Rotwein, Weißwein und Champagner standen bereit.

Jonas überflog mit kritischem Blick den reichgedeckten Tisch und war mit allem zufrieden. Er klopfte mit einem Löffel ans Glas. »Ich freue mich, daß wir heute abend hier alle beisammen sind. Ich wünschte, es wäre öfter so. Wir wollen es uns vornehmen. Im nächsten Jahr feiern wir in New York.«

Er machte keine Anstalten, ein Tischgebet zu sprechen; auch niemand sonst schlug eines vor.

Toni war schon früher aufgefallen, daß Jonas, Monica und Jo-Ann – und vor fünf Jahren auch Nevada – wie Ranch-Arbeiter aßen: sie füllten sich emsig die Teller und vertilgten alles in einem Tempo, als dürften sie nur wenig Zeit dafür aufwenden. Sie sprachen kaum beim Essen; und wenn sie etwas sagten, so meist nur, um sich lobend zu äußern. (»Das ist wirklich gut, nicht wahr? Bestell Martha, daß sie ausgezeichnet gekocht hat.«) Nicht daß sie schlechte Tischmanieren hatten; sie aßen nur äußerst zweckbestimmt. Wie alles bei ihnen rein zweckbestimmt war.

Bat war anders. Er genoß sein Essen und den Wein und nahm sich Zeit dafür. Toni war richtig froh, daß sie, Bat und Bill Toller noch mit Hingabe aßen, als Jonas, Jo-Ann und Monica längst fertig waren und ihr Geschirr schon abtragen ließen.

»Also«, sagte Jonas mit einem prüfenden Blick über die Runde, »da wir nun schon einmal alle beisammen sind, ist dies vielleicht gerade der richtige Zeitpunkt. Ich möchte ein paar Veränderungen bekanntgeben, die ich für die Organisation der Firma beschlossen habe.«

Es hätte gar keinen unpassenderen Zeitpunkt für die Bekanntgabe von Firmennachrichten geben können – worüber Jonas sich mit Sicherheit im klaren war. Bat aß weiter, als ob er schon wüßte, was sein Vater da in petto hatte; was aber nicht der Fall war.

»Ich habe mir mal die Bilanzen angesehen«, fuhr Jonas fort. »Alles in allem bin ich ganz zufrieden. Bei ein paar Dingen haben wir uns die Finger verbrannt, doch insgesamt war es kein schlechtes Jahr. Bat hat Umstrukturierungen empfohlen. Ich habe es akzeptiert und bereue das auch gar nicht. Wenn ich mir so ansehe, was wir in den vergangenen fünf Jahren geschafft haben, gebe ich zu, daß unsere Talente sich ergänzen. Bat macht einige Dinge wirklich besser als ich, dafür ich andere besser als er. Und deshalb will ich einiges umstrukturieren, damit diese unterschiedlichen, komplementären Fähigkeiten genutzt werden.«

Bat warf ihm von Zeit zu Zeit einen kurzen Blick zu, schien seine Aufmerksamkeit jedoch im übrigen weiterhin ganz seinem Essen zu widmen.

Jonas fuhr fort: »Ich für meine Person bin froh, daß wir ins Hotelgeschäft eingestiegen sind. Wir werden zwei der besten Kasino-Hotels in Las Vegas besitzen, die uns eine Menge Geld abwerfen werden. Ich behalte die Leitung der Cord Hotels. Auf Bats

Empfehlung sind wir in die Fernseh-Produktion eingestiegen und haben auch ganz ordentlich abgeschnitten. Ich habe eine stärkere Beziehung zum Showgeschäft als er. Schließlich habe ich schon Filme produziert, und über die Cord-Studios verfügen wir deshalb, weil ich selbst sie gegründet habe. Also auch die behalte ich unter meiner Regie. Bat ist von seiner Verantwortung für diesen Sektor entbunden.«

Mittlerweile war klar, daß Bats Konzentration auf das Essen nur noch Vorwand war, um sich abzuschirmen gegen das, was sein Vater ihm da verpaßte.

»Und diese beiden Geschäftsbereiche Kasino-Hotel und Unterhaltung leite ich ab sofort wieder bis in die Details des Tagesgeschäfts persönlich«, erklärte Jonas. »Bat hat sich als kluger Geschäftsmann und fähiger Organisator erwiesen. Er versteht sich auf das Finanzielle. Ab ersten Januar wird er Chef der Muttergesellschaft *Cord Enterprises* und bekommt auch die Verantwortung für *Cord Explosives*, zu der *Cord Plastics* gehören wird, und der *Inter-Continental Airlines*.« Jonas hielt inne und strahlte. »Da ihn dies alles nicht voll auslastet, übertrage ich ihm auch noch eine neue Aufgabe. Der Vorstand von *Cord Enterprises* gründet einen Ausschuß für die Entwicklung neuer Geschäftsbereiche und Firmenakquisitionen unter Bats Vorsitz. Außer mir selbst besteht der Ausschuß außerdem noch aus Professor Moynihan. Und weil der Vorstand für die Bildung von Ausschüssen zu klein ist, vergrößern wir ihn um fünf bis sieben Mitglieder. Unser Anwalt David Amory wird Mitglied des Vorstands und von Bats Komitee. Außerdem habe ich meine liebe Freundin Angela Wyatt als Direktorin in den Vorstand berufen.«

6

Zwei Schlafzimmer der Ranch hatten einen Kamin; das eine hatte Jonas sich selbst vorbehalten, das andere Bat bekommen. Es hatte inzwischen zu schneien begonnen. Der Schnee und die tiefe Stille einer verschneiten Nacht ließ sie sich alle kälter fühlen, obwohl die

Zimmertemperaturen gleich blieben. Jonas hatte Angie gebeten, sich um das Kaminfeuer zu kümmern. Sie schob, bereits ausgezogen, Reisig zu den wenigen heißen Kohlebrocken, die noch von einem vorherigen Feuer übrig waren.

»Herzlichen Glückwunsch, Frau Vorstandsdirektorin«, sagte Jonas.

Sie drehte sich lächelnd zu ihm um. »Vielen Dank, Jonas. Das war sehr lieb von dir.«

»Du hast es verdient«, erwiderte er. »Im übrigen weißt du sowieso alles, was im Direktorium geschieht, da du immer die Protokolle führst. Jetzt hast du auch Stimmrecht.«

»Ich werde immer mit dir stimmen«, versprach sie.

Jonas lachte. »Das will ich hoffen.« Er saß in einem langen blauen Frottee-Mantel auf der Couch und schenkte sich einen großen Bourbon ein. »Schlummertrunk«, sagte er. »Ein allerletzter Schluck.« Sie hatte seine Drinks beharrlich gezählt und ihn an sein Versprechen den Ärzten gegenüber erinnert, daß er seinen Alkoholkonsum einschränken werde. Jetzt aber nippte er nicht nur; er kippte sich den Bourbon mit einem wohligen Knurren in die Kehle.

Als die Flammen hochzüngelten, kam Angie zur Couch herüber, setzte sich neben ihn und begann ihn zu massieren.

»Ich wünschte, ich hätte das Haus verwanzt«, sagte Jonas. »Ich wüßte zu gern, was die andern da draußen reden.« Er hatte sich nach dem Essen gleich mit Angie ins Schlafzimmer zurückgezogen. »Aber sie reden ja sowieso nicht offen miteinander. Da traut keiner dem andern über den Weg.«

»Bat –«

»Er darf gar nicht wissen, wieviel er mir bedeutet«, sagte Jonas. »Eigentlich möchte ich ja auch nur sein Schlafzimmer abhören. Ich wüßte wirklich zu gern, worüber er sich mit Toni unterhält.«

7

Während Toni sich auszog, stocherte Bat in den Kohlen, legte Holz nach und blies das Feuer an, bis es im Kamin loderte.

»Worum ging es da eigentlich vorhin?« fragte sie, als er sich ebenfalls zu entkleiden begann.

»Nun ja, ich könnte behaupten: Viel Lärm um nichts. Aber so ganz ohne war die Sache doch nicht. Er verleiht mir einen eindrucksvollen Titel. Nur von seiner Macht gibt er auch nicht ein Jota ab.«

»Sollte das so etwas wie ein Weihnachtsgeschenk sein?« fragte sie. »Der Titel?«

»So könnte man es auch sehen«, meinte er. »Aber er will sich meiner Ergebenheit versichern. Nur hätte er dafür eine bessere Möglichkeit gehabt.«

»Welche?«

»Er hätte mir einen Anteil der Aktien übertragen können. Ich besitze nämlich nur ganze zehn. Wie alle Direktoren, mit Ausnahme von Richter Gitlin, der besitzt zweihundert. Meinem Vater gehört der ganze Rest und damit die absolute Macht, die er für sich behalten will. Die *absolute*!«

»Solange er lebt, wird er das Heft in der Hand behalten. Etwas anderes darfst du auch nicht von ihm erwarten.«

»Das weiß ich schon selbst. Ich würde mich persönlich nur sicherer fühlen, wenn ich zehn Prozent halten könnte.«

Er legte seine Kleidungsstücke über einen Stuhl und ließ sich neben Toni auf dem Bett nieder. Sie gab ihm einen Wink, zu ihr zu kommen und sich auf den Rücken zu legen.

»Selbst wenn dir vierzig Prozent der Aktien gehörten, könnte er dich nach Lust und Laune feuern.«

»Richtig.«

»Aber warum hat er dich aus der Fernsehproduktion verdrängt? Die *Glenda Grayson Show* war deine Idee. Und für Cord Productions hat niemand soviel getan wie du.«

»Zweierlei, denke ich«, sagte Bat. »Erstens gefällt ihm der ganze Glamour. Geschäftszweige wie Sprengstoff und Kunststoff haben ihn schon immer gelangweilt. Obwohl sie lange seine Geldbringer gewesen sind. Die Fluglinie dagegen hat ihm persönlich etwas bedeutet. Und Flugzeuge zu bauen und sein eigener Testpilot zu sein, das hat ihn befriedigt. Und dann hat er eben gern Filme produziert.«

»Und der zweite Grund?«

»Als Chef der *Cord Productions* habe *ich* Jo-Ann angestellt. Er wird sie wieder entlassen. Nach seiner Auffassung sollte sie nicht mal in die Nähe eines Cord-Unternehmens kommen.«

»Haßt er sie?«

»Das nicht. Aber er vertraut ihr nicht. Du kannst dir denken, warum.«

»Wie war sie denn?«

»Gut genug und kompetent. Aber er will eben nicht, daß sie bei uns arbeitet. Und Monica wird ihr wohl ebenfalls keinen Job besorgen können.«

»Sie hat doch eine gute Bildung. Da ist sie gar nicht darauf angewiesen, für ihre Eltern zu arbeiten. Sie kann überall etwas finden.«

»Sie müßte überhaupt nicht arbeiten. Mit ihrem Unterhalt hat sie zum Leben mehr als genug. Ich kann allerdings verstehen, warum die finanzielle Abhängigkeit sie frustriert.«

»Bat...«

»Ja?«

»Du bist nicht besonders glücklich, nein?«

»Na ja. Ich kann mir etwas Schöneres denken, als mir zu Weihnachten eine Ansprache über die Reorganisation der Familienfirma anhören zu müssen.«

»Du bist auch total verspannt. Komm, du sollst dein Weihnachtsgeschenk von mir haben. Leg dich einfach zurück, und entspanne dich.«

Sie legte ihm ein Kissen über die Beine und ihren Kopf auf das Kissen. »Ich möchte es auch bequem dabei haben«, flüsterte sie lächelnd. »Es soll sich eine Weile hinziehen, weißt du, habe ich vor.« Sie nahm genüßlich seinen Penis in den Mund, und er verstand, was sie damit meinte, daß es sich eine Weile hinziehen solle. Sie beschäftigte sich eine ganze Weile sehr vorsichtig mit ihm und hielt dann inne, um ihm mit den Lippen die Vorhaut zurückzuschieben. Dabei hob sie ihre rehbraunen Augen zu ihm und beobachtete, wie er reagierte. Sie lächelte wieder. Bat entspannte sich zusehends. Sie legte sich ihn etwas seitlich zurecht, damit sie, als sie weitermachte, nicht mehr den Kopf vom Kissen heben mußte. Bat begann wohlig zu stöhnen. Für den Rest der Nacht brauchte er heute nicht mehr an seinen Vater zu denken.

XXIV

1

Jonas nahm, wie er es angekündigt hatte, die Leitung der Fernsehproduktion selbst in die Hand. Er begann regelmäßig nach Los Angeles zu fliegen, wo er in der Hotelsuite übernachtete und den ganzen Tag im Studio verbrachte. Im Gegensatz zu Bats Erwartung setzte er Jo-Ann nicht vor die Tür. Er verlangte regelmäßige, detaillierte Berichte über ihre Arbeitsleistungen von Arthur Mawson, den er offiziell zum geschäftsführenden Produzenten der *Glenda Grayson Show* ernannt hatte; aber den Job ließ er ihr. Er schaute auch nicht jedesmal bei ihr vorbei, wenn er in Los Angeles war, nur gelegentlich.

Manchmal nahm er Angela nach Los Angeles mit, gewöhnlich aber kam er allein.

Der St. Patrick's Day fiel auf einen Montag. Jonas feierte diesen Tag nie; doch der Gedanke, an diesem Abend, da fast alle Iren sein wollten, irischen Whiskey tranken und das traditionelle Corned Beef mit Kohl aßen, in seiner Suite ganz allein sein zu müssen, mißfiel ihm, und deshalb hatte er es einzurichten gewußt, daß er nicht einsam und allein war. Margit Little leistete ihm Gesellschaft.

Er hatte sich seit längerem bemüht, sie einmal zu sich in die Suite zu kriegen, ohne Begleitung. Als Bat sie für die *Glenda Grayson Show* engagierte, war sie gerade achtzehn Jahre alt gewesen; und obwohl sie mittlerweile fast zweiundzwanzig war, wirkte sie wie sechzehn – so alt, wie sie in der Show war. Sie hatte den geschmeidigen Körper einer Tänzerin und ein hübsches, offenes, unschuldiges Gesicht. Jonas hatte Mühe zu glauben, Bat habe nichts mit ihr gehabt, worauf Bat jedoch Stein und Bein schwor.

Er deutete auf den irischen Whiskey: »Das ist so Tradition.«

Sie verzog die Lippen und kräuselte die Nase. »Teufel, ist der stark.«

»Nur zum Anstoßen, dann können Sie gerne trinken, was mehr nach Ihrem Geschmack ist. Also, auf Sie, Margit! Auf Ihre Karriere!«

»Vielen Dank!« sagte sie halblaut, nachdem sie vorsichtig einen kleinen Schluck riskiert hatte.

»Kann ich mal ganz offen reden?« fragte er. »Ganz vertraulich, nur unter uns beiden. Keiner erzählt irgendwem etwas von dem, worüber wir in den nächsten paar Minuten sprechen.«

»Na gut«, sagte sie zögernd.

»Sehen Sie«, sagte er, »ich habe die persönliche Leitung der Cord Productions übernommen, weil ich fand, daß meinem Sohn die Ideen ausgegangen sind. Sicher, die *Glenda Grayson Show* ist ein Erfolg, auch kommerziell. Aber sie ist allmählich etwas abgestanden. *Glenda* ist allmählich etwas abgestanden. Und sie übertreibt ihre Gagenforderungen zusehends.«

»Mr. Cord –«

»Sagen Sie Jonas.«

»Aber, Sir, das geht doch wirklich nicht!«

»Ich bitte Sie. Wenn Sie mich mit ›Mr. Cord‹ anreden oder, noch schlimmer, als ›Sir‹, komme ich mir ja vor wie hundert Jahre alt.« Er legte ihr die Hand auf den Arm. »Bitte, Margit.«

»Also gut ... Jonas.«

»Sehen Sie«, sagte er und lächelte. »Also. Jedenfalls kann man nicht für immer alles auf eine einzige Karte setzen. Auch wenn sich an der *Glenda Grayson Show* vielleicht noch einiges verbessern läßt, müssen wir neue Shows starten. Raten Sie mal, an wen ich da denke.«

Sie schüttelte den Kopf. Es war allerdings an ihren großen, runden Augen abzulesen, daß sie es doch ahnte.

»Richtig: Die *Margit Little Show*!« sagte er. »Sagen wir: eine Halbstundensendung jede Woche. Mit einem Sketch und einem Gast-Star. Keine Familienserie wie bei der alten Show, sondern jedesmal was Neues. Da haben Sie jede Woche neue Möglichkeiten. Natürlich immer mit einer Tanznummer. Eine Solonummer für Sie, am Anfang vielleicht etwas Klassisches, danach eine Einlage zum Sketch und zum Schluß der Gast-Star. Wie gefällt Ihnen das? Außerdem können Sie doch bestimmt auch singen, oder?«

»Na ja... ich habe Gesangsstunden gehabt.«

»Na also! Die *Margit Little Show*! Und wenn ich sage, daß ich eine Show produziere, dann wird sie auch produziert, das können Sie mir glauben. Ich rede nicht nur so.«

Margit Little probierte, schon etwas mutiger, einen zweiten Schluck des Old Bushmill.

Jonas schenkte sich ein neues Glas ein. »Da ist allerdings ein kleines Problem, mit dem wir uns befassen müssen«, sagte er.

Sie nickte ernst und richtete den Blick auf ihn, ganz Ohr, was für ein Problem das wohl sein könnte.

»Inwieweit stehen Sie bei Sam Stein unter Vertrag?«

»Überhaupt nicht, Sir... Jonas, meine ich. Ich war ja noch ein kleines Mädchen, als er mich entdeckte und aufbaute. Wir haben nie etwas schriftlich fixiert. Er war so etwas wie ein Vater für mich.«

»Da war er doch bestimmt dagegen, daß Sie allein zu mir gekommen sind, oder?«

»Ja, das war er.«

»Und Sie sollen ihn sicher gleich anrufen, wenn Sie wieder zurück sind?«

Sie nickte lächelnd.

»In Ordnung. Sam gefällt mir. Ich weiß allerdings nicht, wie er reagieren wird, wenn Sie aus der *Grayson Show* aussteigen. Er könnte, sagen wir mal, in einen Interessenkonflikt geraten. Er könnte sagen, es schadet der *Grayson Show*, wenn ich Sie daraus herausnehme. Glenda ist schließlich seine wichtigste Klientin.«

»Ich glaube nicht, daß er sich mir in den Weg stellen würde.«

»Nein, das nicht. Aber es könnte ja sein, daß er dann Glenda verliert. Ich rede mal mit ihm. Oder am besten reden wir gemeinsam mit ihm. Dann sehen wir schon, wie er sich dazu stellt. Falls er allerdings Probleme sieht, müßten Sie sich wohl einen andern Agenten suchen.«

»Denken Sie da an einen bestimmten?« fragte sie, und ihr bedrückter Ton verriet ihm, daß sie ahnte, was kam. Sie war jung, still und bescheiden, aber nicht dumm. Statt von seinem Angebot überwältigt zu sein, hatte sie sogar bereits weiter gedacht als er.

»Ja, in der Tat«, nickte Jonas. »Meine Tochter ist mit Ben Parrish verheiratet. Ich mag den Mann zwar nicht. Ich traue ihm nicht, und Sie sollten ihm auch nicht trauen. Aber er kann uns nützlich sein. Indem er nach außen Ihren Agenten spielt. Den Vertrag selbst legen wir beide fest, Sie und ich, ob ihm das paßt oder nicht. Sie können selbstverständlich Sam bitten, den Vertrag zu überprüfen, falls Sie das wünschen, oder ihn auch von einem Filmanwalt in Hollywood durchsehen lassen. Ich stelle mir einen Zweijahresvertrag vor. Wird die Show ein Reinfall, kehren Sie einfach wieder zur *Glenda Grayson Show* zurück, dann natürlich mit prominenterer Ankündigung Ihres Namens im Programm, und ich lasse dann auch die Drehbuch-Autoren lohnendere Rollen für Sie schreiben.«

»Mr. – Jonas, meine ich, ich bin Ihnen sehr dankbar.«

Er faßte wieder ihre Hand; diesmal umspannte er sie mit den Fingern. »Wollen Sie mir einen Gefallen tun? Wenn nicht, spielt es auch keine Rolle. Der Vertrag, den wir gerade besprochen haben, würde überhaupt nicht berührt, auch wenn Sie nein sagen würden. Aber seit ich Sie zum erstenmal auf dem Bildschirm gesehen habe, will mir die Vorstellung nicht mehr aus dem Kopf, welch ein wunderschöner Anblick es sein müßte, Sie nackt tanzen zu sehen. Würden Sie das für mich tun, Margit?«

Sie errötete, nickte aber gehorsam.

»Ich habe alle möglichen Schallplatten zur Auswahl«, sagte er. »Suchen Sie sich eine Musik aus.«

Sie entkleidete sich sofort. Zuerst zog sie den Rock über den Kopf, danach entledigte sie sich ihres Trikots. Sie war ohne Schamhaar. Als sie seine Verblüffung bemerkte, legte sie eine Hand darüber. »Unter den knappen Kostümen dürfen keine Haare hervorschauen«, erklärte sie. »Deshalb muß ich sie abrasieren.«

Er nickte. »Sie sehen zauberhaft aus.«

Sie ging zum Stereo-Schrank hinüber und sah seine Plattensammlung durch.

Sie wählte das Lied »I'm In Love with a Wonderful Guy« aus dem Musical *South Pacific*, eine sehr beschwingte Nummer; und sie tanzte auch sehr beschwingt. Auf der Platte folgte als nächstes

»Younger Than Springtime«; sie tanzte entsprechend geschmeidig. Jonas war hingerissen.

Sie kam zur Couch, setzte sich und nahm einen weiteren Schluck irischen Whiskey. Ein leichter Schweißfilm ließ ihre Haut glänzen. Sie machte keine Anstalten, sich wieder anzukleiden.

»Ein so schönes Mädchen wie Sie habe ich überhaupt noch nie gesehen«, sagte Jonas, und er meinte es sogar.

»Ich nehme an, jetzt geht es genau so weiter, wie Sam sagte«, sagte sie halblaut.

2

»Also, Eddie, schieß los.«

Angie saß an einem Tisch in der Café-Bar des *Flamingo* einem Mann gegenüber, der früher einmal ihr Schwager gewesen war. Eddie Latham war Jerrys sieben Jahre jüngerer Bruder, also einunddreißig, und sah auch genauso aus wie Jerry, obwohl Jerry erst fünfundzwanzig war, als er fiel – bei der Invasion in der Normandie. Als sie ihn zuletzt gesehen hatte, kurz vor ihrer Verhaftung, war Eddie eben vierzehn gewesen.

»Ma ist vor zwei Jahren gestorben«, sagte Eddie. »Sie hat immer gesagt, du hättest eigentlich mit uns in Kontakt bleiben müssen.«

»Mag schon sein«, sagte Angie. »Andererseits hat aber auch sie den Kontakt nicht aufrechterhalten. Ich habe drei Monate lang in Manhattan im Gefängnis gesessen, und sie hat mich ein einziges Mal besucht. Und in meinen dreieinviertel Jahren in der Besserungsanstalt hat sie mir genau zweimal geschrieben. Na gut. Tut mir leid, daß du sie verloren hast, Eddie. Wie alt war sie denn?«

»Vierundsechzig. In den letzten paar Jahren hatte sie Probleme mit dem Herz.«

»Und warum kommst du mich jetzt besuchen?«

»Ich hätte dich ja schon viel früher besucht, wenn ich dich nur gefunden hätte«, sagte er. »Ich dachte immer, daß Jerry das schönste Mädchen geheiratet hat. Als er dann im Kriege gefallen war, hatte ich die verrückte Idee, nach West Virginia zu fahren und dich abzuholen, wenn du aus dem Knast kämst. Aber rate mal, wo ich dann war: in Fort Dix, beim Militär in der Grundausbildung. Danach haben sie mich in den Südpazifik geschickt, aber bevor ich einen Schuß hörte, war der Krieg aus. Ich kam heim und habe angefangen, nach dir zu suchen. Auch wenn du es nicht glaubst, aber ich habe sogar einen Privatdetektiv engagiert. Die letzte Adresse, die sie bei den Gefänignisbehörden von dir hatten, war White Plains. Aber dort wußten sie auch nicht, wo du nach deiner Entlassung hingezogen warst. Da habe ich es aufgegeben. Und vor ein paar Monaten dann habe ich plötzlich dein Bild in der Zeitung gesehen: Direktorin in einem großen Konzern! Da sagte ich mir: He, das ist doch Angie! Also bin ich bei erster Gelegenheit nach Las Vegas gekommen.«

Angie schüttelte lächelnd den Kopf.

»Genauso war es«, sagte Eddie. Er blickte sich stirnrunzelnd um, als störte ihn das laute Getriebe in dem Café und erschiene ihm unpassend für die ernste und bedeutsame Unterredung, die er sich offenbar vorgestellt hatte. »Und wo also bist du nun 1945 hingezogen, wenn die Frage nicht zu indiskret ist?«

»Ich habe wieder geheiratet«, sagte sie. »Wyatt. Wir sind nach Kalifornien gezogen und später hierher, und ich wohne immer noch hier.«

»Da mußt du aber schon ein *sehr* freundschaftliches Verhältnis zu Jonas Cord haben«, sagte Eddie.

Angie nickte. »Richtig. Sehr freundschaftlich.«

Eddie zog eine Zigarettenpackung und ein Feuerzeug aus der Jackentasche. Er bot ihr eine an, aber sie lehnte ab. Jonas hatte seit Jahren nur mehr wenig geraucht und es seit dem Infarkt völlig aufgegeben. In seiner Gegenwart rauchte auch sie nicht mehr; mit anderen Worten, sie hatte es ebenfalls ganz aufgegeben. Eddie steckte sich die filterlose Zigarette an, sog tief den Rauch ein und stieß ihn durch die Nase wieder aus.

»Hab ich mir gleich gedacht.« Er grinste. »Das eine Mal war ich zu früh. Und jetzt komm ich zu spät.«

»Du bist doch bestimmt verheiratet.«

»*War* ich. Sechs Jahre lang. Zwei Kinder. Sie leben bei ihr.«

»Ich kann wirklich nicht glauben, daß du mich nur aus alter

Anhänglichkeit in Las Vegas besuchst, nur weil du mich in liebevoller Erinnerung behalten hast«, sagte Angie. »Also, mal grade raus, was führt dich zu mir, Eddie?«

Er starrte in seine Kaffeetasse und zog noch einmal tief an seiner Zigarette. »Eben, Angie«, sagte er. »Mich schickt wer. Ich soll mit dir reden.«

3

Captain Frank's war ein Fischrestaurant am Ninth Avenue Pier in Cleveland. Die breiten Fenster gaben an diesem Vorfrühlingstag den Blick frei auf den stürmischen Eriesee. Wellen peitschten das Wasser, und Gischt spritzte wie Schnee zum grauen Himmel hoch.

Captain Frank's war ein bekanntes und beliebtes Lokal.

Jeden Tag war dort ein Tisch mit sechs Plätzen reserviert für Carlo Vulcano, und es kam nur selten vor, daß er nicht an seinem Stammtisch saß. An solchen Tagen saß dann allerdings auch sonst niemand an dem Tisch, auch seine Freunde nicht, aus Angst, daß er unerwartet eintreten und jemanden dort antreffen könnte, den er gerade an diesem Tag nicht zu sehen wünschte. An seinem Tisch saß man nur auf seine ausdrückliche und persönliche Einladung – meist zu viert oder fünft.

Diesmal hatte Carlo Vulcano nur einen Gast. Eddie Latham.

»Also, es war nichts, sagst du?«

Eddie schüttelte den Kopf. »Tut mir leid, Don Carlo. Ich tat, was ich konnte.«

»Hast du ihr den Heiratsantrag gemacht?«

»Ich habe ihr versprochen, was du gesagt hast: eine Villa an einer Küste in Brasilien. Und für Kinder wäre es noch nicht zu spät, hab ich gesagt. Aber sie ist dem Mann treu. Sie hält ihn für ihren großen Wohltäter. Ich glaube, sie liebt ihn.«

»Hast du nicht das Gedächtnis deines Bruders beschworen?«

»Ja, aber wir müßten die Dinge ganz offen und nüchtern betrachten, sagte sie. Jerry sei nun mal ein Ganove gewesen. Wörtlich, *Ganove*, sagte sie. Und das sei noch milde ausgedrückt.«

»Nichts erreicht also?«

»Don Carlo...« Eddie drehte die Handflächen nach oben. »Ich hab getan, was ich konnte!«

»Hast du ihr Vorstrafenregister erwähnt und sie darauf hingewiesen, daß es publik gemacht werden könnte?«

»Cord wüßte Bescheid, sagt sie.«

Carlo wandte sich von Eddie ab und schaute auf das tosende, graugrüne Wasser des Sees hinaus. »Die Zeitungen, die über ihre Bestellung zur Direktorin rätselten, haben sich nicht die Mühe gemacht, das auszubuddeln. Ich frage mich –«

»Sie ist noch immer eine schöne Frau«, bemerkte Eddie.

»Du hast dich von ihr einwickeln lassen, Eddie. Wenn du ein bißchen Druck gemacht hättest, wäre sie schon rübergekommen.«

»Don Carlo, sie ist leider nicht die Art Frau, die –«

»– die was? Das ist dein Problem, Eddie, von Frauen verstehst du nichts. Ein richtiger Geschäftsmann handelt mit Frauen wie mit Waren – wie Öl oder Weizen oder Schweinefleisch. Aber du findest sie ›schön‹! Das ist jede für irgendeinen. Du hast Angst vor ihr gehabt, Eddie, so sieht's aus!«

»Ich hab wirklich getan, was ich konnte, Don Carlo. Für Sie würde ich immer alles tun.«

»So, so. Na gut, wie ich höre, bist du ja sonst ein ganz brauchbarer Bursche. Wir hatten nur gedacht, als Verwandter würdest du bei ihr ein bißchen weiterkommen. Fahr zurück nach New York, Eddie. Ist schon gut.«

Eddie überlegte, ob er Don Carlo die Hand küssen sollte, aber sie wurde ihm nicht gereicht, und Don Carlo winkte auch bereits andere zu sich an den Tisch. Eddie machte, daß er wegkam.

4

Die *Glenda Grayson Show* wurde live übertragen; Glenda war schweißgebadet, als sie nach der Schlußnummer aus der Dekoration ging. Sie war völlig überdreht und brauchte dringend eine Dusche und einen Drink.

Danny Kaye wartete hinter der Szene auf sie und nahm sie stürmisch in die Arme. »Klappt doch großartig mit uns, was?« Er lachte. »He!« Er war genauso verschwitzt und aufgekratzt wie sie und hätte, wie es aussah, am liebsten gleich weitergemacht.

»Na, trinken wir einen, Kumpel«, sagte sie und zog ihn mit zu ihrer Garderobe.

»Wie war das?« fragte er unterwegs. »Noch zwei weitere Shows diese Saison?«

»Richtig, noch zwei! Und bei Gott, dann wird aber verhandelt!« sagte sie.

»Dein Produzent saß in der Loge«, sagte Kaye. »Er machte einen eher griesgrämigen Eindruck. Ist der Mann je mit etwas zufrieden?«

»Es gibt nichts auf der Welt, womit Jonas Cord je zufrieden wäre«, sagte sie. »Bat konnte man glücklich machen. Aber nicht Jonas. Ich kriege morgen bestimmt eine Aktennotiz, in der er mir mitteilt, wie wunderbar die Show gewesen sei und was ich hätte noch besser machen können.«

»Wie die Sponsoren«, sagte Kaye.

Sie riß die Tür zu ihrer Garderobe auf. »Einen Scotch!« rief sie. »Und etwas für Danny!«

Auf dem kleinen Sofa der Garderobe wartete Sam schon auf sie; neben ihm saß ein unbekannter gepflegter, dunkelhäutiger Mann, der eine Zigarre rauchte und es sich mit übereinandergeschlagenen Beinen auf der Couch bequem gemacht hatte. Glenda hatte nicht die geringste Ahnung, wer das sein könnte. Aber wenn Sam ihn mitgebracht hatte, mußte das schon seine Richtigkeit haben.

»Es ist prima angekommen«, lobte Sam. »Die Einschaltquoten –«

»– verdanken wir Danny«, unterbrach ihn Glenda. »So gebt ihm doch schon einen Drink und ein Handtuch, damit er sich abtrocknen kann!«

Sie ließ sich von Amelia das Kleid ausziehen, so daß sie nur in weißen Nylonhöschen und BH dastand. Sie nahm einen großen Schluck Scotch und ging unter die Dusche. Weil ihre Unterwäsche völlig durchgeschwitzt war, duschte sie meist in der Unterwäsche, um sie erst danach auszuziehen und zum Trocknen über den Rand der Duschwand zu hängen. Die Scheibe beschlug, Glenda war dahinter nur undeutlich wahrzunehmen.

»Du konntest mir deinen Freund noch gar nicht vorstellen«, sagte sie.

»Das ist John Stefano«, sagte Sam. »Er möchte uns ein paar Ideen verkaufen.«

»Ein Pointenschreiber?« fragte sie.

»Nicht eigentlich.«

»Sehr erfreut, John Stefano. Gratulieren Sie Danny zu seinem großartigen Auftritt. Wenn Danny zu uns kommt, haben wir die beste Show des Jahres.«

Stefano nickte Danny Kaye wohlwollend zu. »Ich bewundere Ihre Arbeit schon seit vielen Jahren«, sagte er.

»Danke schön«, sagte Danny Kaye. »Also, Gagschreiber sind Sie keiner, sagt Sam. Ich habe Sie auch nicht für einen gehalten. Aber was sind Sie dann, Mr. Stefano, wenn man fragen darf?«

»Investitionen«, sagte Stefano.

»Aha. In der Branche wird wenigstens Geld verdient«, sagte Danny Kaye. Aber weil er diese Antwort als demonstrativ unmitteilsam empfand, ließ er das Thema gleich wieder fallen. »Na, hoffentlich hat Ihnen die Show gefallen.«

»Doch, ja«, sagte Stefano.

Kaye trank einen Schluck von dem Scotch, den ihm Sam reichte, und sagte: »Aber ich muß in meine Garderobe zurück.«

»Untersteh dich davonzulaufen, bevor ich hier herauskomme und dir einen dicken Kuß gebe«, rief Glenda aus der Dusche. »Das Badetuch, Amelia!«

Amelia reichte ihr ein Tuch hinein und hielt ihr ein anderes vor, während sie sich abtrocknete und in einen geblümten seidenen Bademantel schlüpfte. Dann nahm sie die Flasche und füllte ihr Glas nach.

»Also. Mr. Stefano will uns was verkaufen, sagst du.«

»Geschäftlich«, sagte Sam.

»Ich muß los«, rief Danny. »Ihr werdet sowieso unter euch sein wollen.«

Glenda umarmte ihn und gab ihm einen Kuß auf den Mund. »Ich danke dir, mein Lieber«, sagte sie. »Schöne Grüße an Sylvia.«

Sie entließ Amelia zum Essen, setzte sich an ihren Frisiertisch und machte sich die Haare und das Make-up zurecht. Sie kehrte Sam Stein und John Stefano den Rücken zu, konnte sie jedoch im Spiegel beobachten. »Also, worum geht's denn, Jungs?«

»Verschiedenes«, sagte Sam. »Als erstes habe ich eine Neuigkeit für dich. Margit hat mir heute morgen mitgeteilt, daß sie mich nicht mehr als Agenten braucht.«

»Na, und?«

»Und nun rate mal, wer ihr neuer Agent ist«, fuhr Sam fort. »Ben Parrish. Was sagt dir das?«

»Es sagt mir, daß Jonas Cord offenbar die Absicht hat, Glendas Show Margit Little zu geben.« Sie war wütend.

»Nicht doch. Da wird er sich schön hüten. Du bist schließlich die einzige, die den *Cord Productions* Gewinne einfährt. Ich sehe die Sache so, daß er die Kleine abzieht und eine eigene *Margit Little Show* startet.«

»Da kann ihr keiner einen Vorwurf machen, wenn sie das akzeptiert«, sagte Glenda. »Allerdings wird sie auch noch etwas anderes akzeptieren müssen, fürchte ich, was sie vielleicht nicht ganz so unwiderstehlich findet. Der will sie doch ins Bett kriegen.«

»Hat er sie schon«, sagte Sam.

»Und nach ihm Ben«, sagte Glenda.

»Das wohl nicht. Die Cords haben Ben Parrish in der Tasche. Sie haben ihm ein paar Sachen durchkreuzt. Für einen wie Ben steht nirgends mehr eine Tür offen, wenn die Cords verlauten lassen, daß sie keinem verzeihen, der noch Geschäfte mit ihm macht. Er ist total von ihnen abhängig geworden. Sie haben ihn in der Hand.«

Glenda schenkte ihnen ein Lächeln über die Schulter. »Von einem bedeutsamen Detail abgesehen, ist Ben eine ganz kleine Nummer. Was er mit Jo-Ann machte, hat ihm den Zorn der Familie zugezogen. Die können ihn doch jetzt nach Belieben kaufen oder in die Wüste schicken.«

»Was uns zum Thema bringt«, sagte Sam. »John Stefano hier will uns ein Angebot machen.«

»Sagen wir mal, ich bin zu einem vorbereitenden Gespräch über ein *mögliches* Angebot hergekommen«, sagte Stefano und legte die Zigarre in einem schweren Glas-Aschenbecher ab. »Ich habe zufällig mitgehört, wie Sie vorhin erwähnten, daß Ihr laufender Vertrag mit den *Cord Productions* Sie nur noch zu zwei weiteren Shows verpflichtet. Für Ihre bevorstehenden Vertragsverhandlungen könnte Ihnen aber ein Konkurrenzangebot sehr nützlich sein.«

»Nämlich?«

»Ich denke nur mal laut nach«, sagte Stefano. »Da gäbe es beispielsweise die Möglichkeit, Sie in den besten Klubs im Lande unterbringen – von Auftritten in einem der großen Show-Säle in Havanna ganz zu schweigen. Sie würden mehr Geld verdienen als mit der Fernsehshow und dafür auch noch weniger arbeiten müssen, weil Sie die gleiche Show ein ganzes Jahr über spielen könnten.«

»So wie früher«, sagte sie.

Sam sagte: »Nimm mal an, du erscheinst ein Jahr nicht auf dem Bildschirm. Da wärst du bald wieder sehr gefragt.«

»Oder auch nicht«, sagte Glenda. »Das Publikum hat ein kurzes Gedächtnis.«

»Du bist doch ein Star!« widersprach Sam. »So schnell wird man auch wieder nicht vergessen.«

»Wir sorgen dafür, daß Sie öffentlich präsent bleiben«, sagte Stefano. »Und daß die Boulevard-Presse laufend über Sie berichtet. Wir gründen eine Produktionsgesellschaft – nennen wir Sie mal *GG Productions* – und bereiten Ihre Rückkehr auf den Bildschirm mit einer Show vor, die wir filmen. Mit diesem Pilotfilm gehen wir zu einem Sender. Das läßt sich alles machen.«

»Und wo kommt das nötige Geld her?« fragte Glenda.

»Das können wir kriegen«, erklärte Stefano schlicht.

»Ich sollte wahrscheinlich gar nicht fragen, woher es kommt?«

»Spielt das denn eine Rolle?« meinte Stefano.

»*Spielt* es eine Rolle, Sam?«

Sam Stein schüttelte den Kopf. »Für mich nicht. Und für dich kann dies Angebot einen riesigen Sprung vorwärts bedeuten, Glenda. Im übrigen müßtest du dir wegen der Cords keine Kopfschmerzen mehr machen. Nie mehr.«

»Abgemacht«, sagte Glenda.

5

»Tittle Tattle« war eine Hollywood-Kolumne, die an viele Zeitungen verkauft und von einer einstigen kleinen Schauspielerin namens Lorena Pastor geschrieben wurde – wenn sie dazu nüchtern genug war. Die Kolumne erschien in achtundsechzig Zeitungen; die Agentur betrieb aggressive Promotion dafür, und außerdem hatte Lorena Pastor sich inzwischen einen enormen Ruf erworben, der die Leute veranlaßte, ihre Geschichten für glaubwürdig zu halten. Es war eine klassische Klatsch-Spalte, und die Prominenten und die ganze Filmbranche wußten, daß eine Erwähnung in »Tittle Tattle« verblassenden Namen oder glanzlosen Filmen neues Leben einhauchen konnte.

– »Wer will sich wundern, wenn man von einem Krach zwischen der Crawford und ihrem Gegenwärtigen hört. Im goldenen Licht der Morgendämmerung ist nämlich dessen Vorgänger gesehen worden, wie er aus ihrem Haus kam. Da soll ein altes Feuer neu entbrannt sein. Bekanntlich brennen ja alte Flammen oft besonders heiß.«

– »Die ganze Stadt ist völlig gaga wegen Dan Armstrongs schlechterdings hinreißender Darstellung in *Die Verdammten*. Dieser bisher kaum beachtete Streifen wird noch ein sicherer Renner. Und vergeßt nicht, Leute, wer es als erste erkannt hat.«

Lorena Pastor hatte die Gesichtshaut eines indischen Elefanten, mit einem Runzelwerk von Falten, die keine Lotion mehr glätten und kein Schmirgel mehr zu entfernen vermochte. Sie konnte nur noch versuchen, durch übertrieben starken Lippenstift und Maskara, die hinter Hutschleiern verschwammen, die Aufmerksamkeit des Betrachters zu täuschen. Dazu gab sie sich die Aura euphorischer Vitalität: durch strahlendes Grinsen, bewegtes Flattern der Hände und Tänzeln wie ein achtzehnjähriges Mädchen. Und das mit siebzig. In der Branche hieß man sie, hinter ihrem Rücken natürlich, wahlweise Viper, Scheusal und Säuferin.

Ihre Fanggründe befanden sich gewöhnlich im *Brown Derby* oder einem anderen Restaurant oder Quellgrund; an diesem Tag verzehrte sie indessen ihren Lunch aus einem Mitnahme-Karton im

Büro ihres Verlegers Walter Richard Hamilton junior. Für ihre allseits bekannte Schwäche hatte er mit einer Flasche Beefeater Gin, einem Eimer Eiswürfel und einer halben Limone vorgesorgt.

»Ich habe eine Story für dich, Lorena«, sagte er.

»Hoffentlich eine *wahre*, Walt«, sagte sie. »Du kennst ja mein Prinzip, nur zu veröffentlichen, was –«

»Genau, Lorena. Das hat Dad ja an dir so geschätzt. Und ich auch. Ich kann dir versichern, daß diese Story stimmt.«

»Na, dann schieß mal los.«

»Okay. Du kennst doch diese schlaue kleine Tänzerin – diesen Ballerina-Typ –, die in der *Glenda Grayson Show* die Teenager-Rolle spielt? Margit Little? Okay. Sie schläft mit Jonas Cord.«

»Ach Gott. Das hab *ich* auch getan, als ich noch fünfundzwanzig Jahre jünger war. Wie viele Frauen in Amerika haben nicht –«

»Lorena, ich lege großen Wert darauf, daß du diese Story bringst. Und nicht nur das; du mußt sie groß herausbringen!«

Sie hob das Glas, das sie über Eiswürfeln und Limonensaft mit Gin gefüllt hatte. »Natürlich, mein Lieber! Aber vergiß nicht, der Mann ist stark explosiv! Du willst mich doch sicher nicht zu einer Story vergattern, die uns eine Verleumdungsklage an den Hals bringt?«

»Das laß meine Sorge sein«, sagte Hamilton.

»Na schön. Du bist der Boß.«

»Also, die Story. Das Mädchen ist von ihrem Agenten Sam Stein gewarnt worden, Jonas Cord nicht ohne Begleitung in seiner Suite zu besuchen. Sie hat es trotzdem getan. Sie sollte sich telefonisch bei Stein melden, sobald sie wieder zurück war. Sie hat ihn erst am Tag darauf angerufen. Sam läßt sie beobachten. Wenn Cord sich in der Stadt aufhält, ist sie nicht zu Hause.«

»Das erzählt Sam doch bloß aus Rache«, winkte Lorena ab. »Du weißt doch, daß er die Kleine als Agent verloren hat, an Ben Parrish. Es könnte durchaus sein –«

»Mach dir darüber keine Gedanken«, sagte Hamilton. »Bring die Geschichte in deiner Kolumne. Ich sorge für die Begleitfotos. Kranker alter Mann und frisches junges Mädchen. Darauf muß es hinauslaufen. Geiler alter Bock pflückt unschuldige Blüte in Gestalt hübscher junger Tänzerin.«

Sie schüttelte den Kopf. »Geiler Bock? Jonas? Walt, ich war damals in meinen Vierzigern. Er war Ende zwanzig. Der ist kein geiler Bock, Walt. Der ist ein Deckhengst!«

»Schreib die Story trotzdem so, Lorena«, sagte Walt Hamilton nachdrücklich. »Wenn nicht, schreib ich sie nämlich selber und rücke sie in deine Kolumne ein.«

»Schon gut, schon gut«, sagte sie resigniert.

»Okay. Trink aus. Die Sache ist die, weißt du: dein Ex-Liebhaber Mr. Cord hat sich mit ein paar Leuten angelegt, die keine Angst vor ihm haben.«

6

Eine Stunde später telefonierte Hamilton mit Detroit. »Alles klar, Freund«, sagte er. »Nein, das war gar nicht nötig; sie wird die Story selber schreiben, auf ihre eigene unnachahmliche Art. *Achtundsechzig* Zeitungen, Jimmy! Plus alle die anderen, die die Story hinterher noch als Nachricht bringen. Fünfunddreißig Sonntagszeitungen, die übrigen Blätter am Montag. Nächste Woche um diese Zeit weiß jeder zweite Amerikaner, daß Jonas Cord mit Margit Little ins Bett geht. Damit dürfte unser Deal wohl perfekt sein, ja? Dein Mann hier kann den Vertrag unterschreiben. Richtig. Genau. Klar weiß ich, daß das Peanuts sind im Vergleich zu den Summen, die dein Pensionsfonds in die *Glenda Grayson Show* steckt. Aber du wirst doch verstehen, daß man sichergehen möchte. Richtig. Natürlich genügt mir dein Wort. Auch das meine gilt. Kauf dir am Sonntag die Zeitungen.«

XXV

1

Jonas hatte sich die Sache mit dem Bart noch einmal überlegt. Sein Barthaar *war* grau, keine Frage, aber der Mann, der ihm Haupthaar und Bart zweimal wöchentlich stutzte, war kein Friseur, sondern ein »Stylist«. Der schnitt ihm den Bartwuchs mit einem Rasiermesser so tief nach unten, daß er mit Backen- und Kinnbart an Abraham Lincoln auf dem letzten Foto von Brady erinnerte. So wie er ihn sich tatsächlich als Vorbild gewählt hatte. Im Unterschied zu Lincoln trug Jonas aber auch einen Schnurrbart; der machte beim Trimmen die größte Mühe.

Damit ihn sein Bart aber nicht wie einen Bohémien aussehen ließ, trug er wieder Jackett, weißes Hemd und Krawatte. Er ließ sich einen Maßschneider kommen und sich ein halbes Dutzend konventionelle dunkle Einreiher anfertigen. Keine zerknitterten Khaki-Hosen und Golfhemden mehr.

Im April flog er nach New York, ohne sich dort im Büro in den Waldorf Towers einzuquartieren; das ließ er weiterhin Bat. Vater und Sohn trafen sich zum Lunch in den *Four Seasons*.

»Ich kann der Hexe das Rückgrat brechen«, sagte Jonas.

»Kannst du eben nicht«, widersprach Bat. »Sie braucht uns nicht mehr. Außerdem hat sie Kapital hinter sich. Sie braucht sich keinen Deut mehr um uns zu scheren.«

»Und kann uns triezen und pieksen, wie es ihr paßt. Und wie hast du das verhindern wollen? Indem du sie gebumst hast? Hat's wohl nicht gebracht, was?«

»Bringen tut das meistens nichts, oder?« meinte Bat sarkastisch. »Bei dir hat es auch nicht mehr genützt als bei mir. Und du glaubst doch wohl nicht, du hättest dir Margit Littles Loyalität gesichert, weil du sie – um deinen eigenen Ausdruck zu gebrauchen – gebumst hast?«

»Margit –«

»Die *Margit Little Show* kann kein Ersatz für die *Glenda Grayson Show* sein«, sagte Bat. »Weder nach den Einschaltquoten noch nach den Umsätzen. Gut, die Kleine hat Talent, sie kommt an, und mit der Zeit wird sie auch Erfolg haben. Aber für die nächste Saison haben wir eben keine große Show.«

»Willst du etwa behaupten, daß ich es verbockt habe?« fragte Jonas ärgerlich.

»Ich behaupte gar nichts. Wenn du dieser Meinung bist, mußt du's schon selber sagen.«

»*Du* hast unseren Star gebumst und dann sitzengelassen«, sagte Jonas.

»Und *du* bumst die kleine Margit«, giftete Bat zurück. »Da liegt der Hund begraben. Zuerst bumst du sie, dann spuckst du große Töne, daß du ihr eine große neue Show geben willst, und als Glenda dann mehr Geld haben will, lehnst du ab. Was hast du denn erwartet?«

»Junge«, sagte Jonas mit gespielter Geduld, »Glenda ist keineswegs über den Zaun gesprungen, weil ich etwas mit Margit habe und einen Star aus ihr mache. Sie wäre so oder so gegangen. Zwei Tage nach dem Abbruch der Verhandlungen mit uns hat sie ihre große Nachtklub-Tour bekanntgegeben. Das haben Sam und sie aber doch nie und nimmer in zwei Tagen auf die Beine gebracht. So etwas braucht Zeit. Alle diese Auftritte in Nachtklubs, die ganze nächste Saison über, waren doch zu Beginn ihrer Gespräche mit uns längst ausgehandelt. Mach die Augen auf, Junge. Das Biest hat uns versetzt.«

Bat holte tief Luft. »Margit ist beschädigte Ware, vergiß das nicht. Als es herum war, daß du mit ihr ins Bett gehst, hat die ganze verdammte Welt das als Grund betrachtet, warum du mit ihr eine Show machen willst.«

»Ich hatte dir bereits im vergangenen Jahr gesagt, daß du sie aufbauen sollst, weil ich damit rechnete, daß uns Glenda davongeht. Du hast es nicht getan.«

»Ich hatte auch noch ein paar andere Dinge zu tun, wenn du dich gütig erinnern möchtest. Außerdem haben wir den Plan, Margit aufzubauen, erst publik gemacht, nachdem dein Techtelmechtel mit ihr heraus war.«

Er hielt inne. Senator Javits hatte das Restaurant betreten, erkannte Bat und kam auf ihren Tisch zu. Bat machte bekannt, man unterhielt sich. Als der Senator weiterging, setzten Vater und Sohn ihr Gespräch fort.

»Bei dieser Geschichte geht es doch im Grunde nicht um ein verletztes Künstler-Ego«, sagte Jonas. »Sam Stein hat mit Lennie Hirschberg über eine neue *Glenda Grayson Show* für die Saison 1959 gesprochen. Die kostet natürlich einen Haufen Geld. Rate mal, wer es ausspuckt.«

»Na?«

»Die Transportarbeitergewerkschaft. Der Pensionsfonds. Jimmy Hoffa.«

»Na ja, wo sie ja auch schon ein Hotel in Las Vegas finanzieren.«

»Hast du eine Ahnung, über wieviel Kapital dieser Pensionsfonds verfügt?« sagte Jonas. »Das sind Milliarden!«

»Aber das ist ein Treuhänder-Fonds! Wie sollen die Gewerkschaftsbosse damit in eine TV-Show investieren können?«

»Mit ihren treuhänderischen Pflichten gehen die ziemlich locker um«, sagte Jonas. »Das war schon unter Dave Beck so, und daran hat sich unter Hoffa nichts geändert. Die investieren nicht bloß zur Mehrung des Fonds; die investieren aus Gründen der Machtsteigerung. Und dazu haben sie sich mit ein paar äußerst dubiosen Typen zusammengetan.«

»Du meinst, daß sie auf Glenda Grayson zugekommen sind und nicht umgekehrt?«

Jonas nickte. »Und ich brauche dir ja wohl nicht zu erklären, was dahintersteckt. Es gibt Probleme auf unserer Baustelle in Las Vegas. Sie wollen unbedingt verhindern, daß das InterContinental gebaut wird.«

»Streiks?«

»Nein, damit würden sie sich zu deutlich verraten. Aber Lieferverzögerungen und dergleichen. Nach drei Tagen Vorbereitung zum Gießen einer Betondecke konnten wir am Ende nicht betonieren, weil von den fünf erforderlichen fahrbaren Beton-Mixern einer nicht ankam. Man muß aber die ganze Menge Beton auf einmal gießen. Sonst würden sich unterschiedliche Schichten bilden, und das gefährdet die Stabilität der Konstruktion. Der Fahrer behauptet, der Wagen sei unterwegs liegengeblieben. Wenn du mich fragst, war das abgekartet.«

»Mag ja sein«, meinte Bat zweifelnd.

»Wenn es bei diesem einen Vorfall geblieben wäre, hätte ich auch keinen Verdacht geschöpft. Aber letzte Woche ist in San Francisco eine ganze Fuhre Stahlrammen verschwunden, so daß die Arbeit nicht weiterging, bis wir eine Ersatzladung auftrieben. Das Lagerhaus behauptete, die Fuhre sei irrtümlicherweise an eine falsche Adresse abgegangen. Und und und. Das sind zu viele Zufälle und Zwischenfälle. Wir kommen immer weiter in Verzug. Was das alles kostet, kannst du dir denken.«

Eine Frau kam quer durch das ganze Lokal buchstäblich auf ihn zugetrabt. Er erhob sich, um sie zu begrüßen.

»Jonas! Schätzchen!« rief sie übertrieben mit ihrer rauchigen Stimme. »Wieder mal in New York? Und das da ist bestimmt dein geheimnisvoller Sohn, der sich nirgendwo zeigt, wo man hingeht – weshalb ich bisher noch nicht das Vergnügen hatte, ihn kennenzulernen?«

Jonas küßte ihr die Hand und stellte sie Bat vor. »Tallulah Bankhead, falls du es nicht längst erraten hast.«

»Schon wieder in den Klatschspalten, du böser Junge!« rügte sie mit gespieltem Kopfschütteln. »Gott sei Dank ist diese gräääßliche Lorena Pastor nie dahintergekommen, was zwischen uns war!«

Jonas tat lächelnd unschuldig. »Was war denn zwischen uns, Tallulah?«

»Das ist es ja eben, gar nichts!« Sie lachte laut. »Wenn das herauskäme, wäre es ein viel schlimmerer Skandal als das Gegenteil.« Sie wandte sich Bat zu. »Ruf mich mal an, Schätzchen. Komm mich besuchen, auf ein Spiel Bridge. Na denn – ta ta ta!«

Als Jonas und Bat sich wieder setzten, ruhten alle Blicke auf ihnen.

»Was du auch vorhast«, sagte Jonas, »geh bloß nicht zu ihr zum Bridgespielen.«

»So? Irgendein spezieller Grund?«

»Sie zieht sich aus und spielt Nacktbridge. Nicht jedesmal, aber sooft ihr danach zumute ist. Das macht sie so ganz nebenbei, einfach so, und danach spielt sie weiter, wie wenn nichts wäre. Es kann aber ziemlich peinlich werden, je nachdem, wer sonst noch da ist. Einmal hat sie sich ausgepellt, als David Sarnoff da war. Den bringt ja so leicht nichts aus der Fassung, aber darauf war er wirklich nicht gefaßt. Er fing an zu husten und lief richtig rot an. Ich hatte schon Angst, er bekäme einen Herzanfall.«

»Sie hat die Lorena-Pastor-Kolumne erwähnt«, meinte Bat. »Wie hat Angie darauf reagiert?«

»Angie sieht die Dinge realistisch«, sagte Jonas. »Aber so wie mich dein Privatleben nichts angeht, geht dich das meine auch nichts an.«

2

Angie liebte den schwarzen Porsche, den Jonas ihr zu Weihnachten geschenkt hatte und den ihr die Männer der Hotelgarage stäubchensauber wuschen und wachsten. Sie unternahm gerne Spritztouren in die Wüste, wo sie den Wagen bis auf zweihundert Stundenkilometer hochjagte und das Gefühl der noch ungenutzten Kraftreserven des Motors genoß, wenn sie nicht weiter beschleunigte. Einmal war sie in Nevada von einem Streifenpolizisten verfolgt worden, der aber nach ein paar Kilometern aufgab, weil sein Ford einfach nicht mithalten konnte. Er wußte sowieso, wer sie war; er wollte sie nur warnen und hielt deshalb am Straßenrand an. Als sie auf dem Rückweg an ihm vorbeiraste, blinkte er mit den Scheinwerfern, und sie blinkte lächelnd zurück.

Meist fuhr sie allein. Gelegentlich kam Jonas mit. Diesmal saß Morris Chandler im Beifahrersitz.

»Hast du's immer noch nicht kapiert?« sagte er. »Du darfst ihm nicht vertrauen. Dem kann niemand trauen.«

»Wenn er mit einer andern schlafen will, soll er von mir aus«, sagte Angie, ohne den Blick von der Straße zu nehmen. »Er hat nie gesagt, er würde es nicht tun. Das Versprechen hat er mir nie gegeben.«

»Er ist kein angenehmer Mensch«, sagte Chandler. »Nevada Smith war einer; ein echter Freund. Er hat mich gebeten, Jonas heimlich im Hotel unterzubringen, damit er sich nicht vor den Senat laden lassen mußte. Und das nächste war, daß das Hotel ihm gehört und ich sein Angestellter bin. Genau wie du. Nur daß du auch noch mit ihm schläfst.«

»Er hat mich gut behandelt.«

»Ja, solange es dem hohen Herrn in seiner allmächtigen Güte eben paßt. Was immer er dir gegeben haben mag, er kann es dir ganz nach Belieben wieder nehmen. Du hast keinerlei Sicherheit. Wie alt bist du – vierzig? Seine neue Freundin ist zwanzig.«

»Zweiundzwanzig«, korrigierte Angie trocken.

»Und was ist in zehn Jahren?«

»Morris, worauf willst du hinaus? Nun sag es schon.«

»Ich habe Freunde, die sehr viel für dich tun könnten.«

»Was für Freunde? Und warum sollten sie etwas für mich tun?«

»Wer sie sind, tut im Moment nichts zur Sache. Aber es sind Leute, die für den Rest deines Lebens für dich sorgen, wenn du etwas für sie tust. Mann, ich selbst bin ein lebender Beweis dafür. Ich werde dieses Jahr sechsundsiebzig, aber falls Jonas mich vor die Tür setzen sollte, würden sie für mich sorgen. So etwas nennt man Treue.«

»Wenn ich etwas für sie tue, sagst du? Woran mögen sie da wohl denken?«

»Sie brauchen Informationen. Das ist alles. Kopien bestimmter Unterlagen, solche Sachen.«

»Mit anderen Worten, ich soll Jonas verraten und verkaufen.«

»Er hat doch dich verraten und verkauft!«

Sie schüttelte den Kopf. »Nein. Hat er nicht.«

»Du mußt die Dinge sehen, wie sie sind, Angie.«

»Die Antwort ist Nein, Morris.«

»Denk noch einmal darüber nach. Auf die Leute, von denen ich spreche, kann man sich verlassen. Es sind aber auch Leute, denen man nichts abschlägt. Sie bekommen immer, was sie wollen.«

»Das ist wohl eine Drohung?«

»Angie, wir wollen keine bösen Worte gebrauchen. Man macht dir nur ein gutes Angebot.«

»Es bleibt dabei, Morris: Nein.«

Er seufzte. »Mein Gott... Und jetzt wirst du wahrscheinlich Jonas über unser Gespräch informieren.«

Angie zuckte mit den Schultern.

3

Dr. Maxim stand am Steuer seiner *Maxim's III*. Es ging heimwärts. Außer einem mittleren Thunfisch hatte das halbtägige Angeln nichts gebracht. Darüber war aber niemand unglücklich. Man war zwar offiziell zum Angeln ausgefahren, doch der eigentliche Zweck, sich besser kennenzulernen, war erfüllt.

Organisiert hatte es Morgana Maxim. Als führendes Mitglied der Demokratischen Partei wollte sie möglichst alle übrigen führenden Demokraten kennenlernen, um sich ein eigenes Urteil bilden zu können und sich nicht auf Zeitungsberichte verlassen zu müssen.

Sie saß an Backbord mit einem Martini in der Hand. Zusammen mit Toni. Sie waren gleich gekleidet: rotes Polohemd und weiße Shorts.

In einem der beiden Angelstühle saß der Mann, den Morgana besser kennenlernen wollte. Er rauchte eine Zigarre, war im weißen Tennis-Dreß mit einer *Red Sox* Baseball-Mütze und Piloten-Sonnenbrille. Senator Jack Kennedy aus Massachusetts.

Kennedy hatte es nur um Haaresbreite verfehlt, dieser Witzfigur Estes Kefauver die Nominierung zum Kandidaten für die Vizepräsidentschaft streitig zu machen. Aber es war weitverbreitete Ansicht, daß er für 1960 den Sprung schaffen würde. Er mußte nur eine Hürde nehmen: seine Wiederwahl als Senator für Massachusetts.

Morgana war von ihm beeindruckt, wie Toni vorausgesagt hatte. Toni kannte Jack Kennedy seit seinem Einzug in den Senat 1953, als sie noch persönliche Beraterin des Senators Holland gewesen war. Als politische Reporterin der *Washington Post* war sie ihm in jüngerer Zeit häufiger begegnet, so daß sie mittlerweile sogar seinen Bostoner Akzent imitieren konnte. Bei einer Gelegenheit hatte er es zufällig mit angehört, danach hatten sie Freundschaft geschlossen.

»Sie sollten Toni mal hören, wenn sie mich nachmacht«, hatte er gleich nach seiner Ankunft an Bord zu Dr. und Mrs. Maxim bemerkt. »Wenn ich im Radio reden müßte, könnte ich ihr das überlassen und mir einen Tag Urlaub machen. Kein Mensch würde es merken.«

Den Thunfisch hatte er gefangen. Sie warfen ihn wieder ins Meer.

»Und Ihre weiteren Pläne?« fragte Morgana Maxim.

Er zuckte mit den Schultern. »Das Leben ist kurz«, sagte er, »und die Kunst ist lang. Wer weiß?«

4

Obwohl Jack Kennedy sich schon aus Toni zurückgezogen hatte, blieb er über ihr.

»Wenn das Dr. Maxim und Morgana wüßten«, sagte er. »Wären sie sauer auf uns?«

»Im Gegenteil. Morgana wäre enttäuscht, wenn wir's nicht getan hätten«, sagte Toni. »Sie wird Wahl-Delegierte für dich sein und andere mitziehen.«

»Und was ist mit, äh, Jonas Cord dem Dritten?«

»Stelle keine Fragen, dann hörst du auch keine Lügen. Ich frage dich ja auch nicht –«

»Das stimmt, Toni, das tust du wirklich nicht, und dafür bin ich auch dankbar.«

Es war die dritte Nacht, die sie zusammen verbrachten, und sie war auch diesmal wieder ein befriedigendes Erlebnis gewesen, um so mehr, als sie ganz offen und ehrlich miteinander waren. Beide taten sie es um der Lust des Augenblicks willen, ohne an eine tiefere Bindung zu denken. Er sah gut aus, war ein sympathischer und sehr männlicher Mann, und ihr Spaß an der Sache wuchs noch mit der Ahnung, daß sie später einmal auf diese Stunden zurückblicken und sich glücklich schätzen würde, mit einem der führenden Politiker des Landes, vielleicht gar einem Präsidenten der Vereinigten Staaten, geschlafen zu haben.

Ein weiterer Grund für das Gefühl tiefster Befriedigung war das Bewußtsein uneingeschränkten gegenseitigen Vertrauens.

»Kann ich etwas für dich tun, Toni?« fragte er.

Sie lachte ein wenig. »Du hast wirklich schon genug getan, vielen Dank.«

Er zeigte beim Grinsen die Zähne. »Ich hatte da, äh, an etwas ganz anderes gedacht. Etwas völlig anderes.«

»Jack... ich bin nicht aus Massachusetts. Du hast es also nicht nötig, mir einen Gefallen zu tun.«

»Du bist mir aber schon sehr zu Gefallen gewesen«, sagte er.

»Glaubst du etwa, ich hätte etwas getan, was mir keinen Spaß machte, nur damit *du* deinen Spaß hattest?« fragte sie. »Also wirklich, Jack. Die Frauen spielen noch immer gern das alte Spiel – vorzutäuschen, daß sie es kaum ertragen können und dem Mann ein Opfer bringen. Die Märtyrerin spielen. Aber mach dir nichts vor. Es macht Frauen in Wirklichkeit nicht weniger Lust als Männern. Das gilt zumindest für mich.«

»Das hört man gern.«

Sie stieß ihn spielerisch in die Rippen.

»Heiratest du Jonas Cord den Dritten?« fragte Kennedy.

»Weiß ich noch nicht«, sagte sie.

»Sein Vater ist genauso wie der meine«, sagte Jack Kennedy. »In der Familie würde dein Leben aufregend werden... aber anstrengend, ein dauernder Kampf. Eine starke Herausforderung, Toni.«

»Wenn du schon von Kampf und Herausforderung sprichst – die Cords werden bedrängt, sich aus Las Vegas zurückzuziehen.«

»Mafiarevier«, sagte er.

»Hoffa«, sagte Toni. »Die Teamsters machen den Cords Schwierigkeiten beim Bau des Hotels InterContinental. Nicht etwa mit Streiks. Nur durch... ein merkwürdiges Zusammentreffen zufälliger Mißgeschicke.«

»Dafür würde mein Bruder Bobby sich aber sehr interessieren. Und Senator McClellan ebenfalls. Ich werde mit Bobby reden.«

»Tu das, ja, Jack? Ich wäre dir sehr dankbar. Und sag Bobby, er möchte mich auf dem laufenden halten, okay?«

5

Ben Parrish genoß es, Jo-Anns Porsche 356 zu fahren. Er hatte eine Schwäche für schöne Wagen. Der Porsche war der einzige Wagen, den er je gefahren hatte, in dem man sogar die Musik abstellen würde, um dem Motor zu lauschen. Auch die Steuerung war ein Hochgenuß. Man mußte ihn nicht durch eine Kurve manövrieren; man gab nur die Richtung an, die man fahren wollte, und das kleine Coupé tat es wie von selbst – vorausgesetzt, daß man ihm nichts Unvernünftiges abverlangte und aufpaßte, daß das rückwärtige Ende mitkam.

Weil er den Porsche fuhr, hatte Ben beschlossen, über den Mulholland Highway und den Topanga Canyon nach Santa Monica zurückzufahren. Die Fahrt verlief großartig, er hielt meist hundertzwanzig Stundenkilometer, erhöhte gelegentlich bis auf einhundertvierzig und ging nur herunter auf hundert oder weniger, wenn es sich partout nicht vermeiden ließ.

Seine Gedanken waren bei seiner Frau. Sie würde ihn bereits erwarten, mit einem eisgekühlten Wodka Martini in der Hand, natürlich, und in Hoffnung auf etwas anderes, das das Eis im Glas schmolz.

Da war er in die Scheiße gefallen und mit dem Duft von Rosenöl wieder hochgekommen. Mit dem Alten, mit Jonas, würde er schon noch klarkommen. Er mußte zwar die Zähne zusammenbeißen, um höflich und devot zu bleiben, aber Cords Laufburschen zu spielen, kriegte er schon hin. Es zahlte sich ja auch aus. Und brachte Prestige. Und irgendwann winkte eine Erbschaft. Das Mädchen – Jo-Ann – hielt ihn ganz schön auf Trab, in mehr als nur einer Hinsicht; andererseits hatte er noch keine Frau erlebt, die sexuell so leicht zu befriedigen war. Und ob sie ihn nun wegen seines prächtigen Pimmels geheiratet hatte oder weil sie ihrem Vater eins auswischen wollte, alles in allem war sie ihm eine gute Frau.

Sie war –

Verdammt, was war das? Da hatte sich ein Auto an ihn gehängt. Der Kerl machte Zeichen mit der Lichthupe. Er wollte ihn *überholen*. Ach ja? Na, dem würde er aber mal zeigen, was eine Harke ist.

Ganz gleich, was für ein Modell da hinter ihm fuhr, es war doch bloß »Detroiter Blech«, wie wahre Automobilkenner sich ausdrückten. Aber an diesem Porsche hier zog kein Plymouth oder Dodge vorbei, und wenn ihr Motor noch so frisiert war.

Andererseits – Porsche hin, Porsche her, für ein Rennen war er nicht in der richtigen Verfassung. Sicher, er hatte ihn im Griff, aber hatte zu viel Wodka intus, um den Wagen oder sich selbst auf Hochtouren zu bringen. Wozu auch? Sollte der Kerl ihn doch überholen. Wenn er nur ein bißchen Verstand hätte, würde er sowieso begreifen, daß Ben sich freiwillig überholen *ließ*.

Er nahm ein wenig Gas weg und hielt sich rechts. Der Wagen kam links von ihm heran. Es war tatsächlich ein Plymouth – daß so eine Kutsche einen Porsche überholen sollte! –, aber mit aufgemotztem Motor und ohne Schalldämpfer, der Motor röhrte. Ben suchte einen Blick vom Fahrer zu erhaschen. Was? Etwa ein verrückter Teenager?

Ein Wahnsinn! Als der Plymouth auf gleicher Höhe war, drängte er plötzlich seitlich nach rechts und rammte den Porsche. Ben hatte Mühe, ihn unter Kontrolle zu halten. Er knallte den Fuß aufs Gaspedal; er wußte, notfalls würde er diesem Plymouth davonfahren; doch als der Porsche gerade in Fahrt kam, scherte der Plymouth erneut nach rechts aus, und diesmal rammte er ihn böse. Ben verlor die Kontrolle, der Porsche rammte die Leitplanke. Metall und Glassplitter flogen durch die Luft. Ben wurde nach vorn geschleudert und spürte den Aufprall seines Arms am Steuer.

6

Der stellvertretende Bezirksstaatsanwalt Carter war gerade erst zweiunddreißig, ein bebrillter junger Schwarzer. Er war immerhin so beeindruckt, daß er seine Zigarette ausdrückte, als er merkte, daß Mr. Cord nicht rauchte.

»Mein Name ist Ihnen bekannt, nehme ich an?« fragte Jonas.

»Ja, Sir, Mr. Cord. Selbstverständlich.«

»Gut. Aber nicht daß Sie glauben, ich suche Sie hier in Ihrem

Büro auf, um mit meinem Namen zu hausieren. Das ist nicht der Grund, warum ich hier bin. Sie tun selbstverständlich, was Sie tun müssen und was Ihre Pflicht ist. Ich bin nicht hier, um Sie davon abzubringen. Ich hoffe aber auch, daß mein Name Ihnen etwas anderes klarmacht. Ich bin nicht der Typ, der mit großspurigen, dummen Behauptungen daherkommt, die nur heiße Luft sind.«

»So etwas verbindet niemand mit Ihrem Namen, Mr. Cord.«

»Schön. Also wie hoch war der Alkoholgehalt?«

»Eins Komma sieben.«

»Trunkenheit am Steuer.«

»Jawohl. Laut Gesetz ist das Fahren schon mit null Komma fünf verboten. Ich habe mich einmal probeweise einem Alkoholtest unterzogen, Sir. Ich habe getrunken und hinterher in das Röhrchen geblasen. Ich kann also die Promillzahlen bewerten, wenn ich einen Fall vor Gericht bringe. Ganz offen gesagt, Mr. Cord – wenn *ich* eins Komma sieben im Blut hätte, könnte ich meinen Wagen nicht einmal *finden*. Von Starten und Steuern ganz zu schweigen.«

Jonas nickte. »In Ordnung. Voll.«

»Ja, Sir. Der Ausdruck trifft auf Mr. Parrish zu.«

»Die Wirkung ist aber auch von Mensch zu Mensch verschieden, nicht wahr?« sagte Jonas. »Wenn beispielsweise *ich* so viel trinke, daß ich beim Pusten auf eins Komma sieben käme, würde ich immer noch mit einem Polizisten neben mir fahren können und die Führerscheinprüfung bestehen.«

Der junge Staatsanwalt lächelte. »Das wage ich zu bezweifeln, Mr. Cord. Aber worauf wollen Sie hinaus?«

»Wenn man tagtäglich so viel Wodka in sich hineinkippt, wie Mr. Parrish das seit Jahren tut, entwickelt man eine gewisse Alkoholverträglichkeit. Ich mag den Burschen nicht besonders, wissen Sie, aber ich würde mich neben ihn auch ins Auto setzen, wenn er schon sechs Drinks geschluckt hat. Ich will auf folgendes hinaus: Ich glaube nicht, daß die Unfallursache Alkohol war.«

»Ja, Mr. Cord?«

»Es geht mir nicht darum, Ihren Ermittlern etwas nachzusagen. Ich weiß, das sind korrekte Leute, die nur tun, was sie für richtig halten. Ich habe jedoch eigene Detektive auf den Fall angesetzt. Ihre Leute haben da anscheinend ein paar Fakten übersehen. Manche deshalb, weil sie sich über den Vorgang offenbar bereits eine feste Meinung gebildet hatten und nur nach Fakten suchten, die ihre Theorie zur Unfallursache bestätigten. Manches haben sie nicht erkannt, weil sie davon nichts wissen konnten und auch gar nicht hätten entdecken können – es sei denn, sie hätten gewußt, was *ich* weiß.«

Carter griff nach der Zigarettenschachtel, ließ sie jedoch gleich wieder in der Jackentasche verschwinden.

»Rauchen Sie ruhig«, sagte Jonas. »Ich mußte aufhören, aber das braucht Sie nicht zu kümmern.«

»Vielen Dank.« Carter steckte sich eine Zigarette an. »Was für Tatsachen haben wir also übersehen, Mr. Cord?«

»Der Wagen von Ben Parrish ist auf der rechten Seite stark eingedrückt worden, das heißt auf der Seite, mit der er gegen die Leitplanke fuhr – eine Tatsache, die Ihre Beamten in ihrem Unfallprotokoll hervorheben. Aber wieso war auch die Wagentür auf der Fahrerseite eingedrückt? Sollte Ihnen das nicht Anlaß zum Nachdenken geben?«

»In der Tat«, sagte Carter. »Und was vermuten Sie?«

»Ganz einfach. Ben Parrish ist gerammt und gegen die Leitplanke gedrückt worden. Die große Delle an der linken Wagentür befindet sich in Stoßstangenhöhe. Unmittelbar darüber ist eine kleinere Beule, die Spuren einer grünen Lackfarbe aufweist. Er *ist* gerammt worden.«

»Warum sollte ihn jemand rammen wollen?«

»Um ihn umzubringen natürlich«, sagte Jonas. »Wenn die Leitplanke nicht gehalten hätte, nicht ganz wider Erwarten gehalten hätte, wäre Ben Parrish mit dem Porsche den Abhang hinabgestürzt.«

»Und welche Tatsachen konnten wir nicht wissen?«

»Genau das ist der Punkt, wo ich Sie bitten muß, mir zu glauben, daß ich nicht mit grundlosen Behauptungen zu Ihnen komme. Wie Sie vermutlich wissen, ist Ben Parrish mein Schwiegersohn. Unter uns gesagt, bin ich darüber nicht gerade glücklich, aber so ist es nun mal. Meines Erachtens hat jemand versucht, ihn umzubringen, weil er damit mich treffen wollte. Es gibt genug Leute, die mir übelwollen.«

»Wenn Sie vielleicht etwas konkreter werden würden?« sagte Carter.

»Nun, ist es etwa kein konkretes Indiz, daß die linke Wagentür eingedrückt ist? Aber dies hätte niemand bemerkt, wenn er durch die Leitplanke gebrochen und in die Schlucht gestürzt wäre. Auch meine Leute nicht. Dann wäre alles ganz klar und eindeutig gewesen: Betrunkener Fahrer fährt gegen Leitplanke und stürzt Felsabhang hinab. Die Leitplanke hat dem, der es war, einen Strich durch die Rechnung gemacht.«

Carter nutzte seine Zigarette, um kurz nachzudenken. Er tat einen tiefen Zug und ließ den weißen Rauch langsam aus einem Mundwinkel hervorquellen. »Was, Mr. Cord, wünschen Sie, daß ich tun soll?«

»Nur, was Ihre Pflicht ist«, sagte Jonas. »Sorgen Sie dafür, daß Ihre Beamten den Porsche noch einmal gründlich untersuchen. Falls Sie zu dem Schluß kommen sollten, daß dies kein Unfall war, kommt dem Alkohol sehr viel weniger Bedeutung zu, habe ich recht?«

»Mr. Cord, Trunkenheit am Steuer liegt nun mal vor, so oder so. Und sie *ist* gefährlich.«

»Aber wenn er das Opfer eines Mordversuchs war, sieht die Lage doch wohl ein wenig komplizierter aus, nicht wahr?«

»Wollen Sie mir nahelegen, daß ich die Anklage wegen Trunkenheit am Steuer fallenlasse?«

Jonas schüttelte vehement den Kopf. »Ich denke auch nicht im entferntesten daran, hier jemand beeinflussen zu wollen. Ich habe Ihre Aufmerksamkeit lediglich auf ein zusätzliches Faktum gelenkt: die linke Wagentür. Ich habe Ihnen eine Vermutung vorgetragen, wie jemand versucht haben könnte, Ben Parrish von der Fahrbahn abzudrängen und umzubringen. Sie stimmen mir hoffentlich zu, daß es hier möglicherweise um etwas *mehr* geht als einen Fall von Trunkenheit am Steuer.«

»Also gut. Ich kümmere mich mal darum.«

7

Dave Amory befand sich in Bats Büro im Chrysler Building. Bats unvermeidliches Chaos war größtenteils hinter den Rolläden der Schreibtische versteckt. Dave saß Bat an der großen Platte gegenüber, die als Schreibtisch des Chefs der Cord Enterprises diente.

»Wir befinden uns jetzt im Kriegszustand, Bat«, erklärte Dave. »In vier Städten, Detroit, Chicago, Cleveland und Newark, haben sich Fahrer der Teamsters-Gewerkschaft geweigert, an die Laderampen der Inter-Continental Airlines zu liefern. Mit dem Vorwand unzureichender Sicherheitsvorkehrungen.«

»Dann lassen wir eben gewerkschaftsunabhängige Spediteure fahren«, sagte Bat.

Dave schüttelte den Kopf. »Das haben wir in Chicago schon versucht, weil wir es für das Sicherste hielten. Mit dem Ergebnis, daß die Lkws beschädigt wurden. Sie wurden beim Einfahren in Unterführungen von oben mit Betonbrocken beworfen. Die unabhängigen Spediteure haben Angst, für uns zu arbeiten.«

»Na, dann«, sagte Bat. »Hoffa ist nicht der einzige, der sich auf dies Spiel versteht.«

»Sei vorsichtig, Bat«, warnte Dave Amory, »verdammt vorsichtig.«

8

Free Press, Detroit:

Jay Fulton, stellvertretender Chef der Transportarbeitergewerkschaft, wurde gestern abend schwer verletzt, als auf dem Jeffries Freeway ein Betonblock von einer Überführung herabfiel, die Windschutzscheibe seines Wagens zertrümmerte und den Chauffeur fahruntüchtig machte, so daß der Wagen über den Mittelstreifen raste und einem entgegenkommenden schweren Lkw in den Weg kam.

Fulton, 46, ist auch einer der Treuhänder des Pensionsfonds seiner Gewerkschaft. Er befindet sich seit heute morgen nicht mehr in Lebensgefahr, bleibt aber mit mehreren Rippenbrüchen, Lungenriß, Gehirnerschütterung und einem gebrochenen Arm auf der Intensivstation.

Teamsters-Chef James Hoffa beschrieb den Anschlag als einen »feigen Versuch gewisser Industriebosse, die Gewerkschaft daran zu hindern, ihre Mitglieder zu schützen«. Übergriffe dieser Art würden nie von Erfolg gekrönt sein.

9

News, Detroit:

In den Verwaltungsbüros der Transportarbeitergewerkschaft war einigen Früharbeitern gleich beim Betreten des Gebäudes klar, daß etwas nicht in Ordnung war. Es stank.

Der Gestank rührte von einer klebrigen Masse aus Teer, Kerosin und möglicherweise noch anderen Substanzen her, die in sämtliche Schubladen der rund sechzig Aktenschränke gegossen worden war.

Auf einem Schrank war eine Schachtel Streichhölzer zurückgelassen worden, als Hinweis, daß man die Akten auch hätte verbrennen können, falls die Eindringlinge dies beabsichtigt hätten. Eine Sekretärin, die ungenannt bleiben möchte, wies darauf hin, daß die Akten durch einen Brand auch nicht schlimmer hätten ruiniert werden können, als bereits geschehen. »Wie soll man da noch ein Blatt vom anderen trennen?« sagte sie. »Wer kann da überhaupt noch etwas entziffern und lesen?«

Die Teamsters-Gewerkschaft ist auf ihre Sicherheitsvorkehrungen besonders stolz. Ein Funktionär, der ebenfalls ungenannt bleiben möchte, äußerte die Vermutung, jemand müsse mehr Geld für die Vernichtung als für den Schutz der Akten erhalten haben.

»Wenn die Industriebosse uns so etwas antun können«, beklagte er, »was ist ihnen dann überhaupt noch unmöglich?«

10

»Warst du das, Bat?«

Bat atmete tief durch. Sie lagen im Bett. Bisher hatte Toni nie dergleichen Dinge erwähnt, wenn sie nachts zusammen waren. Es gab Prioritäten. Warum jetzt?

»Bat –?«

»Was soll ich dir darauf antworten?«

»Nun, ich möchte es einfach nur wissen. Vertraulich natürlich. Nicht als Zeitungsreporterin. Ich frage dich jetzt als die Frau, die dich liebt.«

Er seufzte erneut. »Hör zu. Jimmy Hoffa ist ein Schlägertyp. Soll ich es hinnehmen, daß solche Gewalttäter mir meine Firma ruinieren?«

»Würdest du ihn auch umbringen?« fragte sie.

Er schüttelte den Kopf. »Das wird nicht nötig sein.«

»Das ist keine Antwort auf meine Frage. *Würdest* du ihn umbringen? Wärst du dazu imstande?«

»Nein.«

Toni schwieg einen Augenblick lang, als ob sie unsicher wäre, ob sie ihm glauben könnte. »Und was sagt dein Vater dazu?«

Er drehte ihr den Kopf auf dem Kissen zu. Sie lag auf dem Rücken und starrte zur Decke. »Ich hatte einmal einen katholischen Freund, der Kondome benutzte, damit seine Freundin nicht schwanger wurde. Ich habe ihn gefragt, ob das nicht verboten sei, und er hat mir geantwortet: Alles erfährt der auch nicht.«

»Aha. Also du schlägst den Jonas auf Jonas-Art.«

Bat griff nach dem Glas auf dem Nachttischchen und trank einen Schluck Scotch. »Toni«, sagte er, »bitte, fälle keine Urteile über meine geschäftlichen Angelegenheiten. Natürlich will ich Jonas ausstechen. Und das werde ich auch. Ich nehme ihm die Firma weg. Wenn er stirbt. Oder auch zuvor.«

»Und was wäre dir lieber?« fragte sie.

»Zuvor«, sagte er.

XXVI

1

Jonas saß in seiner Suite im *Seven Voyages*; vor ihm auf dem Couchtisch, der ihm längst zum liebsten Schreibtisch seines Lebens geworden war, lagen neben zwei Telefonen Berge von Akten. Es war zehn Uhr abends und die Suite längst strikt ihm und Angie vorbehalten. Er trug noch immer den blauen Blazer und die gut gebügelte Hose des Arbeitstags. Angie war nackt. So hatte er es gern; sein Blick ruhte wohlgefällig auf ihr, während er mit Bat in New York sprach. (Dort war es ein Uhr früh.)

»Er ist verschwunden«, berichtete er Bat. »So spurlos verschwunden wie der Araber der Legende, der seine Zelte packt und im Dunkel der Nacht verschwunden ist. Natürlich bin ich froh, daß ich ihn los bin. Aber es steckt bestimmt etwas dahinter.«

Er sprach von Morris Chandler. Chandler war im Laufe des Tages plötzlich und unerwartet einfach verschwunden. Die Schränke in seiner Suite waren geleert. Aus seinem Büro hatte er wenig mitgenommen. Aber vermutlich hatte er sich Kopien von wichtigen Unterlagen angefertigt. Eine Nachricht hatte er nicht hinterlassen.

»Wie? Warte, ich frage Angie.« Er rief zu ihr hinüber: »Bat möchte wissen, ob wir ihm Fingerabdrücke von Chandler beschaffen können. Vielleicht aus seinem Büro, was meinst du?«

»Gar nicht nötig«, antwortete Angie. »Er hat doch immer eine Flasche Absinth in unserer Bar stehen. Sein Privatvorrat. Den er sich immer aus Hongkong einschmuggeln ließ. Die Flaschen hat nie jemand angefaßt. Außer eventuell ich, wenn ich ihm einen Drink einschenkte.«

»Angie sagt, wir können dir eine Flasche mit Chandlers Fingerabdrücken darauf schicken. Ich sage ihr, sie gleich einzupacken, damit der Kurier sie morgen früh nach New York mitnimmt. So, jetzt kannst du schlafen gehen. Ich rufe dich morgen früh wieder an.«

Angie hatte die Flasche mit dem geschmuggelten Alkohol bereits in der Bar entdeckt. Sie hob sie mit einem Papiertaschentuch am Korken hoch.

»Eeh, Absinth«, sagte Jonas. »Das Zeug soll einem das Gehirn verätzen. Ich habe nie kapiert, warum er diesen Fusel so gern trinkt.«

»Wieso braucht Bat Fingerabdrücke von Chandler?« wollte Angie wissen.

Sie holte eine Flasche Bourbon und schenkte beiden ein – ein kleiner Trick, den Jonas sehr wohl durchschaute. Sie wußte, daß er um diese Zeit gewohnheitsmäßig einen Drink nahm. Wenn sie einschenkte, fiel die Portion jedoch kleiner aus, als wenn er sich selbst bediente.

»Er hat es mir nicht gesagt, und ich habe nicht gefragt«, sagte Jonas. »Aber wenn ich Chandler wäre, würde ich mich hüten. Bat hat eine ziemlich fiese Seite.«

Angie lachte. »Du etwa nicht?«

2

Glenda eröffnete ihre neue Klub-Show in Havanna im Hotel *Nacional*. Sam Stein wäre zwar das *Riviera* lieber gewesen, doch Meyer Lansky hatte abgewinkt. »Der lange Arm der Cords«, meinte Sam mißmutig.

Glenda wollte mit ihrer neuen Show unbedingt etwas riskieren. Sie hatte das Fernsehen satt, erklärte sie Sam. Sie wollte Ausstattung und Kostüme wie früher und Texte mit Themen und Stoffen, die für die Glotze tabu waren. Sam mahnte zur Vorsicht. Aber sie schlug seine Warnungen in den Wind und schrieb ihre Texte selbst. Überhaupt das ganze Programm war von ihr selbst konzipiert.

»Es wird eine *Sensation*«, erklärte sie Sam.

Den ersten Teil der Show bestritt sie in einem Kostüm, das früher immer gut angekommen und gewissermaßen ihr Wahrzeichen war: ein schlichtes, schwarzes Tanz-Trikot, sehr eng geschnitten diesmal, dazu durchsichtige schwarze Strümpfe, blutrote Strumpfbänder und schwarzer Zylinder. Hüften und Oberschenkel waren nackt, um den Kontrast zwischen weißer Haut und schwarzem Kostüm dramatisch hervorzuheben.

Nach ihren Tanz- und Gesangsnummern kletterte sie auf einen Barhocker, nahm den Zylinder ab, schüttelte das blonde Haar und setzte ihn sich wieder auf, diesmal keck nach hinten.

»Herrschaften, ich fühle mich wie wieder heimgekehrt!« rief sie. »Habt ihr eine Ahnung, wie langweilig es ist, eine Fernsehshow zu machen? Wenn jetzt einer schreit: ›Genauso langweilig wie's Zuschauen‹, kriegt er von mir einen Tritt. Nein, Leute, ich bin wieder da, wo ich hingehöre – beim echten, lebendigen Publikum. He da! Sie sind wirklich lebendig! Und ich danke Ihnen!«

Das Publikum applaudierte.

»Da heißt es immer: Fernsehen ist für die Familie. Aber wenn man eine Andeutung macht, wie eine Familie überhaupt entsteht, wird es einem rausgeschnitten. Nicht? So ein Fernseh-Vater fällt vor Überraschung fast in Ohnmacht, wenn seine Frau ihm eröffnet, daß es passiert ist. ›Wirklich? Echt, Schatz? Herrje, das ist ja toll. Ich kann's gar nicht glauben!‹ Was *hat* der eigentlich geglaubt? Was kann denn sonst dabei herauskommen, wenn er's seiner Frau sechs Monate lang dreimal am Abend macht?«

Das Publikum lachte und applaudierte wieder.

»Ich glaube, es war Margaret Mead – die Anthropologin, wissen Sie –, die geschrieben hat, daß manche primitiven Völker überhaupt keine Beziehung sehen zwischen dem, was Mann und Frau machen, und dem Kinderkriegen. Na schön. Aber *Amerikaner*? Und im *zwanzigsten* Jahrhundert? *Das* ist Fernsehen. Meine Herrn!«

In ihrer Pause unterhielt eine Gruppe dressierter Schimpansen das Publikum.

Als sie wieder auf die Bühne kam, erschien sie im Spotlight mit einem Kostüm von fünfzig Ketten mit winzig kleinen funkelnden schwarzen Perlen vom Hals bis zu den Knöcheln über einem durchscheinenden schwarzen Kleid. Die Perlenschnüre schaukelten, wenn sie sich bewegte, und dann konnte das Publikum sehen, daß sie unter diesem Kleid nichts anhatte. Man sah zwar nichts deutlich, aber es genügte, die Leute glauben zu lassen, sie sähen wirklich alles. Der Applaus donnerte los, bevor sie noch einen einzigen Ton sang.

Sie tanzte nun nicht mehr und erzählte auch nichts. Sie ging singend auf der Bühne umher, während hinter ihr vier schmucke, muskulöse junge Männer in hautengen fleischfarbenen Trikots so etwas wie Ballett tanzten.

Sie wurde für zwei Zugaben und vier weitere Verbeugungen auf die Bühne zurückgeholt.

»Ich bin besser denn je!« freute sie sich in ihrer Garderobe. »Sechsunddreißig und besser denn je!«

»Aber fürs Fernsehen bist du tot«, sagte Sam grimmig. »Den Vertrag, den wir für dich ausgehandelt haben, kannst du vergessen. Kein Sender läßt dich jetzt mehr rein. Die wollen sich die Finger nicht an dir verbrennen.«

»Weil ich zu gut für sie bin!«

»Das auch. Aber das Fernsehen wird es nicht wagen, deine Show zu senden. Wir leben im Zeitalter von Billy Graham und Norman Vincent Peale und Präsident Eisenhower, der Amerika für ›ein gottesfürchtiges Land‹ hält. Wenn Presley in der Ed-Sullivan-Show auftritt, dürfen die Kameras ihn unterhalb der Gürtellinie nicht filmen. Und du bist eben praktisch *nackt* aufgetreten, Mädchen. Und du redest auf der Bühne ›schmutzig‹. Da glaubst du doch wohl nicht wirklich, daß noch ein Sender dich vor die Kamera läßt?«

»Dann bleibt mir das ungewaschene Massenpublikum eben erspart«, erklärte Glenda. »Dann sehen mich eben nur die, die sich den Besuch der Club-Shows leisten können. Und die werden es zu schätzen wissen.«

»Hoffen wir, daß du recht behältst. Aber bevor du mit dieser Show zu Hause auftrittst, mußt du sie jedenfalls sauberbürsten.«

3

»Schon gut, schon gut, schon gut«, beruhigte Jonas Ben Parrish. »Und die Sache hat *keinen* Haken. Das kannst du dir aus dem Kopf schlagen. Sorge dafür, daß Jo-Ann hundertprozentig mit diesen Leuten kooperiert, die ich dir zugeteilt habe. Bis wir die ganze blöde Geschichte hinter uns haben.«

Ben nickte betroffen. Er trug den rechten Arm in der Schlinge. Er konnte nicht Auto fahren. Jo-Ann hatte ihn zum Flughafen in Los Angeles chauffiert. In Las Vegas hatte ihn Angie abgeholt und zum *Seven Voyages* gebracht. Er trug ein leichtes, blau-weiß kariertes Jackett mit weißem Polohemd und grauen Hosen. Er wirkte ziemlich gedrückt.

Angie reichte ihm einen Wodka-Martini.

»Was ist nun?« fragte Jonas. »Verstehst du etwas von Öffentlichkeitsarbeit? Hast du Beziehungen? Kannst du eine Geschichte lancieren?«

»Ja, Sir.«

Jonas wurde unwirsch. »Hör auf, mich mit ›Sir‹ anzureden. Oder mich ›Mr. Cord‹ zu nennen. Meine Tochter nennt mich bei meinem Vornamen. Das gilt auch für dich. Also, ich habe da ein paar Fotos. Und ein Tonband. Du mußt kein Genie sein, um zu kapieren, wie ich das gemacht habe. Hier. Sieh sie dir an.«

Ein infrarotes Blitzlicht hatte das gewagte durchscheinende Bühnenkostüm Glenda Graysons noch mehr durchleuchtet als das grelle Rampenlicht. Auf den kleinformatigen Fotos machte es ganz den Eindruck, als ob sie splitterfasernackt vor das Publikum getreten sei und außer den Perlenschnüren überhaupt nichts angehabt hätte.

»Großer Gott!« murmelte Ben.

»Genauso sieht sie doch aus, oder?« sagte Jonas. »Du müßtest es eigentlich wissen.«

»Ja, ja, sicher. Was hat sie sich denn dabei gedacht?«

»Frag Angie.«

Angie zuckte mit den Schultern. »Was schon. Sie glaubt, daß sie betrogen worden ist. Ich muß ja wohl nicht erklären, von wem.«

»Hör dir das Band an«, sagte Jonas.

Angie drückte die Taste. Es war Glendas Stimme, klar und deutlich zu hören. »›Also‹, sagt dieser Kerl, ›meiner ist so groß wie ein Baseballschläger.‹ Da sagt seine Frau: ›Nääh. Eher wie ein *Softball*-schläger.‹ Oder der. Kommt ein alter Knacker und will sich mit der süßen Kleinen verabreden. Sagt sie: ›Da geht nix, Alter, du hast einen Eierkopf.‹ Sagt er: ›Sogar zwei, und ganz ohne Kopf.‹« Das Band blieb stumm. Dann erst war Lachen zu hören, das immer lauter anschwoll. »Das hat aber lange gedauert, bis bei euch der Groschen gefallen ist, wie?« sagte Glenda Grayson.

Angie schaltete ab.

»Die alten Tingeltangelzoten«, sagte Jonas. »War sie nicht auch mal Stripperin? War sie doch, oder?«

Ben nickte. »Und ich soll das jemand unterjubeln?«

»Erraten.«

»Gut, mach ich.«

»Aber sei vorsichtig. Mit deinem Eintritt in diese Familie bist du sozusagen Kriegsteilnehmer geworden.«

4

»Verdammt! Verdammt! *Verdammt!*«

Im Speiseraum des Privatklubs auf dem kleinen Flughafen bei Las Vegas schlug Jimmy Hoffa mit der Faust auf den Tisch. Sie waren nur zu dritt – er, John Stefano und Morris Chandler, wenn man die Nutte vom Dienst an der Bar nicht rechnete, die griesgrämig dreinsah, weil kein Geschäft ging.

»Sie haben doch gewußt, daß die Cords Dreckskerle sind«, sagte Chandler.

»Dreckskerl bin ich selber. Oder?«

»Ist schon behauptet worden«, nickte Stefano.

»Und da soll ich vor dieser Brut Angst haben? Herrgott, ich komm' von der Straße! Ich hab' mich hochgearbeitet. *Ich* hab' von meinem Vater nichts geerbt. Der hatte auch gar nichts zu vererben. Ich bin nicht mit einem Silberlöffel im Maul geboren. Sie etwa?«

Chandler erklärte daraufhin todernst: »Ich habe nie ein Stück Brot gegessen, das ich mir nicht selber verdient hätte.«

Das ließ Hoffas Stimmung umschlagen. Er grinste. »Das nicht andere für Sie erarbeitet hätten«, sagte er. »Ich hab da so einiges über Sie gehört.«

»Genug geflirtet, Herrschaften«, sagte Stefano. »Da ist gerade eine Maschine gelandet. Es könnte der Mann sein, den wir erwarten. Zeit, daß du dich davonhebst, Maurie. Raus. Du kriegst den Burschen besser nicht zu Gesicht.«

Chandler genehmigte sich achselzuckend noch einen letzten Schluck und stand auf. »Bin ja schon weg«, sagte er. »Ich wünsche euch eine erfolgreiche Sitzung.«

Fünf Minuten später betrat ein Mann mit trauriger Miene den Raum.

»Da kommt Malditesta«, sagte Stefano mit einem Kopfnicken zur Tür hin. »Nehmt eure Zunge in acht.«

Allenfalls außer dem einen oder anderen Mafiaboß wußte niemand, wie Malditesta wirklich hieß. *Mal di testa* hieß auf italienisch Kopfschmerzen. Wer eine Kugel in den Kopf bekam, hatte auch Kopfschmerzen. Und Malditesta hatte gewisse Erfahrungen darin, auf diese spezielle Art Kopfschmerzen zu verursachen. So war er zu diesem Namen gekommen. Er mochte fünfzig sein und sah immer noch gut aus. Er war größer und breitschultriger als der Durchschnitt. Seine Schläfen wurden schon grau, aber sonst war sein Haar noch glatt und schwarz. Er war ein finsterer Typ mit seinem langen Gesicht und dem spitzen Kinn und der spitzen Nase und den schweren Augenlidern. Sein langer Regenmantel war zerknautscht; er hatte ihn offenbar während des Fluges anbehalten. Er trug einen braunen Hut.

Bevor er zu Stefano und Hoffa herüberkam, blieb er kurz bei der Hure stehen, die ihn anscheinend ansprach. Nach seinem Lächeln zu urteilen, waren sie handelseins für später geworden.

Stefano und Hoffa standen auf und schüttelten dem Killer die Hand.

»Sehr erfreut«, sagte Hoffa. »Haben Sie mit Don Carlo gesprochen?«

»Fragen Sie mich nicht, mit wem ich gesprochen habe«, sagte der

Mann. »Ich werde ja auch keinem verraten, daß ich mit Ihnen geredet habe.«

Hoffa warf ihm einen bösen Blick zu. Aber das hätte er sich auch schenken können. Malditesta reagierte überhaupt nicht.

Der Mann war ein Profi. In zwanzig Jahren hatte er achtzehn Männer und drei Frauen beseitigt und angeblich noch nie sein Ziel verfehlt. Noch viel mehr aber sprach für ihn, daß er noch kein einziges Mal in Verdacht gekommen, geschweige festgenommen und verhört worden war. Stefano hatte von ihm gehört, war ihm aber bisher noch nie begegnet. Jimmy Hoffa hatte noch nicht einmal von ihm gehört.

»Es muß schnell und sauber erledigt werden«, sagte Hoffa.

Malditesta winkte einer Kellnerin und wollte einen Beefeater Martini mit Schuß haben. »Medium dry. Bestellen Sie dem Barmann, daß ich meinen Martini mit einem Viertel Teelöffel Vermouth trinke – vorausgesetzt, der Wermut ist gut.« Er wandte sich an Stefano. »Was ißt man hier?«

»Steak.«

Malditesta nickte. »Aber blutig. Und dazu einen guten Rotwein, den besten, den Sie haben. Trocken. Lieber einen Bordeaux als einen Burgunder.«

»Ich weiß nicht, vielleicht haben wir nur kalifornischen Wein, Sir«, sagte die Kellnerin.

Malditesta zog die Nase hoch. »Für den Fall bestellen Sie dem Barmann, er soll herkommen und mir zeigen, was er hat.«

Sobald das Mädchen weg war, sagte Hoffa ungeduldig: »Also, können wir nun endlich über das Geschäftliche reden?«

»Da gibt es nichts zu bereden, Mr. Hoffa. Ich arbeite immer auf die gleiche Weise. Sie nennen mir Person und Datum und übergeben mir die Anzahlung. Alles andere geht Sie nichts an.«

»Auch wenn ihn der Typhus dahinrafft?« sagte Hoffa abschätzig.

»Auch wenn er zum abgemachten Zeitpunkt inzwischen von seiner eifersüchtigen Ehefrau erschossen worden ist, schulden Sie mir die zweite Rate«, erwiderte Malditesta kühl.

»Sie meinen, auch wenn Sie die Sache gar nicht selbst erledigt haben?«

»Woher wollen Sie wissen, ob *ich* es getan habe oder nicht? Man kann Dinge auf verschiedene Art regeln.«

»Wie nehme ich Kontakt mit Ihnen auf?«

»Gar nicht. Wenn Sie erfahren, daß der Job erledigt ist, liefern Sie mein Geld an Don Carlo Vulcano.«

»Und wer garantiert mir, daß Sie mit dem Geld, das Sie heute bekommen, nicht durchbrennen?«

»Malditesta sah John Stefano nur stumm an.

»Jimmy«, mahnte Stefano so leise, daß Hoffa die Ohren spitzen mußte, um es zu hören, »so redet man nicht mit diesem Mann.«

Hoffa dachte kurz nach. »Nichts für ungut«, sagte er, »aber wenn das Geld über Don Carlo läuft, warum sitze ich hier dann mit einem Koffer voll Geld, das ich persönlich überreichen muß?«

»Ich lege Wert darauf«, erklärte ihm Malditesta, »die Leute, für die ich arbeite, erst persönlich kennenzulernen. Ich möchte wissen, wie sie aussehen. Für den Fall, daß ich ihnen später hinterherlaufen muß.«

5

Angie beugte sich zum Beifahrersitz hinüber und legte dem weinenden und zitternden blonden Mädchen die Hand auf die Schulter. »Nun komm«, sagte sie, »wir sorgen ja für dich. Es ist vorbei. Wir sorgen für dich und beschützen dich.«

Wenig später begleitete sie das Mädchen vom Porsche zum Privataufzug, der sie aus der Tiefgarage des *Seven Voyages* zur Suite nach oben fuhr, wo Jonas die beiden bereits erwartete.

»Der Bastard hat sie geschlagen«, erklärte sie, als sie das schluchzende Mädchen zu Jonas an seinem Schreibtisch vor der Couch führte.

»Was? Weil er es herausgekriegt hat?«

Angie schüttelte den Kopf. »Nein. Nur so. Weil er nun mal so ist.«

Jonas stand auf und ging auf das zitternde Mädchen zu. »Braucht sie einen Arzt?«

»Nee«, sagte das Mädchen. Die geschwollenen Lippen bluteten, ein Auge war schwarz angelaufen, auf einer Backe trat eine zunehmende Schwellung hervor. »Will kein' Arzt. Einen *Drink* brauch ich. Gin!«

Jonas nahm sie an der Hand und führte sie zur Couch, damit sie sich hinsetzte. Angie ging zur Bar.

»Sind die Fotos was geworden?« fragte Jonas.

Das Mädchen nickte. »Ich glaube schon.«

»Der Film ist bereits beim Entwickeln«, sagte Angie. »Wird nicht lange dauern.«

»Daß er dich vermöbelt, war natürlich nicht einkalkuliert«, sagte Jonas. »So etwas hatte ich nicht angenommen. Dieser – wie heißt du?«

»Vicky«, murmelte das Mädchen.

»Wir zeigen uns schon erkenntlich«, sagte Jonas.

»Du bekommst zusätzlich etwas«, nickte Angie. »Und wir schaffen dich aus Vegas raus und bringen dich woanders unter. Oder vielleicht möchtest du auch ganz aussteigen?«

Vicky nickte. »Will ich. Das ist jetzt das zweitemal, daß mich einer vermöbelt.«

»Und du willst wirklich keinen Arzt?«

Das Mädchen schüttelte heftig den Kopf. »Zähne sind okay«, sagte sie. »Nur die dicke Lippe, die Schwellungen. Das sieht in zwei Wochen aus wie neu.« Sie griff nach dem Glas, das ihr Angie reichte, und leerte es in drei großen Zügen. »Noch einen!« sagte sie und hielt ihr das leere Glas hin.

»Erzähl mal, was du gehört und gesehen hast«, sagte Jonas.

»Gehört nix«, sagte Vicky. »Und gesehen ... Zuerst kamen drei Männer rein. Einer war Chandler. Der zweite war Jimmy Hoffa, glaub ich. Den dritten hatte ich auch schon mal wo gesehn, an den kann ich mich erinnern wegen der dicken Zigarren, die er immer raucht. Chandler ging weg, bevor der vierte kam.« Sie deutete auf ihr malträtiertes Gesicht.

»Zeig ihr die Fotos«, sagte Jonas zu Angie.

Angie breitete ein halbes Dutzend Fotos aus. Den Mann, den sie erkannt hatte, identifizierte sie als John Stefano. Von dem vierten, der sie verprügelt hatte, gab es kein Foto.

Chandler hatten die Detektive, die Jonas auf ihn angesetzt hatte, bereits einen Tag nach seinem Verschwinden aus dem *Seven Voyages* aufgespürt und beschattet. Das war nicht weiter schwer. Er machte gar keine sonderlichen Anstrengungen, sich zu verstecken. Gerüchteweise leitete Chandler inzwischen ein großes, neues, noch namenloses Kasino-Hotel, das im folgenden Jahr eröffnet werden sollte. Als er dann zu dem Privatflugplatz bei Las Vegas fuhr, war klar, daß er dort mit einem wichtigen Mann verabredet sein mußte.

Jonas kannte diesen Privatflugplatz aus eigener Erfahrung und wußte also, daß er ein beliebter Treffpunkt für Leute war, die zwar in Las Vegas »zu tun« hatten, aber dabei doch lieber nicht gesehen werden wollten. Vor einigen Monaten hatte er dort einen seiner Männer als Barmann eingeschleust, der seinerseits Vicky als Spionin rekrutiert hatte, gegen fünfhundert Dollar monatlich, ganz gleich, ob sie etwas tat oder nicht. In ihrem Zimmer waren Tonband und Kamera installiert worden, die vom Bett aus durch Knopfdruck eingeschaltet werden konnten. Bisher hatten Vickys Tonbänder und Filme allerdings nur geliefert, was Jonas als »anregende Unterhaltung« bezeichnete.

Der Barmann hatte Vicky instruiert, sich mit jedem Mann, der in Begleitung von Morris Chandler im Klub auftauchte, besonders große Mühe zu geben. Dies war nun aber das erstemal, daß sie sich den Bonus verdient hatte, den Jonas für Fotos und Tonbänder von Chandler-Leuten versprochen hatte.

»Hat er irgendwas Interessantes gesagt?« erkundigte sich Jonas.

Vicky schüttelte den Kopf. »Sie können es sich ja anhören.«

»Du kannst heut nacht in Mrs. Wyatts Suite schlafen«, sagte Jonas. »Nimm ein Bad und iß eine Suppe oder sonst was. Wie gesagt, wir finden schon etwas für dich. Zu dem Flugplatz dort draußen mußt du jedenfalls nicht zurück. Weißt du, wer ich bin?«

»Ja, Mr. Cord.«

»Dann weißt du auch, daß ich mein Wort halte. Ich habe versprochen, daß wir uns um dich kümmern. Und das tun wir auch.«

6

Eine halbe Stunde danach kamen die entwickelten Fotos aus dem Labor.

Die Kamera war gut, und Vicky hatte auch gewußt, wann sie auf den Knopf drücken mußte. Das Labor hatte Vergrößerungen angefertigt. Sie zeigten einen kräftigen, gutgebauten nackten Mann mittleren Alters.

»Findet mir raus, wer das ist«, sagte Jonas. »Schick die Fotos auch an Bat. Und an Lieutenant Dragon von der Polizei in L.A. Außerdem an Detective Baker von der Polizei Manhattan North. Und zeig sie auch Ben Parrish. Dieser windige Typ kennt ja Gott und die Welt. Sonst noch Vorschläge?«

»An Bat sollten wir sie doppelt schicken«, empfahl Angie. »Damit sie auch Toni bekommt. Vielleicht gibt es ja bei der *Washington Post* jemand, der den Mann erkennt.«

»Gute Idee«, lobte Jonas. »Also doppelt nach New York.«

Sie hörten sich auch noch die Tonbänder an. Aber es waren lediglich die Geräusche der Schläge, die auf Vicky niedergingen, zu hören und ihre Schreie und ihr Stöhnen, Husten und Bitten. Doch von dem Augenblick, als er das Zimmer betrat, bis er es wieder verließ, sagte er absolut nichts, das einen Hinweis auf seine Identität gegeben hätte. Außer daß er ein perverses Schwein war.

7

Lorena Pastor lüftete den Schleier und lugte Ben Parrish angestrengt ins Gesicht. Er rang sich ein schwaches Lächeln ab, bevor er sich einen Schluck seines Wodka-Martini gönnte. Der linke Arm hing in einer Schlinge; Lorena hatte fahren müssen; sie befanden sich jetzt in einem Restaurant in Malibu.

»Ich kann es nicht fassen, Benjamin«, sagte sie. »Ich finde es einfach unglaublich, daß du das Handtuch geworfen hast und für Jonas Cord arbeitest.«

»Ich arbeite gar nicht für ihn, Lorena. Aber du kennst ihn doch. Er findet immer einen Weg, daß alle tun, was er will. Und ich bin immerhin mit seiner Tochter verheiratet.«

»Ihr seid mir so zwei«, sagte Lorena. »Sie hat dich ja nur geheiratet, um ihren Vater zu ärgern. Aber was dich zu dieser Ehe bewogen hat, übersteigt meine Vorstellungskraft.«

Lorena hatte sich ebenfalls einen Wodka-Martini bestellt; nur um zu sehen, sagte sie, wie der Cocktail hier schmeckte. Sie hob das Glas, leerte es mit dem zweiten Zug und gab dem Kellner einen Wink für noch einen. »Du hast etwas für mich, sagst du«, meinte sie. »Verstehe ich nicht ganz. Was für ein Motiv solltest du haben, mir eine Geschichte zu erzählen? Ich muß die Wahrheit wissen, Ben. Kommt sie wirklich von Jonas?«

Ben nickte.

Sie schloß einen Moment lang lächelnd die Augen. »Mit diesem Mann verbinden mich angenehme Erinnerungen. Ich befand mich damals gerade in der Übergangsphase von einer Möchtegern-Schauspielerin zur Zeitungskolumnistin. Er ist zehn Jahre jünger als ich, weißt du. Ich war damals um die Vierzig, und daß mir ein reicher junger Mann als Liebhaber den Hof machte, hat mein schwankendes Selbstvertrauen enorm gestärkt. Er hat mich sogar im Flugzeug mitgenommen – da ist mir allerdings angst und bange geworden.«

»Er macht einem in mehr als einer Hinsicht angst und bange.«

»Ich habe ihn durch Nevada Smith kennengelernt«, fuhr sie fort. »Der war übrigens auch ein ganz schöner Sexbolzen.«

»Du hast dir nicht viele entgehen lassen, wie?«

Der Kellner brachte ihren zweiten Drink. Sie trank einen Schluck. »Also«, sagte sie. »Worum geht es?«

»Um ein Tonband. Und ein paar Fotos. Von der neuen Glenda-Grayson-Nachtklub-Show in Havanna. Sie ist praktisch nackt auf die Bühne gekommen. Und warte nur, bis du einige Stellen ihres Vortrags gehört hast. Vom Fernsehen hat sie sich damit jedenfalls verabschiedet.«

»Aha. Schon kapiert«, sagte Lorena. »Dem Cord-Fernsehen hat sie ade gesagt. Und deshalb will Jonas sie nun erledigen.«

»Die Sache ist echt«, beharrte Ben.

Lorena seufzte. »Ich glaube nicht, daß ich damit etwas anfangen kann, Ben.«

»Wieso denn nicht?«

»Ich bezweifle, daß Walt es veröffentlichen würde. Er hat etwas gegen Jonas. Die Geschichte über Margit Little ging auf Walt zurück. Ganz unter uns – er hat angeordnet, daß ich darüber schreibe. Und deshalb bin ich mir ziemlich sicher, daß ihn *diese* Geschichte nicht interessiert. Er wird Jonas kaum helfen wollen, Glenda Grayson zu schaden.«

»Ich glaube, ich weiß auch warum.«

»Dann weißt du mehr als ich«, sagte sie. Sie seufzte erneut. »Bring die Geschichte zu Edna. Die hat damit kein Problem.«

»Ihre Kolumne erscheint aber auch nicht in achtundsechzig Zeitungen.«

»Aber in sechsundvierzig. Und das ist auch nicht schlecht. Es reicht, eine Geschichte zu lancieren. Und wenn sie es unters Volk bringt, kann es sein, daß Walt dann auch von mir etwas darüber haben will. Aber laß mich mal die Fotos sehen.«

Sie öffnete den großen braunen Umschlag, den Ben ihr reichte, und warf einen Blick auf Glendas Nachtklub-Kostüm. »Damit ist sie fürs Fernsehen allerdings erledigt«, nickte sie. »Und wenn die Zeitungen die Fotos auch nicht drucken werden, werden sie sie doch kommentieren. Und wenn der Vortrag der Grayson so zotig ist, wie du behauptest, werden die Hüter der öffentlichen Moral toben.«

8

Den FBI-Bericht über die Fingerabdrücke überbrachte Bat seinem Vater in Las Vegas persönlich. Er musterte den entfernten Dachgarten durch das Fernrohr, als Jonas das Dokument durchlas, das Toni ihnen beschafft hatte.

Federal Bureau of Investigation
Washington, D. C.
J. Edgar Hoover, Director

Das Fingerabdruck-Labor des Federal Bureau of Investigation hat die mit heutigem Datum eingereichte ungekennzeichnete Weinflasche untersucht und berichtet über seine Erkenntnisse wie folgt: Auf der Flasche befinden sich vier verschiedene Fingerabdrücke, zwei nur ungenau, zwei deutlich erkennbar. Der Zustand der ungenauen Abdrücke macht es unmöglich, mit Bestimmtheit festzustellen, daß sie nicht die Fingerabdrücke einer bekannten Person sind, deren Fingerabdrücke sich in den Akten des FBI befinden. Die zwei erkennbaren Fingerabdrücke stammen von folgenden Personen:

(1) Angela Burns Damone Latham, geboren am 21. Mai 1918 in Yonkers, N.Y., am 11. März 1941 von Postinspektoren in White Plains, N.Y., wegen Diebstahls aus U.S.-Posteinrichtungen, d. h. Briefkästen, festgenommen. In ihrem Besitz wurde ferner Falschgeld gefunden. Sie bekannte sich schuldig und wurde zu fünf Jahren Gefängnis verurteilt. Sie trat diese Strafe am 20. Juni 1941 in der Bundes-Besserungsanstalt für Frauen an –

Den Rest davon schenkte sich Jonas. Er hatte keine Lust, noch mehr über Angie zu lesen.

(2) Maurice Cohen, geboren am 26. April 1882 in New York, N.Y. Das FBI besitzt folgende Fingerabdrücke von Maurice Cohen:

a. Anläßlich der Verhaftung am 3. Mai 1900 in New Orleans, La., wegen betrügerischen Diebstahls. Dieses Verfahren wurde später eingestellt.

b. Anläßlich der Verhaftung am 8. August 1900 in New Orleans, La., wegen betrügerischen Diebstahls. Der Beschuldigte wurde der Tat überführt und zu einem Jahr Gefängnis verurteilt. Er trat die Strafe am 21. September 1900 in einer Strafarbeits-Farm des Staates Louisiana an und wurde am 21. September 1901 entlassen.

c. Anläßlich der Verhaftung am 17. März 1903 in Houston, Texas, wegen Landstreicherei. Er wurde zu 30 Tagen Zwangsarbeit im Straßenbau verurteilt und am 18. März entlassen.

d. Anläßlich der Verhaftung am 4. Juni 1927 wegen Beihilfe zum Mord. Die Anklage wurde mangels Beweisen fallengelassen; die Entlassung aus dem Gefängnis der Wayne County erfolgte am 19. August 1927.

e. Anläßlich der Verhaftung am 23. Januar 1932 in Lucas County, Ohio, wegen Vergehens gegen das Prohibitionsgesetz sowie der Staatsgesetze von Ohio betreffend das Verbot des Verkaufs alkoholischer Getränke. Der Beschuldigte wurde dieses Vergehens überführt und zu drei Jahren Gefängnis verurteilt. Er trat die Strafe am 27. Februar 1932 in der Strafanstalt des Staates Ohio an und wurde am 2. Mai 1934 auf Bewährung entlassen.

Cohen ist angeblich ein Mitglied der sogenannten Purple Gang gewesen.

Weitere Unterlagen über ihn sind hier nicht vorhanden.

Jonas grinste Bat an. »Da haben wir also den wahren Morris Chandler!«

»Auf was würden wir da wohl bei einer Überprüfung von Nevada Smith stoßen?« fragte Bat.

Jonas lief an. »Oh, nein!« rief er. »Das schlag dir aus dem Kopf. Ein für allemal! Du kleiner Scheißkerl!« Er griff nach einer Tablettenflasche, riß den Deckel herunter und schluckte hastig eine Tablette daraus. Er saß eine Weile regungslos und schweigend mit geschlossenen Augen da.

»Kann ich etwas für dich tun?«

Jonas schüttelte den Kopf. »Dafür habe ich schon die Tabletten.«

Bat starrte ihn an. Es gingen ihm einige Dinge durch den Kopf, die er hätte sagen können. Aber sie waren von der Art, die nicht auszusprechen sind. Mein Gott, es mußte doch ziemlich hart sein ...

»Hör zu«, knurrte Jonas. »Laß es dir nie einfallen, hinter Nevada herzuschnüffeln! Der Mann war ein besserer Mensch, als du je sein wirst.«

»Auch besser als du?« fragte Bat. Es fuhr ihm einfach so heraus;

er hatte wirklich nicht vorgehabt, Jonas in diesem Augenblick herauszufordern.

»Jawohl«, sagte Jonas. »Auch besser als ich. Und besser als mein Vater. Jedenfalls in mancher Hinsicht. Er kannte das Leben, verstehst du. Ich wünschte, du hättest ihn besser gekannt. Ich wünschte –« Er brach mitten im Satz ab, als hätte er Mühe zu atmen. »Tja, also... dieser Chandler ist also *Cohen.* Ein vorbestrafter Schwerverbrecher. Hm!«

XXVII

1

In einem gemütlichen tschechischen Restaurant in Beverly Hills saßen sich Bat und Margit Little bei Kerzenschein gegenüber. Es war ein Lokal, wie man es sonst eher an der Upper East Side als in Los Angeles fand. Sie hatten ihre Mahlzeit beendet und genossen die letzten Tropfen des Weins. Bats Hand lag auf ihrem Arm.

»Margit«, sagte er leise, »worum ich Sie jetzt bitte, wird Sie wahrscheinlich nicht sehr überraschen. Begleiten Sie mich ins Hotel?«

»Ich glaube nicht, daß das eine gute Idee ist«, erwiderte sie ernst.

»Die schönen Sachen auf der Welt«, sagte er, »sind häufig keine gute Idee.«

Sie seufzte ein wenig. »Es überrascht mich ja nicht. Ich dachte schon, daß das kommt, wenn ich noch einmal mit Ihnen zum Essen ausgehe. Und wenn ich die Frage nicht hätte hören wollen, hätte ich Ihre Einladung ja vermutlich auch nicht angenommen.«

Es war das vierte Mal, daß er sie abends ausführte, und nach den Gesprächen bei Tisch hatte er gewußt, daß Margit alles andere als naiv war. Ganz im Gegenteil, sie war schlau und zielstrebig; sie wußte genau, was sie wollte, und sie glaubte auch zu wissen, wie sie es erreichte. Erstaunlicher fand er noch, daß sie nicht die üblichen großen Gefühle strapazierte. Sie war hübsch und hochbegabt und sich dessen auch bewußt. Vor den Fernsehkameras stand sie unverbraucht und voller Lebenskraft. Sie war ein potentiell größerer Star, als Glenda Grayson sich je erträumen hatte können; und auch dessen war sie sich durchaus bewußt.

»Wenn Sie meine Frage nicht als Beleidigung empfinden, bin auch ich nicht beleidigt, wenn Ihre Antwort Nein lautet«, erklärte Bat.

»Ich bin nicht beleidigt. Ich habe mit der Frage gerechnet. Es ist einfach nur so, daß ich es für keine gute Idee halte«, sagte sie.

»Und warum nicht?«

»Wegen Ihres Vaters. Der würde doch auf die Palme gehen, oder etwa nicht?«

»Nun, erstens muß er es nicht erfahren. Und zweitens gehören Sie ihm doch nicht. Oder hat er Ihnen etwa eine Liebeserklärung gemacht? Oder einen Heiratsantrag?«

Sie schüttelte den Kopf.

»Na also!« Er trank den letzten Tropfen Wein.

Margit legte die Handfläche nach oben und umschloß mit ihren Fingern seine Hand. »Also gut, Bat«, sagte sie, und dann zog ein schwaches, aber verspieltes Lächeln über ihr Gesicht. »Es stimmt ja wohl, daß ein Mädchen nie genug Freunde haben kann.«

2

Sie machten es auf der Couch, und als es ihnen auf ihr zu eng wurde, rollten sie sich auf den dicken Teppich. Bat war hinterher außer Atem und verblüfft von ihrer Überschwenglichkeit. Sie drehte Pirouetten durch den Wohnraum seiner Suite, warf den Kopf zurück, daß ihr Pferdeschwanz nach hinten wippte – bis sie sich endlich wieder neben ihm auf der Couch niederließ.

»Hast du vielleicht eine Flasche Old Bushmill hier?« fragte sie. Sie hatte Geschmack gefunden an dem irischen Whiskey, mit dem Jonas sie bekannt gemacht hatte. »Jetzt wäre was zu trinken recht.«

»Kein Problem«, sagte er. »Ich bin doch ein bekannt lüsterner Verführer. Also habe ich natürlich eine Flasche in die Bar stellen lassen, weil ich fest damit rechnete, daß du kämst. Um deine Hemmungen abzubauen.« Er schenkte zwei Gläser ein.

»Auf das nächste Jahr«, sagte er und hob sein Glas.

»Auf nächstes Jahr«, bekräftigte sie.

»Es wird ein großartiges Jahr werden«, versprach er. »Auf die *Margit Show*.« Es war seine Idee gewesen, ihren Nachnamen aus dem Titel zu streichen.

3

Die Garderobenräume hinter der Bühne des *Ocean House* in Miami Beach waren nicht so schick wie die im *Nacional* in Havanna oder wie die des *Flamingo* in Las Vegas. Die Kabine, in der Glenda duschte, war aus Stahl und rostig, der Duschvorhang aus Segeltuch. Davor wartete Amelia mit einem immensen Badetuch, weil sich Glenda schließlich erst abtrocknen müßte, bevor sie sich in Anwesenheit ihrer beiden Besucher ankleiden konnte.

John Stefano, der in Ermangelung eines Sofas auf einem Holzstuhl saß, paffte an seiner dicken Zigarre. Auf dem Stuhl neben ihm saß Sam Stein.

»Gib mir einen Drink, Amelia. Nun mach schon. Den Drink!«

Amelia legte das Badetuch beiseite und trat an den Make-up-Tisch, wo eine Flasche Black & White stand. Einen Kühlschrank gab es in dieser Garderobe nicht, auch kein Eis; doch Eis und Soda waren, das wußte Amelia längst, relativ unwichtig; und so füllte sie das Glas bis obenhin mit Scotch, schob es durch den Duschvorhang und bekam es sofort leer wieder zurück.

»Was führt Sie nach Miami Beach, John?« fragte Glenda.

»Nichts Besonderes«, antwortete Stefano.

Sie drehte das Wasser ab und schlug den Vorhang zurück. Für einen kurzen Moment, bis Amelia das Badetuch über sie deckte, sah er sie nackt. Während sie sich abtrocknete, suchte Amelia den beiden Männern die Sicht auf sie zu verstellen. Amelia reichte ihr einen Slip und einen BH, beides schlichte, weiße Unterwäsche; Glenda zog sie an und kam heraus.

»Danke, Amelia«, sagte sie.

Amelia verstand die Aufforderung zu gehen.

»Nichts Besonderes, hm?« sagte Glenda, ließ sich am Frisiertisch nieder und schenkte sich ein neues Glas Scotch ein. »Gut.«

»Wir wollen uns nichts vormachen«, sagte Sam. »John ist bestürzt wegen des Artikels von Edna Trotter.«

»Klatsch gehört zum Geschäft«, meinte Glenda abschätzig. »Den Klatschbasen kann keiner das Maul stopfen.«

»Fotos!« sagte Stefano. »Und nicht nur Fotos, sondern auch

noch ein Tonband. Das hätte nicht passieren dürfen. Der Sicherheitsdienst des Hotels sollte –«

»Mein Gott«, unterbrach sie ihn. »Ich hab' es doch nicht absichtlich gemacht. Es war doch nicht meine Schuld, daß –«

»Es spielt gar keine Rolle, wessen Schuld es war«, sagte Stefano finster. »In wie vielen Zeitungen hat es gestanden? Dreißig? Vierzig? Dann haben es weitere fünfzig übernommen, plus die Zeitschriften. Es hat unserer Investition in Sie geschadet.«

»Was soll das heißen?«

Sam sprach es klar aus: »Ich hatte dich gewarnt, Glenda«, sagte er. »Du hast dich aus dem Fernsehen herauskatapultiert.«

»Scheiß aufs Fernsehen!« schimpfte Glenda. »Von dem hatte ich sowieso längst die Nase voll.«

»Der Schaden reicht viel weiter«, sagte Stefano. »Die besten Säle der besten Hotels der westlichen Welt haben sich um Sie gerissen, weil Sie ein Fernsehstar waren.« Er verzog den Mund. »Aber jetzt sind Sie nur noch eine von vielen, die singen und tanzen und anzügliche Texte vortragen.«

»Eine von vielen? *Ich* bin auch nur eine? Glenda Grayson ist auch nur eine von vielen?«

John Stefano stand auf. »Wir haben eine Vereinbarung«, sagte er. »Wir haben Ihnen versprochen, daß Sie immer gebucht sind, und das halten wir auch. Wir lassen Sie nicht fallen, verstehen Sie. Sie kriegen Engagements und können auftreten. Aber die ganz großen Bühnen sind vorläufig nicht mehr drin. Vielleicht später wieder mal.« Er legte ihr eine Hand auf die bloße Schulter. »Wie wär's mit einem gemeinsamen Essen nach der zweiten Vorstellung?«

Glenda schickte einen fragenden Blick zu Sam, der kaum merklich mit dem Kopf nickte. »Na gut«, sagte sie. »Warum nicht?«

»Dann bis später.« Stefano verließ die Garderobe.

»Sam!« rief sie, als er weg war. »Ist es schon soweit gekommen?«

Sam Stein trat zu ihr und strich ihr besänftigend über das Haar. »Ich stehe nach wie vor zu dir«, sagte er leise. »Aber an deiner Nummer müssen wir arbeiten.«

Sie hatte Tränen in den Augen. »Du willst mir doch nicht sagen, daß ich jetzt die kleine alte Dame im Cocktailkleid spielen muß, die

Witze erzählt – über Ehemann und Kinder und was ihr alles im Supermarkt passiert? Sam, um Himmels willen! Wir waren doch im Kommen, bevor die Cords kamen und bevor die gottverdammte Mafia –«

»Laß die Mafia aus dem Spiel«, warnte Sam, »wenn du von Stefano sprichst. Überleg dir, was du sagst.«

»Wer von den beiden Cords hat mich abgeschossen?« fragte sie. »Wer hat Edna Trotter diese Geschichte gesteckt?«

»Das weiß ich nicht.«

»Wenn ich wüßte, daß Bat es war – ich würde ihn umbringen! Ich schwör's dir!«

4

Bat ging in Begleitung von Meyer Lansky, den er um Längen überragte, durch das Kasino des *Riviera* in Havanna. Beide waren im Smoking. Lansky gab sich weiterhin offiziell als zuständiger Direktor für die Restaurants des Hotels aus. Der Respekt des Personals wie der Spieler stand allerdings in deutlichem Widerspruch zu seiner Selbsteinschätzung.

»Spielen Sie nicht, Bat?«

»Nicht diese Art Spiele.«

»Fangen Sie gar nicht erst an«, riet Lansky. »Sehen Sie sich die Leute an! Wir sind hier ein seriöses Kasino, aber trotzdem wird heute abend noch so mancher ein Vermögen verlieren. Und wissen Sie auch, warum? Weil diese Leute *süchtig* sind.«

»Es gibt auch noch andere Formen des Spiels um Glück.«

»Gewiß. Ich selbst bin auch so ein Spieler. Und Sie genauso. Ihr Vater ebenfalls. Uns reizt das Risiko. Mehr zu riskieren, als man sich leisten kann. Wenn Sie mir eine persönliche Bemerkung gestatten?«

»Nur zu«, sagte Bat.

»Sie begehen eine Dummheit. Glauben Sie etwa, Ihr Vater wird nicht dahinterkommen, daß Sie Margit Little nach Havanna mitgenommen haben?«

»Wer sollte es ihm denn verraten, Meyer?«

»Ich bestimmt *nicht*. Auf mich können Sie sich verlassen. Ich halte den Mund. Aber der Pilot, zum Beispiel –«

»Ach, wissen Sie, ich habe mich nach allen Seiten abgesichert.«

»Das glauben *Sie*. Aber seien Sie ehrlich: Der Reiz, mit ihr ins Bett zu gehen, ist nichts im Vergleich zu dem Kitzel, zu wissen, daß Sie mit Ihres *Vaters* –«

»Margit *gehört* ihm nicht«, sagte Bat.

»Sagen Sie ihm das! Aber nicht, daß ich Ihnen geholfen habe.«

»Falls er dahinterkommen sollte, behaupte ich, wir haben im *Nacional* gewohnt.«

Lansky führte Bat zu seinem privaten Speiseraum, von dem man durch ein Fenster einen Blick auf den großen Show-Saal hatte. In einer halben Stunde wollte Bat nach oben gehen und Margit in seinem Privatlift abholen; aber diese halbe Stunde brauchte er für ein Gespräch unter vier Augen mit Lansky.

Sie saßen an einem kleinen runden Tisch mit einer Damastdecke, schwerem Silberbesteck und kostbarem Porzellan für vier Personen. »Ich will gleich zur Sache kommen, Meyer«, sagte Bat.

Meyer Lansky schenkte Bat einen Chivas Regal ein, zündete sich selbst eine Zigarette an und hielt sie unter den Tisch, um Bat nicht mit dem Rauch zu belästigen.

»Gefallen gegen Gefallen«, sagte Bat.

Lansky lächelte. »So kommen die besten Geschäfte zustande.«

»Ganz meine Meinung. Aber was ich jetzt sage, wird Ihnen nicht gefallen. Doch Sie müssen mir glauben: Ich weiß, wovon ich rede. Sie sind Amerikaner –«

»Pole«, korrigierte Meyer Lansky.

»Amerikaner«, wiederholte Bat. »Wie mein Vater auch. Aber meine Mutter ist Kubanerin. Und ich ... Nun gut, ich bin wohl inzwischen Amerikaner. Aber ich kenne Lateinamerika. Und ich weiß so einiges über Kuba.«

»Sie wollen mir mitteilen«, sagte Lansky, »daß diese ... ungewaschenen Kerle in den Bergen sich anschicken, Havanna zu erobern und die Regierung zu stürzen.«

»Schaffen Sie sich eine Rückzugsposition, Meyer. Das ist ein dringender Rat. Sie werden sie brauchen.«

»Das ist Ihre persönliche Überzeugung, ich weiß.«

»Meinen Sie wirklich, seine Nichte wäre nicht im Bilde?«

»Für mich«, sagte Lansky achselzuckend, »gibt es sowieso keine Rückzugsmöglichkeit. Alles, was ich besitze, steckt hier in diesem Hotel.«

»Bei uns gibt es für Sie im Notfall immer etwas. Sehen Sie wenigstens zu, daß sie jederzeit wegkommen können. Es wird knallen hier.«

Lansky nickte. »Ich bin Ihnen dankbar für die Warnung. Und was kann ich für Sie tun?«

»Ich möchte Ihnen ein paar Fotos zeigen«, sagte Bat. »Ich hätte gern gewußt, wer dieser Mann hier ist.« Er griff in seine Jackentasche und zog einen Umschlag heraus. »*Kennen* Sie ihn?«

Lansky reagierte mit deutlichem Unbehagen. »Wie sind Sie an die Fotos gekommen?«

»Die hat mein Vater beschafft. Wie, das weiß ich selbst nicht.«

»Durch eine Nutte«, sagte Lansky. »Der Mann muß bei einer Nutte gewesen sein.«

Bat nickte. »Wissen Sie, wer er ist?«

Lansky drückte seine Zigarette aus und schloß die Augen. »Ja, ich weiß, wer er ist. Haben Sie mit ihm zu tun?«

»Er hat sich vor ein paar Wochen mit Jimmy Hoffa und Morris Chandler getroffen. Übrigens – Chandler heißt in Wirklichkeit Maurice Cohen.«

»Richtig. Ein Schmalspurganove.« Lansky zeigte auf das Foto. »Aber der da ist *kein* Schmalspurganove.«

»Sie kennen ihn also?«

»Ich bin ihm mal begegnet. Mit dem, was er macht, habe ich es nicht. Nicht daß Sie meinen, er ist ein Freund von mir.«

»*Was* macht er, Meyer?«

»Er ist ein Killer. Seinen wahren Namen kenne ich nicht. Man nennt ihn Malditesta. Wissen Sie, was das heißt?«

Bat nickte. »Kopfschmerzen. Von Kopfschüssen.«

»Ich vertraue Ihnen jetzt etwas an«, sagte Lansky, »wonach das FBI sich die Finger lecken würde. Nicht aus erster Hand natürlich, das müssen Sie mir glauben. Ich weiß es nur vom Hörensagen, aber es war dieser Malditesta, der Albert Anastasia umgelegt hat. Ich sage Ihnen das auch nur, damit Sie sich im klaren sind, mit was für einem Menschen Sie es hier zu tun haben.«

»Es galt als perfekter Mord«, sagte Bat.

»Genau. Er betrat diesen Friseurladen, ballerte sein ganzes Magazin leer, ließ die Waffe fallen und ging wieder. Die Fotos, die Sie von ihm haben, sind wahrscheinlich die einzigen, die es überhaupt von ihm gibt – ich meine Fotos ohne sein Wissen. Ich wette, die Cops haben den Friseuren Tausende Fahndungsfotos gezeigt. Kein einziges war von ihm. Er ist noch nicht einmal festgenommen worden.«

»Aber wer ist er?« fragte Bat. »Ich meine, unter irgendeinem Namen muß er doch leben?«

»Der ist mir nicht bekannt. Ich bezweifle, daß es im ganzen Land auch nur sechs Menschen gibt, denen sein richtiger Name bekannt ist. Oder die wissen, wie man mit ihm Kontakt aufnehmen kann.«

»Angenommen, *Sie* würden mit ihm Kontakt aufnehmen wollen«, sagte Bat. »Könnten Sie das?«

»Ich will gar nicht mit ihm in Kontakt treten.«

»Rein hypothetisch. Nur angenommen.«

»Dann müßte ich mit jemandem reden. Mit Carlo Gambino vielleicht. Oder mit Vulcano. Die Mafiabosse töten heutzutage nicht mehr gern, sie suchen es zu vermeiden. Wenn sie jedoch beschließen, daß jemand beseitigt werden muß, dann ist Malditesta ihr Mann. Er ist teuer, aber er versagt nie. Das wird zumindest behauptet. Ich persönlich glaube es nicht.«

»Vielleicht ist er schlau und nimmt überhaupt nur absolut narrensichere Aufträge an. Auch so kommt man zu so einem Ruf.«

»Auch möglich.«

»Wenn er nun Hoffa und Chandler getroffen hat, so heißt das –«

»– Sie oder Ihr Vater«, sagte Meyer Lansky sachlich.

5

Bat saß im Wohnraum der Suite seines Vaters im obersten Stock des *Seven Voyages.* Als ihm die Stimmung seines Vaters klargeworden war, schenkte er sich einen großen Scotch ein. Jonas war schon bei seinem fünften.

»Wie viele Frauen glaubst du eigentlich noch ins Bett zerren zu müssen?« fragte er Bat. Er war tatsächlich so aufgebracht, wie Margit vorausgesehen hatte. »An sich ist es mir völlig egal, wie viele – nur laß die Finger von den meinen!«

»Nämlich?« fragte Bat kalt.

»Du weißt ganz genau, wen ich meine. Und dazu gleich noch dies: wenn du Angie anfaßt, bist du draußen, gefeuert, enterbt, und ich will dich nie mehr wiedersehen.«

»Dann wollen wir doch mal die Reviergrenzen ziehen, wie?« sagte Bat ironisch. »Also, Angie gehört dir und Toni gehört mir. Aber alle andern... möge der Beste gewinnen.«

»Ich soll mit dir konkurrieren?« Jonas war geradezu entrüstet. Er schüttelte den Kopf. »Das schlag dir mal aus dem Kopf, Junge. Wenn ich sage, du läßt die Finger von Margit, dann läßt du auch die Finger von ihr. Und zwar, weil ich es dir sage!«

»Darauf würde ich mich nicht verlassen, wenn ich du wäre.«

»Ach ja? Na gut, dann ziehen wir doch am besten gleich einen Schlußstrich. Sag mal, für wen hältst du dich eigentlich?«

»Ich bin nur dein Sohn«, sagte Bat gelassen. »Hast du etwa Rina in Ruhe gelassen, nur weil dein Vater es dir befahl? Da habe ich aber etwas ganz anderes gehört. Er mußte sie heiraten, damit du –«

»Laß meinen Vater aus dem Spiel. Was weißt du denn über meinen Vater.«

»Daß ich euch beiden gleiche, zum Beispiel, was ich so höre.«

»Mein Vater ist 1925 gestorben. Wer hätte dir da etwas über ihn erzählen können? Nur Nevada, und der hatte nicht lange Gelegenheit, dir etwas zu erzählen.«

»Er hat aber mit Jo-Ann gesprochen. Und Jo-Ann mit mir.«

Jonas schnaubte verächtlich. »Aha. Ihr zwei beiden. Ein hübsches Paar seid ihr mir. Na gut. Scher dich zum Teufel!«

Bat ging zur Bar und schüttete seinen Scotch weg. »In Ordnung. Ich schere mich zum Teufel. Nur eines noch... Ich habe einiges über den Mann erfahren, der die kleine Hure vermöbelt hat. Ein äußerst übler Bursche. Seinen richtigen Namen kennt keiner, aber genannt wird er Malditesta. Das bedeutet –«

»– ich weiß, was es bedeutet. Er ist ein bezahlter Killer.«

»Genau. Ein bezahlter Killer. Der schlimmste von allen.«

»Wem gilt es?«

»Einem von uns beiden. Oder uns beiden.«

Jonas stand auf und machte eine ungeduldige Geste. »Setz dich hin, verdammt.« Er ging zur Bar und füllte das Glas wieder auf, das Bat ausgeschüttet hatte. »Also, wo stehen wir? Ich mag dich nicht. Und du magst mich nicht. Keine Ahnung, wie wir es anstellen sollten, damit wir es miteinander aushielten. Aber jetzt geht es für uns um Leben und Tod, und da müssen wir uns einfach gegenseitig tolerieren, bis wir dieses Problem hinter uns haben.«

»Immer vorausgesetzt, wir bringen es hinter uns.«

6

Senator John McClellan war Vorsitzender des Sonderausschusses für Unlauteren Wettbewerb, üblicherweise bekannt als McClellan-Ausschuß. Er hatte großes Vertrauen in Robert Francis Kennedy, den Anwalt des Ausschusses, und ließ dem jungen Mann ziemlich freie Hand, die Untersuchungen in der Richtung vorzunehmen, die er für angebracht hielt. Der Senator wußte durchaus, daß Kennedy die Transportarbeitergewerkschaft ein Dorn im Auge war; das beunruhigte ihn jedoch wenig; denn die Teamsters waren eine Gewerkschaft, die die Republikanische Partei unterstützte. Außerdem hatte die Hartnäckigkeit, mit der Bobby Kennedy die Teamsters und neuerdings insbesondere Jimmy Hoffa aufs Korn nahm, dem Ausschuß Aufmerksamkeit und Bewunderung gesichert.

Verschiedener als John McClellan und Robert Kennedy hätten zwei Männer gar nicht sein können. McClellan, der erfahrene Senator von Arkansas, war ein höflicher, wenngleich ehrgeiziger

Herr mit hohem Kahlkopf und dunkler Hornbrille, Kennedy aus Massachusetts ein hellblonder Ire mit Eichhörnchen-Zähnen und einem breiten Bostoner Akzent. Doch sie arbeiteten gut zusammen.

In dem großsprecherischen, zynischen Jimmy Hoffa hatten sie einen idealen Prügelknaben gefunden; denn wenn Hoffa vor dem Ausschuß erschien, fand die Arbeit des Ausschusses die volle Aufmerksamkeit der Medien.

»Mr. Hoffa, in einer früheren Zeugenaussage haben Sie den Pensionsfonds als einen Treuhänder-Fonds beschrieben, in den von den Gewerkschaftsmitgliedern und den Arbeitgebern eingezahlt wird, um den Mitgliedern die – äh Renten zu sichern. Ist das korrekt?«

Um mit übergeschlagenen Beinen und doch nahe genug am Mikrofon sitzen zu können, hatte Hoffa seinen Stuhl nach links gerückt und sprach so über die Schulter ins Mikrofon. Nun grinste er und nickte mit dem Kopf. »Das ist korrekt, Herr Anwalt. Sie haben meine Aussage zu diesem Punkt bereits gehört.«

»Richtig. Und Sie sind einer der Treuhänder dieses Fonds, nicht wahr, Mr. Hoffa?«

»Wie ich bereits sagte.«

»Wie investieren Sie die Gelder dieses Pensionsfonds?« fragte Kennedy.

»Breitgestreut. Auch zu diesem Punkt habe ich bereits meine Aussagen gemacht.«

»Insbesondere, Mr. Hoffa, hat der Fonds in ein Projekt zur Errichtung eines Hotels und Kasinos in Las Vegas, Nevada, investiert?«

»Absolut richtig. Solche Hotels werfen hohe Gewinne ab.«

Bobby Kennedys Blick wanderte von Hoffa zur zweiten Stuhlreihe, wo Toni Maxim saß. Ihre Blicke trafen sich.

»Damit diese Investitionen Gewinne erzielen können, bedarf es aber doch einer Lizenz des Staates Nevada«, fuhr Kennedy fort, »nicht wahr?«

Hoffa nickte. »Natürlich. Das ist aber kein Problem.«

»Lassen wir das mal dahingestellt, ob es ein Problem ist. Sie haben bereits eine solche Lizenz beantragt, und in diesem Antrag führen Sie die Direktoren und Angestellten der Gesellschaft auf, die Sie zum Betreiben des Kasinos gegründet haben.«

»Die Aktien hält der Fonds«, sagte Hoffa. »Die Gewinne werden als Dividende ausgezahlt. Das kommt dem Fonds zugute. Und meinen Mitgliedern.«

»Aber nur, wenn Sie die Lizenz bekommen.«

»Die bekommen wir schon«, erklärte Hoffa mit einem schiefen Lächeln.

»Na, warten wir es ab«, sagte Kennedy. »Sind Sie mit dem Inhalt der Verordnung von Nevada Nr. 571 Strich 1302 vertraut?«

»Ich mache mir nicht die Mühe, alle Gesetze auswendig zu lernen, Herr Anwalt. Sie vielleicht. Das ist Ihr Beruf, so viele Gesetze zu kennen wie möglich. Ich habe anderes zu tun.«

»Diese Verordnung, Mr. Hoffa, besagt konkret, daß Glücksspiel-Lizenzen nicht an Personen vergeben werden dürfen, die wegen Verbrechen vorbestraft sind, und auch nicht an Organisationen, welche solche Personen zu ihren Angestellten oder ihrer Geschäftsführung zählen. Das ist Ihnen aber doch wohl bekannt?«

»Das habe ich gehört, ja.«

»Gut. Und bereitet Ihnen da das Vorstrafenregister eines Ihrer leitenden Angestellten keine Sorgen?«

Hoffa warf sich herum und beugte sich zum Mikrofon, um es ganz laut im Saal zu verkünden: »Von meinen Angestellten ist keiner wegen Verbrechen vorbestraft, Mr. Kennedy.«

»Aha. Und was ist mit Mr. Maurice Cohen?«

Hoffa setzte ein unverschämtes Grinsen auf. »Fahrkarte, Mr. Kennedy! Bei uns gibt es keinen Angestellten namens Cohen.«

Kennedy öffnete eine Aktenmappe, die schon während des ganzen Verhörs von Hoffa vor ihm gelegen hatte. Er warf Toni erneut einen Blick zu. »Der Mann, der sich Morris Chandler nennt«, sagte er, »ist in Wirklichkeit ein gewisser Maurice Cohen. Mr. Cohen hat ein Vorstrafenregister, das der Ausschuß vom FBI erhalten hat. Er war wegen Betrug vor Jahren im Gefängnis von Louisiana. Er hat wegen Übertretens des Prohibitionsgesetzes mehr als zwei Jahre in Ohio eingesessen. Er war wegen Landstreicherei in Texas inhaftiert. Seine FBI-Akte hält zudem fest, daß er

Mitglied der Purple Gang war. War Ihnen dies alles nicht bekannt, Mr. Hoffa, als Sie ihn zum leitenden Angestellten Ihrer Hotelgesellschaft machten?«

»Mit keinem Wort«, sagte Hoffa. »Wenn das alles stimmt – was ich bezweifle –, so höre ich es jetzt zum erstenmal.«

Kennedy schloß die Akte. »Soweit ich informiert bin, würde die zuständige Kommission des Staates Nevada Ihnen darauf entgegnen, daß Sie sich darüber hätten informieren müssen, bevor Sie Mr. Cohen anstellten.«

»Schön«, sagte Hoffa, »dann will ich *Ihnen* mal was sagen. Die Gruppe Cord Hotels besitzt ein Kasino-Hotel in Las Vegas und errichtet zur Zeit ein weiteres. Zum Direktorium dieser Firma gehört eine Mrs. Wyatt. Ja? Mrs. Wyatt hat nicht *vor vielen Jahren*, wie Sie über Mr. Chandler bemerkten, eine Weile gesessen. Ihre Haftzeit liegt gar nicht so lange zurück. Und sie saß auch nicht wegen des Verkaufs von Alkohol während der Zeit der Prohibition. Sondern Mrs. Wyatt hatte Briefe aus Briefkästen gestohlen. Überprüfen Sie *das* mal, Herr Anwalt. Und Sie sollten noch etwas anderes überprüfen. Als Mrs. Wyatt festgenommen wurde, befand sich Falschgeld in ihrem Besitz. Wer ist sauber, Mr. Kennedy? Ihre Freunde, die Cords, bestimmt auch nicht.«

7

Toni machte auf und ließ Bat in ihre Washingtoner Wohnung ein. Sie waren übereingekommen, daß es vielleicht nicht klug wäre, in seinem Hotel oder beim Abendessen in einem Restaurant zusammen gesehen zu werden; nicht zu diesem Zeitpunkt.

»Es tut mir leid, Bat«, sagte sie. »Ehrlich. Ich konnte ja nicht ahnen, daß ich da in ein Hornissennest stechen würde.«

Er warf seinen Mantel über einen Stuhl. »Mein Vater ist sogar froh darüber. Angie mußte eben als Direktorin zurücktreten.«

»Die arme Angie.«

»Sie kriegt was Besseres«, sagte Bat. »Er wird sie heiraten. Heiligabend. Auf der Ranch.«

Toni setzte sich auf die Couch. »Du meine Güte... Letztes Jahr Weihnachten war ich mir nicht sicher, daß er 1958 überhaupt durchstehen würde.«

»Das Jahr hat ihm gutgetan. Wieder geschäftlich aktiv zu sein, kämpfen zu müssen, das ist sein Lebenselixier. Dafür lebt er.«

»Ich bin überrascht, daß er Weihnachten wieder auf der Ranch feiern will.«

»Ja, er hatte tatsächlich vor, sie zu verkaufen. Aber jetzt ist er froh, daß er es doch nicht getan hat. Das Haus auf der Ranch ist vermutlich noch am ehesten ein Zuhause für ihn. Wieder ein Familienfest. Wir sind alle eingeladen. Sogar Monica.«

»Ich weiß nicht, ob ich dies Jahr dabeisein kann, Bat«, sagte sie. »Meine Eltern –«

»Aber du *mußt* dabeisein. Meine Mutter wird kommen. Und mein Stiefvater Virgilio Escalante. Meine Mutter hat dich seit der Begegnung in Cambridge nicht mehr gesehen. Sie möchte dich wiedersehen. Und im übrigen könnte es durchaus das letztemal sein, daß *ich* dort Weihnachten verbringe. Ich stehe kurz vor dem Bruch mit dem Alten.«

»Das kann ich nicht glauben.«

»Du mußt es aber glauben. Es gibt auch für mich einen Punkt, an dem es nicht länger tragbar ist.«

»Er hat *Monica* eingeladen?« fragte Toni ungläubig. »Er will Angie heiraten in Anwesenheit seiner –« Sie schüttelte den Kopf. »Aber das paßt zu ihm. Eine Demonstration des Triumphes. Wie im alten Rom!«

»Ich weiß nicht«, meinte Bat. »Vielleicht will er nur alle um sich haben, die ihm etwas bedeuten.«

»Auf seiner Hochzeit.«

»Genau. Und es gibt noch eine andere Neuigkeit. Jo-Ann kriegt ein Baby.«

»Die Glückliche!« sagte Toni. Es klang aber nicht nur sarkastisch.

8

Toni schlüpfte wie immer hinterher sofort wieder in ihren Slip – eine Eigenheit, die Bat stets belustigt hatte. Es lag mittlerweile zwölf Jahre zurück, daß er sie das erstemal entkleidet hatte. In diesen zwölf Jahren hatte sie kein bißchen zugenommen; an ihrem Körper gab es weder Falten noch Ansätze von Fett. Sie trug ihr Haar kürzer. Sie hatte einige wenige hauchdünne Linien um die Augen bekommen; doch das hatte, statt ihre Schönheit zu beeinträchtigen, ihrem Gesicht nur mehr Charakter verliehen.

Er hob seine Unterhose auf, lächelte und schleuderte sie fort. Toni hatte noch eine andere Eigenheit – sie sah ihn gern nackt. *Er* hatte etliche Pfunde zugelegt; aber dann war er, damals in Harvard, nach der Heimkehr aus dem Krieg, eher zu mager gewesen. Seine Narben waren mit den Jahren verblaßt; Toni bemerkte sie anscheinend kaum noch. Und in den kleinen, gemütlichen, warmen Räumen ihrer Wohnung in Georgetown war er gern nackt.

Sie gingen wieder ins Wohnzimmer zurück, wo er das Feuer im Kamin schürte, bis es von neuem aufloderte. Er schenkte Courvoisier in zwei Gläser. Sie setzten sich nebeneinander auf die Couch.

»Wie eine Bulldogge wird sich Bobby Kennedy an Jimmy Hoffa hängen«, erklärte Toni. »Es gibt da nur einen Punkt, der uns Sorgen macht.«

»Nämlich?«

»Die Wahlen 1960. Dick Nixon ist eng mit Jimmy Hoffa. Er würde die Untersuchungen gegen ihn fallenlassen. Er würde ihn nach einer Verurteilung möglicherweise sogar begnadigen.«

»Also *muß* dein Freund Kennedy Präsident werden. Du wirst es allerdings schwer haben, das Jonas Cord zu verkaufen.«

Er streichelte ihren Nacken.

»Ich *werde* über Weihnachten mit dir auf die Ranch fahren«, sagte sie. »Aber vorher oder hinterher muß ich unbedingt nach Florida. Morgana besteht darauf.«

»Probleme?«

»Du kennst doch Morgana. Sie hat es schon immer als ihre Aufgabe angesehen, mein Leben zu organisieren.«

»Und was plant sie jetzt?«

»Sie hat mit ein paar Leuten beim *Miami Herald* gesprochen. Es besteht eine Möglichkeit, daß ich Washington-Korrespondentin des *Herald* werde. Vielleicht sogar Leiterin des politischen Ressorts.«

»Und du müßtest in Florida leben.«

»Das wohl.«

»Toni?«

»Ja?«

»Muß ich dich daran erinnern, daß ich dich liebe?«

»Ich liebe dich ja auch«, erwiderte sie. »Ich habe dich immer geliebt. Ich habe sogar versucht aufzuhören, dich zu lieben. Für die Liebe bist du nämlich gar nicht der ideale Mann, weißt du.«

»In vielen Dingen bin ich sogar ein ziemlicher Dummkopf«, sagte er.

»Das wird ja auf einmal ein richtig ernstes Gespräch«, sagte sie.

»Ich möchte dich heiraten. Ich möchte, daß wir ein gemeinsames Heim und Kinder haben.«

»Das ließe sich machen«, sagte sie. »Du könntest dich ja als Anwalt in Florida niederlassen. Es gibt Schlimmeres als ein Haus an einem Kanal in Fort Lauderdale. Wir könnten zusammenarbeiten. Wir wollen darüber nachdenken. Du bist nicht auf Jonas angewiesen.«

»Aber er braucht mich«, sagte Bat.

»Ja ja«, seufzte Toni. »*Die* Vorstellung könnte uns aber alles verderben.«

XXVIII

1

Jonas Cord und Angela Wyatt heirateten an Heiligabend ohne besondere Formalitäten auf der Ranch. Abends um sieben traf ein Friedensrichter ein und vollzog die Trauung in Anwesenheit von Bat und Toni, Jo-Ann und Ben, Sonja und Virgilio, Monica und Bill. Angie schnitt den Hochzeitskuchen an und reichte, wie es der Brauch wollte, Jonas das erste Stück. Anschließend gab es statt eines Dinners ein Buffet. Man wechselte zwanglos die Plätze und unterhielt sich.

Toni war überrascht, wie stolz Jonas auf Angie war – und wie fürsorglich er sich ihr gegenüber zeigte. Es war nicht die einzige Veränderung, die sie an ihm feststellte. Er bot das Bild eines Mannes, der sich von einem Herzanfall erholt hatte, aber auf Anzeichen eines nächsten Infarkts achtete. Er war hager geworden. Er ging sparsamer um mit seinen Bewegungen; sogar mit Worten. Seine Ausstrahlungskraft aber war ungebrochen. Er war, wie immer, für alle der Mittelpunkt, nicht mehr der Löwe im Winter, sondern der Löwe, der sich von seinen Verletzungen erholt hat und zu neuem Kampf bereit ist.

Es war der Tag für Jonas und Angie, und Toni und Bat hatten sich daher verständigt, von dem Glück der beiden nicht durch die Bekanntgabe ihrer eigenen Heirat abzulenken; damit wollten sie noch ein wenig warten. Bat hatte seine Mutter informiert, und Toni hatte es ihren Eltern gesagt; sonst wußte es niemand.

Jonas sah Toni allein am Christbaum stehen, in die Betrachtung des Festschmucks versunken. Wahrscheinlich, dachte er, vergleicht sie ihn mit den Popcorn-Schnüren, mit denen damals Nevada und Robair den Baum behängt hatten. Er ging zu ihr hinüber, drückte ihr herzlich die Hand und sagte: »Mit jedem Wiedersehen finde ich dich noch schöner.«

»Vielen Dank, Mr. Cord. Und Sie sind bei jedem Wiedersehen ein noch bemerkenswert schönerer Mann.«

Jonas grinste. »Was ich an dir ganz besonders schätze«, erklärte er, »ist, daß du eine so verdammt gute Schmeichlerin bist. Wenn Bat doch nur ein wenig von dir lernen wollte! Aber ehrlich, du bist wirklich eine außergewöhnlich schöne Frau. Und jetzt hör endlich auf, mich mit Mr. Cord anzureden. Von der schönsten Frau auf dem Fest – ausgenommen vielleicht meine Angie – als alter Herr behandelt zu werden, ist deprimierend.«

»Jonas ... meinen Sie das wirklich? Die schönste –«

»Absolut. Und das Kleid ist besonders elegant.«

»Das hat Bat mir heute abend geschenkt.«

»Der Junge lernt; allmählich.«

Vor Beginn des Festes hatte Bat in ihrem Schlafzimmer ein pfirsichfarbenes Cocktailkleid mit eingestickten Silberfäden ausgepackt. Toni war nicht so übertrieben bescheiden, seine Schönheit zu bestreiten; und das Kleid machte sie besonders schön.

Bat zeigte an diesem Abend die gleiche Fürsorge für Toni wie sein Vater für Angie; und als er sie in ernstem Gespräch mit Jonas sah, löste er sich von Jo-Ann, Monica und Bill Toller, holte sich zwei neue Gläser Scotch und ging durch den Raum zu seinem Vater hinüber.

»Ich weiß, was Chandler macht«, sagte er zu Jonas, um Toni dann kurz zu bitten: »Verzeih. Nur dies eine Wort über geschäftliche Dinge.«

»Was ist mit Chandler?« fragte Jonas, ohne zu verhehlen, daß er es an diesem Abend eigentlich gar nicht wissen wollte und nun doch erfahren mußte, nur weil sein Sohn es so taktlos erwähnt hatte.

»Er lebt in Rhode Island«, sagte Bat. »Da Glücksspiel dort nicht erlaubt ist, braucht man dort auch dafür keine Lizenz, und für die Leitung einer Spielhölle, die ein paar Typen dort unterhalten, ist also sein Vorstrafenregister auch kein Hindernis. Ein ziemlich erfolgreicher Schuppen übrigens – selbst aus Boston reisen die Leute an, sogar aus dem weit entfernten Hartford, nur wegen des Spielens und der Huren.«

»Er ist also wieder auf die Füße gefallen«, sagte Jonas.

»Wenn du es als Erfolg betrachtest, der große Enterich auf einem Tümpel zu sein, dann magst du wohl recht haben.«

Monica gesellte sich zu ihnen. Toni sah sich in ihrem früheren Urteil über Monica bestätigt: Monica *war* ein kaltes, hartes Weibsbild. »Ein hinreißendes Kleid!« sagte Monica im gleichen herablassenden Ton, mit dem sie vorher Angie zu ihrem Kleid beglückwünscht hatte. Sie selbst trug ein schwarzes Kleid ohne besonderen Chic – sofern man nicht ein fulminantes Dekolleté als chic bezeichnen wollte. »Wo ist deine Braut, Jonas?«

Angie stand an der Bar und schenkte Jonas einen neuen Bourbon ein. Sie kam und reichte ihm das Glas. Sie trug ein rosarotes Brokatkleid und war mit Abstand die Schönste im Raum – trotz des Kompliments, das Jonas Toni gemacht hatte. »Ich freue mich sehr, daß ihr heute abend alle da seid«, sagte sie, wobei sie insbesondere Monica meinte.

»Diesen Tag hätte ich wirklich nicht missen mögen«, erklärte Monica.

»Ich fahre mit Angie in die Flitterwochen nach London und Paris«, gab Jonas bekannt.

»Ich bin eine *Ewigkeit* nicht mehr in Paris gewesen«, sagte Monica.

Bat hatte bemerkt, daß seine Mutter am Buffet-Tisch allein stand, sich ein wenig verloren umschaute und offenbar nicht wußte, mit wem sie sich unterhalten sollte, obwohl sie bereits recht deutlich bewiesen hatte, daß sie sich in dieser Gesellschaft keineswegs unwohl fühlte. Er setzte sich von der Gruppe um seinen Vater ab und führte Toni zu seiner Mutter hin. *»Madre«*, sagte er mit weit geöffneten Armen, und sie ließ sich mit einem herzlichen Lächeln in die Arme nehmen.

»Boston«, sagte Sonja zu Toni.

»Ja, es ist lange her, seit wir uns kennengelernt haben«, erwiderte Toni. »Viel zu lange.«

»Ich freue mich über die Neuigkeit«, sagte Sonja leise. »Jonas weiß es noch gar nicht, wie?«

Toni schüttelte den Kopf. »Noch nicht.«

Toni hatte Sonja kennengelernt, als Sonja Bat in Harvard besucht hatte. Damals war sie in ihren Vierzigern gewesen; jetzt, als Fünfzigerin, war sie eine Dame von beeindruckender Präsenz und Ausgeglichenheit und von seltener, fast schon einmaliger Schönheit. Toni hatte sie vorher schon im Gespräch mit Jonas beobachtet, dem sie als ebenbürtig gegenübertrat, wie einem alten Freund.

Jonas ließ Monica stehen und führte Angie zum Buffet. »Ich werde bald Großvater«, erklärte er Sonja, mit einer Bewegung des Kopfes zu Jo-Ann.

»Ich gratuliere euch beiden«, sagte Sonja.

Auf dem Flug nach Nevada hatte Bat Toni erzählt, daß Jo-Ann eine geschlagene Frau sei. Sie hatte Ben aus Trotz geheiratet und bald darauf feststellen müssen, daß Ben in die Umlaufbahn ihres Vaters gezogen wurde und nun wie ein Satellit an ihm hing. Er sei auch nicht überzeugt, hatte Bat gemeint, daß Jo-Ann wirklich ein Kind haben wollte. »Auf dem Namen lastet ein Fluch«, sagte er bitter.

2

Nicht lange danach machte Monica eine ähnliche Bemerkung zu Jo-Ann, als die beiden am Fenster allein beisammen standen und auf die triste Landschaft ohne festlichen Schnee hinausblickten. Um gleich darauf zu schimpfen: »Er vergöttert seinen Bastard!«

Jo-Ann hob die Brauen. »Ein Segen des Himmels!«

»Vergiß nur eines nicht«, sagte Monica. »Es könnten noch weitere uneheliche Kinder auftauchen. Vor allem nach seinem Tod. Aber du bist das einzige *legitime* Kind, das er hat. Er kann dich nicht aus dem Testament ausschließen.«

»Kann er sehr wohl«, widersprach Jo-Ann. »Ich habe mich bei Anwälten erkundigt. Sofern das Testament in der richtigen Form aufgesetzt wird und auch formal korrekt vollstreckt wird, kann er seinen ganzen Besitz Angie oder Bat vermachen – oder wem immer er will.«

»Du meinst, er kann dich in totaler Abhängigkeit von seinem Bastard zurücklassen?«

»Besonders scharfsichtig bist du auch nicht gerade«, sagte Jo-Ann.

»Wieso?«

»So von Bat eingenommen ist er nun wirklich nicht. Siehst du denn nicht, was für eine Spannung zwischen den beiden herrscht? Wenn heute nicht Hochzeit gefeiert würde, lägen sie sich längst in den Haaren. Es kann durchaus zum Bruch kommen.«

Monica lachte. »Da ist noch Hoffnung.«

Jo-Ann schüttelte den Kopf. »Ich weiß nicht, ob *ich* das hoffe.«

3

»Nur auf ein paar Minuten«, sagte Jonas zu Bat. »Ich möchte dich für ein paar Minuten allein sprechen.«

Er schob ihn in das kleine Büro, das er im Ranch-Haus unterhielt. Er schloß die Tür und schob den Riegel vor. »Heute sollte ein glücklicher Tag für mich sein«, sagte er, während er sich in einen Sessel mit gebrochenem schwarzen Leder niederließ. »Aber die draußen sollen nicht bemerken, daß es nicht so ist.«

»Stimmt etwas nicht?« fragte Bat. »Du hast doch gerade erst eine umwerfend schöne und dir sichtlich treu ergebene Frau geheiratet.«

Jonas zuckte mit den Schultern. »Und die Resultate für das vierte Quartal sind gut, und wir haben einen Sponsor gefunden für eine Fernsehproduktion, in der ein niedliches junges Mädchen die Hauptrolle spielt, das wir beide im Bett hatten.« Er seufzte vernehmlich. »Vielleicht will ich nicht bloß für zwei oder drei Wochen nach Europa reisen. Was wäre, wenn ich dort für sechs Wochen mit Angie bliebe statt nur für zwei? Was wäre, wenn wir *sechs Monate* fortblieben? Was würde passieren?«

»Du würdest durchdrehen – das würde passieren«, sagte Bat. »Du treibst doch wieder nur ein Spielchen mit mir.«

»Es geht mir darum: Glaubst du, daß du die Sache im Griff behalten würdest? Alles überblickst? Keine Deals wie den mit Phoenix Aircraft mehr verschlafen würdest? Und daß du keine blödsinnigen Änderungen in der *Margit Show* mehr anordnen würdest?«

»Mit anderen Worten, daß ich keinerlei Entscheidungen treffen würde, solange du fort bist?«

»Drücke es ruhig so aus, mach nur auf Konfrontation. Das ist ja deine Art. Also gut. Ich treibe kein Spielchen mit dir. Ich bin müde. Ich habe eine wunderbare neue Frau. Vielleicht habe ich ja nicht mehr viel Zeit und komme wieder nach Hause gedüst, weil ich mir nicht sicher bin, daß du den Laden länger als zwei Wochen schmeißt. Also, sag mir die Wahrheit. Glaubst du, daß du es schaffen könntest?«

Bat war rot angelaufen. »Ich hatte mir die Sache so vorgestellt, daß wir den Laden eine Zeitlang *gemeinsam* schmeißen.«

»Aber das haben wir doch schon die ganze Zeit getan!«

»Nicht doch«, widersprach Bat entschieden. »Ich bin doch nur dein Laufbursche gewesen. Und ich bin's leid.«

Jonas schrie ihn an. *»Du bist nie nur ein Laufbursche gewesen!* Laufburschen kann ich haufenweise kriegen und für ein Fünftel des Gehalts, das ich dir zahle! Ich habe dir gestattet, den ganzen verdammten Konzern umzukrempeln! Für was hältst du dich eigentlich?«

»Ich bin genau das, was du gewesen wärst, wenn dein Vater länger gelebt hätte«, sagte Bat. »Ein Sohn, der Vorschläge machen darf, aber sich davor hüten muß, Entscheidungen zu treffen.«

»Du läßt auch keine Gelegenheit aus, mir meinen Vater vorzuhalten, wie? Also komm jetzt, bleiben wir beim Thema. Angenommen, ich wollte mich mit fünfundfünfzig zur Ruhe setzen. Bist du dann soweit, alles zu übernehmen?«

»Ich –«

»Ich sage ja nicht, daß du dann keine Fehler mehr machen darfst. Ich habe meine eigenen Fehler begangen. Aber bist du bereit, mir zu erklären, ehrlichen Herzens, daß du imstande bist, den ganzen Laden zu übernehmen, unser sogenanntes Cord Empire, und ohne mich weiterzuführen? Ich akzeptiere jede Antwort, die du mir gibst.«

»Was glaubst du denn?«

»Was ich glaube, tut nichts zur Sache. Was du glaubst, darauf kommt es an. Also?«

»Du bringst mich in eine –«

»Richtig«, unterbrach ihn Jonas. »Das ist genau der springende Punkt. Ich bringe dich in die Bredouille. Du mußt dich entscheiden, hier und jetzt. So, wie es dir nämlich dann tagtäglich geht, wenn du für alles verantwortlich bist. Dann mußt du clever sein. Und Mumm haben.«

»Du bist clever, du hast Mumm«, sagte Bat zögernd.

»Jedenfalls«, sagte Jonas, »habe ich bis heute durchgehalten. Und kriege es immer noch hin.«

Bat sah ihn trotzig an. »Was du kannst, kann ich schon lange. Du hast es mir schließlich vererbt.«

»Kurz und gut, du traust es dir also zu?«

»Richtig. Ich traue es mir zu.«

Jonas musterte ihn scharf. »Also gut. Ich glaube es zwar nicht. Und die Tatsache, daß du davon überzeugt bist, ist der beste Beweis dafür, daß du dich überschätzt. Als mein Vater starb, habe ich genau gewußt, daß ich noch nicht soweit war. Nur blieb mir keine andere Wahl. Ich *mußte* übernehmen. Es hat in meinem ganzen Leben kaum einen Tag gegeben, an dem ich mir nicht den Rat und die Hilfe meines Alten gewünscht hätte. Nicht so du. Du wirfst das über Bord. Dich stört das nur. Du bist ein Egomane, Bat.«

»Woher habe ich das wohl?« sagte Bat böse.

Jonas griff nach der Flasche Bourbon. Beim Einschenken zitterte ihm die Hand. »Nur weiter so«, sagte er. »Spiel dich nur auf. Aber bevor ich mit Angie nach Europa reise, werden wir die Sache erledigen. Morgen, Weihnachten hin, Weihnachten her, bringen wir das hinter uns. Entweder finden wir einen Weg als Vater und Sohn, oder du bist draußen.«

4

Erst nach Mitternacht ging Jonas mit Angie schlafen, kurz danach auch Bat mit Toni.

Es war warm im Zimmer, so daß Toni nicht zögerte, sich zu entkleiden; bis auf den Slip, wie immer. Sie hatten sich eine Flasche Courvoisier mitgebracht, und während Bat im Feuer stocherte und

Holz nachlegte, goß Toni beiden einen letzten kleinen Schluck ein. Sie gingen zu Bett, und erst als die Schlafdecken hochgezogen waren, streifte Toni den Slip ab und legte ihn auf das Nachttischchen. Bat legte seine Smith & Wesson auf seinen Nachttisch.

»Steht es denn so schlimm?« fragte sie.

»Nein. Einfach nur zur Sicherheit.«

»Daran mag ich jetzt nicht denken«, sagte sie.

Eine ganze Stunde lang dachten sie nur an sich; dann schliefen sie ein.

Toni jedenfalls. Bat lag wach. Seine Kriegsverletzungen schmerzten. Das taten sie nur noch selten, aber es kam vor, wenn er sich wie an diesem Tag körperlich sehr angestrengt hatte. Er hatte die Koffer aus dem Flugzeug gehoben. Die Zuckungen in seiner geschädigten Brustmuskulatur taten weh.

Er stand leise auf und trank einen Brandy, setzte sich in den Sessel am Kamin und starrte in die zerbröckelnde Glut des Feuers. Er hatte Toni nichts von dem Gespräch mit seinem Vater gesagt. Besser erst, wenn sie wieder weg waren. Also vielleicht doch Fort Lauderdale...

Er spürte einen stechenden Schmerz. Dave Amory mit seinem Beinschuß kannte das auch. Er nannte es den Infanteristenlohn.

Manchmal bekam man sogar etwas für diesen Lohn. In den Kriegsnächten in Belgien hatte sich dieses unfehlbare Gespür für Gefahr entwickelt, ohne daß es konkreter Anzeichen bedurft hätte. Wie in dieser einen Nacht, als er plötzlich still und leise aus seinem Schützenloch gerobbt war, in das keine zwei Minuten später dieser Deutsche mit seinem Bajonett stach. Das hatte ihn dann selbst das Leben gekostet. Tja, er war eben wohl kein Infanterist gewesen...

Er hatte jetzt genau das gleiche Gefühl wie damals in jener Nacht. Es war nichts zu hören. Aber er spürte etwas. Etwas stimmte nicht. Genauso wie damals.

Er nahm sich nicht einmal die Zeit, in die Hose zu schlüpfen. Einen Morgenmantel hatte er nicht. Er griff sich die Pistole und schlich in der Unterhose aus dem Schlafzimmer.

Das ganze Haus schlief. Es war finster. Im großen Kamin aus

Naturstein war noch ein Rest Glut. Nirgends elektrisches Licht. Totale Stille. Doch dann sah er es.

Die Haustür war offen.

5

Jonas schob sich eine Nitroglyzerin-Tablette unter die Zunge und griff sich an die Brust.

Der Mann im braunen Mantel mit dem braunen Hut hielt eine kleinkalibrige Maschinenpistole mit Schalldämpfer auf Jonas und Angie gerichtet und sagte achselzuckend: »Vielleicht erledigt ja der liebe Gott den Job für mich. Vielleicht muß ich gar nichts mehr tun.«

»Ich mache Ihnen ein besseres Angebot«, flüsterte Jonas heiser.

»Was glauben Sie, wer mir schon alles ein besseres Angebot gemacht hat«, sagte Malditesta. »Wenn ich mich darauf einlassen würde, wäre ich selbst schon längst tot.« Er schüttelte den Kopf. »Nein, nein, abgemacht ist abgemacht.«

Angie hatte sich, nackt wie sie war, über Jonas geworfen, um ihn zu schützen. Sie schluchzte.

»Wie lautet Ihr Auftrag?« fragte Jonas. »Gilt er mir? Nur mir? Ihr nicht?«

Malditesta schüttelte den Kopf. »Nur Ihnen persönlich, Mr. Cord. Auch nicht Ihrem Sohn.«

»Sie erledigen also die Sache und verschwinden dann?« fragte Jonas. »Ja?«

»Mein Honorar war für einen«, sagte der Killer. »Wenn sie noch einen haben wollen, müssen sie noch einmal zahlen. Keine Angst. Ich bin ein Profi. Sie spüren gar nichts. Und wenn die kleine Dame jetzt vielleicht aus dem Weg gehen möchte, würde sie es uns allen leichter machen. Ich versichere Ihnen, es ist viel angenehmer als der Herzanfall, den Sie offenbar haben. Schieben Sie die Dame beiseite, Mr. Cord.«

Jonas sah sie an. »Tu, was er sagt, Angie.«

»NEIN!« schrie sie.

»Sie sind doch Geschäftsmann, Mr. Cord«, sagte Malditesta. »Sie wissen doch, das ist nicht persönlich gemeint. Es ist mein *Geschäft*. Mein Beruf. Damit verdiene ich meinen Lebensunterhalt. Der Mensch muß sich seinen Lebensunterhalt mit dem verdienen, wovon er etwas versteht. Dies ist eine rein geschäftliche Angelegenheit. Das verstehen Sie doch. Sorgen Sie dafür, daß sie es auch versteht.«

»Angie«, flüsterte Jonas. »Geh beiseite. Laß ihn machen. Er hat recht.«

Angie schüttelte den Kopf und klammerte sich nur noch fester an ihn.

»Wenn es unbedingt sein muß, können es Sie beide sein«, sagte Malditesta.

6

»Sonst noch was?«

Malditesta erstarrte und sah sich um. »Ach«, machte er. »Mr. Cord junior! Und bewaffnet. Und zielt auf meinen Rücken. Okay. Meine Waffe ist noch immer auf Ihren Vater und seine neue Frau gerichtet. Glauben Sie wirklich, Sie könnten mir zuvorkommen, bevor ich einen der beiden da habe? Oder sogar alle beide? Selbst wenn Sie mich treffen, kann ich noch einmal oder zweimal abdrükken. Patt, was?«

Angie löste sich von Jonas, rappelte sich hoch und stellte sich zwischen Jonas und Malditesta. »O nein«, sagte sie. »Kein Patt. Jetzt können Sie nur noch *mich* allein treffen!« Jonas taumelte hoch.

»Nein!« schrie ihn Bat an. »Bleib *hinter* ihr. Sie erschießt er nicht!«

»Ach, meinen Sie?« fragte Malditesta. »Und sehen Sie mal, wer da noch kommt. Das wird ja ein richtiger Menschenauflauf. Und auch mit einer Waffe.«

Toni war durch die Tür gekommen und kam langsam um Bat herum, um Malditesta von der Seite zu stellen. Sie hatte tatsächlich eine Waffe in der Hand: ihre Winchester.

Malditesta blieb ganz kühl. »Aha, also es läuft auf die Frage hinaus: Wie wichtig ist Ihnen die neue Mrs. Cord? Sie sind vermutlich Miss Maxim. Lassen Sie doch alle beide Ihre Waffen sinken. Sie könnten losgehen. Und wenn hier eine Waffe losgeht, ist die neue Mrs. Cord tot. Zumindest sie. Wie ich schon sagte: Wie wichtig ist euch die neue Mrs. Cord, Leute?«

Bat drückte ihm seine Pistole ins Kreuz. »Und wie wichtig ist Ihnen Ihre Wirbelsäule? Sie können vielleicht Mrs. Cord töten, aber ich töte *Sie* nicht. Sondern Sie kriegen von mir eine schöne Kugel ins Rückenmark. Dann verbringen Sie den armseligen Rest Ihres Lebens im Zuchthaus von Nevada und können weder laufen noch pissen. Ich schieße Sie nicht tot, fällt mir nicht ein. Ich schieße Sie nur zum Krüppel. Wie finden Sie denn das?«

Malditesta stöhnte. »Also gut. Ich lasse meine Waffe fallen. Lassen Sie mich dann gehen?«

»Natürlich«, sagte Bat. »Geschäft ist Geschäft.«

Malditesta zögerte fast eine halbe Minute, als bedenke er alle möglichen Alternativen. Dann ließ er aber doch seine Pistole fallen.

Bat griff sich die halbvolle schwere Champagnerflasche hinter ihm auf dem Tisch und schlug sie Malditesta auf den Kopf.

Malditesta ging in die Knie und schlug dann der Länge nach hin. Er stöhnte. »Ich dachte, wir hätten einen Deal.«

»Na und«, sagte Bat, »ich habe gelogen.« Er schlug ihm die Flasche noch einmal über die Rübe.

»Er hat ja auch selbst gelogen«, sagte Toni. Sie zog einen Revolver aus der Innentasche von Malditestas Mantel.

Jonas saß schweratmend auf dem Bett.

»Wir rufen einen Arzt«, sagte Angie und bedeckte sich mit einer geblümten Seidendecke.

»Nein, nein. Ich brauche keinen Arzt. Gebt mir nur meine Tabletten. Mehr brauche ich nicht. Du erlebst doch nicht zum erstenmal, daß ich Tabletten schlucke. Sie nehmen mir die Schmerzen.«

»Du darfst keine Schmerzen haben«, sagte Angie. »Du mußt –«

Aber auch Bat sagte: »Und eine polizeiliche Untersuchung können wir auch nicht gebrauchen.« Er deutete auf den leblosen Körper. »Damit das klar ist: Niemand außer uns vieren weiß davon.«

»Sein Auftraggeber weiß es«, sagte Angie.

»Der ist der letzte, der zur Polizei geht und nach ihm suchen läßt. Ich schleppe ihn in die Wüste und verscharre ihn dort. Nach dem kräht kein Hahn. Von den andern im Haus ist keiner wach. Außer uns gibt es keinen Zeugen.«

»Ich komme mit«, sagte Angie.

»Wir müssen auch seinen Wagen wegschaffen«, sagte Bat. »Er muß ja mit einem Wagen gekommen sein. Ich fahre ihn hundert Kilometer weit und laß ihn dann irgendwo stehen.«

8

Sie zerrten die Leiche Malditestas an einem Seil, das sie ihm unter die Arme geschlungen hatten, hinter sich her. Toni trug die Werkzeuge: Axt und Spaten. Sie hatten alle drei Schaffelljacken und Jeans an und Stiefel sowie Handschuhe und Hüte zum Schutz gegen den Wind.

Der Mond ging bereits unter. In einer halben Stunde würde es finster sein. Nach etwa einem Kilometer blieb Bat stehen und begann mit der Axt den gefrorenen Boden aufzugraben. Der Frost reichte zum Glück nur ein paar Zentimeter tief. Ein flaches Grab war rasch ausgehoben.

Toni durchsuchte noch einmal die Taschen des Toten. Aber er hatte nichts bei sich.

Sie rollten ihn hinein, Bat schaufelte zu und sie trampelten die Erde fest, bis sie wieder eben wie die übrige Wüste ringsum war. Schon als sie wieder gingen, wehte der Wind das Grab und ihre Fußspuren mit feinem Sand zu.

9

Jonas saß im Wohnraum, als sie zurückkamen. Er hatte Holz in das Kaminfeuer nachgelegt. Es prasselte.

»Ich habe Hunger«, sagte er. »Und starrt mir nicht so auf die

Flasche. Ich habe ein Recht auf einen Schluck. Das weiß ich von den Ärzten. Bourbon verringert die Anspannung. Es war die Anspannung, die den Schmerz ausgelöst hat.«

»Ich sehe mal nach, ob ich etwas in der Küche finde«, sagte Angie. »Möchte sonst noch jemand einen Happen?«

Bat und Toni schüttelten den Kopf. Bat schenkte zwei Gläser Scotch ein.

»Tja«, sagte Jonas. »Wovon wir gesprochen hatten, was zwischen uns zu klären war, das ist jetzt geklärt.«

Bat stand neben ihm. Er legte ihm eine Hand auf die Schulter.

»Und wie möchtest du das geklärt sehen?« fragte er.

»Da habe ich offenbar etwas versäumt«, sagte Toni. »*Was* wollt ihr klären?«

Jonas sah sie an. Sie stand in Jeans und Wollhemd am Kamin. »Wenn ich in deiner Gegenwart vom Geschäft reden soll, muß ich erst wissen, wie es zwischen dir und Bat steht.«

»Wir werden heiraten«, sagte Bat. »Wir hätten es dir vor unserer Abreise nach New York mitgeteilt.«

Jonas lächelte. »Na, das ist die beste Nachricht seit langem. Ja, also... Angie hat ihr Leben riskiert, um meines zu retten. Das mindeste, was ich für sie tun kann, ist, alles zu tun, damit ich noch möglichst lange am Leben bleibe. Die Ärzte sagen mir, ich muß Streß und zuviel Anstrengung meiden. Aber ohne Streß und Anstrengung kann man keinen Konzern führen.«

Bat ging zu Toni hinüber und faßte ihre Hand.

»Du hast behauptet, du seist nur ein Laufbursche gewesen«, sagte Jonas. »Das war nie meine Absicht, Bat. Wirklich nicht. Niemals. Aber ich gebe zu, daß ich den Daumen auf dich gehalten habe. Gut, von heute an ist der Daumen weg. Ich reise mit Angie nach Europa. Ich weiß nicht, wie lang wir dort bleiben oder wann wir zurückkommen. Vielleicht bleiben wir auch ein halbes Jahr. Ich weiß es nicht. Aber wenn wir dann zurückkommen, will ich mich aus allem heraushalten.« Er lächelte etwas mühsam. »Aus allem, was dann noch übrig ist.«

Nun lächelte auch Bat. »Du gibst nie auf, wie?«

»Gott«, sagte Jonas achselzuckend, »da hast du deine Chance, was willst du denn noch? Ich glaube ja nicht, wie gesagt, daß du dafür schon völlig bereit bist, aber nun gut, das war ich damals ja auch nicht.«

»Misch dich noch ein einziges Mal ein, Jonas«, bat Toni. »Befiehl ihm, daß er Urlaub nimmt.«

Und Jonas zeigte mit dem Finger auf Bat. »Nimm Urlaub, Sohn! Noch bin ich Präsident, und also erteile ich hiermit die Anordnung: Mach Ferien.«

»Sobald ich –«

»Nichts mit ›Sobald ich‹, verdammt noch mal! Keiner ist unersetzlich. Mein Vater war es nicht. Ich bin es nicht. Und du schon gar nicht.«

Bat seufzte. »Da gibt es ein paar Dinge, die –«

»Ruhe jetzt!« unterbrach ihn Jonas entschlossen. »Du heiratest Toni. Ihr verbringt schöne Flitterwochen. Und zwar wirklich schöne, außer Reichweite irgendeines Telefons.« Er hielt inne. Er schien Mühe zu haben, seine Stimme zu beherrschen. »Du bist mein Sohn, Bat. Du bist für mich wichtiger als alles, was in die Brüche gehen könnte, während du verreist bist. Es tut mir leid, daß ich es nicht schon früher gesagt habe, aber weißt du...« Die Stimme versagte ihm. »Ich liebe dich.« Sein Blick wanderte zu Toni. »Und dich auch. So wie Angie. Bat, das alles war keine geschäftliche Anordnung. Es ist ein Befehl des Vaters an seinen Sohn.«

»Gut«, sagte Bat leise. »Und – ich hoffe, daß du es verstehst... Nein, wieso solltest du es auch verstehen können? Also gut, ich sage es einfach geradeheraus. Ich liebe dich auch.«

Jonas grinste. »Kinder, wir haben soeben eine Familientradition gebrochen.«

Und er lachte unter Tränen.

Epilog

Zur Gala-Eröffnungs-Show im Folies Cabaret des Cord InterContinental Vegas Hotels kehrten Jonas und Angie aus Europa zurück.

Die Star-Namen des Abends waren Maurice Chevalier, Glenda Grayson und Margit Little. Das Thema der Show hieß »Folies-Bergère«. Paul Derval, der Besitzer und Direktor der Pariser Folies, hatte sie persönlich inszeniert.

Nie zuvor waren auf der Bühne eines Nachtklubs so viele Revue-Tänzerinnen aufgetreten. Nie zuvor hatten in Amerika so viele Revue-Tänzerinnen in solch üppigen Kostümen und dennoch fast nackt getanzt. In einem Bild schwammen die Revue-Girls auf der Bühne in einem echten Pool, in einer anderen Szene traten Eisläuferinnen auf.

Margit tanzte ein Ballett-Solo, doch obwohl ihr Trikot eng geschnitten war, wirkte sie im Vergleich mit allen anderen an diesem Abend geradezu züchtig. Im Oktober des gleichen Jahres sollte ihre Fernseh-Show starten, und Bat wollte ihre Karriere keinem Risiko aussetzen.

Chevalier, mit Spazierstock und Strohhut, verströmte wie eh und je seinen Charme, tanzte ein wenig, sang aber hauptsächlich alle seine berühmten Chansons von »Valentina« bis »C'est Magnifique« und natürlich seinen jüngsten Hit »Thank Heaven for Little Girls« aus »Gigi«.

Glenda Grayson glänzte im ersten Teil mit ihrer Conference. Sie kam im Lichtkegel eines Spotlights auf die nahezu leere Bühne – mit schwarzem Zylinder und schwarzem Korselett, und der weiße Streifen nackter Haut an ihrem Schenkel war ein scharfer Kontrast zu den schwarzen Strümpfen mit den roten Strumpfbändern. Sie sang, aber die Lachstürme kamen erst mit ihren Pointen. Da war ihr altes Warenzeichen wieder: »Ihr werdet es nicht *glauben*!« Und »Golda, such dir einen anderen Namen. *Bitte*!« Der Satz war bereits Legende, und die Leute nahmen ihn fast gerührt zur Kenntnis.

»Große Komiker verstehen es, uns zum Lachen unter Tränen zu bringen«, sagte Jo-Ann. Sie saß mit Bat und Toni, Jonas und Angie am gleichen Tisch. Seit der Geburt ihrer Tochter war es ihr erster Abend in der Öffentlichkeit.

Für ihren zweiten Auftritt wurde Glenda mitten im Finale von einem in Dreiviertelgröße nachgebildeten Hubschrauber eingeflogen, der über die Zuschauertische hinwegglitt und auf der Bühne landete, natürlich an Seilen, aber doch realistisch genug, daß er schon für sich allein Beifall auslöste.

Vier junge Tänzer hoben Glenda aus dem Hubschrauber. Sie trug das Kostüm, das ihr die Türen des Fernsehens zugeschlagen hatte: die fünfzig Schnüre mit winzig kleinen, funkelnden schwarzen Perlen von den Schultern bis zu den Knöcheln. Der Anstand – sofern es darauf angekommen wäre – wurde nur durch die geschickte Beleuchtung gewahrt. Aber allen Zuschauern war klar, daß sie nackt war, auch wenn die Nacktheit paradoxerweise nicht zu erkennen war. Wann immer Glenda sich bewegte, wurde das Licht schwächer und wechselte die Farben. Die Beleuchter hatten auch zwei Monate lang an diesem Spezialeffekt gearbeitet.

Chevalier erschien im Frack mit weißer Schleife auf der Bühne. Er sang zusammen mit Glenda die Lieder, mit denen sie beide identifiziert wurden.

Um sie herum formierten sich, hell angestrahlt, auf einer Oberbühne die Revue-Tänzerinnen in Federschmuck und mit Boa; Brüste, Bauch und Hüften waren nackt. Ihre kräftigen Partner trugen gefiederte, schmuckglitzernde Suspensorien.

Die Musik aus dem Orchestergraben schwoll an und übertönte die Stimmen. Zum Finale kam der Hubschrauber wieder auf die Bühne. Chevalier führte Glenda zu ihm hin, ihre vier Tänzer umringten sie, um sie in die Maschine zu heben. Im letzten Moment griff Glenda sich in den Nacken und löste eine Spange. Die Tänzer hoben sie, während die Perlenschnüre zu Boden glitten, hoch, ihr Rücken war dem Publikum zugekehrt. Sie war völlig nackt. Als der

Helikopter abhob und aus dem Saal glitt, erhoben die Zuschauer sich zu einer stehenden Ovation.

Jonas grinste Bat an. »Du hast sie wieder zu einem großen Star gemacht. Und sie wird dich wieder um den kleinen Finger wickeln.«

Bat zuckte mit den Schultern. »Wenn schon.«

»Eines verspreche ich euch«, sagte Toni. »Ins Bett kriegt sie ihn nicht.«

Jo-Ann lachte. »Vergiß nicht: Er ist ein Cord.«

»Dad, ich möchte dir danken, daß du deinen Kontakt zu Paul Derval bei den Folies-Bergère erneuert hast.«

»Dafür habe ich meinen Urlaub unterbrochen«, sagte Jonas.

»Wenn wir schon bei *dem* Thema sind«, meinte Toni, »wann wirst *du* mal Urlaub nehmen? Wann werden *wir* Ferien machen?«

»Schwer zu sagen.«

»Bist *du* jetzt unersetzbar geworden, mein Sohn?« fragte Jonas. »Hast du noch immer nichts gelernt? Und dabei hatte ich geglaubt, *verdammt und zugenäht,* du –«

»Nicht aufregen ...«, flüsterte Angie und faßte seine Hand.

Jonas deutete auf Toni. »Bevor ihr Bauch zu groß wird«, sagte er. »Ich bin zwar selber nie in Acapulco gewesen, aber das wäre jetzt genau der richtige Ort, um schwimmen zu gehen.«

»Ich will aber gar nicht schwimmen gehen«, sagte Toni. »Ich möchte Paris im Herbst erleben. Und dort in den Straßen spazierengehen, bevor das Baby so groß wird, daß ich das nicht mehr kann.«

»Du machst jetzt Ferien, Herrgott!« bellte Jonas Bat an. *»Verdammt!«*

»Ich dachte, du wolltest keine Befehle mehr erteilen«, sagte Bat.

»Ich gebe mir alle Mühe, nicht mehr dein Boss zu sein. Aber ich bin immer noch dein *Vater*! Du fährst jetzt mit diesem Mädchen in die Ferien, und zwar, wohin *sie* will.«

»Und du würdest gern in Vegas bleiben und während meiner Abwesenheit die Geschäfte führen?«

Jonas schüttelte den Kopf. »Ich fliege Montag mit Angie nach Honolulu. Dann weiter nach Tahiti und anschließend nach Australien und Neuseeland.«

Bat warf Toni einen fragenden Blick zu. »Paris ... eine Woche?«

»*Zwei* Wochen!« sagte sie mit Bestimmtheit.

Tom Clancy
im
Blanvalet Verlag

Im Sturm

Roman

Aus dem Amerikanischen
von Hardo Wichmann

734 Seiten
DM 49,80
ISBN 3-7645-0681-4

Der skrupellose Kampf der Weltmächte ums Schwarze Gold – das Szenario eines eskalierenden Weltkonflikts, der noch immer Wirklichkeit werden könnte.

Ein spektakulärer Thriller, der gerade in der gegenwärtigen Phase der Aussöhnung zwischen Ost und West daran erinnert, wie fragil auch heute noch die dauerhafte Wahrung des Weltfriedens ist. Ein Funke genügt . . .